本书编写组

主　编：施芝鸿　曾松亭
编　委：（以下按姓氏笔画为序）

于　义　　于林海　　毛伟泽　　王姗姗

王利剑　　王　煌　　王万奇　　王小泗

王郭婷　　白加栋　　刘大路　　孙铭泽

李晓雨　　苏　明　　杨勤良　　吴文艳

吴赞儿　　陆云莉　　辛业芸　　张晓静

周　钇　　郑凤宜　　徐庆群　　黄　帅

黄运湘　　雷鹏飞　　赫永峰

为了不能忘却的爱

施芝鸿　曾松亭　主编

人民出版社

组　　稿：张振明

责任编辑：余　平

封面绘画：谢日升

封面设计：薛　宇

版式设计：周方亚

责任校对：白　玥

图书在版编目（CIP）数据

为了不能忘却的爱／施芝鸿，曾松亭 主编 . — 北京：人民出版社，2021.4

ISBN 978－7－01－023148－8

I.①为…　II.①施…②曾…　III.①新闻报道－作品集－中国－当代　IV.① I253

中国版本图书馆 CIP 数据核字（2021）第 009388 号

为了不能忘却的爱

WEILE BUNENG WANGQUE DE AI

施芝鸿　曾松亭　主编

人民出版社 出版发行

（100706　北京市东城区隆福寺街 99 号）

北京汇林印务有限公司印刷　新华书店经销

2021 年 4 月第 1 版　2021 年 4 月北京第 1 次印刷

开本：710 毫米 ×1000 毫米 1/16　印张：31

字数：440 千字

ISBN 978－7－01－023148－8　定价：59.00 元

邮购地址 100706　北京市东城区隆福寺街 99 号

人民东方图书销售中心　电话（010）65250042　65289539

序：向新时代最可爱的人献上不能忘却的爱

施芝鸿

　　公元 2020 年，庚子鼠年，岁末年初，人类遭遇了百年未遇的新冠肺炎疫情的侵袭。面对突如其来的严重疫情，以习近平同志为核心的中共中央统揽全局、果断决策，以非常之举应对非常之事。在大年初一，就召开中央政治局常委会进行动员部署，在全中国范围内迅即打响了一场以习近平总书记为总指挥，以湖北武汉为主战场，同时间赛跑、与疫魔较量的抗疫人民战争、总体战、阻击战。广袤的中华大地上，地无分南北，人无分老幼，职无分高低，力无分大小，全中国人民众志成城，同心战"疫"，充分展现了中国精神、中国力量、中国担当。

　　风雨来袭，危机当头，14 亿中国人民深切感受到：此时此刻，一个国家、一个民族，有什么也比不上有主心骨重要。中国共产党所具有的无比坚强的领导力，就是风雨来袭时中国人民最可靠的主心骨。以习近平同志为核心的中共中央，以人民至上、生命至上诠释了人间大爱，团结带领全中国人民用众志成城、坚忍不拔书写了震古烁今的抗疫史诗。在共克时艰的日子里，有逆行出征的豪迈，有顽强不屈的坚守，有患难与共的担当，有英勇无畏的牺牲，有守望相助的感动。从白衣战士到人民子弟兵，从科研人员到社区工作者，从志愿者到工程建设者，从古稀老人到"90 后""00 后"

青年一代，无数中国人用生命赴使命、用挚爱护苍生，将涓滴之力汇聚成磅礴伟力，在神州大地构筑起守护生命的铜墙铁壁。一个个义无反顾的身影，一次次心手相连的接力，一幕幕感人至深的场景，生动地展示了中华民族的伟大民族精神和伟大抗疫精神。

"沧海横流，方显英雄本色"。在这场抗疫人民战争中，涌现出无数凡人英雄和无名英雄。英雄来自人民，他们用平凡铸就伟大；艰难方显勇毅，他们以磨砺始得玉成。这些凡人英雄和无名英雄在抗疫斗争中表现出的视死如归、不屈不挠的斗争精神，充分展现的中国精神、中国力量、中国担当，同中华民族五千年沧海横流中英雄们体现出的伟大爱国精神、献身精神一脉相承；他们身上所体现的与日月同辉、与山河同在的同胞仁爱、人间大爱，彪炳史册、感天动地，是中华民族世世代代、子子孙孙们所永远不能忘却的。

有一位令我们尊敬的人说过，"爱心是我们抗击疫病最强的力量"。这话鲜明精准地说出了全中国人民的由衷感受和共同心声。

或问，本书书名《为了不能忘却的爱》，指的究竟是什么样的爱呢？简而言之，这是指中国共产党坚持人民至上、生命至上，不惜一切代价抢救人民生命的对民之尊、对民之爱；这是指广大医务人员、疾控工作人员勇敢逆行、舍生忘死抢救生命的医者仁爱；这是指14亿中国人民在危难时刻无私奉献、守望相助，不惜以命佑命的民间至爱；这是指伟大祖国在疫情中时刻挂念海外中华儿女的安危，专门派出医疗专家组、工作组，我国驻外使领馆竭尽全力履行领事保护职能，向留学生发放100多万份健康包，协助在海外确有困难的中华儿女有序回国的祖国母亲之爱；这是指在中国人民防控疫情最艰难的时刻，国际社会给予中国人民最宝贵的支持、帮助和援助，中国在基本控制住疫情肆虐后又反馈回报国际社会，同世界各国携手合作、共克时艰，为全球抗疫贡献了智慧和力量的无疆大爱！

爱心，确确实实就是中华民族成功抗击包括新冠肺炎疫情在内的各种人间灾难的最强大力量。正是一代又一代英雄们的接续奋斗，将爱的火炬高高擎起又不断传递下去，才让中华民族得以多难兴邦、生生不息。中华民族是英雄辈出的民族。在我们民族遭遇危难的时刻，涌现出的凡人英雄和无名英雄，真是何止千万！矗立于天安门广场人民英雄纪念碑基座浮雕上，刻录的就是他们的身影。他们的壮举和精神，已镌刻在历史的丰碑上，还将永远留存在后人的心坎里。

今天，我们也应该为在这场气壮山河的抗疫斗争中涌现的凡人英雄、无名英雄们树碑立传。让他们真诚无私的大爱、顶天立地的担当、感天动地的情怀，永远留存在后人的心坎里、镌刻在历史的丰碑上。我们以集体的力量编写的这本《为了不能忘却的爱》，其初衷也正在于此。

编写这本书，是我在2020年大年初三提议的，我的这一提议，得到曾长期在团中央青年志愿者工作部工作的曾松亭博士，以及曾分别在团中央青年志愿者工作部挂过职的中央纪委国家监委黄帅、中国粮食研究培训中心郑凤宜、广西师范大学苏明、浙江大学王煌以及科技部国外人才研究中心徐庆群等同志的积极响应和支持。我们在反复研究中达致这样的共识：在新冠肺炎疫情这一新中国成立以来防控难度最大的重大突发公共卫生事件面前，我们党从一开始就鲜明提出了要把人民生命安全和身体健康放在第一位，人民至上、生命至上，保护人民生命安全和身体健康可以不惜一切代价。这就是"不能忘却的爱"的出发点和落脚点。围绕这个核心理念，全国各条战线的凡人英雄和无名英雄们，用自己的行动传递的江城至爱、医者仁爱、社区大爱、铁甲厚爱、社会关爱、奉献友爱、人文挚爱、寰球博爱，共同构成了这场伟大抗疫斗争中"不能忘却的爱"。这充满温度的八个方面之爱，既是本书的灵魂和神韵，也是全书的思想骨架和精神支撑。

《为了不能忘却的爱》一书，同20世纪30年代由鲁迅先生和瞿秋白、许广平等三人通过上街买报纸、用剪刀和笔联手编写的《萧伯纳在上海》这本"快闪"书一样，是通过每天广泛采集百余种平面媒体、网络媒体、自媒体上感人至深的素材，由我和编写团队的成员们取其精华，通过各自的摘写、缩写或拆写、改写等方式，精心编撰而成的讴歌凡人英雄、礼赞凡人英雄的

"心中的歌"。

这种编写和改写，所采用的载体，是由我本人在京工作20多年间所创造的、一种姑且可称之为"晨曦体"的一条条正能量段子。每条段子一般都撷取每一篇现成素材中最能打动人心的事例和观点，以400字左右的篇幅，凸显其最精彩感人之处。我们力求做到用一个个大写的"爱"字，把描述在应对这场公共卫生危机中的亮点、痛点、闪光点的段子连缀起来，形成一串闪耀着人间至爱的精神珍珠，像润物无声的细雨那样，悠悠地撒在广大读者朋友的心田里。

这本书的编写过程，与全国抗疫人民战争同向同步，其编写方式，则是通过群体作战与分兵作战相结合的类似流水线的运作程序。编写团队中直接动手编写的成员中，有来自高校的老师、在校大学生，党政机关干部、基层干部、青年志愿者、作家、编辑等20余人。他们中的不少同志身处抗疫斗争一线，同广大医护人员、社区干部、下沉干部、人民警察、快递小哥、青年志愿者、出租车司机每天都有接触。他们在夜以继日的高强度作战之间隙，满怀崇敬、带着激情，参与到为这些为凡人英雄们树碑立传的段子编写中来。我们都意识到，这项工作是既记录历史又传承历史的高尚的工作，所以大家高强度奋战60多天、持续修改完善了8个多月，乐此不疲地编写出这40余万字的700余条段子的书稿。

在编写这本具有浓郁人间烟火气的书稿过程中，我本人在一遍遍推敲、修改和朗读这些段子时，每每被抗疫斗争中的这些凡人英雄和无名英雄的大爱之情，以及他们高尚的胸怀和情怀感动得泪流满面，这就是爱的力量。我们要把心中的爱、笔下的歌，敬献给这些新时代最可爱的人。

为新时代最可爱的人树碑立传，我们力求做到通过广泛深入严谨的地毯式搜索，把湖北和武汉主战场，乃至全国战场、国际战场都关注到；把平面媒体、网络媒体都覆盖到，使这场抗疫人民战争中的大事在本书都应有尽有，小事也不被遗漏，争取能在书中全景式再现这次抗疫人民战争中震撼人心的历史场景。但由于种种局限，书中所反映的仍然只是波澜壮阔的抗疫斗争之沧海一粟，所遗漏的珍珠恐怕不在少数。好在还有其他同类的书，可以同我们编写的这本书相互补益、相得益彰，所以我们也就略感心安了。

本书是在中共中央宣传部出版局关心支持下、由人民出版社编辑审定和出版的。在此，我代表编写组全体同志，谨向蒋茂凝社长、辛广伟总编辑、陈鹏鸣副总编、总编室张振明主任和责任编辑余平等同志为本书编辑工作付出的辛劳，表示由衷感谢！向被我们采撷的每一个感人至深的故事的原作者们表示崇高的敬意！

是为序。

目录
CONTENTS
为了不能忘却的爱

"爱，与日月同辉，与山河同在。"几千年来，在中华民族成长发展的道路上，充满各种可以预见和难以预见的风险和挑战。但总有不惧风雨的勇气，不畏艰险、感天动地的爱，化作无穷的力量，汇聚成推动我们民族不断发展壮大的历史潮流。正是这种力量，让英雄的人民坚强不屈，英雄的城市坚如磐石，英雄的中国坚不可摧！

"武汉不愧为英雄的城市，武汉人民不愧为英雄的人民！"这是习近平总书记在考察武汉时的深情礼赞。"封闭一座城，守护一国人。"武汉人民用一己"隔离屏障"，护祖国山河手足无恙。这座经历过辛亥炮火、抗日烽烟、特大洪水、雨雪冰冻灾害等无数考验的城市，在中华民族波澜壮阔的历史进程中，完成了一次又一次英雄书写，打赢了一场又一场光荣战役。"你要让我说，这座城市哪儿好，我让你看看，用血肉和生命垒起的战壕。你要让我说，这些人民哪儿好，我让你听听，用离别和牺牲谱写的歌谣。"

在这场没有硝烟的战斗中，全国各地医护人员、人民解放军各军兵种的军医们白衣执甲，逆行出征，不怕牺牲、连续奋战，哪怕脸颊被口罩勒到溃烂，双手被汗水浸到泛白，哪怕在手术室外席地而眠、没时间上厕所不敢喝水……也无怨无悔地把危险留给自己，给予患者更多的希望和光明。救死扶伤、医者仁心，感动了中国、感动了世界。医护人员是抗疫斗争最大的功臣，是最美天使，是光明的使者，希望的使者，是新时代最可爱的人！

7 人文挚爱 343

疫情防控是一场人民战争，在危急时刻，同数万名医护人员一道奋战在抗疫第一线的，有来自全国各地新闻界的 445 名勇士们。他们用摄像机、录音机和手中的笔，在第一线记录了无数感人的场景。还有很多作家、画家、诗人、音乐家，也在第一时间创作了鼓舞人心、激情澎湃的作品，为武汉加油，为湖北加油。

8 寰球博爱 391

面对新冠疫情这个全人类共同的敌人，团结是最好的良药，合作是唯一的出路。世界纷纷向中国伸来援手，而中国不仅以强有力的举措保护了本国人民生命安全，更以跨越国界的爱心与行动，回馈着"山川异域，风月同天"的深情厚谊，表达着"和衷共济，四海一家"的天下情怀。中国人民的宽广胸怀，让构建人类命运共同体的理念更加熠熠生辉。

尾　声 435

"润物无声如细雨，悠悠回味在心田。""莫道春光难揽取，浮云过后艳阳天。"长江两岸，"武汉必胜"格外醒目，这是江城武汉的英雄气质；东湖之畔，千树繁花悄然绽放，这是不可阻挡的春天脚步！一个个这样爱的瞬间，蕴藏着荆楚大地穿越风雪砥砺前行的奥秘，孕育着中华民族久经磨难自强不息的力量。

引　子

　　"爱，与日月同辉，与山河同在。"几千年来，在中华民族
成长发展的道路上，充满各种可以预见和难以预见的风险和挑
战。但总有不惧风雨的勇气，不畏艰险、感天动地的爱，化作
无穷的力量，汇聚成推动我们民族不断发展壮大的历史潮流。
正是这种力量，让英雄的人民坚强不屈，英雄的城市坚如磐石，
英雄的中国坚不可摧！

001　湖北，这是中国诗词的源头

湖北古称"荆楚"，这里是中国诗词的源头。直到汉朝的中国主流文学写作方式，也都是模仿湖北人说话。楚辞的开创者屈原，高蹈中国文学源头位置。至今中国千千万万学生还在背诵《离骚》。湖北不仅出诗人，也是灵感之源。如果唐诗里没有近乡情更怯，不敢问来人；江流天地外，山色有无中；黄鹤一去不复返，白云千载空悠悠；故人西辞黄鹤楼，烟花三月下扬州……那还是唐诗吗？这些诗全是在湖北写的。湖北山川形胜、人文蕴藉雄厚。举个例子，唐诗不能没有李白，李白也不能没有湖北，他在湖北游历时写下了太多名诗。不仅李白，湖北之于苏轼也相当重要。大江东去，浪淘尽，千古风流人物；寄蜉蝣于天地，渺沧海之一粟；黄鹤楼中吹玉笛，江城五月落梅花……孟浩然在此隐居，张三丰在此打太极，李时珍在此尝百草。古往今来，多少人听了"虽九死其犹未悔"而热血沸腾，在危难关头挺身而出奔赴前途未测的远方。

（来源：《光明日报》2020 年 2 月 21 日）

002　像兄弟姐妹像战友同胞一样的湖北

湖北在哪里？一条汉江出秦岭，流向武汉，注入长江，过江西、安徽、江苏、上海，滋养两岸繁华，奔腾入东海。湖北在哪里？南水北调出丹江，千里清澈，万里深情，跨河南、河北、天津、北京，接济北国河山，哺育 5 亿人。湖北在哪里？九省通衢贯八方，国家铁脊梁，沿江金腰带，连接北京、广州、上海、成都，镇守京九铁路，托起京广高铁。湖北在哪里？大别山里炮声响，349 位开国将军，111 位著名英烈，刘伯承、邓小平、滕代远、王宏坤，开辟中原战场，奠定中国乾坤！像母亲一样的湖北，像父亲一样的湖北，像兄弟姐妹一样的湖北，像战友同胞一样的湖北！

（来源："湖北之声"微信公众号 2020 年 2 月 3 日）

003 武汉人引以为傲的大江大湖大武汉

作为中国第一大河长江及其最大支流汉江的交汇地,武汉形成了武昌、汉阳、汉口三镇鼎立的格局。武汉的地名,包裹着它的气质。这座城市,有着令人向往的诗意和清新。春秋时,伯牙和子期在这里相遇,留下了"高山流水遇知音"的千古佳话;战国时代,楚人屈原在这里"游于江潭,行吟泽畔";唐朝时,诗仙李白在这里送别好友孟浩然。古琴台、晴川阁、鹦鹉洲,多少迁客骚人在这里留下过诗篇。这座城市也不乏沧桑厚重的历史过往。卓刀泉,纪念的是关羽曾在此"卓刀于地,水涌成泉";晚清名臣张之洞在汉大兴洋务,让武汉有了"驾乎津门,直逼沪上"之势;经过二七长江大桥,还能感受到1923年京汉铁路工人大罢工时,先辈们对自由的追求;首义路、首义广场、首义公园,则昭示着辛亥革命在这里打响的第一枪。1861年汉口开埠后,四方商贾云集于此。发展至今,武汉已是一座拥有1200万人口的特大城市,成为全国重要的工业基地、科教基地和综合交通枢纽。习惯了在长江竞渡的武汉人追求敢为人先、勇立潮头。往日里,武汉人会骄傲地说:"大江大湖大武汉!"在武汉人生命中的至暗时刻,他们说:"我的城市病了,我们要守护她。"

(来源:《人民日报》海外版 2020 年 4 月 8 日)

004 诗仙李白笔下"九省通衢"的武汉

今天人们对九省通衢或许已不太有直观体验了,诗仙李白正好合适给我们作一番脑补。李白不仅喜欢写诗,还特别喜欢写送行诗。比如定位武汉,李白写过哪些送行诗? 首先当然是《送孟浩然之广陵》。此外,他还在这里写过《江夏送林公上人游衡岳序》《送黄钟之鄱阳谒张使君序》《峨眉山月歌送蜀僧晏入中京》《暮春江夏送张祖监丞之东都序》《送张舍人之江东》。列了几首李白的送行诗就知道,在没有飞机高铁的时代,大家东南西北一通跑都要从这里过。武汉,作为九省通衢,有一个抽象评价:长江、沔水、汉水、沘水,都在其覆盖范围内,中国南北之间,被这里拉成了一条直线。所以无论去哪里的人,都容易在这里遇上李白。正是这样的地位,这里有过文人吟咏,士人辗转,商贾辐辏,光华璀璨。无论唐诗还是宋词,这个地方都绕不过去,这里也是文人圈的九省通衢。李白和他的朋友们,都没绕开过武汉,今天的人们又何尝不是如此?

(来源:《光明日报》2020 年 3 月 22 日)

005 武汉,中国文化版图上的硬核城市

仿佛一夜之间,武汉成了世界瞩目的焦点。疫情掩去了武汉的原貌,她本是中国独一无二的硬核城市。1911 年武昌起义打响辛亥革命第一枪;抗日战争保卫大武汉,历时 4 月,毙寇 4 万。浩荡江河日夜奔流,武汉东湖烟波浩渺。长江绵延万里穿过大半个中国,唯有武汉被称为江城。"黄鹤楼中吹玉笛,江城五月落梅花。"汉江边,"晴川历历汉阳树,芳草萋萋鹦鹉洲"。长江在这里,方始悠闲起来,人们的生活惬意而享受,武汉的鸭脖、豆皮、热干面全国有名。长江码头自明清起便商船汇集,人谓货到汉口则活、戏到此处则红。易中天总结:"武汉人生命中垫底的酒太多,生活中难行的路也太多,他们还有什么样的难不能对付,还有什么样的沟沟坎坎过不去?"达观火爆的武汉人,能把艰难人生、烦恼人生变成有板有眼有腔有调值得铆起劲唱的生命劲歌。疫情之下齐心协力战必胜,待到樱花烂漫时,愿武汉绯樱漫天,再次繁华满城。

(来源:《环球人物》2020 年 2 月 4 日)

006 关键时刻的关键抉择之一:危急关头,科学研判

2019 年 12 月底,湖北省武汉市疾控中心监测发现病因不明、来源不清、如何救治未知的肺炎病例。1 月下旬,武汉市发热门诊就诊量迅速攀升。作为国际性综合交通枢纽的武汉,如若病毒出现人传人,疫情将会迅速向全国蔓延,其后果不堪设想!形势紧迫,1 月 18 日晚,包括钟南山在内的一支全国"顶

级力量"的高级别专家组赶至武汉，马不停蹄调研和了解情况。1月19日，高级别专家组向国家卫健委负责人汇报，"确认存在人传人"。基于对疫情的科学研判，1月20日，国家卫健委宣布，将新冠肺炎纳入传染病防治法规定的乙类传染病并采取甲类传染病的防控措施，并发布了《新型冠状病毒感染的肺炎防控方案(第二版)》。当日下午，新型冠状病毒感染的肺炎疫情防控工作电视电话会议召开，会议强调压实属地防控责任。国家卫健委还在记者会上及时向全国通报：新冠病毒已出现人传人现象。

（来源：《人民日报》2020年9月8日）

007 关键时刻的关键抉择之二：果敢抉择，果断出手

2020年1月22日下午，习近平总书记要求立即对湖北省武汉市人员流动和对外通道实行严格封闭的交通管控。1月23日上午10时，武汉街头不见了车水马龙，只有空荡荡的街巷。关闭一个千万人口大城市的通道是一把"双刃剑"，用不用，何时用？决策务必精准。总书记指出："目前正值春节期间人员大范围密集流动，做好疫情防控工作十分紧要。"然而，管控武汉的人员流动谈何容易！作出决定之难，面临挑战之大，面对问题之多，史无前例。中央决策作出后，30个省份相继启动"重大突发公共卫生事件一级响应"并制定落实社区防控措施，实行网格化、地毯式管理；免费办理航空、铁路、公路、水路旅客退票，暂停旅行社团旅游活动；控制举办大型活动，减少人员聚集，严防通过交通工具传播疫情。15家全球顶级研究机构事后分析说：这个决策让中国的新冠肺炎感染者减少了70多万人。

（来源：《人民日报》2020年9月8日）

008 暴风雨来临的决战前夜

武汉人真正感到紧张是从2020年1月23日开始的。上午10点，武汉正

式"封城",关闭离汉通道,公交车、地铁、轮渡等停止运营。路上所有公交车站都空无一人,地铁站口闸门紧闭。到了下午,武汉周边的高速公路也封闭了。市里的超市出现了从未有过的抢购潮,蔬菜柜台空空如也。一些谣言开始传播。当有人还在纠结"露台上的小白菜怎么办"时,政府就辟谣了。如果说疫情是一场战役,那么1月23日就是决战的前夜,形势相当严峻:武汉面临着试剂盒数量不够、确诊艰难、床位短缺、高度疑似患者仍在自由流动等一系列问题。当天,武汉市政府要求中建三局等4个建设公司在6天内,按北京小汤山模式建立医院——板房形式,层高一至两层,占地70亩,1000个病床。当晚施工车辆就到了现场。"这就相当于由巷战转入阵地战,面对面地同病毒展开厮杀。"那是疫情最凶猛、战斗最激烈的日子。在患者流量最大的医院里,医护人员连轴转,每天只能睡两个小时。与此同时,武汉也迎来了越来越多的"逆行者",东西南北的大中城市都派出医疗队伍前来支援。物资源源不断地运来,全国各地的工厂都在加班加点生产医疗用品。这让处于恐惧和慌乱中的武汉市民看到了希望。

(来源:《环球人物》2020年2月5日)

009 武汉人用高高低低的肩头撑着这座城

往日里即使不戴口罩,武汉人的面目也是模糊的。相比精致的海派、麻辣的巴蜀人,武汉人不东不西不南不北,中庸得似乎刚好被人遗忘。这次疫情,武汉人被世界前所未有地打量,这场围观足够悲壮。疫情初期,他们每开一个病区一夜就住满,他们连开十个发热门诊,最短时间里接收了最大值的患者。一批批医护"中招"倒下,两个眼科大夫正看管着80个重症病人。疫情面前武汉医护几乎都被一夜撑大。被撑大的还有那些让城市不停摆的普通劳动者。某种意义上这座城市的英雄不只是插管的大夫,也有让城市正常"呼吸"的市民。在这座封闭的大城市中,大家都是疫情的受害者,又都是肩头高高低低撑城的人。总体来说,非常时期的武汉连小市民都透着极致的大,我们感谢这900万武汉人。不用太久城开了,日子碎碎地回来了,武汉人在特殊时期爆发出的英雄气、大主角气,会在排骨汤、热干面里,化为万家灯火的烟火气。

(来源:《中国青年报》2020 年 3 月 4 日)

010 带着试剂盒狂奔武汉的销售员邱辰

在武汉"封城"前后,销售员邱辰把近万人份的试剂盒送进了湖北。2020年 1 月 17 日,公司指派一位回乡途经武汉的员工带着试剂盒登上火车。列车停在汉口火车站,邱辰在夜色中的站台上抱过装着试剂盒的箱子。凌晨 4 点半,他将这批试剂盒带到经销商的冷库中储存。几小时后,六七百份试剂盒就发往湖北省四五十家医院。1 月 19 日收到 20 多家医院反馈,对试剂盒检测结果评价较好需要订购。1 月 22 日凌晨 2 点,还是在汉口火车站站台上,5000 人份的试剂盒一接到手,很快被发往黄冈、孝感、十堰、随州。邱辰与公司沟通后,公司将此作为一笔大生意紧急开动生产线。1 月 23 日武汉"封城"首日上午,湖北大冶人民医院来电"急缺试剂盒",邱辰开着私家车一路狂奔,在傍晚时送达。1 月 25 日下午 5 点多,湖北人民医院需要 5000 人份试剂盒,他又提上货在当晚 6 点多就送达。医生给邱辰的收据是白条。"白条就白条,款收不回来就当捐了。"结果,邱辰这个普通的销售员硬是把生意做成了公益。

(来源:《中国青年报》2020 年 2 月 12 日)

011 集国士勇士于一身敢于直言的钟南山院士

2020 年 1 月 18 日,出任国家卫健委高级别专家组组长、84 岁高龄的钟南山院士,终于挤上了下午 5 点由广州开往武汉的高铁列车,奔赴抗疫前线。由于春运期间高铁车票紧张,他上车后只能被安顿在餐车一角。晚上 11 点到达住处后,他马上听取了武汉方面的情况介绍。19 日一早,钟南山就赶往武汉金银潭医院和武汉疾控中心了解情况。下午 5 点会议结束后，他立马飞去北京，赶到国家卫健委开会，直到 20 日凌晨 2 点才睡下。早上 6 点，钟南山又开始了高强度的工作：他接连出席全国电视电话会议、新闻发布会、媒体直播连线……又一次忙到深夜。在这些场合，他都一再强调：新型冠状病毒很可能来自野味，现在已经有武汉的医护人员感染了，这种病毒肯定"人传人"。钟南山院士的这一锤定音，让武汉人民和全国人民瞬间都提高了防范意识。他还告诫全国公众：如果身体不舒服就要及时就诊；出门时一定要戴口罩、勤洗手；没有特殊情况不要去武汉。然而，他恰恰是一位带头逆行武汉的耄耋老人。钟南山的到来和他的这一席话，预示着全国范围大规模阻击新冠肺炎疫情的战斗即将打响。

（来源：综合多家媒体报道 2020 年 1 月 22 日）

012 解放军来了、最可爱的人来了

农历鼠年的春节，本该喜庆的气氛被突如其来的新冠肺炎疫情所打破。在疫情暴发的武汉，2020 年 1 月 24 日除夕夜，淅淅沥沥的冷雨笼罩着这座九省通衢的名城。正是在这个子夜，长长的涡扇呼啸声划过武汉的天际，闪着"左红右绿尾白"航行灯的"大鸟"，从四面八方汇聚过来，雨夜的武汉天河机场，瞬间就变成了"迷彩的世界"。原来，遵照中共中央军委命令，解放军援鄂医疗队从多地驰援，而主要的投送工具是空军运输机。新华社在 1 月 31 日的表述是——距离农历春节还有 16 分钟，三支医疗队就将全部抵达武汉。而这距离他们接到预先号令，用时才 19 个小时，这就是解放军的速度。"解放军来了""最可爱的人来了"，朴素而真挚的话语传遍了网络，话虽短，但含义无穷："当'最可爱的人'带来专业、专注、专一的技术知识和治疗承诺时，再可怕的病毒也撼动不了我们。"诚哉斯言。

（来源：《新民晚报》2020 年 4 月 9 日）

013 张定宇院长在除夕夜等来了神兵和救兵

大年三十傍晚 7 时,在武汉金银潭医院院长办公室,刚吃过晚饭的张定宇院长突然想起,要同病房里生死未卜的妻子视频连线,说几句安慰的话。他擦擦眼泪,使劲地摇晃着麻木的脑仁,想出了几句温柔话。刚刚酝酿好情绪,办公桌上的电话响了:紧急通知,解放军陆海空 3 支医疗队共 450 人,已乘军机星夜驰援,3 小时后降临武汉。其中,陆军军医大学 150 人医疗队,将直接抵达金银潭医院;稍后,上海医疗队 136 名医护人员也将进驻。"好! 好! 我马上布置,马上迎接!"他挺直身体,一下子来了精神。神兵来了,救兵来了,真是武汉有幸,天道垂青。前些天,他刚带领部下把全部病区按规划改造完毕。这个"提前量",在这个节骨眼上帮了他的大忙。想到这里,心底涌上一阵职业自豪感的张定宇,伸出大拇指,狠狠地为自己点了个赞。1 月 26 日下午 1 时,陆军军医大学医疗队接管了两个病区;下午 2 时,上海医疗队入驻接管了另外两个病区。截至当晚 11 时,金银潭医院已累计收治重症患者 657 人。在火线上连续奋战 48 个小时的张定宇,兵不解甲、马不停蹄。

(来源:《人民日报》2020 年 4 月 1 日)

014 武汉红十字会医院"80 后"院长也等来了救兵

距离华南海鲜市场最近的武汉红十字会医院,是最早受到新冠肺炎疫情冲击的医院之一。2019 年 12 月 17 日,该院接诊了第一例不明原因肺炎患者。"那名华南海鲜市场的批发商,就像倒下的'第一块多米诺骨牌'。"后来的日子,发热患者不断涌入。"80 后"院长熊念意识到院里原有的一个呼吸科病房不够了,就把体检中心一层楼和 9 楼病房、10 楼病房先后改造成呼吸二科、三科、四科,想要尽可能多地收治患者。1 月 22 日,该院门诊量达到单日 1700人次。第二天,又达到这家百年医院的历史高峰——2400 人次。至暗时刻的 1 月 21 日下午,当第一波患者涌入发热门诊时,该院符合标准的医疗防护服只有 13 套,"我们就靠这 13 套防护服上了战场"。由于前期防护物资缺乏和过度劳累,医院有 57 位职工被确诊感染病毒,49 岁的普外科医生肖俊也在战"疫"中牺牲。1 月 26 日下午,四川省第一批援鄂医疗队的 138 名医护人员抵汉后,立即进驻该院开展定点援助,所有人的感觉都是救兵到了。"如果这 138 人再晚来两天,我们整个医院都会崩盘。"熊念说。

(来源:《中国青年报》2020 年 4 月 10 日)

015 国家没放弃武汉,我们更不能放弃自己

自 2020 年 1 月 23 日武汉"封城"以来,这座人口超过 900 万的城市,显现出从未有过的空荡和安静。曾在某互联网公司上班的武汉市民小雯辞去工作在家休整,准备来年再战。武汉"封城"前一天小雯焦虑到失眠。"年前大家都在四处跑,有的备年货,有的忙着冲业绩。直到最近我才觉得有些心安。国家组织了援鄂医疗队,各地医护人员都赶来武汉,国家没有放弃武汉,我们更不能放弃自己。"小雯希望加入志愿者团队,为家乡作份贡献。"我本打算今年去江苏南通跟父母一起过年。现在已把买好的车票退了,这个年我是一个人在武汉过的。大年三十晚上我和年迈的爸妈开着视频吃饺子,看着他们泪眼婆娑的样子,我只能安慰他们,咱湖北人抗战出来的,野生野长,不用担心,我很安全。"小刘说。很多人批评说"武汉人逃离了",但也有很多武汉人像他们一样为了不添乱,退了票依然留在本地。

(来源:《环球人物》2020 年 2 月 5 日)

016 打不垮的中国人信奉这样的逻辑

2020 年中央广播电视总台春晚和元宵特别节目,荧屏上的主角都是打不垮的中国人。这场防控疫情的人民战争紧紧依靠的就是人民。在医务人员

中,你太累了换我,生命的守护神从未离开,正是因为有太多的像张定宇和胡明那样的医护人员做彼此的铠甲,才共同为患者撑起了一片不塌的天。在不同年龄不同地域的老百姓中,流行的是这样的逻辑:"我曾被你们呵护,现在该换我来保护你们。""非典"时期的"90后",今天就是这样理直气壮地对当年保护过他们的父母辈们说的。汶川地震灾区的农民,开着6辆卡车来给当年救治过他们的武汉多家医院的医生送上100吨蔬菜时,是这样说的:"汶川感恩你,武汉要雄起。"在社会弱势人群中,又迸发出这样的心声:"虽然我有的不多,可是我愿意倾其所有。"日照市东港环卫大爷在派出所撂下一万元现金转身就走时,就是这么说的。湖南常德捐了1.8万只口罩的小伙,把价值两万元的口罩全部无偿捐出时也是这样想的。

（来源：上海文汇网 2020 年 2 月 11 日）

1

江城至爱

　　"武汉不愧为英雄的城市，武汉人民不愧为英雄的人民！"
这是习近平总书记在考察武汉时的深情礼赞。"封闭一座城，守
护一国人。"武汉人民用一己"隔离屏障"，护祖国山河手足无恙。
这座经历过辛亥炮火、抗日烽烟、特大洪水、雨雪冰冻灾害等
无数考验的城市，在中华民族波澜壮阔的历史进程中，完成了
一次又一次英雄书写，打赢了一场又一场光荣战役。"你要让我
说，这座城市哪儿好，我让你看看，用血肉和生命垒起的战壕。
你要让我说，这些人民哪儿好，我让你听听，用离别和牺牲谱
写的歌谣。"

001 英雄的武汉人民，不屈的中国精神

在抗击新冠肺炎疫情的关键时刻，2020年3月10日，习近平总书记赴湖北省武汉市考察疫情防控工作时指出，在这场严峻斗争中，武汉人民用自己的实际行动，展现了中国力量、中国精神，彰显了中华民族同舟共济、守望相助的家国情怀。湖北和武汉是新冠肺炎疫情防控斗争的重中之重和决胜之地。自疫情防控阻击战打响以来，武汉紧急"封城"，武汉人民皆成战士，为遏制疫情扩散蔓延作出了巨大牺牲。在这场严峻斗争中，湖北省医务工作者和援鄂医疗队员白衣执甲、逆行出征，同时间赛跑，与病毒抗争，全力以赴救治患者；在这场严峻斗争中，湖北各级党组织和广大党员、干部冲锋在前、英勇奋战，人民解放军指战员闻令即动、勇挑重担，广大社区工作者、公安干警、基层干部、下沉干部、志愿者不惧风雨，坚守一线；在这场严峻斗争中，武汉人民识大体、顾大局，不畏艰险、顽强不屈，自觉服从疫情防控大局需要，主动投身疫情防控斗争。世界卫生组织赴中国考察专家组负责人布鲁斯·艾尔沃德感慨地说："我觉得全世界真的欠了武汉人民的情，我想让武汉人民知道，世界知道你们所做的贡献。"

（来源：新华网2020年3月10日）

002 在湖北最艰难的时期搭把手、拉一把

2020年3月10日，习近平总书记在武汉实地考察结束后，走进武汉干部大会会场。他的讲话通过直播，同步向湖北省13市州和4个省直辖县级行政单位播放。窗外昔日喧闹的城市，40多天前按下暂停键，武汉正经历一场磨难，却并非独自战斗，武汉和湖北的背后站着整个中国。对武汉和湖北的工作，习近平总书记在会上谈了6点意见。每一分部署，每一个谋划，无不将武汉和湖北放在全国的坐标上去考量。总书记在会上谈到复工复产时专门强调

说,中央和国家机关各部委要继续加大对湖北的支持力度,制定一揽子计划,在就业、财政、税收、金融、脱贫攻坚重大项目建设等方面给予适当倾斜,帮助湖北解决实际困难和具体问题。在湖北最艰难时期搭把手、拉一把,帮助湖北早日全面步入正常轨道,同全国一道完成决胜全面建成小康社会各项任务。搭把手、拉一把,武汉有千万双手,湖北有 6000 万双手,中国有 14 亿多双手。

(来源:中国青年网 2020 年 3 月 12 日)

003 疫情防控是一场大考,也是一场大战

上任湖北省委书记一天后,应勇戴着普通口罩,到武汉市的医院、社区、超市,检查指导疫情防控工作,看望慰问抗疫一线工作人员。当了解到医护人员长期超负荷工作时,他叮嘱医院负责人:"要尽一切可能保护大家的身心健康。"2 月 16 日下午,应勇主持召开省防控指挥部指挥长会议,优化指挥部统筹协调、督促检查、推动落实等职能,确保反应果断迅速、运转高效有序、执行坚决有力。2 月 18 日,应勇在武汉市检查督导建院增床情况时明确指出:"与疫情相关的一个个数字背后,是一条条鲜活的生命,决不能熟视无睹,决不能无动于衷!"应勇指出:"疫情形势严峻复杂,宁可床等人,不能人等床。"在听取 14 个市州疫情防控汇报后,应勇进一步强调,要吸取相关教训,及时堵漏洞、补短板、强弱项。"疫情防控是一场大考,也是一场大战,狭路相逢勇者胜!"他要求各级领导干部和党员要靠前指挥,冲在一线,拿出应有的干劲、冲劲、拼劲和韧劲,形成良好的精神状态和抓落实的工作作风。

(来源:"政事儿"微信公众号 2020 年 2 月 19 日)

004 招募更多志愿者,打通为居民服务"最后一公里"

新冠肺炎疫情发生以来,湖北省 50 多万名志愿者践行志愿精神,日夜奔走在疫情防控一线。听说武昌区户部巷社区 141 名志愿者组建了社区微信团

购群,帮助居民团购生活物资,为困难户、独居老人提供全时保障服务,应勇首先来到这里,看望慰问志愿者。他仔细查看团购记录,询问居民线上下单多不多、团购价格贵不贵、货源质量好不好,勉励志愿者们继续当好"群主",凝聚群众力量为早日战胜疫情、恢复正常生产生活秩序作出更大贡献。在小区封闭管理、公共区域管控的情况下,中商徐东平价广场和周边5个街道的2000多个小区对接,40多名志愿者正和商超员工一起,将菜品分拣打包装上公交车,准备送往各个社区。应勇详细了解志愿者人数、工作时间、服务情况,走进卖场察看物资储备和价格情况。他强调,要发动招募更多志愿者,全力支持他们就地就近参与社区(村)疫情防控,打通为居民服务"最后一公里""最后一百米"。

(来源:《湖北日报》2020年3月5日)

005 "疫情上报第一人"湖北省中西医结合医院张继先又一次冲在了最前线

作为给湖北乃至全国第一个拉响疫情警报的医生,张继先被湖北省卫健委记大功奖励。这位个头不足1米6、胸前时常戴着党徽的女医生,曾有参与"非典"战"疫"的经历。在这次抗击新冠病毒疫情的战斗中,她又立了新功。2019年12月26日上午,一对老两口来到湖北省中西医结合医院看病,为了保险起见,张继先让他们拍了肺部CT片,结果显示:此病同流感或普通肺炎有明显区别。随后她又发现多人感染了相似疾病。张继先开始意识到事情的严重性。"这肯定有问题!"第二天,她立刻将这些情况向院领导作了汇报,医院又立即上报给了江汉区疾控中心。张继先的预警,在抗击新冠病毒肺炎这场战斗中起到了重要的作用。这"赫赫战功"背后,隐藏的却是常人难以承受的压力。自疫情发生以来,张继先每天都要查房了解病情,制定诊疗方案,有时还要带领团队通宵达旦抢救。巨大的压力,繁忙的工作都没有压垮她。同事们都说:"她这个身经百战的'老兵',这次又冲在了最前线。"

(来源:人民网2020年2月9日)

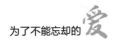 **张继先团队的防护意识，来自"非典"时锻炼出的专业思维**

在收治那一家三口都被感染病毒的患者住院时，张继先医生在呼吸科病房建立了有9张病床的隔离病房。同时，她要求所有的呼吸科医护人员都要戴上口罩，并把自购的工作服穿到医生白大褂和护士服的里面。一直到2020年1月22日，钟南山院士明确新型冠状病毒感染的肺炎能够人传人，有了隔离服之后，工作服才完成它的使命。元旦期间，医院呼吸科的门诊量由原来每天100人左右，增加到230人左右。张继先等医生去给其他呼吸道慢性病住院病人做工作，让他们尽快出院。医院因陋就简地把防护做到极致。从最初收治那一批病人到现在，张继先所在的科室做到了无一例医护人员感染，也无病人交叉感染。张继先说，对传染病的防护意识生根于"非典"时期。2003年抗击"非典"时，时年37岁的她是武汉江汉区专家组成员。"从那时起，我就对什么叫公共事件、什么叫群体事件有感觉了。"张继先说，医生看病要问病人的住址、职业，这一下子就来了四个华南海鲜市场的患者，怎么会没有问题？"这就是'非典'时期锻炼出来的专业思维。"

（来源：《武汉晚报》2020年2月2日）

张继先提出了令人信服且值得尊敬的答案

从2020年2月上旬开始，张继先的名字前相继被加上了"疫情上报第一人""全国劳动模范"候选人等称号。此刻，戴着口罩坐在演播室中的张继先，正语速极快地回答着记者们提出的问题。在被问到为什么敢于第一个上报病情时，张继先平淡地说："国家颁布的《执业医师法》里，就有上报不明原因传染病的机制，因此，我必须上报。"显然，这是个更令人信服且值得尊敬的答案。张继先是个尊重基本常识、极为看重法律和规则的人。盛名加身的张继先在面对镜头时，始终保持了情绪稳定、表达真实。她的漂亮话很少，甚至连深思熟虑的痕迹都没有,她似乎没有要走到台前表达自我的欲望。面对奖励和荣誉,她不止一次表示"太重了","承受不起"。这是她对自己职业尊严的一种守护——这本来就是应该做的。这种严格系统的职业训练加上在同一领域深耕多年积淀的经验,锻造出她以"严谨求实"为第一要务的科学品格。正是因为秉持这种科学品格,谬误才会得到纠正。

(来源:央视网 2020 年 3 月 7 日)

008 同时间赛跑、与病魔较量的张定宇院长

患有渐冻症的武汉金银潭医院院长张定宇说:"如果生命已经开始了倒计时,就要拼了命去争分夺秒做一些事,不能因为自己是个病人就临阵退缩。"在这次抗疫斗争中,张院长托起了全院医护人员的信心和希望。他说,我要珍惜还能走路的这点时间,用"跑快点、再跑快点"的精神状态,为重症患者们抢出一条生命的通道。作为一名共产党员,他在非常时期能做到不忘初心、勇担使命,"坚决顶上去";作为一名普通的丈夫,他在鱼与熊掌不可兼得中甘于舍小家为大家。听闻张院长被确诊为新冠肺炎病例的妻子已经痊愈的消息,国人都为之欣慰。这位抗疫路上四肢僵劲却跑得飞快的张定宇院长教会了我们:在病魔面前不卑微,在隐忍中爆发全身的力量。他舍身托起了无数患者的生命与健康。而我们,也期待着现代医学的进步,能把张院长还有 8 到 10 年的剩余生命期翻倍再翻倍,留住他面对病人和命运时微笑的模样。

(来源:《湖北日报》2020 年 1 月 29 日)

009 痊愈后重返前线的赵智刚医生:我只是做了医生该做的事

武汉中南医院赵智刚医生拎着蔬菜和水果走到家门口时,给妻子沈杨发了条信息,让她带着俩女儿出来拿。十米开外,一岁多的小宝和三岁多的大宝都想冲过去,向多日不见的爸爸索要一个"抱抱",却被妈妈沈杨拦住了。赵智

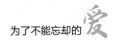

刚叮嘱了妻子几句：告诉孩子们，等他把院里的病人都治好了，就能回家了。前后总共才不到一分钟，他又转身走了。因为科室里还有很多工作等着他去处理。1月20日，赵智刚自己也被确诊了。此时，正是武汉抗疫的"慌乱"阶段，很多病人一床难求。为了不占用床位，从1月20日到2月5日，赵智刚就在医院的宿舍里进行自我隔离治疗。康复之后，他才把这事告诉妻子。他还通过中南医院官方微信公众号"在线咨询"，用自己所学的专业知识为居家隔离中有健康疑问的市民们提供咨询服务。他每天坚持在线问诊10个小时以上，到2月6日，共为743人次的患者提供了在线问诊服务。赵智刚医生痊愈后主动请缨重返前线并帮助市民一事，经媒体报道后，引发公众点赞。但在赵智刚看来，自己并非公众口中的"英雄"，只是做了医生该做的事。

（来源：澎湃新闻2020年2月22日）

010 中南医院张笑春：医生发现问题就要敢于及时说出来

武汉大学中南医院影像科教授张笑春，早在去年年底就发现，有许多患者的核酸检测结果同CT对不上。此后的1月中旬，她在详细统计患者CT的相关情况时，通过逐一对照他们的核酸检测结果，更佐证了自己此前的判断——核酸检测存在大量的假阴性。特别是大年初三，她在陪父亲母亲去做CT时，双老的肺部感染情况明明都很严重，而他们的核酸检测却都是阴性。这天晚上，她一夜无眠。"人命关天，我决定要振臂一呼。"2月3日，她选择直接发微信朋友圈：公开质疑用核酸检测确诊新冠肺炎的可靠性，并强烈建议用CT影像作为诊断的主要依据。许多医生朋友们纷纷发声力挺。2月5日，国家卫健委第五版诊疗方案采纳了她的意见（仅限于湖北省）。2月13日，湖北省首次以临床诊断病例作为报告数据，显示此前一天全省新增新冠肺炎病例14840例，其中就包含以CT为标准的临床诊断病例13332例。张笑春说，我们当医生的就是要做到，一发现问题就要敢于及时说出来，多大的事情能有人命大？

（来源：《长江日报》微信公众号2020年2月19日）

011 "以我生命守护患者生命"的武昌医院刘智明院长

妻子说:"智明,要我去照顾你吗?""不要。"谁能知道,这短短两句微信对话,竟成了武汉一对医生夫妻的诀别。2月18日,一个悲伤的消息出现在不少人的朋友圈:武汉市武昌医院院长刘智明,因感染新冠肺炎,经抢救无效去世,年仅51岁。在这次武汉应对新冠肺炎疫情的战斗中,刘智明院长所在的武昌医院,是首批七家收治新冠肺炎患者的定点医院之一。刘院长的妻子、47岁的蔡利萍,是武汉市第三医院光谷院区重症病区的护士长。疫情暴发伊始,他俩就在各自的一线工作岗位上超负荷运转,彼此谁也顾不上照顾谁。自从得知丈夫因为新冠肺炎进了重症病区以后,蔡利萍每天一边工作,一边为丈夫担忧。她也曾想过,放下手头的工作去陪陪爱人。2月4日,刘智明由于病情危重用上了呼吸机,他的手机屏幕显示了4次妻子发来的视频未接通话,因为他已经说不出话了。当视频终于接通时,妻子哭着说我来陪你吧。刘智明仍艰难地摇了摇头。更令人感动的是,刘院长在确诊后的救治过程中坚决不让给自己插管,怕切开气管时出现的气溶胶感染手术医生。他说,万一别人有事他会很愧疚。这就是用自己生命守护我们生命的白衣天使。即使自己倒下了,心心念念关切的仍然是他人。

(来源:"央视新闻"微信公众号2020年2月20日)

012 法医刘良为新冠肺炎逝者做遗体解剖的故事

一

华中科技大学同济医学院法医学系教授、湖北省司法鉴定协会会长刘良介绍,搞不清楚新冠肺炎损坏了我们身体的哪个部位,导致患者死亡的机制也不清楚。如果要搞清楚,病理解剖就是一个非常重要的环节。所以他多次呼

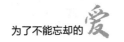

吁要把遗体解剖工作开展起来，否则临床医生就是在"盲打"。事实上，在没有做解剖之前，临床医生对很多现象也感到很疑惑，比如肺部的毛玻璃样病变到底是怎么回事？为什么进行核酸检测时，从气道里面检出来的假阴性比较多？这一系列的问题，在临床上都没办法解释，所以一定要做病理解剖，搞清楚病毒到底攻击了我们人体的哪些器官、哪些组织、哪些细胞，然后有针对性地采取治疗手段和护理方式。我们医学上有一种说法，病理学的诊断是"医生后面的医生"。医生诊断、治疗的时候，不但要知其然，还要知其所以然，解剖遗体、揭示病理就是为了解惑，它要去验证或者揭示发病的机制，进而判断疗效如何。这就好比诊断肿瘤时要做穿刺，如果在显微镜下看是癌细胞，就可以诊断是癌症了；如果没有看到癌细胞，那就是良性肿瘤。

二

据刘良介绍，2020年1月24日晚上，一个在湖北省政府当参事的同学，帮他写一份关于患者遗体解剖的提案交给省政府，提案说明了遗体解剖重要性和可行性。分管的副省长收到提案，当天就签字批准了，29日湖北省卫健委也批准许可。但接下来在找解剖室和遗体捐献者时却费了很大周折。做这种烈性传染病的解剖需要在外面空气可以进来、里面空气不能出去的负压解剖室里进行，并且医疗废水等处理也很严格，可到今天为止全国都没有P3级别的负压解剖室。当时我们拿着批文到处找医院谈，寻找合适的解剖室和遗体。也有网络媒体呼吁，引起国家卫健委的高度重视，召开紧急会议并要求尽快落实。2月15日晚上9点，我接到金银潭医院张定宇院长的电话，说有一个患者遗体可以做解剖，我就紧急召集团队赶到医院，把一个负压的手术室改造成解剖室，虽然不是标准解剖室，但符合基本条件，第一例手术从2月16日凌晨1点20分做到3点50分。能做成这件事是大家各方共同努力的结果。

三

每次进行遗体解剖前，法医刘良总会先给逝者遗体鞠个躬，然后才拿起手术刀。2月16日深夜1点多,在金银潭医院临时改建的"解剖室"里,他弯下腰,心里默念着:一鞠躬、二鞠躬、三鞠躬……鞠了很久,还是不愿起。最后,年近六旬的他直起腰杆,开始进行新冠肺炎患者的首例遗体解剖。截至3月11日,他先后主持解剖10具遗体,占全国新冠肺炎患者遗体解剖数量的3/4以上。3月4日,国家卫健委发布《新冠肺炎诊疗方案(试行第七版)》,内容新增了根据尸检结果所得的7条"病理改变"。其中,"肺泡腔内见浆液、纤维蛋白性渗出物及透明膜形成"等,都是刘良团队在解剖时发现的。方案公布当晚,他刚结束对尸检结果的讨论踏进家门,回忆起那次时间最长的鞠躬,他顿了顿说:"很不容易,家属愿意把遗体贡献出来,我们才能更了解这个病毒。"

四

2020年2月25日出版的《法医学杂志》发布了《世界首例新冠肺炎患者遗体解剖报告》。这份报告是刘良团队完成解剖并观察研究得出的成果。刘良团队按照国家法律的相关规定,从2月16日起已完成多例遗体解剖,目前正进行后续几例已解剖遗体的病理研究,通过与临床医护人员交流,为诊疗方案的修改完善提供支持。报告称,死者肺部损伤明显,炎性病变(灰白色病灶)以左肺为重,肺部在肉眼观察时呈斑片状,可见灰白色病灶及暗红色出血,触之质韧,失去肺固有的海绵感。切面可见大量黏稠的分泌物从肺泡内溢出,并可见纤维条索。考虑影像学所见磨玻璃状影与肉眼所见肺泡灰白色病灶对应,提示新冠肺炎主要引起以深部气道和肺泡损伤为特征的炎性反应。刘良团队发现从这例逝者肺部切面能看到有黏液性分泌物,但医护人员只需稀释肺泡黏液,比如翻身拍背运用化痰药物就能改观。刘良迫切希望能跟临床医护沟通更多细节;期待国家能建一两个标准解剖实验室。

(来源:新华网2020年3月3日)

013 拿到确诊报告前，肖俊医生还坚持上完最后一个24小时班

　　温厚、勤奋、老好人、有求必应，这就是武汉市红十字会医院肖俊医生留给同事们的印象。而他的生命，却永远停在了2020年还未到来的春天。2月8日18时13分，因抢救无效，肖俊医生不幸在武汉市金银潭医院去世。生前，普外科主任刘小卫曾经不止一次催过身体出现报警信号的肖俊赶快去就医。在确诊的前两天，肖俊偶尔向他提到过"感觉身体有点不舒服"，但由于当时来医院就诊的发热患者越来越多，大家都非常忙碌，此事就被忽略过去了。直到1月20日下午，肖俊医生才抽空去做了CT检查。当天晚上6时多，放射科主任给刘小卫主任打电话说："肖俊很可能有问题！"当时，肖俊医生正在值自己24小时连轴工作的班——即从1月20日早上8时一直工作到21日早上8时。刘小卫主任得知情况后直截了当地通知肖俊说："你现在必须马上回去休息，我会找人来顶班。"平时在工作中"从不扯理由"的肖俊这时却找了个借口说："我的检查结果还没出来，等明天再说吧。"直到第二天下班后，肖俊才去放射科取回了报告。确诊感染后，肖俊医生因为担心会把病毒传染给家人，独自步行去了医院就诊。"他就是这样一个不愿意给别人添麻烦的人。"刘小卫主任说。

（来源：光明网2020年2月22日）

014 武汉同济医院殉职的林正斌教授从确诊到去世不到一个月

　　2月10日，华中科技大学附属同济医院器官移植研究所林正斌教授，因感染新冠肺炎不幸去世，享年62岁。据知情人透露，大约在1月27日，林正斌教授就住进了医院，随后经核酸检测确诊为新冠肺炎。病情发展非常迅速，不到一个星期就进了重症监护室。几天前，林正斌教授向同事、感染科主任医师、湖北省疫情防控专家组成员宋建新发去了求救信息："宋主任，我上呼吸机

了,请救救我。""老林从确诊到去世,才不到一个月的时间。我们是多年的好友,他的身体一直很好,也没有什么基础病,没想到他的病情会发展得这么快、这么严重。"宋建新教授说。林正斌是一位器官移植专家,主要从事教学工作。宋建新告诉记者:"他是个很低调的教授,平时说话和风细雨,没见他跟谁发过脾气着过急。一个好医生就这么走了。"惊闻噩耗,网友们纷纷留言表达遗憾和悲伤之情。

(来源:每经网 2020 年 2 月 11 日)

015 武汉29岁的女医生夏思思感染新冠肺炎去世

武汉协和江北医院消化内科年轻女医生夏思思,因感染新冠肺炎,经抢救无效,于 2020 年 2 月 23 日清晨逝世,年仅 29 岁。1 月 14 日中午,夏思思本可以在值完一个夜班后回家休息,但回到家吃饭,因为惦记着上午刚收治的一位 76 岁的发热病人,于是又主动回到岗位查看这位病人的检查结果。在接触过程中,她被感染了。1 月 19 日,夏思思突感乏力并伴有发热,随即收治于协和江北医院。2 月 7 日,夏思思病情恶化。2 月 23 日清晨 6 时 30 分,夏思思在武汉大学中南医院不幸去世。在追思会上,同为医生的夏思思的丈夫数次落泪,遗憾没能看到妻子最后一面,他说,"思思在生活中是一个很平凡甚至有点儿胆小的普通人,在疫情中却成了一个不怕死的英雄。"夏思思生前曾告诉好友,自己快要评上中级职称了,准备继续去学习一下肠胃镜操作,生活上也要跟丈夫一起好好努力,希望能给聪明机灵的孩子更好的生活。

(来源:《中国青年报》2020 年 2 月 25 日)

016 4天3夜骑行300多公里赶去医院上班的甘如意化验师

"同事们一直在前线顶着,我急着赶快回去替换他们。"1996 年出生、现就职于武汉市江夏区金口中心卫生院范湖分院的年轻化验师甘如意，在得知武汉"封城"后，当即作出了一个很多人想都不敢想的决定：从老家荆州市公安县斑竹垱镇码头村出发，以自行车代替长途公交的交通方式，骑行300多公里赶去在武汉的医院轮岗值班。2月1日上午，她背上了泡面、饼干和桔子，戴上了口罩和帽子，独自一人义无反顾地出发了。踏上征程后她才意识到，这300多公里的路程，对于她这样一个非职业自行车运动员来说，是一段难度有多么巨大的前行过程。辗转了整整4天3夜、经历了千辛万苦的甘如意，终于在2月3日下午6点到达了自己所在的医院。她说："我这一路骑行走来，最害怕的并不是从白天到黑夜只身一人，而是怕路上不好走。我就希望能快点回来，同在一线奋战的其他医护人员一起取得这场抗疫战斗最后的胜利。"面对疫情，她不计生死，勇往直前；面对困难，她敢于挑战，一直向前。3月7日，甘如意入选由中宣部宣教局、全国妇联宣传部等部门联合发布的"一线医务人员抗疫巾帼英雄谱"。

（来源：新华网2020年4月6日）

017 主动把房间让给同事自己以车为家的武汉一对医护夫妻

2020年2月16日晚10点，武汉金银潭医院医生涂盛锦与妻子曹珊护士，正在整理座椅上的被褥，这已是他们在车上度过的第23个夜晚。涂盛锦是金银潭医院重症隔离病区的副主任医师，妻子曹珊在同院南二楼隔离病区工作。他们的家距离医院有30公里，单程驾车需要40分钟。夫妻俩平时都是一起上下班的。武汉战"疫"打响后，随时都会被叫去抢救重症患者的涂盛锦下班后不能远离医院，曹珊只好打车或坐公交车回家。1月23日，武汉关闭了离汉通道，所有公共交通全部停摆，曹珊每天上下班就成了问题。除夕那天，涂盛锦值班到凌晨2点多，睡了一个半小时后又去接妻子了。心疼丈夫来回奔波的曹珊就提出，还是睡在车里别回家了。涂盛锦觉得让妻子一个人睡在车上不放心，便干脆把值班室的床让给了同事，自己也一起住到了车里。由于交通不便,金银潭医院医务人员不回家的太多,导致单位宿舍爆满。医院就协调出一些酒店房间,安排本院医务人员临时入住,涂盛锦夫妻俩却又把机会让给了家住得更远的同事。他们说:"不要紧的,我们在车上睡惯了。"

(来源:澎湃新闻 2020 年 2 月 18 日)

018 三个病友的一台戏诠释了方舱医院有温度的文化故事

湖北武汉体育中心临时搭建的方舱医院里,共有 1300 多名新冠肺炎轻症患者及医护人员。由于大家每天都居住和生活在同一个屋檐下,这里已然成了一个临时的小社会和大家庭。为了让单调乏味的方舱时间活跃起来,轻症患者谈娟最先带领病友们做起了广播体操。此后,轻症患者夏斌、杜娟也加入了这一行列。在夏斌的带领下,他们还以方舱中的独特元素为基础,抱着一种游戏和欢愉的心态,拍出了《从方舱站到健康站的列车》《方舱地道战》等屡成网络"爆款"的视频。这不仅丰富了病友们的文化生活,还给疫情中的其他患者带去了欢乐。被病友们誉为"剪辑小姐姐"的杜娟说:"网络走红纯属意外,我们只是想让家人和朋友知道,在方舱医院的我们都过得挺好的,也让病友和辛苦的医务工作者能开心一笑,减少一点精神压力。"在抗击疫情中,方舱文化展示了患者集体创作的力量,彰显了文艺作品的独特功能,在全民抗疫中发挥了不可或缺、不可替代的积极作用。

(来源:《中华文化报》2020 年 3 月 4 日)

019 武汉方舱医院的患者们:心态好了一切都会好

在武汉 9 所方舱医院住院治疗的 5606 名新冠肺炎轻症患者,做广播操、跳广场舞已成为他们中许多患者每天的必修课。随着方舱医院里广场舞 PK 的不断升级,医护人员们都已被挤出了"舞台"。回顾方舱医院广场舞的"进化史",可以看到:第一阶段还只是个别病人在床边开始小范围的业余舞蹈活动。

渐渐地,周围的"病友"也都加入进来。大家在闲暇时又唱又跳,医护人员们也在其中跟着一起摇摆。到了第二阶段,方舱医院里的健身活动"花样"越来越多、越来越专业了。护士们开始教大家做专业的护肺操、呼吸操,还跟病人一同练起了八段锦、太极拳。大家听着可爱的《健康歌》,广播操也做得格外卖力。第三阶段,方舱医院的"舞者们"开始了更专业的追求。新疆第二批医疗支援队的巴哈古丽·托勒恒跳起了一段拍掌弹指、转腕抖肩的"黑走马",海南医生教起了一曲儋州调声《嘱姑九点半》,还有医生们紧跟潮流伴着《火红的萨日朗》跳起了四川坝坝舞。近几日,出舱的患者渐渐多了起来,欢快的舞步不仅传递着他们积极乐观的心态,更传递着决胜疫情的信心。

(来源:中国青年网 2020 年 2 月 15 日)

020 舞曲《火红的萨日朗》为患者传递乐观与希望

在武汉客厅"方舱医院"里,一位身穿防护服的护士,正带领患者们跳着《火红的萨日朗》。这一幕,让我想起《喀秋莎》里的一句歌词:"喀秋莎站在峻峭的岸上,歌声好像明媚的春光。"网友们评论说:舞蹈动作虽不够标准,却最美也最感人。"草原最美的花,火红的萨日朗。"蒙古语中的萨日朗,象征着团结的山丹花。中华大地上新冠病毒正在肆虐,集体宅在家中的我们,心中最美的花,就是这象征乐观团结的萨日朗。诚然,久宅家中的我们,虽不再像过去那般自由,但鸟儿每天仍旧在啼叫,公鸡每天依然在打鸣,太阳每天照常在晨曦中升起,日光也每天会从窗棂中照进来,温暖着我们每一个人的心灵。感染病毒的患者们,还能够在歌声里舞姿翩跹,于谈笑间传递着生命的希望。是的,此刻的我们不得不面对困境,但在这样的生活中,我们依然能找到属于我们的欢乐。

(来源:"中国新闻社"微信公众号 2020 年 2 月 12 日)

021 一位患者大爷在方舱医院里带教病友们打八段锦太极拳

2月9日上午9点左右,在武汉国际会展中心方舱医院内,医护人员和部分患者们一起打起了太极拳,带队的竟然是一位患者大爷。在几位护士的共同感召之下,打太极拳的队伍越来越壮大。虽然队伍中不乏生涩的新手,但大家都十分认真地尝试着、练习着。时而左右倒卷肱,时而又变成左揽雀尾;一招右下势独立、一击转身左蹬脚、一式双峰贯耳,姿势好不专业。才一会儿功夫,已经有人浑身出汗了。国家中医药管理局医疗救治专家组副组长、广东省中医院副院长张忠德有感而发:"隔离病区的患者们,常会表现出由焦虑导致的失眠和腹胀,但通过中医药治疗后可以明显缓解;而八段锦太极拳,能够增强患者体质、加快康复步伐,这对患者是大有助益的。"在评论区,网友们对中医药和八段锦太极拳在帮助新冠肺炎患者康复过程中的积极作用纷纷点赞:"中医中药和八段锦太极拳,是祖先留给我们的宝贵财富,对战胜新冠肺炎病毒一定能起到积极的推动作用。"

(来源:环球网2020年2月10日)

022 火神山医院病床上一位患者向医护人员敬了个军礼

火神山医院病房里有一位退伍老兵患者,他躺在病床上对医护人员说:"都是你们给了我又一次生命啊!我曾经的部队和战友已给过差点死掉的我一回生命了,是你们的全力挽救,又给了我第二次生命,真是要谢谢你们啊!"老人说完,慢慢伸出颤抖的右手,向身边的部队医护人员行了一个庄重的军礼,表示他此刻由衷的敬意。老军人行军礼的动作和此番朴素的话语,都饱含深情。这个军礼,很沉重,也很令人动容。没有当年军人们的英勇奋战,哪来如今的太平安康。曾经,军人们用自己的生命守护过祖国;如今,白衣天使们用他们的生命守护老军人。从前的军人,现在的白衣天使,都是无名英雄,是他们一直保护着我们的祖国和我们。

（来源：北青网 2020 年 2 月 22 日）

023 虽不够专业但选择站出来的"方舱医院"播音员华雨辰

自武汉"封城"以来，许多武汉人陷入了恐慌和焦虑。就在"封城"当天，武汉市青山区钢花小学的普通音乐教师华雨辰作了一个重要决定：加入志愿者的队伍，去为自己的城市出一份力。她在朋友圈说："'封城'就'封城'，我们自己的城，我们自己来守。"华雨辰来到方舱医院，同其他 9 位志愿者一起，分早中晚三个时间段当轮值播音员。这样，病人就可以一边吃饭，一边聆听方舱广播里传来的美妙轻音乐、励志美文、即时天气预报、最新新闻资讯以及方舱医院救治患者情况的最新进展等。在华雨辰当上方舱医院播音员之前，青山区教育局的领导曾给她打过一个电话，"电话里局领导很委婉地说，也想过派其他几位音乐老师去，但唯独你现在未婚。我就说，领导，其实不用跟我说那么多，既然是这样，我愿意去"，华雨辰说。在几位志愿播音员们的共同努力下，方舱医院原本焦虑紧张的氛围终于有了缓解。看到患者们越来越乐观和开朗，华雨辰由衷地感到高兴。她说："成长在和平年代的'90 后'，我们身上的担当精神很难有机会被真正激发出来。这次抗击新冠肺炎疫情的人民战争，对我们这代人来说，是一次难得的检验机会。"她表示，"90 后""95 后"甚至是"00 后"能在抗疫斗争中选择主动站出来，充分说明我们这一代人是有担当的。

（来源：《湖北日报》2020 年 2 月 23 日）

024 武汉同济医院里同舟共济战"疫"记

一、在三个院区改造开放了 2025 张发热重症病床

2020 年元旦刚过，华中科技大学同济医学院附属同济医院院长王伟到发

热门诊巡视查房,在发热门诊前他发现患者比平常明显增多,敏锐的王伟当即指示,对发热门诊进行扩建,并把感染科一层楼病区腾出来,作为发热病人的留院观察病房。1月15日,同济医院紧急召开办公会,决定把老内科楼全部腾空,再度扩大发热门诊面积。同济医院主院区发热门诊和病房面积从最初的110平方米增加到5000余平方米。很快,重症新冠肺炎患者越来越多,而发热门诊楼上只有60张住院床位,院委会决定,将中法新城院区1100张病床拿出一半来改造为重症病床。1月27日,中法新城院区550张床位启用。余下的550张床位,又立刻启动改建工作。2月5日,中法新城院区的1100张床位,全部变成了新冠肺炎重症患者床位。4天后,光谷院区也改建启用830张床位,用来收治新冠肺炎危重病人。由于人手缺乏,先期到达的护士们都兼任搬运工,每位护士长带领护理团队负责清空一层楼。在疫情高峰期,同济医院的三个院区一共开放了2025张重症病床,有效落实了中央提出的"集中患者、集中专家、集中资源、集中救治"的要求。这座有着120年历史的同济医院,在同新冠肺炎疫情的搏战中,自觉担负起自己的职责和使命,践行了"与国家同舟,与人民共济"的初心。

二、首例确诊重症病例的医务人员成功脱险

华中科技大学同济医学院附属同济医院急诊科医生陆俊,是早期感染新型冠状病毒的医护人员中最严重的一个。2020年1月5日,他开始发烧,CT显示右下肺少许感染,1月7日复查时,变成了双肺感染。在发热持续了9天之后,他又出现了呼吸困难等症状。新冠肺炎核酸检测试剂启用后,陆俊成为医护人员中第一例确诊的新冠肺炎重症病例。1月17日,他被转到金银潭医院,在专家组主任赵建平、重症医学科主任李树生等精心救治下,陆俊终于脱离危险,回到普通病房。在陆俊患病期间,有网传消息称其于1月23日去世。陆俊委托支援金银潭医院的协和医院眼科医生刘伟,拍下自己活动的视频并发到网上成功地辟谣。陆俊作为一名危重症患者,在医务人员的救治下成功脱离危险,他希望用自己的亲身经历告诉大家:这次疫情虽然很严重,但危重症患者并不多,作为危重症患者中的一例,有国家和人民做后盾,冲在第一线

的医务人员一定能战胜这次疫情。

三、做心肺复苏时医生的脸距离患者口鼻只有 30 厘米

陈广是华中科技大学同济医学院附属同济医院感染科大夫，2020 年 1 月 13 日，在同济医院主院区的发热病房正式投入使用的第一天，陈广就收治了 7 名高度疑似新冠肺炎患者。其中，有一位 60 多岁的女性突发急性心功能衰竭，医生们毫不犹豫地冲上去给她做心肺复苏，根本来不及戴防护面罩，他们的脸距离患者的口鼻只有 30 厘米左右，事后回想起来真是让人害怕。给患者采集咽拭子标本时，患者一张嘴就会产生大量夹带病毒的气溶胶，这是一线护士必须面对的风险。为了减少护士被感染的风险，陈广所在小组的所有医务人员都帮助护士采集咽拭子。最多的一次，陈广和心内科的白杨大夫一起采集了 32 个标本。作为医疗小组组长，陈广说："大家都是一条战线上的战友，危险的工作，我们一起来分担。"2 月 5 日，中法新城院区床位全部用于收治新冠肺炎重症患者。本该轮岗休息的陈广又主动请战。与此同时，他的妻子、同济医院妇产科医生袁明也报名奔赴一线。正是因为有成千上万的白衣战士在奋勇作战，武汉，这座英雄之城，已经看到胜利的曙光，已经迎来春天的温暖。

四、多支医疗队密切合作将重症病例死亡率降低到 3.39%

2020 年 1 月底，全国 35 支医疗队会师于同济医院，目标只有一个：降低重症病亡率，提高救治成功率。在国家卫健委直接指导下，同济医院成立了战时专家组和医务处进行质量控制，并建立了会诊制度和死亡病例讨论制度。由各支医疗队联合成立的核心质控组，交叉查房，层层讨论，提出更优建议。同时，同济医院还联合北京协和医院、中日友好医院等共同发布《重症新型冠状病毒感染肺炎诊疗与管理共识》，对患者院前评估及转运、病区设置及管理、医疗质量评估、多学科联合诊疗及整体护理等诊疗流程作出明确规范。针对各支国家医疗队在诊疗过程中普遍遇到的临床问题，同济医院还发挥综合医院多学科优势，组建专科临床支持小分队，包括护心队、护肾队、护肝队、护脑队、中药特殊治疗队、气管插管队、体外膜肺氧合(ECMO)队、康复队。这些小分队集中优势医疗力量,重点解决单个支援医疗队某一领域力量薄弱的问题,是提高新冠肺炎治愈率、降低死亡率的一个重要举措。通过密切合作,大家形成了一套比较完整的诊疗技术规范和统一流程。在七八天的时间内,便将重症病例的死亡率从 5.58% 降低到 3.39%。这一战果来之不易。

(来源:《人民日报》2020 年 4 月 8 日)

025 为武汉家乡人抗击疫情加油鼓劲的原创歌曲《姐妹兄弟》

"我们是姐妹兄弟,危难时不离不弃,大江它滚滚东去,黄鹤楼还依然耸立,待春风晴空万里,今天会镶进历史的记忆。"由国家大剧院出品,韩剑光作词、蔡东真作曲的这首《姐妹兄弟》,凝聚了众多创作人员的努力,唱出了抗击新冠肺炎疫情中许多人的心声。歌词不针对某一个具象的群体,而是将武汉的地方特征、人文特征以诗意的方式呈现出来,它体现的是一种力量,是武汉这个英雄城市的气魄。作曲家蔡东真接到创作任务时,正在赶往韩国的途中,他要去陪护罹患癌症的母亲接受治疗。他下火车后看母亲、买设备、找住处,连续两三天都没怎么合眼,最终以惊人的速度创作了这首曲子并配器。为了能让听众感受到更丰厚的创作内涵,国家大剧院调动了歌剧演员队、合唱团、管弦乐团三支队伍融入作品演绎中。不仅如此,还加入了由韩剧《太阳的后裔》中男配角晋久演唱并译配的韩文歌词,以表达韩国朋友对中国抗击疫情的支持,进一步拓展了歌曲的内涵。担任大提琴演奏的土生土长的武汉人尹龙说:"希望能用我们的音乐给家乡人加油鼓劲,也祝愿所有逆行的人们平安、所有驻足家中的人健康。"

(来源:新华网 2020 年 2 月 18 日)

026 病毒围城时,音乐人冯翔尝试用音乐治疗悲伤

2020 年初,新冠肺炎病毒肆虐武汉三镇,当居家隔离了一个多月的武汉

人,再度听到《汉阳门花园》那久违的歌声时无不泪眼婆娑。那些花儿朵儿呀伢儿啊,全都成了看不见的风景。随之消失的,还有热干面的香气、鸭脖子的香辣,取而代之的,是空气中那久久散不去的消毒水的味道。音乐人冯翔作为一名曾经的精神科医生、《汉阳门花园》的词曲作者,比常人更能体会疫情带给人们的精神伤害有多大。1 月 21 日,他去武汉市心理卫生中心开讲音乐治疗课,同里面的病友联欢。本来从 1 日 22 日开始,他们一家 6 口就坚决不出门了。但想到自己曾是金银潭医院院长张定宇的同班同学,现在却不能与张定宇他们并肩作战而深感内疚。后来他发现,可以用他一生挚爱的音乐来抚慰、安放人们焦躁不安的心。于是他首先尝试进行了一把微博直播,然后和全国音乐人一起用音乐给大家疗伤。现在他还在准备,当疫情过去他一定会去做心理援助的事情,有可能还会直接回医院上班。

(来源:《新民周刊》2020 年 2 月 28 日)

027 武汉方舱医院轻症患者向保洁人员表达的一份善意

一位方舱医院的轻症患者,因担心清洁工被传染,主动来到垃圾箱边,悄悄地帮助保洁人员清理散落在垃圾箱外的垃圾。网友们纷纷点赞:太让人感动了。连日来,方舱医院成为国人关注的焦点之一,这里的医护人员和患者状态,时刻牵动着国人的心。当下,方舱医院的轻症患者如能保持良好的精神和心理状态,对早日康复非常重要。如果说,当方舱医院里的患者们读起了书、跳起了广场舞的时候,人们感受到了武汉人民的那份坚韧、勇毅和乐观,那么,在看到患者悄悄帮助保洁人员捡垃圾时,这份主动输出的小小善意,可以说是真正的"治愈系",闪烁着"利他"的星光。

(来源:半月谈网 2020 年 2 月 14 日)

028 "火眼"实验室为打赢武汉"保卫战"连夜试运行

每日可检测万人份样本的新型冠状病毒应急检测实验室——"火眼"实验室,在 2020 年 2 月 5 日下午就正式启动试运行了。1 月 29 日,武汉市委市政府召集市卫健、人社、民政、医保、市场监管等部门和武汉华大基因集团代表,就建设万人份检测实验室作出部署。当天,武汉东湖区政府快速响应落实,由东湖高新区提供场地支持,武汉华大基因集团与建设单位中交二航局对接,快速结束了实验室场地勘察。第二天,华大基因集团就完成了实验室设计,中交二航局于 1 月 31 日正式启动实验室施工。5 天后,在中交二航局和上海诺瑞的 279 名员工自愿加班、全力奋战下,实验室主体工程顺利完成。"火眼"实验室投入运行后,将能为武汉及周边城市的发热病人、高危人群、疑似病例进行精准快速的甄别、排查和诊断,也将为雷神山医院、火神山医院和众多方舱医院等提供快速诊断便利,还将为一线员工和疫区人群早日重返工作岗位提供坚实的科学依据。

(来源:长江网 2020 年 2 月 6 日)

029 华大董事长汪建逆行武汉十天建成万人级"火眼"实验室

65 岁的华大集团董事长汪建,于 2020 年大年初二逆行进入了"封城"的武汉,用 10 天时间建成了一座万人级核酸检测通量的"火眼"实验室,目前日检测量已近 1.6 万人份。1 月 14 日,华大宣布试剂盒研发成功。1 月 26 日,跟随汪建一起抵达武汉的华大基因公司作出了向湖北和武汉捐赠 2 万人份新冠病毒检测试剂盒的承诺。"看到那么多发热和疑似病人因为做不了核酸检测而无法确诊,只能来回奔波于医院和社区,这是非常严重的交叉感染风险。"汪建心急如焚。而此时的汪建,因为无法奔赴一线而焦急。1 月 29 日上午,汪建终于有机会参加武汉市领导主持的一次工作会议,这次会议促使武汉市决议按万人级检测通量规划建设实验室,并同意由华大集团负责设备采购和终端检测。1月30日，实验室建设正式启动——汪建将实验室定名为"火眼"。到2月1日，国内试剂盒日产量已达77.3万人份。而武汉又面临着对试剂盒检测能力不足的问题，对此，汪建团队一改传统的人工检测方式，拿出了自己的"秘密武器"——一款高通量自动化样本制备系统及模块化样本制备工作站。2月10日，"火眼"实验室已具备每天万人份检测能力。

（来源：财新网2020年3月7日）

030 跨越了三道生死线的ICU医生董芳

武汉市第三医院ICU主任董芳第一次接触新冠肺炎患者是2020年1月10日。那天，她到感染科会诊一名因呼吸困难随时要上呼吸机的病人，明知这个病人是有传染性的，她仍坚持跨进病房仔细查看病情。武汉三院被确定为定点医院后，一批批危重新冠肺炎患者先后进入ICU，她的团队接连把其中40个病人从生死线上拉了回来。她说，"这是跨越了病人的生死线"。1月初，她丈夫工作的武汉市中心医院发现了几例不明原因肺炎，在国家疾控中心接受过培训的董芳，从丈夫那里得知信息后马上向医院申请给ICU配备N95口罩、防护服和空气消毒机，并在全院第一个培训N95口罩和防护服使用方法。"先得把战壕挖好了才能去打仗，如果自己先倒下就没法去战斗。"她说，"这是跨越了自己和战友的生死线"。1月16日，她的丈夫陈伟被确诊为新冠肺炎患者，她赶到隔离病房探视，在之后的一个多月中再也没见到丈夫，直到2月26日丈夫病愈，她才得以探望隔离中的丈夫。她说，"这是跨越了自己和丈夫的生死线"。那一天恰好也是她宣誓成为中共预备党员的日子。

（来源：《光明日报》2020年3月2日）

031 武汉五院医护人员：我们只有往前冲，没有后退的余地

武汉市第五医院作为全市最早一批发热定点医院，已接诊众多发热病人。全院 900 多名医护人员在高强度负荷下，已坚守了一个多月。最高峰时急诊科一天接诊达 1700 多位发热患者，平均每位医生接诊 100 多人。大年三十那天，护士刘贝的妈妈突然晕倒在家里，她匆匆赶回家简单处理之后，在母亲脱离了生命危险还没醒来的时候，又匆匆回到了医院。她对劝慰她的同事说："妈妈需要女儿，但病人更需要护士。"在武汉第五医院，每一位医护人员都是一名战士，每上一天班就是一轮冲锋。尽管身体极度疲惫，但没有一个人请假，也没有一个人从岗位上后退一步。其中，还有两位三十六七岁的高龄孕妇，也一直坚守在一线。面对严重的疫情，护士长吴湘玭说："良好的职业道德，让我们在面对病人的时候根本没时间去考虑自己的生死问题。你只有往前冲，丝毫没有一点后退的余地。"像他们这样的白衣战士还有很多，正是他们争分夺秒地努力奋斗，才扼制了新冠病魔的咽喉。

(来源：《中国青年报》2020 年 2 月 12 日)

032 坚守急症留观病房的两位"急诊女超人"

武汉市中心医院后湖院区急诊科的留观病房，是此次收治新冠肺炎疑似患者的专用病房，主要由丰莉娟和赵敏这两名党员医生负责。丰莉娟的公公婆婆都感染了新冠肺炎，赵敏因为患有高血压每天在吃降压药，但两位"急诊女超人"始终坚守在抗击疫情第一线。她们每天查两次房，详细了解留观病人的情况。"必须严细认真，一个病人都不能落下，每个细节都要掌握清楚。一次查房下来差不多要花 4 个小时。"丰莉娟说。1 月中旬，52 岁的陈先生来到急诊科看病，当时他正在发烧，体温最高时达 40℃，还有呼吸困难，CT 影像检查结果显示其肺部有大面积感染，诊断为病毒性肺炎。陈先生在留观病房

住院期间,丰莉娟每天都要察看陈先生的病情发展情况,一天监测4至5次生命体征。在丰莉娟和其他医护人员的精心治疗和护理下,十多天后陈先生就康复出院了。正是因为有像丰莉娟这样的"超人"在一线奔波忙碌,才换来了疫情防控阻击战的阶段性胜利。

(来源:上观新闻 2020 年 2 月 12 日)

033 镜头下,那个被感染的急诊科女护士

如果有人对你说"我中了",你的第一反应一定是认为"我买的彩票中奖了"。然而,这里所说的"我中了"却另有所指。今年大年初一,武汉市某三甲医院急诊科护士李婷,在给老公海棠的电话里说的那句"我中了",是指她不幸感染了新冠肺炎病毒。电话那头的摄影师老公海棠,在悉心安慰了妻子后,决定用镜头记录下他和妻子携手抗疫的点点滴滴,以此来激励爱人和所有被病毒感染的朋友。在海棠的镜头中我们看到:躲在被子里哭着喊难受却咆哮着喊老公出去的妻子;是满嘴的水泡和苦涩的嘴巴,却不得不让自己拼命多吃点多喝点的妻子……压抑的情绪、忐忑的心,如同忽高忽低的体温,牵动着患难中的小夫妻俩。镜头中那个被感染的急诊科女护士、自己的妻子,是无数被感染了新冠病毒患者的缩影。视频刷屏的"加油""一定会好的""三连支持"等,都凝聚了所有普通人的爱和衷心祝愿。"感谢所有人的关心和鼓励,每一个加油都给我和老婆带来了力量。"海棠坚定地说:"请放心,我们将带着你们的鼓励,继续抗击疫病!"

(来源:上观新闻 2020 年 2 月 12 日)

034 武汉医生给疫情中失去多名至亲的老人一个拥抱使情感释放的老人放声痛哭

在武汉普爱医院住院的一位老人,她的丈夫、妹妹都因感染新冠肺炎去世了;在此之后,她的当医生的儿子也被感染。短短几十天内接连遭遇沉重打击

的老人在入院后，神情麻木，眼含哀伤，内心近乎绝望，始终不愿同医护人员交流。一位临床医生见此情形，轻轻地试探着问了一句："老人家，我抱抱您好吗?"老人的眼泪瞬间像决堤一样流了下来，放声痛哭。"之前这个老人的情绪没有得到宣泄，她内心的脆弱没有被人看见，一旦让她感受到有人愿意接纳自己、帮助自己，她内心情感的闸门便在瞬间得到了释放。"一位心理学家分析说。哭完后，老人向医生深深地鞠了个躬，连声说"谢谢"。疫情当前，比疾病更让人痛苦的是患者内心的绝望。在疫情面前，一个拥抱便是一份人世间的温情。

（来源：光明网 2020 年 2 月 23 日）

035 武汉市中心医院血透室7名医护人员696个小时的坚守

2020 年 2 月 26 日凌晨，武汉市中心医院南京路院区血液透析室里灯火通明，依次排开的 47 台血透机飞速运转。7 名医护人员已在岗位上奋战了 29 个日日夜夜。上机、测血压、察体征、床边巡视，他们有条不紊地忙碌着。疫情肆虐，整座城市被迫按下了"暂停键"。但对于尿毒症患者而言，延长生命的血液透析一天也不能停，他们需要每周 2—3 次往返于医院。1 个月以前，该院后湖院区被征用为第二批收治发热病人的定点医院，南京路院区便成为非新冠肺炎患者血液透析医院。为了尽可能满足更多患者的治疗需求，该院肾内科主任和团队商量后，作出一个"大胆"的决定：床位不够，就延长工作时间，满负荷运转，医护人员 24 小时排班。从 1 月 29 日起，南京路院区血透室便开启 24 小时"连轴转"：每天排四个班次，从早上 7 点到第二天早上 7 点，一共两个白班，两个夜班。每天在这里透析的患者高达 180—200 人次，一周要投入 60 余名医护，为 500 名透析患者守好"生命线"。"大家多做一些，就能多救一个病人，我们再辛苦也值得。"一周前，王希婧值班时，巡视中发现一位 50 多岁的男患者脸色苍白、大汗淋漓，便赶紧大步跨到患者身边，呼叫发现患者已无意识，便赶紧同值班医生投入抢救，测血压、心电监护、用药……患者情况渐渐平稳下来。这样的情形在武汉市中心医院血透室每天都轮回上演着。

（来源：《北京青年报》2020 年 2 月 28 日）

036 "插管敢死队"——那些高危险最近抢救患者最多的人

在武汉多家医院，为插管而组成的团队被称为"插管敢死队"。他们的工作就是为危重症患者"搏一线生机"。就像武汉市第一医院插管敢死队员王加芳说的：即便口罩过滤了 95% 的病毒，只要被病毒乘虚而入，那剩下的 5% 就相当于 100%。从医 19 年来累计为 1 万个病人插过管的王加芳的同事刘宇锋，这一次临床操作时手也微微发抖，"就像回到了初学插管时的样子"。上海华山医院医疗队麻醉科医生罗猛强说，抢救新冠肺炎危重症患者，成功的气管插管才是他们的最后一线生机。刘宇锋也用"搏最后一线生机"来描述自己的工作。他说，此刻需要插管的，一般都是重症之中的重症，年龄大多在 50 至 80 岁之间，插管中的任何一个轻微刺激，都有可能导致病人加剧衰竭。气管插管有黄金 1 分钟和黄金 90 秒之说，从注射麻醉药到插完管，都要在这个时间内完成，否则病人就会因缺氧而死。罗猛强所在的病房，气管插管患者高达 80% 至 90%。"我们就是这样，才为这些危重症患者保住了生存下去的希望。"

（来源：《中国青年报》2020 年 3 月 2 日）

037 武汉肺科医院哭泣的胡明医生终于如释重负地笑了

"朋友不曾孤单过，一声朋友你会懂，还有伤，还有痛，还要走，还有我"。此刻，一曲《朋友》，道尽了武汉肺科医院医生胡明同袁海涛医生的真挚友情。他俩互相陪伴，度过了特殊岁月；他们并肩战斗，书写了不凡历史。胡明医生是武汉肺科医院 ICU 主任，在抗疫中已成功抢救了多名危重症肺炎患者，还曾把一名呼吸骤停的患者从死亡线拉回。这样一条铁汉子却在接受采访时，因接了一通电话而泣不成声。原来，在通话时，他得知同行好友、被病毒感染的袁海涛医生病情危重,瞬间双眼通红,悲痛落泪。然而,使命在肩的胡明医生很快就收起悲伤,继续投入战斗。所幸的是,过了几天,传来一个好消息:袁海涛医生的病情已大有好转,并且即将出院。一直牵挂着好友的胡明医生这才放下心来:"现在可以不管他啦!"袁海涛医生也表示,隔离期一结束马上就归队,"因为我的归队,对战友们来说是一种很大的激励"。胡明医生心中的一块大石头终于落了地,如释重负地笑了。这既是因为战友终于能平安归来,也是因为医者仁心救死扶伤绽放的力量!

(来源:"央视新闻"微博 2020 年 2 月 7 日)

038 武汉的每一个医护工作者都是新闻的主角

中央广播电视总台专访记者董倩在抗疫主战场武汉采访期间,去的都是最危险的地方、采访的对象都是战斗在一线的人。"我采访这些人时自然会问到他们经历了哪些事,但我更想知道的是,他们在情感上经历了什么。这次疫情给身处其中的他们带来了怎样的影响和改变。"在身经百战的董倩看来,她在武汉的每一次采访、访谈的每一个医护工作者,他们身上都有深深触动她心灵的地方。"我们都很心疼你,但我们无能为力。这个时候最有力的是你们,所以还得指望你们。胡医生,没别的话,就是多保重。"在采访武汉市肺科医院重症医学科主任胡明时,董倩这样动情地说。"当聊到他的作息时间时,他说,他一天吃饭睡觉都没有时间点,睡得也少。我就赶话说,你们医生给我们看病时,不是总嘱咐我们要吃好睡好增加抵抗力吗?而你们自己恰恰做不到,但你们此时又恰恰需要这样做。胡明医生当时就说:"哪有战士打仗时,因为没吃饱肚子没休息好就不上战场的?""说这话时你就觉得,他就是一个上战场打硬仗的战士。此时就指望他去打仗了,你想帮他,帮得上吗?所以,只能送上充满敬意的祝福。"

(来源:《中国电视报》2020 年 3 月 5 日)

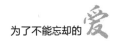

039 他们在这里看见了爱情最甜美的样子

在救治重症新冠肺炎患者最前线，并非只有消毒水的味道，还有人世间至爱的味道。都是"90后"、一同在武汉人民医院工作的柯全和喻晨，原本计划今年2月2日结婚，却被疫情打乱了节奏。1月29日，在金银潭医院病房里，柯全看到一位防护服上写着喻晨这个姓名的人，再看身高体形很像自己的女朋友。"你是武汉人民医院的喻晨吗？""是。"通过辨声音和四目眼神相对，双方才在瞬间确认了对方。真是太意外太惊喜了！柯全虽知道喻晨也来支援金银潭医院，但并不知道她在哪个病区。此时此刻的他俩，没有战地重逢的拥抱与情话，直到分开时，彼此都没有说上第二句话。2020年2月2日下午，柯全下班后特意等着喻晨下班，戴着口罩的这俩人，在金银潭医院院区内一走就是20分钟。"在这最危险的地方同走一段路，会是以后特殊的回忆。"柯全说。之后，他俩又一同在医院食堂吃晚饭，隔着不到1米的距离悄悄摘下口罩时才能仔细端详对方的脸。"好久没看到你不戴口罩的样子了。"此刻，喻晨脸上还带有口罩的勒痕。柯全说："那一刻真心疼，又很甜蜜。"

（来源：《中国青年报》2020年2月19日）

040 武汉金银潭医院的女护士都是敢于往前冲的女汉子

抗疫战斗打响后，武汉市金银潭医院的女护士们都承担了高强度的工作量。他们以白衣做战袍，在最危险的阵地上义无反顾地冲锋陷阵，克服了常人和常日难以想象的困难，特别是重症监护室的护士们更是如此。护士长瞿昭晖介绍说，一般人在ICU重症监护室待上20—30分钟就会觉得胸闷不适。但我们院的这些护士们，每天都要在里面待上至少5—6个小时，最长的达到10—12个小时。这些在抗疫前线的女汉子们都练出了一身的过硬本事：她们不仅要负责给患者翻身、拍背、吸痰，还要时刻关注病人的生命体征，即使是拉着 60 斤重的氧气罐也依然健步如飞。由于这些重症患者使用的都是浓度很大的高流量氧气，一罐氧气只够用半个小时，所以，这里的每个病人每天要使用近 30 瓶氧气罐。尽管劳动强度特别大，但这里的女护士们却没有一个叫苦叫累，"女汉子"的称呼正是由此而来。

（来源：光明网 2020 年 4 月 10 日）

041 医护人员的坚强都是逼出来的，他们有时也会崩溃

疫情发生后，华中科技大学社会学院副教授、"行走的社工"团队发起者任敏，关注着战"疫"前线的医护个体。据不完全统计，目前已经有超过 2000 名医务人员确诊感染了新冠肺炎，20 余名医务人员不幸牺牲。任敏说："已经一个多月不眠不休的奋战，他们还能撑多久呢？个别医护人员已经出现害怕走近医院，会冒汗，身体发抖或发冷等现象。医护们是英雄，但也是普通人，经此一疫后会有不同程度的心理创伤。"任敏他们及时组建了微信培训群，并做了线上二维码，发到各家医院，为他们提供心理疏导。任敏还带领社工学生运行了一条心理热线。曾有一位被感染的医生打来电话，说自己很难受。她们就是倾听，包括倾听他的哭泣，感同身受对方的无力感，然后让他深呼吸，放松情绪。打来热线的都是"会哭的孩子"，"主动求助基本就意味着他信任你，准备跟从你的建议了。"任敏通过线上陪伴，给予医护人员们心理支持，提倡社工多做资源链接的工作，从对方的需求出发，实实在在帮他们做些事情，用行动表达"我与你在一起"。

（来源：华中科技大学新闻网 2020 年 3 月 3 日）

042 没有出现在欢送仪式上的他们同样值得敬佩

各地驰援湖北的医护人员凯旋回家时，受到当地人民最高礼遇的欢送。然而，湖北本地的广大医护人员没有出现在这隆重而又令人难忘的欢送场面

中。他们是湖北自家人，收拾一下行李就默默地回家了，但他们可能比外地驰援者经历了更多的挑战。回望湖北武汉战"疫"初期，重灾中心什么都缺，缺少医疗物资，缺少食物供给，特别让无数人心酸和心疼的是直播镜头中医生吃年夜饭的那几个蛋黄派和方便面；缺交通工具，他们就只能走着去医院；缺防护服，他们就冒着初期信息不畅时无防护的感染风险坚守岗位。医护人员的家人都在重灾区，他们在心系病人的同时，还牵挂着家人。病床上等待救援的人，有的就是他们的同事，他们一次次承受着目睹同事痛苦离开的心碎。在微信朋友圈里看到一位武汉医生说："今天撤离一线了，虽然没有过水门的接风洗礼，坐着公交车去隔离依然很开心。两个月了，我终于可以休息一下了。"另外有位武汉医生离开他所住的酒店时，给工作人员留了一箱牛奶和一封信，他说酒店是临时的家，住了那么多天，给酒店添了很多麻烦，感谢这些幕后英雄。他们的故事让我们看到，没有出现在欢送仪式上的湖北本地医护人员，同样值得敬佩。

（来源：《中国青年报》2020 年 3 月 27 日）

043 武汉青年民警赵闯主动请战冲在护送患者第一线

武汉市公安局硚口分局宝丰派出所"90 后"民警赵闯对父母说："现在，抗疫战斗打响了，所里肯定需要我，武汉肯定需要我，我得提前结束休假回去了。"这是参加工作三年来，赵闯第一次回老家过春节，然而当他看到疫情肆虐、武汉"封城"的紧急状况后，却执着而歉疚地同家人告别，于大年初一踏上了回武汉的归程。"在国家和城市的安危面前，我作为武汉青年民警，应该敢于担当，冲在疫情防控第一线。"回到武汉后，在隔离观察期间，赵闯主动向所里写了请战书。投入一线抗疫战斗后，在连续 20 多天时间里，赵闯先后转送了 59 名确诊患者、疑似患者、发热患者、密切接触者"四类人员"，他从一开始的紧张害怕，到主动接触攀谈，再到跟踪帮助，越干越自信。27 岁的赵闯向记者坦言："好多患者同我父母年龄相仿，我帮助他们，感觉就像关心自己的亲人一样。"2月1日是赵闯最难忘的一天。"从中午忙到深夜，护送了5批共18人，因为只想着节省防护服，最后我被小便憋坏了。"讲到这个细节，赵闯腼腆地笑了起来。赵闯还用主动下沉社区，转运发热病人，真心服务患病群众的实际行动，诠释了一线警察敢闯敢拼的奋斗使命。

（来源："平安武汉"微信公众号 2020 年 3 月 2 日）

044 "在大家都怕的时候我们警察作为老百姓守护者不上谁上?"

武汉市硚口区新安派出所所长、53 岁的老警察郭征利的辖区是闻名全国的人流量大、人员复杂的汉正街。在这个春节，郭征利及其同事和所有的武汉警界同行们，作为除医务人员之外又一支整建制冲在抗疫一线的主力军，在摸排患者，转运、劝说发热病人甚至是送菜、送指甲剪等方面，已兢兢业业连轴工作了一个半月。郭征利点了四位民警随同所里派出的警车运送发热病人，没有一个人拒绝。面对记者的提问，郭征利挺了挺腰板说："你问我怕不怕?肯定怕。但是在大家都怕的时候，我们警察不上谁上?"他每天都会绕着辖区内 0.78 平方公里的六个社区、八个封闭管理卡口巡逻一圈。他边走边问，一圈下来就走了 4100 多步，耗时近 2 个小时。在集中收治病人和隔离患者的工作中，派出所民警负责运送和陪同病人。各所之间通过互帮互助，实现了社区"四类人员"基本清零。"以前我们的主要工作是打击犯罪、维持治安，这次抗击疫情把我们同民众的距离拉得更近了，每天都要事无巨细地为老百姓的生活服务。"郭征利充满成就感地说。

（来源：财新网 2020 年 3 月 9 日）

045 年届退休的老民警李德胜：疫情不退绝不休兵

再有 4 个月，年届 60 岁的武汉市公安局江汉分局民权派出所打铜社区警务室民警李德胜,就到退休年龄了。然而,突如其来的疫情打破了他原本按部就班的生活节奏,加之打铜社区又是老旧社区,疫情较为严重。自 1 月 23 日"封城"以来,他已坚持在一线奋战了 20 多天,满眼布满了血丝。武汉市委市政府要求,将确诊患者、疑似患者、发热患者、密切接触者这"四类人员"实行分类收治和隔离观察。截至 2 月 10 日,他和社区工作人员一道日夜无休,先后转运护送了 14 名确诊患者入院医治、运送 30 余名疑似患者到隔离点隔离。"'四类人员'都被转运走了,但消毒工作不能停。"李德胜说。于是,他又每天走上街头,忙着挨家挨户帮着消毒。"你年龄大了,也容易感染病毒,何必这么拼?"有人劝李德胜。"我从警 20 年,在这关键时刻,疫情不退,绝不休兵!"两鬓斑白的李德胜掷地有声地回答。面对疫情,每个人都是战士,每个人都有一个坚定的信念:疫情不退,绝不休兵!

(来源:人民网 2020 年 2 月 11 日)

046 方舱医院里什么事都要帮忙去做的"太平洋警察"们

在高峰时段,武汉的 14 家方舱医院里 1200 余名警察每天 24 小时轮流驻守,加强对方舱医院内部及周边治安管理,全力保障医院安全有序运转。在方舱医院里,新来的患者都会出现恐惧不安,生活习惯有差异的患者之间还会偶发矛盾,各种情况随时都会出现。于是,这些"方舱警察"们便主动当起了调解员、服务员和心理辅导员。同时,他们还要协助医护人员给患者分发饭菜、生活物资,给情绪不稳定的病人做思想工作,被人们亲切地称为"太平洋警察"。2 月 14 日晚,两名临床患者因为卫生问题发生纠纷,男警庞飞和 5 名同事赶紧上前调解。同为东西湖区分局的"95 后"女警张锦星,和方舱里一个害羞又不便交流的 9 岁聋哑男孩患者成了朋友。她用女性独具的细腻温柔为孩子做心理疏导。被病毒感染的湖北省公安厅高速公路警察总队民警金颖,同一起接受治疗的 6 名警察组建了"党员先锋队",成为医院和病人间的一座"连心桥"。他们以志愿者身份,协助医护人员为病友发放餐食、药品,还通过组织广场舞等形式,帮助病友疏导负面情绪。"有警察在,不会发生大矛盾""公安民警进方舱值守,我们工作更安心",患者和医护人员纷纷在方舱医院的爱心墙上这样留言。

(来源:光明网 2020 年 3 月 11 日)

047 "80后"一级英模许奎讲述穿着尿不湿执勤的这段日子

"在这场看不见硝烟的抗疫人民战争中,同病毒对抗,我们是战斗员;把舱内看到的所有信息提炼成情报,及时送达指挥部,我们是情报员;维护好舱内秩序和所有人的安全,我们是服务员;把平时在审理案件中积累的心理学功夫拿出来,我们还要做好大家的心理辅导员。"首次执勤出舱的武汉市江岸区"青年功模民警突击队"队长许奎对队友们这样说。1981 年出生的许奎,是我国目前最年轻并且唯一身无伤残的一级英雄模范。作为全队人马的总指挥,他每天 24 小时待命值守。回顾整整四周值守方舱的这段时间,许奎如数家珍地总结道:"舱内执勤 26 个日夜,共出动警力 633 人次,排查安全隐患 23 起,调处纠纷 64 起,应急处置突发事件 5 起,疏解心理障碍 78 人次,为患者及其家属送物送药 27 次。现在该轮到我们去接受隔离了。我再也不用担心兄弟们在病毒面前高度暴露的风险,也摆脱了每天要穿着尿不湿执勤的窘困,更不用再昼夜颠倒去值勤,可以好好睡个安稳觉了。"

(来源:光明网 2020 年 3 月 12 日)

048 我要快点好起来以便回去继续战斗

2020 年 2 月 12 日中午,武汉市公安局东湖新技术开发区分局九峰派出所门前,教导员黄荣正在同躺在病床上的所长吴培勇视频通话。"吴所长,你今天的感觉怎么样?""已经好多了。我要快点好起来,回去还要继续战斗。"看到病床上的吴培勇脸色和气色比之前好了很多,黄荣稍稍松了口气。4 天

前,黄荣与同事将连续工作 20 多天的吴培勇所长送进医院体检。当时他发烧并伴有咳嗽,核酸检测结果呈阳性。入院治疗几天后,吴培勇的病情趋于稳定,身体也开始好转。"前些日子涉及疫情的报警不断,吴所长总是不惧危险赶到现场处理。加上连续多日睡不上一个好觉,抵抗力明显下降。"副所长曹奕向记者介绍说。2 月 1 日下午 3 时,63 岁的施某在华中科大同济医院光谷院区被确诊为新冠肺炎,需要转院治疗。但施某不理解,在诊室的诊疗床上躺着不肯走。鉴于当时排队的人很多,施某滞留在诊室会增加其他病人感染的风险。"不能再等了,我们得先把这名病人带离诊室。"吴培勇果断指挥,并劝说病人转入定点医院,快速恢复了医疗秩序。自 1 月 21 日以来,吴培勇亲自指挥或参与转送的确诊和疑似病例共 69 起,处置警情 25 起。

(来源:中国经济网 2020 年 2 月 13 日)

049 为了长江的安全和宁静,支队长永远倒在了安保防疫一线

2020 年 1 月 29 日,长江航运公安局宜昌分局治安管理支队支队长尹祖川永远倒在了安保防疫一线,享年 47 岁。"尹队平时是个风风火火而又一丝不苟的人。有时他大声布置工作,整个楼层都能听得到。"但 1 月 31 日的办公楼里却一片肃静,同事安杰仍然无法相信:他的支队长尹祖川真的走了。27 年从警生涯,尹祖川始终战斗在警卫和守护长江的岗位上。"即使在家,他的电话也没断过,总是连饭都吃不安生,一直协调处理各种事情到很晚。"妻子周中霞悲痛地回忆。疫情发生以来,由于工作量加大,尹祖川已很久没抽出时间去探望年届 80 多岁且都患有癌症的双亲了,他在春节期间的部分工作动态记载了他忙碌的脚步:1 月 21 日,带队开展长江大保护专项行动,次日凌晨 2 点才收队回家;1 月 23 日,逐一督促辖区内 8 个派出所做好疫情防控;1 月 24 日,指导宜昌派出所及时处置装满集装箱的一艘船只,密切关注船员隔离观察动态;1 月 25 日,指导辖区内派出所对锚地滞留船舶做好治安及疫情防控巡查,并指导调查运砂船一艘;1 月 27 日,指导枝江派出所查处一艘无证运输江砂的货船,并

移交至水利部门;1月29日,繁忙劳累中的尹祖川倒在了安保防疫一线。同志们无不为之悲痛泪目。

(来源:警事网 2020 年 1 月 30 日)

050 1923 名"90 后"民警战斗在抗击疫情第一线

湖北省武汉市公安局的 1923 名"90 后"民警,在抗击疫情一线中主动请战,组建了青年突击队。他们总是出现在风险最高的执勤岗位、群众最需要帮助的地方和棘手的现场,处处体现出青年民警生力军的勇敢和担当。"我背着他从 6 楼一步一步挪下,他突然吐到我身上了。知道他是新冠肺炎患者,但我没有害怕!"武汉市公安局硚口区分局宗关街派出所刑侦民警易鑫坚定地说。"伯伯阿姨们,莫急,虽然我年轻,但一定能把这件事解决好,让大家放心。"江岸区分局球场街派出所民警王康钰耐心劝说群众。武汉东湖新技术开发区分局人口管理大队的民警彭澎,利用"互联网＋智慧警务"模式,确保辖区的中外居民和企事业单位在第一时间获取多语种、多角度、全方位的民生、政务、疫情防控信息。正如武汉市公安局政治部负责人所说:"这次抗击疫情的战役给了'90 后'民警进步的空间,他们在各项行动中迅速成长,短时间内,变得越来越有担当,越来越懂得奉献,也越来越受到群众欢迎。"

(来源:《中国青年报》2020 年 3 月 18 日)

051 武汉消防救援队助力城市安全和恢复社会秩序

在武汉抗疫斗争前期,武汉市消防救援支队承担了居民小区、方舱医院、康复驿站、隔离点等公共区域大量的洗消杀毒任务。随着武汉城市"重启"在即,这些消防战士们又在武汉火车站、付家坡长途客运站、宏基长途客运站和武汉市 117 座地铁站点等交通枢纽,进行全面洗消杀毒。2020 年 3 月 24 日,这个支队派出的 80 名消防员,使用电动喷雾器对武汉火车站的公共区域进行了全面消毒,有力保障了城市交通运行"重启"。截至3月26日,累计洗消面积2636.03万平米。由消防大队成立的"医疗废弃物转运党员突击队"还承担起医疗废弃物的转运任务。在各行各业稳步有序恢复生产的关键时期,武汉市消防救援支队,又灵活采用实地监督提醒、视频连线等形式,督促企业落实消防安全主体责任,督促行业部门落实消防安全监管责任,助力企业安全复工复产,帮助恢复生产的企业从一开始就化解消防安全风险。

(来源:新华网2020年3月27日)

052 方舱医院的那一抹"火焰蓝"

在全力开展疫情防控阻击战之际,来自武汉市青山区消防救援大队的刘江,同其他7名党员组成方舱医院防火监督党员先锋队,成为那里的一抹"火焰蓝"。每天清晨6时30分,突击队全员就迅速起床、测量体温,早餐后立即清点进舱作业装备。设置了数百张床位的体育馆方舱医院,纵横交错的隔板、拐角处堆放的物资、小跑着的医护人员、身着"消防救援"蓝马甲的突击队员,他们忙碌的身影、迸发的活力瞬间让整个方舱医院热闹起来。"阿姨,您躺好不用起来,我帮您把挂在消防栓箱上的衣服挂到看台晾晒区去。"在检查过程中,刘江发现有在室内消火栓门前晾晒衣服的违规行为,立即进行了整改。趁着医护人员休息的间隙,刘江赶紧向他们宣讲紧急情况下方舱内部的逃生常识以及简易逃生面罩、消防软管卷盘等用具的使用方法。刘江说:"在方舱里,医护人员就是所有患者在紧急情况下逃生的指示牌。"

(来源:中华人民共和国应急管理部官网2020年3月2日)

053 汉阳最大康复驿站"关门大吉",驻点消防员被赞"暖男"

随着最后一名留观人员结束隔离回家,武汉市汉阳区最大的康复隔离点

"长江工程职业技术学院康复驿站"正式"关门大吉"。30 多个日日夜夜里,每天 24 小时驻点执勤的汉阳区消防救援大队"119 党员突击队"的消防员们,全力守护留观人员的生命安全和身体健康。3 月 2 日,64 岁的李婆婆出现了低血糖和缺钾症状,不知所措的她,尝试拨通了康复驿站求助热线。不一会儿,消防员程炼就送来了 8 斤香蕉和 6 斤桔子。为了在第一时间解决留观人员诉求,消防救援大队在内部分工时,选择经验丰富的程炼担任"全能服务员",把他的手机号码张贴在各楼层的饮水机旁,方便大家联系。工作之余,他们还制作了暖心鼓励小贴士,逐层逐户分发到人,每日巡查时主动送上一句问候鼓励语。3 月 8 日妇女节那天,他们又自发采购了百余枝玫瑰花,送给留观人员和驻点医护人员。真诚的微笑、温馨的细节得到了患者们发自内心的认可,一位留观人员在感谢信中写道:"你们不仅是灭火英雄,也是生活中的暖男,感谢你们为我们带来的温暖。"

(来源:《楚天都市报》2020 年 3 月 29 日)

054 "武汉爸爸"戴胜伟永远停止了为爱奔跑的脚步

3 月 31 日,内蒙古自治区第五批援鄂医疗队的 148 名队员在驰援武汉 42 天后,完成使命即将凯旋。而持续 40 多天为大家做好后勤保障服务的武汉市第十七中学副校长戴胜伟,却因突发疾病抢救无效,不幸倒在了工作岗位上。噩耗传来,援鄂医疗队员们连夜折出 2000 只千纸鹤,回忆他的点点滴滴,寄托无限哀思。2020 年 2 月 18 日,60 多名支援武汉市肺科医院的内蒙古援鄂医疗队抵达武汉,戴胜伟和同事以及 4 名司机志愿者,主动报名为全体队员提供衣食住行等后勤保障支持,大家吃住在酒店,手机 24 小时待机,随叫随到。戴胜伟身兼前台接待、保洁员、交通调度员、搬运工等数职,每天从清晨 6 点忙到晚上 12 点。医疗队里有很多队员是"90 后",听说戴胜伟的女儿也是"90 后",时间长了,大家都亲切地称他为"武汉爸爸""戴阿爸"。根据安排,内蒙古第五批援鄂医疗队 148 名队员将在 31 日返程。当日上午,硚口区将在武汉市第十七中学校园内为他们举行欢送会。正在商讨活动细节的戴胜伟突然说，"背疼得有点难受，我想去坐一下"。没想到，坐到一旁的花坛台阶上的戴胜伟一头栽了下去。"武汉爸爸"永远停止了为爱奔跑的脚步。

（来源：《中国青年报》2020 年 4 月 3 日）

055 聚拢温暖、守护英雄的武汉"最美快递员"汪勇

2020 年 2 月 26 日，国家邮政局发出嘉奖通知：授予汪勇"最美快递员"特别奖，号召全行业向他学习。汪勇是武汉一名普通的快递小哥。疫情暴发后，他牵头建起了医护服务群，从日常的出行、用餐，到修眼镜、买拖鞋，只要医护人员有需要，他们都会想方设法去搞定。汪勇和他的志愿者团队将温暖聚拢，守护着冬日里逆行武汉的医务英雄。大年三十那天，一条"护士下班打不上车"的消息让本已放假回家的汪勇坐不住了。第二天，他就住进了公司仓库，开始志愿接送医务人员上下班。护士每天下班后走路回家要 4 个小时，这让汪勇特别心疼。他开足马力，第一天就接送了 30 多位医护人员回家。但"就算自己再拼命，每天最多也只能跑 300 公里左右"。于是，他就在各个微信群里招募志愿者，渐渐地，他们的队伍扩大到二三十人。队员们日夜兼程跑坏了三台车，但大家都觉得非常值得。此后，细心的汪勇又建起了医护服务群以满足医护人员换班吃饭、理发等需求；就连医护人员眼镜片坏了，需要买拖鞋、指甲钳、充电器甚至秋衣秋裤，只要在群里通过接龙喊上一声，很快就会有人出来搞定。汪勇说，自己能量有限，是无数志愿者爱心的汇聚，才让他这个毫无资源的普通人显得"一呼百应"。

（来源：人民交通网 2020 年 2 月 27 日）

056 "我的爸爸是超人，他每天都在保护医生"

2020 年农历大年初一，武汉快递小哥汪勇对妻子说，他要去单位帮忙送

货。当时他没敢向家人透露自己是在做志愿者。为了不引起家人担心，他说有同事感染了新冠肺炎，自己需要到单位仓库隔离。他让妻子把他的换洗衣服放到仓库门口。此后汪勇常不接电话，妻子开始怀疑他是否感染了新冠肺炎。汪勇这才告诉妻子，他是在做接送医护人员上下班的志愿者。妻子怕他有危险让他居家隔离，不要住到单位仓库里。汪勇就对妻子说："援鄂医护人员是来救我们的，如果医护人员倒下了，我们的小家也保不住了。"他还说，"医生来保护武汉，我们要保护好医生。"电话那头，妻子沉默片刻后说："我支持你。"那段时间，汪勇的孩子每天问妈妈最多的问题就是：爸爸什么时候回来？汪勇的妈妈也一直不知道儿子在做志愿者，后来听朋友说在电视上看到汪勇了，她这才知道儿子在做这么了不起的事。在这以后，汪勇的儿子再问爸爸去哪儿啦？大人们就说你爸爸去保护医生了。现在只要在电视上看到汪勇，儿子就会说，我爸爸是超人，他在保护医生。

（来源：《中国青年报》2020年3月16日）

057 武汉快递小哥张浩其人其事

在新冠病毒肺炎暴发期间，武汉许多居民的日常生活需要都依赖像张浩这样的快递小哥，他们冒着被感染的风险骑行在大街小巷，为居民们送来食品和其他日用品。当有人问张浩为何仍在工作，是否担心自己被感染时，他说："刚开始还是有点担心的，害怕在疫情结束前没法见到6岁的女儿。但想到那么多居民要配合疫情防控工作，他们居家隔离没法出门采购，只能在网上下订单，我就觉得他们都很需要我，我必须去帮助他们。"在武汉市委、市政府实施社区封闭管理政策后，张浩每天的送货量比平时多了一倍。每天出发前，他都会戴上护目镜和口罩做好防护。有一天在为武汉一位女士送书时，对方送给张浩几只口罩并嘱咐他要小心，这让他很感动。每天下班后，张浩会给50公里外孝感老家的女儿打电话，他已经一个多月没见过女儿了。"我们每天都会聊天讲故事和玩游戏，这是一天中最幸福的时刻。"刚送完一天快递的张浩在下班后笑着跟同事说。

（来源：美国《华尔街日报》2020 年 2 月 13 日）

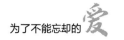

058 外卖"跑单王"何文文在疫情期间守护着武汉人的胃

何文文是武汉的一名美团送餐"骑手"，他的服务范围恰好是医院密集的地区，每天来自医院病人的订单很多，但他从没有拒绝。在"封城"早期，何文文接到了不少来自外地的订单，订单上不留名字，只注明"请送给医院的医护人员"。"给医护人员送餐，感觉自己的职业比往常又多了一份意义。"这个时候，外乡人何文文有了融入武汉的感觉。这个冬天，何文文跑单要比以往顺畅很多，2 月 17 日那天晚上从 21 点开始，何文文骑着摩托车送餐，一直持续到 2 月 18 日晚上 24 点，他一共跑了 202 单。美团后台数据显示，何文文创下了全国单日跑单的最高纪录。有一次，他接到一个女生的电话，对方带着哭声请求他把早餐放到家门口，因为自己发烧，一个人在家隔离，不能出门接早餐。由于小区封闭，何文文跟物业沟通了许久，这让一向注重效率的他有些着急，但想着女孩的哀求，他选择继续等下去。最后，他将早餐放到电梯里为女孩送了上去。那一单，何文文花了整整 30 分钟才完成，但他并不后悔。在掌控时间和效率的基础上，他成为给医护人员和病人送单最多的"跑单王"。

（来源：《财新周刊》2020 年 3 月 7 日）

059 在武汉接单不是"为了赚钱"的美团骑手耿亮

在疫情之前，美团专送骑手耿亮送一单外卖收入 5 元钱，每天能赚到 300元钱左右；如今，由于餐厅全部关停，外卖只负责配送超市物资，耿亮日收入甚至不足一天饭费。"但我还是想接，小区封了，人们吃喝都成问题，我们能做的，也就是给他们送点吃的了。"他有时会想，如果自己推掉一个订单，是不是那一家人就一天无法拿到必需的生活用品。在成为美团骑手之前,耿亮曾是一名游戏主播;做骑手不久,他开了一个抖音账号,在他发布的抖音中,一条以"空城武汉"为主题的短视频小火了一把,播放量上升到八九万。评论区中除了鼓励的声音,也会有个别恶意揣测者。在一条他拍摄早上6点起床去配送站打卡报到的短视频下方,有人写下了一句"起这么早接单,你们还不是为了赚钱"的评论。但他很快就释怀了:"恶意"总是少数。在疫情期间,他将外卖送达后,很多人家都会对他说,谢谢,注意安全。"以前人家最多说声谢谢,现在大家的关系好像都会变得更亲近了,话虽然不多,但是让人心里很舒服。"

(来源:"全天候科技"微信公众号 2020 年 2 月 19 日)

060 "樱花就要开了","90 后"外卖小哥镜头里的武汉

从 2018 年起就在武汉送外卖的"90 后"河南小伙赵彬,如今已经是"饿了么"的五星骑手。在武汉工作近两年的时间里,喜欢摄影的他,买了台属于自己的相机,他喜欢一边送外卖,一边拍摄武汉街头的人和新鲜事。由于新冠肺炎疫情的暴发,赵彬未能赶回河南老家过年。起初滞留武汉时,走在空荡荡的大街上,望着关闭的离汉通道,他的眼泪会控制不住地往下掉。但如今,在工作之余,他会勤快地记录着武汉的点滴动人故事。在他的镜头里,大家都戴上了口罩,医护人员有了保障车队,市场物资供应状态良好,同时,很多顾客还会给他送口罩。"虽然我们隔着口罩,可忽然觉得,人跟人的距离一下子拉近了。"他说疫情下更加团结的武汉,每时每刻都令人动容。赵彬的妻子有个新年愿望,要来武汉跟他一起去看樱花。现在,看樱花已经不仅是他们的愿望,更是全国人民的共同期盼!春天来了,武汉樱花就要开了,相信一切很快都会好起来的!

(来源:《人民日报》2020 年 2 月 10 日)

061 武汉年轻人在疫情中选择挺身而出

在新冠肺炎疫情危机中心武汉,涌现出新一代志愿者。30 岁的酒吧老板布莱克(音)在他的家乡武汉暴发疫情后,很快就挺身而出。当医院工作人员呼吁社会捐赠补给品时,他和一群朋友开始筹集资金四处采购口罩,然后开车把物品送到医院。当武汉"封城"和公共交通停运后,他们又主动接送医务人员上下班。在疫情暴发的当下,这座城市的普通民众纷纷挺身而出,特别是很多年轻人,积极自发开展抗疫工作。有时候这些年轻人服务的范围很广,能与遍布世界各地的朋友和校友网建立起物流供应链,为有需要的医院捐赠口罩、护目镜、防护服及其他急需装备。疫情期间,中国很多人通过网络进行捐赠,募集抗疫物资。对一些人来说采取志愿行动属于本能。一位 32 岁的女性说,整个危机对像我这样的年轻人是个机会,这是我们第一次意识到,自己事实上能够产生影响,并改变人们的生活。

(来源:美国《时代》周刊 2020 年 2 月 24 日)

062 捐献血浆:爱心接力在持续

武汉市江夏区中医院党委书记宗建说:"作为一名已经康复的新冠肺炎患者,我更懂得生命的宝贵,知道自己的血浆帮助到了别的患者,内心感到特别欣慰。"2020 年 2 月 4 日,宗建看到江夏区中医医院院长熊侃在微信群里发出倡议:招募捐献血浆的特殊志愿者。新冠肺炎治愈患者的血浆可能含有抗体,输入重症患者体内,会有助于挽救他们的生命。"救死扶伤是我们医务工作者的天职",他呼吁已经康复的各位医务工作者都来献血,"这可以帮助临床治疗并促进相关医学研究"。很快,微信群里的医务工作者纷纷报名响应。经过年龄、体质、康复时间等筛选,2 月 5 日上午,宗建带头与 5 名同事一起撸起袖子,总共捐献了 2600 毫升血浆。6 日,该院胡懿德和彭华两名医生,还自行前往湖北省人民医院捐献血浆。9日,副院长韩庆和8名同事也捐献了血浆。经过生物安全等检测后,他们的爱心血浆分别注入了9名患者体内。截至记者发稿时,江夏区中医医院参与献血的志愿者共19人。宗建表示,该院还会继续招募志愿者捐献血浆,将这场爱心接力进行到底。

(来源:《人民日报》2020年2月15日)

063 武汉志愿者积极救助受困宠物

从2020年1月23日起,武汉"封城"了,全市成千上万受困的宠物正面临饿死的风险,因为这些宠物的主人不能返回武汉照顾它们。据不完全统计,武汉至少有5万只宠物猫被单独留在家中。一名自称老猫的志愿者正游走于城市中帮助被困在家中的宠物,一些被隔离或不能返回的宠物主人,纷纷通过社交媒体联系老猫解救他们家的宠物。老猫说:"保守估计大约有5000只(宠物)仍然受困。"他说:"包括我在内的团队志愿者自1月25日以来已经救了1000多只宠物。"武汉市小动物保护协会会长杜帆说:"如果我们不提供帮助,宠物狗宠物猫会在主人回家前就死在家里。"他说:"帮助动物是我们的职责。"目前,该协会已接到700多个家庭的求助,武汉市至少有60万至80万只宠物猫和宠物狗。

(来源:《新闻周刊》2020年2月5日)

064 志愿司机王利:我要把汶川地震时得到的爱传递下去

武汉即将"封城"时,女孩王利放弃回家乡过年的机会,加入应急车队,成了一名志愿者。她每天都晨出夜归驱车100公里、工作11个小时以上,午饭通常以泡面凑合一下,就带着患慢性病的老人去医院做透析、化疗、拿药,或帮社区运输防护物资、帮居民团购生活物资……这些,都成了王利每天的规定动作。这位"90后"女孩是武汉的一名专职滴滴司机。"我现在活着的每一天都是赚来的。"这位绵阳女孩向记者谈到了永远无法忘记的汶川大地震:"记得那天回家路上,一批批血淋淋的伤员从我身边经过。路裂开了,路边的房子也塌了,连不远处的山看着都比往日矮了一截。当时,我觉得天都塌下来了。"那次大地震,把她所在的学校变为废墟,还夺走了240名同学的生命。2018年,王利来到武汉找了一份工作。"汶川地震后,暴雨倾盆,曾一度没吃没喝。我和妈妈因为坐不到车,有次硬是走了近十公里的路……那种无助,我至今没办法忘记。但好在救援人员和各地的志愿者给我们带来了希望与帮助。现在武汉有难,我想把自己当年得到的爱和帮助传递下去。我唯有竭尽所能,才能把汶川地震时得到的爱传递给武汉和武汉人民。"

(来源:《中国青年报》2020年3月3日)

065 "拉着城市去看病"的网约车司机

当一座城市为抗击疫情而不得不开始沉睡时,它的神经末梢却依旧保持着活跃和敏感。对此,武汉网约车司机李捷深有体会。他每天出车两到三次,车轮上维系的是这个城市最日常最急迫的需求:高血压病人急需买药、行动不便的老人等着透析。李捷说,公交车被禁行后有关部门从网约车和出租车公司召集了6000辆车,组建起社区保障车队,协调社区为居民运送物资,为行动不便住户送菜送药;出行企业也搭建了医护保障车队,武汉市民还自发组建了志愿者车队,共同保障医护人员出行。李捷所属的网约车租赁公司,70多名司机中有30多个加入了保障车队。李捷平时很讨厌武汉街道的拥挤,但春节期间驾车走在空旷的马路上,他却在不断地流泪:"我清楚地看到我们的城市病了。但进入2月以来形势在慢慢变好。"随着各路医疗队、支援队一批批赶来,物资紧缺程度减轻了,医院人手也增多了。李捷在接送医护人员时,看到他们都由原来的默默流泪,变成连声感叹"现在强多了"。

(来源:《中国青年报》2020年2月12日)

066 冲锋在前、守护平安的张鹏飞分队长

火神山医院洗消分队张鹏飞分队长嘱咐队员："医院里所有门把手、传递窗等，按照流程，由前至后、由上至下，再人工擦拭消毒一次。"有队员问："队长，咱们的智能消毒机器人，已经全覆盖地洗消一遍了，还需要人工洗消吗？"他回答："这些部位都是医务人员经常触碰的地方，是病毒最容易残留的部位。我们多洗消一遍，他们被感染的风险就会降低一分。"中午时分，经历了一上午洗消作业的张鹏飞非常疲惫，但他仍然带着队员邢录震把3条分别有200余米长的医务人员通道手工洗消一遍。面对看不见的敌人，张鹏飞将负责的区域划分为1个洗消站、2个消毒岗、3个消毒区、21个洗消点，再把自己和9名队员编成5个战"疫"小组，轮流到污染区、半污染区和清洁区值守。张鹏飞说："医生们确保'打胜仗'，我们要确保'零感染'。"他带领队员每天都要对医务通道进行2次以上卫生清理和洗消作业，累计清扫和消毒280余次，累计消毒量达120万立方米以上。作为队长，张鹏飞每次受领任务后，都冲在最前面，站在最危险的地方，用实际行动带领队员一次又一次冲锋，确保了医院的安全。

（来源：《人民日报》2020年4月14日）

067 平凡环卫岗位上的英雄担当

2020年1月25日凌晨，武汉市江岸区城市管理执法局向环卫集团干部职工发出倡议：组建突击队支援汉口医院内部环境卫生保洁。百余名环卫工人踊跃报名，最后有15名被选定，他们中年龄最大的55岁，最小的25岁，还有80多名作为预备队员，随时准备替换。入选的武汉江岸八清环卫有限公司副经理安亚菲说，作为一名党员和退伍军人我觉得应该站出来。同医务人员一样，为了节省防护服，这15名环卫工人在工作期间都尽量不上厕所；为避免

传染的风险，每天下班后他们都自己开车返回集中住宿地点进行隔离，早晨再回到医院工作。当被问到有没有担心自己可能被感染时，一位环卫工人说："医护人员都敢上，我们为什么不敢上？"英雄就是在关键时刻勇于站出来的普通人。在这次抗疫斗争中，武汉江岸区共有 4000 多名环卫工人始终在岗。他们每天除了常规保洁以外，还对公共设施、大街小巷进行防疫和消杀处理。这些既源自环卫工人的职业精神，也闪耀着人性的光辉！

（来源：《人民日报》2020 年 2 月 10 日）

068 武汉环卫工高上元：我只是做了应该做的事

戴着一顶棕色鸭舌帽，身穿橙色工作服，骑着一辆电动清洁三轮车。在武汉市武昌区友谊大道负责清洁的环卫工人高上元又回来了。两个多月前，他每天在武昌方舱医院的病区做保洁、消毒和垃圾清运。今年 53 岁的高上元，是武汉市城管委二桥清洁队的环卫工人。2020 年 2 月 6 日上午，高上元在工作调度群得知洪山体育馆方舱医院需要志愿者做保洁。他第一时间报名，成为一名方舱志愿者。当天凌晨 2 点，高上元进入方舱医院后身上被防护服裹得严严实实，一动就出汗，呼出的气把防护镜也弄糊了，看不清前面的路，防护服里面的衣服也全部湿透了，每天工作结束后，衣服上都可以拧得出水。他有腰椎间盘突出、糖尿病、肩周炎等疾病，每天多次弯腰、抬手，身体有时也吃不消，但还是坚持下来了。2 月 20 日，在阿里巴巴天天正能量评选活动中，高上元获得"战'疫'英雄奖"，并得到奖金 1 万元。3 月 14 日，结束方舱医院的工作后，高上元在隔离宾馆收到了辽宁支援湖北医疗队队员王海旭医生的微信："在我看来，不管是医护人员，还是保洁等保障人员，只要在抗疫一线，我们都是战友，只是分工不同。"

（来源：《人民日报》2020 年 4 月 23 日）

069 隔离的环卫工人退房后，酒店经理眼圈红了

一群负责给武汉协和医院西院作保洁的环卫工人，根据隔离要求，入住沌口长江大酒店。2020年2月21日晚，他们接到腾房转移通知，便匆匆退房离去。酒店经理按程序要对所有房间进行消毒处理，打开房门的一刹那，经理忍不住落下泪来。眼前的房间整整齐齐，一尘不染，就跟没有住过人一样。事后，记者找到了一名曾经居住在酒店的环卫工人朱莲芳，她是这么说的："我们都是搞环卫工作的，平时没住过这么好的酒店，心想千万不要把房间搞得乱七八糟，给别人添麻烦。"这些生活和工作在城市里的环卫工人，平常每天起床最早，干着最脏最累的活。在疫情发生时，他们每天穿着密不透风的隔离服，耐心细致地处理潜藏着大量病毒的医院垃圾，几乎每个人都累得大汗淋漓。工作后脱下防护服时，整个人就跟水里捞出来的一样。保洁员刘先梅说到报名初衷："想到全国各地的医护人员都到武汉来了，武汉本地人怎么能临阵脱逃呢？"有人说，时代的一颗尘埃对于个人都是一座大山，这话说尽了悲情和无助。环卫工人们尽管大多并不富有，但此时此刻，他们却生出了身处泥淖、心向阳光的高洁来。

（来源：央视网2020年2月23日）

070 一位用实际行动疼爱医护人员的武汉小餐馆老板娘

网上有这样一则信息："武汉'封城'后，医生和护士每天凌晨3点只能吃方便面。"这条信息被一位善良的餐馆老板娘看到了，她心疼得直流泪：一线的医护人员，连吃一口热乎饭都不能保障，拿什么体力去救死扶伤？于是她连夜写了下面一段话："只要医护人员需要吃饭，无论哪个时间点，提前半小时打我电话，24小时在线。我们店里5个人不过年，支持所有的医护人员。我们不发国难财，我们只想出点力。"这位老板娘，就是以自己的方式、尽自己的努力

为抗疫阻击战出力。曾有网民说"我从未见过这样的武汉";看到这样善良的餐馆老板娘的故事,我们不禁要说,我从未见过这样的武汉老百姓。

（来源："央广新闻"微信公众号 2020 年 1 月 30 日）

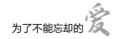

071 抗疫战场上的平民英雄志愿者们的故事

一、马路,本是他们的主战场

今年 55 岁的武汉市江汉区环卫工人潘斌伏,在 2020 年 1 月 25 日得知武汉市红十字会医院急需保洁人员的情况后,第一个报了名。"我也要去!"紧接着 48 岁的同事朱红友大声说道。"你丈夫糖尿病,家中还有个小孩,还报名?"江汉路环卫班长陈秀芹不解地问。"我要去献爱心!"朱红友的回答斩钉截铁。而后潘斌伏、朱红友、陈秀芹、满彩美等 21 名环卫工人都在请战书上按下了红手印。下午 4 时许,第一批志愿者 11 人进入病房。当晚清理垃圾 100 多桶。2 月 6 日,满彩美等 72 名环卫志愿者又转战江汉方舱医院。满彩美的儿子今年 8 岁,女儿 12 岁,居住的隔离酒店离家只有数百米,但她已 20 多天未与家人谋面了。江岸区、洪山区也先后组织 100 名环卫工人和 15 人的环卫突击队进驻武汉市各定点医院。武汉开发区环卫工吴全芳说:"在最近的地方同医护人员并肩作战,让我信心倍增,大家齐心协力,我们一定会赢。"

二、"疫情不散,车队不撤"

2020 年 1 月 25 日,一支由 160 多辆货车组成的"美慧快运爱心车队"开始为武汉各大医院运送物资。车队发起人张涛个人拿出 12 万余元支付油费,尽管开销很大,但张涛决心坚持到底,他说:"疫情不散,车队不撤。"在数千名义务"摆渡者"中,一个特殊的身影引人注目。1 月 26 日,来自法国的弗雷德加入了志愿车队"豹变车队",义务帮助运送医疗物资和医护人员。他的加入让"豹变"志愿车队再次让人瞩目。弗雷德,今年 54 岁,与武汉籍妻子在武汉已定居 7 年,疫情暴发,他没有随同法国撤侨班机返回故里,而是选择同家人一起坚守在武汉。"现在每天治愈的人比去世的人要多,这是一个好的迹象。大家一起努力,我们有信心战胜疫情。"弗雷德说。

三、"大家口罩不摘,我们志愿服务不停"

35 岁的马火是一位餐饮工作者,曾进过军营的他作为汶川地震救援的后备力量,接受过专业训练。疫情暴发后,马火在江夏区申请成为一名志愿者。2020 年 2 月 14 日,当他把一批捐赠物资运抵江夏大花山户外运动中心方舱医院后,他已在抗疫一线奋战了整整 22 天。共青团江夏区委干部喻天胜介绍:像马火这样主动申请参加志愿服务的青年人,在江夏区还有 600 多位。他们当中,有的当司机、有的搬运物资、有的负责卸货、有的打扫清洁。从 2 月 5 日至 11 日,就有 4 批共 78 人次赴江夏区方舱医院,安装床架、铺设床单被套、电热毯、搬运消毒物资。2 月 9 日,他们又来到藏龙岛高铁凯瑞国际酒店,为凌晨到达武汉的辽宁省援汉医务人员提供后勤保障服务。2 月 10 日,11 名青年志愿者驰援雷神山医院,完成 200 张床位的物资搬运和 16 套房间布置工作。在被问到志愿服务打算持续多久时,马火说:"大家口罩不摘,我们志愿服务不停。"

四、"一个都不能少!"——每天打上千个摸排电话

明媛是武汉市汉口区群建路小学党支部书记,担任数据组组长,每天早上 7 点一过就要到岗分配任务。玉龙幼儿园的王铂儒,每天骑行 1 个多小时,总是早早上岗领受任务。建港中学教师林四海,其父亲每周需 3 次透析,但他仍毫不犹豫报名当了志愿者。2 月 15 日清晨 7 时 30 分,汉阳玫瑰第二幼儿园幼师吴炎坤就开始向外拨打排查电话:"您好,请问您现在情况如何?""谢谢,我第二次核酸检查结果刚出来,是阴性,很快就可以出院了。"吴炎坤在连续多天的摸排中,总结出同居民沟通的"诀窍":倾听、劝说、开导、商量,才能更好地赢得居民的信任。这些志愿者每天要拨打上千个电话,有时连一口水都顾不

上喝。吴炎坤感慨地说："国家花这么大力气帮助武汉抗疫，我们在排查过程中，'一个都不能少'，不能有任何疏漏。"

（来源：《湖北日报》2020 年 2 月 17 日）

072 谢小玉：再小的微光，也能散发出温暖彼此的能量

2020 年 3 月 10 日，习近平总书记亲临武汉市考察疫情防控工作。在东湖新城社区座谈时，总书记为"00 后"志愿者谢小玉当场点赞。在北京矿业大学读书的谢小玉是个土生土长的武汉女孩。疫情发生时，她正在家里过寒假，2 月 12 日，母亲告诉她社区正在招募志愿者，她马上报名。2 月 15 日，谢小玉穿上了鲜艳的红马甲，到 30 号楼栋为 200 户居民买菜买药。她最常做的，就是推着小推车，到小区旁的超市里，帮居民们把生活物资一趟一趟往回搬。"一次帮两三家买，够他们用上三四天。"生活物资配送点位于社区最南端，30 号楼栋位于社区最北端。二者之间的距离，接近 300 米，跑两个来回，就超过了 1 公里。这名最年轻的志愿者，担起了社区里路程最远的配送线。在社区当志愿者近一个月，谢小玉收获了很多温暖。居民们的理解和支持，党员们冲锋在前的身影，成为她这段时间里最深刻的记忆。谢小玉说，读大学两年来，她参加过环保志愿活动，也在校庆中当过志愿者，每一次经历，都让她对"奉献"二字的理解更深，并深有体会地说："再小的微光，都能散发温暖彼此的能量。"

（来源：《湖北日报》2020 年 3 月 13 日）

073 余靖：在大桥上值守，看到了家人，情暖了世人

做平面设计工作的武汉小伙子余靖，在第一时间向武汉青山区团委报名成为一名志愿者。他每天的工作分两部分，半天"站桥"，半天机动。"站桥"时的主要工作是配合交警给过长江大桥的司机和行人量体温，也规劝非必要外出的人尽快回家。机动的工作需要在志愿者群里"抢单"，包括接送医务人员、

搬运救援物资以及各种缺少人手的工作。余靖的家离大桥不远,因为怕感染家人,他已经很长时间没有见到他们了,但经常给他们打电话说,"我在长江大桥上,我看到你们了"。余靖每天早出晚归、衣食从简,无论干什么都开开心心、认认真真去做。他说:"有人问我为什么报名参加志愿者,我想,就是作为一个普通的武汉市民,在这种特殊时期,能做点什么就做点什么。"在武汉,有许多像余靖这样的基层青年,成为疫情防控志愿服务主要力量和爱心接力的"总枢纽"。

(来源:《经济日报》2020 年 2 月 10 日)

074 海外大量援鄂物资与即时组建的武汉志愿者翻译总群

新冠肺炎疫情暴发以来,来自海外的大量援助物资源源运达武汉后,这里的人们却被多个语种和不同使用标准卡住了。于是"武汉志愿者翻译总群"诞生了。目前被招募翻译信息所吸引来的志愿者翻译共有 350 多人,涵盖了英语、日语、韩语、俄语、德语、法语、越南语等十多个语种。他们中不仅有北京外国语大学、上海外国语大学、大连理工学院等高校师生、留学生,也有资深的医学翻译,各地翻译学会和相关医务工作者。他们通过联手作战接力翻译和校审,高效完成了不同标准的海外医疗用品的翻译工作,让海外物资顺利越过语言关快速抵达抗疫一线。上海外国语大学东方语学院亚非语言文学硕士张坤,也被拉进了这个总群的日韩语群里,群里共有 100 多人。他和群友联手翻译并由负责校审的老师接力校审,在很短时间里完成了翻译韩国官方文件《KSKISO22609 医疗防疫防护品合成血防渗透测试标准》的任务。这项工作成果后来被转化为《武汉市关于采购或捐赠防疫医用耗材有关事项的公告》。

(来源:上海文汇网 2020 年 2 月 4 日)

075 在结婚纪念日联手为社区居民采购生活物资的青年夫妇

"这个结婚纪念日让我刻骨铭心。""我也是。"彭贤坤对妻子说道。2020年3月18日,是彭贤坤与妻子管书遥结婚四周年纪念日。如果是以前,这对年轻夫妻可能会精心安排,但今年,他们都选择了一种特别的方式来纪念。早上9点钟,夫妻俩像往常一样准点出门。彭贤坤先把妻子送到沃尔玛超市,去为20户独居老人采购生活物资,然后便驱车前往大润发采购冷冻肉。经过三个小时忙碌,彭贤坤买到了200斤冷冻肉,妻子买齐了居民们所需的生活物资,两人汇合后运回社区,经过一个小时的分发,所有冻肉和生活物资都送到了居民手中。这对夫妻在对自己意义非凡的日子里,没有选择过浪漫的二人世界生活,而是仍然坚持去帮助小区的居民们,为他们的生活提供便利。他们的付出可能很渺小,但他们的行为,会一直被这座城市、这个国家所铭记。正是由于每个社区都有人愿意挺身而出,每个人都愿意为社会贡献一束光,奉献一份热,我们的身边才不会寒冷,身处疫情之中的我们心里才会更加温暖。

(来源:"青春武汉"微信公众号 2020 年 3 月 18 日)

076 青春战队的大学生们:我的城,我来守

在疫情风暴之眼的武汉,有一支从汉江大学走出的青春战队始终冲在最前线。"我是武汉本地人,还是学医的,年轻力壮,理所当然应该站出来。"大四学生孙甘霖,充当了医护志愿者之后,每天穿上厚重的防护服,在病房里常常闷得汗流浃背,手上都长满了红疹。为了节省防护服,她还常常6个小时不吃不喝。同父亲一起用自家的中巴车为居民购买物资的大一学生郑悦颜,每天上完网课就开始统计微信群里的团购订单,等团购商品送到后,还要负责分发给居民。忙得久了,这位19岁的姑娘肌肉被拉伤、双手磨破了皮。"只要能为改善大家的生活出点力,做什么都是值得的"。军运会期间的"优秀志愿者"杨

光,看到独居老人行动不便又急需用药,就去帮助老人购买药品,再挨家挨户送药上门。

(来源:《中国青年报》2020 年 3 月 20 日)

077 900万武汉人都用各自的方式在默默坚守

"你们还好吗?"武汉"封城"后,坚守武汉的 900 万市民,让全国人民时刻牵挂。2020 年 2 月 3 日,是武汉封闭离汉通道、暂停市内交通的第 12 天。全市大街小巷依然宁静,与昔日的繁华喧闹形成巨大反差。十多天来,武汉市民响应政府号召,顾全大局,主动选择减少外出、居家留守。武昌区积玉桥街汉成里社区对所辖社区坚持一日两巡,检查小区人员进出、测体温登记、用喇叭提醒居民不要出门,有困难找社区。武汉百步亭花园社区的一户居民家,孩子在家里玩耍,坚持不外出。他们从每一个卫生习惯做起,自觉切断病毒传播的途径。2 月 3 日之前,武汉市新型肺炎防控指挥部已发布 10 条通告,内容涉及交通出行、医疗救治、民生难题等方方面面,每一条通告的推进和执行,都离不开千万市民的响应和支持。"我的城市生病了,我要更加疼爱她。"非常时期,无数的武汉人克服生活上、心理上的种种困难,与自己热爱的城市共度艰难时刻。在城市的各个角落,千万颗心紧紧相依,900 万武汉人用各自的方式在默默坚守。

(来源:《湖北日报》2020 年 3 月 30 日)

078 各自宅家的坚持就是为了疫后更好地重逢

2020 年 2 月 6 日,农历正月十三,离元宵节还有两天。自 1 月 23 日 10 时开始,武汉市城市公交、地铁、轮渡、长途客运暂停运营,机场、火车站离汉通道暂时关闭,广大武汉市民响应政府关于"不出门"的号召已过去了十余天。疫情防控仍处于关键时期,武汉市民时刻铭记巨大的付出是为了什么,他们保持高度清醒,继续全力配合、做好防护、减少外出、不聚集,用打持久战的准备,筑牢疫情防控的堤坝。接受和改变过去习以为常的生活节奏,"深宅"在家中,并不是一件容易的事。广大武汉市民或寻找各种消磨时间的方式,或调适心态,或充当云监工,观看火神山、雷神山医院的建设速度……每个人的心里都很清楚,此时的"不出门",从城市、家庭和个人的安全来说,已是一件多么幸运的事。千万盏灯火的背后,上演着人间最真实的悲欢离合。有一段流传甚广的宣传片中说,大武汉,按下了暂停键。我们多么希望真的有这个"暂停键",可以停住时光,消除病毒;而后让我们每一个武汉人都按下快进键,"抢跑"到已经春暖花开、阴霾尽散的日子。而现在,我们还只能为了更好地重逢而并肩作战,宅在家里坚持再坚持!

（来源：《湖北日报》2020 年 2 月 7 日）

079 献给英雄的武汉人民

2020 年 1 月 23 日,武汉市史无前例地宣布"封城"。在同病毒生死搏斗的 68 个日日夜夜里,900 万武汉市民宅家坚守,用一场世界史上前所未有的"封城"壮举,迈入 21 世纪第三个十年。原本熟悉的生活被按下了"暂停键",但与生命有关的一切却都在"加速奔跑"。疫情初显,张继先率先拉响警报,坚持在离病毒最近的地方战斗;疫情突袭,张定宇隐瞒身患渐冻症的病情,顾不上照料被感染的妻子,疾行在与病魔搏斗的最前沿;在这没有硝烟的战场上,刘智明、李文亮、彭银华、夏思思……献出了自己的生命,令人泪目。6 万余名武汉和 4.2 万名全国各地的医疗队员并肩作战,与时间竞速,同病魔赛跑。谈及武汉,钟南山院士曾哽咽落泪,"这个劲头上来了,很多东西都能解决……武汉本来就是一个很英雄的城市"。3 月 18 日以来,全国以武汉为主战场的本土疫情传播已基本阻断,疫情防控取得阶段性重要成效,经济社会秩序加快恢复。苦难中孕育着希望,伤痛中迎接着新生。待到按下"重启键"之后,地铁开了! 班列通了! 企业运转了! 热干面回来了! 从"武汉加油",到"致敬抗疫英雄"，再到"武汉必胜"，通过 60 万米高空的卫星之眼，人们看见：中国正在热起来，武汉正在动起来！

（来源：《青海日报》2020 年 3 月 21 日）

080 原创歌曲《等你在春暖花开》创作背后的故事

一曲由鄂粤两地歌手联袂演唱的《等你在春暖花开》，在上线后的一天时间里，点击量就超过了 3000 万。"这首感动了无数人的歌曲背后，同样有一个动人的故事"，广东公安作家协会秘书长袁瑰秋说。抗疫战斗中，白衣天使和人民警察这两个在不同领域救死扶伤的群体，历史性地交融在一起，那么多负重前行后消逝的生命，刺痛了同为警察的袁瑰秋的心。春天来临，当她看见自家院子的桃树潜藏着鼓胀生命力的花蕾时，联想到了离去的战友们，不禁触景生情悲喜交集。一首歌词突然在她的脑海里涌现：你在冬天离开，只为大地留下一片洁白，你在春天倒下，只为天空留一抹深蓝……她拿起笔一口气完成了创作。音乐人王小淞为厚重深情的歌词配上了简洁明快的曲子，战斗在抗疫一线的警营歌手黄薇、廖寰克服困难，共同为爱发声。就这样，鄂粤两地歌手以朴实深情的旋律，联袂唱出了白衣天使和人民警察无私奉献的真挚情怀。在这个寒冷的春天，我们共同见证了"洁白"与"深蓝"水乳交融的滚烫色彩。

（来源：《南方法治报》2020 年 3 月 4 日）

2

....

医者仁爱

在这场没有硝烟的战斗中，全国各地医护人员、人民解放军各军兵种的军医们白衣执甲、逆行出征，不怕牺牲、连续奋战，哪怕脸颊被口罩勒到溃烂、双手被汗水浸到泛白，哪怕在手术室外席地而眠、没时间上厕所不敢喝水……也无怨无悔地把危险留给自己，给予患者更多的希望和光明。救死扶伤、医者仁心，感动了中国、感动了世界。医护人员是抗疫斗争最大的功臣，是最美天使，是光明的使者、希望的使者，是新时代最可爱的人！

001 抗疫总指挥发出了"同时间赛跑、与疫情较量"的号令

"为了实现中华民族伟大复兴的中国梦,我们必须同时间赛跑、同历史并进。"这是 2020 年 1 月 23 日,习近平总书记在春节团拜会上饱含深情、铿锵有力的话,是在抗击新冠肺炎疫情的人民战争打响前夕,首次提出要"同时间赛跑"。随后,在 1 月 25 日召开的中共中央政治局常委会议上,总书记又向全党全国各族人民发出了打响疫情防控工作人民战争的动员令。面对不断蔓延的疫情,从中央到地方和军队的 346 支医疗队、4.26 万名医护人员相继抵达武汉和湖北其他各地。火神山、雷神山的"筑神山机械天团"等一线人员在飘着雪花的冬夜出发,毅然踏上逆行驰援武汉的征途。"同志们,328 万盐都人民都期待你们,平安归来""赵英明,平安归来! 一年的家务我包了""挺住,我把妈妈和外公都借给你"……全国人民的嘱托在此时此刻汇成一句话:武汉,加油! 中国,必胜!

(来源:综合多家媒体报道 2020 年 1 月 26 日)

002 在总书记心目中抗疫斗争的最大功臣是医务工作者

2020 年 3 月 10 日,习近平总书记实地考察武汉疫情防控工作。在火神山医院通过远程会诊平台,总书记同正在病区工作的医务人员代表视频连线时强调:一线的医务工作者最辛苦,承受着难以想象的身体和心理压力,许多同志脸上和手上被磨出了血,令人感动,是新时代最可爱的人。我向你们表示崇高的敬意! 在火神山医院办公楼外广场接见湖北省和军队、外地援鄂医护人员代表时,总书记指出:在湖北和武汉人民遭受疫情打击的关键关头,广大医务工作者坚韧不拔、顽强拼搏、无私奉献,展现了医者仁心的崇高精神,展现了新时代医务工作者的良好形象,感动了中国、感动了世界。当前,疫情蔓延扩散势头已经得到基本遏制,防控形势逐步向好。这是全党全国全社会共同

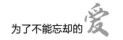

努力、团结奋斗的结果,你们是最大的功臣,党和人民要给你们记头功。

(来源:央视网 2020 年 3 月 10 日)

003 白衣天使的崇高使命体现在每个细节里

疫情发生以来,成千上万名医务工作者逆行奔赴最前线。他们有的主动请战到疫情最严重的地方去;有的主动顶上去坚守在战场;有的自己也被感染了,治愈后再次披挂上阵。他们无惧风险,只因责任在肩,初心如磐。奔赴前线时同家人隔窗告别的身影、隔离区内互相竖起大拇指的合影、病区椅子上坐着睡着的身躯、脱下的防护服上清晰可见的汗渍……一组组抗疫医护人员影像让人感动泪奔。抗击疫情,所有人都在奔跑,医护人员更是用自己的坚守、努力、勇敢无畏,诠释着对生命的敬意,守护着健康的堤坝。这几天,一组主题为"面孔"的海报刷屏了。海报上是医护人员的面孔:摘下口罩时的勒痕、被汗水浸湿的护目镜、脸颊和鼻子上被磨破的伤口……这些医护人员自己笑称的"天使印记",何尝不是医者的军功章? 向白衣天使致敬,为白衣天使加油,我们风雨同舟,胜利就在后头!

(来源:《人民日报》2020 年 2 月 12 日)

004 中国医护人员是大疫之下中国的脊梁

抗击新冠肺炎疫情的人民战争打响以来,全国已有 4 万多名医护人员驰援湖北和武汉。战斗在救死扶伤第一线的中国医护人员,是大疫之下中国的脊梁。生命重于泰山,疫情就是命令,防控就是责任。许多医护工作者来不及叫醒睡梦中的孩子,来不及说服忧心的家人,便匆匆背上行囊,只为兑现所有中国医护敬佑生命的誓言。疫情就是战场。84 岁再上防疫一线的钟南山院士第一时间奔赴疫情中心,李兰娟、张伯礼、王辰、仝小林、黄璐崎等院士也是冲上前线的战士。疫情就是大考,身患渐冻症的武汉金银潭医院院长张定宇,依然蹒跚着步子同时间赛跑；86 岁的董宗祈医生坐着轮椅坚持出诊；已近退休年纪的 59 岁护士柳帆，却把生命留在了抗疫的病房……疫情也是成长的号角，1995 年出生的许汉兵，把"精忠报国"四个大字写在了防护服上。疫情还是透视镜，折射出新时代中国脊梁的具象。中国医护人员让世人知道，医者仁心之大爱，永远比病毒传播得更快。

（来源：上海文汇网 2020 年 2 月 26 日）

005 天使们脸上的勒痕，是逆行者的勋章

网上流传的一组医护人员面部被口罩勒出深深印痕的照片，引得无数人泪目。面有勒痕的她们，被网民们称为最美逆行者。平日里，她们是我们熟悉的亲人、朋友，同我们一样都是血肉之躯。但战"疫"的枪声打响后，她们集体冲锋在最危险的地方，秉持着敬业精神用高超的医术救死扶伤。那一道道勒痕，是共和国提前颁发给这些白衣执甲的逆行者们的勋章。一道道逆行的身影，一个个写在防护服上的名字，一张张贴在耳根、鼻梁、颧骨的创可贴，让我们看到了血肉长城的模样。目前，全国已有 3400 多名患者被治愈，更多确诊患者逐渐脱离危险，医护人员的努力，让人们看到了"驱散瘟神、大地回春"的希望。

（来源：综合多家媒体报道 2020 年 2 月 10 日）

006 最受欢迎的抗疫英雄钟南山院士

84 岁的钟南山，有院士的专业、战士的勇猛，更有国士的担当。他一路奔波不知疲惫，满腔责任为国为民，令人肃然起敬。2003 年战"非典"时期，面对一部分恐慌的群众甚至医护人员，钟南山说，"把重症病人都送到我这里来"。他还对同仁们说："医院是战场，作为战士我们不冲上去，谁上去。"2020 年，面对突袭大江南北的新冠疫情，钟南山再次成为一名勇敢的逆行者。1 月 18

日,他一边告诉群众没什么特殊情况不要去武汉,一边挤在高铁餐车的一角,昼夜兼程赶往武汉。提起父亲对他说过"一个人要在这个世界留下一点东西,那么他这辈子就算没白活"的话,钟南山说,"我已经80多岁了,父亲的愿望我初步实现了。但是我不会满足,我还有两项工作没有完成,我会真正达到父亲的要求"。这位耄耋老人从来没有放松过对自己的要求。"我老有一种感觉,好像专门喜欢跟谁较劲,老觉得不管走到哪儿都不太受欢迎。"事实上,不管是17年前抗"非典",还是如今抗击新冠肺炎疫情,他都是最受全国人民欢迎的英雄!

（来源:人民网 2020 年 3 月 4 日）

007 不断探索未知的李兰娟院士

2020 年 1 月 18 日,中国工程院院士、传染病诊治国家重点实验室主任李兰娟,作为国家卫健委高级别专家组成员,抵达武汉作实地调研。此后的 2 月 2 日凌晨,73 岁的李兰娟在疫情发生后第二次来到武汉,带来了"李氏人工肝系统""四抗二平衡"等救治模式,从防治重症病人转为危重症、预防继发细菌感染、减少肺纤维化发生等几方面入手,对患者进行治疗。她在武汉大学人民医院东院区一待就是一个月,那张让众多网友泪目的脸部勒痕特写照片,就来自她从 ICU 病房出来后脱下防护服的瞬间。在武汉大学人民医院国家医疗队指挥中心,李兰娟每天 8 点半准时开始查房。"习惯了白天查病房、做会诊、晚上看材料、改论文。"李兰娟说,自己每天早上固定 6 点半起床,总想晚上 12 点前入睡,可经常忙得忘了时间,常常等忙完就夜里 1 点多了。"现在,出院病人越来越多,患者收治问题逐渐解决,这场抗疫已经取得阶段性重要成果。"李兰娟说,救治过的那些患者痊愈出院时都会主动过来感谢她,有一次在 ICU 里,一位病人拉着她的手感谢她主持研发的人工肝技术,病人的痊愈就是对她最大的奖励。

（来源:《人民日报》2020 年 3 月 7 日）

008 一直都在同时间赛跑的乔杰院士

2020年2月1日,中国工程院院士、北京大学第三医院院长乔杰,率领该院第二批援鄂医疗队驰援武汉。乔杰团队的主要任务是:以最快的速度组建危重症病房,抓住救治的关键,提高治愈率,降低病亡率。"我们都在同时间赛跑。"到达武汉后,乔杰团队与兄弟医院、当地医院团结协作,仅用30多个小时便组建起危重症病房,并开始收治患者。"我们将整栋楼进行改造,将普通病房改成能开展危重症救治的隔离病房,严格区分污染区、缓冲区、清洁区。细节决定成败,必须保证医护人员不被感染。"乔杰介绍说。乔杰是"80后""90后"队员心中的"乔妈妈"。为了避免头发过长影响防护效果,她主动为来不及理发的队员们修剪头发,开起了"妈妈理发店";进病房前,她一笔一画地在防护服上为每位队员写下名字,饱含着叮嘱和牵挂;作为国家产科质控中心专家委员会主任,她还把一部分精力迅速放到了调查目前的孕产妇感染病毒和救治情况上。"随着对新冠肺炎认识的不断深入,我们形成了一些如何有效救治孕产妇和儿童的经验,可以纳入诊疗规范。"

(来源:《人民日报》2020年3月17日)

009 提出让中医药瑰宝惠及世界的黄璐琦院士

"我们在武汉市金银潭医院的救治数据显示,中西医结合可以缩短病程,使病人脱氧时间提前2天。"2020年3月12日,中国工程院院士、中国中医科学院院长黄璐琦,用数据介绍中医药的救治成效。为了更好地获得第一手病例和相关信息,黄璐琦院士带领团队成员,紧急设计开发了患者舌诊图像采集App和社区诊疗数据采集系统。前方医疗队每天都会将临床数据传给科研攻关组,待分析数据后,定时反馈给前方,同时依据临床数据优化治疗方案。他和团队成员还根据新冠肺炎的临床特点及发生发展规律,结合临床救治经验,不断对治疗方案进行优化,并研制出新方药——化湿败毒方。此药方在临床治疗将军街卫生院普通型患者 210 例、东西湖方舱医院轻症患者 894 例(中药组 452 例)中,均取得令人满意的疗效。当前疫情在多国蔓延,黄璐琦院士希望以此为契机,深化疫情防控中的中医药国际合作。"让中医药瑰宝惠及世界,这是构建人类命运共同体的必然要求,也是我国作为负责任大国的担当,更是中华民族文化自信的体现。"

(来源:《人民日报》2020 年 3 月 17 日)

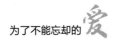

010 "摘胆"手术后返岗誓与湖北"肝胆相照"的张伯礼院士

在湖北省新型冠状病毒肺炎疫情防控工作指挥部召开的第 40 场新闻发布会上,天津市援鄂防控前方指挥部总指挥王小宁讲述了医疗队的一个真实感人的故事。王小宁介绍,中国工程院院士、天津中医药大学校长、中央指导组专家组成员张伯礼大年初三就来到武汉,一直战斗在最前沿。王小宁说:"由于多日劳累,张伯礼院士在武汉做了胆囊摘除手术。就在手术后的第三天,他又投入了紧张的工作。"他还风趣地说,我把胆留在这里,真是肝胆相照。张院士就是我们国家的"无胆英雄"。同为天津援鄂医疗队成员的张伯礼儿子,到达武汉后从来没有和父亲见过面。听说父亲病了想要去看看,张伯礼坚决不让,让儿子专心照顾病人。王小宁说:"张伯礼院士的所作所为让我很受感动,也很受教育。"

(来源:《中国青年报》2020 年 3 月 7 日)

011 抓住疫情防控主动权的仝小林院士

2020 年 1 月 23 日,正准备去海南休假的中国科学院院士、中国中医科学院广安门医院主任医师仝小林,接到国家卫健委通知,他已被任命为国家中医药管理局医疗救治专家组共同组长。第二天,仝小林就登上了开往武汉的高铁,并在除夕夜到达武汉。仝小林深入病区察看病症,他从患者的主诉、发病初期症状、发病时长等方面入手,然后诊断舌象脉象,对疾病有了初步的判定。"中医是察色按脉、首辨阴阳,考虑到武汉特种寒湿的环境、病人的病症,我们提出此病整体偏于寒湿,是一个伤阳的主线。"仝小林解释道。在深入调研的同时,仝小林还牵头制定《新型冠状病毒肺炎诊疗方案(试行第一版)》中的中医方案。不久,第一版诊疗方案推出,其中的中医方案是中医医疗救治专家组在充分吸收湖北省和武汉市的专家组治疗经验后形成的,对于后续方案的修订起到了奠基作用。随着全国治疗情况的发展,仝小林和其他专家组成员也在不断更新、完善方案。"在多个省份取得良好疗效的'清肺排毒汤'这一中医药方剂也被我们采纳。该方剂对整个疫情的控制,特别是防止轻症转重症,起到了重要作用。"仝小林介绍。

(来源:《人民日报》2020 年 3 月 17 日)

012 最早提出建设武汉"方舱医院"的王辰院士

2020 年 3 月 10 日,武汉 16 家方舱医院全部休舱。网友纷纷留言表示:这是我们最希望看到的"关门大吉"。武汉方舱医院的建设和使用,被誉为扭转新冠肺炎疫情防控局势的关键之举,而最初提出建设"方舱医院"这一概念的,就是呼吸病学与危重症专家、中国工程院副院长王辰院士。2 月 1 日,王辰随中日友好医院医疗队赶赴武汉,在医疗过程中看到超负荷运转的医院,他首次向中央指导组负责同志提出建设"方舱医院"、对患者要应收尽收的建议。48 小时后,首批 3 座共 4000 多张床位的方舱医院开舱,成为隔离在家、孤立无援患者的生命绿色通道。半个多月后,随着更多方舱医院的建成,武汉定点医院终于不再"一床难求",甚至还完成了由"人等床"到"床等人"的逆转。王辰院士曾多次在中央广播电视总台《新闻 1+1》栏目接受白岩松采访,他对疫情直击要点的分析和直白的回答,获得观众一致赞赏。面对当时武汉扑朔迷离的疫情,王辰院士的话如一缕强光,刺破了疫情的迷雾,网友们纷纷感慨:这是疫情发生以来,听过的最高水平的分析。

(来源:"中国科协"微信公众号 2020 年 3 月 15 日)

013 联袂拨开新冠疫情"迷雾"的医学大咖们

2020 年 3 月 7 日,在"走出至暗时刻"首届新冠肺炎多学科论坛上,钟南山院士、曾光教授、张文宏主任等通过网络直播形式,回应公众疑虑。专家们建议,轻症患者的治疗要点是"尽早用药","配合中成药,两类抗病毒药物要一起使用"。"从临床实践来看,危重症患者治疗恢复期血浆治疗比较安全有效"。专家们还表示,心理治疗对患者康复很关键。多学科(MDT)介入是这次总结出来的"撒手锏",也是重点攻关的内容。"这不是一个简单的肺炎,而是一个整体性的疾病"。钟南山院士直接在论坛上甩出"干货",他指出,中国开发的针对新冠肺炎病毒的快速 IgM 检测纸和恒温扩增芯片法核酸检测试剂合并使用,对新冠病毒的检测很有效。"但最近世界各地的疫情有扩散趋势,比如美国能不能找到适合的路真不好说。"曾光教授说。目前美国对新冠肺炎采取"类似流感"的处理策略,"我能理解他们的苦衷,想少花钱多办事。"张文宏主任建议大家延长戴口罩时间,待疫情告一段落后,老人和儿童应积极寻求疫苗保护。

(来源:《中国青年报》2020 年 3 月 11 日)

014 专收最危重病人的国家队"特种兵"

在 2020 年 2 月 9 日派往武汉的 17 支国家医疗队中,上海华山医院医疗队被分配接管重症监护室(ICU)。这里的病人,都是从其他重症病区转来的,救治难度大、传染风险高,需要插管甚至上 ECMO(体外膜肺氧合)以拯救生命。华山医院医疗队,堪称国家援鄂医疗队中的特种兵。2 月 10 日晚10 时,他们开始紧张有序地接收病人。第一批的四名病人由家属们推着担架床焦急地等在门口。"医生,请把我们也收下吧。"送完病人后,有两个家属在护士站苦苦请求。他们也是新冠肺炎确诊者,由于病毒传染性强,家庭聚集式暴发在当地不在少数。医疗队队长李圣青心里很难受却又无能为力。"这里只收最危重的病人,请你们赶快联系社区安排吧!"同繁重的救治任务相比,直面生死的压力更大,他要求医疗队员时刻保持最佳作战状态,也要有充分的装备保障。苏州队、无锡队、青岛队、瑞金队等兄弟团队,都在抵达医院当天就送来各自携带的呼吸机、ECMO 等设备,紧急支援任务最重的华山队。

(来源:《新民晚报》2020 年 2 月 12 日)

015 甘当疫情阻击战中"排雷人"的余礼军

2020 年 2 月 14 日中午,全副武装的湖北省十堰市中医医院检验科主任余礼军,右手拿着刚从发热患者身上取来的样本,在医院门诊五楼发热病区,长长地出了一口气说:"今天的六个留观病人标本总算取完了。"现年 57 岁、在医院从事检验工作已有 30 多年的余礼军,是一个标准的老兵。突如其来的新冠肺炎疫情,让很多人措手不及,余礼军毫不犹豫地冲在前面。他说:"我们检验科可是最先接触疫情患者的,同行把我们称为战场上的排雷人,这真的不是夸张。"他继续说道:"医院转走的每一个确诊患者,都是我为他们取的样,我跟他们都接触过。科室内我年纪最大,没啥后顾之忧。而且我取样、防护的经验比年轻人丰富些,自然要冲在前头。"疫情暴发以来,余礼军医生始终坚守在医院抗疫一线,每天要为来院的发热患者采集标本、取样送检,这一坚持就是 20 多天。余礼军的孙女已经出生半个月了,可一心扑在一线的他没有时间去照顾家人。他说:"等疫情结束后,我要做的第一件事,就是赶快回家,好好抱抱孙女。"

(来源:综合多家媒体报道 2020 年 2 月 15 日)

016 被称为传染病防控"守坝人"的孙晓冬

1月20日,市卫健委通报上海首例新冠肺炎确诊病例后,上海防控疫情的全民战役正式打响。最早启动上海"战时模式"的就是被称为传染病防控"守坝人"的上海市疾控中心的流行病调查小组。从疫情暴发,到复工复市潮,再到现在的境外输入病例增多,上海的防控形势不断面临新的压力,上海市疾控中心副主任孙晓冬带领着这支团队不舍昼夜地奔忙在第一线,迅速构建了保卫人民生命安全的第一道安全网。2月26日下午,上海市疾控中心值班室收到了一份来自宁夏自治区疾控中心的协查函,告知有一个确诊病人曾从莫斯科飞往浦东机场,孙晓冬立即带领一个临时成立的"追踪办",在繁杂琐碎的信息中心抽丝剥茧、分析研判,铆足追踪。在36个小时内,他们排查了那个病人在上海的86个密切接触者,完成近两万人次的追踪,收到和发出协查函1300多份,有一天,光协查函就发了140多份。"追踪办"累计从密切接触者中发现确诊病例120余例,有效避免这些病例成为新的传染源。上海市疾控中心建成20多年来,一次次成功对抗传染病的经验,为上海市民构筑了一道牢固的防疫屏障。

(来源:《青年报》2020年4月6日)

017 孙晓冬:我们的工作永远要跨前一步

上海市疾病预防控制中心副主任孙晓冬,是一位在疾控战线上奋战了30余年的老兵。过去三个月来,他领衔的团队切入了"白+黑""5+2"的工作模式,至今,这一工作节奏仍然保持着。从2019年12月31日武汉宣布出现不明原因肺炎消息伊始,上海市疾控中心便开始有针对性地分析武汉相关病例,同时整理全市医疗机构发热门诊名单。在疫情防控初期,孙晓冬便带领团队制定了20多个符合上海实际情况的新冠肺炎疫情工作具体方案。此后,随着疫情变化,他又与团队连续推出五版上海防控方案,并在全国率先推出院内感染控制、特定人群防护、各类现场消毒指南、小区单位针对性防控指引等,将疫情尽可能控制在最小范围。在此次疫情防控中,孙晓冬还负责分管全市流行病学调查工作,排查病例的传染源、行动轨迹、密切接触者。面对流行病例快速增加,孙晓冬统筹市、区两级人员组建了550人的流调队伍,做到24小时内快速查明感染来源。目前,他们已追踪到各类确诊病例、疑似病例的密切接触者2万多例;密切接触者中累计发现确诊病例120余例。

(来源:《文汇报》2020 年 4 月 6 日)

018 "参与疫苗研发,我们很自豪"

中国医学科学院医学生物学研究所所长李琦涵,在新冠肺炎疫情苗头刚出现时,就设立了应急疫苗研发攻关组,带领团队设计了多条研发路线,并细致分配了每项任务。每天直至深夜,生物研究所的科研楼实验室都是灯火通明,透过窗户还不时能看到科研人员小步快跑的身影,这样的节奏已经持续了两个多月。生物安全实验室是疫苗研发的主战场,在这里,科研人员要与新冠病毒"亲密"接触,多进去一次、在里面多待一个小时,就意味着多一分风险。生物研究所副所长谢忠平每次实验至少持续5个小时;有一天他下午3点进去,直到深夜2点才出来。灭活疫苗攻关组的核心成员刘龙丁主要负责做疫苗保护性评价工作,对不同剂量、不同工艺、不同标准的排列组合,都得一一去验证,负压环境很消耗体能,离开实验室时防护服都能拧出水来。生物安全实验室实验培训部主任刘红旗承担保障动物模型的重任,疫苗应急项目启动至今他没休息过一天。近段时间以来,生物安全实验室几乎天天满负荷运行。谢忠平说,"参与疫苗研发,我们很自豪。"

(来源:《人民日报》2020 年 4 月 1 日)

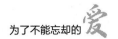

019　北京医务工作者驰援武汉

遵照党中央国务院决策部署,国家中医药管理局组织中国中医科学院广安门医院、西苑医院中医专家组成的医疗队,于 2020 年 1 月 25 日赶赴湖北省武汉市,参与疫病的防治工作。这支共 25 人的医疗队由国家中医药管理局副局长闫树江带队,中国中医科学院院长黄璐琦院士领队,广安门医院和西苑医院各派出呼吸科、急诊科、ICU 等科室的 6 名医师和 4 名护士,携 N95 口罩、防护服以及部分中药等物资,乘火车前往武汉,提供中医医疗援助,为打赢防疫攻坚战贡献中医力量。1 月 26 日,国家卫健委从北京医院、中国医学科学院北京协和医院、中日友好医院、北京大学第一医院、北京大学人民医院、北京大学第三医院等 6 家在京委属委管医院,共抽调重症医学科、呼吸科、医院感染科专家 121 人,组建国家援鄂抗疫医疗队,驰援武汉。全力支援湖北开展新型冠状病毒感染的肺炎医疗救治工作。

(来源:《光明日报》2020 年 1 月 27 日)

020　四大援鄂医疗战队各有精彩故事

一、辽宁战队:"三线齐动员"减少感染风险

在武汉洪山体育馆方舱医院,由辽宁国家紧急医学救援队牵头负责的病区里,一排排病床井然有序,患者大都在休息,医护人员则紧张地忙碌着。每天上午 8 点,队长崇巍都会准时开始查房。崇巍是中国医科大学附属第一医院急诊科副主任,今年 49 岁。辽宁国家紧急医学救援队利用网络技术,实行了"三线齐动员"的医疗模式:一线医生进舱管床,二线主治医生进舱查房,三线教授处理急危病例和疑难问题,大幅减少了医护人员的工作量和感染风险。他们开通了远程审核 X 光片,病人拍照完毕,洪山体育馆方舱医院临床医生

和医大一院影像专家可共同完成影像学诊断,极大提高了诊治质量和效率;救援队医生还通过网络直播,在线回答舱内患者的疑问。中国医科大学附属第一医院医务部副主任、辽宁国家紧急医学救援队领队张旭对记者说:"带队以来,我感受最深的是团队众志成城的精神面貌。所有队员都有'舍小家,顾大家'的格局和精神,我相信我们一定能尽快打赢这场战斗。"

二、安徽战队:不放弃任何一个重症病人

2020 年大年初三,中国科学技术大学附属第一医院护士长圣文娟和安徽首批援鄂医疗队的 185 名队员一起驰援武汉,她和 50 名护士守护在金银潭医院重症病区;其他 136 名医护人员则接管了武汉东西湖区人民医院和太康医院新冠肺炎病区近 200 张床位。医疗队在了解到武汉重症、危重症病人比较多、急需重症治疗和监护的情况后,克服了医疗设备短缺、基础硬件不足等问题,紧急开设了有 9 张床位的 ICU 病区。安徽援鄂医疗队领队、党总支部书记汪天平告诉记者,安徽战队的首批队员大都是经过重症监护专科培训、具有丰富临床和管理经验的医护人员,有实力给予重症病人更好的照顾。圣文娟告诉记者,在金银潭医院重症病房,护理工作涉及从患者治疗、护理、吃喝拉撒,到一些有技术含量的操作,如呼吸机参数的调节、血液净化等方方面面。粗略统计,安徽战队首批接管两个病区后,已累计收治近 500 名患者,目前已有一半以上的患者出院。截至 2 月 21 日,紧急开设的 ICU 病区累计收治 27 名重症、危重症患者,其中 2/3 已转到轻症病区,有的已治愈出院。

三、四川战队:降低死亡率,啃下硬骨头

四川大学华西医院第三批援鄂医疗队到达武汉的第二天,就开了碰头会。即便是在"战"时,他们也每天都开碰头会,及时总结经验、解决问题,这是华西的惯例。华西医院援鄂医疗队先后派了三批,共 161 人,以 2 月 7 日抵达武汉的第三批人员最多,有 130 人。这支由华西医院牵头筹建的医疗队,也是全球

第一支最高级别的非军方国际应急医疗队。这支医疗队更像是一座移动医院,他们的到来相当于把一座"方舱医院"从成都搬到了武汉。医疗队队长、华西医院重症医学科主任康焰说:"2月10日,我们接手了武汉大学人民医院东院的两个重症病区,总共80张床位。"这个战队里人数最多的就是重症医学科的医护人员,包括40名护士和6名医生。"我们此次的援救任务很明确,就是要全力降低死亡率。一方面要减少危重病人数量,避免由轻转重;另一方面要降低重症患者死亡率,尽可能由重转轻。我们的工作重点主要是后者,这是一块比较'硬'的骨头。"截至2020年2月24日,华西医院第三批援鄂医疗队已累计收治137名新冠肺炎重症患者,其中已治愈出院4人,另有67人已经转至轻症患者收治点。

四、湖南战队:不仅治身,还要医心

2020年2月6日晚,中南大学湘雅医院接到组建医疗队驰援武汉的任务后,在一个半小时内,一支由30名医生、100名护士组成的湘雅医院援鄂医疗队就组建完毕。抵达武汉的第二天,他们就在负责的病区开始收治病人;第三天,湖南湘雅战队和武汉协和医院联合病区也开放了。目前两个病区都满负荷运转,分别收治了55名和52名患者,其中很多是重症、危重症病人。截至2月22日,湘雅医疗队负责的病人中已经有9位患者治愈出院。在医疗队领队钱招昕看来,很多病人处在严重的心理创伤状态,医护人员要治疗的不仅仅是身体上的疾病,还要给予病人心理上的疏导和支持。"特殊时期,人文关怀很重要。"钱招昕说,不少新冠肺炎患者全家人都被感染了,甚至有的亲人已经因新冠肺炎离世。在这种情况下,住在隔离病区的患者,会有对疾病的恐惧感、对死亡的担忧感、对亲人离世的悲伤感。为了给这些病人更多关怀,湘雅医疗战队向所有医生护士提出了进隔离病房后,第一件事就是跟病人打招呼、交谈的要求;在时间允许的情况下,还要多跟病人沟通。这种交流能够给病人一些安慰,传达乐观情绪,对病人的心理是非常有益的。

(来源:《生命时报》2020年2月28日)

021 "四大天团"的精兵强将会师武汉

2020年2月9日,"中国医疗界四大天团会师武汉"这一话题,在微博爆屏了。即便不是医学专业人士,谈到"四大天团"会师武汉,谈到协和、湘雅、齐鲁、华西这四大医院的名号,就连普通百姓也是耳熟能详的。新华社有篇报道把它们称为中国医学教育四家"百年老店",这是在20世纪30年代就已闻名中华的医学教育四大品牌,它们从历史到今天,不断刷新中国医学教育的高度。在这场疫情防控阻击战中,人们如此动情地关注并牵挂"四大天团",更深层次的原因是,对他们的"专业精神"都有着十足的敬畏。阻击病毒,道义层面激发的情感共振,一定能凝聚力量;而真正死磕病毒的,更要仰仗专业精神。就人们热切关注的驰援武汉的"四大天团"而言,比"精神感动"更有力量的是专业精神。不管从事什么职业,都要有专业精神,专业精神就是把社会希望你这个职业做好的事情做好,这才是我们每个人能够贡献给社会的"硬核"力量;更是风雨袭来,能够战胜新冠肺炎疫情的硬核力量!

(来源:河北日报报业集团河北新闻网官方账号2020年2月10日)

022 "陡子胀=肚子疼",援鄂医疗队编写的实用方言手册

最近,全国各地的医疗队驰援武汉,感动了无数武汉市民。近日,山东齐鲁医院援助湖北医疗队的一个暖心举动,更是让不少人泪目。2020年2月7日下午,山东省第五批援助湖北医疗队暨山东大学齐鲁医院第四批援助湖北医疗队奔赴湖北疫情防控第一线。进入临床工作后,医务人员发现,少数高龄市民仅能用湖北方言交流。为了让援鄂医务人员都能更好地沟通和服务每一位患者,山东大学齐鲁医院医疗队立即组织策划编写了《国家援鄂医疗队武汉方言实用手册》和《国家援鄂医疗队武汉方言音频材料》,包括"称呼常用语、生

活常用语、医学常用语及温馨用语"四个部分,以解全国医疗队与当地新冠肺炎患者语言沟通之难题。好多湖北人说,一开始看这样的"方言手册",觉得爆笑,"感 jio 好了""撅一针"……我们都还不知道,湖北方言竟然这么"硬核"呢!但看着看着,慢慢有些泪目。这些驰援湖北的医生从四面八方奔来,需要克服的困难有很多!但他们没有退缩,而是一个一个地去解决,为了更好地和患者交流,还细心地制定了这样的方言手册,真是令人感动!

(来源:湖北广电《湖北新闻》官方账号 2020 年 2 月 10 日)

023 守护"红区"同时间赛跑、夺回患者生命的张西京

重症病区被称为"红区",因为那里是感染风险最高、最危险的区域。火神山医院重症医学一科主任张西京奋战在"红区"里,每天都在和"死神"打交道。张西京说,"从事重症医学,必须有敢同'死神'掰手腕的勇气和担当。"他把火神山医院病房里每名患者的名字、年龄等基本情况都熟记于心。他对团队人员的操作要求非常严格,小到液体的滴速,大到血液净化的时间,他都要认真检查。张西京还把"阵地"转移到办公区的监控室。通过监控屏幕,监督医护人员穿脱隔离衣,指导病房内的操作规范。在他组建的微信群里,经常可以看到张西京分享的最新诊疗指南、感控规章要求。"每天就 24 个小时,我只有把时间挤出来,才能救治更多的患者。"很多时候,在从驻地往返火神山医院的通勤班车上,张西京都在与同事们讨论救治方案。有一天打饭的时候,护士仲雅发现一旁的张西京捧着手机忘了取餐,原来下班刚回到驻地的他,正在收看同行关于 CT 影像的学术研讨视频。作为火神山医院专家组副组长的他,参加全院所有危重患者的会诊,指导诊疗方案、制订措施,为患者快速康复提供了丰富的经验参考。在救治患者的同时,张西京还挤出时间围绕危重新冠肺炎诊疗方案进行课题研究。

(来源:《中国青年报》2020 年 3 月 5 日)

024 同死神打交道的咽拭子采集员雷乐莺

福建援鄂医疗队队员雷乐莺是咽拭子采集组组长,她在方舱医院里从事着最高危的工作:确诊新冠肺炎、确定感染者是否达到治愈出院的标准,都离不开她所从事的核酸检测。而咽拭子标本采集,是核酸检测的一个关键步骤,操作的风险极高。"只要患者咳一咳,医生就会抖三抖,每取一次咽拭子,常常会倒下一个人。"这是"非典"时期人们对咽拭子采集风险程度之高的共识。雷乐莺每天要采集咽拭子标本 70 余次,高峰时甚至上百次。带领团队成员每天为千余人完成与病毒短兵相接的咽拭子标本采集,其风险可想而知。雷乐莺介绍,咽拭子采集者直接面对人的气道,在操作过程中,要把棉签近距离伸进患者咽喉,擦拭咽后壁、扁桃体甚至更深的部位。患者对采集人员哈气的过程中,很可能产生大量携带病毒的飞沫,咽喉不适的患者,还会飞沫四溅,产生带病毒的高速气流飞沫,这给从事咽拭子采集的医护人员带来极高风险。但雷乐莺总是认真地对待每一位受检者,她甘愿做同死神打交道的勇敢的咽拭子采集员。

(来源:长江网 2020 年 3 月 8 日)

025 被患者记住声音的李蕊医生

雨水时节的孝感却无雨水。窗外的阳光,已经带来了春的气息,然而,2020 年 1 月 27 日凌晨,随首批重庆援鄂医疗队赴孝感的重庆大学附属肿瘤医院重症医学科副主任医师李蕊,却无心看风景。"前线战'疫',责无旁贷。"李蕊所在的重症病区,收治了上百位患者。有的患者情绪焦虑且恐慌,还有的以为被隔离后就失去了救治的希望。李蕊就经常在工作之余,主动同患者聊天,进行心理疏导,对他们普及新冠肺炎知识,还抽空教患者做呼吸操。她告诉患者:"我们是经过精挑细选来支援孝感的重庆医护人员,我们都很专业。"因为隔着口罩和防护服,李蕊对患者说话时声调总是要提高许多,常常一天下来,嗓子都变得嘶哑。慢慢地,许多患者开始变得乐观起来,积极配合治疗。2月13日,在轮岗休息前的最后一次查房时,李蕊逐一同患者告别。一位47岁的患者不禁泪流满面,哽咽难言。待情绪稍稍缓和后,她拉着李蕊医生的手说,"我不知道你们的样子,但我记得你们每个人的声音,谢谢你们!""大家要加油,一定会好起来的! 摘下口罩时,让我们在重庆相见。"尽管李蕊并不知道休整之后自己是否还有机会重回孝感市中心医院重症病区,但她希望,重症病区的每一位患者都能尽快痊愈出院。

(来源:环京津网 2020 年 2 月 24 日)

026 张伯礼院士:中医药学科为现代生命科学提供启发与借鉴

我国中医药现代化之路的开拓者——中国工程院院士、天津中医药大学校长、国家重点学科中医内科学科带头人张伯礼年逾七旬,临危受命,于 1 月 27 日飞赴武汉后,第一天就给患者发放了 3000 多份中药汤剂。两三天之后,患者们看到中药的疗效后,主动要药喝,发放量达到了一万多袋,再后来一共发放了 60 多万人份的中医药物。"集中隔离、普遍服中药"对阻止新冠疫情蔓延起到了非常重要的作用。特别是实行中医药全覆盖的江夏方舱医院,所有病人全部服用中药,并配以按摩、灸疗等中医辅助治疗手段,截至 2020 年 3 月 10 日正式休舱,这里的 564 名患者没有一例转为重症,这是采取中西医结合抗击新冠肺炎取得的最大胜利。张伯礼说,大疫出良药,我们从老药方里挑选有效药,也研制了几个新的方子,就是"三药三方"。中医药学虽然古老,但理念并不落后,传统中医药的理念和现代西医许多新前沿异曲同工,比如天人合一与生态健康、辨证施治与精准医疗、养生保健与预防医学、复方药物与组合化学等,中医药学为现代生命科学解决当下所遇到的困难和挑战提供了许多有益的启发与借鉴。

(来源:中央纪委国家监委网站 2020 年 4 月 3 日)

027 "上海方案"把80岁的重症患者黄老先生从死神手中捞回

据上海派驻市公共卫生中心高级专家组成员、瑞金医院毛恩强教授介绍，上海市已经确诊的 338 例患者中，采用"上海方案"治疗的患者，经专家组评估，符合国家卫生健康委最新的新型冠状病毒肺炎确诊病例解除隔离和出院标准的患者有 298 例。80 岁的黄老先生是第二位出院的上海新冠肺炎危重症患者，也是目前上海年龄最大的已出院的危重症患者，是"上海方案"给了他"新生"的机会。"黄老的救治过程可以用惊心动魄、险象环生来形容，看到他出院，真令人高兴。"毛恩强教授说到这里，言语中充满了激动与喜悦。据毛恩强介绍，黄老因为身体基础差，一度出现休克症状，是医护人员通宵达旦合力救治和"上海方案"的临床优势帮助他控制住了病情。"上海方案"预见到可能发生的肺外器官损伤，使专家组能够提前干预，密切监控。方案的细化、规范帮助他们从死神那里抢回了不少人。"上海 90% 的新冠肺炎患者接受了中医药治疗。我们根据不同病人的情况和阶段，采用了相关的中药，其中用的比较多的是大承气汤。"

（来源：《人民日报》2020 年 3 月 4 日）

028 中医"三药三方"在抗击新冠疫情中大显身手

武汉疫情初起时，湖北省中医院党委书记、主任医师巴元明就在国医大师梅国强教授的指导下，推出了"肺炎 1 号"方。"新冠肺炎是新发传染病，没有疫苗和特效抗病毒药物，对现代医学来说，治疗难度很大。"巴元明在接受《生命时报》记者采访时说："从目前的临床效果看，中医药能显著改善轻型、普通型新冠肺炎患者的发热、乏力、咳嗽、头痛、身痛和消化道等症状。"湖北省中医院承担的湖北省科技厅新冠肺炎应急科技攻关项目——《基于"肺炎 1 号"为主的中医药治疗新型冠状病毒肺炎的临床研究》，共纳入 451 例新冠肺炎患者,其中治愈出院的有 430 例,临床治愈率达 95.34%。在此次疫情中,从预防到治疗再到康复,湖北省中医院一直坚持全过程中医治疗,进一步证明了中医药的安全有效。国内新冠肺炎疫情初步告一段落,经过临床实践和总结,我国已筛选出金花清感颗粒、连花清瘟胶囊、血必净注射液,以及清肺排毒汤、化湿败毒方、宣肺败毒方等有明显疗效的"三药三方"。如今,全球新冠肺炎疫情告急,中医药可以也应该走出国门再显神威。

(来源:《生命时报》2020 年 3 月 27 日)

029 中医"德叔"再出征

国家援鄂第二支中医医疗队队长、广东省中医院副院长、有着丰富的中医治疗经验的张忠德,人称"德叔"。从 2020 年 1 月 24 日起,56 岁的他就带领着 107 人的团队奋战在武汉抗疫第一线。17 年前,不幸感染"非典"病毒的"德叔",曾一度呼吸衰竭,还写下过遗书。如今,率队出征的"德叔"已经在武汉抗疫一线连续奋战了 20 多天。和他一起抵达武汉的,还有 3 位高级别中医专家——中国科学院院士、中国中医科学院首席研究员仝小林,中国中医科学院西苑医院呼吸科主任苗青,还有首都医科大学附属北京中医医院呼吸科主任兼肺病研究室主任王玉光。专家组的任务是实地了解疫情,研究中西医结合救治疑难急危重症患者、优化中医药治疗方案。2020 年 2 月 16 日,"德叔"在接受中青报·中青网记者专访时表示,这次对新冠病毒的传染性和发展过程有所认识,心里有数,处理起来就不会慌乱。他告诉记者,目前中西医协同作战的效果已经显现,尤其是患者的平均住院天数显著缩短,危重症患者死亡率大幅下降。2 月 12 日,国家卫健委和国家中医药管理局发布通知,要求在新冠肺炎等传染病防治工作中建立健全中西医协作机制,提升临床救治效果。"德叔"接手的重症和危重症患者,95% 以上的人采用了中西医结合治疗。根据临床经验,很多新冠肺炎患者都会焦虑、恐惧,"德叔"说,要提振病人的信心,这是战胜病魔的主观能动性。每天见到患者,"德叔"就会告诉他们,要休息好、吃好，要有信心。"德叔"总能把乐观的精神带给患者，以自己和队友都曾"命悬一线"的例子，鼓励患者。

（来源：《中国青年报》2020 年 2 月 20 日）

030 中医药战"疫"靠的是良技良方

湖南中医药大学第二附属医院大内科主任毛以林，在奔赴武汉之前，就同省内专家一起研究中医药对新冠肺炎的治疗作用，并参与了《湖南省新型冠状病毒感染的肺炎中医药诊疗方案（试行）》的制定。2020 年 2 月 10 日，经国家中医药管理局派遣，他同湖南省 40 余名中医一起奔赴武汉，在江夏大花山方舱医院，参与抗击疫情。"根据以往的经验，中医在疫病防治方面，效果一直都比较好。"这是因为中医药战"疫"，靠的是良技良方救人。毛以林说："我想让中医药为抗疫增添力量！"在江夏大花山方舱医院 A 馆区，湖南援鄂中医医疗队共收治了 113 名确诊患者。他们将病人分为两个病区，并将所有病患分为 4 个类别，对应施用 4 类处方。毛以林说："每个病人症状不同，所处的病情阶段也不一样，需要随时对处方做出调整。"除了常规药物治疗，医疗队的护士们还对患者开展耳穴压豆、穴位敷贴、艾灸等中医药特色疗法；一些患者还主动跟着她们练习五禽戏和八段锦，以调节气血，促进免疫力恢复。3 月 10 日，方舱医院里的大部分患者已治愈出院，随着余下十几名患者被转移到各大医院继续治疗，江夏大花山方舱医院已经关闭。完成支援任务的毛以林和同事们一道，胜利返回湖南。

（来源：《人民日报》2020 年 4 月 15 日）

031 六代中医世家的河南老中医给患者免费送上十万元汤药

在河南郑州的一家中医药馆里，56 岁的老中医尚飞同药馆里其他人一道，正日夜熬制官方公布的新冠肺炎中医预防方汤剂。这是尚飞送给附近群众的战时礼物。"现在我们药馆每天停诊，啥都不干就是熬药发药、发药熬药。我说我虽然上不了前线，我也要在后方，用中药帮助大家做好预防少发病。""俺爷给俺爹说，俺爹给俺说，俺给俺孩子儿说"，六代中医传承世家的尚飞，其祖辈在清朝道光年间就立下规矩，但凡大灾大疫时一定要免费施药，疫情不止，发药不停。这一承诺，一守就是近两百年。在免费发药的第十八天，药店已经用完价值十多万元的药材。疫情期间，外出采购药材也很不容易，尚飞在为补充药材绕路几十里乘船时，曾掉进河里，湿透了全身，可他依然坚持做下去。"但愿世上人无病，何愁架上药生尘。"这就是尚飞的最大心愿，也是六代中医世家的抗疫初心。

（来源：和谐陕西网 2020 年 2 月 27 日）

032 中医药抗疫：从抗"非典"的参与者变成抗"新冠"的主力军

2020 年 2 月 13 日，广东省中医药中医经典病房主任颜芳，在武汉汉口医院新冠肺炎隔离病区查房时，亲眼目睹一位患者竖起大拇指啧啧称赞："我以前不相信中医，但昨天喝了两服你们开的药，好像有一种惊人的效果，我觉得中医真不错，一天就有好转。"关口前移，重心下沉，早期介入，全程干预，中医药正在深度介入新冠肺炎患者诊疗全过程。2 月 17 日，在国务院联防联控机制新闻发布会上，国家中医药管理局医政司司长蒋健介绍：截至当天，全国中医药参与救治的确诊病例占 85.20%，湖北以外地区，中医药参与救治病例的治愈出院数量和症状改善者占到了 87%。17 年前，中医药治疗"非典"曾得到世界卫生组织的肯定，但由于当时中医药介入较晚，仅为辅助治疗。2020 年新冠肺炎治疗初期，中医药便全面介入，已从 17 年前抗"非典"的参与者，变身今天抗"新冠"的主力军。中国工程院院士张伯礼表示，中西医协同救治病患取得明确成果。"此次防治新型冠状病毒肺炎的过程中，中医药发挥了重要作用，中医防治疫情的身份已经跃升，从参与者变成了主力军。"

（来源：新华网 2020 年 2 月 19 日）

033 方舱医院在战"疫"中立了大功

2020年3月10日下午,武汉市的方舱医院在完成了阶段性使命后全部休舱。2月初,在疫情暴发的严峻时刻,患者数量激增,武汉定点医院收治压力巨大,孙春兰副总理领导中央指导组和医疗救治组进行认真研究,针对新冠肺炎轻症患者比例大的特点,作出建设方舱医院的关键决策。第一批3家方舱医院在短短29个小时内建成,共开放床位4000多张,之后又陆续增加至10余家方舱医院,床位增加到1.4万多张,成功解决了武汉新冠肺炎患者"人等床"的问题,为实现患者"应收尽收"的目标提供了保障。国家卫生健康委主任马晓伟介绍,现在武汉新冠肺炎患者中每4人就有1人在方舱医院治疗,方舱医院做到了"零感染、零死亡、零回头"。第三批国家中医医疗队(江苏队)队长、武汉江夏方舱医院副院长史锁芳说,传染病疫情防控有三大要素:控制传染源、切断传播途径和患者隔离治疗。以江夏方舱为代表的方舱医院,其主要作用是综合治疗,从根本上治愈轻症患者,显著降低重症转化率,这样的综合效果,对疫情整体防控起到了重要作用。现代化的方舱医院建设和运行模式,成为应对传染病暴发、缓解床位极度紧张困局的"中国方案"。

(来源:《生命时报》2020年3月16日)

034 方舱医院——战"疫"洪流中的"诺亚方舟"

新冠肺炎疫情暴发后,为及时有效解决患者住院难问题,武汉共建成10余座方舱医院,共开放床位13000多张,累计收治患者12000多人,且都实现了零感染、零死亡、零回头。方舱医院建院之初,曾有人担心这会导致交叉感染,也有人盯住某些细节拼命质疑。但只用一天时间建成的方舱医院,用它不到一个月的使用实践向国人和世人证明,这是在武汉医疗资源紧张、疫情快速扩散压力下的一个正确果敢决定。其价值体现在:一是救急。实现了从"人等床"到"床等人"的转变。二是添暖。有医生这样感慨：20 年前的医患关系又回来了。三是赋能。相较于床位有限的存量定点医院，方舱医院创造了救死扶伤的增量奇迹。世卫专家们到武汉现场考察后表示，要把中国方舱医院模式推荐给其他国家。四是创新。体现了中国在完善重大疫情防控救治体系方面的创新能力。因为有了为爱逆行的医护人员、有了携手共舞的医患关系、有了兜底救助的应急思维、有了精准施策的宏观举措，方舱医院才真正成为战"疫"洪流中的"诺亚方舟"。

（来源：《健康时报》2020 年 3 月 6 日）

035 且看守护武汉、拯救患者的中医力量

一、今天我定不负武汉

2020 年 2 月 17 日，空军军医大学附属西京医院中医科副教授李军昌，作为军队支援湖北医疗队队员到达武汉，担任湖北省妇幼保健院光谷院区感染二科副主任，负责 3 个病区约 170 位患者的中医药诊疗方案的制定。简短的培训结束后，他和新战友们第一批"冲进"病区，迅速开展收治工作。结合发现的问题，他们提出三点建议：病房管理实行中西医结合模式；治疗用汤剂基础方与免煎颗粒的辨证变化方相结合模式；成立"中医药诊疗指导小组"。中医需要望闻问切，其诊断过程较为复杂。为了给一位 80 岁老人拍 X 光片，李军昌专门参加培训，把 20 多个步骤逐条记下来，在实拍的时候，通过不断调整角度，把球管放在最精准的位置，终于拍出了清晰的光片。在查房时，病人得知他是在武汉学的中医，感觉更亲近了。一位大爷说："虽然你穿着防护服，我看不清你，但你是军人，还是中医，我相信你！"去武汉时，李军昌带上了同事们紧急赶制的几百个用中药制成的香囊分发给患者，患者们都说："用了提神醒脑，很喜欢。"32 年前，李军昌曾在湖北中医学院学习。武汉，有他熟悉的人，怀念的校园。李军昌说："当年武汉培养了我，今天我定不负武汉！"

二、不断提高中医药疗效

2020 年 1 月 18 日,湖北省中西医结合医院肿瘤血液科主任医师许树才主动请缨调往发热门诊,以中医药诊疗方案救治患者。许树才说:"许多患者是典型的发烧咳嗽,吃了西药不见效果,我们就用中药。"1 月 20 日的一次接诊经历让许树才印象深刻。"那是一位有西医学习经历的年轻女患者,感染新冠病毒后服用抗病毒和消炎类西药,但高烧依旧不退。"许树才当即给她开了10 服中药,3 天后患者的症状基本缓解。许树才介绍,每次查房时自己都要同患者近距离接触,问诊时要求患者摘掉口罩,查看舌苔脉象,从而对症下药。"新冠肺炎病情相对复杂,症状不典型的较多,在发热之外,还有拉肚子、肌肉酸痛等症状,这在客观上加大了用药的难度。"接诊了上千例病患后,许树才也在不断思考如何提高中医药治疗的效果。"目前看来,'一个方子打遍天下'还不可能,在特定的阶段用特定的药,疗效才能更好,在这个过程中,也在不断推动中医药的发展。"在许树才负责的重症病区,通过中西医结合治疗,已有不少转为轻症,患者症状普遍得到了缓解。

三、看到了更多患者康复

2 月 14 日,首个中医方舱医院——江夏方舱医院正式启用,江苏省常州市中医院主任中医师陆炜青是第一批进舱收治患者的医生。每次进舱,在整整 8 个小时内不吃不喝不上厕所,这对年近 50 岁的陆炜青来说挑战不小。有一天他戴的口罩型号不合适,在舱内的憋闷感比以往强烈很多,陆炜青一度有些缺氧,呼吸不畅。当天有 12 位患者需要采集咽拭子标本,还有一批患者要交接到其他病区,工作量很大,他的护目镜上也逐渐有了雾气。为防出错,陆炜青不得不闭上一只眼去核对病例。等忙完手头工作,时间已经过去了 6 个多小时。"在把口罩摘下来的那一瞬间,空气一进来,感觉能够通畅的呼吸真是一件很幸福的事情。"陆炜青说。虽然在方舱医院的工作很辛苦,但陆炜青觉得自己的努力没有白费,他看到了更多患者在康复。江夏方舱医院收治的所有患者通过中医治疗后，没有人病情发生恶化，每个病人都在好转。陆炜青记得，有一位刚来方舱的患者一度有胸闷心慌症状，吃了中药之后，再加上穴位按摩和心理疏导，症状消失了。他介绍，目前自己所在病区的 100 多名患者中已有十几名治愈出院。

四、再辛苦也值得

2020 年 2 月 26 日，湖北武汉江夏方舱医院首批 23 名患者康复出院，其中就有朱莹所在的湖南中医医疗队负责的 14 名患者。今年 57 岁的朱莹是湖南中医药大学附一医院内科主任医师，在接到援鄂动员令的时候，她尽管身体状况并不好，家中母亲也在病危中，但还是坚决来到了武汉。朱莹说："我相信通过中西医药充分结合、系统治疗，一定能帮助武汉人民早日战胜疫情。"朱莹每天穿上厚厚的防护隔离服，再戴上一层又一层的手套，感觉给脉诊造成了不便。她开玩笑地对同事们说："患者的脉好像都变细了。不过，中医讲究望闻问切，脉诊的时候，多切一会，再结合问诊、看舌象等，基本都能做出准确诊断。"在隔离病区，朱莹每查一次房就要 3 个小时，衣服总要被汗水浸透。她说，每当看到患者可以开心地出院时，再辛苦也值得了。有位 59 岁的患者张女士，连续两天两夜呕吐，一点东西也进食不了，一度让朱莹很揪心。为此，朱莹和同事想了各种法子，他们及时调整药方，用药两天后情况明显缓解，经检测各项指标转为正常，近期可以出院。

（来源：《人民日报》2020 年 3 月 4 日）

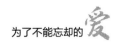 诗词与中药是乔能斌手中的战"疫"利器

湖北省秭归县中医医院副院长乔能斌是战"疫"前线的一名白衣战士，在同病毒博弈的过程中，他心潮澎湃、文思泉涌，挥笔写就《沁园春·送瘟神》《江城子·新冠阻击战》等战"疫"诗词。在诗风盛行的屈原故里秭归县，诗歌是人们不可或缺的精神食粮。在"万众战'疫'"的日子里，人们更是以诗词壮志，来鼓舞信

心,以笔当戈,同仇战"疫"。每当读到乔能斌的诗词时,大家都会被他诗词中情怀所感染,纷纷点赞转发。乔能斌创作的诗词,除了激昂的斗志,也有警世的思考。从大年三十至今,乔能斌和同事们一起熬制了3.5万余袋中药,为1.6万多人次提供了中药的预防和治疗。所有防疫中药都免费送到一线医护人员、值勤人员、社区志愿者和隔离人员手中,为战"疫"一线工作人员提高了免疫力,成功预防了病毒感染。截至目前,全县无一名防疫人员被感染。"中医药与诗词都是中国传统文化瑰宝。中药医病、诗词养心,在这场战'疫'斗争中,两者共同提升了中华儿女强大的体魄和无穷的精神力量,使我们面对疫情所向披靡。"乔能斌的声音轻柔而充满力量。

(来源:人民网 2020 年 2 月 17 日)

037 149 名抗疫"老兵"休整完毕,再战金银潭

2020 年 3 月 2 日下午,福建首批援鄂医疗队全体队员休整一周后再度请战,149 名抗疫"老兵"再赴武汉市金银潭医院。"短暂休整之后,我已满血复活,希望重回战场,因为在抗击疫情的战场上,我们都是'老兵'。"福建首批援鄂医疗队队员、福建省立医院重症医学三科副主任医师尚秀玲,代表"老兵"宣读了请战书,149 名医护人员再次按下红手印。他们在请战书中说:"28 天的日夜奋战,我们积累了经验,从院感防控、明细分工,到精准设岗、规范流程等方面都有着深刻的体会。我们坚信,再次回归一线,一定会给患者带来更多的温暖和帮助。在此,我们请战。武汉,我们与你共风雨,请让我们同心协力再打一场胜仗。"3 月 3 日上午 8 点,他们再赴武汉市金银潭医院接管了 4 楼病区,同福建第十一批援鄂医疗队的 172 人并肩战斗。此前,这支福建首批援鄂医疗队已在武汉市金银潭医院奋战了 28 天,出色地交出了"患者零死亡、医护人员零感染、133 名患者治愈出院"的最好成绩单。

(来源:新华网 2020 年 3 月 4 日)

038 第136位编外队员心中的小爱与大爱

2020年2月9日一早,上海瑞金医院支援武汉医疗队集结点名时,发现实到队员136人,比名单上多了一个。经核查,超额的这位是瑞金医院血液科医生薛恺。2月8日晚,薛恺和同事竞相报名出征,但他因妻子生二宝预产期在2月25日而没被批准。医院领导希望他留下来安心陪伴妻子一起迎接新生命。虽然出于本能报了名,但妻子生孩子的事确实也让他放心不下。最终给他信心和勇气的还是他的妻子。薛恺的妻子是上海市妇幼保健中心妇产科医生,"我是妇产方面专业人士,而且是生二胎,到时候请朋友一起照顾一下没有问题"。妻子还鼓励他说:"你不去,那可是胆小鬼。"在妻子全力支持下,瑞金医院出征队伍里最终加上了一名。薛恺和同事接管的是武汉同济医院重症监护病区,每天推开三道隔离门时的仪式感就让人紧张,"但一进到病区就像平时查房一样了。"每天工作忙碌没时间同家人通电话的薛恺,只有晚上睡觉前才有时间想想妻子和孩子。

(来源:《解放日报》2020年2月15日)

039 年轻女医生陈雪燕被誉为燕子衔泥飞越雪域高原

2020年1月25日是大年初一,四川省隆昌市第二人民医院年轻女医生陈雪燕,接到医院的紧急召回令。彼时,正在尼泊尔旅游的她,在经历改签机票不成、退票重新买票之后,终于抢到了1月27日的返程机票。接着,她就在当地多家药店自费采购国内急需的口罩,积少成多。娇小玲珑的她为了腾出空间装口罩,只留下手机、钥匙、钱包、护照等必备品,把原本打算托运回国的衣物和洗漱用品等全都留在尼泊尔不要了,省下托运费多买口罩。就这样,想尽一切办法随身携带5800个口罩的她成功回到了祖国。在海关,工作人员检查陈雪燕的行李箱、登山包里全是清一色的口罩,这感动了尼方和中方的关口人员。回到家乡的第二天,她就到医院上班,积极投入到抗击新冠疫情第一线。她把带回来的 1350 个口罩留给医院,其余的全部送给当地交通、公安、街道社区等防疫一线的工作人员,自己一个没留。灾难面前,这种舍己利人的"硬核"故事使她成了网红。陈雪燕这只美丽的春燕,从异国他乡衔回来的不是为自己筑巢的泥巴,而是拯救生命的大爱。

(来源:《中国青年报》2020 年 2 月 20 日)

040 广州市第一人民医院副院长余纳:先后转战三个"战场",只因使命在肩

自新冠疫情暴发以来,广州市第一人民医院副院长余纳,已经带领团队连续"转战"广州市第一人民医院、武汉大学中南医院和雷神山医院等 3 家医院。2020 年 2 月 19 日,广州"战区"的疫情已经基本得到遏制,余纳接到紧急通知,要求他组队出征湖北。2 月 21 日,余纳带着广东省第 22 批援鄂医疗队共 176 名队员星夜驰援,出征武汉,这是一支整建制全员投入 ICU 的队伍。面对这支混编战队,她第一时间成立了援鄂临时党支部,厘清了人员安排,成立了工作专班,迅速投身于武大中南医院临时病区。在清零了武大中南医院的新冠肺炎患者后,3 月 9 日,她又带领医疗队转战雷神山医院,接管重症病区。"在治疗肺炎的同时,还要对患者进行动态心理评估,努力做到既治肺炎、也治心病。"余纳始终坚持人性化医疗,带领团队一路南征北战,取得了患者零死亡、医护零感染的骄人成绩。从广州到武汉,在挽救新冠肺炎患者生命的道路上,广东省第 22 批医疗队全体队员真正做到了拧成一股绳、劲往一处使。余纳始终坚信,这是黎明前的黑暗,坚定者必然胜利。

(来源:《健康报》2020 年 3 月 30 日)

041 陈亚岗:60 多岁再战"疫"是我的荣幸

让浙江大学医学院附属第一医院副院长兼传染科主任陈亚岗没有想到的

是,2020 年的这场疫情比"非典"来得更加凶猛。2 月 8 日深夜快退休的陈亚岗受命带领 310 名队员援鄂。"没有条件我们就创造条件,我们肯定行。"这是陈亚岗 2 月 10 日凌晨到达武汉给说队员作动员时说的话。他带领医疗队骨干多次踩点,熟悉医院场地,在保障医疗安全的情况下快速收治患者。2 月 19 日,陈亚岗接到新任务,转战江夏区,打造武汉最大的 4500 个床位的中国光谷日海方舱医院。谈到这两次受命经历的感受时,陈亚岗说:"'非典'和'新冠'都是人类从未遇到过的新发传染病,传染性很强。抗击'非典'让我积累了应对大型流行性疾病的经验,也给了我此次抗疫的信心。所不同的是,'非典'病毒患者全球加起来是 8000 多例,而新冠病例都已超过几十万例了,传播速度比'非典'快得多,让整个社会公共卫生系统都卷入其中。这对一个专业人员来说,实际上是很好的成长过程。我们作为医生,当然不希望这类疫情再出现,但人类要往前走,总会碰到各种新的灾难,所以应建立预警机制,从磨难和危机中总结经验教训,打有准备的仗。"

(来源:《生命时报》2020 年 4 月 7 日)

042 医患携手并肩,同心协力抗击疫情

2020 年 3 月 5 日傍晚,上海援鄂医疗队的刘凯医生,推着一位 87 岁的新冠患者做 CT 时在途中停下,让住院已久的老人欣赏了一次久违的日落。经过医护人员的悉心照料,老人不仅身体逐渐恢复,精神状态也好了起来。临别之时,他在病房中为即将返程的医疗队员拉起小提琴,用悠扬的乐曲作为临别赠礼,表达对上海来的医生、护士的感恩之情。这温暖的一幕感动了无数人。患者感恩,源自医护人员的巨大付出。全国各地援鄂医疗队进驻的多家方舱医院,对轻症患者应收尽收、精心治疗,对重症、危重症患者,一个都不放弃,不计成本、不惧困难,只要有一线希望,医护人员就会尽百倍努力。在重症病区,陕西援鄂医疗队的护士张朝升和患者一起朗读诗歌,传递信心。在方舱医院,医护人员教患者们制作爱心卡、呼喊鼓劲口号,坚定信心,不负生命所托,白衣

战士冲锋在前,让患者铭记在心。患者的感谢和信任,也是对医护人员最大的鼓励,很多患者从刚刚入院时的低落情绪中走出来,认真遵守医嘱,积极配合治疗,给了医疗团队极大的动力。医患携手并肩,同心协力抗击疫情,也激励着全社会各个行业的人们各司其职、坚守岗位,为抗疫奉献一份力量。

(来源:《人民日报》2020 年 4 月 9 日)

043 这些医护人员是值得人们发自内心尊重的人

一、带着同理心和病人共情

1996 年出生的上海姑娘倪溦,来自上海中医药大学附属岳阳中西医结合医院,是上海第三批援鄂医疗队里最年轻的护士。她以自己的花样年华,作为"请战"的理由:"我年轻,没负担,如果可以,请让我去支援武汉。"回忆起在武汉的 55 个日日夜夜,倪溦印象最深刻的是孙爹爹,这是她接手的第一位重症监护室的出院病人。孙爹爹最初入院时,血氧饱和度不足 93%。面对清汤寡水的白粥,孙爹爹胃口也不好,经常闹情绪不肯进食。贴心的倪溦看在眼里,急在心头。为了让孙爹爹多吃两口饭,她拿出自己的罐头,加到孙爹爹的粥里喂他吃。在倪溦的贴心照料下,孙爹爹的病情终于有了起色,他同倪溦之间也建立了深厚的情谊。3 月 3 日,在倪溦来到武汉的第 36 天,她成为了一名中共预备党员。"从前的我可能专注于护理工作,并没有做到带着同理心去同病人共情,这次的经历让我认识到,护士这个职业可以做到还有很多,不单单是治愈患者的疾病,更多的是要疗愈患者的心灵。从患者出发,怀着同理心去护理患者。"倪溦说。

二、换位思考解决病人痛苦

上海交通大学医学院附属仁济医院"95 后"神经外科监护室护士吕明明,作为上海市第八批援鄂医疗队队员出征武汉,驰援雷神山医院。钱叔叔是他

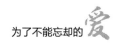

印象最深的一位新冠肺炎危重症患者。钱叔叔的舱内护理工作一直由吕明明独自负责。有一天晚上，平时已经合眼休息的钱叔叔却一直没有睡着，颤颤巍巍地举起手示意让吕明明到床边来，他嘴巴一开一合像是要表达什么。情急之下，吕明明拿出纸笔，协助钱叔叔写字。"一开始写得完全无法辨认，他当时情绪很激动。"吕明明安慰钱叔叔别着急，慢慢来。钱叔叔又缓缓写下两个字"女儿"。吕明明马上协调值班医生，让钱叔叔通过病房里的 Pad 与女儿视频通话。见到自己牵挂的女儿，钱叔叔的情绪稳定了下来，病情也慢慢好转，过了 3 天就治愈出院了。"这次驰援武汉雷神山让我更加深切地感受到，疫情无情，人有情，有时候比疾病更加折磨人的是对亲人的思念。我们在日常 ICU 的工作中，应该多同病人耐心沟通，用换位思考去解决病人的痛苦，不单单靠镇静和镇痛剂来达成目的。"吕明明说："人与人之间的情感交流也许是世界上最有疗效的妙药。"

三、像照顾长辈一般护理病人

2020 年 1 月 28 日，上海市长宁区妇幼保健院麻醉科手术室护士郭纪芸随上海第三批援鄂医疗队抵达武汉，在武汉市第三医院光谷院区重症区做护理工作。她最惦记的是一位"胖婆婆"，医生告诉护士，这位"胖婆婆"的情况不太好，之后的每日护理，郭纪芸都会格外注意"胖婆婆"的状态，每次护理前都会在她耳边轻唤"婆婆，婆婆"。"老人家虽然没有睁开眼，但是会用手轻微握住我的手，我知道她听得到我说话。"由于不能自主进食，每天都是由郭纪芸和伙伴们给婆婆"鼻饲"。没过多久，大家发现，婆婆的脸色逐渐好了起来，平时两个人就可以给婆婆翻身了，现在需要三个人了。"婆婆，我们要给你制定一个'减肥餐'了哦"，郭纪芸在"胖婆婆"耳边轻声地说。在医护人员精心照料下，在第三批援鄂医疗队撤离的时候，"胖婆婆"已经撤下了呼吸机。"53 床的'胖婆婆'就交付于你们啦。"临走前，护士们在病房的白板上画上了"胖婆婆"的漫画肖像，并写下了这样一句话。"看着重症病人在自己的护理下逐渐好转，这是对我们最大的鼓舞。"郭纪芸写道。

四、不忘初心周全护理患者

上海交通大学医学院附属瑞金医院重症医学科护士杜颖,有多次救治重症甲流、高致病性禽流感的经验,疫情袭来,她早早就报名并做好了奔赴一线的准备。2020年2月22日,接到通知的杜颖匆匆奔赴上海市公共卫生临床中心,在ICU里承担起新冠肺炎危重症患者的护理工作。虽然出发前已做了充分准备,但面对陌生的环境和患者病情的瞬息万变,对这名ICU老将仍是一场前所未有的考验。在所有医护人员共同努力下,瑞金组的两名新冠肺炎危重症患者在用ECMO生命支持了22天和47天后顺利脱机拔管。后者是目前使用ECMO技术救治危重症患者时间最长并且成功的病例,也是全国使用ECMO技术时间最长且存活的病例。她曾记得在康复期的患者颤颤巍巍地给新进组的护士写下"你才来,要注意安全"的温暖嘱咐,还有进入隔离期的护士得知自己照顾的患者被团队从死神手里拽回来的喜悦和欣慰,她说此次经历是对自己职业的一次重新认识。"我只是一名普通的医务工作者,抗击疫情是我职责所在。作为一名重症医学科护士,我理应挺身而出,到最需要我的地方,同最专业的团队共抗疫情,不忘初心,保护每一位患者周全。"

(来源:《新民晚报》2020年4月7日)

044 像哄娃娃那样细心照顾老小孩患者的江苏医护人员

在武汉同济医院,有一位患有阿尔兹海默病的新冠肺炎患者。刚入院时,这位老爷爷就像个"任性"的"老小孩",每天吵着闹着要回家,对医务人员的工作很不配合,成为江苏援鄂医疗队南京一队的"重点"关注对象。老爷爷每到夜里都要在走廊来回走动。负责该病区的南京一队医护人员担心老爷爷走路时跌倒,总是跟在他后面细心陪着。为了让这位"老小孩"安心留在医院治疗,护士们给他开起了"小灶"。在他手腕上画手表,还把自制的工作包送给他。"爷爷这包是香奈儿的,你背上好看极了。"爷爷一听笑出声来,马上背上小包在走廊上来回溜达，走累了就坐在板凳上，护士们又跑过去跟他聊天、给他按摩，逗得老爷爷每天乐滋滋的。如今，这位老爷爷再也不提回家的事了。"这个每天游走于清醒与糊涂之间的老爷爷，能遇到这么多有爱心的护士，真是幸运。"江苏医疗队的唐健医生笑着说。

（来源：央视网 2020 年 3 月 2 日）

045 戏称希望国家分配一个男朋友的方舱护士田芳芳

2020 年 2 月 10 日，湖南省中医药研究院附属医院护士、第三批援鄂国家中医医疗队队员田芳芳，从长沙出发赶赴武汉抗疫前线。2 月 25 日下午，在武汉市江夏区大花山方舱医院，今年 30 岁的田芳芳结束了一天的工作后，为舒缓工作压力，在纸上写下"希望疫情结束，国家给我分配一个男朋友"这个心愿，把现场的同事和患者都逗乐了。没想到她的这个心愿，竟然在网上意外走红。东风快递、湖北武警、南京消防的小哥哥听说有护士小姐姐要求分配男朋友，纷纷表示"我可以"。朋友还给她发信息，说江苏电视台《非诚勿扰》栏目的孟非老师要找她上节目，愿意帮她相亲，这让她有点害怕和紧张。说起征集男友这件事，田芳芳有些羞涩，但她也坚定地相信"男朋友会有的，疫情也会结束的"。成了网红之后的田芳芳，担心会影响工作。田芳芳说，希望国家分配一个男朋友这是饭后娱乐，不该当真的。她更关心的是方舱医院里的患者，希望他们能早点好起来康复出院。

（来源：《中国青年报》2020 年 3 月 2 日）

046 绽放在抗疫前线用生命挽救病患的马兰花

"美丽芬芳拥抱着阳光"，是宁夏回族自治区建区 50 周年主题曲《马兰花》中的歌词。在湖北襄阳战"疫"一线，绽放着一朵来自宁夏回族自治区的马兰花。宁夏人民医院急诊科护士、随宁夏医疗队奔赴荆楚大地的宋薇，被分配到襄阳中心医院东津院区发热 3 病区。病区有个和宋薇年纪相仿的女患者在住院后一直十分焦虑,宋薇知道后每天主动找话题同她聊天。2 月 11 日,她第一次从这位患者口中听到"想吃东西",便高兴地将家里人为她准备的零食分享给患者。"吃点甜的心情好。"病人频频道谢。"你啊,在病房里不要胡思乱想,好好吃。这是我们来(襄阳)的时候,我们同事自己熬的阿胶,能增强抵抗力。我给你分几袋,你试试啊。"宋薇握住病人的手说:"来!我们一起加油!""谢谢,谢谢你们。"患者突然哭出声来。当天下午,宋薇收到这位患者从微信上发来的一段话:"我们这边称呼医生都喊老师,我也喊你宋老师吧!今天真的特别感谢您的关心。谢谢你们,用生命在救我们。"

(来源:《银川日报》2020 年 2 月 13 日)

047 方舱女管家沈岚用110 吨物资托举"生命之舟"

2020 年 2 月 5 日接近正午,武汉市首个收治轻症新冠患者的武昌方舱医院,迎来了第一个患者。仅用 3 天筹建完毕的武昌方舱医院由武汉大学人民医院牵头组成医疗救治团队。武汉大学人民医院对外联络部负责人、在医院耗材管理岗位上历练过 5 年的沈岚,在 3 小时前接到通知:将参与方舱建设管理,担任物资保障部部长,沈岚深知合格合规的防护用品对保障医护人员健康的重要性。因此,做好 500 多名医务人员的防护工作避免感染,同时保障舱内外 2000 多人生命健康,就成了沈岚等管家们的首要大事。回忆起最初的那段时光,沈岚历历在目。她和同事一道手提肩扛每箱重达 15 公斤的货物,截至 3 月 7 日,共收集医用物资 402 种、6300 箱,总重量 63 吨;出库 4700 箱,总重量 47 吨。一收一发 110 吨,这是"管家"们 32 天来的工作记录。除了掌舵的医护人员,倾力护航的方舱"管家"们,托举着这艘"生命之舟"。连续辛劳 32 天后,武汉武昌方舱医院做到了"零死亡、零感染、零回头"。而每天工作 18 个小时以上,52 岁的沈岚带着些许疲惫说,"让医护都没有后顾之忧,我的工作就做到位了"。

(来源:中国新闻网 2020 年 3 月 8 日)

048 医疗服务远程在线，助力疫情防控阻击战

2020 年 2 月 19 日，湖北省黄石市居民胡先生和江苏省苏北人民医院杨扬医生，作为首例医患，通过"江苏—黄石医疗服务在线"平台，成功完成了问诊服务。为解决黄石市医疗资源紧缺、居民去医院就诊和医疗咨询困难等问题，江苏省卫健委根据省际对口支援的安排，迅速部署，依托"江苏健康通"统一互联网服务平台，搭建了专门为湖北省及黄石市居民提供服务的"江苏—黄石医疗服务在线"系统：通过提供互联网线上医疗咨询，以图文问诊、视频问诊和人工智能技术，为黄石提供 AI 找医生与新型冠状病毒肺炎智能筛查服务，降低疫情蔓延风险，实现远程协助强信心；通过集中优质医疗资源，以后方支援减轻前方医务人员的压力，实现相互配合暖人心；通过全省各医院医务人员积极响应、传播向上向善正能量，竭尽所能助力黄石人民打赢疫情防控阻击战，实现众志成城聚民心。远程抗疫不仅回应了群众关切，还以其及时性、针对性、专业性让更多群众知道党和政府正在做什么、还要做什么，为坚定全社会抗疫信心发挥着有效作用。

（来源：《中国青年报》2020 年 2 月 19 日）

049 浙江援鄂医疗队员说"浙"就是爱，"荆"生难忘

在湖北省荆门市第一人民医院建起两个 ICU 的浙江省两批援鄂医疗队全体队员们克服重重困难，为许多危重型患者带去了生命的希望。截至 2 月 21 日晚 8 时，荆门医疗队总共收治的 20 名新冠肺炎患者中，分别有 18 名危重型患者和 2 名重型患者。黄建洲医生让自己启动"一级响应"，最终在经历了一场"硬战"之后，稳定了其中心律不齐、呼吸衰竭、紧急住院的 11 床小伙的各项指标；谢琳燕医生在经历了一个多小时的"生死较量"后，成功完成了进入休克状态的 8 床的中年患者手术；3 号床 60 多岁的大伯是危重型患者，呼吸

治疗科主任葛慧青当机立断要求为大伯插管，正是因为她的坚持，患者血液中二氧化碳量被降下来了，氧和也稳定了。在充满生命危险的前方"战场"，他们为什么一次次迎难而上？正如浙江省首批支援荆门医疗队队长刘利民所说："我们支援荆门，就是来啃硬骨头的！"在一天的工作结束后，为一位队员在朋友圈里写着："浙"就是爱，"荆"生难忘！

（来源：《北京青年报》2020 年 2 月 22 日）

050 广东第二人民医院勇挑重担的"应急老兵"李观明

新冠肺炎疫情暴发以来，在广东省第二人民医院应急指挥中心里，总能看到该医院党委副书记、副院长李观明的身影。早在 2019 年 12 月湖北武汉刚出现不明原因肺炎病例时，先后参与处置过禽流感、甲流、汶川地震、埃博拉、台风、日本地震等突发事件的李观明院长就预感到情况可能不妙。2020 年 1 月 23 日晚上，已经走在回老家路上的李观明，看到广东省启动重大突发公共卫生事件一级响应消息后，立即掉头返回医院。在关键时刻，医疗物资告急，防护服仅剩下 17 套。李观明心急如焚，当晚经多方联系，终解燃眉之急。而后又仅用 8 天时间，就为奋战在一线的医务人员搭建起能容纳 132 张床位的医学观察区。作为全国首家互联网医院和全国首家智慧医院，广东省第二人民医院运用互联网、大数据和人工智能等新技术，研发出人工智能医生、处方流转平台、智能影像诊断等 20 余项人工智能医疗应用功能，还探索出"二早三化三严"制度、"分区分型分级"管理机制、党管战"疫"、智慧战"疫"、人文战"疫"、科研战"疫"等。李观明院长还从病毒遗传学、免疫学、流行病学、现代医院管理制度等方面进行探索，及时提炼疫情防控的临床治疗与管理经验为全国的抗疫和防疫工作起到了推广和借鉴作用。

（来源：《经济日报》2020 年 2 月 25 日）

051 "一专多能"的云南医疗队在咸宁大显身手

在湖北省咸宁市中心医院感染病房里,云南省第一人民医院援鄂医疗队中的急诊医生为节省抢救时间,打破常规,开始在病床旁完成胸片拍摄和超声波扫描,这样,他们就可以代替拍摄技师进行检查,在最短时间内获得抢救病人所需要的信息,并确定诊疗方案。ICU病房是专门负责收治急重症新冠肺炎患者的,这里的病人经常会状况百出,时时刻刻考验着医护人员的各项能力。除了胸片和超声波,医生们还得为患者插管,做一切有利于病情好转的照护工作,有时候在病房里一待就是六七个小时。有限的医疗条件给医护人员的工作带来了极大的挑战。有时为了救助一位气管插管患者,护士袁颖只能采用最"原始"的拍背方法,一拍就是二三十分钟。一旦听到患者呼吸道发出了声音,她就赶紧把堵塞在气管的分泌物吸出来。ICU病房的救护工作虽然十分危险和忙碌,但是病人情况好转和抢救成功成了他们最高兴的事。

(来源:云南网 2020 年 2 月 25 日)

052 被患者称为"草原上最美丽云朵"的内蒙古医疗队

"我今天有点激动,我想大碗喝酒,大块吃肉!"荆门市一位经过 16 天的体外膜肺氧合救治、成功撤机的新冠肺炎危重患者贺先生,在拔掉了 ECMO 后兴奋地喊道。内蒙古援助荆门医疗队成员、内蒙古医科大学附属医院呼吸内科主任医师张卿也在朋友圈中分享了自己的激动心情。从"60 后"到"90 后",内蒙古派出的 839 名医护和疾控人员,在荆门市、武汉市的多家医院开展防治工作。他们同荆门市医护人员密切合作,帮助当地医院改建传染病区,改进感染控制流程,培训医护人员和消毒杀菌人员,接手危重症患者治疗,极大地改善了当地传染病防治条件。在荆门市抗疫一线奋战了 1 个多月的内蒙古医疗队的医护人员,不仅是患者们口中的"草原医生",也是陪患者谈天说地的"妹子"，为小患者送来玩具的"好阿姨"，昼夜守在重症患者床旁的"贴心人"。一位患者出院后在给医疗队的感谢信中写道："你们无愧于白衣天使称号，你们是辽阔草原上最美丽的云朵。"

（来源：《湖北日报》2020 年 3 月 1 日）

053 前线终见恩人面，黄冈战"疫"叙奇缘的 ICU 护士王冰

2020 年 1 月 27 日，山东省千佛山医院 ICU 重症病房 26 岁的男护士王冰，主动报名参加山东第二批援鄂医疗队来到黄冈大别山医疗中心。同很多医护人员一样，王冰驰援武汉出于使命召唤，职责所系。但他和其他人又有点不同，他希望在一线战"疫"的同时，也能寻找到那位 13 年前的救命恩人。原来，13 岁那年，因为青霉素皮试结果判断失误，王冰输液后出现了过敏反应，在咳出粉红色泡沫痰之后，他就昏迷了。生死一线之际，ICU 的护士和医生为他插上呼吸机和导管，做了各种检查并为他吸痰，终于把他从死神手里抢救回来。他对 ICU 负责抢救的刘清岳医生一直心怀感恩，并从此立志学医。刘医生相当于王冰医学生涯中第一个启蒙老师！功夫不负有心人，王冰终于从一名护士那里打听到了刘医生的联系方式。几经周折，王冰终于见到了恩人刘清岳医生，见面后两人都非常激动。当刘医生得知王冰从医时便对他说："你能学重症方向，又到湖北支援，是对我们整个科室包括我个人最大的感谢。"

（来源：《中国青年》杂志 2020 年 2 月 18 日）

054 护士长孙青在武汉护理的都是危重症患者

2020 年 2 月 1 日下午，中日医院肺移植科副护士长孙青，接到电话通知，让她加入院里援鄂医疗队。此前，医院护理部在征求她意见时她就主动报过名。孙青到达武汉后奋战在华中科技大学同济医院中法新城院区 C6 东病区。

"我们病区收治的都是危重症患者。"病区于 2 月 4 日开始收治患者,在半个小时之内就接收了几十个病人,当晚病区床位几乎就被占满了。孙青的一项重要工作是协助医生对重症患者开展救护,如病床旁 ECMO 的操作,经皮气管切开后床旁气管镜检查,危重患者转运等相关技术操作,还要对重症患者进行护理。除了协助治疗之外,病区所有医疗工作的安全开展、确保工作质量也是孙青的职责。作为护士,她还要照料患者日常生活。在工作中她会主动替患者打水,喂饭喂药,为不能下床活动、大小便无法自理的患者换尿垫、清理被大便弄污的被子和床单。"我觉得护士是最能吃苦的一群人,特别是像我们这些做过重症护理的护士,什么苦都能吃,什么累都不怕。"

(来源:《中国青年报》2020 年 3 月 24 日)

055 20 年前是医学院师生,20 年后是方舱医院战友

曾在武汉大学医学院就读的北京大学深圳医院呼吸与危重症医学科的医学博士龙翔,正在武汉中南医院实习。2020 年 2 月 9 日,她随广东医疗队来到武汉,对口支援武汉客厅方舱医院。因为工作需要,她被调入方舱医院医务部工作,在指挥部巧遇了 20 年前带她的老师章军建。章军建是武汉客厅方舱医院的院长。近日,方舱医院收到广东漫画家小林赠送给医院的漫画书——《武汉一定赢》,龙翔就请章军建老师在书上留言作纪念。章军建在书的首页写道:"二十年前是师生,二十年后是战友!"在方舱医院,龙翔最难受的一天是 2 月 22 日。那天他得知大学同学黄文军感染新冠肺炎后病危,上了 ECMO 后又发生脏器出血。"黄文军是孝感市中心医院呼吸内科的医生,我不能眼睁睁看着同学倒下,我要救他。"经过连续 6 个小时忙忙碌碌的抢救,从有希望到希望破灭。2 月 23 日,黄文军医生牺牲了。龙翔将悲痛藏在心底说:"在同病毒斗争的战场上,需要有人前赴后继地战斗。"

(来源:人民网 2020 年 2 月 29 日)

056 抗疫战场上的一对医生姊妹花

北京佑安医院护士刘薪,在值班时收到了医院即将接收"新冠"病人的消息,她还没来得及同父母商量便赶往抗疫前线。从大年初三进入隔离病房开始,已经整整 21 天没有回家了。她起早贪黑,在患者最容易发生坠床、跌倒的凌晨,耐心地观察着每位患者的状态,及时为他们调节呼吸、检测体温、检查身体;还在每个夜深人静的夜晚,为病房里的十几位"新冠"患者守着夜灯。她有一双让人印象深刻的眼睛,如秋水般细致柔美,总能发现连患者自己都未曾注意到的细节,又灼灼闪亮好像两团燃烧的火。抗疫是一场接力赛,也是一场精诚团结的拔河赛,她的妹妹是北京大学第一医院驰援武汉的医务人员,也早已提交了请战书,随时待命出发。刘薪姐妹俩,都把孝心放在心底,将忠诚付诸行动,凝聚起了共克时艰的强大正能量,被同事们称为抗疫姊妹花。

(来源:北京卫视《生命缘》2020 年 2 月 18 日)

057 海南需要你们,全国人民也需要你们!

2020 年 1 月 27 日,海南省首批援助湖北医疗队将从海口美兰机场飞赴武汉,参与疫情防控工作。下午 4 点左右,在海南医学院第二附属医院工作的苏爱康交完班后,一刻不停地奔向了门诊大厅。她跑得如此匆忙,是因为她的丈夫叶智超医生马上就要在那里出征,奔赴湖北。见到丈夫的那一刻,苏爱康再也控制不住自己,她冲向丈夫的怀抱,两人相拥而泣。此情此景,让在场的所有人都为之落泪。"孩子太小,她又是孕妇,我是有点不放心。"叶智超医生说。然而,使命在肩的他,跟妻子简单说了几句,就踏上了征程。"谁的家里不是上有老、下有小?但疫情形势严峻,总要有人舍小家,顾大家。"当天夜晚,沈晓明省长到机场为大家送行:"今天是大年初三,本来应该是万家团圆的日子,但是不仅仅是你们的家庭需要你们,也不仅仅是海南需要你们,全国人民

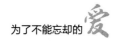

都需要你们!"他动情地对全体医疗救援队队员说,"我期待着你们早日凯旋!"

(来源:《海南日报》2020年1月28日)

058 火神山医院病房里的"知心电台"

2020年2月12日下午3时,歌曲《茉莉花》优美的旋律飘荡在火神山医院感染一科一病区里的各个病房,许多患者也跟着节拍轻轻哼唱起来。原来,这是护士白秀梅专门为患者们开设的"知心电台"正在播出。白秀梅所在病区里收治的患者绝大多数是中老年人,身体的不适加上对疾病的恐慌,让他们的情绪有些不稳定。白秀梅看在眼里,急在心里,她突然想到:"不开心的时候,我妈妈喜欢听《茉莉花》,边听边唱心情就好了。"于是,她打开手机并利用护士站的广播系统进行播放。"姑娘,你这首歌播得太好了,这是我们那个年代最爱听爱唱的歌曲,我很喜欢。""姑娘,请再放一首《洪湖水浪打浪》。"随着一首又一首歌曲的滚动播放,让整个病区的气氛顿时轻松愉悦了许多。"我还能为他们做些什么呢?"白秀梅想起自己参加心理疏导培训时的情景,心理医生温柔舒缓的声音可以让大家慢慢释放压力。于是,她又开始广播:"亲爱的患者朋友,你们好!我是今天的办公护士白秀梅。如果您有什么需求,请按响床旁的呼叫器,我会全力帮助大家。"

(来源:《解放军报》2020年2月16日)

059 当年抗"非典"的铁甲如今又穿上了身

一件布制的隔离衣背面,左边写着"非典",右边写着"新冠"。由于医用物资紧缺,当年抗击"非典"所用的隔离衣,如今消毒以后又派上了用场。简简单单4个字,将17年前的记忆拉回到了17年后的今天,对于这两次突发出共卫生事件的亲历者而言,此时此刻看到此情此景无不百感交集。穿着这件隔离衣的是湖南江华瑶族自治县人民医院护士李芳。她说："这是我们17年前防治'非典'时，在感染病房用的隔离衣。那时候的防护条件可没有现在这么好，穿的是可以反复消毒使用的布制隔离衣，戴的是纱布口罩，但职责所在，我没有退缩。"17年前那看不见硝烟的战场上，正是有无数个像李芳这样的白衣天使，把患者的生命之光一次次点燃，他们在抗击"非典"的战斗中，让我们这个世界充满了阳光。当年的铁甲又穿在身，巾帼英雄，前赴后继。17年后，在来势汹汹的新冠病毒疫情面前，"李芳们"再次毫无惧色，以一名抗击过"非典"的老兵姿态，义无反顾递交申请，加入了新冠肺炎应急救援突击队。金戈铁马，征战沙场，得胜而归，指日可待。

（来源：综合多家媒体报道 2020 年 2 月 18 日）

060 心疼你那累得有点摇晃的身躯

湖北省宜昌市惠民医院 46 岁的内科护士长陈淑红，从 2020 年 2 月 11 日开始，就一直战斗在该院承担的密切接触者集中隔离观察点，尽心尽力地工作着。2 月 19 日这天，她同五位医护人员一道，从早上 8 点一直忙到下午 5 点，没喝一口水、没吃一口饭，等陈淑红硬撑着忙完所有工作，巡视了一圈准备下班时，她感到实在有点撑不住了。近日，一段监控视频在网上热播，在湖北省宜昌一隔离点，一位穿着黄色防护服的医护人员，在过道走了两步后，身体突然摇晃了几下，然后伸手扶住了墙壁。紧接着，她弯下腰，还不时用手捶背，艰难地喘气。随后她又起身想继续前行，却因为体力不支，背靠着墙壁滑落在地。幸好同事们及时发现了她，急忙跑过来搀扶，几个人架着她慢慢走了出去。呼吸了新鲜空气之后，她才慢慢缓过神来。网友纷纷表示，医务人员太辛苦了，要特别保重。这一幕也使全中国人民看到了希望，这是奋战在抗疫斗争一线的广大白衣天使们对救死扶伤事业的热爱，对生命的敬畏，对职业的顽强坚守，这也是一腔沸腾的热血在支撑着他们书写人间大爱。

（来源：《人民日报》2020 年 2 月 19 日）

061 山城重庆用满城灯火向最美逆行者致敬

2020 年 2 月 28 日晚上的山城重庆,灯光璀璨,熠熠生辉,仿佛春花满江随水来,又仿佛暖月银辉耀人间。十名"火线上的生命守护者"的光影故事在重庆 50 处地标建筑、3322 个 LED 刊播点位上点亮。十名"火线上的生命守护者"分别是 21 天辗转近 4000 公里的火线救治专家王导新;移动战线上的抗疫"隐形战士"文永生;17 年后重披"战甲"的最美医护刘华;从未缺席一线救援的传染病防治首席专家毛青;把烈性传染病防护经验带到抗疫战场的"永动机"宋彩萍;退伍不褪色的抗疫退役老兵赵孝英;越是艰险越向前的"急先锋"刘景仑;救治重庆首例治愈出院患者的主管医生黄霞;勇战火线的护士长张晞等人。他们是疫情中勇敢地从死神手里抢人,拼了命也要把我们同病毒分开的诸多医护人员的代表,让我们铭记他们的名字和最美的背影,向最美逆行者致敬! 为最热情、最直率的重庆市点赞,祈愿医护人员们早日平安归来!

(来源:"重庆共青团"微信公众号 2020 年 2 月 29 日)

062 防疫"老兵"蒋金波留在工作群里的回复:我服从,我响应,召之即来,来之能战,战之必胜

2020 年 1 月 28 日 21 时,江西赣州大余疾控中心主任朱鸿接到电话,电话那头传来老同事蒋金波儿子的声音:"爸爸在我身旁嘱咐,让我替他请个假。"可万万没有想到,这是蒋金波医生给疾控中心的最后一次来电。蒋金波是江西省赣州市大余县疾病预防控制中心的一名医师,从 1 月 15 日起,他就一直坚守在岗位上。1 月 28 日这天,蒋金波像往常一样,一大早来到病房,对病人进行流行病学调查,一直忙到中午一点多才吃了碗泡面。同事王美英看到蒋金波气色不好就劝他说:"要不您请假休息半天? 您年龄大了,大家会理解的。""现在是关键时期,我不能做'逃兵'。"蒋金波医生摇摇手,又和同事下乡消毒去了,直到傍晚 6 点多才回到单位。就在当晚,蒋金波因劳累过度突发

心梗，抢救无效去世，时年 58 岁。疫情发生以来，大余县疾控中心发出了《众志成城，防控疫情——致中心全体职工的倡议书》，在工作群里至今还保留着蒋金波的回复："我服从，我响应，召之即来，来之能战，战之必胜！"

（来源：人民网 2020 年 2 月 20 日）

063 基层行医 50 年，用生命诠释医者仁心的村医姚留记

2020 年 1 月 23 日，河南省郏县冢头镇北街村党支部委员、村医姚留记，在接到疫情防控任务后，把自家的老年代步车改装成宣传车每日穿梭在大街小巷。同时，他还积极投身村头路口疫情监测执勤卡点值守。2 月 4 日，姚留记像往常一样早早出了门赶到离家只有 300 米的卡点执勤。中午 12 点多，他匆匆回家站着吃了几口饭后，就又出门了。"执勤、巡逻、宣传，干的一点都不比年轻人少。"同他一起执勤的同事朱宏彬说。当天下午 1 点多，给一个行人测完体温做好登记后的姚留记，觉得头晕眼花站不稳，便拉了一条凳子坐下，说了句"不舒服"就晕倒在地。2 月 4 日 13 时 9 分，姚留记经抢救无效去世，享年 68 岁。老伴闫爱琴得知后放声大哭，回忆起当天姚留记出门时的情形："平日里他出门执勤前还会给我打声招呼，那天我在厨房，他着急赶去防控疫情，连一句话也没有留下。"在北街村那辆车头上系有条幅车顶绑着大喇叭的防疫宣传车，静静地停靠在路边，如今再也等不到它的主人了。"大喇叭"再也不会响起了，但乡亲们永远不会忘记他。扎根农村公共卫生服务岗位 50 年来，姚留记细心守护北街村 3000 多口人的身心健康，连续多年获得"先进卫生工作者""优秀乡村医生""优秀共产党员""最美道德模范"等荣誉称号。

（来源：新华网 2020 年 2 月 17 日）

064 老疾控人张军浩殉职前的 16 个日日夜夜

湖北省黄冈市疾病预防医学门诊部副主任、年届 57 岁的张军浩，被同事

们亲切地称呼为老张。疫情发生后,他一直战斗在疫情防控最前沿。作为老疾控人,他深知,做好联防联控工作,最重要的是把生病的人和健康的人分开。根据工作安排,他走进社区,抓好社区消杀和防控指导工作。虽然不是在医院病房,但社区群众体量大,人数多,不确定情况随时出现,老张肩上的担子并不轻。一句"老疾控人,我可以",从大年三十奋战到 2 月 8 日;一句"要把情况摸透",大步流星跑遍十来个小区;一句"莫急,我来想办法",帮社区干部解决了运送病患的难题;一句"工作不够细",排查社区防控工作漏洞毫不放松。16 个日日夜夜里,老张都每天早出晚归,连续工作。在 2 月 9 日轮休的那天,连续多日吃盒饭的他,还没来得及吃上一口妻子包的肉汤圆,就因突发心梗永远地离开了我们和疫情防控工作。愿疫情早日结束,老张在天堂里能吃上一碗热气腾腾的肉汤圆。

(来源:《环球时报》2020 年 2 月 12 日)

065 湖北医生黄文军写下请战书 31 天后以身殉职

2020 年 2 月 23 日,湖北省孝感市中心医院发布讣告,该院呼吸内科副主任医师黄文军在抗击新型冠状病毒肺炎的战役中,不幸感染,经多方抢救医治无效,于 2 月 23 日 19 时 30 分不幸牺牲,卒年 42 岁。讣告中表示,鉴于目前疫情防控形势,决定不举行追悼会。2001 年 6 月毕业于武汉大学医学院临床医学系的黄文军,2001 年 8 月至今一直在孝感市中心医院呼吸内科工作。疫情发生后,黄文军曾写下请战书:"苟利国家生死以,岂因祸福避趋之,我申请去隔离病房,共赴国难,听从组织安排!"经组织上批准之后,他一直奋战在抗击新型冠状病毒肺炎的第一线。黄文军医生的妻子胡小平,也是孝感市中心医院检验科的一名医生,两人的孩子今年才 12 岁。疫情发生后,因为是呼吸科的医生,黄文军不仅要在门诊接诊发热咳嗽病人,还要作为专家到孝感县(市、区)去为新冠肺炎疑似患者会诊。胡小平则一直在检验科做核酸检测工作。黄文军医生被确诊后,胡小平才停下工作。"我没想到把他送到了医院,却没能把他接回家。"胡小平说,"他确实是个好医生,默默无闻工作 19 年,却不幸倒下了。在这场抗疫斗争中他选择了勇赴国难,最后抛下我和孩子走了……"

(来源:《辽沈晚报》2020 年 2 月 24 日)

066 跨越百年的医患鞠躬礼

2020 年 2 月 22 日,浙江省绍兴市中心医院一位 3 岁小患者治愈出院时,向护士阿姨鞠躬致敬。巧合的是,上世纪初,时任杭州广济医院(现浙江大学医学附属第二医院)院长的梅藤根先生在查房时,面对当时一位小患者的鞠躬致谢顺势回礼的一瞬间,也曾被摄影师抓拍下来。这一跨越百年的两对医患互相鞠躬礼,引来了一大波网友的点赞。有的人夸赞干净无邪的童心最感人,有的则顺势在评论区向医护人员致敬,更有的网友一语中的:这跨越百年的瞬间看似巧合,实非巧合。变化的是时代社情,不变的却是医者仁心,是大医精诚、悬壶济世的崇高精神,是患者与医护之间的信任和尊重,更是中华民族的明理知礼的传统美德。还有网友评论道,感恩必须是相互的,这才是和谐社会的状态。希望在这一次的疫情过去之后,医患关系能够变得更好,医者仁心,患者也能够体谅,保持相互的理解和尊重,把中华民族的传统美德一代一代传承下去。

(来源:《人民日报》2020 年 2 月 24 日)

067 73 岁重症老爷爷在病房里给美丽的云南护士献歌

2020 年 2 月 24 日,在咸宁市中心医院的病房里一首温婉动听、中气十足的歌曲《在那遥远的地方》突然响起。这是来自咸宁市中心医院一位正在接受治疗的重症新冠肺炎患者、今年已 73 岁的罗爷爷即兴演唱的一首歌,他把这首歌送给云南的李丹和其他几位美丽的护士姑娘。73 岁的罗爷爷之前曾经置入过人工心脏起搏器,伴有高血压、糖尿病史。1 月 31 日入院之后,2 月 1

日,新冠病毒核酸检测阳性。经过云南医疗队的精心护理治疗,由咸宁市第一人民医院转入咸宁市中心医院,目前病情已经稳定。护理罗爷爷的是云南省第二人民医院护士李丹。罗爷爷特别喜欢李丹的声音,他说,李丹每次抽血都不疼。经过两天的护理,罗爷爷同李丹已经熟络起来,还成了忘年之交。李丹说,虽然隔着防护服,看不清每位医生护士的脸,但是罗爷爷一听声音就能分辨出自己的这位新朋友。24日,当李丹再次进入病房护理罗爷爷时,他唱了这首动听的歌献给李丹,也把这首歌献给了所有云南美丽的护士姑娘。罗爷爷说,等他康复了,一定要去云南旅游,再去看望美丽的云南姑娘。

(来源:云南网 2020 年 2 月 25 日)

068 唱歌向福建医生致谢的宜昌患者治愈出院

"此刻我的心情很复杂,在这种大爱之下,仅仅说几句感谢的话,真的不能完全表达我心里的想法。"2月26日,宜昌新冠肺炎女患者茉莉(化名)治愈出院。此前,在宜昌市第三医院从重症病房转到普通病房时,茉莉用歌声向福建医务人员表达谢意。26日上午,茉莉走出了宜昌市第三医院隔离区。为了祝贺茉莉出院,福建医生特地给她赠送了福建特产香囊和中药铁线莲。收到礼物的茉莉,向福建医务人员深深地鞠躬致谢。经过治疗,茉莉的病情开始好转,从重症转为轻症,福建医生有针对性地为茉莉制定了康复训练,对她后期肺功能的恢复起到较好的帮助作用。出院后的茉莉还将隔离14天。茉莉说,等隔离期结束后,只要身体条件允许,她将捐献自己的血浆,以救助更多的人。

(来源:人民网 2020 年 2 月 27 日)

069 开往春天的鲜花列车给白衣天使送去祝福

2020年3月7日,武汉金银潭医院收到了云南花农从1500公里外的云南送来的 1600 捧康乃馨，为坚守岗位的白衣天使们带来节日祝福。"看到这么多红花绿草，我很激动。"面对雪白床单在蓝色口罩中坚守了 43 天后，一名护士开心地说。护士长甄暐选了一株紫色的康乃馨。甄暐是上海龙华医院呼吸科的护士长，也是上海首批援助武汉医疗队中 93 名女医护人员之一。这批鲜花是由拼多多联合中铁昆明局集团开通"鲜花专列"，协助云南花农捐赠到武汉的。复旦大学附属中山医院重症医学科护士长徐璟向同事们念完花农的来信后哭了出来，泪水打湿了蓝色口罩。"我们在电视新闻画面上看见你们的脸被口罩勒出伤口、主动剪去了长发，我们没法上前线帮你们，但我们想把春天送给你们。""没有你们，也就没有春天。"花农们在随花附上的信上这样写着。"鲜花代表着对美好生活的向往，让女性医护人员倍感温暖，这也是一种重要的医疗物资，是一件值得我们投入所有精力去完成的事。"据全国妇联消息，目前全国已经有超 4 万名医务人员驰援湖北，其中女性占大部分。她们的角色不仅是妈妈和女儿，现在，她们更是最美的逆行者。

（来源：新华网 2020 年 3 月 8 日）

070 新生儿监护室里的一个全新的生命

在湖北武汉华中科技大学同济医院新生儿监护室里，有个出生还不到 20 天的小宝宝。出生前，小宝宝的爸妈都被确诊感染了新冠肺炎，而他却在第一时间，被转到重症监护室接受为期 14 天的医学隔离观察。2 月 16 日，小宝宝有了自己的名字，叫"石榴"，2 月 17 日，石榴的爸爸与出生 14 天的小宝宝首次"同框"，他通过中央广播电视总台新闻《武汉云守护石榴宝宝》网络直播，关注着小宝宝的一举一动，与小宝宝"隔空对话"。小宝宝的健康成长离不开"医护妈妈"的悉心照料，医护人员每天喂八次奶，定时为小宝宝翻身、换尿布……希望所有疫情下的小宝宝们，长大之后知道在他们生命刚刚开始的时候，曾经有一群陌生人，这样守护过他们，给了他们生命和希望。小石榴出生时体重 3.47 公斤，18 日体重已经达到 3.79 公斤。小宝宝的每一次翻身、吃奶、举手、抬腿，都让人由衷地感受到生命的美好。这是一个全新的生命，小宝宝在慢慢长大，疫情也在慢慢变好，我们好像听见了春天花开的声音。

（来源：中国青年网 2020 年 2 月 18 日）

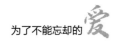 **上海儿童确诊病例清零治愈率百分百**

2020 年 3 月 13 日上午，在收治新冠肺炎确诊患儿的复旦大学儿科医院隔离病区，最后两例患儿——1 岁的茜茜和 10 岁的童童这对小兄妹离开住了 29 天的负压病房回家了。至此，上海已实现新冠肺炎确诊儿童病例清零。茜茜（化名）和童童（化名）都是 2 月 14 日入院的，他们全家 9 人中有 8 人确诊，属于家庭聚集性发病。儿科医院传染科主任曾玫教授说，新冠病毒早期中期的传染性非常强，这两名患儿属新冠肺炎轻型病例，排毒期很漫长。在治疗中未使用抗生素，病程中后期通过中成药调理，茜茜和童童的呼吸道感染症状很快消失，精神胃口都很好。复旦儿科医院自 1 月 19 日收治第一例新冠肺炎患儿以来，在医护人员的精心护理下，共有 11 位患儿（6 男 5 女），最大的 11 岁，最小的 7 月龄，先后被治愈，治愈率达 100%。曾玫教授和她的团队，为所有患儿精心制定了一对一的个体化方案，均给予口服对诊治疗，取得良好效果。这套个体化适宜儿童的治疗方案已被收录在"上海方案"中。

（来源：《新民晚报》2020 年 3 月 13 日）

072 爸爸妈妈来接七个月大的患儿齐齐回家了

2020 年 2 月 3 日，被确诊患上新冠肺炎的齐齐，经过在传染科负压病房 17 天的隔离治疗后正式出院了。因外公、外婆从武汉来上海探亲，仅有七个月大的齐齐被确诊感染，成为上海目前发现的年龄最小的新冠肺炎患儿。刚进隔离病房时，齐齐因为不熟悉环境而不停地哭泣，当晚的值班护士张洁就将齐齐抱在怀里睡了一夜。随后，30 余位穿着防护服的"代理妈妈"们轮流给齐齐冲奶粉、换尿布、哄睡觉、陪玩乐……好几位"90后"护士虽然自己还没生过孩子，但照顾起宝宝来都那么细致入微。渐渐地，齐齐与这些穿着防护服的"代理妈妈"们熟悉起来，胃口大开。视频时，齐齐的妈妈说："你们都把她喂胖了！"正式出院的这天，夏爱梅护士长将齐齐的尿布、奶粉等生活物品交给齐齐妈妈，齐齐的主管医师王相诗还不停地叮嘱家长回家后的注意事项，"有问题随时同我们联系"。虽然不舍，但医护人员们看到齐齐能出院，都特别开心。"代理妈妈"们争相最后再抱一抱齐齐，说"希望宝宝一直健康快乐平安！"

（来源：《青年报》2020年2月21日）

073 在本该是撒娇的年纪，他们却成了抗疫生力军

2020年春节期间，在防控新冠疫情一线的"逆行大军"里，有一群朝气蓬勃的"95后""00后"的"战士"特别引人注目。当大多数同龄人还在沙发上看电视、玩游戏，跟父母撒娇讨红包的时候，他们已经"战斗"在了疫情防控第一线。湖南省儿童医院感染科护士胡佩是名共产党员，生于1998年。她连续数日都穿着厚重的隔离服，戴上口罩、护目镜和医用橡胶手套，忙碌在隔离病房里。面对繁重的工作和可能的感染，她义无反顾地写下："我做好了随时被隔离的准备。"1999年出生的梁顺，是武汉市金银潭医院ICU的一名男护士。1月23日（腊月二十九），他刚回到孝感老家，还没喝上一口水，得知疫情严重，便决定立即开车返回武汉。父母心疼他不让他走，梁顺却说，回去是他应尽的职责。1997年出生的徐文惠，是南昌大学一附院象湖院区护士。疫情发生时，她刚刚做完手术，却主动要求到防控一线去。护士长怕她身子弱、抵抗力差而拒绝了，但拗不过她的执意，最终把她从神经内科调来支援重症ICU。1998年出生的吴康倩，在隔离病房工作。爸爸牵挂女儿，天天发来短信叮嘱她保护好自己。小吴说，害怕是难免的，但只要大家拧成一股绳，就一定能战胜疫情。曾经，"90后""95后""00后"被人们视作没有经历过风雨、常怀"玻璃心"、经不起摔打的一代。然而时至今日，他们正逐步成为支撑社会的栋梁和推动

国家发展的生力军。

（来源：人民网 2020 年 2 月 1 日）

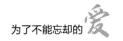
074 总是第一个冲进抢救室的急诊科医生刘天城

如果说急诊科是抗疫的前沿阵地，那么发热门诊就是前哨关卡。从早上 8 点到晚上 8 点，刘天城记不得值了多少个这样的班了。这位 1993 年出生的医生，始终默默坚守着岗位。他说："对于急诊科而言，24 小时待命是工作常态。"每天，他都要穿上防护衣，戴上护目镜和面罩，诊断大量病人。患者经常把脸凑过来，虽然传染风险很大，但他理解患者急切的心情。为了能让患者听得清楚，刘天城还会主动凑过去，向患者详细解释治疗事项。穿脱防护服很不方便，上班期间他和同事们都不敢喝水，忍着不上厕所。护目镜上雾气太重，给患者打针带来不少麻烦。他们就凭借经验以触摸的方式从患者皮肤上找出血管。急诊科护士长刘迪介绍："核酸检测采样的风险可以说最大，因为采样时患者的口要张到最大，但我们都没有退缩。"武汉市中心医院后湖院区被指定为新冠肺炎患者定点医院前，这里的急诊科除了接诊发热病人，还要收治抢救日常急危重症患者。在这次防控疫情阻击战中，刘天城始终冲在前面，细心接诊每一位发热病人。每当救护车停在门口，他都是第一个冲进抢救室。

（来源：中国经济网 2020 年 2 月 12 日）

075 医生患者：奇妙搭配抵御病魔

病人出院走出隔离病房后，很多人会选择寻找那些在病房里熟悉的身影，递上一封感谢信。"那个瘦瘦高高的，应该就是丁主任吧？" 50 多岁的余先生看着世纪坛医院领队丁新民的背影。在隔离病房里，余先生始终没有见到丁新民的样貌，但把他的身形以及"好好吃饭、提高抵抗力"的叮嘱，牢牢记了下来，"回到家以后，我也会坚持这么做。"当护士通知陈先生可以出院时，他手写了一封感谢信："尽管你们全副武装,让我无法看清你们可爱的脸,但我也能从你们满是雾气的眼罩里真切感受到你们的亲切笑容……"住院楼下,陈先生紧紧握着两页纸的感谢信通过声音分辨医护人员,他说,"无论查房时的关心、用药时的叮嘱,还是对 CT 影像的解答,从护士到医生,他们每个人的声音我都还记得"。即使走出病房,医生们仍然放心不下自己的病人们。12 楼病区世纪坛医院的医护人员,特意把病人要继续服用的药物分袋装好,并在上面写上了要服用的剂量。"记住了,一定要按时吃药,千万别放松!"医生们叮嘱道。医生和患者,本来就是很奇妙的搭配,在突如其来的浩劫中,他们相互关爱,携手共同抵抗病魔。

(来源:《北京青年报》2020 年 2 月 20 日)

076 总书记回信:新时代的中国青年是好样的,是堪当大任的!

北京大学援鄂医疗队的 34 名"90 后"党员,给习近平总书记写信汇报了在抗疫一线抢救生命的情况,并向党表达了继续发挥党员作用、为打赢疫情防控阻击战贡献力量的决心。2020 年 3 月 15 日,习近平总书记回信,向他们和奋斗在疫情防控各条战线上的广大青年致以诚挚的问候。总书记夸赞说:"在新冠肺炎疫情防控斗争中,你们青年人同在一线英勇奋战的广大疫情防控人员一道,不畏艰险、冲锋在前、舍生忘死,彰显了青春的蓬勃力量,交出了合格答卷。广大青年用行动证明,新时代的中国青年是好样的,是堪当大任的!"总书记指出:"希望你们继续在救死扶伤的岗位上拼搏奋战,让青春在党和人民最需要的地方绽放绚丽之花。"在驰援湖北的 4.2 万多名医护人员中,有 1.2 万多名是"90 后",其中相当一部分还是"95 后"甚至"00 后"。2013 年,习近平总书记在同各界优秀青年代表座谈时说:"人的一生只有一次青春。现在,青春是用来奋斗的;将来,青春是用来回忆的。"总书记在党的十九大报告中还深刻指出,青年一代有理想、有本领、有担当,国家就有前途,民族就有希望。

(来源:中国青年网 2020 年 3 月 16 日)

077 给总书记写信的"90后"医生：回信让我们备受鼓舞！

"收到总书记的回信，我们感到备受鼓舞，这也是对全国'90后'群体的肯定。"2020年3月16日下午，在北京大学第三医院援鄂抗疫国家医疗队住地，给习近平总书记写信的北京大学第三医院"90后"医生吴超和王奔说，总书记的回信在医疗队中引起强烈反响，激励他们继续努力，取得抗击疫情的最终胜利。1990年出生的吴超已有9年党龄了，同时也是北京大学第三医院援鄂抗疫国家医疗队第二临时党支部书记。比吴超小3岁的王奔也有6年党龄，是北京大学第三医院援鄂抗疫国家医疗队第四临时党支部书记。他俩同为北京大学学生，毕业后都在北京大学第三医院工作。2020年3月10日，习近平总书记到武汉考察，看望慰问了一线医务人员，吴超和王奔受到很大的鼓舞。次日，他们就代表北京大学援鄂医疗队全体"90后"医务人员，给总书记写了一封信。"我们向总书记汇报了工作，请他放心，也向总书记保证，我们一定不会懈怠，继续努力，贡献'90后'青春力量！我们要用实际行动证明，我们不是'娇滴滴的一代'！我们不怕苦、不怕牺牲，争做共和国的脊梁！"

（来源：长江网2020年3月17日）

078 这里的病人为我们"90后"医护竖起了大姆指

1993年出生的王奔是北医三院援鄂医疗队中年龄最小的医生。2003年在西安读小学时，他看到周围的医生叔叔和阿姨们都为救治患者而忙碌；2020年在武汉抗疫一线，当年的小王奔已经能用精湛的医术和无畏的勇气同病魔抢夺生命。穿着防护服在重症病房查房时，透不过气的他每检查5个病人，就得休息十分钟。一位患者看到他的辛苦竖起了大拇指说："小伙子有担当。"患者的鼓励支撑着王奔把50名患者一一问诊完。走出病区时，他虽已精疲力尽内心却格外满足。尤其是2月17日凌晨五六点钟的那场抢救令王奔永生难忘。那天，一位 50 多岁的肾移植后患者突然病情告急，王奔与赵志伶大夫等都奔过去为患者为做心外按压，"由于病情过于严重，我们最终没能留住他。那一刻作为医者内心悲痛不已，也是在那时我更理解了身上的责任和使命"。从"非典"时的小学生到青年学子、再到武汉一线参与抢救的战士，这就是一名"90 后"的成长历程。

（来源：《生命时报》2020 年 3 月 23 日）

079 武汉成了我的第二故乡

2020 年 2 月 17 日，北医三院张佳男护士度过了 28 岁生日。她在日记里写道："我的生日愿望是：愿国泰民安，山河无恙；愿病人早出院，战友重逢故里。正月初二到达武汉后，每天跟前辈们在一起，前辈们教导我们要尽快成长为岗位小能手，在自己擅长的领域作出贡献，在自己不擅长的领域迅速探索和适应，这给了我很大鼓舞和激励。"这次北医三院危重医学科共有 12 名医护出征武汉，他们负责的病区主要收治重症危重症患者。在治疗过程中张佳男发现，除了医护救治，对患者的人文关怀和心理疏导同样很重要。他们开展了让人文关怀走进隔离病房等一系列心理干预活动，顾励患者恢复信心，战胜病魔。病区首位出院者小丰接过北医三院护士们为她精心制作的、书写着鼓励与祝福的"毕业贺卡"时说，尽管她自己也是一名护士，但仍然深深感动于三院的护理文化。"从没在家乡以外的城市生活过这么长时间，武汉现在已成了我的第二故乡。"张佳男说。

（来源：《生命时报》2020 年 2 月 25 日）

080 抗疫是"90 后"最好的成长礼

自 2020 年 2 月 7 日奔赴武汉，北医三院神经外科医生吴超就一直被"90后"队友们感动着。作为临时党支部书记，他亲眼见证了这场抗疫斗争中的

"90后"党员以舍生忘死的行动,践行入党时的初心和誓言。吴凡感慨:"一代人有一代人的历史际遇,'90后'能有机会参与抗疫斗争,是弥足珍贵的人生经历。此次抗疫斗争,就是给予我们最好的成长礼。"在病房里,吴超一直挂念着一名重症患者郭阿姨。2月底郭阿姨来到同济医院中法新城院区就诊时,她严重呼吸衰竭,吴超和李超大夫决定立即为其上无创呼吸机,这才让她转危为安。疾病的痛苦、呼吸机的不适使得郭阿姨一度不配合治疗,眼神里充满恐惧和焦虑。由于戴上呼吸机面罩后无法说话交流,吴超和他的医护小伙伴们就用笔同郭阿姨交流,还把家人为她录制的视频给她看,使她有了自信。"医生应该给予患者更多心灵上的温暖和安慰。"吴超说。

（来源:《生命时报》2020年3月26日）

081 北京大学人民医院的援鄂医疗队"90后"医护人员

一、刘中砥

北京大学人民医院援鄂医疗队队员、"90后"医生刘中砥,在得知单位要派医疗队驰援武汉时,毫不犹豫地报了名。他的父亲生前也是一名医生。"非典"疫情暴发那年,父亲作为科室带头人,又是党员,冲在第一线,负责患者的影像学检查。"从未像现在这样,感觉离父亲如此近,也从未如此强烈地感受到身为一名白衣战士的自豪感。我想接棒父亲,用青春完成他治病救人的夙愿。"他说,自己不是一个人在战斗。"我年轻,让我冲在前面!"这是他在重症病区最常挂在嘴边的一句话。前不久,一对身患新冠肺炎的母子来办理住院手续。"老奶奶病情重,被安排在我们病房,他儿子去了另一病区。"刘中砥说,"当时刚失去老伴的老人精神状态不太好,但每次查房,她都会不停地跟我说谢谢。"类似这样无处不在的感动,是刘中砥治病救人的动力之一。近些天,越来越多的病人呼吸畅快了,咳嗽消失了,神情愈发轻松,也爱开玩笑了。"即便隔着防护镜和一层厚厚的雾气,我也能看到他们眼里的光。"刘中砥说。

二、田济畅

北京大学人民医院援鄂医疗队队员、1997 年出生的重症医学科护士田济畅,到达武汉没多久,就毅然写下了入党申请书。"面对这场突如其来的新冠肺炎疫情,党和人民召唤我们奔赴前线救死扶伤。我志愿加入中国共产党,砥砺意志品质,增强工作本领,勇于担当,冲锋在党和人民需要的第一线。"田济畅作为医疗队中最小的男护士,平时没少受到科室里医生和护士们的照顾,但这次疫情当前,田济畅下定决心:"年纪小也是男子汉,这次我应该上。"第一次进病房没多久,身穿防护服的田济畅就开始出汗、头晕、胸闷,"当时幸好有同事们的帮助,让我很快克服了身体和心理上的压力,顺利完成了值守任务"。"能在这样一个上下拧成一股绳的温暖集体里工作和成长,我很自豪。"经过一个多月的锻炼,无论心理素质还是应急能力,田济畅都已变得老练:"战'疫'中,我们加速成长。我会同战友齐心协力,继续为疫情防控贡献力量。"

三、权怡

今年 25 岁的泌尿外科护师权怡是北京大学人民医院援鄂医疗队队员,"为了让这座城市尽快恢复秩序,我们会拼尽全力。""'90 后'是一群孩子,更像是一群超级战士。"繁忙的工作之余,25 岁的权怡在微信朋友圈里留下这样一些话。权怡是北京大学人民医院医疗队里最年轻的党员,疫情发生后,她早早主动请缨支援一线。"作为一名医务工作者、一名年轻党员,当时脑海里马上就浮现出入党誓词中'随时准备为党和人民牺牲一切'这句话,我知道我必须这样做。"前段时间,一位年过八旬的段爹爹确诊入院。当时老人肺部喘憋情况危急,且脾气有点急。权怡仔细观察后才发现,原来是入院匆忙,老人没来得及拿手机,每天看不了新闻,更让他寝食难安。找到原因后,权怡和队员们每天都把报纸拿到老人床前,供他阅读;慢慢地,老人心情日渐开朗起来。"临出院时,患有眼疾的段爹爹伏案良久,亲笔给我们写了一封感谢信,那时觉得自己的一切努力都值了。""没有一个寒冬不可逾越。为了让这座城市尽快恢复秩序,我们会拼尽全力。"权怡说。

(来源:《人民日报》2020 年 4 月 1 日)

082 勇于担当的"90后"决心让青春绽放绚丽之花

2020 年 3 月 15 日,习近平总书记给北京大学援鄂医疗队全体"90 后"党员的回信,不但在北京援鄂医疗队青年医护人员中引起强烈反响,也让全国积极参与疫情防控的青年志愿者心潮澎湃。上海市第二批援鄂医疗队队员,岳阳中西医结合医院神经内科护士倪溦在此次抗疫一线光荣入党。倪溦说,仔细阅读总书记这封勉励"90 后"党员的信,更加体会到身上的责任之重。复旦大学附属华山医院麻醉科的魏礼群医师,目前正支援武汉华中科技大学同济医学院附属同济医院光谷院区。魏礼群医生说,面对不熟悉的病毒,身边的党员同志纷纷主动请缨,申请值隔离区的第一个班,在这场全民战"疫"中,党和国家是我们最坚强的后盾。当金山区教师进修学院附属小学青年教师吴恺奕从工作群中得知疫情防控需要志愿者时,第一个递交了报名表。8 天时间里,他和青年志愿者共发放、张贴防疫宣传单 1600 余张,排摸并录入辖区单位、个体经营户和居民信息近万条,协助完成首批口罩预约登记工作。随后,吴恺奕又受命增援 G15 沈海高速沪浙检查站道口。

(来源:《中国青年报》2020 年 3 月 17 日)

083 从"60后"到"90后"都成了最美丽天使

上海援鄂抗疫医疗队里有 1000 位是女性。她们是远隔千里却心心念念的母亲,是时刻被担心却说着放心的妻子,是还没长大让父母放心不下的女儿,她们共同的名字叫女性。她们中,有自称"60 后"的护士奶奶王叶琴:"孩子大了孙子也有了,没啥后顾之忧了,就想在告别岗位之前多发挥些余热。疫后心愿是回去时最想抱抱孙子。"有"70后"日记医生查琼芳，她是第一批上海援鄂医疗队员。许多人每天都是看着查医生的战地日记起床的。"我们来这里就是想竭尽所学所能来延长每一个生命。疫后的心愿是想看到一个按下重启键的武汉，想在这里好好吃一顿。"还有"80后"的ICU小超人倪丽，她是肾脏病科医生，在ICU每天面对最危重患者。"每个人都有一个英雄梦，这是我报名驰援的原因。疫后的心愿是回去上那种正常的班。"更有"90后"灵魂画手邹芳草，她充满趣味的图文字给患者带来暖意。她在疫后的心愿是"奶茶火锅唱歌一条龙走起"。

（来源：《文汇报》2020年3月8日）

084 他们心里都有一盏灯，一点亮就光芒万丈

带着百来名年轻护士援鄂的上海瑞金医院胡伟国副院长，来武汉十多天后说，这些年轻人不喊口号不表决心，但早已把这一切写在了行动里。假如你还有一代不如一代的老思想，说明你根本不了解年轻人。他们的心里都有一盏明灯，一旦被点亮一定会光芒万丈！他组织年轻护士开座谈会，聊聊为什么来武汉？大家的答案令他很意外。"我妈老说我不行，我就是想证明一下我没那么糟。""我看到前辈们那样拼搏努力，我也想成为那样的人。""我不怕病毒，就怕自己没经验没能力做好，给团队拖后腿。""我爸是老党员，他说身为护士，这时候你就该上！""当初征求我意见时我很激动，后来我有点害怕了，不过话说出去了，我又挺要面子的，所以现在就来了，现在一点都不怕了。"这些回答让胡院长感慨不已。她们没有孩子拖累，家长尚不需要照顾，虽没有讲国家有难挺身而出这样的话，但胡伟国院长恰恰被这些毫不做作的坦诚深深打动了。

（来源：《新民晚报》2020年2月26日）

085 战"非典"，是你们保护了"90后"；战"疫"情，我们"90后"要保护你们

2020年，中国所有的"90后"都已进入了20周岁门槛，这一年的他们，注定不平凡。面对突如其来的新冠疫情，无数奋战在各条战线的"90后"，给了全社会惊喜和感动。他们稚气的脸还像个孩子，有的尚未成家，有的初为父母，疫情当前，他们都喊着"让我去一线"。"疫情扑灭，国泰民安。老父翘首，盼儿凯旋。"这是李蕊父亲在女儿进入隔离病区前写下的送别诗。作为一名"非典"时期奋战在一线的医生，父亲一直给李蕊潜移默化的影响，防护服成了父女俩的"接力棒"。24岁的吕俊本已做好回家过年的准备，却突然收到通知，要去建设一座名为"火神山"的医院。"我知道这个医院很重要，建成后能治疗更多的患者"，吕俊说。同许许多多建造火神山、雷神山医院的工人一样，吕俊日夜兼程，冲上一线只为抗疫。"妈，我不仅是您只懂买买买的女儿，我的心里也有家，也有国"，这是一个女儿对妈妈的一番耐心解释，更是"90后"对整个世界的承诺："17年前战'非典'，我们还少不更事，是国家和社会保护了我们，17年后的今天，抗起疫情阻击战的重任，我们责无旁贷！"

（来源：综合多家媒体报道2020年2月2日）

086 战"疫"中的"90后"，把担当与使命扛在肩

在防控新冠肺炎疫情的关键阶段，一批批"90后"冲上了这个没有硝烟的战场。武警湖北总队医院卫生防疫科的"90后"护士肖瑞，坚守在防疫一线已有20多天。忙碌了一天的肖瑞，走出病房后脱下隔离衣，豆大的汗珠挂满了一次性工作帽，额头上的勒痕清晰可见；重庆市长寿区疾病预防控制中心"90后"女检测员文纤纤、杨涵同病毒"零距离"对峙，持续战斗在新型冠状病毒PCR检测室，为患者的诊治争取了宝贵时间；在湖北省十堰市郧阳区人民医院感染科，28岁的护士焦娇坚守在隔离病区，偶尔才能同3岁的女儿视频

通话;复旦大学附属中山医院第四批赴武汉医疗队的 136 位队员中,"90 后"将近一半……不只是抗击新冠肺炎的第一线,在后方的社会各行各业中,"90 后"的身影也是随处可见。"'非典'时,大家保护了我们'90 后';17 年后,我们'90 后'要保护大家。"一位奋战在一线的"90 后"护士的这番话,在网上被热转并收获了大量点赞。中国精神,薪火相承,青年人的模样就是中国的模样,青年人的未来就是中国的未来。

(来源:光明网 2020 年 2 月 20 日)

087 承担危重患者管理的医师付源伟

尽管女儿才出生七个月,但与爱人同为北医三院医师的付源伟,仍在爱人的支持下赶赴武汉一线。因为有救治重症患者经验,他承担了对危重患者的管理。医疗队在接管病区后收治了第一批新冠肺炎患者,从患者们迫切想要得到治疗的话语中,付源伟感受到武汉患者的不易。对气管插管患者进行动脉血气分析、调整呼吸机参数、调整血管活性药物、中心静脉置管,这些原本熟悉的操作,在穿上了厚重的防护服后,由于手变得笨拙,每个动作都要付出双倍体力。常常操作才一会儿,付源伟就出了一身汗,护目镜也起雾变得模糊。"哪有什么岁月静好,不过是有人替你负重前行。17 年前全社会都在保护我们'90 后',现在轮到我们'90 后'履行对社会的责任了。这就是中国精神的传承。"付源伟说。

(来源:《生命时报》2020 年 2 月 18 日)

088 病房里"90 后"的"小确幸"在党旗下展现大情怀

上海支援湖北医疗队中,"90 后"的中共党员有 140 多名。面对疫情大考,他们冲锋在前,让青春在战"疫"一线绽放风采。复旦大学附属中山医院护士张贤玲是一名"90 后"党员,她是科室里第一个报名上前线的。有个被告知两天后能出院的患者一直对张贤玲说:"走的时候想跟你照张相,留个念!"可两天后不是张贤玲值班，她对患者说："要不我过来看看你吧！"谁知患者考虑再三，谢绝了张贤玲的建议，说："你们来一趟不容易，还要穿防护服，不值班的时候还是休息吧！"到最后，照片也没拍成。张贤玲说，自己很珍惜这份感情，也永远记得这个患者。瑞金医院"90后"麻醉科医生缪晟昊是同济医院光谷院区"插管冲锋队"的队员。每一次患者气管插管，他都坚持把暴露风险最高的操作交给自己完成，他在武汉火线入党。中山医院心外科监护室的"90后"男护士李春雷新婚不久，因疫情推迟了蜜月旅行，义无反顾地投身前线。一天凌晨，一个重症病人情况危急，他迅速冲到最前面为患者做心肺复苏。"90后"医护战士们同英雄的武汉人民一起并肩作战，在直面生死的战斗中，用实际行动证明了自己的担当和价值。

（来源：《新民晚报》2020年3月21日）

089 上海援鄂医疗队中的"90后""灵魂画手"

来自上海第一人民医院的外科护士邹芳草，其战"疫"漫画在沪汉两地医护朋友圈刷屏，被网友们誉为灵魂画手。出征前一天晚上，她在行李箱里放上了画图工具与平板电脑。24岁的她当时就决定在前线既要当好战士，也要用画笔记录下抗疫一线的暖心瞬间。她在雷神山医院前线负责院感防控，每天第一个进舱又最后一个出舱，其间需要跟组检查每位医护人员的防护隔离装备，保证大家安全进入、干净撤出。半个多月来，每次作画前她都会在脑海中回放一天中印象最深的场景。隔离病房内四处可见的白墙，记录本上密密麻麻的病例文字记录，都成了她创作战地漫画的天地和灵感。"我想通过线条的勾勒、色彩的变化记录下雷神山病房里真实生动感人的每一幕，让患者们的心头多一抹亮色，也为战友们换一种心情。"妇女节就要到了，在忙碌之余，邹芳草还在筹备一件礼物：为所有女队员画一张集体照，她说："希望用我的特长，为这个特殊的战地医院妇女节留下一份特别的回忆。"

（来源：综合多家媒体报道2020年3月26日）

090 隔离病房里的"男丁格尔"

26岁的欧飞宇是株洲市中心医院院前急救中心的一名男护士,是株洲援鄂医疗队中为数不多的"90后"。2020年1月24日晚上,他自愿报名参加应急队,第二天便和株洲其他74名队员赶到了黄冈。真正上了前线,这个"90后"小伙似乎一夜之间成熟了许多。在隔离病房,由于没有家属陪伴、没有卫生员,这里的护理人员就要承担更多医疗之外的工作。在不大的空间里,欧飞宇每天来回走动的步数都会超过两万。别看他岁数最小,却是队里的主劳力,领物资、搬东西他样样都抢着干。虽然每天累得不想说话,可欧飞宇仍会被工作中所遇到的暖心事感动。有一次,他在给一名女患者抽血时,由于穿着防护服、戴着厚厚的手套,护目镜里全是雾气,他扎了几次针都没找准血管。"那名患者没有半句怨言,反而一个劲地安慰他,说没关系。"欧飞宇说,那一刻,医患间的互相理解与信任让他有了坚持的动力。如今,他已在黄冈奋战了近20天。提及自己的小心愿时,这名"男丁格尔"有些害羞地说:"我就是有点想念家乡的辣椒炒肉了。"

(来源:央视网2020年2月13日)

091 爱情在离死亡最近的地方升华

耿涛和何珊作为浙江大学医学院附属邵逸夫医院援助湖北医疗队成员的"90后"夫妇,在新冠疫情暴发后的第一时间就向组织报名,经批准后到湖北省荆门市第一医院重症患者病区做护理工作。因危重症患者生活不能自理,部分处于镇静、半镇静状态,一直陪在他们身边的护士何珊此时相当于患者的手臂甚至大脑,既需要给病人扎针、用药治疗等,也需要对病人进行翻身、擦洗、协助大小便等护理。在重症监护室抢救危重病人,劳动强度大又危险,却是光荣的。第一时间报名才得到了这样锻炼的机会,耿涛格外珍惜。古人云:

两情若是久长时,又岂在朝朝暮暮。看今朝,何珊、耿涛这对"90后"夫妇,携手在同一个岗位、同一个战壕,共同抗击疫情。情人节那天,丈夫耿涛偷偷藏了盒巧克力在身上,在仅有几分钟的相遇时递给了妻子何珊。何珊被感动得潸然泪下,她对记者说:"这是他第一次送我巧克力,这个特殊时期的巧克力太珍贵了!"在特殊时期过了一个特别有意义的情人节,这将是他们未来同甘共苦面对人生各种考验的基石。厚重而又坚实的爱情,是这对夫妇的宝贵财富。

(来源:《中国青年报》2020 年 2 月 20 日)

092 一对双胞胎姐妹护士在武汉并肩战"疫"

在援助武汉战"疫"的辽宁医疗队中有一对"90后"双胞胎姐妹孙晓晶和孙晓莹。在医院党委发出援鄂动员令后,姐妹俩一起报了名。妹妹孙晓莹已经在武汉华中科技大学协和江北医院重症监护室奋战了半个多月,她和队友们护理着 14 名重症病人。由于氧气难以满足临床所需,而病人又需要高流量吸氧,因此,氧气瓶的更换非常频繁,每床需要准备两三瓶氧气。没有手推车的时候,她就扶着氧气瓶,一步一步挪到床旁,几十斤的氧气瓶几乎和她等高。"护理重症病人,看着他们饱受病毒折磨的样子我非常痛心。病人的好转和感谢是对我们最好的鼓励。"孙晓莹感叹。姐姐孙晓晶抵达武汉后,要进行为期几天的培训。一次,她和医疗队成员去采购生活必需品。从超市回来的路上,一位好心的武汉市民看她拿东西走路费劲,主动开车帮她把物品送到宾馆。孙晓晶说:"医疗队的冲锋衣,现在既是我们的战袍,也是我们在武汉的特殊通行证,武汉人民对我们满怀希望,我们决不能辜负他们。"

(来源:《中国青年报》2020 年 2 月 21 日)

093 "90后"医生宋英杰的坚守与担当

蓝色的医护帽、透明的护目镜、浅蓝色口罩、白色大褂、一双充满朝气的眼睛,这是湖南省衡山县东湖镇马迹卫生院药剂组副组长、"90后"医生宋英杰最常见的形象。2020年大年初一,他在接到单位疫情值班通知后立刻赶到40公里外的岗位上,奔赴疫情防控第一线。从1月25日到2月3日,宋英杰除了做好本职工作外,每天还要和同事们一起去岳临高速东湖收费站值班,检测过往人员的体温,分发单位医疗物资。"我年轻,力气大,这些事情让我来"成了他的口头禅。同事们眼中的宋英杰,"热情好学","自学考了药剂师证",是"挺努力的小伙子"。然而,2月3日,工作勤恳踏实的宋英杰,在结束了一天极其劳累的工作后,回到医院宿舍门口时,却突然倒下了。在不满28岁的年纪,他因为劳累过度不幸引发心源性猝死。"他是太累了。"衡山县东湖镇马迹卫生院院长赵德雄说。医者仁心,不辱使命。这些天来,有太多奋战在疫情前线的照片传递出感动和震撼。在这些照片中,就有一张是看不清面容的,让我们记住他——"90后"的药剂师宋英杰。

(来源:人民健康网2020年2月19日)

094 严格是为了确保大家的安全

"管天、管地、管空气!"同事们给邵青青取了个外号:邵三管。对此,邵青青不仅欣然接受,还很高兴。不管是院长还是院士,进舱都得受她监督做好防护,是为管天;所有地面都要按清洁区、缓冲区、污染区划分好,消毒到位,是为管地;"不让一个病毒存活在空气中害人",是为管空气。邵三管何许人?她是一名"90后"护士,一名党员,同时也是河南援鄂医疗队成员。除了医疗护理工作,邵青青还肩负着一个重要使命:负责进出青山方舱医院的感染预防及管控,俗称"门神"。有一次,她硬把一个脱防护服时有危险动作的大男人给训哭了。因此,她还有另一个外号——邵厉害。"不是故意要凶他们,一人感染,全队隔离,严格是为了确保大家的安全。"邵青青也有"柔性"的一面。刚入院的患者情绪脆弱敏感,她花了10天时间,亲手折了200只千纸鹤,在上面写下祝患者病好后的心愿。3月9日,运行了26天的青山方舱医院正式休舱。临出

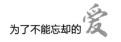

院前,一直被她照护的周大姐特意找到她作揖告别:"要不是正处在疫情特殊时期,我真的特别想抱抱你。"

（来源:《人民日报》2020 年 3 月 17 日）

095 治愈患者留在药盒上的一首诗

在湖北省荣军医院,新冠肺炎患者李先生在康复出院前,把对内三科医护人员的感激浓缩在一首原创的小诗中,写于药盒背面,用自己的承诺为战"疫"前线送去一份支持与祝福。"逝者如斯,不舍昼夜。入院荣军,月半有余。翩翩白衣,孜孜战'疫'。不识青丝,潜心如一。临危受命,经纶济世。保国安民,当世为尊。今将去也,思之良久。救命之恩,无以尽报。谆谆教导,不敢稍忘。仅以拙笔,愿君安好!"短短十行文字,却承载着深深的感激。"对不起,不能一一知道大家的名字,感谢大家的细心关照。"在这封特殊的感谢信里,李先生提到了很多医务人员的名字,用文字记录下医患间的点滴故事。我看不清你的脸,但我知道,你在护我平安! 白色"战袍"下分不清是谁,但知道你们为了谁! 让我们共同期盼"白衣战士"平安凯旋!

（来源:"中央广电总台中国之声"微信公众号 2020 年 2 月 16 日）

096 援汉护士在战地完婚,全国医疗队代表作为亲友团参加

"把防护服当作婚纱,待到花开登鹤楼,再看长江水东流。"2020 年 2 月 28 日晚上,来自上海交通大学医学院附属仁济医院肝移植监护室的于景海护士和消化科的周玲亿护士,在战友们的见证和祝福下举行了婚礼。这也是雷神山医院的第一场婚礼。这对"95 后"伉俪原定于 2020 年 2 月 14 日情人节领证,2 月 28 日举办婚礼,但突如其来的新冠肺炎疫情彻底打乱了他们的计划,领证和婚礼都因疫情而被迫"叫停"。两位新人没有过多犹豫,在春节期间分别报名驰援武汉。出发前,于景海握住女友的手说:"我们一起去,彼此有个

照应。"他俩的故事被雷神山医院院方得知后,特地临时决定在 2 月 28 日这一天为他们俩举行一场"战地婚礼"。与身穿圣洁婚纱、在亲友祝福下走上红毯的其他婚礼不同,在武汉雷神山医院,全程戴着口罩的这对新人,仅用一束鲜花就完成了婚礼仪式。十几分钟的仪式结束后,他们又投入到各自忙碌的工作中。"能够在武汉一线并肩作战,远比一场婚礼、一次蜜月更值得铭记一生。"周玲亿说,"感谢仁济医院的同仁们以及雷神山医院江夏区工作专班的同事们能够给我们一场'不平凡'的婚礼。我相信疫情很快会控制,我们也一定会凯旋!"

(来源:《青年报》2020 年 2 月 29 日)

097 抗疫前线无数艰和险是最好的成长礼

上海交大附属仁济医院护士戴倩在一篇文章中这样写道:我出生于 1993 年,在武汉"封城"、医护人员告急之时,我刚结束援滇返沪。院里征集医护人员上前线,我马上递交了请战书,因为我的专业是重症医学,正好能派上用场。到达雷神山医院的第一天是魔幻的一天,原本空无一物的板房被我们用最快速度建起一座抗疫堡垒。2020 年 2 月 22 日,雷神山 ICU 正式收治患者。每天进舱前我先拉伸四肢,在鼻梁上粘贴减压敷料,在护目镜上涂抹防雾液,为振奋精神,每天上岗前还要先给自己灌一杯咖啡。ICU 的生死决战常在突发的几分钟内,我此前虽在重症监护岗位干了 3 年,还是被这样的场景深深震撼。在日日夜夜的战斗中,我经历了许多未曾经历过的考验。我们组里有重症监护经验的同事不多,我要负责帮带指导组员,有时一天只能睡着两三个小时,但我还是体会到了被人需要的自豪感。艰辛的磨砺是最好的成长礼,它使我成了一个眼里有光、心里有爱、胸腔里有家国情怀的"90 后"。

(来源:《新民晚报》2020 年 3 月 18 日)

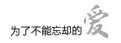

098 是武汉抗疫教会了我们上海"90后"成长

"这一次,这些原来被认为长不大的'90'孩子们真的长大了!"上海中山医院援鄂医疗队重症病区护士长潘文彦在谈到队中的"90后"时这样说。一天深夜,潘文彦的手机响起,在一位同事发来的小视频中,两位护士正在给一位上了人工心肺的病人刮胡子。她们小心地擦掉病人脸上因插管而留下的分泌物,仔细地为这位深度镇静的患者刮起了胡子。1992年出生的周佩歆就是其中一位护士。"来武汉以后,这批小朋友就像完全变了一样,总是让人感动。"潘文彦说。还有一次她一早出门,看见房间门口放着一盒午餐肉,看了手机留言后才知道:是队里一位"90后"小男生头一天打扫病房时扔掉了一位患者床边已过期的午餐肉,他放心不下,就去买了一罐新的,请上早班的护士长给病人带去。拿着这罐午餐肉她百感交集。"其实与其说驰援武汉这一个多月我们突然成长了,不如说是武汉教会了我们成长。"1991年出生的上海姑娘陈斐颖说。

(来源:《解放日报》2020年3月25日)

099 被誉为"一夜之间长大"的"90后""95后"

公然宣称"现在轮到我们来守护世界"的中国"90后""95后"们,以稚嫩的肩膀扛起了生命的力量,用青春在战"疫"一线闪光,被称为一夜之间长大的人。上海瑞金医院援鄂医疗队的"90后""95后"护士们,有的在家时连衣服都没洗过,如今却在武汉医院身穿厚重的隔离服,每天为病人抽血发药喂饭端水,还要为患者擦身更衣处理大便,却没有一个喊苦叫累。复旦大学肿瘤医院闵行分院护士卢焱28岁日那天,得知血库告急,马上捋袖献血,还说自己不能上前线也要为挽救生命作贡献。更多年轻人在交通道口测温填表、在平凡岗位上坚守。这些创造了奇迹和感动的"90后""95后",还以活泼开朗的工作态度让艰苦的工作变得色彩斑斓。"小笼包遇上热干面,一条江系上两座城",写在上海市第一医院医疗队员邹芳草防护服上的这句话,让愁眉不展的患者也绽开了笑颜。梁启超说得好,"患难困苦是磨炼人格之最高学校"。诚哉斯言!我们中国的"90后""95后"们,确乎在抗疫的大战大考中让国人和世人刮目相看。

(来源:《新民晚报》2020年2月27日)

100 新时代的防疫"青春长城"由"95后"筑起

在武汉第四医院ICU病房里,25岁的浙江援助武汉医疗队护士夏晓雅,第一次遇到患者在自己的班上去世。但让人略感心安的是,其他的病患情况都很稳定,许多人已经出院。生于1995年衢州市人民医院的余娜和夏晓雅一样,也是第一批驰援武汉的浙江医疗队队员。来自浙江省衢州开化县中医院的余娜,因为人手和防护装备都很紧张,每一班的工作时间从4个小时延长到6个小时,再加上穿脱防护服、消毒等工作,每人每天实际工作时间为八九个小时。"在这里工作,感觉离死亡很近"。章陆烨第一天到武汉天佑医院ICU工作时,遇到一位50多岁的大叔,被推进来时,拼命拉着她的手说:"我不想死,你们救我。"几天以后,这位大叔就去世了,章陆烨心里有说不出的难过。说起报名来武汉的经历,每个"95后"背后都有一个故事。1月27日,林梦情就报名支援武汉,但她并没有出现在第一批人员的名单上。2月9日凌晨1点半,林梦情收到通知,6小时后到医院集合,出发去武汉。走的时候,林梦情不敢回头,她怕自己一回头,跟在身后的母亲就会一起哭。这些不畏艰难的"95后"们,在抗疫战斗中学会了坚强!

(来源:中国青年网2020年2月17日)

101 抗疫前线的护士团队是这个时代的提灯天使

冲在抗疫治病救人最前线的护士团队,哪里最危险最需要,他们就战斗在哪里。在发热门诊,他们有的每天要进行 150 人次以上的穿刺,持续的操作累得腰都直不起来。在重症病区,有的姑娘要把沉重的氧气瓶从一楼拖到十九楼,冒着随时都会被感染的风险守护在重症患者身边……在送医疗队上前线时看着一张张稚嫩的脸,医院领导湿了眼角,沸腾的热血经得起生与死的考验吗?蜜罐里泡大的孩子能在火线上坚持到底吗?有人说,他们是勇士,在危险面前选择了逆向而上。他们说:这是我们的职业,我们不上谁上?疫情袭来我们就是底线,我们退了谁来防守?有人说,他们是天使,但这世上哪有什么天使,只是一群穿上了天使衣服的孩子。他们很多是"90 后""95 后",大疫袭来人们发现孩子已经长大:过去你们保护我,现在让我保护你。年轻护士群体的成长让人倍感欣慰。他们是这个时代的提灯天使,属于新时代最可爱的人。

(来源:综合多家媒体报道 2020 年 2 月 14 日)

102 "95 后"护士奔赴武汉,爱人:平安归来做最美新娘

遵义市绥阳县人民医院急诊科"95 后"护士苏佳佳,主动请缨驰援湖北。她和爱人王昆昆去年已领了结婚证,并定于 2020 年 2 月 1 日举行婚礼,但突如其来的新冠肺炎疫情打乱了他们的计划。送苏佳佳去机场时,王昆昆反复叮嘱:"在前方要按时吃饭,一定要照顾好自己。平安归来。"2 月 6 日,苏佳佳正式开始了在江汉方舱医院的护理工作。她负责管理一个 20 人规模的病区,其中有一位大约 50 岁的患者发烧 40 度降不下来,尤其令她担心。她不厌其烦地通过物理降温,终于患者体温降了下来。这位病人不断重复着:"佳佳护士,感谢你,太谢谢了。非常感谢你们来支援我们,从全国各地大老远跑来,给你们添麻烦了。"2 月 14 日情人节这天凌晨,下了晚班后的苏佳佳,同王昆昆打电话一直聊到凌晨 5 点。她告诉记者,这算是一份特殊时期的"情人节礼物"。而王昆昆每天最希望听到的消息就是在前线的爱人一切安好,他告诉记者,自己向苏佳佳许下了承诺,等她顺利归来,一定迎娶她做自己最美的新娘。

(来源:环球网 2020 年 2 月 19 日)

103 "95 后"的菏泽姑娘在武汉用青春战"疫"

"哪有什么白衣天使,不过是一群孩子换了一身衣服,学着前辈的样子,治病救人同死神抢人罢了……"菏泽医专附属医院援鄂医疗队中有一位入职不久的"95 后"护士朱敬凤,两次向院里递交请战书,迫切要求成为战"疫"一线的战士。"经过几天培训,明天要上战场了,有点紧张却又充满斗志。"这是她写在湖北救治一线的工作笔记上的一句话。重症监护病区的工作强度非常大,也更加危险,普通病区里最危重的病人,要第一时间转到重症监护室里去治疗。吸痰、口腔护理、抽血气、雾化、清理粪便……每天双手被汗水浸得发白起皱,满脸也都是汗水与压痕,但这位"95 后"小姑娘没说一声苦、没喊一句累。因为长时间戴口罩,脸上更是出现了急性汗疱湿疹。3 月 12 日,朱敬凤第一次单独陪同患者去做 CT。带上手机、急救药品、氧气袋,再次检查氧合仪的数字,100%。出了重症监护室的大门,"爷爷咱们出门了,冷不冷呀? 冷的话咱们把手放进被子吧!"她和另一位医生把患者爷爷搬上 CT 检查床。待到检查完毕,朱敬凤已一身汗水! 24 岁的她在战"疫"一线已经独当一面。

(来源:中国山东网 2020 年 3 月 14 日)

104 广东驰援武汉医疗队"00 后"刘家怡的"守门故事"

"穿上防护服,我就不是个孩子了。"说到动情处,"00 后"刘家怡用棉签拭去溢满眼眶的泪水。选择棉签而非纸巾——是为了避免手上的病毒接触眼部。医疗队员经过严格的防院感培训后,所有同安全攸关的小细节都已内化为习惯。2000 年出生的刘家怡,是广东惠州市惠城区中医院的一名护士。在广东驰援湖北医疗队员中,最年长的一位是 1960 年生人,二人相差整整 40 岁。刘家怡的任务是指导离开武汉客厅方舱医院的人脱防护服。面对只接受过简单培训的警察、安保……在 6 个小时的上班时间里,刘家怡几乎要不停地讲话、重复指导动作。除了躯体的疲惫,她每天还要面临逼仄的工作环境下的心理压力。工作在连接隔离病房与清洁区的小小房间里,空气流通全依靠抽风机。下班后的生活圈定在医院和酒店的两点一线之间。在平时生活中,她爱热闹、性格活泼,脆弱时刻又容易哭鼻子,但她不会将负面情绪带入工作,战"疫"一线的人都承受着压力。2 月 15 日,武汉大雪。作为很少看到雪的广东人,她"甚至想尝一口"。这时,她才流露出孩子气。刘家怡的"守门故事"也许没有冲锋陷阵的精彩,但一样不可或缺。

(来源:南方网 2020 年 2 月 25 日)

105 昔日去时暖江城,今日归时江城暖

  2020 年 3 月 31 日下午虹桥机场,上海第三批支援湖北医疗队队员,在圆满完成各项任务后分别搭乘三架包机顺利抵沪。除夕夜,135 名上海首批医疗队员紧急驰援武汉,历经 66 个难以入眠的日夜后,他们带着亲朋思念顺利归来。首批援鄂医疗队队长、市一医院副院长郑军华率领全体队员,动容地说道:"大上海,我们回来了!"作为先遣部队,上海首批援鄂医疗队是全国各省区市中第一支抵达武汉的,他们以精益求精、追求卓越的作风体现出了上海的城市精神。3 月 18 日首批返沪的武汉"方舱之师",创造性实现了完美的患者零死亡、零召回、医护人员零感染的战绩。数批上海援鄂医疗队为提高患者治愈率、控制疫情进一步蔓延交出了一份"闪亮答卷"。"如果再给我一次选择的机会,我还是会来武汉驰援!"首批援鄂医疗队员、同济大学附属东方医院护士许诗琨在日记里如此写道。对年轻的"80 后""90 后"来说,驰援湖北,是人生最艰难,亦是最不悔的日子,"从第一天接手金银潭医院北三重症病房开始,我每天在这人间的大悲与大爱中感动着"。新一批年轻人长大了,他们无愧于白衣天使的使命担当,无愧于上海的重托与期望。

(来源:《文汇报》2020 年 4 月 1 日)

106 用生命照亮患者，又从患者身上收获温暖

海军军医大学第一附属医院(上海长海医院)虹口院区普外科文职护师、1990年出生的吴亚会，跟随海军第二批援鄂医疗队抵达武汉，进驻湖北省妇幼保健院光谷院区后，每天心无旁骛地工作，让她感觉自己成长"飞速"。虽然不是军人、身上却有一股军人英气的吴亚会说："在祖国最需要我们的时刻，奉献青春，践行使命，我感到很自豪。"在武汉的这一个多月里，她感触深刻的是，病房里有基础性疾病且生活无法自理的老年患者很多，这对护士的护理能力提出了更高要求。有一次，她在给一位100岁的王爷爷喂饭时，老人吃着吃着，突然就开始流泪。"当时可把我吓坏了。"她刚想开口询问，不料老人家说的一句话也让她瞬间眼眶湿润："没想到，在这时候还能吃上一口热菜热饭，真好。"因为当时戴着护目镜，吴亚会不能哭，她努力抬高头，在让眼泪流进心里的同时，也将这一刻的温情记进了心里。"把王爷爷送出院，是我从业生涯中重要的一刻。"翻开日记本，吴亚会感慨良多。

（来源：《文汇报》2020年3月31日）

107 胡世颉：家人是我战"疫"的坚强后盾

除夕凌晨4点50分，空军军医大学西京医院神经外科副主任医师胡世颉给父亲发了一条微信："爸，我被抽调去武汉抗病毒去了"。7点36分，老父亲回复四个字："不辱使命！"疫情袭来，当抽组医疗队驰援武汉防控新型冠状病毒的命令传来，擅长危重患者救治的胡世颉第一时间就报了名。他在请战书上庄严写道，"不管什么时候，我都是一名人民军医，我的战位请组织放心。"虽然为此不得不取消策划已久的全家旅游计划，但胡世颉的家人们都非常理解，并给予全力支持。1月26日，空军军医大学医疗队进驻武汉市接诊新型冠状病毒感染肺炎病例较多的武昌医院，胡世颉第一批进入ICU病房，对危重病

人展开诊治。每天的救治工作任务都十分繁忙,胡世颉经常要忙到凌晨才有机会跟家人报平安。隔着手机屏幕,他信心满满地说:"请爸爸妈妈们放心,我们一定能打赢这场抗疫战争,等到凯旋之日,我一定陪你们轻松出游,共享天伦!"

(来源:光明网 2020 年 1 月 30 日)

108 江苏援鄂医疗队多措并举,破解老年重症患者的救治难题

今年 85 岁、身患高血压多年的余奶奶,2020 年 2 月 13 日就被确诊为新冠患者。江苏省人民医院援鄂医疗队对这位高龄患者和存在多种耐药菌感染情况余奶奶高度重视,反复研究精心救治的方案。在医护人员精心呵护下,通过科学调整抗生素控制感染,循序渐进地减少镇静、镇痛药物使用,逐渐调整呼吸机模式,并使用增强心肌供血药物提高心功能等治疗手段,使余奶奶的各项生命体征逐渐向好。江苏省人民医院副院长刘云教授表示,医疗队根据老人病情,为其开展了带呼吸机膈肌阻抗运动、四肢的主被动活动、坐位腰背部肌肉功能锻炼等系统的循序渐进的康复训练,严格控制每日的出入量平衡,保持肺部相对"干燥"以控制肺部感染,同时加强全身营养支持。4 月 5 日,老人顺利康复出院。除此之外,医疗队还注重心理干预和综合康复,坚持及早评估、全程干预和个体化的原则。刘云教授说:"老年人出院后我们还会随访,我们有一个温馨的提示卡会提示老人相关病情症状和应对方法,包括提醒老人及时去筛查、复诊,而后期有什么情况也都可以跟我们咨询。"

(来源:综合多家媒体报道 2020 年 4 月 6 日)

109 生死只在分秒之间

浙江大学第一医院重症监护副主任医师王国彬驰援武汉的第 35 天,几位重症病人病情逐步好转。夜班医生汇报轻松,接班医生也满面春风。忽然间

第19床患者发出气道压力报警。病人氧饱和度由95%下降到80%，严重缺氧，情况危急，必须立即处理，否则在几分钟后病人就会死亡。王医生立即紧急检查，并作出判断：必须马上更换气管插管。病人体形矮胖，脖子较短，咽喉部水肿明显，声门前方又有较多分泌物遮挡视野。在充分吸出分泌物后，王医生固定住喉镜，潘向滢护士长将气管套管拔出。原导管刚一拔出，新情况突然出现，病人咽喉部的水肿使原本看到的声门一下子缩了回去，整个咽部只有很小的视野供操作。连续两次置管都因不能到达声门而失败，病人氧饱和度持续下降，心率也下降到70次/分。气氛愈加紧张，大家额头上和护目镜上全是汗和水蒸气，视野也越来越差。没有多少时间了，再不成功病人就将停止心跳。"我长吸了一口气，告诫自己冷静再冷静，调整好气管插管角度，再次暴露声门"。置管成功了，呼吸机工作正常，气囊压力正常，氧饱和度也迅速回升到95%。病人得救了！

（来源："学习强国"平台2020年3月6日）

3

社区大爱

在全国疫情防控斗争中，城乡社区是防控的最前线。广大社区干部夜以继日、不辞辛劳、默默付出。面对千家万户、千头万绪、千难万险，无数党员干部冲锋在前、英勇奋战，充分发挥基层党组织战斗堡垒作用和共产党员先锋模范作用，既当"守门员""疏导员"，又当"跑腿员""宣传员"，用辛劳和坚守、奉献和汗水织就了严密防线，守住了疫情防控斗争的重中之重、决胜之地，构筑起群防群控、铜墙铁壁的人民防线。

总书记回信勉励武汉东湖新城社区全体社区工作者

武汉东湖新城社区全体社区工作者：

你们好，来信收悉。我从武汉回来后，一直牵挂着武汉广大干部群众，包括你们社区在内的武汉各社区生活正在逐步恢复正常，我感到很高兴。

在这场前所未有的疫情防控斗争中，城乡广大社区工作者同参与社区防控的各方面人员一道，不惧风险、团结奋战，特别是社区广大党员、干部以身作则、冲锋在前，形成了联防联控、群防群控的强大力量，充分彰显了打赢疫情防控人民战争的伟力。我向你们致以诚挚的慰问！

现在，武汉已经解除了离汉离鄂通道管控措施，但防控任务不可松懈。社区仍然是外防输入、内防反弹的重要防线，关键是要抓好新形势下防控常态化工作。希望你们发扬连续作战作风，抓细抓实疫情防控各项工作，用心用情为群众服务，为彻底打赢疫情防控人民战争、总体战、阻击战再立新功。

习近平

2020 年 4 月 8 日

001 总书记赞扬武汉社区干部守住了疫情防控阵地

2020年3月10日,习近平总书记在湖北省考察新冠肺炎疫情防控工作时,实地察看了武汉东湖新城社区卫生防疫、社区服务、群众生活保障等情况。习近平总书记强调,社区作为防控的最前线,肩负的任务十分繁重,参与社区防控工作的同志们工作十分辛苦。大家夜以继日、不辞辛劳、默默付出,悉心为群众服务,为遏制疫情扩散蔓延、保障群众生活作出了重要贡献,展现了武汉党员、干部不怕牺牲、勇于担当、顾全大局、甘于奉献的精神。抗击疫情有两个阵地,一个是医院救死扶伤阵地,一个是社区防控阵地。坚持不懈做好疫情防控工作关键靠社区。要充分发挥社区在疫情防控中的重要作用,充分发挥基层党组织战斗堡垒作用和党员先锋模范作用,引导防控力量向社区下沉,加强社区防控措施的落实,使所有社区成为疫情防控的坚强堡垒。打赢疫情防控人民战争要紧紧依靠人民,要做好深入细致的群众工作,把群众发动起来,构筑起群防群控的人民防线。

(来源:《人民日报》2020年3月11日)

002 举国上下倾心关爱坚守社区岗位的"平凡英雄"

据国家民政部统计,自新冠肺炎疫情发生以来,全国近400万名城乡社区工作者,奋战在65万个城乡社区疫情防控一线。全国平均每6个社区工作者守护着1个社区,平均每名社区工作者至少要面对350名群众,防控任务异常繁重。各地通过让在职党员到社区报到、动员机关干部下沉社区帮助工作等方式,助力社区做好疫情防控工作。体贴城乡社区工作者辛苦付出和细致服务的社会各界,纷纷用暖心举动送去关心和关爱。"夜里很冷,喝杯热奶茶暖和一下身子吧。"热心居民送来的冒着热气的奶茶,温暖着成都市高新区中和街道府河社区工作人员的心。每天清晨,村民们通过爱心接力自发运来木柴,让内蒙古奈曼旗固日班花嘎查执勤点的火堆,从正月初六一直燃烧到现在,为值守人员驱散严寒。3月3日,中央出台适当发放工作补助的政策措施后,各地拿出了实实在在的关心关爱社区干部的举措:湖北武汉组织下沉干部与社区工作者组成"AB岗",可为一线社区工作者安排轮休,并发放武汉旅游年卡;浙江宁波出台"暖心十条",为社区工作者在休假疗养、补助等方面提供支持;陕西西安为1.4万多名社区工作者赠送保险产品,总保额达47.8亿元;等等。

(来源:人民网2020年3月6日)

003 坚守社区防控阵地的社区干部也是"最美逆行人"

新冠疫情暴发后,全国各级党员干部、公安干警、志愿者纷纷主动下沉到基层一线,同社区民众一道组成抗疫队伍,用生命呵护生命,保护人民安危,全力守望家园。社区抗疫工作者克服各种困难,一直无怨无悔地认真坚守岗位。当各行各业停工、延长假期时,他们每天都要认真完成琐碎繁重的上门摸排、登记、上报、运送及值守工作,收工回家时早已是万家灯火。当他们拖着疲惫的身体走进家门那一刻,等候已久的年幼的孩子激动地上前期待拥抱,他们只能对孩子说:宝宝离我远一点!眼泪夺眶而出的是孩子,疼的却是自己的心。看到老人投来惊诧的目光,他们只能无奈地解释:一切都会过去的,等孩子长大了自然会懂。然后,在家里找一个僻静的角落歇歇酸痛沉重的脚。清晨又把嗷嗷待哺的孩子交给年老多病的老人,或把体弱多病的年迈老人托付给未成年的孩子,自己又义无反顾奔赴抗疫一线。临离家的那一刻,还刻意加快了离去的步伐,不敢有丝毫的停留。因为他们的内心早已饱含对亲人愧疚的泪水,生怕忍不住泪奔让亲人看见。社区居民们都说:疫情无情人有情,带领我们一起守住社区这道防线的社区工作者们也是疫情中的"最美逆行人"。

(来源:《光明日报》2020年3月3日)

004 奋战在抗疫一线的社区工作者们是可敬的

社区是疫情防控一线,是联防联控主战场。新冠肺炎发生以来,社区工作者响应党中央号召,广泛动员和组织群众全面落实联防联控、群防群控机制,有效切断了疫情扩散蔓延渠道,构筑疫情防控人民防线,作出了巨大努力。为守住外防输入内防扩散防线,社区工作者全力以赴,不怕繁难。从强化社区网格化管理,实施地毯式排查,严格落实早发现、早报告、早隔离、早治疗,到叮嘱督促社区居民多通风、戴口罩、勤洗手、不聚集;从做好社区封闭管理,加强疫情监测,协助落实四类人员分类管理,到测体温、做消杀、清垃圾、搞卫生;从安排监督密切接触人员居家医学观察,做好思想工作和心理疏导,到做好居民生活保障服务,解决居民各种细微生活难题等,社区工作者尽职尽责、尽心尽力,用自己的辛劳和坚守、奉献和汗水,织就了抵御疫情的严密防线。社区工作者面对千家万户、千头万绪、千难万难,没有他们的倾情付出,就没有疫情防控阻击战的积极成效。

(来源:《人民日报》2020 年 2 月 18 日)

005 社区干部筑起了一座座隔离病毒的"移动长城"

在这场没有旁观者的抗疫人民战争中,没有人能置身事外。习近平总书记指出,疫情防控的第一道防线就在社区。于是,广大社区工作者纷纷走到一线,成为居民和病毒之间的一堵墙。从守路口、测体温、轮班巡逻,到逐户排查、普及防控知识、消毒杀菌。与医务人员主要负责救治患者的任务不同,社区工作人员的职责和任务更为烦琐和分散,没有经过专业的医护知识培训的他们也冲在防控第一线,构成了一座座社区抗疫的"移动长城"。"社区防疫工作,充分发挥了我们的制度优势和组织优势。"防控疫情是对社会治理能力的一场大考,在中央党校教授竹立家看来,在防疫工作第一线,全国基层社区全都动员起来了,守土有责,分头把关。对社区治理而言,自下而上地广泛地动员起居民群众自我防护、用好人民群众的集体智慧,对加强社区治理、搞好疫情防控极为重要。

(来源:人民政协网 2020 年 2 月 20 日)

006 疫情下的一些居住区以对暗号来守住防控阵地

咱中国人都喜欢走亲串门,但 2020 年的春节假期迥然不同于往年,突如其来的疫情,逼得人们都宅居家中,宛如一个个渴望飞出笼外放飞自己的鸟儿。全国城乡各社区和居民小区,为减少病毒传播概率,纷纷发明了各种各样严格管控人口流动的方法。比如,每户每两天才能出去一个人买菜。某居民小区还把谍战片里的经典桥段——对暗号运用于对疫情的严防死守,只有答对了暗号的居民才允许进小区,并且每天的暗号口令还都不一样。比如,朱自清《春》的第二自然段的第一句是什么?答案为"一切都像刚睡醒的样子"。又如,问:"三个臭皮匠",答案应该是"臭味都一样"。此外,还有大量趣味盎然的暗号。比如,考察某个物理学理论,该暗号的答案还要求居民们都要保密,不能外传给居住小区以外的人。每位业主在每隔两天出门买菜之前要做的第一件事,就是要把出门和进门的暗号熟记于心。从这些进出小区大门的暗号中,不仅可以看出小区管理部门在守住社区防探阵地方面下足了功夫,更是在提醒每一位小区居民用心、用情、用智防控,这既是小区的责任,也是每一位居民的责任。

(来源:综合多家媒体报道 2020 年 2 月 1 日)

007 把居民安危看得比什么都重的社区书记们

新冠肺炎疫情让河北张家口市桥西区上下始终处于高度警备状态。从接上级命令至今,永丰街社区书记张娇已是第 27 天吃住在社区了,办公室里一张硬座沙发，就是她每天晚上睡觉的"床"，方便面就是她每日的主餐。从早上摸排询问重点人员，到中午填报各类报表，再到下午巡视各防控点位，晚上陪同值班人员共同值守到深夜24时。每天结束工作后回到社区，泡着方便面，躺在社区服务大厅的便民椅上，她还要反复回想当天的工作和次日需要完成的任务。同张娇一样，西沙河社区书记杜新彦，也夜以继日奋战在抗疫一线。从入户调查到健全防线，从带头冲锋到群防群控，从社区到居民家，从清早到第二天凌晨。56岁的杜新彦书记，把自己每天的工作分成不同的时段，每一时段他都要亲力亲为才会放心。"在这场战'疫'中，像杜书记这样的年纪，原本应待在家中自我防护，但他毫不犹豫加入到了社区的抗疫一线，每天从早忙到晚，一刻也不肯停下来，从没喊过一声累、叫过一声苦。他把居民的安危看得比什么都重。"其他社区干部心疼地说。

（来源：张家口新闻网2020年2月22日）

008 我们书记是"铁人"，领着大家共建社区大家庭

从2020年2月2日起，就带着同事住进了社区的武汉市武昌区东亭社区书记王学丽，每天一大早就在社区服务中心忙开了。疫情暴发以来，她每天上午都要跟工作人员一起给居民送菜送药。她说："我们分了七个组，一共要送50多户。其中，既有隔离期已满的人，有空巢老人，还有刚确诊还没有入住医院的人。"同她一道送菜的社区同事邱钧说："王书记是个'铁人'，她把所有来社区服务中心求救的人全都加了微信，有什么要求就及时跟她联系。有她在，我们心里就是安定的。"疫情暴发初期，由于收治能力有限，社区的患者住不进医院最让王学丽揪心。这几天随着隔离点、方舱医院、定点医院收治力度不断加大，社区的燃眉之急得到了解决，而王学丽和社区工作人员的不断努力也给了社区居民最大的信心。居民刘奶奶说："我是孤寡老人，刚开始是害怕。后来我觉得不那么害怕了，我看见我们的王书记在那喷消毒液，我就放心了。"说着说着，刘奶奶笑了起来。疫情当前，大家都相互隔离着，但是隔离病毒却不

隔离爱,有了这么尽心尽责的社区书记,居民心里都暖融融的。

(来源:综合多家媒体报道 2020 年 2 月 20 日)

009 武汉市八古墩社区的疫情防控保卫战故事

一、危急关头,一定要顶上去

胡彩保是八古墩社区党委书记,2020 年 1 月 14 日晚 9 点,当她在街道办事处召开的紧急会议上了解到社区租户导游肖某乘坐的航班上出现了一名新冠肺炎确诊患者的消息后,立即同社区网格员、街道卫生员取得联系,来到肖某家探望、测量体温。八古墩社区的 6 个生活小区,有居民 7000 多名,发热、疑似、密切接触者累计上百人。1 月 26 日一早,社区邹女士因为母亲发烧咳嗽,呼吸困难,跑了好几家医院,都没有床位。她哭着闯进了八古墩社区党群服务中心。胡彩保见状立刻迎了上去。2 月 12 日,没日没夜忙碌的胡彩保终于累倒了,CT 显示她的肺部感染,随后胡彩保被隔离观察。社区防控的牵头工作就落在了党委专职副书记周丽芳肩上。一天,周丽芳用电动车护送一名发热病人去医院做核酸检测,回到住处已是凌晨 4 点。为了工作方便,也为了减少家人感染风险,第二天就搬到了社区附近的一家宾馆。“危急关头,一定要顶上去。这是我的选择,也是众多社区党员干部的选择。”周丽芳说。

二、交硬账,打硬仗

2020 年 2 月 16 日,武汉市委党校正处级干部黄文革向八古墩社区报到了,成为下沉社区的一名网格员,负责联系两个小区 330 多户居民。他是八古墩社区先后迎来的 36 位下沉干部中的一员。2 月 17 日下午,得知社区居民老何肺部感染,黄文革立即向社区报告,老何很快就被送到隔离点。社区居民王某,父母先后确诊,自己也发烧了好几天,后来虽然退烧了,但黄文革仍然劝他去做核酸检测,结果显示为阳性,被及时送往金银潭医院。3 月 8 日,黄文革腰椎间盘突出的老毛病犯了,他束上腰带,继续忍痛坚守。一个多月过去了,黄文革成了居民眼里可敬可亲的老大哥,大家都亲切地叫他"黄师傅"。"交硬账,打硬仗。关键时刻,共产党员就要有这种作风和意志。"说完,黄文革喝了口水后,继续在忙他的下沉工作。

三、走路都是跑,电话响不停

社区网格员程秋婷,几个月前还是一家公司的行政管理人员。自疫情暴发以来,她每天都要保证 300 多户家庭的生活需求。"走路都是跑,电话响不停,真想让自己变成两个人。"程秋婷快言快语。一天,在给中百宿舍小区配送分发鸡蛋时,由于订单太多,手机又响个不停,无法分身的程秋婷,一时无所适从,竟哭起来。家有一儿一女的社区居民刘女士,出现发烧、呼吸困难,却怎么也不肯去医院。她对社区干部说:"我去住院了,两个孩子谁照顾?"社区党委专职副书记周丽芳拍着胸脯:"放心,有社区干部在,一定不会饿着两个孩子。刘女士住院及隔离期间,两个孩子的生活起居,全部由社区工作人员负责照料。"2 月 17 日,社区居民孙婆婆治愈出院后回家隔离,此前她丈夫病重逝世,儿子王某仍在医院。当天下午,网格员许娜便送来消毒酒精、水饺、南瓜粥。见孙婆婆不小心摔碎了眼镜,许娜心里着急。当时附近的眼镜店全部关门停业,她就在微信朋友圈紧急求助,后来又跑了好几趟,终于把配好的眼镜给孙婆婆送上门。疫情期间,在社区工作近两年的许娜郑重地向社区党委递交了入党申请书。

四、邻里守望相助,千斤重担大家一起扛

家住中百宿舍小区的社区干部潘雪梅,是土生土长的武汉人,在疫情期间,她将武汉几大特色早点做了个遍。"面窝是我最拿手的,发面要筋道,油温要掌控好。"在记者面前,潘雪梅忍不住打开手机微信,将她做的美食——"炫耀"一番。在潘雪梅带动下,小区里兴起了面食制作风。3 月 18 日,小区里一位在超市上班的邻居,为大家发起团购,运回了一批米面粮油等。住在小区一

楼的潘雪梅,热心地帮着登记收款,一干就是几小时。回到家中,潘雪梅不经意地在小区微信群里说了一句还没吃中午饭,一位邻居很快送来家里刚蒸好的萝卜肉馅包子。那天天凉,潘雪梅从家中窗户里接过热气腾腾的包子,感到格外暖心。小区居民杨女士,领回社区发放的爱心萝卜后洗净,切条,拌上白醋、红辣椒、生姜和白糖,密封。第二天,一大盆色香味俱佳的萝卜泡菜,就摆在杨女士家门口的椅子上,并在小区微信群里招呼:"大家有要吃泡菜的,到我家门口自取。""邻里守望相助,大家一起扛。"在潘雪梅看来,小区封闭管理期间,虽不怎么见面,但大家的心都紧紧地连在了一起。

(来源:《人民日报》2020 年 4 月 10 日)

010 社区书记李红霞是女儿心中的"抗疫战士"

原本打算大年初二就带着一家人去奶奶家拜年的内蒙古乌拉特前旗新民南社区党支部书记李红霞,一接到单位打来的电话便坐不住了。她明白,此时此刻她面临一个艰难的抉择:一边是汹汹疫情,一边是浓浓亲情。自己不仅仅是一位母亲、一个女儿、一个妻子,更是一名基层社区的党支部书记、一名有着 19 年党龄的共产党员。于是,在这个本该是与家人团圆的节日里,她毅然离家,全身心投入到疫情阻击战之中。在她瘦弱的身躯背后,有着一股女强人的精神。她每天早上 7 时 30 分就准时骑上自行车,开始一天的"战斗"。家里人都称她为"拼命三郎",每天都要忙到晚上 20 时以后才能回到家的她。有好几个中午忙得都忘记吃午饭,导致胃部时常疼痛。女儿劝她抽出一点时间休息休息,但她还是继续坚守在第一线。"自从疫情开始后,她不论晚上多晚回到家,都要在亲戚微信群里,给家里的老人们普及疫情防控知识,叮嘱他们要少出门、勤洗手、戴口罩,如果有社区工作人员上门排查,要积极配合工作。"女儿说。

(来源:综合多家媒体报道 2020 年 2 月 14 日)

011 母亲的背影是社区里最亮丽的风景

"和母亲一样的社区工作者,每天穿梭在社区的每个角落,我们虽然看不到他们的面容,但他们穿梭于各处的身影却是社区里最亮丽的风景。"2020年2月16日晚,一首由首都师范大学附中丽泽中学高二学生李心悦创作的歌曲《望着她的背影》,被网民们"刷屏"了。李心悦的父母都是社区干部,母亲李慧玲是北京市丰台区万源东里社区党委副书记。除夕夜,还没有来得及给孩子做年夜饭的李慧玲,就和丈夫一起,急急忙忙返回了工作岗位。这一对同为社区干部的夫妇,连续20多天分别给社区居民打摸排电话、贴告知信、测温、消毒、送出入证。用实际行动默默支持着父母的女儿,主动承揽了许多家务活,还在母亲李慧玲生日那天,主动给母亲煮了长寿面。"母亲的膝盖本来就不好,连续多日的过度爬楼加剧了她膝盖的疼痛。她的眼睛也因为过度劳累和担忧而发炎了。每当我想上前去拥抱妈妈时,她就后退着避开了我。看着她在门外自我消毒的背影,知道她是担心外面的病毒可能会传染给我,我的泪水一下子就涌上来了。"每天深夜才能看到妈妈的女儿心悦,用笔记下了对母亲的深情:"真心期待疫情能快些过去,也盼望着能有更多的人理解支持像我爸爸妈妈一样的社区干部。"

(来源:人民政协网 2020 年 2 月 20 日)

012 每一个社区干部都不容易,这是一场全民参与的战争

随着复工复产的脚步日益加快,从外地返回兰州的务工人员逐渐增多,城市社区的疫情防控工作难度也随之升级。楼院、居民小区、卡口点、办公室,成为了疫情之下社区干部们严防死守的"四点一线"。"大家都很辛苦,白天守在社区和卡点,晚上就睡在办公室。"谈到一个多月来的抗疫工作体会,44 岁的兰州市城关区雁园街道党工委书记赵国刚说,"咱们社区干部都是一线组织

者,真的不容易,这是一场组织全民参与的疫情防控阻击战。"回忆起自己母亲春节期间去世,他却未能回家尽孝,戴着口罩的赵国刚瞬间沉默了,眼泪控制不住地浸湿了口罩。"防疫工作关键时期,我们社区干部不能有丝毫大意,这是党中央交付给我们的沉甸甸的责任,只能等疫情结束,回家去给母亲上坟,相信母亲也会理解我的。""身兼多职"的城关区渭源路街道宁卧庄社区网格员高璐娜,被居民称为"万能的跑腿员",也是"唐僧版的劝说员"。她在这多种身份间来回切换。"当然也有不被居民理解、感到心酸的时候。那就想一些温暖的事'充充电'。"同众多社区干部们一样,委屈是绕不过去的话题,"90 后"社区干部高璐娜说:"想到大家都平安,还有居民们的关心问候,这就够了。"

(来源:中国新闻网 2020 年 3 月 14 日)

013 舍小家、顾大家的赵贯义带病冲在抗疫第一线

一场突如其来的疫情,让天津市津南区荣水园第一社区党支部书记、社区主任赵贯义心急如焚。2020 年大年三十那天,赵书记匆匆赶到镇政府参加完紧急会议后,立即通知社区的所有工作人员初二上午全部到岗。原本就受心肌缺血、肩周炎等疾病困扰的赵书记,在高强度、快节奏的社区抗疫工作中,只能靠药物支撑,肩膀上贴着膏药,嘴里含着丹参滴丸。"不能影响大家斗志,说啥咱也得坚持。"在连续两天时间里,他安排志愿者在小区出入口为居民检测体温,还和同事们一道排查了 2198 户社区居民,并对外地返津人员进行严格的登记和监控,还逐个电话联系未到津的外地承租户,详细了解他们在疫情中的出行轨迹。他还利用微信群、朋友圈,把疫情的严峻性传递到社区每家每户。他总是叮嘱同事们:做工作在"细"不在"秀"。他一般不让人给他拍工作照片,更不准工作人员"摆拍",这就难坏了报信息的工作人员,他们只能靠偷拍、抓拍、抢拍才能完成任务。在疫情面前,舍小家、顾大家的赵书记,既顾不上照顾年迈的父亲、身体不好的妻子,也顾不上去看望刚刚做完手术的哥哥,

更顾不上自己,始终战斗在社区疫情防控第一线。

(来源:中国财经网 2020 年 4 月 1 日)

014 在北京市社区防控疫情阵地上并肩战斗的一对婆媳

北京东华门街道有一对特殊的婆媳,她们既是同一个屋檐下朝夕相处的亲人,也是在这场抗疫斗争中并肩"作战"的战友。2011 年,在婆婆的感召下,儿媳妇聂萌妹成了一名社区工作者,2018 年,她还成了东华门地区近年来最年轻的社区党委书记。疫情防控阻击战打响一个多月来,聂萌妹每天早出晚归,为了不影响家人休息,深夜到家晚了,她简单吃碗泡面就休息了。虽然也时常感到疲惫,但是她心里却感觉很幸福,"每次一到社区,居民们见了面都会鼓励我们,叮嘱我们注意安全,在家里,婆婆也经常鼓励我,给我传授'非典'防控时的工作经验,让我很温暖很感动。"聂萌妹的婆婆吴祥明,自 2003 年退休返聘社区之后,至今已在韶九社区服务了 17 年。刚进社区时就赶上了"非典",她主动冲锋在前,这次新冠肺炎疫情暴发后,年近七旬的她,再次义无反顾冲上一线,每项工作都做得细致入微,一丝不苟。这对婆媳每天战斗在疫情防控工作第一线。家中刚满 3 岁的孩子,完全交给了爷爷和爸爸去照看。在疫情最严重的时候,婆婆还曾提出同儿媳都搬出去住。聂萌妹问:"那咱们怎么见孩子呀?"婆婆说:"就让他爸带到院子里,咱俩就远远地看孩子一眼吧。"

(来源:光明网 2020 年 3 月 11 日)

015 在社区疫情防控中肩负三重角色的韩红梅书记

安徽省合肥市杏林街道北都社区党委副书记韩红梅,回顾过去一个多月的社区疫情阻击战时说:"真的就跟打仗一样,我们虽然无法跟医护人员们相比,但工作内容却比白衣天使们冗杂得多,每一个社区干部要肩负着好几个角色。"她的第一个角色就是"宣传员"。疫情传播伊始,许多群众不以为然,她就和同事上门入户，发放宣传资料，讲解新冠病毒的危害、传播方式和防控知识，逐家逐户做好人员信息登记工作。同时还通过建立微信工作群、手机短信群、悬挂宣传横幅、张贴倡议书等多种形式，宣传疫情防控知识。她的第二个角色是"外卖员"。韩红梅说，当时杏林南区有几名确诊患者，小区被全封闭了。居民们的衣食住行，都要靠她带领的几个社区干部们来帮忙完成。"居民网购的物品、订购的蔬菜，以及各种生活必需品，都要由我们挨家挨户送上门。"韩红梅说，在隔离封闭的 14 天时间里，她每天在社区内外奔走的步数，都在两万步以上。她的第三个角色是"服务员"。每天入户调查时，她还会特意抽出时间，上门安慰那些精神上需要帮助的孤寡老人和残疾人。韩红梅说，"在疫情防控期间，我们社区干部所做的一切，都是服务居民群众，不仅有物资上的服务，还有精神上的帮扶和慰藉。"

（来源：合肥网 2020 年 3 月 1 日）

016 南京一对社区干部夫妇第二次联袂作战的抗疫情怀

除夕夜 23 时，极度疲劳的南京秦淮区路子铺社区副主任张堃，还在挨家挨户进行摸排。她正要举手敲门时，手机电话铃声响起，她看了一眼，再也不忍心挂断：这是 15 岁女儿的第四次来电，"妈妈，你什么时间才能回家啊，我一个人在家里待久了有点害怕，我正等你们回家吃饭呢。"她刚想问"爸爸呢？"便突然想起，此时，担任长干里社区书记的丈夫朱青松也同她一样，正一户户地走访和排查。每天忙到深夜才回家的张堃，总是累得连句话都说不出来，一躺下就睡着了。丈夫朱青松常常对她说，"坚持，再坚持，等居民们都平安了，我俩也就安心了。"就这样，这对社区干部夫妇每天都是相互鼓励着，坚持上门入户摸排辖区内所有居民的情况，真正做到了不遗漏、全知晓、信息每天及时更新。同时，他们还组织社区志愿者担任第一信息员和社区小喇叭，宣传疫情防控知识，缓解居民群众紧张心理。"虽然我和妻子不在同一个社区，但我们却在同样的疫情防控阵地上严防死守。这是自战"非典"以来，我们夫妇俩的第二次联手作战,我们相信,一定会打赢这场疫情阻击战。"朱青松说。

(来源:《潇湘晨报》2020 年 2 月 2 日)

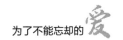 **防控前沿,一名基层社区党委书记的故事**

"再苦再难再累,我也要把带领社区居民阻击疫情的工作干好。"甘肃省兰州市安宁区万里社区党委书记、居委会主任马倩是这样说的、也是这样做的。自疫情暴发后,马倩第一时间就回到岗位,同社区工作人员一道坚守在防控第一线。由于万里辖区正处在危旧房改造过渡时期,人员情况又比较复杂,马倩每天的工作,都要先从上门走访排查开始,挨家挨户地在门外询问居民身体健康状况,家里是否有外来人员居住等情况。还要进行电话回访、悬挂宣传标语、公共区域的定时消毒杀菌等工作。一天的工作结束后,晚上她还要整理当天收集到的各类数据。2 月 7 日晚,回到家中的马倩感到腰部疼痛难忍,去医院就诊后,医生建议她入院治疗或请假休息几天。她却说,在疫情防控的关键时刻,我不能下火线。她敷上药膏后带病坚守阵地。"你需要的这些东西,我们明天就给您送过去,你就安心在家吧。""大爷、大妈,现在疫情很严重,大家没事就不要聚在一起聊天啦,等疫情过去再聊也不迟呀。"马倩和她的同事们就这样不停地向居民宣传、教育、劝导。她说:"我相信,只要我们坚决守住每一个社区的抗疫阵地,新冠病毒一定会被歼灭,我们一定能取得最后胜利。"

(来源:中国兰州网 2020 年 2 月 15 日)

018 兰州这座城,不断带给人们温暖和正能量

社区防控是疫情阻击战中最基层且最重要的"末梢神经",也是疫情防控的两个重要阵地之一。入户摸排、普及防疫知识、社区消杀、登记返兰人员信息、保证居民和隔离人员日常生活所需等,都是社区工作人员的工作范围,人手紧张是这次战"疫"遇到的最大瓶颈。"尤其是在防控前期,明显感觉人手不够。"兰州市七里河区任家庄街东社区主任于兰介绍说,社区发出"英雄帖"发动社会各方力量,成立"红色代跑服务队","志愿服务隔离人员和社区邻里之间相互帮助,主动争当志愿者,解决了此次社区防疫工作人手不足的难题"。在兰州这座城,有白天百里送热饭,晚上留守社区做志愿者的"90后"外卖小哥王全军;有化身"护医使者"的侠义"哈雷哥"张卫星,免费接送一线医务人员上下班;有热心肠的"大脚丫"志愿者;也有留住"疫下温暖瞬间"的新媒体达人;等等。兰州这座城,不断带给人团结抗疫的温暖和正能量。

(来源:中国新闻网 2020 年 3 月 14 日)

019 调动小区居民和社团资源共同守护社区家园

吉林省长春市明珠街道明珠社区副书记杨红娟,是居民口中的"杨主任",也是社工项目受益者心目中的"杨老师"。她在疫情防控期间,充分发挥自己多年管理明珠社团组织的经验,把明珠社区社团组织众多的优势发挥到了极致:通过微信群、微信公众号等方式,进行广泛深入的疫情防控知识和相关防控举措的普及宣传。她还找到书画家协会的画家们,创造为中国加油、为武汉加油的美术作品,通过多种形式、生动感人的宣传,提高了居民群众对防控疫情的认识,减少了对疫情的焦虑。由于防护物资紧缺,坚守在社区防控一线的她和同事们都面临着一"罩"难求的窘境。杨红娟立刻联系辖区非公企业党支部成员和社区居民中的党员以及志愿者,为社区工作人员捐献口罩、消毒液。长期独自居住在明珠社区的 80 多岁的徐叔叔,由于性格孤僻,在疫情发生后,更是不爱同人说话。杨红娟就经常去他们家入户走访,陪他聊天,用专业知识进行心理疏导。这位高龄的徐叔叔对杨红娟说:"现在是抗疫时期,我也出不去了,没人来跟我说话,你今天来了,我真高兴啊。"听到老人发自内心的话,杨红娟也感到很欣慰,也很有成就感。

(来源:"吉林长春妇联"百家号 2020 年 2 月 29 日)

020 雷打不动坚守在疫情防控一线的宣传员吕林松

吉林省长春市二道区荣光街道妇联主席吕林松，每天在防控疫情战斗中的工作常态是：一个电话就到岗，一只口罩来巡防，一桶泡面一顿饭，黑夜白天连轴转。在她的提议下，街道在第一时间就启动了宣传引导应急响应机制，并提出宣传引导"三步走"的方法。由于点子多、想法新，同事们都叫她"吕导演"。她用自己勤快的脚步，丈量了荣光街道的每一条街、每一条路，还把一张张宣传单分发到居民手中，把一幅幅宣传条幅挂满大街小巷。她与同事们筹集、发放防疫物资，巡查监测点位，发放居民出入证，带队在全辖区进行卫生消杀。急性子的她工作起来总是风风火火，对疫情防控阻击战没有半点含糊，哪里有需要，哪里就能看到她的身影。从大年三十到二月底，吕林松始终工作在防疫工作第一线。儿子每天晚上都会给她打来电话问："妈，你今天晚上回来吃饭吗？"儿子明知道答案是否定的，但也想借此表达一下对妈妈的想念。每当深夜回家，看到熟睡的丈夫和儿子，她总是默默咽下愧疚，第二天做上一桌香喷喷的饭菜来安慰家人，然后又马不停蹄地赶赴街道，迅速进入疫情防控岗位。她把对家人的愧疚化为工作的动力，雷打不动地坚守在社区疫情防控阵地上。

（来源："吉林长春妇联"百家号 2020 年 2 月 29 日）

021 武汉社区干部在疫情袭来时没有退缩

千秋邈矣，百战归来。在武汉这个英雄城市当社区干部是个苦差事，尤其是疫情汹汹袭来时，他们还要冒着极大风险去和病人近距离接触，随时可能染上新冠肺炎。他们退缩了吗？荆门市土门巷社区网格员胡丽华没有退缩。在接到金宇小区谢阿姨蔬菜告急求助后，她第一时间将蔬菜送上门去。她说这都是小事没什么。武汉市汉阳区晴川街铁桥社区工作人员彭彩没有退缩。即使累到天旋地转重重地撞到了椅子上,她醒来后第一句话也是"吴女士去医院了吗"?她还惦记着社区里的发热病人。不到 48 小时的时间里,彭彩电话排查了 200 多户居民。这是多么巨大的工作量,而她说这些事我该做。武汉市江岸区塔子湖街道华汇社区工作人员张莹也没有退缩。为了确保防控疫情不漏一人,武汉进行了拉网式排查,不少社区干部每天超负荷工作。张莹每天平均处理 130 多个居民来电,看望帮助孤寡老人,为其送医送药,事情一件接一件,一顿午饭就用微波炉热了几次。她说人命关天。人世间的英雄莫过如此。

(来源:综合多家媒体报道 2020 年 3 月 4 日)

022 陆国枢累得和衣躺在社区执勤点的椅子上就睡着了

山东省胶州阜安街道阳光丽景社区工作人员陆国枢,由于坚守一线、长时间加班加点,已连续好几天没有回家睡过一个安稳觉了。2020 年 2 月 3 日晚 23 时 45 分,他在执勤时本想坐在椅子上眯一会儿,谁知道一闭眼就睡着了。一张他穿着迷彩服、和衣斜躺在椅子上、头微微倾斜着睡着的照片,在胶州市民的朋友圈里火了起来。作为一名海军退伍战士的陆国枢,从 2017 年起就一直工作在社区。疫情暴发以来,他值守在抗疫第一线,从未后退过,以危难中的"逆行者"姿态冲锋在前:帮隔离在家的居民买菜、为社区 31 个监测点发放各种物资、在监测点执勤、每天为社区内各个小区消毒……从大年初一开始到二月上旬,陆国枢一天也没休息,每天从早晨 7 时起一直忙到深夜,只要居民有需要,他都会准时出现在居民面前。"除了陆国枢,我们这里还有很多像他一样的社区工作人员,活跃在防控一线,守护着辖区居民的安全和健康。有了他们,我们这场抗疫之战就一定能打赢。"胶州阜安街道党工委书记张翠华说。

(来源:青岛财经网 2020 年 2 月 8 日)

023 为守住社区防线而火速回归一线的网格员

这些年全国各地到海南省过冬的流动人口越来越多,这就给当地社区的疫情防控带来巨大压力。海南省借鉴全国在城市中推广实施的社区网格化管理方式,按一定标准把城市的管理辖区划分为单元网格,社区网格员就是在这个网格化管理体系中承担具体任务的工作人员。海南省海口市玉沙社区网格员黄柳媛所负责的网格,覆盖了该社区的 3 个小区、1831 户,还有 5 个酒店、2 个工地以及 1 家商场。抗疫阻击战打响以来,黄柳媛每天都要在自己负责的网格范围内走上两万多步。一个背包、一双平底鞋、一个对讲机,就是她的标配。除夕之夜,家里的年夜饭刚开始,黄柳媛接到返岗紧急通知。"职责所在,义不容辞。"她当即放下碗筷,返岗投入战斗。从除夕开始,她同其他网格员就一刻不停地挨家挨户地上门排查、逐户登记,同时他们还主动上门了解并及时满足居民群众所需所盼。一听说居民家中的口罩用完了,黄柳媛就赶紧送货上门。她说:"小网格中有大能量。作为一名网格员,就像是一个社区中心点,需要用自己的耐心、细心和关心,去沟通和连接网格覆盖范围内的每一户居民,这样整个社区才会被连接得更紧密。"

(来源:人民网 2020 年 2 月 11 日)

024 社区疫情防控无小事,社区干部抗疫要全能

甘肃省兰州市盐场堡社区卫生计生干部张爱琴,在疫情来袭时,腿部骨折尚未完全康复,但她坚守岗位,为居家隔离的居民张贴平安出行条和相关温馨提示。"我是社区工作人员,有责任有义务把疫情防控工作做好,虽然有困难,但我能克服,轻伤绝不下火线,一定要坚持到疫情结束那一天。"兰州市穆柯寨社区年龄最大的楼院长、今年 64 岁的穆爱珍,自疫情暴发以来,她没有休息过一天,每天在楼院入户排摸、登记人员路过自家门口时,她都没能抽出时间回家

看看。在劝返点执勤,为居家人员送菜、取快递、清理垃圾,这些活她都抢着干,楼院居民亲切地称她为"穆大姐"。盐场路街道上川村社区工作人员王晓霖,是一位已怀孕 27 周的准妈妈,当身边同事劝她要顾及家里 1 岁多的孩子和肚子里的二宝时,王晓霖就会笑着说:"其实上门走访的同事们比我更辛苦,我是留守后方的,更应该把为同志们的保障工作做好。"在他们看来,社区工作无小事,社区干部要全能。他们恪尽职守,为辖区居民筑牢疫情防控的坚固屏障。

(来源:中国甘肃网 2020 年 3 月 6 日)

025 一辆小面包车上坐着七个突击队员"小红帽"

在抗击疫情的特殊时期,在沈阳市沈河区的街巷里,总能看到一辆小面包车,一群蓝衣"小红帽"出现在老旧小区的楼道中、小公园内、垃圾点位旁、自行车棚中,他们就是活跃在城市社区的"景亚栋农民工青年突击队"。他们义务承包了沈河区老旧小区的应急消毒工作。这支农民工青年突击队的 7 名成员,平均年龄 26 岁。队长景亚栋费了很多周折,自购了 30 桶高浓缩 84 消毒液和 5 台专业喷雾器,每天带领队员们在各个街巷实施消毒。突击队员们每天早上八点半出发,背着 50 斤的药水箱,一层楼一层楼挨家挨户地消毒,爬的最高楼有九层,每天连续干到晚上五点。看见有的居民没戴口罩,他们就及时宣传防疫知识;看见楼道里有垃圾,他们就直接进行清理。景亚栋的手磨破了,嗓子有些哑,衣服被药水烧白了,后背肌肤也被药箱磨破了皮。他说:"尽管队员们都非常疲惫,但大家嘴上谁也不说累,都觉得在疫情期间能做点贡献特别有意义。"

(来源:综合多家媒体报道 2020 年 2 月 20 日)

026 太平社区居民送别凡人英雄宋云花

2020 年 1 月 31 日,为防控疫情忙碌了一上午的宋云花医生,在前往沈官园 1 号地的途中遭遇车祸，年仅 46 岁的她经抢救无效再也没能醒来。宋云花是云南保山隆阳区青华街道太平社区卫生室医生，自 1996 年参加工作至今，24 个年头，她总是早出晚归、披星戴月，几乎把所有的精力都投入到基层医护工作中。大年初一，宋云花告别家人，一到卫生室，就立即开始诊断和排查临床病人，并着手准备预检分诊点登记和四类人员登记工作。特别是从湖北返籍人员、归家学生和有湖北旅居史的人。1 月 31 日，大年初七。上午 8 点不到，宋云花准时出现在卫生室。上午 10 点半，宋云花抓紧时间往家赶，她要在 12 点前吃完饭再回到卫生室接班，才能换同事回家吃饭。就在经过太平村口的时候，不幸发生车祸。中午 1 点半，因抢救无效宋云花离世。得知宋云花去世的噩耗，太平社区书记杨虎一时间难以接受，与她朝夕相处的同事掩面而泣，不愿意相信这是真的。太平社区居民白祖芹痛心地说："宋医生到太平社区这些年一直关心照顾我们，今天她走了，我们失去了一位最亲近的人。"

（来源：中国青年网 2020 年 3 月 1 日）

027 一位社区医生平凡而让人心生感动的身影

在新冠疫情暴发初期，包括黄莹在内的社区医生们，每天都会接到很多电话，有进行病情咨询的，也有求助就医的，还有心理恐慌求安慰的。疫情发生后，大部分三甲医院都暂停了普通门诊的接诊工作。一些非新冠肺炎的患者需要就医用药不能出门，只能给社区医生打电话求助。"常用耳朵去聆听，总用仁心去帮助"，这是武汉市硚口区汉水桥街道社区卫生服务中心的社区医生黄莹经常说的一句话。疫情期间，她不知道为多少社区居民提供了健康咨询和用药指导。社区里的一位长期卧床的老人，每个月都要更换一次鼻饲管，在疫情前一直是由一家三甲医院的医生来定点为他更换的。疫情发生后，医生无法前来。黄莹接到老人的求助电话后，二话没说，就利用休息时间上门为老人解决了问题。她还每天在中心发热门诊，对发热患者逐个预检筛查，指导他们分级分类就诊就医；还会同社区干部一起登门入户，对密切接触者进行检测、排查。有一次，她处理完所有事务、安排好最后一位患者顺利转院后，天边的晨曦中已泛起了缕缕微光。

（来源：中国青年网 2020 年 3 月 1 日）

028 武汉的下沉干部们扎牢万人老旧社区的"健康大门"

地处武汉市江岸区一元街的同福社区，是一个有着 4625 户住户、12260 名居民的老旧社区。整个社区被"四纵三横"的 7 条道路切割出了 60 个出入口，很多门栋一出门就是马路，加上没有物业公司管理，疫情防控难度非常大。2020 年 2 月 15 日，武汉港务集团 22 名下沉人员根据武汉市委市政府统一安排组成下沉工作组。他们到社区后的第一件事，就是配合社区重点管好这 60 个出入口。首先是把 60 个出入口的情况汇总成表，逐一确定封闭方案。对可通行的出入口，白天安排 1—2 人值守；夜间采取"部分值守 + 全面巡查"方式进行管控。完成封闭管理后，下沉工作组又协助街道、社区进行人员出入登记和测温；掌握重症患者和空巢孤寡老人需求；为居家居民提供网上团购、网下上门等服务。在对确诊患者、疑似患者、发热患者、密切接触者"四类人员"的拉网式大排查中，下沉工作组积极进行电话排查、入户排查。到有的下沉干部在排查中发现，有 3 名疑似病例在家隔离，就立即上报社区将他们送到了集中隔离点；有的下沉干部还指导不熟悉团购操作的居民进行团购。他们在做好社区疫情防控工作的同时，也在社区服务、群众生活保障等方面作出了贡献。

（来源：共产党员网站 2020 年 2 月 28 日）

029 武汉下沉干部帮助新苗社区摸清了"四类人员"底数

夹在华南海鲜市场和武汉金银潭医院中间的江岸区塔子湖街新苗社区，防控新冠肺炎疫情的压力特别大。社区党总支书记李尚文说："前段时间由于社区干部人手少，事情多，很难把排查'确诊患者、疑似患者、一般发热患者和密切接触者'这'四类人员'的工作做到位,现在市里、区里派来大量下沉干部参与社区防控后,人手多了,大排查工作做得更精细了。"经过连续3天大排查,现在已基本摸清'四类人员'底数,并做到了确诊收治不过夜、疑似核检不过夜、发热检查不过夜、密接隔离不过夜。"2020年2月19日晚10点,李尚文书记将一名84岁的临床诊断患者护送到长航总医院住院。20日凌晨3点,他又连夜联系转运专车,并亲自把一位核酸检测结果显示阳性的社区居民送至定点医院住院。目前这个小区临床诊断确诊的18名患者已全部收治;已发现的发热人员、密切接触人员已全部送到隔离点。塔子湖街道办事处副主任朱丽彬说:"今天有个居民,通过社区'微邻里'平台报告,他小孩发烧了。我们马上联系社区的车辆,送孩子去了武汉市儿童医院。目前正在等待检测结果。""大家就只想着一件事,不惜一切代价,尽快打赢这场仗!"

(来源:《人民日报》2020年2月21日)

030 武汉蔡甸区下沉干部做到百分之百上门百分之百登记

2020年2月17日早上8时许,蔡甸区蔡甸街茂源社区下沉干部李瑜已开始上门排查。"师傅,您今天身体还好吧?来量个体温,家里还有几口人?"量完体温,李瑜反复询问这家人的身体状况及近期是否出门,有无同"四类人员"接触。当日至19日,蔡甸区对全区51个社区和339个村所有确诊患者、疑似患者、不明原因发热者、密切接触者等进行拉网式"清仓见底"。蔡甸区疫情防控指挥部要求,逐户逐家逐人进行排查,发现核酸检测为阳性或临床诊断为确诊患者,必须当天收治,对于拒绝入院的确诊患者,依法采取强制措施,坚决收治入院治疗。目前,蔡甸55家区直单位和街乡1768名党员干部全部下沉到一线,配合社区群干、党员志愿者,以"党支部+党小组"等方式,逐栋逐户摸排各社区(村)返乡人员、发热人员和密切接触者等。精细化摸底排查,构筑防控疫情严密战线。在上门入户排查过程中,针对长期无应答的居民,都在其门口张贴温馨告知单和致蔡甸街居民的一封信,并登记再进行电话联系,做到不漏一户。"今天排查在册居民 101 户 297 人,实际排查 56 户 172 人,体温均正常,暂未发现五类人员和两重(危重、严重基础性疾病)病人。"下午 3 时许,蔡甸街正街社区第四网格第一组工作人员把数据报送给正街社区汇总。正街社区党支部书记蔡子琴说,这次拉网式排查严格做到了百分之百上门、百分之百登记和百分之百将五类人员情况摸清,做到应收尽收、不漏一人。

(来源:《湖北日报》2020 年 2 月 24 日)

031 在社区疫情摸排中只要有一家没走到就不放心的陈健书记

在居民楼栋门前的小花园里,上海市普陀区曹杨新村街道桂杨园党总支书记陈健脱下口罩,深吸了一口气,赶紧又戴上了。在疫情防控的关键时期,对各种防控措施一点都马虎不得。"李阿姨在家吗?"爬到 6 楼的陈健敲开了一户居民家门。"阿姨好,最近您家里有外地来沪人员吗? 家人中有没有生病的? 如果有外地来沪人员要及时向居委会报备哦。"他又一次复述了一遍需要和居民沟通解释的内容后,又接着去敲隔壁住户的门了。从 2020 年小年夜开始,桂杨园居委会就开始了每天上午 9 时至晚上 9 时的全员上岗摸排工作模式。桂杨园有 2000 多户居民,平均每名社区工作者需要摸排近330 户。社工小曹向她反映:前期摸排的一名湖北来沪的新上海人,刚开车从湖北回到上海桂杨园的家中,第一时间主动打电话到居委会进行了报备。陈健马上赶回居委会,立即上报给街道,请求对该住户所在楼栋进行消毒处置,并进行居家医学观察。接着又同这户居民电话联系,询问健康状况,生活上有无不便之处,是否需要安排送食品和日用品等。陈健说:"返沪居民进行居家医学观察,这是社区疫情防控的需要。虽然我们不能直接接触患者,但社区关怀要更直接,要做好每位患者的贴心人,每天电话随访,同他们守望相助,共渡难关。"

(来源:中国经济网 2020 年 1 月 31 日)

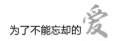

032 社区抗疫阵地上一丝不苟的守护人

2020 年 3 月 4 日,武汉洪山区云鼎酒店隔离点,东湖社区卫生服务站的徐宗毅医生团队已在这里坚守了一个多月,每天至少三次挨个房间送饭、送药、检测身体数据;3 月 7 日,硚口区六角亭街道社区卫生服务中心主任罗浩和值班护士,在民意社区隔离点为疑似患者做咽拭子采样;3 月 7 日,硚口区汉水桥街道社区卫生服务中心医生黄莹在解放大道隔离点核对患者信息;3 月 7 日,硚口区六角亭街道社区卫生服务中心主任罗浩在一间临时的办公场所对着窗户看 CT 片;3 月 7 日,硚口区汉水桥街道社区卫生服务中心的医务人员在做咽拭子采样前的准备;3 月 10 日,洪山区云鼎酒店改为康复点;3 月 14 日,东湖社区卫生服务站医生徐宗毅为康复者测血氧饱和度;3 月 14 日,洪山区云鼎酒店康复点,东湖社区卫生服务站医生在了解康复者情况。这些守护社区的医生,在抗疫前线的医务工作者中并不起眼,他们大多没有在重症病房中抢救患者生命的救治能力,也没有追根溯源研究病毒的科研能力,甚至,在他们日常工作中,治疗可能并非重点。但是,武汉疫情得到控制的成绩单上,少不了他们平凡而伟大的身影。

(来源:《健康中国》2020 年 3 月 29 日)

033 人人参与防疫,筑牢社区防线

在天津市北辰区瑞景街宝翠花都社区,有一群妇女志愿者,她们热心投身社区卡点值守、楼道消毒和院落清扫,为居民构筑起一道抗疫防线。30 岁出头的戴婉珍是其中一员。她在第一时间建议在每栋楼里设立邻里微信群,帮助行动不便的人解决下楼倒垃圾等问题。社区党总支采纳了她的建议,建立起全社区 63 个楼门的微信群,并有网格员、楼长和妇女小组长在群内发布抗疫信息和便民举措。妇女小组长步越,每天都在社区卡点值守。家住 6 号楼

的小组长魏丹,更是动员全家老小齐上阵,她的父母、丈夫和孩子都参加了抗疫工作。和平区劝业场街道把疫情防控和爱国卫生运动相结合,在每天日常清理垃圾的基础上,加强对脏乱点位的集中整治,消除卫生死角,并组织网格员重点盯住废弃口罩的垃圾分类问题,劝导居民不乱丢口罩。南市街道党工委书记王士强和办事处主任李娇,带领80余名工作人员,对新福方里小区内部及楼道堆物等薄弱环节进行卫生清理整治,组织社工、志愿者、网格员针对小区绿化带、地下车库开展大扫除,清理出各种垃圾、杂物40余车。社区广泛参与抗疫,得益于天津市长期不懈高度重视爱国卫生工作。

(来源:《人民日报》2020年4月25日)

034 深圳梧桐社区抗疫前线的"女汉子"

在此次抗疫工作中,深圳市盐田区梧桐社区第一党支部书记黄丽君接到命令后第一时间返岗,提前摸排核查辖区湖北籍居民情况,还每日同医务人员为辖区湖北籍居家留观人员开展思想安抚和监测工作,反复确认他们的健康状况,紧急处置星梦邮轮旅客排查工作。梧桐社区民意室主任李清兰用瘦弱的肩膀扛起了巨大的责任。举凡信息核对、排查登记、值班值守等工作,她都统筹推进、尽心尽责、耐心细致,还经常亲自到辖区各个值守关卡督促指导,对值班值守的同志表示慰问,耐心地给每个通行的人做好解释或劝返工作。网格员李月茹在排查中,对有的不配合、不说实情的群众,耐心做工作,把此次疫情防控的严重性和重要性说清楚,她不厌其烦地天天提醒、天天宣传;有的群众一遇天气晴朗就爱到外面来晒太阳、散步、聊天,而且不戴口罩或没有口罩,她一一进行劝阻、引导与纠正。还有妈妈团的"女汉子"们,她们的身影出现在防疫第一线、电话回访第一线、辖区网格巡查第一线、志愿服务第一线。每天上班,或是筛选信息到"眼发花",或是电话聊到"好心塞",或是微信步数10000+,与时间赛跑,还表示一定要打赢这场没有硝烟的抗疫战斗!

(来源:深圳新闻网2020年2月14日)

035 下沉一线的成都党员同社区党员共同抗疫

组织动员机关、企事业单位、新经济组织和新社会组织党员下沉一线,同街道、社区、小区基层党组织和党员共同抗疫,是成都市疫情防控的管用办法之一。2019 年,成都在市委、区(市)县委层面成立协调机制,打破过去社区治理"九龙治水"的局面,让社区能有效、快速地协调解决问题。在抗疫斗争中,成都市各级社区发展治理委员会发挥了积极作用。2020 年 2 月 24 日,成都市委组织部发出通知,动员广大党组织和党员干部积极投身支持企业疫情防控和复工复产。成华区选派 100 余名党员干部混岗编组到产业功能区及街道联系服务企业,并统筹调配全职党建指导员加强重点楼宇、商圈、园区企业针对性服务;武侯区由组织部门牵头,每天安排区级机关 1000 余名精干力量下沉一线,同基层干部混编成组使用,开展企业服务等工作;温江区建立 31 名区级领导"一对一"联系重点企业制度和中小企业行业协会联络制度,统筹调配 1500 余名机关干部下沉一线指导企业复工复产……目前,成都市复工复产正加快推进,220 个在建市级服务业重大项目复工率 100%。成都市 103 栋重点楼宇中有 10931 家企业,复工率 100%。

(来源:《人民日报》2020 年 4 月 6 日)

036 坚守岗位疫情不退就不退的纪检干部杨荣

1993 年 12 月加入中国共产党的纪检干部杨荣,是贵州省铜仁市江口县纪委监委派驻第三纪检监察组正科级专职纪检监察员。他在生命最后两天里说,"我要坚守岗位,疫情不退我不退"。1989 年 7 月在西南民族学院毕业后,参加工作 30 多年来,杨荣始终严于律己、勤廉如一。公车紧张,他骑着自己的摩托车在崇山峻岭间穿梭;母亲卧病、妻子待业,他拒绝商人财物,生活简朴而幸福;疫情当下,杨荣又积极请战,并于当日第一个到双月社区报到上岗。每天周而复始地测体温、搞登记、勤排查、做宣传,24 小时三班轮替值勤,不论白天还是深夜,他都毫无怨言地坚守在防控第一线。"妈,今天我还要值勤,要晚一点过来看您了,家里还有菜没? 我值完勤后给您买了带回来。"但这一次,杨荣的母亲却再也没有等来儿子送菜的身影。生平酷爱整洁的杨荣,办公室的桌面上却还留着一个方便面配料的包装没有收拾掉。2020 年 2 月 21 日,杨荣去世的消息在双月社区传开后,许多居民群众含泪去为他送最后一程;还有居民主动用为杨荣家属捐款的方式祭奠他们心中的好干部。

(来源:中央纪委国家监委网站 2020 年 2 月 25 日)

037 湖北抗疫夫妻档:你冲在抗疫一线,我守护社区平安

35 岁的张念是湖北省荆门市委办公室主任科员,妻子王雪琴是荆门第一医院南院神经外科护士,疫情发生后,都身为党员的这对夫妻冲上了疫情防控一线,家中 4 岁的女儿只能交给爷爷奶奶照顾。抗疫至今,这一家三代人都没能团聚过。张念说,社区是疫情防控最重要的阵地之一,也是抗疫斗争最基础的作战单元,我们大家都要一丝不苟。他在两天时间里,就走访了 400 多户居民,不落一户地开展排查,仔细做好信息核对工作。除了走访摸排,张念还承担了塔影路卡口 24 小时轮换值守工作,测量出入居民的体温,登记居民出入信息,协助社区开展生活用品配送。为了让居民少出门不出门,张念还扮演了社区居民们的"代购员""搬运工"和"清洁工"等角色。"虽然不能像我爱人那样奋战在救治患者的第一线,但我觉得在社区的防控工作也同样重要。卡口是一道道疫情防控的重要防线,更是一个个坚固的战'疫'堡垒,只有严格把好这个阵地和这个堡垒,才能为'疫'线战役提供一个更安定的后方,让打赢疫情防控阻击战指日可待。"张念说。

(来源:《国际金融报》2020 年 2 月 26 日)

038 下沉社区的纪检监察干部杨毅告诉女儿三个好消息

　　武汉开发区(汉南区)下沉社区的纪检监察干部杨毅,在给女儿的一封信中写道:亲爱的欢欢:爸爸要告诉你三个好消息。第一个是我下沉帮扶的黄家墩大队,昨天被评为"无疫情村(队)"了。第二个好消息是,今天有一位村民给我们送了一面锦旗。之前爸爸和同事们帮助了一名突发疾病的老人,现在老人的病已好转了。第三个好消息是,今天晚上你又能吃到新鲜鱼了。爸爸和同事们今天帮村民们卖出了十万多斤鱼,其中有一车鱼,就是运往咱们家小区的。你不是问爸爸"下沉干部"是不是要沉到水里去吗?最近爸爸真的"沉到"水里去了,还捞起来好多好多鱼。你看爸爸厉害不厉害? 这封饱含着对下沉点浓浓深情的信,就是下沉干部们在社区基层工作和生活状态的真实写照。"口罩不离口、通风常洗手,坚守! 嗨! 坚守!"这一带着浓浓乡音的宣传口号,是武汉开发区(汉南区)纪检监察干部杨毅自编自录的。疫情防控阻击战打响后,杨毅和同事们每天逐家逐户走访和摸排,登记村里每户家庭人员的在户情况、发放防护物资,还要向老人们普及防疫知识。"既然下沉,就要扎扎实实沉下去,为村民排忧解难。"除了走访摸排、卡点值守,面对封闭管理带来的生活困难,杨毅和同事们又当起了村民们的"代购员"和"快递小哥"。

(来源:《中国纪检监察报》2020 年 4 月 4 日)

039 干部沉下去、本领强起来的抗疫故事

一、从不熟悉到熟悉

　　2020 年 2 月 3 日,辽宁阜新市商务局下沉干部、主任科员肖波,加入了社区疫情防控工作队,与 6 名同事一道奔赴局北社区。这个位于阜新矿务局北侧的社区,是一个有 300 多住户、超千人的老旧小区,四周没有围墙,仅出入口

就有 20 多个。"迷茫中有一点点担心。"刚到社区的第一天,肖波用这句话形容自己的心情。他主动找到社区书记于红说:"咱社区工作人员全是超过 50 岁的女同志,我来这里就是干活的,有什么活尽管派,千万别见外。"随后,肖波就带着社区工作者,一家一户地上门了解情况和居民需求。有人说要买菜,有人说要取药,他就把居民们的这些要求和联系方式都记下来,并建立了微信群,帮他们逐一解决。"这么冷的天,这些下沉干部在外面又当保安、又当快递员,真是不容易。"居民吴梅告诉记者。在小区封闭期间,有位年近七旬的老人,因为患有慢性病,需要去小区外的药店买药。然而老人不认识字,口齿也不清楚,只说了是一种控血压的药。于是肖波就去跑了好几家药店,买来了好几个种类的药,其中一种正是老人需要的药。"肖波他们就是用这样的实际行动,逐步拉近了同社区干部和居民的关系。"于红说。肖波刚来时还需要拿着手机导航四处跑,现在社区的角角落落都记在了他的心里。

二、从不会干到会干

山东济南市历下区退役军人事务局局长李守刚,同局领导班子其他成员轮流带队下沉到济南 3 个火车站值守,引导往返济南的乘客做好相关信息登记工作,并运送乘客回家或到指定地点隔离。到火车站引导旅客分流,这项工作对他来说有些陌生。"乘客分流任务重,刚开始我没有工作经验,虽然很认真但是效率低。"李守刚说,"干活要干到点子上,带着思考干。"为此,他召开了下沉干部专题会,带大家一起进行"头脑风暴",讨论出了"三快三准"的工作方案,就是引导快、分流准,登记快、信息准,输送快、人数准,使大家都明确了工作方法和工作方向。他们通过提前了解境外返济人员的行程,向他们告知到达济南后集中隔离防控的规定,并联系好接送车辆以及隔离地点。同时,他们还同街道、社区及时共享返济乘客信息。通过理顺各项程序,提高了工作效率。他们还在火车站出站口挂着一条横幅:"历下区退役军人事务局接你回家"。不少由境外返济的海外留学生出站后,看到这条横幅就哭了。还有的留学生边哭边说:"看到你们心里就踏实了。"李守刚说,"我们在第一时间先帮他

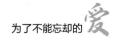
们给家里报平安,再送他们到达指定地点。"这一条带着暖心的横幅、这一种带着温度的服务,不但畅通了交流与理解,也畅通了海外留学生们回家的路。

三、从不理解到理解

重庆市江津区总工会下沉干部许定科,在到店铺买包子时,当地群众又要给他免费送吃的,他好不容易才把钱留给了这些热心群众。不过,刚来社区协助防控疫情时,可不是这样的情景。他曾被一些社区群众"怼"过,"明明是为大家做好事,怎么社区群众还不领情呢"?许定科感到很无奈。疫情发生后,许定科经过上岗前培训,于2月14日正式上岗,参与通泰门社区的卡口值守任务。地处江津老城区的通泰门社区,商业繁华,但老旧居民楼多,小区密度大,居民年龄也偏大。在机关工作时,他同群众直接打交道的机会少。到社区工作后,碰到一些说话带有"火药味"的居民,他有些招架不住,心里觉得委屈。但他不打"退堂鼓",开始向社区工作人员学习,认真琢磨居民心理。后来,一看到社区有拎着大包小袋回家的老人,许定科就上前搭把手,有时还帮他们把东西送到家门口。他还在发放防范疫情的科普资料时,逐家逐户去敲大爷大娘的门,慢慢同居民们熟悉起来了。面对一些居民的烦躁情绪,他会先安抚情绪、再讲道理。就这样,许定科成了社区居民口中值得信任的"老许"。许定科说:"群众工作是门细致活,最重要的是换位思考、彼此理解,得有点精雕细琢的工匠精神。"

四、从不常来到要常来

本想到武汉市江汉区常青街常宏里社区当"下沉干部"时大显身手的湖北省委网信办四级调研员周来来,一开始就遇到了难题。"刚要干活,社区的同志就说:'您先坐坐,有什么情况我们再来向您汇报。'这明显是人家不敢使唤你。"周来来说。社区领导当时只安排他接待居民来访。"说到底,这还是怕我基层经验少,会忙中给社区添乱。"于是,周来来就给自己定目标:无论刮风下雨,为居民送菜送药都要在10分钟内送达;解答居民各种问题时,要详之又详;还要主动做好对居民的心理疏导工作。每次"爱心菜"或者防疫物资运到社区,周来来就会忙到深夜,从挑拣、分类、打包,到同社区干部、志愿者一起,挨家挨户送到门上去。楼上楼下反复来回地跑,脚上都起了泡。每周二、周五,他同志愿者定期到黄石路、航空路的药店集中采购药品,然后再大包小包送到每家每户手里。除此之外,每天还要为排查居民体温情况打100多个电话。为解决居民天然气线下圈存难的问题,周来来还主动承担了附近5个小区居民的天然气圈存业务。一个月下来,社区工作者对他的态度变了,称呼也改了。"社区里有事要帮忙,就会直接喊:'小周,跟我跑一趟'。"这也让周来来认识到,只有既身入又心入群众,才能真正把社区的疫情防控工作做好。

(来源:《人民日报》2020 年 3 月 31 日)

040 丈夫在一线守护人民,妻子在社区坚守阵地

身处两个不同岗位,却承载着同一个使命,这是杨岚与丈夫在抗击疫情中工作场景的真实写照。杨岚是湖北省宜昌市远安县消防救援大队一名消防文员,她的丈夫是远安县公安局民警。大年二十九那天,在家轮休的丈夫接到县局紧急召回的通知后,简单吃了几口晚饭,就换上制服匆匆返岗。杨岚心里明白,越是遇到急难险重的突发情况,丈夫同县公安局的民警战友们越是要坚守在守护人民平安的一线。不久,杨岚加入了凤山社区志愿者队伍。在半个月的时间里,杨岚在志愿岗位就工作了近100个小时,每天都要走3万多步,爬十几栋居民楼,虽然工作很辛苦,但她却从不觉得累。作为社区的守护者,她每天早上看到邻居们脸上含着笑出来取菜的样子,听到大家晚上报一声平安,她就浑身充满了力量。她知道,自己在社区的工作和丈夫在一线的工作都是为党分忧,为民解难。疫情发生前,她是宜昌市消防工作者和民警家属;疫情来临后,她用行动告诉大家,女同志不只是能守护好小家庭,也能投身一线,守护好社区这个大家庭。

(来源:中国日报网 2020 年 3 月 15 日)

041 长三角地区有一群志愿参加社区抗疫的老外

疫情之下的长三角地区，活跃着这样一群来自城市社区的外国人，他们有的选择做志愿者，有的主动帮助当地尽快开动产业链齿轮。在苏州生活了 6 年的一对美国夫妇，丈夫经营着一家艺术活动中心，妻子是一名舞者。受疫情影响，他们俩一时什么也干不了。夫妇俩就主动向社区服务中心请战，要做志愿者，帮助正在居家隔离的居民买菜送菜。夫妇俩每天都戴着口罩帮助居民采购和分送蔬菜。当他们敲响住户的家门时，住户从防盗门探出头一看是老外志愿者，便连声用英语道谢。此后，他们又帮助社区排查返苏人员，还用大喇叭宣传防疫知识。在上海担任波兰投资局办事处首席代表的波兰人尤德良，在春节期间一直忙着撮合中波之间的口罩交易。留守在义乌的尼日尔商人丁恩，则为义乌国际商贸城复工开业当起了义务宣传员。他分别用九国语言，及时转发义乌外事公众号发布的、关于中欧班列恢复正常运营和义乌国际商贸城恢复营业的信息。

（来源：《解放日报》2020 年 2 月 28 日）

042 义乌"联合国社区"由 39 名外国居民组建的一支防疫志愿服务队

义乌市江东街道鸡鸣山社区，是该市最大的国际化社区，被当地人戏称为"联合国社区"。那里居住和生活着来自 74 个国家和地区的 1380 多名老外。义乌国际商贸城恢复"开市"后，外国经营户、采购商和居民，每天熙熙攘攘地穿梭其中，使社区干部们顿感防控疫情的压力倍增。这时，在社区里居住了 10 多年的外商哈米，在商会和朋友圈中发出信息，组织起一支汇集 15 个国家 39 位外国人的"'联合国'防疫志愿服务队"，他们在社区疫情防控卡点整整值守了一个多月。这些老外志愿者们，有时从早上忙到第二天凌晨才回家。在社区里，有需要采购生活物资的居民，只要把清单发到志愿者的微信群里，他们就会如期送货上门。宅在家里无聊的居民，可以参加老外志愿者们组织的不定期线上"云"活动。有位叫尼哈的英国女士同丈夫重返社区后，不仅第一时间向社区报备，还自觉居家隔离观察。最近，这对夫妇还为社区送来了 50 只口罩。举国抗疫时刻的鸡鸣山社区，从世界各地来的人们同本地居民就像一家人那样，始终互相抱团温暖着彼此。

（来源：《浙江日报》2020 年 2 月 6 日）

043 疫情防控时期活跃在上海社区里的"洋志愿者"

在上海浦东新区碧云社区内，不仅能看到积极配合检测体温、登记信息的外籍居民，也能看到外籍志愿者们忙碌的身影。意大利小伙孔健，在得知社区招募疫情防控外语志愿者后，主动请缨参加志愿服务。连续好几天，孔健都忙着为居民量体温、拿快递、发放防疫宣传册以及指导外籍居民们填写信息登记表等，忙得不可开交。此外，他还教外籍居民们怎样在网上预定口罩和网上订菜。"这些虽然都是些简单的事情，但能帮助到其他人，我很高兴。"孔健说。据碧云社区一居委会党支部书记沈佳青介绍，目前，全社区已招募到 30 多位外籍志愿者，他们既参与社区疫情防控，也参与相关材料的翻译工作。疫情防控期间，这些"洋居民"们还在线上发起一项"写一封信给中国"（Love Letter to China）的活动，号召碧云国际社区内的外籍居民，以写信的方式来分享战"疫"心声："亲爱的上海，带着许多的疑问和担忧，我们来到了这里，但是你用温暖的拥抱和微笑欢迎了我们。"一位外籍居民 Novy 在这项活动中如此写道。

（来源：中国新闻网 2020 年 3 月 16 日）

044 基层党员干部筑牢防疫堡垒

"对我们个人来说，保持镇静、从容应对，配合好乡党委、政府做好分内事，打赢这场防控阻击战就指日可待！"甘肃省肃南县明花乡双海子村党支部书记郭志军充满信心地说道。在他看来，自己作为一名村党支部书记，千方百计确保村内不发生疫情,是当下最重要的职责。疫情防控工作伊始,明花乡各党支部、党员干部便主动放弃休息时间,切实当好"三员":排查员、监督员和服务员,在疫情防控中坚守初心、书写忠诚。郭志军书记积极配合乡政府工作人员在四个方田居民点挨家挨户排查外来人员,对重点人员进行"三对一"跟踪管控,劝导外来人员整户居家隔离并疏导情绪。针对村内车辆进出管控难的问题,郭志军还组织全村党员、各井井长、共青团和妇联的志愿者力量,成立双海子村联防联控巡逻小组,合理排班、轮流值守。为解决居家隔离人员的实际生活需求,郭志军又带头为他们采购日常生活用品和方便储存的蔬菜食物,悉心叮嘱疫情防控期间不得外出。郭志军是无数奋战在基层一线抗疫的党员干部的缩影:超前排查、抢先防控、夜以继日、走村入户……紧要关头,更显基层党员干部担当本色。

(来源:肃南裕固自治县人民政府门户网站 2020 年 2 月 6 日)

045 村支书的大喇叭和小巷总理们的顺口溜都火起来了

"你不要以为上别人家里,人家就会很欢迎你,你别太自信了!少吃一顿饭,亲情不会断;聚在一起吃饭,会给社会添乱!在这个疫情防控的非常时期,一切造谣生事的人,你们都歇歇吧!"这几天,一段各地口音的"村支书硬核喊话"短视频在网上火了。从河北到河南,从黑龙江到天津,全国各地的村干部,都不约而同地使出浑身解数,用乡村大喇叭进行着疫情防控的广播宣传。宅在家里的网友们边看边乐,纷纷为村支书的"话糙理不糙"点赞。这些村支书们过年不休息,喊话真给力。在上海,也有差不多类似的场景。从中心城区到市郊大地,城乡各个社区的小巷总理们,在这个特殊的春节里,也都格外忙碌。"喇叭喊起来,楼道跑起来,闲事管起来,铁门关起来,红灯亮起来,卫生搞起来,微信刷起来,快递小哥做起来。"来自上海市黄浦区半淞园街道的这首顺口溜,就是全国广大城乡社区干部、社区医生、党员志愿者参与疫情阻击战的真实写照。

(来源:《新民晚报》2020 年 1 月 30 日)

046 韦文明：用初心使命书写抗疫战斗"春天的故事"

年届 37 岁、因忙于村委事务至今还未婚的韦文明走在田间地头,手里拿着扩音喇叭,提醒在家的村民们出门春耕时一定要戴好口罩。韦文明是黔东南苗族侗族自治州丹寨县排调镇羊巫村党支部书记、村委会主任,也是丹寨县第十二届党代表。疫情防控初期正值春节期间,韦文明一边做好村组干部们思想工作,一边带头戴起党徽、亮明身份,带头组织力量入户宣传,通过流动宣传车、微信群、村广播、宣传单页等形式疏导群众情绪、讲解防控措施,引导村民们树立文明新风,减少出行。韦文明还发动村组人员,联同驻村干部及志愿者成立排查工作组,对涉及全村 11 个村民小组的外地返乡人员、外地探亲人员、学生回乡人员逐一进行访问排查、登记上报。他们严格实行"日报告"制度,对村内摸排中排出的重点管控人员进行 24 小时监测,并及时上报情况,为后续工作的开展奠定基础。为防止新冠肺炎疫情输入,羊巫村在第一时间里成立了疫情防控监测点,对进村道路实行管控。韦文明主动带班值守,与值班人员同吃、同住。他说:"现在疫情形势严峻,困难的事本就应该我先上。而且我就住在防疫点附近,自己去值守更放心。"

(来源:黔东南文明网 2020 年 3 月 20 日)

047 一个人折射一段武汉抗疫史的社区网格员陈珺

陈珺是武汉市汉阳区晴川街龙灯社区团支部书记,也是一名社区网格员。不论是 2020 年 1 月 23 日武汉"封城"、2 月 11 日实行小区封闭式管理、2 月 17 日进行为期 3 天的集中拉网式大排查,还是如今安排返汉人员以及市内滞留的交叉人员回家,陈珺都同武汉 1.2 万名网格员一样,坚守在城乡的"神经末梢"——社区,与疫情防控同频共振。社区里像陈珺一样的网格员共有 11 名,他们需要对接 900 多户、近 3000 多名居民。陈珺说:"每天上班后就像机关枪一样，指哪打哪，上一秒还在送生活物资、消毒或走访，下一秒就开始联系车辆陪送病人去隔离点和医院。"3月6日，武汉市委组织部印发通知，社区工作者可合理安排轮休1—3天。3月7日，连续工作43天的陈珺迎来了难得的一天调休假期，但她还是在早晨7点前就打开社区工作微信群、住户微信群，逐一查看住户的留言。3月10日，外地返汉人员以及市内滞留的交叉人员也可以回家了。在网络最末端的"陈珺们"的工作重点转向了"接居民回家"。"现在已经收到70多名居民回小区的申请，多回来一个，就多一分安心、多一缕曙光。"陈珺说。

（来源：《中国青年报》2020年3月24日）

048 村干部郑洪棠在参与社区疫情防控时得知妻子去世

新冠疫情暴发后20多天来，浙江省磐安县窈川乡川一村的村委会副主任郑洪棠，白天坚守在村卫生院值守关卡点，摸排进村的每一辆车，详细登记车辆信息和人员信息；中午急匆匆赶回家吃顿饭，照看一下家里的事情；晚上又继续参加夜间巡逻。他的妻子因病已经卧床16年，去年农历腊月，中风瘫痪的妻子再度发病，经县人民医院抢救后，一直靠吸氧维持着生命。春节前，妻子被接回家里养病，大事小事都要由郑洪棠一人照顾。2月7日清晨6时，郑洪棠像往常一样，料理好妻子的生活起居、并交代儿子"照顾好妈妈"以后，就骑着电瓶车来到卡口，开始了一天的工作。中午，正在查岗的郑洪棠，突然接到儿子的电话："爸，你快回来，妈快不行了。"等他赶到家里，妻子已停止了呼吸。没能见上妻子最后一面的郑洪棠，忍住悲痛，按疫情防控期间的统一规定，从简办理了妻子的丧事。当天晚饭后，他抑制住悲痛之情返回了疫情防控岗位。在一个无人的角落里，郑洪棠也会暗自流泪，但他说，疫情当前，职责所在，要以全体人民的生命安危为重。

（来源：综合多家媒体报道2020年2月9日）

049 党旗下的逆行者"让老百姓有了依靠"

2020 年大年初一,深圳市南山区南山街道登良社区全体工作人员接到召回令,要求他们迅速返岗,投身抗击新冠肺炎疫情的战斗。以社区党委为核心,以街道挂点社区领导、区下派处级干部、社区党委书记组成的三人指挥部,制作了防疫作战图,将各种防疫力量部署到全区 30 个小区卡口、1 个硬隔离点和 5 个重点区域。以社区、辖区警、社康门诊"三位一体"为冲锋员,上门"面对面"地对重点疫区来深圳的人员采集信息、实施医学隔离、日常健康监测和紧急情况应对。同时,以社区工作人员、下派社区的党员干部应急队员、物业人员、志愿者、小区楼栋长、区国资委、工信局等 6 支支援力量为战斗员,组成了 30 个防疫小组和 13 个复工小组,以园区楼栋为阵地,用血肉之躯筑起了全区疫情防控的铜墙铁壁。2 月 1 日,登良花园出现了确诊病例,全楼立刻栋采取了硬隔离措施。社区党委一方面增派现场卡口人员,布置消杀、人员安抚消除恐慌情绪;另一方面,从对口扶贫村采购 1320 斤新鲜蔬菜,送到全部居家隔离户,并提供每日代买生活物资等暖心服务。辖区居民张大爷跷起大拇指:"有党的领导,咱们老百姓就有了依靠。"

(来源:深圳新闻网 2020 年 2 月 11 日)

050 禅城共享社区靠邻里互信互助经受住了疫情大考

在广东佛山市这次疫情大考中,禅城共享社区助力疫情防控逐渐走向成熟,成为禅城战"疫"中的一道亮丽风景线。"我家有消毒液,各位邻居有需要吗?""我把温度计放在小区共享小屋里面,有需要的居民可以去借用……"疫情期间,禅城社区不少小区居民纷纷将家里的物品共享出来。"我试着在共享社区小程序发布一条关于无法购买生活用品的求助信息,没想到马上就有社区工作人员和我联系上,解决了我的后顾之忧。"绿岛社区陈小姐也感受到了共享社区带来的便利。"共享居民家中的闲置资源,对接群众缺体温测量仪、缺消毒液等需求。还有共享居民空余时间、解决隔离家庭买菜不便等困难,让线上'需求清单'和线下'服务清单'精准对接。"中共禅城区委组织部相关负责人说。全区共建立了"标准+"共享小屋 152 个,线上"和谐共享社区"注册数 12 万多人。疫情期间,全区 92 个社区党组织通过利用"线上"共享社区小程序和"线下"共享小屋精准对接,发布和宣传疫情防控信息 299 条,对接群众需求 238 场次,解决物资紧缺等问题 117 条。

(来源:《人民日报》2020 年 3 月 20 日)

051 北京"西城大妈"在疫情期间按下服务"加速键"

平均年龄 50 岁左右的女子消防队志愿者们作为北京西城区椿树街道铁树斜街社区的"明星"志愿服务团队,在战"疫"中,用一条电话线串起了巡访链,也串起了关爱链。"吴师傅与丁师傅老两口没有口罩出不了门,子女住得远也过不来,两位老人断菜好几天了,只凑合吃了炒面和之前买的元宵,希望社区重点关注一下……""好的,收到,我们会及时解决。"在女子消防队的微信群里,一则队员发布的"求助信息",引起了大家的注意。很快,社区就为两位老人送去了口罩,而志愿者则主动"承包"了为老人跑腿的任务……防控初期,按照防疫工作要求,女子消防队一面暂时停止了每日的街巷巡查工作,一面按下了为社区居民服务的"加速键"。铁树斜街社区党委书记刘彬介绍,以往女子消防队队员们一直活跃在街巷中,为不少居民宣传消防知识,消除了安全隐患,多位队员也同街巷中的老人们成了熟人。在疫情期间,女子消防队通过电话、微信等方式联系,对社区内的空巢老人、残疾家庭每日巡访。

(来源:新华网 2020 年 4 月 4 日)

052 这对最美夫妻用奉献践行共产党员的初心和使命

2020年春节前夕，安徽省宿松县五里乡副乡长余婷，正在为照顾生病的女儿忙得焦头烂额时，收到了全体党员干部一律取消春节休假、返岗待命的消息。她深知，此时此刻，女儿很需要她这个母亲；但她也知道全乡老百姓需要她这个副乡长。作为一名党员干部，在特殊时期、关键时刻必须挺身而出，为守护群众的平安做点事情。在把2岁的女儿托付给老人照看后，她一头扎进了疫情防控工作中。在同一时刻，在宿松县趾凤乡担任党政办主任的丈夫陈星，也在山区乡镇疫情防控一线。由于工作繁忙，余婷每天只能利用晚上时间在视频中看看孩子。余婷在五里乡分管宣传工作，她迅速组织开通了乡村广播，每天不间断地播放疫情公告和防控疫情顺口溜，稳定了村民们的情绪；余婷还深入到有重点监测人员的村组，去检查和落实隔离措施，开展环境消毒工作，并风雨无阻值守卡口。丈夫陈星除了日夜值班外，还负责采购防控物资，参与景区、庙宇防范人员集中督查。"我们辛苦一点没关系，保障老百姓生命安全才是最重要的。"陈星说。在一线连续工作50天后，这对乡村干部夫妇，被亲乡们称赞为用奉献践行了共产党员"守初心、担使命"的诺言。

（来源："学习强国"微信公众号2020年2月12日）

053 王燕军做好农村疫情防控工作的底气来自群众的信任

这几天，海南省海口市美兰区演丰镇卫生院副院长王燕军，戴上口罩，穿上防护服，又投入到留观点的防控工作中去了。海口市美兰区是国际机场所在地，机场附近的5家宾馆负责安置入境留观人员，任务重、杂事多，但王燕军说，我有群众的信任和之前的抗疫经验，心里有底气。王燕军是去年2月起到演东村担任驻村干部的。前段时间，他既要负责演东村的防疫工作，又要为美兰区留观旅客提供疫情防控服务，常常忙得脚不沾地。看到人手紧缺，演东村村民们纷纷主动参与到防疫志愿服务中来。每位志愿者负责联系 10 户村民，宣传疫情信息和防疫知识，汇总并协调解决村民的物资采购、农活代办等需求。"在我们家最困难的时候，扶贫干部拉了我们一把，现在村里缺人手，我们肯定要出点力。"在脱贫户杨成伟的带动下，因疫情停工在家的儿子杨其鸣，也加入了志愿者服务行列。王燕军说，群众对疫情防控的热心参与，都是源于平时对他的工作积累起来的信任。

（来源：《人民日报》2020 年 3 月 26 日）

054 在乡村疫情防控中并肩作战的一对未婚夫妇

"钟奶奶，我天天来给您测体温，您烦不烦呀？"2020 年 3 月 4 日，在主动推迟婚礼参加抗疫的第 41 天，湖北省建始县龙坪乡小垭子村纪检委员王莉，同往常一样，到她负责的监测对象家中量体温。王莉和未婚夫张喻伟原计划在今年 1 月 28 日举行婚礼，当时请柬已发出，婚房也已布置，就差新娘上花轿了。然而，1 月 24 日王莉参加了全县疫情防控视频会后，立即同未婚夫决定推迟婚礼。在得到双方家长支持后，她在朋友圈发出了推迟婚礼的消息。此后，王莉就迅速投入到入户宣传和返乡人员排查中。一个资料包、一壶酒精、一支温度计，就是她每天出门时的"标配"。由于所负责的 30 多户监测对象居住比较分散，王莉每天要花五六个小时在路上。由于她对风尘过敏，长时间在户外奔走加重了过敏，从一点点到遍及全身，只能靠喝药缓解。看着王莉每天奔波的身影，未婚夫张喻伟说："我也是党员，怎能落后。"2 月 4 日，张喻伟递交了请战书，主动请缨加入志愿服务。他负责测量体温，她在一边登记；他用车载喇叭向村民宣传，她上门发放告知书；她统计代购清单，他负责送货上门。抗疫战场上，他们这一对未婚夫妻互喊加油，并肩作战。

（来源：《湖北日报》2020 年 3 月 25 日）

055 驻村干部陈亮宁愿得罪全村人也不让病毒感染一个人

　　新疆拜城县信访局干部陈亮,从2018年起主动申请到米吉克乡尤喀克阿热其格村驻村并担任工作队副队长,至今已任职第三个年头了。2020年初春时节,本应是乡亲们忙着修渠、耕地、播种、育苗、采摘黑木耳的好时节,然而,突如其来的新冠疫情却给全村工作按下了"暂停键"。疫情期间,有些村民们还经常聚众喝酒,这成了村干部们最忧心的事情,于是,村支部和村委会干部同驻村工作队轮流值班三班倒,24小时在卡点值守。陈亮主动报名,白天黑夜都能看到他忙碌的身影。村里不论是婶子大娘,还是朋友同事,只要谁违反了规定,陈亮都要同他们较真,敢说敢管敢为。他常给驻村工作队员和村干部们说,抗疫人民战争是全国当前的一项最重要、最紧迫的任务,我们要胸怀全局,耐心做好群众工作,共同搞好乡村疫情防控工作。有一次,60多岁的村民陈平燕因为不能出门买菜而闹到了村委会,陈亮耐心做工作,劝走了这位村民。他还安排工作队员和村干部帮她买菜、买药,当天就送到了她家中。有人好心劝他:"陈队长,您干的可是件得罪人的活,你马上就驻村期满回单位了,何必落一身群众的埋怨。"陈亮的回答是:"我宁愿得罪全村人,也不让病毒感染村里一个人。"

(来源:人民网2020年3月2日)

056 妻子做好了丈夫想吃的韭菜馅饺子他却永远吃不上了

　　2020年2月1日,内蒙古自治区通辽市西宝龙山嘎查党支部书记、48岁、脸色黝黑且身材壮实的秦红,吃过下午饭后,对媳妇高娃随口说了一句,"我有点儿嘴馋,想吃韭菜馅的饺子了"。说完,他就匆匆前往检查点。秦红所在的嘎查距人口密集、外出返乡人员多的宝龙山镇区只有7公里,因此,这里成了疫情防控的前哨站。秦红带领大家在嘎查西路口建起临时检查点,一顶帐篷、一个火炉、一把体温枪,由十几个人轮流值守。同事们说他是抗击疫情的"拼命三郎",也是贫困户眼中的"细心人"。西宝龙嘎查共有 17 户贫困户,每家每户的情况他都了然于胸。深夜,塞外的气温已接近零下 30 度,秦红仍坚持值守在路口检查点。2 月 2 日上午,正在打电话通知嘎查网格组长开碰头会的他,突发脑干大面积出血,一头栽倒在地上后,就再也没能站起来。得知秦红去世的消息,贫困户李双柱泪流满面。他住的新房子是秦红张罗着帮他盖起来的;去年他家没有钱种地,也是秦红掏钱帮他买的种子。秦红永远也不知道,2 月 1 日那天,就在他出门不久,妻子高娃很快为他包了 50 个韭菜馅饺子,还冻在冰箱里。但秦红走了,他再也吃不上妻子高娃特意为他包的韭菜馅饺子了。

(来源:新华网 2020 年 2 月 8 日)

057 用生命护卫生命——追记抗疫英雄赵楠

2020 年 2 月 14 日上午,在河南省南阳市大井社区疫情防控卡点,值班的党员干部正有条不紊地忙碌着。但在防控队伍中,再也没有了南阳市招商和会展服务中心副主任赵楠的身影。2 月 2 日下午,在接到市里关于市直单位分包社区卡点的通知后,正在驻村工作点安排疫情防控工作的赵楠,立即赶回城区,主动请缨到社区值班。当晚,他就在防控疫情卡点值了第一个班。2 月 7 日,赵楠又回到单位值班,安排人员对办公区域进行全方位消毒,一直忙到 18 时许才回家。第二天下午 15 时 50 分,噩耗传来:因连续多天高负荷工作,诱发心源性心脏病,赵楠不幸离世,年仅 42 岁。提起赵楠,同是社区干部的王峰语含悲痛。赵楠的同事陆艺亮回忆:"赵楠当时说,咱们都是党员,又是干部,关键时刻就要冲到一线去。"2 月 6 日,气温特别低,赵楠也到卡点值班,值班人员在外面跺着脚、搓着手坚守。"晚上值班结束,骑电动车回家路上,赵楠实在支持不住了,是我帮忙把他送回了家。没想到这次分别竟成了同他的永别。"

(来源:大河网 2020 年 2 月 15 日)

058 连轴转了30天倒在抗疫一线的滨海新区干部单玉厚

在防疫一线连轴转了 30 天的天津滨海新区政协副主席单玉厚,在 2020 年 2 月 22 日凌晨突发心源性猝死,倒在了单位宿舍。"防疫时期,安全生产更不能出乱子。"2 月 21 日上午,单玉厚在走访了一家提出复工申请的化工生产企业,并指出存在的问题后,约好三天后还要再去复查。在回单位的路上,他又到一线帮忙对接一家日产 2 万医用口罩的企业生产线项目落地问题。当天下午,单玉厚和企业负责人协商采购 4 万只口罩、到区委常委会上汇报新区疫情防控物资调配、回到区应急指挥中心后,又确认物资对接及第二天物资发放的安排。晚上 19 时,他又亲自打电话安排去探访一位受伤年轻同事。而这一天下午,单玉厚同他的儿子,只匆匆见了 10 分钟面。这天晚上,身体已经很不舒服的单玉厚还在同司机讲,"等忙完这段,我就去医院看病。"在疫情防控一线连轴转的 30 天,面对物资紧缺的现状,单玉厚协调国企、民企和外企等海内外各方渠道购置防疫物资,却没有因为物资问题向上级请求过一次支援。

（来源：《人民日报》2020 年 2 月 26 日）

059 辽宁一位村支书牺牲的前一晚还在为防控疫情加班

2020 年 2 月 24 日清晨,年仅 49 岁的辽宁省丹东市宽甸满族自治县泡子沿村党支部书记王秀君,在紧张忙碌了整整一天之后倒下了。2 月 23 日,是王秀君生命中的最后一天。早晨 6 时 30 分,他忍着胃痛起床,看到手机上的通知:上级要求撤除卡点,保证道路畅通。他喝了口水,还来不及吃早餐,就赶紧给村会计金玉才打电话,让他立即组织人员去清理路障、拆除帐篷,移走封路公告牌。上午 11 时 30 分,王秀君从村口急匆匆赶到村里,按照一手抓疫情防控、一手抓脱贫攻坚的要求,他同村会计一起对全村危房进行了核对统计;晚上22时,仍在村里加班的王秀君,在接到女儿电话时对她说:"爸爸正在整理这段时间参与村里疫情防控工作的人员名单,交通道口的检查点要撤了,过了今天也许能好好休息两天了。"谁也没想到,这竟是他同女儿王一淞最后的通话。"疫情发生以来,父亲一直在劝导他人不要在公共场所聚集。他走之后,我们不办丧事,一切从简,这也是为了完成他生前的心愿。"王一淞哭着说。在王秀君办公桌上,摆放得最多的是"不忘初心、牢记使命"主题教育学习资料、脱贫攻坚档案、疫情防控相关文件以及方便面和火腿肠。

(来源:新华网 2020 年 3 月 3 日)

060 用一生践行初心使命的王村铺村党支书杨双宝

2020年2月3日9时30分许,山西省灵丘县王村铺村带班值守在村口疫情防控卡点的村支部书记杨双宝,突发心脏病不幸离世。2月1日是杨双宝的生日,1949年出生的他,刚满71岁。入党50年来,杨双宝始终听党的话、跟党走,用实际行动诠释了一名共产党员的本色。脱贫攻坚战打响以来,他主动请缨,回到王村铺村担任村党支部书记。上任两年来,他带领村干部逐户走访、建档立卡、发展产业、帮危济困,促进了全村各项工作的开展。新冠肺炎疫情发生后,他又挺身而出、冲锋在前,组织群众开展防控,积极宣传防控知识,走家入户开展排查。村民们说:"为了全村人的生命健康,老杨把自己累垮了。从全面启动疫情防控工作以来,他一天都没有休息过,不是去村民家摸排,就是在卡点值班。他总说,疫情防控是人命关天的大事情,一定要守好卡点,绝不能对不起乡亲们。"杨双宝用肩膀扛起了守护全村人生命健康的重任,用一生践行了共产党员以人为本的初心使命。

(来源:中国共产党新闻网 2020 年 2 月 5 日)

061 在坚守13天后50岁的基层村干部李泽富倒在防疫一线

2020年2月9日一早,四川省宜宾市叙州区南广镇五一村副主任李泽富,因在防疫一线连续奋战积劳成疾,不幸在家中去世。疫情袭来,李泽富主动加入了联防联控临时指挥部,负责在宜威路上防疫检查点的体温检测等工作。这里日均检测车辆达8000余辆、过往人员3万余人次。疫情期间,李泽富为了方便家住得远的同事早点回家,主动连续值守两个夜班。他的妻子说:"这段时间,他经常说压力大,总是担心检查点出问题,每天凌晨四点后就醒了。"有时候半夜突然起来,还要看看手机里的工作群有没有新信息和漏接的电话。2月8日上午值班结束,李泽富本可以回家与家人过一个热闹的元宵佳节,却在午饭后又来到了卡口值守,19时,李泽富还在村里的工作群汇报了检查点的情况。"明天早上我要值班,今天虽然是十五,但我还是要下去,不然离检查点远,我怕迟到了。"为了第二天值班不迟到,李泽富不顾妻子劝阻,在晚饭后冒雨离开了老家,赶往检查点看望坚守的同事。在防疫一线值守的13个昼夜,李泽富没有休息过一天。

(来源:封面新闻2020年2月10日)

062 基层逆行者郑世茂的最后时光

在浙江省温岭市黎明村担任过近10年村支书的郑世茂,他所在的黎明村上孚李区块成为温岭市疫情防控重点区块后,面临着卡口增多、人手严重不足的困难。曾在陆军部队服役、对站岗执勤工作很在行的郑世茂,主动请缨,要求参与卡点执勤,不仅无报酬地义务为村民执勤,还多次主动承担天气冷、持续时间长、一般人都不大喜欢的夜班。"世茂,你说说话呀!世茂,你醒醒呀!"2月12日凌晨1时,郑世茂结束7小时的值班后感到身体不适,但考虑到疫情期间进出不便,婉拒了同事们让他去医院的劝说。当他被紧急送往医院时,尽管医生们全力抢救,他仍在当日上午 7 时 20 分不幸去世,年仅 42 岁。郑世茂生前甘于奉献、勇于担当,他在抗疫斗争中展现出来的优秀品格,是广大一线逆行而上共产党员的缩影。当前,疫情防控工作到了最吃劲的阶段,倒下去的是郑世茂,站起来的是基层抗疫工作者的伟岸身躯,是 14 亿多中国人民众志成城,战"疫"不胜、决不收兵的决心。

(来源:《光明日报》2020 年 2 月 13 日)

063 "最美村干部"宋青山将生命定格在抗疫一线

2020 年 2 月 21 日,湖北省秭归县沙溪镇高潮村党总支书记、村委会主任宋青山在抗疫一线因公殉职。这一天,他的小女儿才出生 55 天。2018 年 8 月,放弃年纯收入超过 20 万元红火生意的宋青山,回村担任后备干部。同年 12 月,在换届选举中宋青山高票当选为高潮村党总支书记、村委会主任。从此,他全身心投入到脱贫攻坚的硬仗中。今年 1 月下旬,宋青山本来打算在春节里多陪伴妻女,但突如其来的新冠肺炎疫情,让被阻在宜昌的他焦急万分。开头几天,宋青山还耐着性子通过微信、电话坐镇指挥,并在村民微信群里进行抗疫宣传。全村 697 户 2093 人,返乡人员 135 人,其中武汉返乡人员 75 人。他实在放心不下,在多次申请、拿到通行证后的第一时间就赶回了高潮村。从赶回来的那一刻起,宋青山摸排返乡人员、落实防疫措施、发放消毒物资、卡点值班值守,日夜坚守在第一线。从疫情暴发至今,高潮村未出现一例确诊或疑似患者。2 月 21 日,宋青山同往常一样,在村委会安排好疫情防控工作后,就投身到战"疫"一线,却在为村民运送生活物资途中,不幸遭遇意外车祸牺牲。

(来源:《人民日报》2020 年 2 月 26 日)

064 53 位社区工作者殉职,对一线的他们多些理解和体谅

"城乡社区是抗疫斗争中群防群治的第一线,也是外防输入、内防扩散最

有效的基层管控单元。"2020年3月9日,民政部基层政权建设和社区治理司司长陈越良,在国务院联防联控机制新闻发布会上充分肯定了城乡社区工作者在疫情防控一线的贡献。截至3月8日,全国已有53位城乡社区工作者,在疫情防控过程中因公殉职。我国城乡社区,并不属于国家行政序列,而只是居民自治组织。社区作为社会网格化管理的最末端,承担着对接上级政府主管部门的各项具体工作。疫情袭来后,各种资源的紧缺、社会职能的短暂性停摆,都使得社区工作的作用和价值凸显出来。战"疫"当前,如果说一线医护人员是当之无愧的"白衣战士",社区作为在疫情联防中的"最有效单元",同样使命重大,容不得有丝毫懈怠。疫情在让全社会重新发现医护之美的同时,也越来越感受到社区建设的重要性。在战"疫"中给予全国城乡社区工作者以及时和适当的补贴、帮助和优待,应当同制度层面的重新发现和加强社区职能、促进社会治理向现代化转型,形成长远的呼应。

(来源:"人民网"微信公众号 2020 年 3 月 9 日)

065 城乡社区凝聚"五力"抗击疫情更加有力

在疫情防控人民战争中,处在疫情联防联控第一线的城乡社区,是外防输入、内防扩散的重要防线。全国城乡许多社区的一些成功的探索、有效的做法,为构筑社区防控疫情的坚强堡垒,需要凝聚"五力"。一是发挥党员干部的引领力。北京市石景山社区党组织和社区干部郝静,都带头组建了共产党员防疫先锋队。二是奉献物业部门的岗位实力。社区物业人员坚守岗位,以投入宣传、消杀病毒、严格登记、测量体温、安定人心为己任。三是迸发业主群众的参与力。共同做到不信谣、不传谣,积极配合,万众一心抗疫情。四是展现社会部门的服务力。学"雷锋"司机在半隔离中掏钱网购出车,药房夫妻大"敌"当前献爱心,快递小哥货量增十倍,奔波换众安,各行各业,各尽其力。五是强化党政机关干部的参与力。全国各级党政机关不忘初心、牢记使命,在抗疫人民战争、阻击战、总体战中,严肃查处违纪违法,审查调查,落地见效,强化了党政机关监督力。上下同欲者胜，同舟共济者赢。每个人的尽责尽力，就能形成最强大的社会免疫力。全国上下一心，不留死角盲区，就能彰显社区防控的旺盛生命力。

（来源：中国新闻网 2020 年 3 月 18 日）

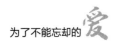066 社区干部感觉这一个多月下来把一年的话都说完了

作为河北省唯一一位从事社区工作的全国人大代表、也是连任两届的老代表，河北省保定市莲池区东关街道东方家园社区党总支第一书记袁红梅，已经在社区工作了近 20 年。赶上疫情防控这样的大事，袁红梅和所在社区的工作者使出了浑身解数，来保护社区和社区居民不受疫情影响。袁红梅告诉记者，今年大年三十以后，她所在社区的工作人员就没有了周六和周日。"入户排查、整理报表、社区消毒、办理出入证、给处在隔离期的居民买药买菜，虽然每一项工作看着都不起眼，却切实关系到每一位居民的健康，也关系着疫情防控的大局。"大多数人都明白社区工作在疫情防控中的重要性，也理解社区工作者的辛苦，但社区工作的开展并非轻而易举。"比如，办理出入证的时候，有居民担心签字的笔大家都用过，有被传染的风险。"袁红梅告诉记者，遇到这种情况，他们就主动跟居民沟通，多准备笔，及时消毒，尽全力让居民满意。"早期还有居民问，我天天从小区门口过，你难道不认识我吗？还每天都查出入证？"袁红梅说，遇到这种情况，他们就得不停地解释，小区门口站岗的社区志愿者、门卫都说，这一个多月下来，感觉把一年的话都说完了。

（来源：央广网 2020 年 4 月 22 日）

067 在疫情防控中社区精细化管理做足"绣花功夫"

"你不住这个小区吧？请坐下登记，测量下体温。""阿姨，您可真是火眼金睛，我不是这个小区的，我就是来给我妈送点东西。""我在这个小区住了很

多年了,谁不在这个小区住,我一眼就能看出来,现在是特殊时期,还是少出门的好。"这样的场景,几乎每天都在北京天坛街道金台社区返京人员登记处上演。当日值守的志愿者名叫吴素萍,是社区二一八厂宿舍的楼长。为了精准把牢疫情防控关,社区动员像吴阿姨这样的楼门长、党员志愿者积极参与到社区值守中来。金台社区的构成比较复杂,既有平房院落、回迁小区,还有单位宿舍楼、商品房小区。面对这一难题,社区组织针对不同的人员结构采取了差异化的排查方法,以此实现对疫情防控的精细化识别和管理。为做好疫情防控工作,社区自主设计了疫情防控的"七色动态监管图",每一种颜色代表着社区不同的房屋类型和居民目前的状态,工作人员通过这些彩色图,可以更直观准确地实时掌握社区疫情防控工作的进展情况。社区居民称赞社区干部在疫情防控中真是做足了"绣花功夫"!

(来源:光明网 2020 年 3 月 27 日)

068 城市虽已"解封",社区不能"解防"

2020 年 4 月 9 日下午,在武汉市洪山区和平街道青城华府小区,有 6 名佩戴红袖章、工作牌的志愿者值守在门口,提醒居民扫码、测温。居民的健康码显示绿码、体温正常,才能进出。这样的程序,同 4 月 8 日前并无二致。4 月 8 日零时,武汉离汉离鄂通道管控正式解除,时隔 76 天,社区防控并无变化。青城华府社区居委会 4 月 7 日在小区门口新张贴了一份《温馨提示》,"4 月 8 日只是离鄂离汉通道解封,不是小区封控解封。4 月 8 日以后,各小区继续实施封闭管理"。针对 8 日城市"解封",不少社区提前对居民予以提醒。江岸区花桥街道大江园社区下辖的 3 个小区,随着复工返汉居民增多,目前社区共有居民 8700 余人。小区继续严格做好值守工作,居民进出务必做到身份必问、信息必录、温度必测、口罩必戴这"四个必"。复工人员凭通行证、扫健康码、测体温,进出小区。一些非复工人员想要外出怎么办?据介绍,社区大型团购仍在继续,实在需要外出的,需开具"临时出入卡"。该卡片显示

"凭卡每户可派 1 人外出，每次两小时"，卡片上标注有出行时间、返回时间，且仅供当天使用。

（来源：《中国青年报》2020 年 4 月 10 日）

069 返沪者前脚刚踏进家门，后脚送温暖就到

于阿姨是一位 60 多岁的孤老，春节前她从上海去武汉的亲戚家过年，心情非常焦虑与不安。上海市静安区南京西路街道延中居民区居委会主任陈建与社区干部了解到她的情况，多次主动与她联系，了解她的身体情况，给予她安慰。经过两个多月的等待，于阿姨终于迎来了武汉"解封"。在返回上海之前，社区干部与志愿者来到她的家中慰问，将装着"一封信、体温计、口罩、手套、免洗洗手液、香囊等"的暖心"健康包"交到了她的手上。考虑到于阿姨是一位孤老，返回上海后，社区干部在征得她的同意后，帮她联系了社区乐龄家园就餐点，由送餐员每天定时将老年餐送到她的家中。于阿姨当场表示，社区干部解决了她的后顾之忧，她可以在家安心休息一段时间了。"接下来，我们将继续做好社区防疫工作，同时做好暖心服务，让居民们都能感受到社区大家庭的温暖。"昨天是武汉"解封"的第一天，"解封"不等于"解防"，记者了解到，在上海许多社区严格执行外来人员登记、测温、出示绿色健康码等措施，牢牢守住疫情防线。

（来源：《解放日报》2020 年 4 月 9 日）

070 一线集结，携手战"疫"

"同志，请停车。请问您从哪里来？请配合登记测量体温。""大爷，出门一定要戴口罩啊，到家勤洗手"。对山东淄博市淄川区的机关干部而言，"严防严控、千叮咛万嘱咐"成了社区值班值守的"标配动作"。针对城市老旧小区居住情况复杂、人员流动性强等特点，淄川区统筹整合区直部门力量，组织了 78

个部门的单位党员干部,下沉到 145 个老旧小区和 53 个村改居社区开展"双报到",补齐薄弱区域疫情防控"短板"。山东各级机关企事业党组织和党员干部,到社区开展"双报到"志愿服务活动,全省共组织 2 万多个单位党组织、112.8 万名在职党员到社区报到、在"疫"线集结,开展防疫工作。57 岁的曲洪利是烟台市国有土地房屋征收补偿中心党员,也是一名有 27 年军旅生涯的军转干部。因为颈部和腿部有伤疾,他难以长时间站立和进行高强度运动。疫情发生后,曲洪利主动放弃春节休假,带头组建了 14 人的报到党员志愿服务队,在第一时间到社区报到,承担防疫工作。曲洪利忍着疼痛,为居民上门送菜、检查来往车辆、登记人员信息。有的居民看到后想上前帮他,他连忙摆手:"因为我接触的人太多,请大家不要离我太近。"

(来源:《人民日报》2020 年 4 月 9 日)

071 湖南株洲 1.7 万多名党员干部下沉一线,参与疫情防控和复工复产

连日来,湖南省一批批机关党员干部进农村、下社区、驻企业,投入疫情防控和复工复产一线。在湖南株洲,自 2020 年 2 月 11 日开始,市、县、乡三级共下派 1.7 万多名党员干部,组建了驻村、驻社区、驻企业三支工作队,覆盖全市 1387 个村(社区)、1600 家规模以上企业。下沉干部同基层干部群众并肩作战,共帮助解决各类问题 5 万多个。截至 3 月 25 日,在抓好疫情防控基础上,全市规模以上企业和中小企业复工复产率已达 97.2%,还帮助解决了一系列实际问题,推动经济社会秩序加快恢复。2 月 12 日,受株洲市自然资源和规划局委派,杨力和 4 名同事组成工作组,驻守芦淞区街道钟鼓岭社区。报到当天就参与上门摸排住户信息,第一轮就初步排查登记了人员信息 1565 人。他们根据自然资源和规划部门具有数据信息的优势,请局里第一时间为钟鼓岭社区制作出了疫情防控平面图。在这张卫星影像平面图上,社区的居民楼栋、商场、门面等场所一目了然,楼宇间的路口和小巷也清晰可辨,大大提高了工作效率。在疫情防控工作中,工作组和基层工作人员、志愿者一同摸排值守,

各派出单位协助工作组一道推动防疫管理精细化。株洲市发改委派出的工作队,协助社区规范管控;株洲市行政审批服务局驻农科社区工作队,利用该局研发的株洲市健康大数据平台,提高了疫情防控管理效率。

（来源:《潇湘晨报》2020 年 4 月 1 日）

铁甲厚爱

中共中央军委主席习近平一声号令，全军 4000 多名医护人员火速驰援武汉，驻鄂部队抗击疫情运力支援队通宵达旦调运物资。人民解放军指战员牢记我军宗旨，召之即来，来之能战，战之必胜，为党旗、军旗增添了光彩。人民警察以使命和担当筑就抗击疫情的坚强堡垒，用实际行动践行了人民公安为人民的铮铮誓言。沧海横流，方显英雄本色。你们真正做到了大爱无疆，你们是真正的英雄！

001 是战士就要战斗到底，用奋斗赢得最后胜利

2月23日，习近平在统筹推进新冠肺炎疫情防控和经济社会发展工作部署会议上的讲话中指出："沧海横流，方显英雄本色。"在这场严峻的抗疫斗争中，各级党组织和广大党员、干部冲锋在前、顽强拼搏，充分发挥了战斗堡垒作用和先锋模范作用。广大医务工作者义无反顾、日夜奋战，展现了救死扶伤、医者仁心的崇高精神。人民解放军指战员闻令而动、敢打硬仗，展现了人民子弟兵忠于党、忠于人民的政治品格。3月10日，习近平主席专门赴湖北武汉考察新冠肺炎疫情防控工作，勉励解放军援鄂医疗队医护人员说："越是在这个时候，越是要保持头脑清醒，越是要慎终如始，越是要再接再厉、善作善成"。参与抗疫是任务更是使命。四万多名军地医务人员奔赴湖北奔赴武汉，称得上是一次英雄的远征。只有胜利，才能告慰在抗疫中牺牲的勇士们、告慰所有染疾而亡的无辜生命；只有胜利，中华民族伟大复兴才能展现出应有的美好前景。战斗到底，用战士的忠诚与勇敢，齐心协力继续奋勇战斗，我们就一定能够赢得最后的胜利。

（来源：综合多家媒体报道 2020 年 3 月 18 日）

002 人民军队在抗疫斗争中展现的"硬核力量"

2020 年除夕之夜的 1 月 24 日，中国人民解放军派出的 3 支医疗队共 450 人乘坐军机到达武汉，八一军旗在疫情防控第一线高高飘扬。2 月 3 日，军队抽组的承担武汉火神山医院医疗救治任务的 1400 名医务人员也奔赴武汉。2 月 12 日，中央军队再增派 1400 名医务人员支援武汉抗击新冠疫情。2 月 17 日，军队又增派 1200 名援鄂医护人员抵达武汉。这样，人民军队先后共派出 4000 多名医护人员相继驰援武汉，形成了前方指导组、联勤保障部队、一线医护人员的支援力量体系。在前方，同时间赛跑、与病毒较量，做到"打胜仗零感

染"是他们的目标；在后方，直升机、运输机昼夜不停，投送抗疫医疗物资，为一线抗疫提供有力保障；与此同时，全军 63 所定点收治医院，共开设收治床位近 3000 张，1 万余名医护人员投入一线救治。在综合保障方面，人民军队共向武汉紧急调拨 40 万个医用口罩，配发 8000 套防护服、50 套正压防护头罩、2 套负压运输隔离舱，保障了一线救治重症和危重症患者的急需。人民空军先后出动 30 架次运输机，向武汉紧急空运军队医疗力量和物资。运力支援队累计出动车辆 2500 多台次，运输群众生活的必需品 8500 多吨，医疗防护物资近 2.37 万件(套)，出动直升机 4 架次，转运医疗物资 6.5 吨，有效帮助市民解决生活和医疗防护问题。这就是人民解放军在抗疫中展现的"硬核力量"。

(来源：《人民日报》2020 年 3 月 3 日)

003 患者：解放军医疗队来了，我们就不怕了

陆军特色医学中心消化内科主治医师刘凯军接到上级命令，跟随医疗队支援武汉。临离开家的时候，他跟妈妈说去医院开个会，没敢说当晚就出发，也没来得及多看看才两个月大的女儿，就关上家门，背上行囊，直奔集合地点。除夕深夜，他和战友抵达武汉，完成了必要准备工作后便开始接诊。刘凯军说："每次进入金银潭医院的红区，穿上厚重的防护装备，戴上容易起雾的护目镜……这同我平时的工作状态完全不一样。"他主管了一位 44 岁的女性患者，在详细了解她的病史后，他安慰患者："不用怕，一切都会好起来的。"患者眼睛里带着笑意，轻声说："解放军来了，我们就不怕了。"因为环境特殊，"红区"里不能有护工，所有清洁、送饭的工作都由医疗队的护理组完成，非常辛苦。一位患者家属看见他们的劳累，在做好防护的基础上，主动成为"志愿者"，帮忙完成清洁、倒垃圾等工作。患者及家属的信任理解，让他深深感动。今天，武汉出了太阳，阳光用温暖抚慰着这座坚强的城市。

(来源："人民陆军"微信公众号 2020 年 1 月 28 日)

004　战斗在抗击新冠病毒一线的女将军陈薇

2020 年 1 月 26 日,中国军队顶尖流行病学家和病毒学家陈薇少将,带着一支团队抵达武汉。在新冠肺炎疫情暴发前,陈薇和她的团队就在一个临时实验室寻找治疗新冠肺炎的方法,并率先提出血浆疗法,后来成为官方认可的疗法之一。在"非典"时期陈薇的贡献就广受赞誉,2008 年她在四川地震救援和 2014—2016 年西非埃博拉疫情防控中所发挥的作用也得到认可。陈薇在抗"非典"时研发的鼻喷剂,在此次抗击新冠疫情时帮助在武汉的医务工作者防止感染新冠病毒。北京一位军方人士说,鉴于陈薇过去在流行病防治中积累了丰富经验,她是中国抗击新冠病毒最厉害的专家。这位军方内部人士还说,同 84 岁的钟南山、73 岁的李兰娟等其他著名流行病学家相比,54 岁的陈薇要年轻得多。出生浙江的陈薇 1988 年从浙江大学毕业后进入清华大学攻读研究生,1991 年加入中国人民解放军,成为军事科学院病毒专家,2015 年晋升少将。

(来源:香港《南华早报》2020 年 3 月 3 日)

005　陈薇院士团队研制的重组新冠疫苗获批启动临床试验

随着疫情在全球扩散,越来越多的专家认为人类将面临一场"持久战"。人类战胜大灾大疫离不开科学发展和技术创新,而疫苗就是终结新冠肺炎疫情最有力的科技武器。由中国军事科学院军事医学研究院陈薇院士领衔的科研团队自抵达武汉以来,就集中力量展开在疫苗研制方面的应急科研攻关。自 2020 年 1 月 26 日起,陈薇院士团队联合地方优势企业,在成功研发埃博拉疫苗的经验基础上,争分夺秒地开展重组新型冠状病毒疫苗的药学、药效学、药理毒理等研究,快速完成了新冠疫苗设计、重组毒种构建和 GMP 条件下生产制备,以及第三方疫苗安全性、有效性评价和质量复核。3 月 16 日晚上,陈薇院士团队研制的新冠疫苗已经通过了临床研究注册审评,获批进入临床试

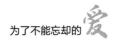

验。陈薇在接受中央广播电视总台记者独家采访时介绍,按照国际的规范和国内的法规,疫苗已经做了安全、有效、质量可控、可大规模生产的前期准备工作。

(来源:"央视新闻"微信公众号 2020 年 3 月 17 日)

006　重症医学医生的价值就是治病救人

深夜的一阵急促电话铃声打乱了正在梳理患者资料的火神山医院重症医院一科张西京的思绪。听说 3 床的 65 岁患者张大爷情况不太好,张西京一边穿着衣服一边对值班护士说我马上赶往医院,你们先做准备,我们要给患者插管、使用有创呼吸机。因为患者张口困难,平时 5 分钟能干完的活这次用了十几分钟才完成。通过有创呼吸机同时使用抗感染药物、加强营养支持,使这名患者成为火神山医院第一位通过有创呼吸机救活的危重症患者。张西京来自空军军医大学,他和同事们曾在一年内成功救治 600 多名重症患者。新冠病毒对重症医学人是一次大考,虽然白天工作已很累,夜里他还在反复思考抢救重症患的方案。他出征武汉后,妻子和儿子每天都守在电视机前,关注他在武汉的消息,终于他们在电视里见到张西京了。几天后儿子给他写了封信:看到两位奶奶治好病出院时连声感谢解放军,我突然理解了为别人付出也是一种快乐,将来我也要当解放军!

(来源:《人民日报》2020 年 3 月 7 日)

007　30 年军龄的患者给 28 年军龄的医者敬了个军礼

"我年纪大了,手不听使唤写不了感谢信,我给你敬个军礼行不?"在雷神山医院感染三科七病区,79 岁的新冠肺炎患者金先生抬起右臂,朝着给他颁发"毕业证书"的病区主任樊民军医敬礼。援鄂医疗队员口中的"毕业证书",是用活泼表达方式来驱散疫霾。"老先生您的军礼挺标准啊!"樊民打趣说。

老人告诉他,自己是个 30 年军龄的老兵。樊民听罢赶紧立正,朝老人还军礼:"我也曾当了 28 年兵。"金老是樊民所在的国家中医医疗队(上海)于 2 月 19 日收治的首批病人之一,当时他是新冠肺炎重症患者。经过医疗队中西医结合的悉心治疗,老人状况明显好转,由当初血氧饱和度不足 90%,变为不吸氧情况下血氧饱和度达到 98%。樊民介绍,除了辨证中药汤剂,他们采用了针灸功法等中医疗法。2016 年在上海岳阳医院年度工作会上,樊民上台发言时曾习惯性地敬了个军礼,"没想到,这次在雷神山医院也向 30 年军龄的患者行了次军礼。"

(来源:《新民晚报》2020 年 3 月 12 日)

008 一切为了人民健康的军队援鄂医疗队

在湖北武汉,中国人民解放军中部战区总医院门诊部大楼前,一行石刻铭文格外醒目:一切为了人民健康! 人民至上,生命重于泰山。这个承诺,此刻扛在了中部战区总医院所有人的肩头、更刻在每个人的心中。新冠肺炎疫情发生以来,这家身处疫情中心的军队医院立即投入战斗,最早派出医疗队支援地方医院,并整建制投入新冠肺炎疫情防控阻击战,向党和人民交出了一份合格答卷。"你们是光明的使者、希望的使者,是最美的天使,是真正的英雄! 党和人民感谢你们!"2020 年 3 月 10 日,聆听习主席在湖北省考察新冠肺炎疫情防控工作时的重要讲话后,中部战区总医院支援武汉市肺科医院医疗队护士长刘孟丽感到十分振奋。此时,刘孟丽和同事们已在疫情一线坚守近两个月。1 月 21 日,刘孟丽跟随医院派出的第一批 40 人组成的医疗队,紧急驰援收治危重症患者的武汉市肺科医院。5 天后,医院再次派出由 22 名医护人员组成的第二批医疗队,支援武汉市第七医院。同时医院还紧急改造内科楼,成为收治新冠肺炎患者的定点医院,全力保障患者救治……疫情一起抗,家国一身扛。中部战区总医院医护人员的无私奉献,感动了一座城市,激励着千万市民。

(来源:《解放军报》2020 年 3 月 18 日)

009 冲锋，就要像父亲当年那样勇敢坚强

军队援鄂医疗队护士张艳的父亲张大权，是曾带领突击队在战场冲锋牺牲的一级战斗英雄。此次张艳主动请缨到抗疫一线。她说："我总有一个想法，就是有一天当组织需要我的时候，我也要像父亲那样勇敢地冲上去。"到达武汉抗疫一线后，她护理的第一个病例就是重症患者。每天不仅要清理病人的排泄物，还要进行危险的咽拭子标本采集。在对一位老年患者采集时，她发现老人轻微地摆了一下头，凭着经验，她当即作出了老人想要咯痰的判断，便迅速进行吸痰抢救。短短十几秒钟，她同时间赛跑，打赢了一场漂亮的"遭遇战"。尽管每天上班都要忍受 5 个小时不吃不喝的高强度劳动，张艳却似乎没有任何"不适应"。但镜子不会撒谎，每天早上起床后，张艳面部的口罩勒痕依然清晰可见。2 月 20 日深夜 12 点，张艳刚脱下 3 层防护服，就收到了母亲发来的短信："艳子，生日快乐！你是最棒的！妈妈以你为傲。"最近，一贯矜持不语的张艳笑声多起来，她说她看到了一句很温暖、很有力量的话——待到春暖花开时，又见英雄丛中笑。

（来源：中国军网 2020 年 3 月 10 日）

010 像17年前战"非典"时的姐姐一样投身抗击新冠疫情战斗

军队支援湖北医疗队队员霍倩文的爸爸，几天前在朋友圈发了这样一条信息：看着倩文战斗在武汉的样子，我不禁想起了 17 年前，她姐姐小兰战斗在小汤山的身影。面对疫情，姐妹俩相继挺身而出，这是她们的担当，也是我们家庭的骄傲。2020 年 2 月 13 日清晨，霍倩文和战友们从西宁乘军用运输机出发。登机前，她给姐姐发了一条消息："17 年前，我还是个懵懂的小女孩，但姐姐那时挺身而出的样子带给我很大的震撼。从那时起，我就决心要做像姐姐那样勇敢的人。"在一线工作的日子里，霍倩文每天都要穿上防护服，走进"红

区"病房,给病人抽血、发药,照顾患者的生活起居。由于防护服密不透气,每次脱掉时,身上的手术衣都被汗水浸透。她的耳朵被口罩勒得生疼,眼眶和鼻梁上布满了护目镜的压痕,但这些丝毫没有影响到她战胜疫情的决心。一个多月里,当看到一批批患者康复出院,看着他们脸上口罩遮不住的笑意,霍倩文感觉一身的疲惫都烟消云散了。

(来源:《解放军报》2020 年 3 月 17 日)

011 战斗在"红区"护理岗位上的一位"双宝妈妈"

防护服上写有"双宝妈妈"这 4 个字的军队援鄂医疗队队员路美,是一位在战友们眼中"开朗爱笑、服务热情"的护士。新冠肺炎疫情发生后,她向党组织连续写了 3 封请战书,终于获准奔赴前线。在进驻的武汉市泰康同济医院病区开诊首日,她主动申请第一批进入"红区"值守。当晚,医疗队就接到命令:第二天一早医院就要接收病人,要在不到 12 个小时内,改造出可容纳 50 人的感染病区。路美没有丝毫犹豫就协助护士长范娟快速整理病床、摆放仪器、归置药品、隔离通道……路美在"红区"的护理工作不同于其他病房,她和战友们人人都要身兼数职,既要完成好护士的本职工作,又要当护工、清洁工甚至修理工。患者们说,我们有什么需求,她都会想方设法帮我们去做。在大家眼里,路美从来就不知道怕,浑身有使不完的劲儿。她的身体里流淌着军人的血液,父亲曾在湖北当过 5 年兵,当路美出征武汉时,父亲在电话里对女儿说:"啥也不要怕,那是爸爸战斗过的地方。"

(来源:《解放军报》2020 年 3 月 16 日)

012 把病人当亲人的解放军总医院吴丹护士长

吴丹所在的解放军总医院第五医学中心,被确定为北京市新冠肺炎确诊患者定点收治单位后,她被任命为确诊患者病区的护士长。上任以后,她按"三区两线"的布局,使病区更符合收治新冠病毒患者的要求。她还在第一时间带领护理团队启动新的突发传染病收治处置预案,独立完成了30多名一线护理人员的理论和操作培训。同事们说,她几乎每天都是第一个进病区、最后一个出病区。她说:"我有经验!我多进去一些时间,队友们就多一份安全"。她总是把危险、重担和困难都留给自己,而把安全都留给别人。78岁的陈大爷,是病区收治的年龄最大的患者。每次开饭时,吴丹都会来到老人床旁,拿着勺子一勺一勺喂他吃,让老人非常感动。患者张某整天躺在病床上,情绪有些烦躁。"我是从武汉到北京治眼睛、被确诊为新冠肺炎后住进了医院的。我的亲人们都在武汉,不知他们怎么样了?"吴丹就安慰他,了解到他爱看报纸,就每天给他带上几份,没过两天,吴丹发现他看报纸很费劲,就找来一个放大镜,张某的心情渐渐舒畅了起来。有一天,发现23岁的患者李某潸然泪下,吴丹就走到她的床旁,对她说起了知心话:"暂时的分开,是为了以后更好地团聚。让我们一起加油,一起战胜病魔,让你们与亲人早日团聚。"

(来源:新华网 2020 年 2 月 20 日)

013　绽放在抗疫斗争一线的"五朵金花"

解放军支援武汉医疗队中的宋彩萍、张丽敏、彭渝、唐棠和罗春梅,她们五位平时在生活中是好姐妹、在工作中是好战友。从抗震救灾到抗击埃博拉,数次大项卫勤任务中,都有她们并肩作战的身影,同事称赞她们是卫勤战线上的"五朵金花"。2020年除夕夜,解放军支援湖北医疗队紧急出征,宋彩萍、张丽敏和彭渝如愿在列,随后罗春梅和唐棠也等来了出征命令。在开赴一线途中,罗春梅和唐棠收到前方3位战友发来的信息:"一线,我们加油!"医疗队到达武汉后,作为护理骨干,宋彩萍、张丽敏和彭渝紧张投入一线战斗。罗春梅和唐棠抵达武汉后,立即进入泰康同济医院投入工作。2月15日,唐棠两次身着密不透风的防护服进入病房,高强度地连续工作8个小时,按照宋彩萍提供的病房区域划分和流程设计经验,详细规范了病区诊疗秩序。新增医疗队到达任务区不到24小时,就顺利适应并开展工作。合作初显成效,5人激动不已。她们约定:"等战胜疫情之后,咱们一起合个影!"

(来源:《新京报》2020年2月20日)

014 武汉战"疫"一线的"守房人"徐智

2020年3月10日晚上,武汉泰康同济医院感染二科新收治了3名患者,其中有2名是从重症科转来的。"夜晚是患者病情最容易发生变化的时候,我得留下。"军队援鄂医疗队队员、呼吸科专家徐智担心患者病情突然变化,再次要求夜里留守病房。开始收治患者的那段时间,徐智几乎每天吃住都在病房,"有事叫我,我都在",就是他经常挂在嘴边的话。"这次援鄂医疗队的很多医生都有丰富的专科临床经验,但他们参与呼吸道传染病的救治都是第一次,我得留在病房里帮助他们。"徐智说。一天深夜,一位患者突发呼吸衰竭,当班的医生紧急求助。徐智快步走出值班室,一边电话告诉紧急处置方法,一边迅速穿好防护服,及时赶到了患者床边。他快速连接呼吸机、设置呼吸参数、调整用药医嘱。经过一顿紧张的操作,徐智浑身都被汗水湿透了,就连护目镜里也布满了汗水。徐智待患者病情稳定,走出病房时已是后半夜了。"守房人"是医护人员们对徐智的称呼。"只要他在病房,我们上夜班就觉得安心,不怕有紧急状况发生。"医生吴小程说。

(来源:《解放军报》2020年3月16日)

015 建起医患交流群,心病得用"心"药医

2020年2月4日,火神山医院收治的首批50名感染患者中,有24名被分到了联勤保障部队980医院副主任医师赵玉英所在的病区。作为感染八科一病区主任的她,试着建起了一个"感染八科医患交流群"。从此,她就像一个

应答机,随时都要回答群里的各种提问。比如"刚住到医院的患者们,情绪有些焦虑,有什么缓解的好办法?"赵玉英对患者们的提问总是及时回答。渐渐地,患者们的焦虑感少了,她也松了一口气。"有了这个医患群,即使不是自己当班,也能随时了解患者的情况"。赵玉英总结道:"心病还要'心'药医。"在她的影响下,病房里,有的患者帮助医护人员照顾重症患者起居;医技楼外,有的患者协助医护人员推轮椅、抬担架;楼道里,在他们还拿起扫把和拖布,一起打扫卫生、倾倒垃圾。如今,病区已有 100 多名患者治愈出院了,很多患者"出院不出群",仍把自己的名字留在群里,继续给大家鼓劲加油。这个病区的其他医护人员也用上了这剂"良方",纷纷建起了自己的医患交流小平台。即使医疗队离开武汉,他们也可以随时对患者进行康复指导。

(来源:《人民日报》2020 年 3 月 30 日)

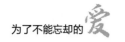

016 护士长的"生死时速"

从事临床护理 26 载的军队医院护士李晓莉,曾先后经历过国际维和、汶川抗震救灾以及泥石流抢险等多次"生死时速"。此次参与武汉一线抗疫,她随军队医疗队驰援武汉,担任湖北省妇幼保健院光谷院区感染十四科护士长。一天上午,李晓莉在查房时发现,85 岁的患者郑大爷目光有些异样,便叮嘱当班护士"多留意"。当天下午,郑大爷的病情突然加重,各项指标异常危险,李晓莉根据医嘱,立即对患者实施急救。经过一连串的救治措施后,硬是把郑大爷从死亡边缘拽了回来。交接班时,她用这起急救案例提醒队友:"作为一名护士,在关键时刻要有同死神'拔河'的能力和素质。"病区护士站里有个"督导栏",每天查房后,李晓莉都会在"督导栏"里贴上标签,列出当天存在的问题,次日又逐条逐项"销账"。她说:"有些问题看似不起眼,但如果处理不好,就有可能'针尖大的窟窿透过斗大的风'。"注重做好传、帮、带的李晓莉时时叮嘱年轻护士:称呼患者时尽量不要叫床号,最好根据患者年龄称呼爷爷奶奶、叔叔阿姨,这样患者们听着暖心。护士都照着这些话去做了,让病区的所有患者同军队医护人员心心相印。

（来源:《解放军报》2020 年 3 月 21 日）

017 一线抗疫情，爱拼才会赢

在中国人民解放军中部战区总医院感染内科援鄂抗疫病区，所有护士们都对 57 岁的江晓静医生随时随地会出现在病区最危险的"红区"司空见惯了。在接诊患者最多的时候，江晓静医生每天只能睡两三个小时。如果当天收治了病情复杂的重症患者，江晓静就会住在病区感染科内。每次会诊时，她总是反复嘱咐医护人员："细致点，再细致点。"为实现对患者治疗方案的"一人一册"，江晓静和战友们做了大量细致的临床记录与分析工作。她经常穿着防护服"泡"在病房里，仔细询问每位患者在接受治疗过程中的感受，认真分析他们在不同阶段的病情变化。江晓静医生曾留学德国，主攻病毒学，获得蒂宾根大学病毒学博士学位。早在一个月前，她和感染内科的同事们在接诊不明原因肺炎患者时，就凭着多年临床经验，初步判断这种病毒很凶险，并及时采取相关防护措施，有效避免了医护人员被感染。她还积极探索临床救治规律，带领团队同志撰写的《中部战区总医院新型冠状病毒感染的肺炎诊疗方案》，不仅获得了同行们的认可，还大大提高了医护人员临床科学施治的水平。

（来源:《解放军报》2020 年 2 月 11 日）

018 被称为临床一线的"多面手"的谢渭芬医生

军队援鄂医疗队医生谢渭芬抵达武汉之初，担任湖北省妇幼保健院光谷院区感染三科主任。她到岗后的第一件事，就是同战友们一起进行病区改建：从研究病区布局、调试医疗设备到优化传染病防护流程路线图，她都亲自动手。在大家共同努力下，仅用 3 天时间就建成了医院感染病房。从 2 月 21 日起，感染三科病区就开始收治患者，不到 4 个小时就收治了 20 多名确诊患者。

她主管的病区里,60 岁以上的老年重症患者居多,不少人还患有各种基础性疾病。在救治过程中,谢渭芬医生注重发挥团队成员分别来自呼吸、急救、消化等多个专业的协作优势,实行科学精准施治。在救治患者的同时,谢渭芬医生还兼顾其他多项重要工作,她对每项工作都力求完美,被战友们称为临床一线的"多面手"。谢渭芬医生高度重视对病历的书写,她督促一线医护人员:每天都要认真记录,做到"确保病史准确、突出病情演变、体现诊疗思路、具备归纳价值"。这就是她 30 多年来能取得肝纤维化治疗新方法、肝癌细胞"诱导分化"等许多研究成果的重要原因。

(来源:《解放军报》2020 年 3 月 19 日)

019 帮助患者驱散心头阴云的维吾尔族军医"明月"

军队援鄂医疗队维吾尔族队员阿依努尔,到达武汉之后,担任泰康同济医院感染四科副主任。"阿依努尔"在维吾尔语中意为"明月"。在抗疫一线,战友们都称赞阿依努尔就像皎洁的月光,驱散了笼罩在病区所有患者心头的阴云。在抗疫过程中,阿依努尔以她真挚热情和细致周到的服务,把温暖和希望带给每一位患者。"定时测量患者体温""关注患者咳嗽、胸闷气短是否缓解",在医护人员微信群里,阿依努尔总是这样细心地提醒她的队员们。每次最新版诊疗方案下达后,阿依努尔总是向大家提出多个细节问题,以引起大家的注意。患者们都说:"她对工作严谨细致,对我们热情真挚。"病区 21 床的周女士,是阿依努尔团队接诊的第一批患者,由于身体恢复较慢,周女士情绪始终很低落。阿依努尔知道后,每次查房时都会在周女士床前多停留一些时间,耐心细致地回答她的所有疑问。时间一长,周女士变得心情开朗了,病情也逐渐好转。"在武汉的日子,每天都像在打仗。"阿依努尔最大的心愿是等到战"疫"胜利的那天,好好看看这座英雄的城市。

(来源:《解放军报》2020 年 3 月 17 日)

020 及时总结对重症患者最佳救治方案的宋立强

黄沙百战穿金甲，不破楼兰终不还。军队援鄂医疗队医生、呼吸与危重症专家宋立强，是军医大学的一名教授，也是一位有着33年军龄的军医。熟悉宋立强的同事们都说，他关爱患者如同亲人，是一个特别有爱的人。"兵者、医者、师者"这三者，恰如一个"品"字，在宋立强身上汇聚成一道照亮患者的耀眼光芒。3月10日，在火神山医院这个专门收治新冠肺炎重症患者的抗疫阵地上，宋立强迎来了自己50岁生日。他感慨道："五十而知天命，我这一辈子的天命就是救死扶伤。"自出征武汉以来，宋立强经常白天争分夺秒救治患者，晚上加班加点查阅资料、制订规范、研究病例、总结经验，不断探索和完善危重症患者的最佳救治方案。他还边救治边总结，及时把自己在武汉抗疫一线救治病患的体会和思考，写在了《现有条件下救治过程的不足和思考》一文中，为有效诊疗危重症患者提供了新的思路。在支援武汉的日日夜夜里，宋立强同团队成员分工协作，使许多重症、危重症患者转危为安。

（来源：《解放军报》2020年3月20日）

021 战"非典"后再次出征的女军医石蕊锋芒如初

军队援鄂医疗队员石蕊，曾在2003年抗击"非典"时因冲锋在前而被感染，治愈后又重返岗位。此次新冠肺炎疫情暴发后，她又在第一时间向党组织递交请战书，奔赴武汉抗疫一线。作为一名多年的临床医生，她在武汉泰康同济医院感染十三科救治患者过程中，总是热情地鼓励患者："17年前，我也曾是一名'非典'患者，但今天我非常健康地站在了这里。只要我们大家一起努力，就一定能够战胜病魔！"当石蕊再次请战到抗疫一线奋战的消息上了热搜后，许多网友都夸赞她是巾帼英雄、女中豪杰。再度出征的石蕊，比十几年前更多了几分战胜疫情的自信和坚定。她用自己的切身经历向遭受病毒感染的患者证明：面对疫情，我们不要害怕，因为我们有强大的祖国做后盾，还有全国人民的支持帮助，只要我们有坚定的决心和信心，就一定能战胜眼下的困难。这一次石蕊的出征，让暂时身处困境中的患者看到了希望和曙光。有网友在微博上留言说，女军医石蕊让无数的病毒患者和网友相信：只要我们有信心，就一定能赢。谢谢你石蕊，再次出征的你，锋芒不亚于当年，我们都佩服你的勇气和毅力，愿你早日平安归来！

（来源："央视军事"微博 2020 年 2 月 22 日）

022 倡议建立医患微信群的游建平医生

在抗疫前线的武汉泰康同济医院，46 岁的感控科主任游建平是睡眠最少的人。她负责整个医院的感染防控工作，目标是确保医护人员在救治患者的同时，自身做到"零感染"。大到院区的感控流程规划，小到医护人员的防护督导，都是她的职责。游建平是陆军军医大学西南医院感染科护士长，作为军队支援湖北医疗队第三批队员，她和同事们于 2 月 13 日凌晨从重庆抵达武汉。第二天，他们就进驻由泰康同济医院门诊部改造的轻症病区，并立即着手规划区域和路线，病区内医患共用一条通道，缺少专门的清洁区，其他病区也存在着许多细节问题，需要她一一解决。经过几天的奋战，游建平终于赶在各病区接诊前理顺了感控工作。她十分注意照顾患者的感受，为生褥疮的病人翻身、擦拭身体，按时喂盲人患者吃药。为了缓解病人的紧张情绪，游建平带领队员制作了一面爱心墙，上面写满了医护人员对患者的祝福，还有"武汉加油""重庆火锅和武汉热干面永远在一起"等温暖的话语。游建平等人还倡议建立了医患微信群，患者们向群里的医护人员发出邀请："等明年樱花开放，欢迎大家来武汉看樱花。"

（来源：《中国青年报》2020 年 3 月 5 日）

023 一对不期而遇的伉俪在抗疫一线"小团圆"

2020年2月9日,一对战"疫"夫妻在中部战区总医院偶遇。丈夫王春尚是驻鄂部队抗击疫情运力支援队队员,妻子朱新苗是中部战区总医院感染内科护士。新冠肺炎疫情发生后,夫妻俩奋战在各自的抗疫岗位上,直到今天才第一次见到对方。王春尚所在的运力支援队,担负着武汉市火神山医院、雷神山医院、"方舱医院",以及武汉市区各大商场超市共540多个点位的医疗器材、生活物资的配送转运任务。他和战友们每天都处于忙碌状态,每天都靠干吃方便面充饥。今天上午听说要去妻子单位送物资,王春尚心里涌起一阵激动,想着能与多日不见的妻子见上一面。疫情发生后,正在休假的朱新苗主动请战,连夜加入了抗击疫情队伍。此后,他们夫妻俩就再未见过面。一路上,王春尚给妻子打了好几个电话,都无人接听。王春尚把担心和思念都埋在心底。突然,一个熟悉的身影走了过来,虽然戴着口罩,但他还是一眼认出来,那正是妻子朱新苗。短短几分钟的战地"小团圆",一个轻轻的拥抱,还来不及细诉衷肠就要分别了。临别时,朱新苗拿出一根幸运红绳交到王春尚手里,王春尚小心地收起妻子的祝福礼物,朝她挥了挥手,就驾车驶向了下一个任务点。伉俪战地俩分飞,阖家团圆凯旋时。

(来源:《解放军报》2020年2月16日)

024 部队的一对"50后"亲家在抗疫"战场"偶遇

57岁的医学影像专家王艳清、54岁的感染控制专家王晓坤,这两位来自军队不同医疗单位的专家,是一对平时见面不多的儿女亲家。但他们俩谁都没有想到,竟然会在千里之外的武汉抗疫"战场"偶遇。原来,这对儿女亲家,是分别在2020年大年三十接到所在单位通知后,毅然奔赴武汉抗疫一线的。参加过2003年小汤山抗击"非典"战斗的王艳清,每天都在CT室为100多名患者拍片,自身被感染的风险极大,但他依然毫无畏惧地战斗在自己的岗位上。为尽快熟悉设备,到达武汉后的第一天,他就接连上了两个班次,患有高血压和腰肌劳损的他,每天回到宿舍后,累得趴在床上好半天都站立不起来。亲家王晓坤,曾在 2005 年以专家身份赴非洲参加维和督导工作,还多次参加过部队的实兵演练,执行重大任务的经验非常丰富。为了让每名医护人员都能科学安全地工作,他每天都要亲自检查每个队员上岗前的洗手和消毒是否规范、防护是否符合要求。他说自己要对每个战友的生命安全和身体健康负责,每位队员只有先保护好自己,才能救治更多的患者。这真是抗疫战场喜相逢,"亲家"携手战"疫魔"。

（来源：综合多家媒体报道 2020 年 2 月 6 日）

025 军队援鄂医疗队千方百计提高重症患者治愈率

2020 年 3 月 15 日下午 3 时许,经过军队援鄂医疗队连续 12 天的精心救治,湖北省妇幼保健院光谷院区的 1 名运用 ECMO 和综合治疗手段救治的新冠肺炎危重症患者,终于病愈出院。ECMO 是体外膜肺氧合的英文缩写,俗称"人工肺",这是一种高端医疗急救技术设备。在抢救危重症病人时,使用 ECMO 可以部分代替患者的肺功能,从而为救治赢得宝贵时间。光谷院区重症科主任、救治组组长刘金成医生说:"运用 ECMO 技术救治新冠肺炎患者,这在我们国内还没有成熟的经验,我们在这里结合救治,对此进行了积极探索和科学运用。"据了解,这位患者脱离了 ECMO 后,又进行了后续的巩固治疗,于 3 月 11 日顺利脱离呼吸机,肺功能恢复状况良好。目前,该患者已达到了第七版新冠肺炎诊疗方案明确说明的出院标准,确定治愈。湖北省妇幼保健院光谷院区领导介绍说:"只有进行科学施治,才能挽救每一位患者的生命。"为此,人民解放军各支援鄂医疗队都抽调精干力量,成立"ECMO 临床救治组",从而最大限度提高了治愈率、降低了病亡率。

（来源：《解放军报》2020 年 3 月 17 日）

026 每天都在重症监护室全力抢救危重病人的李文放

来自海军军医大学第二附属医院的军队援鄂医疗队专家李文放,在2020年除夕夜到达武汉后,进驻了最早接收新冠肺炎患者定点医院之一的汉口医院。这是一家由康复医院临时改建的传染病医院。当时,他面临的最大难题是:重症病房的布局不完善、医疗设备、患者床位、防疫标准不够,医护人员在这里担负抢救任务时很容易被感染。特别是这里的重症监护室没有负压环境,在对患者进行插管和拔管手术时,飞沫很容易喷射到医护人员脸上。就是在这样简陋而危险的环境中,首批12名危重患者被转运到了这里,其中一名患者心脏骤停。李文放医生当即快步上前,手握人工球囊,插稳鼻导管,在距离患者不到20厘米的地方,及时将氧气一点点打进患者的肺里。李文放说,"我们坚守的这个阵地,是一条距离死亡最近的生死火线,我们只有冲上去,才能把生命抢回来。"在汉口医院重症监护室"红区"奋战的每一天,李文放医生都在同病毒进行着殊死较量。在患者眼中,这位急救医生既是一名无畏的勇士,又是患者生命的"守护者"。"看到一双双充满希冀的眼睛,我常常泪湿眼眶"。"与一座英雄的城市同在,与这里的人们同行。"李文放说道。

（来源：中国军网2020年2月25日）

027 抗疫一线年龄最大的军队医护老兵陈红

有着39年军龄的军队医护老兵陈红,在驰援武汉后,担任了火神山医院感染七科主任。作为这个病区年龄最大的护士,她身先士卒,冲锋在前,每天都是第一个接诊患者。参照以往的救治经验,她每天一上班首先对防护设施反复检查、严格防护并制订流程规范,规划医护人员出入口。年轻护士经常把在病区"护理有难题,就找陈大姐"这句话挂在嘴上。有一天,46床的患者邓大爷气管内痰液较多,呼吸困难。一位年轻护士拿着吸痰管,从鼻腔尝试插管但没有成功。此时,穿戴好防护装备的陈红一个箭步冲进病房,很快找到一个安全角度,迅速完成了插管。接着,她又为邓大爷翻身扣背,随着痰液被吸出,邓大爷的呼吸才逐步恢复正常,最终化险为夷。在武汉抗疫的日子里,陈红倡导病区优质护理,她的认真、细致和耐心,总是让患者倍感亲切。她还多次同医院营养科协调,请专家针对患者病情制订营养配方,及时保证患者的营养补给。已经达到最高服役年限的陈红说,她现在最大的心愿,就是同自己救治过的患者好好道别,好好拥抱自己的战友。她还说:"等抗疫胜利告别这个城市之后,我会把微笑永远留在这里。"

(来源:《解放军报》2020 年 3 月 23 日)

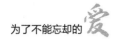

028 毛洪山:军队抗疫一线的"粮草官"

居住着近千人的湖北省军区大院,直到 2020 年 2 月 28 日依然没有一个人感染新冠病毒,为数万名驰援武汉的部队医护人员以及省军区官兵的物资供应,也都没有出现过断档。所有这些,都离不开担任湖北省军区保障局局长和省军区疫情防控领导小组办公室主任毛洪山的默默付出。"军队驰援武汉的医生和护士们都在一线拼命和战斗,作为驻军牵头单位,我们应该全力搞好后勤保障。"1 月 23 日晚,在得知军队要派出多支医疗队支援湖北武汉时,毛洪山马上协调和派出车辆,到天河机场迎接医护人员。各支医疗队全面展开工作后,毛洪山又主动上门对接,了解每支医疗队的保障需求。2 月 16 日,毛洪山接到北京一家企业领导打来的电话:"我们公司想捐赠一批医用防护服和口罩,请问你们需要不需要?""感谢你们,我们很需要。"于是,12000 套防护服、20000 只口罩,都在 2 月 17 日运抵武汉。像这样的电话,毛洪山在抗疫一线几乎天天都能接到。"同那些坚守抗疫一线的部队医护工作者和官兵相比,我做的事情都微不足道。"毛洪山说:"抗击疫情是对我们这一代军人的一场大考,我们责任重大,只有更好地履职尽责,才能不辜负党中央、中央军委、习主席对我们的信任和重托。"

（来源：《湖北日报》2020 年 2 月 28 日）

029 军队联勤保障部队为援鄂医疗队员提供暖心保障

新冠肺炎疫情发生以来，人民解放军联勤保障部队在饮食保障、生活服务、物资供应等方面想尽办法、频出实招，为军队援鄂医疗队员们提供了暖心的保障服务。他们以战时状态搞好应急保障服务，提前建立了军地相关部门"四位一体"协调机制，遴选有资质的大型食材供货商和餐饮企业，分区域组织食材的配送和膳食的制作。他们还会同地方食品监督部门，建立了全流程安全追溯体系，督促指导有关企业落实每个关键环节的卫生管控要求，并增配保温器材，组织专业运输力量，把食品准时配送到每一支医疗队所在的工作岗位。为了给各支军队医疗队队员创造更加便利的生活条件，他们还加强同地方有关部门的沟通对接，增加了夜餐供应，以满足夜间工作的医护人员饮食需求；为满足高强度工作能量需求，他们还增配营养品，定期补充日用品。他们还指导各保障仓库同 3 所专科医院构建应急保障链路，为一线医护人员建立替换被装补助标准，预置存储被装、军用食品等物资 11 个品种、1.65 万套(件)。

（来源：《解放军报》2020 年 3 月 17 日）

030 军队医疗队妙手仁心救治和无微不至关怀患者

不久前，一位阿姨在解放军总医院第五医学中心感染病医学部发热门诊检测时被确诊，当值班护士陈典洁护送阿姨住院时，外面露深寒重，陈典洁取下自己的大衣要披在患者身上。阿姨连忙摆手："这可不行，我身上有病毒，会弄脏你的大衣的！""大衣可以再消毒，您冻着了，病情加重可就麻烦了！"在陈典洁的一再劝说下，那位患者阿姨披上了她的大衣。发热门诊部主任黄磊为照顾患者,积极协调为他们提供饮用水和盒饭,让他们感受来自医院的关怀。"从发热门诊走出的每名患者,我都清楚地记得他们的情况。"黄磊医生说。不管是确诊、疑似患者,还是被排除人员,他都亲自把关,确保万无一失。重症患者杨先生住院期间,父亲不幸病逝,令他悲痛欲绝,一下子对生活失去了信心,不愿配合高流量氧疗和无创呼吸机等治疗措施。医院专家徐哲耐心地跟杨先生谈心,还专门加了微信好友,经常开导他:"你是男子汉,一定要坚强!作为顶梁柱,家人今后还得靠你呢。"被逐渐打开了心结的杨先生积极配合治疗,最终康复出院。

(来源:《人民日报》2020 年 4 月 1 日)

031 英雄,"你们的名字我都存了档"

在这次抗疫斗争中,武汉一位抗美援朝老兵张兆堂同医护人员的感人故事,鼓舞了很多人。两周前,83 岁的张兆堂和老伴一起,从火神山医院康复出院。这位 17 岁时参军赴朝参战、此后转业成为一名公安干部的老人,加入过抢险队,担任过巡堤员。病情好转后,他给火神山医院年轻的医护人员们讲战争年代的故事。出院那天,医疗队员们对张兆堂老人说:您年轻的时候是英雄,如今您又战胜了新冠病毒,再次成为我们心目中的英雄。今天火神山医院正式批准您出院,我们向您致以崇高的敬意:敬礼! 张兆堂老人精神抖擞地回了一个军礼说:你们才是最好的英雄,不仅作风好、干劲足,还救了我们老两口的命,这是救命之恩,也是你们的功劳啊! 30 多天前刚住进医院时,张兆堂老夫妻俩的病情曾出现过多次反复,经医务人员全力治疗才逐步好转。直到出院前都没有亲眼见过医务人员清晰面容的张兆堂老人,细心地把医务人员的名字全部记在了一张药品说明书背面:你们的名字我都存了档,我们老两口会永远记得你们!

(来源:《人民日报》2020 年 3 月 24 日)

032 湖北"90后""00后"官兵的"青春迷彩"闪耀抗疫一线

新冠肺炎疫情发生后,以"90后""00后"为代表的青年官兵不畏艰险、冲锋在前,把责任扛在肩上,把希望带给人民,谱写了感天动地的青春之歌,展现了中国军人的本色情怀。出征武汉前,出生于1996年的葛亚芳,在日记本上郑重写下了"2020年的今天,轮到我们保护你们了。"到武汉的第三天,葛亚芳和战友就进驻了汉口医院,后来又转战火神山医院。清理患者痰痂、口腔分泌物是烦琐的工作,最需要护士的耐心。有时,清理到病人嘴边的痰痂又会滑进去。葛亚芳看到不能开口说话的病人张开嘴巴,眼睛紧盯着自己,她意识到,这是她的责任,必须耐心地帮忙清理干净。患者拉着她的手说,"你们比我的孩子对我还好!"ICU病房里的患者病情较重,每当她和战友不顾危险抢救患者,看到病人血氧饱和度上升的那一刻,她感觉很骄傲很自豪。巡视、护理、喂饭、翻身……常常是一个班时下来,葛亚芳早已汗流浃背。"打赢这场硬仗,加油!"交班后,她总要为自己鼓劲。每天她最开心的事就是下班脱下防护装备。脸上那深深浅浅的压痕,仿佛一枚枚勋章,刻在了清秀的脸庞上,成为最美的青春印记。

（来源：《人民日报》2020年3月22日）

033 "青春带给我的，是责任和希望"

柔和的灯光下,军队支援湖北医疗队队员、火箭军某基地医院护士王燕南此刻刚结束一天的工作。1995年出生的她脱下厚重的防护服,摘下口罩,额头上隐约可见有汗珠在闪烁。从进驻湖北省妇幼保健院光谷院区那天起,王燕南和战友们就一直连轴转,连夜清理病区、检测医疗设备、感染防护培训,接收一批又一批确诊患者入院。由于长时间佩戴护目镜,一向爱美的她脸颊上布满了压痕,有些部位开始过敏红肿。为了节约防护物资,20多岁的她每天上班前不敢喝水,上班时穿着纸尿裤;为避免交叉感染,她把头发剪得更短了。"在这场战'疫'中,青春带给我的是责任和希望。"王燕南说。一名年逾七旬的患者独自住院,一开始情绪很激动,不太配合治疗,而且患者本地口音重,加上身上的层层防护,医护人员听不明白患者的言语,看在眼里、急在心中。为了能更好地照顾患者,王燕南放弃休息时间,向湖北籍队员及轻症患者学习简单的湖北方言。老人没有指甲剪,她就把自己的拿来给老人用;老人记性不好,她反复叮嘱老人按时吃药;老人睡觉不踏实,她查房时耐心地陪在老人身边,拉着老人的手,直到老人安然入睡……

(来源:《人民日报》2020 年 3 月 22 日)

034 "汶川地震时解放军救过我,现在我来救援武汉老百姓"

泰康同济(武汉)医院污染级别最高的区域,是 1991 年出生的陆军军医大学西南医院护士刘佳此刻同疫魔交锋的"战场"。刘佳是去年 10 月新入职的一名"90 后"军队文职人员,来自陆军军医大学第一附属医院。相比参加过抗击"非典"、汶川抗震救灾、抗击埃博拉等救援任务的护理老兵,她的职业经历还显稚嫩。第一次进感染病区时,穿上密不透风的防护服,很快就感觉头痛、恶心、缺氧,坚持了十几分钟就出来了。回忆起那个难受劲儿,刘佳记忆犹新。刘佳一方面查找出护目镜过紧、过度紧张等原因,另一方面加强体能训练,想办法尽快适应感染病区的工作。很快,她就跟上了战友们的脚步,每天可以在感染病区坚持 4 个小时以上。克服了这个困难,也让刘佳信心倍增,她找各种机会进感染病区,还说"要把之前的时间补回来"。2008 年汶川地震时,刘佳的家在北川县城附近,正在读高一的她亲眼见证了解放军为了人民利益舍生忘死。"地震时解放军救过我,现在我来救援。每每听见患者说'解放军来了,我们就安心了',都忍不住热血沸腾。这些患者,多像当年的自己啊!"刘佳说。

(来源:《人民日报》2020 年 3 月 22 日)

035 "我有力气，搬运重活让我来"

"嘀,嘀,嘀嘀嘀……"火神山医院重症监护室内,生命体征监测仪的报警红灯在闪亮。穿戴防护服跑入病房,配合医生,跑前跑后,这就是负责卫勤保障的"95后"小伙陈一的工作日常。刚满20岁的他还是一名上等兵。陈一说:"我虽然年龄不大,但身上的责任不轻。"2月2日,陈一随队乘军机抵达武汉,当时火神山医院刚完成基础建设。军队支援湖北医疗队入驻后,第一件事就是整理病房设施和卫生条件,为随时接诊患者做好准备。在两天两夜的准备工作中,陈一始终战斗在最前沿。"我有力气,搬运重活让我来!"这是同队赴汉的医护人员最常听到陈一说的话。2月4日上午,火神山医院开始收治确诊患者,陈一所在的感染七科一病区,是第一批接受确诊患者的科室。他每天都要进入感染病区,有时不止一次。问起这里同之前在部队卫生队工作的区别,陈一说:"以前,重活面前我们有力气,细活面前我们有时间。可到了火神山,重活变得更'重'了,细活变得更'细'了。比如,穿着厚厚的防护服搬运器材,三层手套包裹下用扎带为垃圾袋封口,这些都变得十分困难。"前不久,ICU病房很多患者需要气管插管治疗,需要补充一名新战士,陈一得知后,第一时间向教导员王鑫申请:"我学过医学,有经验,让我去再合适不过了。"

(来源:《人民日报》2020年3月22日)

036 "穿上这身军装，我就要扛起使命、勇于担当"

"我穿上这身军装,是沉甸甸的责任与担当! 如果必须有牺牲,请让我来,我愿做那个守护者!"2020年2月1日,经中央军委批准,驻鄂部队成立抗击疫情运力支援队。消息传来,中部战区空军雷达某旅下士姚许第一时间递交了请战书。加入运力支援队没多久,姚许便遭遇了第一场硬仗。2月7日晚

10 点，姚许车组接到命令，武汉要建一所"方舱医院"，运力支援队要立即去 5 个地方转运床板、柜子等物资。当姚许和战友把最后一批物资卸载到位，已是次日清晨 7 点半。看着大汗淋漓、精疲力尽的战士们，接管物资的医院负责人非常感动，连声说："感谢你们为抢救患者生命赢得了时间。"截至 3 月 18 日，姚许和战友们累计出动车辆 3700 余台次，运送物资 13000 余吨，累计行车 41 万多公里。

（来源：《人民日报》2020 年 3 月 22 日）

037 含泪别母亲，化悲痛为抗疫力量

2020 年 2 月 11 日，对吴亚玲来说，是一个刻骨铭心的日子。这一天，作为军队支援湖北医疗队队员的她正在武汉火神山医院工作，母亲因主动脉夹层破裂去世的噩耗传来，她陷入了无限悲痛。一边是不能尽孝送别的母亲，一边是疫情防控的千钧重任。吴亚玲深知科室的运转就像一台巨大的机器，任何一个人停下来，都会影响工作，强忍着泪水，咬牙坚持工作。12 日上午，母亲遗体即将火化，吴亚玲通过视频电话，见了母亲最后一面。科室的同事陪在她的身边，陪吴亚玲一起送母亲最后一程。曾参加过汶川抗震救灾、援非抗埃的吴亚玲目前是火神山医院重症医学二科的护士。疫情发生后，吴亚玲觉得自己有疫情处置经验，瞒着母亲向组织递交了请战书。在火神山工作的日日夜夜，吴亚玲不仅细致严谨，而且坚强勇敢，还经常关心和鼓励战友。心中有光的人，不会被黑暗打倒。擦干眼泪，吴亚玲继续坚守在自己的岗位上。她知道，唯有化悲痛为力量，尽职尽责做好感控工作，确保"打胜仗、零感染"，才是对母亲在天之灵的最好告慰。

（来源：新华网 2020 年 2 月 12 日）

038 驻鄂部队抗疫运力支援队为武汉市民保供应的故事

一、一定要给我安全回来，你欠我一张结婚证

2020年1月23日，武汉宣布"封城"。根据地方请求，报中央军委批准，湖北省军区立即协调驻军部队和军事院校，紧急抽调130辆军用卡车、260余名官兵，组成驻鄂部队抗击疫情运力支援队，担负运输保障任务，力保武汉市民的生活物资稳定供应。运力支援队的队员大都是各个驻军部队的骨干，有的官兵家里亲人生病、家属奋战在医疗救治一线，家中有各种各样的困难。但在疫情面前，官兵们都抢着报名加入支援车队。河北唐山籍战士王忆安，从小听着唐山大地震的故事长大，这次抽组运力支援队，他第一个报了名："我要像当年全国支援唐山一样来支援武汉，这次任务如果缺席了，我将遗憾终生。"2月2日，原本是中部战区陆军某舟桥旅干部罗灵和未婚妻齐安丽领证的日子。得知他要执行任务的消息后，齐安丽对罗灵说："一定要给我安全回来，你欠我一张结婚证！"2月3日凌晨两点，运力支援队成立不到8个小时，还没来得及磨合的车队就接到第一项配送任务。随着指挥员一声令下，50辆军用卡车批次出发，兵分三路将载满希望的物资调运到武汉三镇。

二、运力支援队就像城市能量的"摆渡人"

2月3日早上，江夏区某生鲜产业园。刚刚组织完装载任务的指导员董波，让司机先去吃饭，自己一个人留在车队，把每辆车又检查了一遍。由于负责配送的网点多、分布广，而各大配送中心大多在郊区，不少网点物资运送一去一回需要很长时间。为确保这些物资能够第一时间上架，有时车队凌晨就要出发，直到中午才能返回。这支临时抽组成立的运力支援队就像是这座城市能量的"摆渡人"——河南生产的资料柜，要从武汉郊区仓库运到火神山医院，他们来；青海西宁捐赠给武汉的爱心高原白菜，从仓储点拉到武

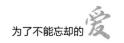

汉市民的"菜篮子"边，他们来；"方舱医院"急需大量病床，他们来。2月9日一大早，运力支援队二中队三分队一班班长王春尚，从中百仓储配送中心向几个大超市网点调运生活物资。任务完成后，返回途中突然接到湖北省军区前进指挥所的通知，要求他们赶赴中部战区总医院运送1800套防护服。在中部战区总医院，王春尚遇到了半月未见的妻子朱新苗。夫妻俩没想到能在医院遇上，相视一笑来了一个拥抱，简单聊了几句，王春尚和朱新苗便匆匆赶回了各自战位。

三、看到军人，心里总有一种莫名的踏实

2月2日晚，驻鄂部队成立抗击疫情运力支援队的消息一公布，立即上了热搜，网友评论区中说得最多的一句话就是："军用卡车出动了！子弟兵来了，心就踏实了！"一直守在配送中心的中百仓储物流中心生鲜事业部副经理王玉璟说，仓库里堆满了物资，就是没办法运出去。"解放军运力支援队的运输效率很高，短短半小时内就可以配送10到20部车，40到50吨货量，这样的效率我以前从来没有看到过。"在王玉璟看来，军车的到来更重要的是"提振了士气，让我们看到了希望"。在武汉秦园路店仓库，看到军车配送物资来了，超市负责人黄俊彪连忙招呼同事来帮忙。2月4日，配送物资的车队来到武汉南湖龙城广场。一大早，超市门口就排起了长长的队伍。看到军车过来，没有人指挥，市民们自发让出了一条通道，大家还不约而同为军车鼓掌加油。连日来，驻鄂部队抗击疫情运力支援队的军车，在空旷的武汉马路上奔驰着。一些"宅"在家里的武汉市民在网上留言说，每天的快乐之一，就是趴在窗户上看军车从眼前驶过，"看到军人，心里总有一种莫名的踏实感"。

（来源：《中国青年报》2020年4月5日）

039 民警岑松斌巡逻到自家楼下，三岁的儿子隔窗向他敬礼

2020年2月7日晚，重庆市公安局沙坪坝区公安分局石井坡派出所民警

岑松斌,在巡逻途中经过自家楼下。他三岁的儿子得知后,向坚守疫情一线的父亲隔窗敬礼。由于连续 10 多天没回家了,岑松斌开车巡逻到自己小区楼下时,特意给妻子打电话报平安。三岁的儿子小岑岑,听到是爸爸的来电,急忙跑来要和爸爸通电话。得知爸爸就在楼下,小岑岑又特意找来一个小凳子,搬到了阳台上,站在小凳子上望着楼下许久没有回过家的爸爸。隔着窗户听着屋里传来的电话声,岑松斌的心里五味杂陈。此时,警车的车灯在闪烁,岑松斌心中的波涛在汹涌。只见儿子小岑岑突然举起稚嫩的小手,向楼下的爸爸敬了一个礼。他还回头去对妈妈说:"妈妈,等我长大了,我也要当一名警察,像爸爸一样保护你,保护大家。""这些天儿子常把爸爸挂在嘴边,我看到这一幕,真是挺感动的。"岑松斌的妻子用手机拍下了儿子向爸爸敬礼的这一幕,并发给了岑松斌。岑松斌说,"看到照片的那一刻,我真的觉得儿子长大了,其实他只有 3 岁。"虽然 3 岁的小岑岑只能把"人民警察"四个字说得磕磕巴巴,但在他的心里,爸爸却是他未来人生永远的榜样。

（来源：上游新闻 2020 年 2 月 9 日）

040 党员警察父子兵,无声战"疫"齐上阵

在青海省格尔木市,有这样一对普通的党员警察父子:父亲周晓刚 52 岁,儿子周瑞强 28 岁;一个从警 35 年,一个从警才 6 年。原本就聚少离多的这一对党员警察父子,却在疫情防控一线并肩奋战、共同坚守。今年 28 岁的周瑞强,是青海省格尔木市公安局盐桥路派出所的一名党员民警,从小就对父亲的那身警服充满了向往,大学毕业后,他如愿考取警校,成为一名光荣的人民警察。疫情就是命令,面对疫情,作为有着多年工作经验的森林公安警察周晓刚主动请缨。自 2020 年腊月二十九以来,在这场没有硝烟的战场上,同为人民警察的周瑞强和父亲周晓刚一起上阵。父亲每天带队外出巡护,前往察尔汗人工湿地、金鱼湖、渔水河等野生候鸟栖息湿地,进行疫情防控检查工作,确保"不漏一处"。说起儿子周瑞强,"老警察"周晓刚十分自豪:"这么多年来,他默

默无闻地奋战在一线。看到他辛勤工作的表现,我觉得非常欣慰和自豪。"对他来说,从事接警和处警工作已是家常便饭了。除此之外,他每天还要深入所在辖区的检查站、社区、村镇等地,开展疫情防控工作。"这几天我和儿子都没好好回家。咱父子俩都是党员,关键时刻都不能掉链子,就是要冲锋在前。"在从事疫情防控工作的日日夜夜里,周晓刚和周瑞强这一对父子,舍小家顾大家,舍小爱成大爱,成为了网民心目中最美的"逆行警察父子兵"。

(来源:人民网 2020 年 2 月 13 日)

041 "爸爸,我等着你回家"是歌曲更是儿女的心声

在来势汹汹的新冠肺炎疫情面前,有这样一群人,他们都有一个回不去的家。近日,一首《爸爸,我等着你回家》的原创歌曲,瞬间走红网络,歌声湿润了无数警嫂和警宝们的眼眶。这首歌的创作者,是重庆市礼嘉中学的女教师黎芮西,她的丈夫是重庆市公安局渝北分局的一名普通民警。疫情当前,丈夫每天都奋战在疫情防控一线,忙于街头巡逻和昼夜排查。MV 中的小女孩,每天都在期待着同一件事情:"爸爸,我等着你回家。"稚嫩的呼唤声中,饱含着女儿对父亲的一片挚爱和一份深情。同时,也体现了这天底下无数的警嫂和警宝们,对警察爸爸们的共同理解和支持。这些警察爸爸们,头顶着警徽,身穿着警服,牢记他们的初心和使命,舍己为民。疫情当前,他们都坚守岗位不退缩,甘于舍小家为大家。

(来源:"平安渝北"微博 2020 年 3 月 23 日)

042 亲人接连去世仍坚守岗位的汉警快骑队长周艳

湖北省武汉市公安局交通管理局直属大队汉警快骑女子队队长、41 岁的中共党员周艳,自 1 月 24 日起,就主动请缨,守控在府河收费站出城卡口。她带领的汉警快骑全体女队员,坚守岗位 36 天,排查过往车辆 2470 辆次。2

月 29 日,周艳又带领女队员们转战江岸区沿江大道黄浦路防疫卡点,逐车查验通行证件,在岗日均检查车辆 100 余辆。截至目前,周艳和她的 10 名汉警快骑队员们已连续奋战了近 70 天,完成勤务 30 余场。每次出发上岗前,周艳都会反复检查队员们的装备。平日里,她细心地关心记录着每位队员的身体状况,对因故隔离的队员,她会每日电话询问。轮班备勤时,周艳还带领队员们主动走进社区,为居民群众办实事、送温暖,精心照顾那些父母被隔离而单独在家的小孩,给生活困难户送日常用品,陪伴孤寡老人。疫情发生后,周艳的公公婆婆先后被确诊,丈夫也被隔离,十岁的儿子在家无人照顾。此时此刻,她自己的家里也有很多难处,全家老小都很需要她,但她却毅然选择坚守在疫情防控一线。2 月 15 日,正在工作岗位上的她,得知爷爷去世的噩耗;3 月 1 日凌晨,她的公公又因感染肺炎去世。受到这接二连三打击的周艳强忍着悲痛,用自己的努力工作、拼命工作去寄托心中的哀思。

(来源:中国警察网 2020 年 3 月 30 日)

043 带领警花们奋战在社区抗疫一线的女队长张慧

自 2020 年 2 月上旬以来,湖北省红安县公安局刑侦大队情报中队队长、49 岁的中共党员张慧,主动请缨担任了该县公安局由全局女警参加的"巾帼突击队"队长,为全县社区疫情防控增添了有生力量。每天早上她都是迎着晨曦第一个到达社区,统筹安排好当天的工作任务后,就带领"巾帼突击队"队员们坚守社区卡口,做好卡口管控值守、严格登记人员出入等工作,晚上总是最后一个离开社区。她还带领女队员们积极寻找社区疫情防控中的每一个漏洞,及时跟进补漏。她对所辖社区的每一个小区,实行严格过细的网格化排查、建立了小区外来人员和出租房底数清单、强化了居民小区的封闭式管理。在她带领下,"巾帼突击队"队员们在红安城区的 10 个社区里,分别打出了"联防联控"组合拳。队员们分别进入县城 10 个社区、5 个村深入摸排了 600 余户、2000 余人,重点掌握离开武汉和黄冈人员信息、联系方式、有无发热等症状；参与张贴"发热楼栋"和紧急通知等 1 万余张，悬挂宣传标语 500 余幅，使各个社区疫情防控水平大幅提高。张慧和她的"巾帼突击队"队员们，每天上午都要抽空给北门社区的 12 户空巢老人和独居老人，逐一打电话，仔细询问他们有什么困难和需求，还主动帮这些老人代购生活物资并送到家门口。有社区群众评价说：在这场战"疫"中，这些警花们同广大女医护工作者一起，像一朵朵鲜红的玫瑰，盛开在疫情防控一线。

（来源：中国警察网 2020 年 3 月 30 日）

044 获称"战'疫'铁娘子和百姓暖心人"的王木香

北京市公安局海淀分局西三旗派出所社区民警、东升镇龙樾社区党支部副书记、47 岁的中共女党员王木香，被社区群众称为"战'疫'的铁娘子，百姓的暖心人"。同事们提起王木香，用得最多的形容词就是"雷厉风行"。新冠疫情发生后，她全天候扎根社区，用责任心、耐心、细心服务群众，守卫疫情防控"第一关"。她只用 3 天时间，就摸清了文龙二里小区 2000 余户居民的基本情况：谁是哪天到的北京，谁预计几号回京，在她心里都有一本明细账。"要打赢疫情防控阻击战，社区民警就要把社区当自家，把居民当亲人，变疫前的经常'下社区'为现在的天天'在社区'。"她平时总是劝别人少出门，自己却每天专向人多的地方去。"只要社区群众有需要，我就必须冲上去。"复工前一天，她走遍了辖区所有商铺检查防控预案落实情况。她还抽空主动为群众办实事、解难事。有一次，在文龙二里小区门口，王木香善意地提醒一名把口罩拉到了鼻子下面的快递小哥把口罩戴好，并对他说"你每天要接触那么多人，戴好口罩不仅是保护别人，更是保护自己呀。而且你这口罩也忒脏了，我给你换个新的，赶紧戴上。"王木香边递上口罩，边耐心劝说。接过王木香递过来的新口罩的快递小哥，感动不已地连声说"谢谢！谢谢！"。

（来源：中国警察网 2020 年 3 月 30 日）

045 疫情防控中51天没回过家的女警长史雪荣

自 1991 年从警以来，已有近 30 年社区工作史的湖北省武汉市橘园社区一级女警长史雪荣，在新冠疫情发生后已整整 51 天没回过家了。她没日没夜地穿梭在社区，帮助困难群众。她还组成一支初期 16 人、后来发展到 60 人的志愿者队伍。在橘园社区分发社会捐赠的爱心菜时，她带着志愿者们，把爱心菜送到了全社区 150 余户老年人家门口；社区实行封闭管理后，她又和志愿者们一起，认真排查确诊患者、疑似患者、一般发热患者和密切接触者"四类人员"。对排查中发现的疑似病例和密切接触人员，她都会耐心劝说他们接受隔离安排。她说："只要大家安心隔离，就是对打赢疫情歼灭战最有效的助攻。"当得知社区居民何某感染新冠病毒后，由于床位紧张，不能及时进入定点医院住院时，她就同何某夫妻沟通交流，并主动为他们联系住院事项，还积极协调解决何某母亲和小孩的生活问题。"群众信任我、求助我，我就要管到底"。为了辖区每一个小家的安全和团圆，史雪荣同武汉 2907 名一线女民警一道，默默地守护着这座英雄的城市。

（来源：中国警察网 2020 年 3 月 30 日）

046 吃遍所有的方便面最香的还是妈妈做的那碗面

"年少时曾扬言要尝遍天下美酒，到老了却发现，原来白水最长情。"时至今日，甘肃省兰州市公安局交警支队一线执勤辅警卓黎明，对这句话才有了更深切的感悟。他说，疫情期间，每天执勤回家，方便面就是主食，各种牌子的方便面我几乎全都吃遍了，现在最想吃的还是从小吃到大由妈妈做的那碗"拉条子"面。卓黎明的爱人是皋兰县人民医院的内科护士。春节前夕，两人列出了琳琅满目的菜单，准备趁着轮休，给父母做一顿花样年夜饭。但突如其来的新冠疫情打乱了他们原本的安排。他们夫妇俩也在第一时间向组织上递交了

"请战书"。上了疫情防控一线后,他们又并肩携手战"疫"。"同志您好,请配合测量体温。""同志您好,在车内也请您戴好口罩。"这就是卓黎明每天在疫情防控一线说得最多的话。每天周而复始的工作,没有让他有丝毫放松和懈怠。在防控疫情的每一条道口,他常常一站就是一天、或者一夜。在偶尔休息的间歇,他还为身边战友们消毒,并提醒大家做好个人防护。他相信一切的尽职守责都是有价值有回报的。等疫情结束,卓黎明一定能回家安心地吃上他最想念的那碗"拉条子"面。

(来源:综合多家媒体报道 2020 年 2 月 20 日)

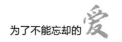

047 用热血和忘我付出践行从警誓言的董巍队长

黑龙江省哈尔滨市公安局巡特警支队女子辅警大队董巍大队长,在疫情中执行机场转运护送旅客任务,她带领女辅警严格按照"六步分流法",有效落实信息登记核查、劝返、分流、转送等各项严管严控措施。执行勤务期间,董巍平均每天工作 10 多个小时,核查 1300 余人次,登记旅客 500 余名。每天早上五点多,她就起床洗漱提前到岗,细化分工、合理编组、安排勤务,对来自国际国内乘坐飞机的中外旅客,开展贴心服务。2 月 19 日 23 时,在从三亚飞往哈尔滨的 U8542 航班上,一位 78 岁、行动不便的刘女士要前往医院看病,但与其同行的两名男士按照规定都需要隔离观察 14 天,不能送她前往医院。了解到这一情况后,董巍就带领女辅警按照流程对该女士测温消毒登记,并一路护送到医院。刘女士十分感动,向董巍队长连连道谢。董巍始终把女辅警们当成自己的亲姐妹,每天上勤之前都认真检查她们的防护装备是否佩戴齐全,勤务结束后,又再三叮嘱大家要做好清洗消毒。一旦了解到哪个队员家中有客观情况或实际困难,她都会作出合理安排,既刚性落实了勤务任务,又体现了对战友们的人文关怀。

(来源:中国警察网 2020 年 3 月 30 日)

048 《抗疫实录》用镜像记录的基层民警抗疫故事

高速路道口的严密排查,他们在现场;火车站里发现有人没戴口罩,他们就双手奉上;在疫情肆虐时乘人之危的诈骗嫌疑人,他们一发现就雷霆抓捕;在大街上四处徘徊、不懂自我防护的失智老人,他们一路暖心守护。这就是纪录片《抗疫实录》中,用镜像记录下来的上海万家灯火的守护人——50000 名备勤备岗的上海警察,以及上海 400 家派出所的 25000 多名基层民警。由上海市公安局和上海广播电视台携手合作、东方卫视和哔哩哔哩联合出品的全景式警务纪录片《抗疫实录》,其中的每一帧画面,都被网友们的敬礼覆盖,太多的电视观众从这里看见了和平年代守护城市安全的英雄日常,更懂得了他们的初心只为守住一道关、护好一城人。《抗疫实录》还借由民警视角,全景式记录了一座超大型国际城市在抗疫非常时期的城市非常保障。片子里既有 25000 名基层民警每天 24 小时日夜循环覆盖城市各处的宏观视角;也有包括返城大客流中,防疫登记卡的填写等,也都被细心的镜头记录下来的微观视角。摄制组以每天 24 小时不关机的实拍,收录了春节返沪大潮中的千姿百态。

(来源:《文汇报》2020 年 3 月 2 日)

049 董存瑞的外甥、民警艾冬牺牲在了抗疫一线

2020 年 2 月 22 日凌晨,北京市公安局年仅 45 岁的民警艾冬,终因劳累和疾病,倒在了疫情防控的岗位上。自疫情防控阻击战打响以来,北京市公安局 12345 分中心安排人员全天候值守,接受办理电话派单。艾冬作为市局 12345"接诉即办"工作的负责人,每天都带领同志们加班加点,在疫情期间共办理群众各类诉求近万件,其中办理疫情类派单 320 余件,他事无巨细,无一疏漏。为了方便工作和保证每天能及时赶到单位,艾冬特意在单位附近租

了房子。2月15日,艾冬出门去单位时,突然摔倒在地。紧急送医之后,经医院诊断显示,他患有急性脑出血。就在22日发病当天上午,躺在医院的艾冬,仍坚持听完了值班文职人员打来的派单请示电话,办完了他人生中的最后一个派单任务。出生于革命家庭的艾冬,在他人生45年的旅途中,一直受着舅舅——战斗英雄董存瑞的影响。母亲总是叮嘱他要对自己高标准严要求,工作上要上进,关键时刻要冲得上去。从警24年的艾冬,爱岗尽职,3次荣立三等功,受嘉奖8次,还被评选为2019年度首都公安"法制之星"。

(来源:《北京日报》微博2020年2月24日)

050 民警位洪明将一束温暖的阳光隐入无边的晚霞

2020年2月20日15时30分,正在所长办公室里汇报案件进展情况的江苏省太仓市公安局浏河派出所民警位洪明,突然晕倒在地,经抢救无效不幸牺牲,年仅35岁。"已经基本摸清情况,可以收网了!"位洪明在汇报工作时的笑容还依稀写在脸上,现在却突然间倒下了。战友们翻到位洪明工作笔记本的最新一页,那是一张没画完的手绘案件分析导图,复杂的分叉指向却非常明确。这是位洪明于2月12日接手的一个网络口罩诈骗案,被骗金额达39.6万元。笔记本上那8层密密麻麻的关系网络中的每一个分叉,都是他打了无数个电话后仔细核实的结果;关系网络中的每一个延伸,都是他忙碌查访的脚步轨迹。全国新冠疫情暴发后,位洪明从大年初五就再也没离开过自己的工作岗位。他笔记本上的一句话,或许能解释他为什么能在疫情防控岗位上如此坚持和坚守。他写道:"守土有责、守土担责,我是党员、我先上!"同志们说:锤炼新秀,他是年轻同事的老大哥;勤学善用,他是读不完的"百科全书";助学帮困,他是传递希望的"另类"家人;照顾妻女,他是爱丫头的傻暖阳。请铭记这位微信名为"SUNNY"的公安干警,他把一束束温暖人心的阳光隐入了无边的晚霞,在最美丽的时节同人们挥别。

(来源:"太仓公安微警务"微信公众号2020年2月21日)

051 "撞上这么大的疫情，谁都得舍命去拼"

2020 年 2 月 16 日 10 点 30 分左右，重庆市公安局沙坪坝区分局丰文派出所民警潘继明，在居民小区向群众宣传加强自我防护知识时，突发心脏病牺牲在战"疫"一线，享年 51 岁。截至这一天，潘继明已经在抗疫斗争一线连续工作 21 天了。在此期间，他每天都要忙到晚上十点左右才回家，连一顿热乎饭都吃不上，也不顾自己去年曾做过手术。每当妻子石红梅说他"不要命啦"，他就回复一句同样的话："撞上这么大的疫情，谁都得舍命去拼！"疫情就是警情。1 月 24 日，他接到所里让他提前中止休息的通知后二话没说，就开车往回赶，连续开车一天一夜，愣是在年初二一早就准时回到了派出所。2 月 10 日晚，辖区内发现 6 名疑似病例人员，潘继明立即穿上防护服冲向疫情防控一线。他和战友们进入疑似病人家中，帮助卫生防疫人员采集血样、测量体温，并不断安抚病人情绪，又连夜护送其至定点医院救治。来不及休息片刻，就又和战友们到封闭小区楼栋挨家挨户查访，一直忙碌到凌晨 4 点才回到所里。两周内，他一共排查了过往车辆近千辆，劝阻欲外出群众 300 余人。每当群众向他表示感谢时，他总是摸摸已经谢顶的脑壳，憨憨地说一句"没得啥子，这都是应该的"。2 月 23 日，国务委员、公安部部长赵克志亲自签署命令，追授民警潘继明为全国公安系统二级英雄模范称号。

(来源：央广网 2020 年 2 月 24 日)

052 牺牲在抗疫网络安全监测战线的年轻民警李弦

2020 年 1 月 21 日，山东省泰安市公安局泰山分局中队指导员李弦，和同事们制定出一天的工作计划后，开始了网络公开巡查执法。"根据昨天的信息研判，网上关于新冠疫情的虚假信息有增加趋势，我们要加强 24 小时网上巡查，维护网络安全。""他每年都是这样，总是把除夕同家人团聚的机会留给别人。"民警梁潇说。中午 11 时 30 分,民警刘兴南因为一起案件来到李弦办公室,看见李弦正在研判一起案件信息,还不时用手揉着太阳穴。"只是头疼,没事,一会儿休息下就好了。"李弦对刘兴南说。事实上,李弦的头疼已经连续 3 天了。这 3 天来,他每天都要连续工作十几个小时,困了累了就在办公室沙发上休息一会儿。"除了 24 小时疫情网络安全巡查,他手头还有五起正在侦办的案件,每起案件都需要信息数据,他必须加班加点完成任务。"网络安全保卫大队教导员姚光富说。当天中午 12 时,太过劳累的李弦终因身体不支,倒在了办公桌旁,电脑屏幕上记录着他写的最后一份工作日志:"发现网上疫情虚假信息 11 条,累计处理问题信息 360 条。"这位牺牲在抗击新冠肺炎疫情网络安全监测战线的民警,年仅 37 岁。

(来源:中国经济网 2020 年 2 月 19 日)

053 参加过战"非典"的老党员牺牲在疫情防控一线

2020 年 1 月 26 日,内蒙古自治区突泉县公安局育文派出所民警何建华,在当天执行疫情防控任务时突发脑出血,经抢救无效不幸牺牲。今年 52 岁的何建华,曾因车祸摘除了脾脏和一个肾脏,因他在此前的工作中连续作战,所里特意安排他过年时在家休息,然而正月初二一早,他还是出现在了同事面前。"我是一名共产党员,参加过 2003 年'非典'防控工作,我有经验,请让我上防控疫情一线。"当天上午 9 时,何建华主动请缨到了突泉县汽车客运站开展工作。他带着两名辅警,在汽车客运站协助疾控部门对进出站人员进行登记消毒、测量体温。连续工作到 13 时许,何建华说自己头疼,却迟迟不肯离开岗位。在战友们的不停催促下,他才勉强同意回去吃点药。"我吃完药一会儿就回来,你们都要勤盯着点!"可谁也没有想到,这竟是何建华留给他们的最后一句话。当妻子赶到时,满头大汗的他,已不能说出一句完整的话。当晚 21 时许,何建华因小脑出血、医治无效不幸因公殉职。2 月 2 日,兴安盟首个以他的姓名命名的"何建华抗击疫情突击队"在突泉县公安局成立,领导和同志们以这样的方式纪念他。

(来源:中国经济网 2020 年 2 月 15 日)

054 坚守到生命最后一刻的人民警察刘大庆

　　沈阳铁路公安局吉林公安处吉林北车站派出所三级警长刘大庆,再过两年就该退休了。2020 年春节前,刘大庆毅然放弃春节休假,主动报名要求上疫情防控一线。他的理由很简单——"我有 2003 年防控'非典'的工作经验。"这位"老黄牛"在此次抗疫斗争中再次请战"出征",主要负责在道口上对往来的车辆进行测温卡控。除此以外,他还主动承担起整个派出所的后勤保障工作。1 月 27 日,吉林市气温骤降,大雾弥漫。提前上岗的刘大庆认真疏导交通秩序,并开展法治宣传。当天晚上,他检查完防疫前线的货物列车后,回到了派出所值班。深夜 11 时,他突然感觉身体不适。医生检查后说,虽然没有什么大碍,但还是建议他要休息几天。"检查结果不是挺好吗? 再说时间都这么晚了,就别再找人来替我值班了,我还是再坚持一晚上吧!"从不愿意给人添麻烦的他,在 1 月 28 日凌晨时分,给同事李月打电话说:感觉很不舒服。李月急忙跑到隔壁值班室,看到他满脸煞白,气息微弱,立即拨打了 120 急救电话。在送医途中,刘大庆还不忘叮嘱战友:"明天请帮我把没检查到的地方走完!"坚守到生命的最后一刻的刘大庆在临终时刻,仍然不忘自己的初心与担当,向我们诠释了"人民警察"这四个字的深刻含义。

(来源:中国警察网 2020 年 2 月 6 日)

055 "我走了,请把眼角膜留下,替我看一眼这个春天"

　　面对汹汹袭来的疫情,全国百万藏蓝色身影的民警在这个格外寒冷的冬天,坚守岗位,勇敢逆行。2020 年 2 月 11 日,年仅 39 岁的郑州市公安局东风路分局社区民警樊树锋,因病抢救无效,不幸牺牲在了基层疫情防控一线。正月初一，樊树锋在接到"要求全部民警、辅警都在岗在位"的紧急通知后，连夜返回工作岗位，都没来得及吃一顿妈妈包的饺子。疫情发生以来，他对同事们说的最多的一句话就是："咱多走一步路，群众就离危险更远一步"。他所辖的社区近900多户人家、3000多名居民，没有出现一起确诊或疑似病例。在抗疫一线连续奋战了17天的他，都还没来得及回过一次家，却在2月11日下午晕倒在了工作岗位上。当天他还在忙着做社区排查工作，一直忙到中午十二点都没有休息。在樊树锋年轻的生命进入弥留之际，妻子按照他生前的愿望，承诺将他的身体器官和眼角膜无偿捐献出来，用以挽救三个人的生命，并让两个人重见光明。从警15年的樊树锋曾多次立功受奖、收获了数面民众送来的锦旗。他把该给别人的都给了别人，临走的时候只穿着自己的那套警服。网友们这样评论这位人民警察："我走了，请把眼角膜留下，替我看一眼这个春天"。也有网友说，英雄没有离开，他只是换了一种方式存在。

（来源：《人民日报》2020年2月25日）

056 上街溜达的短尾猴被警察和村民联手"强制隔离"

近日，云南省宣威市倘塘镇，时常有一只无所事事的猴子满大街乱跑乱串，村民们担心这只猴子会传播疫情，便纷纷向森林公安报警，请求他们紧急派员到现场处理。接警之后，宣威市森林公安局民警全副武装前往处理。到达现场后民警发现，这只小猴子只要看到村民家中有吃的，就怎么也不肯走。村民既担心这只猴子会传播病毒，又不敢强行驱赶，生怕伤到了小猴子。民警当场对小猴子做了仔细的"体检"，未发现其身上有受伤痕迹，猴子的体温和生命体征也都正常。随后，这只小猴子又被民警带到了宣威市野生动物救助站进行"强制隔离观察"。这只猴子的照片被迅速传到了网上，它睁着大大的眼睛和一脸茫然的样子，萌倒了很多网友。亲眼目睹这张和谐又很有爱的照片，网民们都被逗乐了，笑翻了。有网民说，这就是疫情当下，森林公安协助村民对疫情防控的一种严防死守，既体现了人民警察切实把人民群众生命安全和身体健康放在第一位,也是把人类与动物放在了一个平等的位置上,这也是全球疫情阻击战打响的当下,全人类应该树立的共识。

(来源:央视网 2020 年 2 月 23 日)

057 "站最长的岗,守最严的关,做最暖的事",直击上海千余护航民警

胡司豪是上海市公安局浦东分局出入境办公室民警。此时,他正在对一位入境女孩核实身份信息。这样的登记点,在浦东机场 2 号航站楼有 16 个,平均每天有近 300 名来自疫情重点国家的旅客前来登记。接着检查的是一对匈牙利来沪的情侣。由于"心里没底",两人问个不停。胡司豪一边帮他们登记信息,一边用英语耐心解释。"现在是特殊时期,还需要我们对入境人员进行法律提醒。"青年民警汪忠伟是"前端登记组"的成员。在他看来,登记信息看似轻松,实则繁杂,每一条信息都必须同后方核实清楚,才能确保"不漏一人"。2020 年 3 月 6 日,汪忠伟在为一名从日本入境的湖北籍女子登记信息时,发现这名女子有瞒报行为,当即对她进行了批评教育,及时消除了隐患。登记台上摆放了食物、水、毛毯,"警熊"毛绒玩具等。"旅客饿了、渴了,我们该提供的补给都会提供,警熊玩具则是安抚孩童的有力'武器',如今已经送出了十多对。"一对带着孩子从德国入沪的夫妇说:"现场工作人员已经尽了最大的努力,他们都非常友善。"

(来源:《新民晚报》2020 年 3 月 21 日)

058 浙江省各级公安机关联手严打涉疫犯罪

新冠疫情暴发以来,浙江省各地公安机关依法严厉打击各类涉疫违法犯罪,快侦快破一批大案要案。截至 2020 年 3 月 19 日,累计查办涉疫违法犯罪案件 3600 余起,刑事处理 700 余人、行政处理 6800 余人,查扣各类假冒伪劣口罩近 1000 万余只,收缴野生动物 3000 余头(只)。疫情发生以来,各地公安

机关迅速行动,成立由局领导为组长、相关警种负责人为成员的侦查打击组,下设工作专班,组织多警种协同作战。浙江省湖州市公安局吴兴分局在侦办一起销售假劣口罩案的过程中,发现有2000余只假冒伪劣口罩,已销往某地医疗机构,吴兴警方及时通报当地公安机关开展联手查控,最终这批假冒伪劣口罩被全数追缴到案。为广泛获取各类涉疫违法犯罪线索信息,浙江全省公安机关深入摸排研判,及时组织警力溯源追查,端窝点、斩链条、摧网络。省公安厅法制总队还在第一时间汇编涉疫公安执法打击工作问答,下发全省供全警学习。各地市公安机关也都组织办案单位广泛应用远程提讯、远程案件审批等智能化办案手段,降低疫情传播风险。

（来源:《人民公安报》2020年3月22日）

059 湖北竹溪县下沉民警全力保安全护复产

"以战斗状态下沉一线,全力做好战'疫'情、防风险、护安全、保稳定各项工作。"2020年3月19日,湖北省竹溪县公安局从全机关抽调了90名民警辅警,分赴城关地区和346国道沿线各派出所,同派出所民警们一道承担疫情防控"全周期管理"的各项警务工作。目前,竹溪县已撤销县域内各交通卡口,全面恢复了交通通行,群众生产生活也全面走上正轨。为确保社会大局和治安秩序持续平稳,竹溪县公安局还采取屯警街面、显性用警的警务模式,最大限度将机关警力下沉到一线,参与社会面的治安巡逻管控;同派出所民警一道走进社区、街道、村组,现场倾听群众诉求,化解矛盾纠纷;开展道路交通安全管理,杜绝重特大交通事故发生。竹溪县公安局还明确要求,所有下沉一线民警,都要强化责任担当,严格执行战时纪律,把各项工作做实做细;坚持严格规范公正文明执法,注重人性化执法、理性执法、柔性执法,坚决防止粗暴执法、过度执法;坚持以人为本,做好群众服务工作,着力为群众排忧解难;坚决杜绝形式主义官僚主义,努力把各项保稳定工作落到实处、取得实效。

（来源:《人民公安报》2020年3月22日）

060 黑龙江省公安厅百余民警下沉基层支援抗疫

总有一种力量,会让人热泪盈眶。抗疫中的黑龙江公安民警,已经无数次地带给我们这样的感动:在鹅毛大雪的雪地里,赤手挑起的热腾腾的泡面;在深夜执勤时,站成了须发皆白的雪人;在面对病患时,毫不犹豫地口对口施救。一批又一批民警前赴后继,奔向战场,争分夺秒地同新冠肺炎疫情对抗。黑龙江省公安厅的115名机关民警,响应党中央号召,在抗疫斗争关键时刻挺身而出,下沉基层一线,汇入抗疫人民战争洪流。雪花般的请战书美过最壮丽的诗篇,经短短半天报名后选定的这115名机关民警已全部到岗到位,下沉至哈尔滨市公安局南岗、道里、道外、香坊分局的60个派出所,开启了他们的党员志愿者征程。在每天24小时的值班值守中,他们同基层派出所民警、社区工作人员,并肩战斗在抗疫一线的"最后100米"。省公安厅机关民警"下沉"抗疫一线,这不是什么姿态的摆拍,而是对人民情感的投入。哪怕疫情纠缠,纵然硝烟弥漫,黑龙江公安民警们都不曾后退一步。"下沉"也让基层民警感受到了省公安厅党委的抗疫决心,感受到了蓝色制服下生死与共的支援力量,并长久地传递着这一份珍贵的爱心和信心。

(来源:澎湃新闻2020年3月6日)

061 江苏严防境外疫情输入的速度、精度和温度

为严密做好省外主要口岸入境转江苏人员的转运服务工作,坚决阻断境外疫情输入,在江苏省疫情防控工作领导小组统一指挥下,全省公安机关迅速抽调180名民警,协同有关部门的派驻人员共同做好转运服务工作。自3月7日晚开展工作以来,至20日12时,共转运入境赴苏人员5411人,保持全省境外输入病例零记录,展现了高效有序的"江苏速度"。3月7日,由江苏省公安厅牵头的驻沪工作组正式启动,并迅速建立了联合指挥部和协调调度、交通

保障、综合保障等六个小组，把来自多个部门的人员整合成一支纪律严明的战时队伍，经过防护培训后，当晚即投入实体化运转，凸显了疫情防控的"江苏精度"。为帮助前方工作组实时精准掌握入境赴苏人员的动态，做到精准防控，江苏公安机关及时汇总相关部门提供的入境航班和人员数据，同卫健等部门实现信息共享，并及时推送给前方工作组，严格依法确保信息安全，保护个人隐私，彰显了柔性暖心的"江苏温度"。江苏驻沪工作组在机场接收站点放置了"江苏接您回家"的标牌，并为旅客准备了矿泉水和小食品。这些暖心举措，受到旅客们一致称赞。

（来源：《人民公安报》2020 年 3 月 22 日）

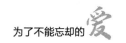

062 坚守岗位确保监所疫情零发生的丰晓莹

浙江省杭州市余杭区看守所副所长丰晓莹，在 2020 年 2 月 1 日启动看守所战时封闭轮替勤务模式时，率先留所封闭办公，并把两个年幼的孩子托付给了年近七旬的父母，毫不犹豫地投入抗疫战斗。面对看守所疫情防控的严峻形势，她积极思考谋划，在最短时间内拿出了科学有效的方案。在封闭办公期间，丰晓莹和另一名女民警，共同承担女监区六个监室的管理任务。她们坚持每天两次进监室，关心在押人员的生活，向她们宣传疫情防范知识，并落实消毒和体温监测工作。特别是对于湖北籍的在押人员，丰晓莹分别耐心地找她们谈话，通报湖北和全国防控疫情的措施，让她们安心放心。她还带领巡控岗位的工作人员，24 小时全天候严密监控监室内的犯人动态，及时消除安全隐患。在此期间，丰晓莹每天的工作时间都超过 12 个小时。在做好自己承担的多项工作任务之余，在监所其他很多地方，也能看到她忙碌的身影：办案单位到所送达的文书，她亲手去交接；提讯的犯人太多忙不过来，她亲自去带人；分局送来的补给物资，她亲自去搬运；对新入所人员收押和患病在押人员出所就医等重点环节，她更是全程参与。

（来源：中国警察网 2020 年 3 月 30 日）

5

....

社会关爱

　　抗疫人民战争吹响了全中国全民族的爱心"集结号"，社会各界人士纷纷响应、迅速行动，主动担当、积极参与。许多爱心企业、团队、个人纷纷慷慨解囊、踊跃捐款捐物，还有地方与地方之间、群体与群体之间，用大爱行动彰显了社会情怀和责任担当，展现了众志成城，携手战"疫"的浓厚氛围，为打赢疫情防控人民战争、阻击战、总体战凝聚起强大的精神力量和社会合力。

001 总书记号召全国各行各业在湖北最艰难时期搭把手拉一把

2020年3月10日，习近平总书记在武汉实地考察之后，健步走进了武汉干部大会会场。他的讲话通过屏幕，同步向湖北省13个市州和省直辖的4个县级行政单位直播。窗外昔日喧闹的城市，在40多天前按下了暂停键，武汉正在经历一场磨难，却并非在独自战斗，武汉和湖北的背后站着整个中国。对武汉和湖北的工作，习近平总书记在会上谈了6点意见。他的每一份部署、每一个谋划，无不将武汉和湖北放在全国的坐标上去考量。总书记在会上谈到复工复产时专门强调说，中央和国家机关各部委，都要继续加大对湖北的支持力度，制订一揽子计划，在就业、财政、税收、金融、脱贫攻坚重大项目建设等方面给予适当倾斜，帮助湖北解决实际困难和具体问题。在湖北最艰难时期搭把手、拉一把，帮助湖北早日全面步入正常轨道，同全国一道，完成决胜全面建成小康社会各项任务。搭把手、拉一把，武汉有千万双手，湖北有6000万双手，中国有17亿双手。

（来源：《人民日报》2020年3月12日）

002 疫情为中国人的忙碌生活按下暂停键

在2000年春节这个加长假期里，宅在家里过年成为绝大多数中国人的生活方式。他们响应官方号召，取消走亲访友，宅在家里。有的读书、健身、陪伴老人；有的钻研事情，学习新技；有的做一段八段锦或自己喜欢的室内运动；等等。面对口罩供不应求，有网民说："我宅家，我骄傲，我为国家省口罩。"某官媒微信公众号发文算了一笔社会成本账：每个人宅在家里4个小时，就等于节省一个自用口罩；每减少一次外出，就少用一些医用酒精等消毒用品；每减少一次发烧咳嗽，就节省一次发热门诊的医疗资源，能让医生护士多休息几分钟。算起来还真不失为功德一桩。对多数中国普通老百姓而言，此次疫情既是社会机器运转的一次急刹车,也为他们多年忙忙碌碌的生活按下了暂停键。从极端的忙到极端的闲,远离喧嚣回归平淡和清静。他们会有一个从不适应到逐渐适应的过程。

(来源:环球网转发新加坡《联合早报》文章 2020 年 2 月 7 日)

003 用充足的"粮草"阻击"疫情"

新冠肺炎疫情暴发后,国务院迅速启动了联防联控机制,确保防护用品、车辆、设备、药品等物资有序按时足额到位。截至 2020 年 3 月 3 日,全国负压救护车的日均产能已超过 100 辆,重点企业已累计生产近 2000 辆;重点监测企业共为湖北提供无创呼吸机、有创呼吸机、心电监护仪、呼吸湿化治疗仪等6.5 万台(套),实现了武汉及相关地市应配尽配。截至 3 月 4 日,每日协调的保障湖北地区医用防护服的数量达 25 万件。工信部还对 30 种重点药品、70余种中药饮片的生产、销售和库存等情况开展每日动态监测。此外,社会慈善捐赠、社会各界自发捐赠或运送口罩、防护服、制氧机等医疗物资和居民生活必需品形成热潮,义务接送医务工作者上下班的司机纷至沓来。据民政部统计,截至 3 月 8 日 24 时,全国各级慈善组织、红十字会共接受社会捐赠资金约292.9 亿元,捐赠物资约 5.22 亿件。全国各级慈善组织、红十字会累计拨付捐赠资金约 239.78 亿元,拨付捐赠物资约 4.66 亿件。

(来源:综合多家媒体报道 2020 年 3 月 5 日)

004 万众一心汇聚战"疫"力量

2020 年 1 月 23 日武汉"封城"以来,确诊的新冠肺炎患者人数持续上升,全社会向武汉汇聚的各种温暖和善良也频频显现。在危难时搭把手的事,虽然算不上惊天动地,但确实感人至深。他们是为援鄂医疗队送蔬菜的农民;是从国外带口罩送给公安检查站的陌生人;是捐赠 5 吨蔬菜到火神山工地的退伍老兵……他们只是在用行动表达"我们与你们同在"。社会关爱的爱意，还聚焦在驰援武汉的医护人员、火神山医院建筑工人、社区民警等一线工作人员身上。爱是流动的，也是在传递中逐渐升级的。这些社会爱心人士，有的放下幼小的子女在前线"打怪兽"；有的在建筑工地上吃着年夜饭为医院"白加黑"；有的在街头巷尾、路口桥边做居民的"守护神"，他们都在平凡的岗位上奉献着爱。

（来源：湖北文明网 2020 年 2 月 14 日）

005 湖北与山东共筑友情之桥梁

继收到山东人民捐赠的 10 吨大馒头之后，2020 年 2 月 20 日中午，武汉黄冈居民又吃上了从山东发来的 12 吨水饺。网友们调侃道，湖北缺什么山东就捐什么，俨然呈现一种把自家的全部家当都搬到武汉的"搬家式"支援。自疫情开始到现在，山东已驰援武汉千吨蔬菜、几百万只口罩，小到一根体温计，大到一辆救护车……这一片片大爱之心，实实在在地触动了国人的心。生死相召，须臾不待，湖北和山东的友情一直在延续。山东大学第二医院先后派出四批共 145 名医疗队员驰援湖北，为湖北捐款已达 2.32 亿元之多，在荆楚大地上书写着"尚义担当"。山东老百姓还说："只要有俺们在，就不会放弃武汉的兄弟姐妹们，他们的坚持也是俺们坚持下去的理由。"在这场疫情阻击战中，山东充分展示了支援湖北的"硬核力量"。

（来源：综合多家媒体报道 2020 年 2 月 21 日）

006 千山万水阻隔不断心手相连的江海情

2020 年 2 月 8 日，海南省援鄂医疗队收到一封以"湖北江陵县郝穴镇全体人民"名义送给他们的感谢信。回望过去几天的情形——2 月 3 日，海南定向捐赠的 5 万只口罩运抵江陵；2 月 6 日，3000 套医用防护服由海南抵达江陵；

2月7日,海南定向捐赠给湖北的5000斤蔬菜水果送达……元宵节当天,在武汉、荆州两地奋战的海南省援鄂医护人员,都收到了当地企业、群众送来的汤圆;附近小区的居民自发捐款购买的蔬菜和肉类也都送到了海南医疗队奋战的公安县人民医院,包装外还附上这样的纸条:"海南医疗队辛苦了,为你们加餐!""等疫情过去,定到海南找你玩。"一声声感谢,一份份期盼,一个个约定,将海南同湖北人民的心紧紧相连。海南的网友们也在网上发出邀请:"待到疫情结束时,欢迎你们到天涯海角来!"湖北网友们也应下声来:"待到那时海风起,金色沙滩尝椰子!"

(来源:《湖北日报》2020年2月14日)

007 为运送3065件爱心防护服的跨国之旅护航

新冠肺炎疫情的暴发,让青年创业者向飞启动了一项全球采购护航的任务:要把好不容易从阿根廷买到的3065套宝贵的防护服,紧急运回国内,送到一线医护人员手中。去年在天津创立了一家科技有限公司的青年创业者向飞,知道武汉出现了疫情,就琢磨要为抗疫做点事,而不是简单地捐点钱。询问了一线情况后,他决定跨国采购1万件医用防护服捐到一线去。除夕前,他先后联系了欧洲亚洲大洋洲美洲的十几个国家的经销商,才在布宜诺斯艾利斯找到了一位有现货又有资质的医用防护服经销商,但其手里只剩下1000套;他就又联系了在当地每一位可能有货的经销商,共搜集到3065套。物资采购工作完成后,如何把这么多的防护服运回国内,又成了个大难题。向飞便向共青团天津市委书记王峰求助,由他牵头组了一个特殊的微信群,专门为这批漂洋过海的物资,串起一条跨过大半个地球的护航队伍。经过18天的漂泊,这批医用防护服,终于在3月初交付天津市疫情防控指挥部,用于支持天津和湖北的抗疫斗争。

(来源:《中国青年报》2020年3月12日)

008 两位默然低调但不该被忘却的捐赠者

抗击新冠疫情期间,为武汉为前线提供捐赠的,有并不广为人知的两位企业家。一位是湖北卓尔集团老板阎志,疫情刚一出现,他就带领公司在全球购买抗疫物资,不论价格、不设上限,有多少买多少。他总共购买了300万个医用口罩、30万套医用防护服、300副医用护目镜,并且连夜用4架专机运往武汉一线。阎志的公司还捐出了花百亿元巨资打造的武汉国际会展中心,用以建成武汉最大的方舱医院,这样的方舱医院阎志一共捐助了10座之多。还有一位是科技界人士汪建,知道的他人恐怕也不多——这位深圳华大基因创始人,是一位百亿富翁兼顶级学者。武汉疫情发生的第二天,他就率领研发团队进入武汉,在第一时间研制成功试剂盒,将检测能力提升了10倍,并无私地捐赠给了武汉等地。17年前抗"非典"时,汪建就立下过奇功殊绩。这次抗疫斗争胜利后,这两位低调的捐赠者也是不该被忘却的。

(来源:《解放日报》2020年2月9日)

009 民企派出的环保清运队跨境清运医废垃圾500吨

2020年1月27日,湖北省生态环境厅在全省征集医疗废弃物运输车。两天后,湖北民企中油优艺公司,就派出王宁团队的11名司机和押运员,开着5台装满了周转桶的医废运输车、带着10万个医废垃圾袋,从襄阳直奔武汉。王宁所在的湖北中油优艺公司,是一家以处置工业和医疗废弃物为主业的民营企业。之前他们干的这份工作常常遭遇冷眼,"许多人认为我们就是些收垃圾的,'垃圾车'靠近人群聚集区时,常会有人赶我们走。但这次到武汉后,我们却受到了前所未有的尊重,车队在去往武汉的路上,过路的司机都向我们行致敬礼。"刚到武汉时,王宁和他的团队成员们每天7点就出门,一辆车得拉5

趟,常常忙到晚上 12 点才收工。那时武汉红十字医院一天要处理 1000 套废弃的医用隔离衣和防护服。他们带来的 5000 只周转箱,很快就不够用了,又临时买了 2000 只,还是满足不了暴增的运输需求。2 月 4 日正式收治患者的火神山医院所产生的第一车医疗废弃物,就是王宁团队清运的。截至 2 月 5 日,他们总共转运的医用废弃物已超过 500 吨。

(来源:《中国青年报》2020 年 3 月 4 日)

010 几位普通劳动者为抗疫尽心竭力的故事

一些不在抗疫一线的普通人,是这样为抗疫作贡献的:1. 上海直升机驾驶员曹新田。从 2020 年 1 月 31 日起到 2 月 10 日,他频繁驾驶直升机,从上海飞往杭州武汉襄阳等地运送抗疫物资。特别是当武汉协和医院再次向社会发出医用物资求助信息时,曹新田把消息发到了朋友圈,在征招到货物以后,他拆下了机上的部分真皮座椅,把 2000 件防护服硬是塞进了机舱快速运送到武汉,让协和医院的医护人员整整用了一星期,救了许多人。2. 送物资的货车司机于恒志。这位江苏的老司机,先后驱车给疫情敏感地区送了三次货:一是把大年初一从昆山接到的口罩和医用防护服等送到了武汉;二是把从武汉到仙桃接上的口罩运到了温州;三是把常州的医疗物资送到了武汉。连日疲劳上火,导致他的鼻子上起了水泡,但他简单地医治一下又坚持干活了。3. 无人机喇叭背后的盐城民警邱生,从大年初二起就和同事们以警用无人机,先后完成了宣讲防疫知识和政令、劝导百姓戴口罩不聚集、检查小区防控等工作,以及对违法违规人员进行摄影取证等任务。

(来源:《解放日报》2020 年 2 月 19 日)

011 全国各地的温暖牌美食一起为武汉热干面加油

近日,一张"全国美食为湖北热干面加油"的漫画火了。山东的蔬菜、黑龙江的大米、甘肃的土豆、福建的海鲜……防控新冠肺炎疫情吹响了集结号以后，除了医护人员和医用物资之外，全国各地的美食也日夜兼程，从四面八方千里迢迢运到了武汉，送到了湖北热干面身边，上演了一场热热闹闹的舌尖上的捐赠大戏。西藏自治区继 2 月 4 日向湖北捐赠了 50 万吨牦牛肉和 16.9 万箱矿泉水之后，又于 2 月 19 日空运了 10 吨牦牛肉支援湖北。网友们感叹：西藏的兄弟们真是太能捐了，他们这是要把自己最好的家底都捐给抗疫前线了。这可是真爱、大爱！牦牛肉承载的可是西藏同胞的一片深情厚谊啊。五十六个民族是一家。有湖北网民感慨：他们是因为这次疫情，才吃到了过去从未吃到过的菜和肉。他们衷心感谢全国人民对湖北人民的关爱。这一批批来自全国各地的温暖牌美食，同其他支援方式一道，如涓涓细流汇聚湖北，让湖北人民感受到了整个国家的关心和支持。

（来源：新华网 2020 年 2 月 24 日）

012 武汉姑娘筹集到 1.8 万只医用口罩捐赠给了家乡湖北

在上海工作的武汉姑娘金晶，通过发布一条微信消息，在 20 小时之内，就从国外为武汉的 3 家医院筹集到 1.8 万只医用口罩。她自豪地说，这是靠一群人的爱心接力，才创造出的一个小奇迹。大学毕业后留在上海工作的金晶，成为了春秋旅行社的一名产品经理。2020 年春节留在上海过年的她，时刻关注着武汉疫情的发展。当得知家乡部分医院紧缺医用口罩后，金晶在朋友圈转发了一条"武汉医院请求紧急支援"的信息。几分钟后，一位缅甸仰光的合作伙伴就留言称：有位朋友愿意出售 1.8 万只医用口罩，约需 16 万元人民币。情急之下的金晶，马上把这条消息发到了朋友圈，希望能得到好心人的捐助。在十几小时之内，超过一百位朋友的询问和捐助，令 16 万元善款迅速众筹到位。接下来的问题是：怎样才能把装有这么多口罩的 25 件超长超重的纸箱，安全顺利地运回国内。金晶去向春秋旅行社的负责人求援。旅行社王煜董事长当即拍板：由公司为此提供全程免费运送服务。就这样，1.8 万只口罩在 20

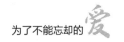

个小时之内飞经上海后，直接运送到了武汉的三家医院。

（来源：《新民晚报》2020 年 1 月 29 日）

013 中国民众通过暖心互助携手抗疫的温馨故事

原本应该正常工作的许多中国人，在新冠肺炎疫情暴发的这个特殊时期，都不甘宅在家里，他们把自己的一技之长倾情用来帮助其他需要帮助的人。四川省的理发师杜泽宇（音），在春节前的一段时间里，一直在店里忙碌，但是当四川省的首例新冠肺炎病例确诊后，他所在的盐亭县所有理发店，自 2020 年 1 月 21 日起全部被关闭。为了支持政府抗疫，许多地方、许多人都按照统一要求宅在家里，闭门不出。春节长假过后，有些人已重返工作岗位，有些人则居家办公，而杜泽宇却一直很忙。43 岁的他同另外两名理发师，在 2 月 11 日，都戴着口罩将自己的理发工具带到了当地派出所，给这里的 30 名警察免费理发。杜泽宇说，我们在派出所的一间会议室里理发，我们也许没有发挥出自己的最佳水平，但民警同志们都非常感激，也很满意自己的发型。杜泽宇说，即便平时没有疫情，每年春节通常也是中国警察们工作特别繁忙的时期。他打算免费为其他有需要的人理发，只要他们所在的地方没出现新冠肺炎疫情就可以。

（来源：香港《南华早报》2020 年 2 月 12 日）

014 "艳阳天"商务公司每天为方舱医院供应7000 人份餐食

2020 年 2 月 3 日，武汉"艳阳天"商贸公司董事长余震彦接到一项紧急任务：为武汉国际会议中心和洪山体育馆两家方舱医院医患人员供应餐食。两家医院计划 2 月 5 日接收病人，留给余震彦的时间只有一天半。幸好公司大部分员工都在武汉，仓库里也有充足的食材备货。余震彦说，"第一次进入方舱医院送餐，我们因为不熟悉送餐的流程，餐食分发不是很及时，到送第三餐时就比较顺利了。员工们做好饭后先送到前舱,待穿上隔离衣后再进入隔离区,前后要经过三道转运,最后才能分发给患者。"这些天,随着江岸区塔子湖方舱医院、硚口区体育馆方舱医院、以及汉阳区国博方舱医院相继建成并投入使用,作为湖北老字号的餐饮业龙头企业,"艳阳天"先后包下了这几家医院的供餐任务。如今的"艳阳天",每天都要供应总共 7000 多人份的一日三餐,他们为此成立了餐食供应指挥小组,还请专家专门设计了菜谱,就是要让医护人员和患者们,每天都能吃上有营养的餐食。

（来源:《人民日报》2020 年 2 月 15 日）

015 他们这样度过史上最有爱的寒假

突如其来的新冠肺炎疫情,使 2020 年寒假成了史上最长的寒假。上海高校的"90 后"、"00 后"大学生们在这个超长的寒假内,为全民抗疫迸发出了最炽热的爱。一些进行过医学院学生宣誓的临床专业年轻人,纷纷以其所学专业,回报养育他们的土地、培养他们的国家。复旦大学 2015 级预防医学专业本科生韩骁禹,在小年夜就向陕西省卫健委请战,在大年初四便入驻了前方指挥部;上海交大公共卫生学院的青年女教师,在湖北黄冈探亲时遭遇疫情扩散,她就地参战,成为了钟南山医学基金会的一名志愿者,协同当地疾控中心,建立起新冠病毒快速筛查体系。其他专业的大学生们,则在后方做起了最温馨最坚强的后盾。外语专业的学生,主动帮助对海外捐助的防护物资标准做翻译工作;也有不少学生就地走进口罩生产厂去当临时工;更有大量回乡学生,每天协同农村干部走家入户,进行防疫知识宣传;还有新婚的大学老师,捐出了原先准备用于举办婚礼和度蜜月的全部经费。这些年轻人的爱,帮助了许多人,也感动了许多人。

（来源:《文汇报》2020 年 2 月 14 日）

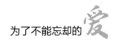

016 长乐坪镇农民：长乐无所有，聊赠一枝春

距离武汉约 500 公里的宜昌市五峰县长乐坪镇，全镇皆为山区，出村的路沿着错落的大山蜿蜒陡峭。平时，这里的人运东西到山外，全靠一副背架。尽管如此，这个镇子全体老百姓的心，却同武汉紧密相连。2012 年，武汉武昌区开始派驻扶贫干部对口帮扶常乐坪镇，他们给资金、给产业支持，还帮助镇里修好了卫生院，每年免费接收医务人员进修。把恩情看得比天高比海深的长乐坪镇乡亲们，怎能眼睁睁地看着恩人们落难不有所表示呢？他们开始行动了。"有什么就捐什么，一定要把心意带到武汉"，腊肉、菜油、萝卜、土豆、大米、麻糖等，竟一下子凑足了 85 吨。村民们把葱洗得干干净净，把腊肉包得仔仔细细，把白菜码得整整齐齐，比自家吃的还讲究。张爹爹、高师傅、杨婆婆们，通过肩挑背扛下山蹚水，把捐赠的这些农产品都送到了路边，竟装了 5 大卡车。2 月 22 日清晨，满载着长乐坪镇农民一片真情的物资成功运抵武汉，分发给了武汉的困难居民和福利机构。

（来源：《人民日报》2020 年 2 月 25 日）

017 平凡劳动者的不平凡作为

全社会众志成城、守望相助、各司其职，成为团结起来战胜疫情的命运共同体。疫情当前，全世界都见证了中国人民坚韧的意志力和非凡的凝聚力。除了社区工作者，外卖小哥和快递小哥也承担着物资供应运送传递的重任。保洁员、供电员、志愿者、环卫工、出租车司机等群体，都在承担重任、默默付出，守护社区疫情防控大局、维持社会基本运转，他们都功不可没。"没有天生的英雄，有的不过是挺身而出的普通人"。基层劳动者的奋力担当，是中国抗疫经验的重要组成部分。不管是居家隔离的公众、火线冲锋的医生，还是加班加点的工厂工人、昼夜驰骋的物流司机、奋战不止的志愿者群体，都在为阻遏疫情尽自己的一份力。不管是跨行业造口罩的国企、踊跃捐款捐物的民企,还是不遗余力调配慈善力量的各类公益组织,都在竭诚履行社会责任。无论是互联网送餐服务的坚持不懈,还是邮政快递业的风雨无阻,靠的不仅仅是个体的担当、企业的情怀,更包括产业的支撑、国家的推动所形成的合力。不论是疫情防控还是经济发展,每一个非凡的成就,都是由点滴的平凡累积而成;国家的繁荣强大,总是建立在广大劳动者只争朝夕的奋斗之上。

(来源:《人民日报》2020 年 4 月 7 日)

018 这些不起眼的城市守护者们同样是英雄

"封城"中的武汉,生活要继续,城市要运转,于是,环卫工人、快递小哥、专车司机、防疫志愿者,这些平时不起眼的人,此刻都成了英雄。熊鹏德是一位不起眼的武汉环卫工人,他每天 3 点起床,4 点到 7 点清扫大街,7 点到晚上 6 点,还要做一份街道保洁工的工作。他对同样是环卫工人的妻子说,卫生工作多重要啊,我们这样做不为什么,只想着快点消灭疫情。袁双是一位不起眼的快递小哥,下午 2 点21 分,他当天的第 62 个快递单即将完成。在记者见到他时,戴着口罩的他一路小跑,客户隔着防盗门在屋里说,你把快递放在门口吧!这就是疫情中送快递的常态。问他为何一路小跑? 他说,"能在自己的城市快着跑、多做事,觉得特别有意义。"张一驰是一位不起眼的司机师傅,他把车一停、摇下窗、手一挥、上车。他说,"昨天中建三局的朋友联系我,说有两位同志要去雷神山建设现场报到,我今天下午 4 点接一位、晚上 8 点再接一位,中途接送两位医务人员,这样串起来,啥事都不耽误。"他还说,"我就是由几千人自发组成的武汉志愿者车队中的一员。"

(来源:《光明日报》2020 年 3 月 4 日)

019 外卖小哥成了中国抗疫前线的一道生命线

对数以千万计因新冠肺炎疫情而宅家隔离的中国人来说,从事外卖以及制作传递外卖的人,是疫情中通往外部世界的重要纽带。这些外卖小哥们,同专业医护人员一道,都成了当下中国的英雄。在让中国人安静下来这方面,网上的餐饮零售商发挥的作用,比其他任何人甚至比政府的作用还要大,它们能让人以合理的价格买到爱吃的东西。作为外卖行业领军者的"美团",给旗下的每位外卖骑手都发了一张卡片,别在他们的黄色制服上,上面详细标注了他们的体温,以及他们是否对送餐箱进行过每日例行的消毒。其竞争对手"饿了么"公司,也是这样做的。北京"饿了么"公司的一位外卖小哥说,尽管当下暴发了严重疫情,但为了养家糊口,他仍在坚持工作。疫情对外卖市场来说有好有坏,餐饮外卖的数量下降了,但其他食品和日用品外卖的数量,出现了强劲增长。"美团"公司表示,这使北京"美团"公司的买菜业务,在春节期间的订单量,达到了疫情暴发前的3倍。对外卖小哥们来说,防疫管控措施至少带来了一个好处:现在路上的汽车少多了。

(来源:英国《金融时报》网站 2020 年 2 月 11 日)

020 凡人点亮的微光让爱心暖意芬芳满城

这两天,一台装满了甜品饮料而无人值守的保温柜,出现在了上海一座商务楼的公共空间,柜面上写着"免费领取,爱心餐饮"。它要服务的,并不是每天进进出出的白领们,而是那些天天相见却从不相识的外卖小哥、保洁阿姨和执勤民警。这样一个暖心的举动,瞬间卷起了一场爱的风暴。有一位市民阿姨,煮了烧麦红烧肉,悄悄地放进了保温柜;有人买来了咖啡红茶;有人甚至往保温柜里装进了蛋糕。白领小姐姐化身机器猫,悄悄地为保温柜补货。更有人受此启发,给送外卖的小哥偷偷点上了一份外卖。无独有偶,上海市郁金香花博会活动的主办方,考虑到市民在疫情期间无法集聚赏花,便直接飞到了抗疫一线医护人员、志愿者、社区工作者身边,把娇艳欲滴的花束,分送给这些凡人英雄们。于是,30万株象征着永恒祝福的郁金香,便绽放在抗疫一线,开出了最美的色彩。虽然大家都身处这个特殊的困难时期,但偏偏就有这样一群人,始终惦记着身处抗疫一线的凡人英雄。投我以木桃,报之以琼瑶。在这个特殊的春天,我们虽然彼此间隔,却彼此更深深地拥抱,感受着相互的温暖。

(来源:《文汇报》2020年3月7日)

021 国新办首次召开的"凡人英雄"记者会

2020年2月23日,国务院新闻办在武汉举行了一场特殊的记者见面会,主角是5位奋战在抗疫一线的医生、护士、民警、快递小哥和志愿者。这场记者会没有以往的"主席台",5位武汉"凡人英雄"同主持人坐成一排,分享了许多质朴感人又饱含力量的抗疫故事。一线的普通工作者登上国新办的记者见面会,这还是第一次。此次国新办举办的"凡人英雄"记者会,就是通过这些来自一线的人员分享自身的抗疫经历,丰富新闻发布会信息的来源渠道。这些平民化的视角,更加接近普通群众,也能更直接真实地反映此次防疫中不同层面的状况,让抗疫最前线的情况在公众面前更加真实和立体地呈现。国新办记者会首次请一线的普通工作者做主角,这也是一种致敬:在权威信息发布的场合,让他们登场,也是让在抗疫人民战争中做了大量实事却"没有存在感"的他们,能被公众"看见"。这场发布会,是对以往记者会形式的一次开拓与丰富,也是对许多一线抗疫工作者的致敬。

(来源:《新京报》2020年2月25日)

022 90万尾鲈鱼苗从广州"游"到了湖北通山

"我是从广州来的,车上装的是90万尾鲈鱼苗。"2020年2月28日清晨,杭瑞高速通山出口处,一辆货车缓缓驶来。经过体温测量、信息登记、车辆消毒等程序后,司机查环宇拿上车辆通行证,朝鲈鱼种苗基地出发。几小时后,货车顺利抵达通山洪茂生态种养殖专业合作社鲈鱼种苗基地,工作人员又开始了新一轮的消毒工作。"疫情防控关键时期,必须先消毒才能进来。"合作社负责人章文兵说。该合作社主要从事鲈鱼、南美白对虾等水产养殖、深加工和销售,是华中地区最大的鲈鱼养殖基地。受疫情影响,现在各地都实行了交通管制,鱼苗运输成了难题,如果不及时解决这个问题,将影响全年产量。为了在疫情防控期间抓好农业生产,通山县还对全县范围内种养殖业生产主体、种子、化肥等经营主体和农产品加工龙头企业,开展生产困难问题大排查,将责任明确到单位、到岗位、到具体责任人,确保问题全解决、服务全到位。

(来源:人民网 2020 年 3 月 1 日)

023 浦东新区"梦工坊"以咖啡的名义传递爱心

在上海浦东新区梦工坊咖啡馆里有 8 位店员,他们或是自闭症患儿、或是患唐氏综合征和精神疾病的特殊孩子。梦工坊对他们而言,就是梦想照进现实的一道亮光,一个温暖的家。给孩子们创立这个家的是两位爱心妈妈,一位是浦东新区辅读学校校长王英,另一位是在上海打拼多年的投资者于成红。投资这家爱心咖啡馆之前,于成红就作好了亏本的思想准备,直到疫情发生之前,梦工坊每个月都还能维持盈亏平衡。疫情暴发后,孩子们都不能正常上班了。"既然咖啡馆要靠爱心来维持梦想,那么为何不能在特殊时期把爱心传递出去?"在两位"妈妈"的带领下,孩子们纷纷行动,把咖啡免费送给了一线的抗疫英雄们。原本梦工坊准备送出 1000 杯爱心咖啡,但由于纷纷加入的人越来越多,至今已向附近周家渡街道、社区卫生中心、交警支队,还有驻守浦东国际机场的一线防疫人员送出了 2000 多杯梦工坊的咖啡。有人说,"这是全上海最温暖的咖啡。"

(来源:《解放日报》2020 年 3 月 11 日)

024 "守护白衣天使，我们责无旁贷"

从 2020 年 2 月初开始，上海百雀灵集团已先后分八批向武汉抗疫一线的医务人员捐赠了价值 2 亿元的卫生清洁护理用品。百雀灵市场部江涛经理说，这些物资，我们已经送达武汉雷神山、金银潭等武汉的 53 所医院。虽然一路颠簸，但当我们亲眼看到医护人员们接到物资后的惊喜，就觉得我们这点辛苦算不上什么了，守护白衣天使，我们责无旁贷！来武汉之前，江涛他们就从媒体上了解到，援鄂医疗队员们日常消毒频繁，他们不仅用酒精还要用消毒液；还要长时间穿防护服、佩戴口罩等医用装备，脸上都会留下痕迹，双手都会粗糙开裂。到武汉后，在同一线医护人员面对面交流后，我们就更感到医护人员的不易。我们公司捐赠的主要是护手霜、洗发水、护发素、沐浴露、洁面乳等，想通过这些卫生清洁护理用品，帮助医护人员们解决一些生活上的烦恼。真心希望抗疫胜利后，白衣天使们更加美丽！疫情当前，我们看到了民族品牌和中国的血脉相连，更充分理解了"民族企业"这四个字的分量。

（来源：《新民晚报》2020 年 2 月 26 日）

025 上海发明的声控电梯在宜昌人民二院上岗

"电梯你好，去一楼。""一楼，好的，电梯下行。再见！"2020 年 2 月 22 日，在湖北宜昌第二人民医院，一部不需要用手按键、全程声控的特殊电梯，在这里上岗了。医护人员和患者只需报出楼层，电梯就会自动把你送达目的地。这部声控电梯的核心技术，来自上海爱登堡电梯集团股份公司潘阿锁团队。疫情防控期间，因为担心公共电梯的按钮会导致病毒传染，各种花色按电梯法应运而生。有人突发奇想，提到了声控电梯。让这一奇想变成现实的，正是潘阿锁本人。2020 年大年初一，潘阿锁和董事长在视频会议上聊起花色按电梯时，突然想起几年前公司曾开发过的一套声控设备，于是约定立马行动。

这时，回到老家盐城的潘阿锁马上驱车赶回上海。经过连续半个月的奋斗，使这套设备最终定型。2月10日，潘阿锁带领团队在自己公司的电梯上，尝试安装了这套设备，结果运转良好。经过几天的测试和微调，他们将精心包装的设备快递到宜昌第二人民医院，于是便有了上述这一幕。

（来源：《文汇报》2020年2月24日）

026 "超级大富豪"背后的艰辛奋斗

网民们调侃说，在疫情暴发后的经济受挫时期，尽管才短短几十天时间，全国就诞生了三个"超级大富豪"，口罩制造和销售商就是大富豪之一。疫情暴发以来，为了自我防护，口罩成了各国和各地的抢手货，全国各大药店、淘宝、天猫等线上购物点的口罩，顷刻间就被顾客一扫而空。为保证口罩等防疫物资供应，各大生产商接连请战，成为防控疫情的逆行战士。四川恒明科技以最高5倍的薪酬，召唤工人提前返厂生产；湖州、绍兴等地的多家口罩生产商，也都紧急召回员工。浙江伊鲁博生物科技有限公司，每天口罩产能达到7万—8万只；振德医疗用品股份有限公司，平均每秒可生产1个口罩，一天之内便接到2万多个订单。这些生产厂家都加速整合力量，通宵达旦生产。机器有声、人无声，疫情无情、人有情，刺眼的灯光照射着工人们疲惫的双眼，此时他们都忘记了疲劳，在疫情防控的人民战争中发挥着不可替代的重要作用。

（来源：综合多家媒体报道2020年2月2日）

027 小区业主买来咖啡巧克力，自制社区暖心柜

上海这座城市里的人们，都在以自己的方式为防控疫情出力。嘉利豪园小区的业委会副主任丁芮燕，在朋友圈看到关于港汇广场"无人值守保温柜"的爱心故事时，她灵机一动：我们不是也可以打造属于自己小区的"爱心投食

点"吗？她先在小区业主群里发出了倡议，几位热心的业主立马响应，大家纷纷出钱出物。在居委会的支持和助力下，热心业主们一同商议方案、布置货架。小货架上物资在源源不断增加：有人买来咖啡红茶等热品，有人把自家的白色恋人巧克力分享出来，有人直接拉来糕点商赞助，还有许多热心居民怕货源不够，又买来许多水果面包和酸奶。有一位身在外地的小区业主，用手机转账 150 元，委托邻居帮他代买食物。擅长书法美术的业主芮先生，在白板上书写"免费领取爱心餐饮——向坚持奋战在岗位的外卖小哥、快递小哥、物业志愿者致敬"。

（来源：《文汇报》2020 年 3 月 7 日）

028 世间情爱千万种，疫情来临时总把大爱变小爱

情人节那天，一位在武汉采访的同行发了个朋友圈，配图是一位快递小哥正安顿好一捧玫瑰花准备分别派送。世间情话万千，却在疫情面前愈发质朴；爱的表达无数，却在爱情面前格外纯粹。有此时相望不相闻的隔空拥抱，有执子之手与子偕老的纸短情长，有事夫誓拟同生死的暖心留言。疫情时期的爱情有很多种模样：医护人员和各行各业的坚守者，他们的爱情是为了让你安心向前，我要用我的方式守护你支持你；感染新冠肺炎的病患，他们的爱情是相濡以沫，也是悉心照料、鼓励打气，携手对抗病魔；而大多数普通人的爱情可能是不得已的分离，也可能是出乎意料的相守。疫情考验小爱，让平凡变得不平凡，爱也能让特殊时期的不凡重新化归平凡。疫情淬炼大爱，让柔软变得坚韧。平日里你侬我侬的小爱，汇聚成此刻并肩作战、披荆斩棘的大爱。

（来源：《环球人物》2020 年 2 月 16 日）

029 这就是人们说的"隔离病毒不隔离爱"

"每个环节都有人盯，感觉自己就像是贵宾。"这是一位从波恩出发的旅

客,在浦东国际机场走完入境全程后的感言。从国际旅客走下飞机的那一刻,直到安全抵达住所并完成登记,无缝对接的闭环高效运转,折射出上海两大国际机场疫情防控的速度和效率,也体现了这座城市的文明和温度,它浸润在每一个温暖的细节里:旅客从廊桥下来,流调的桌椅已放到离其最近的地方,测温、健康申明卡初筛和核验,发热或疑似病人由 120 救护车直接从机场停机坪接走、转送至指定医疗机构就诊;对需要隔离的旅客,上海 16 个区驻扎在机场的大巴分别接送,即便是在半夜回到小区,迎接他们的有门卫特意打开的暖灯和社区值班人员。有一些在上海没有固定住所、也没有隔离条件的旅客,则安排在有翻译 24 小时值班的集中隔离点,悉心提供一日三餐,并帮忙派送外卖快递。这种宾至如归的感觉,就是人们所说的"隔离病毒不隔离爱"! 战袍之后,未来人生更加勇敢! 前程更加美好!

(来源:《文汇报》2020 年 3 月 10 日)

030 阿里采购Cecilia：飞了半个地球去到处采购口罩

在 2020 年国内大年初三的那天,正在西半球的阿里采购 Cecilia,接到了公司中国总部的一项特殊任务,要她立即去机场赶乘 11 点半飞往韩国首尔的航班,紧急采购口罩。她快速收拾了行李箱赶往机场。两天前,阿里巴巴宣布设立 10 亿元医疗物资供给专项基金,从海内外直接采购医疗物资,定点送往武汉及湖北的多家医院。随后,阿里国际站的工作人员便开始奔赴韩国、印尼等 14 个国家和地区,寻找医疗物资供应商,Cecilia 正是其中一员。当时,在韩国市场上抢口罩已是"分秒必争"。这几天,最让 Cecilia 纠结的,还是如何平衡抢购时间和确保质量,她的采购经验派上了用场。而在抢购时间上,一切都要以最快的速度解决。所幸,最终一切都顺利完成。离开韩国的那天,在机场的商店里,她随手拿起一包口罩查看价格,比她三天前抵达时,价格已经翻涨了 2 倍有余。

(来源:"全天候科技"微信公众号 2020 年 2 月 20 日)

031 5万个"爱心包子"温暖了泰州一座城

短短 13 天,为 1800 多户行动不便的空巢老人和高龄孤寡老人送上近 5 万个包子。全民居家隔离时期,许多行动不便的空巢老人和高龄孤寡老人怎么办? 有"中国好人"之称的江苏省泰州市新社会阶层人士联谊会会长侯先栋等人为此忧心忡忡。有人建议送包子,包子便于保存,一加热就能食用,于是决定马上给孤寡老人每人每天送 30 个包子。2 月 12 日下午 4 点,第一批 1620 个爱心包子已经全部送到 56 户孤寡老人手中。照片上传网络后,一石激起千层浪,微信迅速转发,许多爱心人士纷纷联系捐款,200 元、500 元、1000 元,短短几天时间就一共收到捐款 33000 元,网民"岁月如歌"听说后一下捐出了 3000 元钱。接下来的 10 天时间里,城东、城西、城南、城北、九龙、京泰、苏陈等乡镇街道,分别为 393 户孤寡老人免费提供了 11790 个包子。2 月 21 日下午 3 点半,在海陵区退役军人服务中心大院,1800 个爱心包子交接完毕;23 日下午 4 点,海陵区残疾人联合会一楼大厅里 2200 个包子的捐赠完成。到第 13 天,泰州市各爱心人士一共已为空巢老人和高龄孤寡老人送上了近 5 万个包子。泰州两位"中国好人"倡议为行动不便空巢和孤寡老人送包子的报道,引起中国文明网、新华日报交汇点、扬子晚报紫牛新闻、《泰州日报》的关注。

(来源:《中国新闻出版广电报》2020 年 3 月 27 日)

032 英雄家风薪火相传,"海空卫士"王伟父母为疫情捐赠

2020 年 4 月 5 日,"海空卫士"王伟的母亲王月琴来到浙江省湖州市飞英街道红十字会办公室,将 1 万元现金交到了工作人员手中。革命烈士王伟在 2001 年 4 月 1 日在执行跟踪监视美军侦察机任务时,为捍卫祖国领空安全和民族尊严壮烈牺牲,被授予"海空卫士"荣誉称号。当天下午,湖州市红十字会

工作人员上门为其颁发了荣誉证书。新冠疫情暴发后,英雄的父亲王明说:"国家有难,人人有责,我们就想尽点绵薄之力。这都是应该做的事。"王伟的父母都是普通退休员工,每个月的退休金也不多,自疫情发生以来,他们就开始关注捐款活动,前期一直在追问街道红十字会怎么捐款。牺牲奉献岂止在战场,英雄家风薪火永相传。就在去年烈士纪念日,湖州市红十字会工作人员上门慰问王伟父母时,恰巧遇见王伟的姐姐。王伟姐姐主动咨询人体器官捐献事宜,并当场注册成为一名器官捐献志愿登记者,她说:"我是一名党员,希望尽自己所能,为社会尽一份力。"

(来源:中国新闻网 2020 年 3 月 6 日)

033 常德农民郝进捐出 18000 只口罩和 2 万元奖金

2020 年 1 月 24 日,常德"90 后"农民郝进将 4 大箱共 18000 只口罩全部捐出来。这些口罩是之前他在口罩厂打工时,厂家用来抵扣他 4 个月的工资的。他的事迹经媒体报道后,有人要为他捐款,有企业向他发出了邀请,但都被他谢绝了。3 月 4 日,《潇湘晨报》联合阿里天天正能量授予郝进"战'疫'英雄奖"以及两万元奖金。面对这笔奖金,郝进考虑一番后最终决定收下。但他提出,奖金他一分钱都不会要,而是把钱捐出来。他最先想到要帮助的人,一个是村里的五保户徐爹爹,一个是村里的一名老人。郝进说,2016 年黄河村有 4 个五保户住在"爱心房"里,后来相继有 3 个人去世,现在只剩徐爹爹一个人了。郝进曾代表黄河村给老人送过几次米和油。这位老人 70 多岁,偏瘫、没有劳动能力,主要靠土地流转金和低保金维持生活。另外还有一个老人,郝进很小的时候就对他有记忆。那时候,村里办流水席,他总是来吃饭。郝进说他从小就想帮助这个人,这次,算是实现了心愿。此外,郝进还想帮助黄河村的其他贫困户。黄河村共有建档立卡贫困户 134 人,到 2019 年底已脱贫 130 人,还有未脱贫的 4 人是兜底户。

(来源:《潇湘晨报》2020 年 3 月 6 日)

034 广州白云区90岁离休军医为抗疫捐款8万元

2020年2月15日，在广州市白云区退役军人事务局属下的一所军休所里，90岁的军队离休干部冯敏向白云区慈善会捐款8万元，用于抗击新冠疫情。冯敏生于1929年，18岁参加革命，20岁加入中国共产党，曾荣立二等功一次、三等功一次，于1987年9月离休，离休前是广州军区卫生学校主治医师（技术七级、副师职）。冯敏性格乐观，现在依然每日坚持读书看报，关心国家大事，时刻以一名共产党员标准严格要求自己。在正式捐款前，老人家先计算了自己的日常基本生活开支，考虑到孙子还在读书，教育开支比较大，需要支持一部分。老人家感慨地说："全国人民都在抗击疫情，我自己年龄大了，没有能力为祖国再立新功，但我也没有什么家庭负担，所以打算把多出来的积蓄全部捐赠出来，支持抗击疫情。"冯敏的子女都是普通收入家庭，生活并不富裕，但子女们对母亲的决定都非常理解和支持。

（来源：《南方都市报》2020年2月21日）

035 湖北一位党员退休工人为抗疫捐款200万元

2020年3月1日，中国葛洲坝集团建设工程有限公司退休工人史德洪再次捐款100万元。此前，他已向武汉市硚口区慈善总会捐款100万元，总计捐款200万元，成为湖北省个人捐款最多的共产党员。史德洪曾参加过对越自卫反击战，转业后在葛洲坝工作了31年，还参加过三峡工程的建设，退休后做生意，积累了一些财富。新冠疫情暴发后，他同家人商量，决定把近些年全家的积蓄捐献一部分，得到了家人的支持和拥护。了解到一线医护人员防护用品短缺，史德洪打算捐助一些医疗防护用品，为医护人员增加一些保障，但由于货源紧张，这个想法一直没能实现，后来才决定捐赠现金。他曾多次想写信给武汉市政府，希望能为疫情防控出点力，但由于几年前生过一场大病、身体

还在恢复中而未能如愿。他说："党培养、教育我这么多年，我必须为这次疫情防控贡献自己的力量。"他认为把财富用在这里是非常有意义的事情。

（来源：《湖北日报》2020年3月8日）

036 环卫工袁兆文又捐款了

2020年1月31日，山东省日照市东港区西湖镇环卫工、68岁的袁兆文，在镇派出所扔下了1.2万元捐款和"急转武汉"的字条转身就走。2月13日，他上了阿里巴巴天天正能量联合齐鲁晚报等媒体推出的"战'疫'英雄榜"，并获得1万元的奖励。大家都劝袁兆文把这笔奖金留下，但袁兆文和家人们商量后作出一个决定：不仅要捐出这一万元奖金，还"贴上"了2000元。这样和之前一样，还是1.2万元。他说：这2000元由儿子袁春玉承担。2月26日，袁兆文在所在的环卫公司经理和儿子袁春玉的陪同下，来到镇人民政府，把1.2万元现金捐出，用于防疫事业。在中央广播电视总台元宵节晚会上，著名主持人白岩松在诗朗诵上提到了他的事迹："您是最称职的环卫工人，因为您还清洁了我们的心灵！"袁兆文则说："国家国家，以国为家，有国才有家。国难当头，自己不求回报，不要功名。不论奖励我一万元还是两万元，我都觉得都不能留下。"他还说："咱们没法去前线支援，但可以在后方作一点贡献。"

（来源：《齐鲁晚报·齐鲁壹点》2020年3月11日）

037 为抗疫跑遍桂湘黔三省122个班组的王恒玮

中国铁路南宁局集团有限公司柳州工务段团委副书记王恒玮，今年27岁，家在武汉，来柳州工作已4年。面对突发疫情，他将车票退掉，主动请缨担任疫情防控联络员。柳州工务段19个车间跨越桂、湘、黔三省区，涉及职工近2000人。统计职工体温数据、宣传疫情防控知识、调配口罩等医疗物质，王恒玮一人担起多项重任。有些线路车间路途遥远，他就在汽车上来回颠簸好几个小时；有些线路车间通行的路被封锁了，他就徒步几公里路程。就这样，王恒玮跑遍了工务段19个车间122个班组。家人远在武汉，王恒玮和母亲接通视频后才得知父亲王智勇已经投身火神山医院紧张的建设中，护士姑姑王璎也坚守在新冠肺炎定点医院的救治一线。虽然相隔千里，但王恒玮一家，在不同地点、不同岗位，朝着同一个目标努力奋战。

（来源：新华网2020年4月8日）

038 残疾菜农骑行数十公里两次捐赠两千多斤蔬菜

2020年1月27日晚上5时许，湖北省恩施利川县的残疾菜农秦大安，一路打听问路，花了3个多小时，行程40公里，骑着三轮车，将满满一车小白菜、大葱等蔬菜送到了武汉市东西湖区的卓尔万豪酒店。原来，他从电视上看到，外地医疗专家团队住在这个酒店，帮助湖北人民抗击新冠疫情。酒店工作人员欲付菜钱给他，被他一口拒绝了。秦大安早年在武汉打工时工伤致残，几乎失去全部左手手指，这两年是靠租地种菜维持生计。1月29日下午2时，秦大安又送来了满满一车广东迟菜心。先后两次送来的累计两千多斤新鲜蔬菜，花费了秦大安2000多元钱。他说："我自己种的菜品种不多，这是从其他种菜的老乡手上买的，希望能丰富一下医疗队专家的伙食。"

（来源：《楚天都市报》2020年1月29日）

039 驰援湖北的广东医生，你们还需要什么？

从2020年大年除夕星夜驰援武汉至今，广东已分23批派出2431名"白衣战士"驰援湖北，其中年纪最大的60岁，最小的只有20岁。他们中有140人是曾经的"抗'非典'老将"，有的已近花甲。网友们称他们为"逆行英雄"。56岁的广东省中医院副院长张忠德曾在抗"非典"中不幸被感染，这次再上抗击新冠疫情前线，他的心绪难言平静。22岁的中山大学附属第三医院内科

ICU 护士朱海秀,拼命忍住眼泪,她来武汉支援的事没有告诉父母,但是前几天还是被父母知道了。灾难突如其来,湖北的城市日常运转停滞。广东的医护人员,随即连夜准备物资奔赴异乡,但防护用品依然短缺;突降寒流,保暖衣物普遍不够;交通不便,班车有限,医院到驻地几个小时的路程。"打疫情防控阻击战,实际上也是打后勤保障战。"在广东省支援湖北疫情防控医疗队前线指挥部指导下,通过与在前线紧密联系的 35 个微信群里,知晓了援鄂的广东医务人员有哪些困难,在后方的似乎应该做些什么……共青团广东省委员会联合社会各方力量,共同发起"青春情暖——白衣战士致敬行动",帮助支持广东援鄂医护人员工作上的需求,尽全部所能,为广东援鄂医护人员及家属缓解后顾之忧,提供生活便利。

(来源:澎湃新闻 2020 年 2 月 25 日)

040 等疫情结束后我再离职

做事干练、待人热情的中国石油湖北销售公司峡江加油站员工郭君淋,非常珍惜自己的工作,因为公公多年前生病、生活也一直不能自理,去年,一直照顾公公的婆婆,又突发中风不能下床,家里还有一个 2 岁半的小孩,照顾家庭的重担全部落到了她和丈夫的身上。经过再三考虑,郭君淋于今年 1 月初向单位领导提交了辞职报告,2 月正式离岗。由于峡江加油站原本人手紧缺,一场突然暴发的新冠疫情袭击湖北,受交通管制的影响,节前 2 名回老家过年的员工不能按时回来上班。这一切让她看在眼里急在心上,她决定等疫情结束后再离职,她的决定得到了家人的支持。因为疫情期间,工作任务重,不能像平时一样按时上下班,她有时挂念儿子,就抽空与孩子视频,孩子看到她穿着防护服、戴上口罩,说妈妈像勇敢的奥特曼,她听到儿子的话,满身疲惫顿时就没有了。

(来源:"畅油荆楚"微信公众号 2020 年 2 月 6 日)

041 物美集团近300吨捐赠物资车队千里驰援武汉

2020年2月22日上午,随着出发的指令,14辆满载物美集团捐赠物资的卡车车队,离开北京市朝阳区的物美物流中心直奔武汉。物美集团这批捐赠物资近三百吨,价值500万元,是奋战抗疫一线的广大医务工作者急需的物资。在武汉华中科技大学校友会的协助下,将发放给包括同济医院、协和医院西院、中南医院、武汉科技会展中心方舱医院、桃园社区等在内共计19家单位。物美集团CEO、华中科技大学北京校友会会长张斌表示:物美集团弘扬"面对生命、唯有良心"价值观,全力以赴抗击疫情,做好保价格、保质量、保供应、保安全工作。物美集团设立三亿元平物价保供应专项基金,急百姓之所急,替政府分忧,打通供应链,开拓渠道组织货源,保障米面油肉蛋奶蔬菜等生活必需品不断货、不涨价。在全市范围内设立多点物美社区提货站,确保社区居民无接触购物。物美集团充分从原产地采购新鲜蔬菜和生活物资,支援武汉抗疫一线。产地农户们纷纷表示愿与物美携手,确保对首都人民蔬菜的不间断供应,还自发录制视频,为武汉加油,为物美加油。

（来源:《中国经济周刊》2020年2月24日）

042 一名八旬老兵的抗疫情怀

2020年1月28日,大年初四,一位耄耋老人在家人的陪同下,来到湖北省老河口市新冠肺炎防疫指挥部,捐献了2万只医用外科口罩。老人再三叮嘱指挥部工作人员,一定要将口罩转交给在防疫一线的医务人员和执勤公安民警。这位名叫唐遂成的老人,今年已87岁高龄。老人说:"我是党员,也是退伍军人,我有义务为政府减轻负担,为人民做点该做的事。"当人民群众生命安全受到威胁时,这位热血老兵再次站了出来。唐遂成说,看到医护人员和公安民警放弃休假,日夜奋战在抗疫第一线,作为一名老兵,他怎么也坐不住,便萌生了捐赠医疗物资的想法。"我相信在党和政府的坚强领导下,在广大群众的共同努力下,我们一定可以打败病魔,战胜疫情。"老兵唐遂成的捐献义举,在老河口市引起强烈反响,许多退役军人纷纷前往市防疫指挥部,表示要为防疫工作出钱出力。退役军人陈学金向防疫指挥部捐献 1.5 吨酒精,老兵任光道在退役军人微信群发起募捐,一天之内就有 43 名老兵捐款近万元。

(来源:中华人民共和国退役军人事务部官网 2020 年 2 月 29 日)

043 92 岁老党员为防疫捐款 1 万元特殊党费

2020 年 2 月 24 日,辽宁省鞍山市铁西区共和街道二三街坊社区老党员金立焕拄着拐杖,怀揣 1 万元钱找到了社区。他说:"哪里可以捐款,我想捐点钱,支持疫情防控。"金立焕今年已经 92 岁,是参加过抗美援朝的退役老兵,一直以来都十分关心社区工作,在全民抗疫的过程中,老人家也想出份力。面对社区工作人员,他说自己是一名党员,年龄也大了,没法像基层工作人员和志愿者一样冲在前线了。看到医院里医生、社区里的工作者每天工作这么累,他就想为疫情防控工作尽自己一份力。他在写给社区的信中称这笔钱是交"特殊党费"。在社区里,生活稍微富裕的积极捐款捐物,年轻力壮的积极参加本地的抗疫活动,对社情民意比较熟悉的自发组成防疫知识宣传队,宣传普及疫情防控知识,无数党员都战斗在不同抗疫岗位上而不求回报。

(来源:《鞍山日报》2020 年 3 月 25 日)

044 中国平凡农民的不凡之举

疫情暴发以来,我们看到发生在很多城市地区的种种壮举善举。而在朴实无华的农村,也有一群默默无闻的逆行者。今年 2020 年 2 月 4 日,来自河南省洛阳市嵩县闫庄镇竹园沟村的 10 万斤大葱,顺利抵达了武汉市蔡甸区。嵩县是国家级贫困县,闫庄大葱是嵩县特产。听说武汉疫情严重,竹园沟村的村民们决定：要把村里种的大葱捐给武汉。连续三天，村里的 300 余名党员、群众自发到地里义务拔葱，10 万斤大葱总价值达 15 万余元。村民张现良说："一方有难，八方支援，我们也要为抗击疫情尽一点力，比起在一线的人这不算什么。"甘肃省白银市景泰县的一位果农周德仁，为武汉大学中南医院、武汉大学人民医院、中国人民解放军中部战区总医院等抗疫一线的医护人员，捐赠了 2 万斤爱心苹果。面临国家危难，许许多多的农民风里来雨里去，同舟共济汇聚起防控疫情的强大合力。他们拿不出更好的东西，但是他们能捧出自己的全部心意。

（来源：《中国青年报》微信公众号 2020 年 2 月 4 日）

045 中国派出临时航班接回 1457 名中国公民

2020 年 4 月 2 日上午，外交部副部长马朝旭在记者会上透露，在海外疫情加速扩散蔓延后，中国已经派出了 9 个架次的临时航班从伊朗、意大利等疫情严重国家接回包括留学人员在内的 1457 名中国公民。《环球时报》记者 2 日晚获悉，赴伦敦的包机已降落希斯罗机场，将载着 180 名小留学生于 4 月 3 日 10 时抵达济南。马朝旭说，目前大多数留学人员按照世界卫生组织、当地防疫部门要求，根据"非必要不旅行"的原则留在当地，这样既可以避免旅途中的交叉感染或由于一些国家的防疫政策中途受阻，也可以避免对学业和签证产生影响。英国是中国未成年留学生最多的国家。疫情蔓延后这些孩子在当地的食宿都出现了问题，所以很多家长希望让孩子尽快回国。

（来源：《环球时报》2020 年 4 月 3 日）

046 "湖北缺啥，我们立马送；没啥，我们连夜造！"

自新冠疫情暴发以来，河北对湖北的支援低调而又实在！湖北缺药，"药都"河北就 24 小时不停产、连夜造，将连花清瘟产品、清肺化痰颗粒、阿比多尔片等药品相继运往湖北抗疫前线。湖北缺防护物资,地处河北大山里的际华3502厂,上千名工人就加班加点,争分夺秒地生产出10万套专业防护服。湖北缺消毒水,河北衡水老白干酒厂就捐赠1000万元的消毒酒精。75度的抗击新冠老白干,堪称最硬核的"白酒"。湖北缺血液,河北省卫健委就调度60万毫升红细胞和22万毫升血浆,紧急送往湖北抗疫一线。湖北缺蔬菜,河北邯郸馆陶县60户村民就连夜在自家大棚采摘,自发组织捐赠,满载着20吨新鲜黄瓜的大货车千里奔驰运送。乐亭县退役军人刘瑞自掏腰包,带领一支退役军人团队,给湖北捐赠了500吨各类蔬菜。湖北缺肉,河北沧州东风养殖场灯火通明,挑选最优等级的原料紧急加工,全员加班加点,将20吨鸭子发往武汉!湖北抗疫一线人员缺营养,河北君乐宝乳业直接将7.8万袋成人奶粉、2.18万提酸奶、牛奶送给了湖北抗疫一线的工作人员。

(来源:"荆楚网"微信公众号2020年2月24日)

047 四川雅安市民为湖北人民千里送上50吨爱心菜

四川雅安市雨城区多营镇上坝村的赵伟,今年34岁,他和龙兴国、徐斌等得知武汉城区蔬菜需求量大的信息时,就决定到四川农大农场去联系购买蔬菜捐到武汉。农场场主杨远超一听要捐赠给武汉疫区,立刻表态,地里的菜要多少拉多少,分文不收。原来,他也早有捐赠蔬菜的想法,却因运输等问题迟迟没有实现。家住雨城区多营镇上坝村的彭友勤,有一辆6轴六桥半挂货车,但他在3个月前,不慎摔倒致右脚骨折,走路还架着双拐,但他听说要运蔬菜到武汉,第一个请求参与。长途货车驾驶员徐斌,在微信群里得知此事后,也请求参与。2月8日元宵节,也是采收蔬菜的装车日。听说农场的爱心蔬菜要送往湖北,村民都自发前来帮忙采收。拔萝卜、割青菜、装袋打包、车上堆码。不到一天时间,50吨蔬菜就已装车完成。2020年2月10日,赵伟、龙兴国、彭友勤、徐斌、罗登高、苏全能等6名爱心人士,驾驶两辆满载新鲜蔬菜的重型货车,跨越1400公里,将四川人民的爱心送达湖北。湖北麻城市民胡世义所在的小区共分到 2000 公斤的蔬菜。感激之余,胡世义和邻居们也有些困惑,不知道有些菜的做法,就在抖音上求教做法,热情的四川网友又赶紧送上了菜谱。

(来源:中国青年网 2020 年 3 月 30 日)

048 全国铁道青年和他们的9314封抗疫请战书

新冠肺炎疫情暴发后,全国铁道团委立即发出倡议书《让我们学着先辈的样子,勇往直前》。在倡议书的感召下,全国铁路系统各级团组织共收到 9314 封请战书,请战书上一行行刚毅文字的背后,是一幕幕一言难尽的温柔画面。郑州客运段高铁一队列车长包继静的家乡交通封闭了,为了按时返回岗位,她在家人的陪伴下靠一个老旧手电筒的微弱灯光,从凌晨 1 点走到早上 7 点,步行 25 公里返回方城高铁站,担起了一个车长的责任,与车队共抗疫情。看着父母渐渐远去的身影,包继静说,此刻,她才对初中课本上朱自清的《背影》有了更深刻的认识。她在请战书中说,"这段路走得太难了,但是我不后悔。关键时刻,我必须坚守岗位!中国加油!"在铁路系统青年中,还有许许多多投身岗位的"包继静"们。在武汉"封城"的当天,武汉调度所的 427 名"90 后"一线调度员接到命令后,于当晚 8 点半前全部返回岗位,无一人迟到。中国铁路广州局集团有限公司列车调度员伍警,在工作间隙,给远在湖南岳阳的未婚妻打了一个电话,推迟了原计划在 6 天后举行的婚礼,他决定与同事们一起留守广州共战"疫"情。

(来源:中国青年网 2020 年 2 月 28 日)

049 中国城市快递员不畏病毒为消费者送货上门

京东快递员郭强(音)知道,在新冠肺炎流行期间重返岗位会让家人很担心。这名 29 岁的年轻人今年春节期间回河南老家过年,新冠肺炎疫情消息传出后,他自愿回到北京。他说:"我不是没有顾虑,但这是为了工作也为了生活,我也想为社会作点贡献,实现一点自我价值。"小郭在达达京东到家网购平台送货,全中国有成千上万像他这样的快递员,在人们闭门不出的日子里保障其物资供应,许多务工人员像小郭一样原本大老远地返乡,但公司将其召回,要他为社区服务并提供 3 倍薪水。为打消客户顾虑,肯德基、饿了么、美团点评和京东都推出了无接触配送,有的外卖会附带便条详细记录制作人和配送员体温。小郭表示,确实也担心自己的安全,有时稍有点咳嗽就会紧张,就在家里备了体温计。多数待在家里的中国人主要靠这些快递员帮助购买生活必需品。京东表示,其生鲜超市的蔬菜鸡蛋和大米销量,比去年春节激增约300%。

(来源:环球网转发加拿大《国家邮报》2020 年 2 月 9 日)

050 希望,乘着他们的摩托车滚滚而来

对许多中国人说,眼下开着摩托车送货的快递员,已经成了他们同外部世界唯一的联系。如今这些穿行在中国所有城市大街小巷的快递员,正被人们赞为英雄。他们已成为这个国家的动脉——保持鲜肉蔬菜和其他供应不断流向需要的人们。这是个劳累又危险的工作。在配备了由公司每天早晨提供的口罩和消毒洗手液后,张赛(音)勇敢地穿行在武汉城内。晚上他尽量不去想疫情,听听流行歌曲或在电视上寻找好消息。他说,每天送货几十趟不只是为了满足居民需求,也是为了依赖他挣钱养家的妻儿和父母。即便在疫情危险变得清晰后,他也没打过退堂鼓。张赛和同事们一直相互交流,他说迄今他的工友中没有任何人患病,人们也变得更友善。以前一些顾客只是勉强开门或避免眼神交流,但现在都会说声"谢谢"。本周武汉市命令各居民区设立无接触快递点,因此,张赛只需把包裹送到指定地点就可以离开了。

(来源:《环球时报》转发美国有关新闻报道 2020 年 2 月 20 日)

051 "紧张哥"李杰代表300万快递员在新闻发布会上发声

2020年3月9日,生于1987年、已经有11年快递生涯的中通快递员李杰作为代表,坐在了国务院联防联控机制新闻发布会现场,他因过度紧张重复了两遍的发言,在瞬间就冲上了微博热搜第二,热度仅次于钟南山,引起网友纷纷围观,并被网友戏称为"紧张哥"。李杰平时负责中国青年政治学院附近的收件派件工作,通常,每隔10分钟就会有100个学生找他拿快递,而他出去爬楼送货一小时大概能送20来件。一般日均派件300单,最高纪录发生在"双·11",共派送1000单。"平均每月收入1万元以上,双·11能达到2万元,如果是在老家也就一半,五六千左右。"李杰对快递员的收入很满意。去年,李杰还被评上五星快递员。春节期间,他主动申请留下来值班,承担了几处小区的快递业务。作为全国300万快递小哥中的一员,李杰说:"我们就是想尽我们自己的一份力去把快递送好,把客户服务好,在疫情期间把快件安全、快速地送到消费者手中。我们最朴素的想法就是我们多跑路,让客户少出门。做好自己的防疫工作,就是在为国家作贡献。"

(来源:《中国青年报》2020年3月10日)

052 N次消毒,无接触取件,请您放心

每天早上6时40分,沈阳市浑南区朗明街的京东物流沈阳金域中件站的李士林,就已经开始一天的工作了。在完成了严格的个人消毒后,他和同事们对抵达站里的包裹进行N次消毒,再把包裹分成两份,一份是京东自营包裹,一份是第三方包裹。京东自营包裹,每天要在京东物流仓库经历两次消毒;而第三方包裹,则从京东收件开始进行第一次消毒,之后在运转的每个环节都要至少消毒一次。上午9时刚过,李士林就开始投送快递,为此,他还编了一套顺口溜:"我在外,你在里,我拿小棍儿递给你。再往前走两步,病毒看你

都发怵。深居简出戴口罩，在家听话别瞎闹。特殊时期互理解，花开疫散，咱们再拥抱，咱们再拥抱。"疫情期间，李士林每天有几次派送，就会消毒几次。面对繁重的派件任务，李士林总说："不累，大家虽然见不到面，但是打电话沟通时，都特别友好客气，听到的'谢谢'也比平时多了许多。就像我在大喇叭里说的，咱们大家一起等花开疫散。"疫情期间，诸多不便，这些尽心尽责的服务人员，纵使没有像医护人员那般站在抗疫前线，披荆斩棘，但也为我们带来了一份安心的保障。

（来源：《沈阳日报》2020 年 2 月 25 日）

053 普通劳动者们不普通的战"疫"故事

在这次抗击新冠疫情中，虽说宅在家里也是作贡献，但有很多人依旧坚守在自己的工作岗位上。曹新田是一名直升机驾驶员，疫情暴发后，他和同事们开始频繁地驾驶直升机运送物资，成为了"空中快递员"。到 2020 年 2 月 10 日，他已数不清自己总共是第几次飞行了，伴随着巨大的轰鸣声，直升机出现在浙江大学第一附属医院之江院区上空。这批物资是芝加哥华人通过浙江省慈善联合总会，定向捐赠给浙大一院和其他区县医院的。等卸货完成，下一个目的地就是湖北襄阳。"坚持到战'疫'胜利。"曹新田计划，"等飞完最后一班，我们再安心隔离 14 天"。江苏人于恒志是货车老司机，这段时间他已经送了三次防疫物资到疫情敏感地区。前不久的情人节，于恒志给妻子发送了问候，妻子没有搭理他。他回想这段时间的工作，说如果有救援防疫物资需要送到武汉，他还会去。邱生和梅绒绒是盐城市盐都区公安局的民警，他们最近多了一个任务——操作无人机抗疫。"这位老大爷，赶紧回家吧，别在外边逗留了。"从 2 月 6 日起，他俩的警用无人机就经常盘旋在小区的上空，一旦发现有市民逗留，无人机上的高音喇叭就会喊话提醒。

（来源：《解放日报》2020 年 2 月 19 日）

054 虎哥张凯彰显中年男人的抗疫"虎气"

今年50岁的虎哥本名张凯,作为"虎哥车队"的领军人物,他带领爱心车队连续抗疫四个多月,先后转战武汉、绥芬河、舒兰和北京。虎哥的"虎气"就在于他以自己的人格魅力,聚合了一批背景各异的队员,这其中有富二代、留学生、农民、焊工、老伐木工,甚至无业游民。虎哥的"虎气"也在于他以团队的力量最大化地激发了个体的能量,使这个看似草率、鲁莽的团队有效运转,成为助疫区抗疫一臂之力的"非正规军"。虎哥曾经是一名军人,退役后当过警察,目前在东莞经商。带着"总觉得有些事还没做完,这趟出来也算是还自己一个心愿"的心理,他做了一件让全国人民都知道的大事。队员们佩服他,是因为他的"生性"(东北方言形容硬汉——采访人员注)。从东莞到达武汉后,他直接把车开到了工作地点,同另外3名队友一起在4个小时内卸下了60吨物资。虎哥的"虎气"还在于他的冲锋在前,有一次,因为作业环境闷热,消毒水味道太浓烈,别的团队"进去5分钟就被抬了出来",他却在里面待了一个小时。最长的一次作业,他连续3天没回酒店,累了就在硬纸壳上睡一会儿。虎哥也有"粗中有细"、给队员们无限温情的一面,他记得队员的生日,帮他们理发,给他们做饭。每次出现新的疫情,虎哥都会向"疫区"城市申请进入,提供帮助,他们接受当地政府调遣,承担的往往都是最累、最"埋汰"的工作。这支由上百万元的路虎、宝马、"快散架"的金杯、五菱之光等组成的"混搭"车队从广东一直延续到黑龙江,不是一个正式组织,没有章程,没有任何成文的规定,但却在抗疫路上一走就是5个月,承载着这个时代的侠义和善意。

(来源:《中国青年报》2020年8月7日)

055 老兵李司军的"救赎"式抗疫

老兵的本名叫李司军,今年45岁,曾当过3年兵,退伍已经23年。老兵的生活并不如意,甚至有些一塌糊涂。他的妻子有严重的腰椎间盘突出,没法工作。女儿 11 岁,年幼时发高烧导致心肌受损,落下了心脏病。儿子 8 岁,患有先天性"漏斗胸"。老兵靠给来往的大货车、工程车焊点东西维持生计,挣来的钱几乎全都用在两个孩子上学和吃药上。不堪重压的老兵,选择了跟着虎哥车队抗疫,用他自己的话,是在终日压抑、无力的生活里,找到了一个出口。他说自己没太高的思想觉悟,但相信这次出来"行大善"会给老人和孩子积福。老兵成为了虎哥车队的元老之一。虎哥车队从北京到绥阳镇下高速时,老兵远远看到出口处一群人围在一起,手里举着条幅。通过收费站时,交警排成两列,忽然向车队敬礼。出了收费站,老兵才看清条幅上的内容:"欢迎英雄凯旋,绥阳李司军好样的!"他有些恍惚,甚至激动得有些"走不好道"。他从来没想过自己会以这种方式回家。

(来源:《中国青年报》2020 年 7 月 8 日)

056 游戏青年猴儿的"重生"式抗疫

猴儿算是虎哥队里的年轻人,在加入车队之前,他几乎把所有闲工夫都花在了一款手游上,"一天差不多要玩七八个小时,累了就看会儿网络小说。除了时间,他还经常往游戏里充钱,加在一起投入了总共几万元。在游戏里,他是名战士,每次战斗都要冲在最前面,赢得无数次荣耀。他是手机账号公会的元老,受人尊敬,说话有分量。在加入车队的第六天,他把卖掉这个账号得来的 1000 元用于加油,让他撑到了车队抵达绥芬河。很少人知道,他经历过超出年龄的"大起大落"。他遭遇过严重的车祸,头部和脊柱受到重创,在床上躺了一年。康复后,他发了财,结果又被人坑到倾家荡产。他清楚自己如今又处在一个新的低谷,大部分时候他都甘心躺在谷底,失去向上爬的动力。在加入车队前,猴儿就喜欢捣弄各种机械设备,负责机器平日的调试、养护。机器坏了,他还能上手维修。他逐渐成为车队的骨干,作业时遇到一些特殊情况,或者指定位置的消杀,都由他负责处理。跟随虎哥车队抗疫,他把自己扔进了新的环境,同陌生人相处,像是一场逃离,却没想到找到了一种被需要感,有一些新的可能正在他身上发生。

(来源:《中国青年报》2020 年 7 月 8 日)

057 富家子弟二代的"融入"式抗疫

"二代"是"富二代"的简称,队友们觉得这个名字中少个字念起来更顺口。他是虎哥车队里一个特别的存在。"二代"不喜欢别人这样称呼他。事实上,他想让队友忘记自己这个身份,即便在车队里,这更多只是种玩笑。加入车队时,虎哥让他开辆"大车",能装货。他害怕别人会觉得自己"不一样",刻意找了辆廉价车过来。"二代"念初中时上的是私立学校,大学时住的是单人宿舍,毕业后就在家族企业上班,生活被安排得妥妥当当。这让他习惯了独来独往。他不喜欢大城市,两年前选择回老家陪外婆。钓鱼是他唯一的爱好,平日里"一坐就是半天",身边全是"钓到一半就睡着的老年人"。到了车队,他成了虎哥口中"不让干活儿就急眼"的"神经病"。在舒兰时,很多小区都没电梯,他背着 50 多斤的药桶,手里再提着 20 斤的喷雾消杀机,上上下下干了几个小时,"累得站不住"。端午节那天,"二代"6 点多就爬了起来,花了半天时间找到营业的商店,为大伙买了粽子和五彩绳。"放在以前,我不可能做出这种事,车队确实很神。"他挠了挠脑袋,笑着说,"我完全不在乎什么大爱,或者公益,最珍贵的是认识了这帮兄弟。"

(来源:《中国青年报》2020 年 7 月 8 日)

058 退休公务员老王的"热血"式抗疫

老王今年 57 岁,但他还是会同自己儿子辈的虎队队友们以兄弟相称。他是在舒兰加入的车队,然后就随队一起到了北京。身边人都理解不了老王的做法。他是退居二线的林业局干部,有事时回单位开场会,没事就在家带孙子,年纪这么大了,为啥还要出去折腾?老王偏偏不喜欢那种平平淡淡的生活,他当了18年伐木工人,做梦都会回到森林里,同工友们喝酒吃肉。直到现在,他还对巨木从头顶划过时带掉帽子的惊险场面印象深刻。"抗疫和伐木一样,身边都是过命的兄弟。"老王说。只是,老王毕竟不是当年那个"身体像树一样结实"的伐木工了。在北京新发地市场进行消杀时,因为内部气温太高,再加上肉类腐烂散发出恶臭,老王忽然一阵反胃。他知道,那里是污染区域,不能拉下口罩。"我一个人感染了,其他人也跑不掉。"匆忙跑到外面楼梯间时,他已经吐在了口罩里,老王说自己从来没有这么不堪过。同跟随虎哥车队一起抗疫的艰辛相比,老王更看重的是焕发的热血青春,他认为这份兄弟情义弥足珍贵。

(来源:《中国青年报》2020年7月8日)

059 央企吹响转产增产冲锋号,为疫情防控提供充足"弹药"

如果说战"疫"是一场人类面对病毒的"战争",那么,试剂药品及防护装备等就是打赢战役必需的"弹药"。2020年2月6日,中国石化官方发布一则微博,表示自己手中有生产口罩所需的原材料熔喷布,意图寻找口罩机来协调生产、增产口罩。中国石化的这封"英雄帖",吹响了央企转产增产的冲锋号。国药集团所属中国生物率先研制出核酸分子检测试剂盒,目前已累计生产了100万人份。当磷酸氯喹疗效被确认后,通用技术集团所属中国医药立刻加大马力生产,保障市场供应。为了保障"弹药"供应,不少中央企业从零起步,紧急转产医用防护服、医用口罩等紧缺医疗物资。原本负责日常军服生产的际华股份在接到防护服生产任务后,旗下3502公司立刻进行研发,利用两天半的时间尝试各种材料和工艺,同步购进调试设备、召集人员,迅速制作出样品,并于当天下午投入生产。"我是一名受党和人民培养30多年的老党员,在防控疫情的紧要时刻,我申请去最紧急的防护服生产一线参加战斗!"再有半年就要退休的公司老党员贾红英,向组织郑重递交了请战书。在贾红英等一批党员的带动下,际华3534公司17个党支部、近200名党员也纷纷请战,强烈要求加入防护服生产一线。截至2月17日,新兴际华集团所属企业累计投入5000余人生产医用防护服,积极担当战"疫"使命。

(来源:人民网2020年2月23日)

060 疫情全球爆发口罩需求激增国内已有三万家企业转型生产

新冠肺炎疫情发生以来,口罩瞬间成为需求最为紧迫的防疫物资。如果疫情期间全面复工,国内口罩日需求量或将达到5亿只左右;而按当前产能,日均仅能生产约7600万只,远远不能满足需要。为了打赢抗疫战役,平日做皮鞋、服装、家纺的企业,纷纷转产口罩、防护服,为全社会提供防疫物资保障。据不完全统计,全国目前已有包括三枪集团、玩觅、报喜鸟、奥康在内的3万家企业纷纷转产口罩、防护服。其中制约口罩产能的瓶颈之一,便是生产口罩的核心材料熔喷无纺布产量极低。在新冠肺炎疫情暴发之前,广东并不是生产熔喷布企业最多的省份,但为了解决口罩生产的燃眉之急,仅2020年1月至2月,广东经营范围涉及熔喷布企业注册量多达10家,占全国新增总量的三分之一。数据显示,自2020年1月1日至2月28日,全国经营范围涉及医疗器械、口罩等防护用品企业增速可观,仅生产医疗器械的企业就新增了3万多家,消毒产品次之。

(来源:新浪财经官方账号2020年2月28日)

061 请战,转产,疫情面前这家企业尽显责任和担当

随着新冠肺炎疫情防控阻击战的全面打响,一线医用防护物资告急的讯息不断传来。河南濮阳市侨商联合会副会长、华源纺织有限公司董事长王崇功在收到濮阳市新冠肺炎疫情防控指挥部发出的告急信息后,匆匆赶到市新冠肺炎疫情防控指挥部办公室主动请战。凭借多年从事服装工作的经验,王

崇功表示不仅可以做医用防护服，而且保证做好，还要积极向防疫一线进行捐赠。受领任务后，王崇功带领员工用一下午时间就把原料采购到手，然后打板纸，连夜拉布、裁剪，第二天上午八点就开始上线了。而此时正值春节假期，加之疫情的严峻形势，组织职工复工复产成了最为困难的现实问题。王崇功给工人逐个打电话，做工作，最后成功组织了 20 多人加班生产医用防护服。每天早上 7 点上班，晚上 10 点下班，加班加点组织生产，并把生产的千余套防护服全部捐赠出去。防护服投产后，面对市场上口罩严重不足的局面，他又决定引进口罩生产设备。他在大连一家企业找到一条现成的口罩生产线就连夜拉回濮阳。经过紧张的调试，这条生产线终于在 2020 年 2 月 8 日凌晨 0 时 58 分试车成功。2 月 14 日，王崇功带领员工生产的第一批口罩 10000 只，在第一时间送到了华龙区疫情防控指挥部，解决了华龙区抗疫一线人员的燃眉之急。截至 2 月底，王崇功带领员工累计为濮阳市疫情防控工作捐献口罩 40000 只，防护服 1800 套，价值约 30 余万元，不但填补了濮阳市隔离衣和口罩生产线的空白，更体现了企业家的社会责任与使命担当。

（来源：中新网 2020 年 2 月 25 日）

062 阿汤哥和口罩的故事

被朋友们称作"阿汤哥"的华清集团董事长汤玉金，在 2020 年春节期间整天为找口罩忙个不停。随着新冠肺炎疫情的快速蔓延，口罩成为稀缺资源，但采购口罩比他想象中艰辛百倍。他在海外找到的一批 N95 口罩，还没出关，就被当地政府扣下，多次协调未果。诸如货款汇出了但对方却迟迟不发货；被对方告知断货了，货款却迟迟不退回的情况，他也没少遇到过。但功夫不负有心人，1 月 30 日，第一批 4000 只医用口罩到达杭州，捐赠给了当地新冠肺炎定点医院，成为一场"及时雨"。阿汤哥的朋友们也加入进来，连盛医疗董事长连新盛找到 600 只 KN95 口罩，后来又在泰国找到了一批货源，都送给了当地医院和社区。经阿汤哥一再要求，每个口罩物流纸箱上都醒目地写着他的手机号,这批防疫物资途经一个个物流中转站,他在接到一个接一个的问询电话时,心里便会有一种踏实感。2月5日,这批5000只口罩也到达杭州,被分送给当地社区防疫一线的工作人员。阿汤哥说:"人人都会有需要与被需要的时候。人生就是一场旅途,旅途中最美的风景是人,是人与人之间的守望相助。"

(来源:"华清集团1984"微信公众号2020年2月12日)

063 朱纪军:挑战一个又一个不可能完成的任务

朱纪军是中建三局一公司安装公司机电设计研究院总设计师,他带领着一支年轻的团队,挑战着建设雷神山医院一个又一个不可能完成的任务。2020年大年初一,涵盖暖通、给排水、电气等专业的7人施工设计团队就集结完毕,并以最快速度紧急奔赴雷神山。短短5天时间里,核对图纸1000多张次,整理排查错漏100余处。为应对疫情蔓延新形势,在短短6天时间里,雷神山医院从5万、7.5万到7.99万平方米扩容完成"三级跳",床位也从1300张增至1500张。朱纪军团队的现场应变能力经受着极限挑战。雷神山医院总建设用地面积约22万平方米,总建筑面积约8万平方米,由隔离病房区、医护生活区、配套用房等组成。如此规模的工程,仅图纸深化设计一项,按常规来说至少是五六个人3个月的工作量。而在雷神山工地,朱纪军只能采取高效的"战时状态",打开脑洞,边沟通、边设计、边施工、边调整,快速解决现场问题。朱纪军团队每人每天都在图纸和施工现场之间连轴转,每晚至少有两个人"随找随在",确保能随时同现场施工人员对接答疑。朱纪军和团队有个共识:早一天建成雷神山医院,早一天接收病人,就是对打赢疫情阻击战最大的贡献。

(来源:《中国青年报》2020年3月5日)

064 火神山医院总设计师黄锡璆和他的请战书

2020年1月27日,大年初三,79岁的黄锡璆一早就来到位于北京西三环的办公室,开始新一天的工作。同三环路上的冷清氛围截然相反,他的办公室里十分热闹,地上、桌上、沙发上,到处都堆满了图纸和资料,还不时有人前来请教问题、探讨工作。在中央决定建设火神山医院以后,他和国机集团的同事们一道,成为了逆行武汉的建设者。在此之前,他写了这样一封请战书:"我请战是鉴于以下三点:本人是共产党员;与其他年轻同事相比,家中牵挂少;具有'非典'时期建设小汤山医院的实战经验。本人向组织表示,随时听从组织召唤,随时准备去一线参加抗疫工作。"17年前,他带领中元医疗建筑团队在7天内完成了小汤山医院的设计和建设任务;而今,面对新冠疫情,这名老将又主动请缨,再度披挂上阵。1月23日,在收到武汉市城乡建设局关于支持建设新型冠状病毒肺炎应急医院的求助函后,黄锡璆立即主持召开支援武汉建设应急医院协调会议,一小时后,修订完善的小汤山医院图纸就送达黄锡璆。当晚回到家中,他并未休息,而是继续思考、研究,列出数条补充意见。第二天是大年三十,他早早赶到公司,将补充意见发给了武汉市城乡建设局。

(来源:人民网2020年1月31日)

065 雷神山医院建设背后强大的"中国力量"

2020年除夕夜,中南建筑设计院接到一项紧急任务:要将武汉军运会运动员餐厅改造为武汉第二所专门用于收治新冠肺炎患者的医院——雷神山医院。由中南建筑设计院党委副书记、总经理杨剑华挂帅、首批40余人组成的项目骨干团队,当晚宣告成立。团队成员兵分各路,纷纷从各自家中出发,克服交通阻断等诸多困难,赶赴工地。他们借着手机光,摸黑进行现场勘查。勘查一结束,杨剑华带队,立即赶回设计院召开技术碰头会,连夜争分夺秒研究方案、展开设计。5 万平方米、7.5 万平方米、7.99 万平方米,面对疫情蔓延的凶猛势头,短短六天,雷神山医院规划总建筑面积三次扩容,床位也从 1300 张增加至 1500 张,总体规模超过两个火神山医院,但工期却与火神山医院相当。更何况,春节停产停运期间,仅存的一点人机物料都已投入建设火神山医院,再开辟第二战场,可谓难上加难。面对困难,建设方中建三局再次面向整个中建集团广发"英雄帖"。一呼百应、八方来援。800 人、1000 人、2000 人、5000 人,现场人数的每一次增长,都意味着完成这个"看似不可能的任务"越来越有底气。经过 10 多个昼夜的连续奋战,2 月 8 日,雷神山医院交付使用,并将接收首批患者入住。

(来源:新华网 2020 年 2 月 24 日)

066 火神山雷神山两所医院建设奇迹是怎样造就的

3 万多名现场管理和作业人员,1 亿多"云监工"网民,十余个昼夜日夜奋战,先后完成交付火神山、雷神山两家全功能呼吸系统传染病专科医院。业内人士评价:这样的建造速度至少比通常建造的传染病医院提高了 100 倍!"虽然并不是为传世而建造,但因为特殊的时间点,以及直播中的全民见证,它们完全有可能被载入建筑史册。"作为火神山医院项目总牵头单位的中建三局,完成了大部分工作。武汉建工、武汉市政、汉阳市政等企业,作为参建单位完成了部分工作。由中建集团独立承担的雷神山医院项目,中建三局是牵头建设的主力军。在这两所医院建设中,中建三局建立起以局党委主要负责人挂帅的总指挥部,以及由局副总坐镇的现场指挥部这两级指挥体系,各参建单位分片组织、由指挥部统筹推进,动员局属 9 家单位广泛参与,共调集管理人员 4000 余人、作业人员 35000 人,24 小时日夜奋战、极速奔跑,保障了项目的顺利完成。中建三局依托中建集团全产业链,即便是受春节和疫情双重影响,仍在短时间内,及时高效调集了大型设备及运输车辆 2500 余台套、集装箱 4900 余个、HDPE 防渗膜 20 万平方米、通风管道 8.4 万米、电缆电线 400 多万米、配电箱柜 1500 余台、卫生洁具 1600 余套,为这两所医院的平稳推进提供了雄厚的资源保障。

(来源:《国资报告》2020 年 3 月 12 日)

 中国是如何做到 10 天建成一座拥有 1000 张床位医院的

经过 10 天奋战,中国火神山医院在 2 月 2 日交付军方使用,将从 3 日开始收治新冠肺炎患者。火神山医院的神速建成,向全世界展示了中国抗击疫情的力量和决心。中国是如何做到在这么短时间内,建成一座拥有 1000 张床位的医疗中心的?尽管建成速度惊人,但火神山医院从技术上讲并不是神话。中国人使用的是现代建筑技术,他们将建造时间大大缩短。为快速建成医院,数十台起重机昼夜不停施工,数千名工人同时组装零部件。火神山医院的建造原理同欧盟办公大楼相同。它们是用螺丝钉连接的预制金属结构,每天可以建成一层楼,只要将模块即外墙和室内设计模块,同窗户和设施完全组装在一起就行,不需动用一砖一瓦,特别像组装火车车厢。这是一种基于工业化和制造业的技术,中国人使用这种技术的士气极其高涨,这是欧洲人比不了的。

(来源:西班牙《国家报》网站 2020 年 2 月 2 日)

云监工们共同见证中国建造的力量与速度

被誉为基建狂魔的中国一次次令世界震惊和瞩目:2.5 小时拆掉一座大桥,9 小时完成铁路站改造,港珠澳大桥、青藏铁路……"'两山'医院的云监工",并不是在集体打发无聊的时间,而是守护着希望、展望着未来。来自全国各地的工人,怀揣着小家而大国的情怀,在本该团圆的新春告别家人。火神山医院项目时间紧,工人每天 12 个小时、两班倒工作。部分工种还要加班。高强度劳动,让工地上的每一名建设者都绷紧了神经。"快点!快点!"是每个建设者都挂在嘴边的话。即便是在吃饭时，工人们也不会离开工地，大家就在自己的岗位上捧起盒饭，大口大口吃起来。午歇时，大部分工人都主动加班工作，有人实在累极了，就地坐下小憩片刻，身下是潮湿的泥土，也是伟大的母亲。昼夜奋战，却无一返工。淳朴善良的工人们，在这没有硝烟的战场上奋勇逆行，无数的网友自称"监工"每天陪着，与"死神"赛跑十天十夜，争分夺秒，只为挽救更多的生命。这就是中国力量，这就是中国速度！

（来源：综合多家媒体报道 2020 年 1 月 29 日）

069 火神山医院安装部总工程师金晖的战"疫"故事

为协助设计院快速拿出设计图，火神山安装项目部总工程师金晖，白天在现场指导生产，晚上在设计院沟通优化设计方案，常常一整天都顾不上吃饭喝水，熬到深夜才睡一会儿觉。金晖奔赴建设现场前，母亲语重心长地对他说："国家有难，匹夫有责。孩子，把医院早日建好就是最大的孝顺，我为你骄傲，期待你平安回来。"母亲知道儿子身患糖尿病十余年、还曾 3 次因病住院，反复叮嘱他要注意身体。可现场就是战场，上了战场哪还管得了那么多！抢建火神山，作息极度不规律，一日三餐草草应付，常常要同事拉着他停下来，才去吃饭、喝水。深更半夜，他才有时间松口气、啃几口面包、喝几口热水。同事们看他整理衣服时，发现他怀里揣着胰岛素泵，输液管紧贴着肚子，才得知总工程师金晖就是靠着这个泵硬撑着在工作的。同事们的眼睛都湿润了，金晖却笑着安慰他们："这是我多年的老毛病，早习惯了，这点小事跟抗击疫情建设医院相比算得了什么？大家别担心。"1 月 27 日，他的血糖降到 3.0 毫摩尔 / 升，在现场几近昏厥却坚持不下火线。同事说服不了他，就偷偷联系了金晖的小女儿，让她来"管管"爸爸，可懂事的女儿却什么也没对爸爸说。

（来源：《经济日报》2020 年 2 月 10 日）

070 把指挥部设在一线"战壕"里

中国建造雷神山医院医护休息区机电指挥长徐建中，每天吃、住、办公都在工区现场，并把指挥部设在了一线"战壕"里。2020 年 2 月 5 日，现场进入淋浴房组装环节，连续熬了好几个通宵的徐建中刚要松口气，却发现工人们在组装时遇到了麻烦。一套淋浴房有上百个零部件，5 个工人要花 2 个多小时甚至更长时间才能组装完成。徐建中着急了，"太慢了，这样不行，会严重耽误工期！"他带着几个技术人员上手组装，突击组在组装一套样板时，他把工人们都集中到一起进行演示交底，给工人们重新分组。在他指导协调下，3 人小组每 40 分钟就组装完成一套淋浴房，节约了大量时间和人力。2020 年 2 月 6 日，距离雷神山医院开始交付只剩 2 天了，徐建中正组织医护休息区施工，此时却接到了新的任务——病房南区要新增电缆施工任务，而且要确保 2 月 7 日成功送电。此时病房北区已经开始向医护人员移交，距他们施工的南区仅一墙之隔，有的工人害怕被感染，不愿再施工。"大伙儿别怕，咱做好防护就没事。我会一直待在这儿，有风险咱们一起扛！"从 2 月 6 日 7 时到 7 日 16 时，徐建中一直守在这里，直到工人完工撤场。这 33 个小时，他搬来两张桌子，就在现场办公、开会、吃饭，熬得嗓子冒烟，撤场时连一句话都说不出来。

（来源：党员生活网 2020 年 3 月 10 日）

071 抢建火神山医院的 120 小时：边设计边施工

在这场抗疫人民战争中，留给火神山医院的设计、建设时间极为紧迫：按照计划，该院将于 2 月 1 日建成，2 月 2 日移交军方管理，2 月 3 日交付使用。5 小时出方案，24 小时出设计图……火神山医院设计单位，中信建筑设计研究总院副院长肖伟向记者介绍。1 月 23 日下午，接到这项紧急设计任务后，该院迅速组建项目团队，60 余名员工加班赶图。为给连夜开工争取时间，60 余名设计团队成员几乎是通宵作业,"几个班次轮着来。"肖伟告诉记者,时间紧迫,火神山医院是"一边设计,一边施工。"借鉴北京小汤山医院的模式和图纸,同施工单位密切配合,要根据施工单位和现场所能调集的资源,以及疫情的整体情况来设计,这可能是最难的地方。"以火神山医院需要建设的临时板房为例,中信设计院"手里有什么材料,就怎么来设计"。同时,根据疫情的特点,将相应医疗标准大大提高。1月23日22时,上百台挖掘机、推土机从武汉各处赶来,千余名建筑工人连夜开展作业,进行场地平整等。在昼夜不停的机器轰鸣中,等待2020年除夕的到来。

(来源:《南方都市报》2020年1月28日)

072 中国北斗在关键时刻彰显科技抗疫担当

新冠疫情阻击战打响后,中国北斗担当起科技抗疫的跨界先锋。疫情在哪个时空点位肆虐,就必须点对点提供高精度的时空服务,这就是中国北斗的独门绝技。在武汉火神山、雷神山医院建设中,高精度定点定位是基础。2020年大年三十晚上,中国北斗高精度定位设备火速驰援火神山医院工地。千寻星矩SR3终端投入使用,确保工地放线测量一次完成。精准掌握患者及其密切接触者,掌握、定位并封控传染源,是决胜疫情防控的关键。中国北斗同互联网移动通信网、大数据云计算结合形成的"北斗+"信息产品,可以对感染者行动轨迹精确定位,为大城市特别是基层社区做好精准防控,提供了关键数据支撑。阻断疫情传播必须尽可能减少人际直接接触。基于中国北斗高精度定位的无人设备,是耀眼的特种兵。2月12日上午,首架基于北斗高精度疫情应急作业无人机,降落在武汉金银潭医院,把急需的医用物资精准送到一线医护人员手中。当日北斗无人机共运输紧急物资20架次。

(来源:《光明日报》2020年2月26日)

073 中国移动5G医疗小推车在火神山开启疫情高效救治模式

在中国抗疫斗争中,一批 5G 远程医疗小推车,在武汉火神山专科医院正式启用。省外专家可以通过远程医疗系统,对隔离区患者进行会诊,救治的效率与效果将进一步提升。通过 5G 网络,省外专家同火神山医院一线医护人员可实时互动、紧密配合,共同实施现场救治,大大提升了医疗诊断信息的传输速度,并为患者争取更多机会。同时,也在一定程度上,缓解了武汉一线医护人员调配紧张、超负荷工作的痛点,还可减少外地医疗专家前往武汉的风险。湖北移动为火神山医院搭建 4/5G 无线网络及专线网络,仅用 3 天便完成医院网络、线路的建设和调测,共计新开通基站 4 座,铺设 8 条办公专线,同时开通了医保和卫生专网,用于火神山医院通信。此外,中国移动还为火神山医院制定了一系列 5G 智慧医疗解决方案,包括远程医疗协作、防护监控、智能机器人等信息化服务。目前,已为医院打造了 3 套远程视频会议系统,提供了 300 部对讲机,为火神山医院全面运转提供了信息技术保障。

(来源:综合多家媒体报道 2020 年 2 月 15 日)

074 转战三大战时医院的建筑工人杨留杰

在武汉建筑工地连续奋战了 20 多个日日夜夜的杨留杰,双眼虽然布满了血丝,但说起话来依然掷地有声:"疫情不灭,我们不退!"先后参与了火神山、雷神山医院建设的杨留杰,2 月 4 日,又马不停蹄冲到武汉体育中心,参加建设方舱医院。杨留杰是中建三局绿投公司总承包事业部职工,也是一名退役军人。"我是军人,到前线去是我的责任!"接到建设火神山医院通知后,他于正月初二就从河南濮阳老家返回武汉,年迈的父母担心他的安全,不让他去。"都不去,活谁干?"他的反复解释终于说服了父母。从濮阳到武汉,他连续开了十几个小时的车,一到工地,就马不停蹄投身建设,一直干到当天晚上 11 点半。火神山建设完毕,他立刻转战雷神山,雷神山完工后又转战两个方舱医院。鏖战两天两夜,设有 1100 张床位的武汉体育中心方舱医院就改造完毕。正在建设的麒麟物流方舱医院也接近尾声。"不止我一个,战友们也都是没日没夜作战的。"杨留杰说。

(来源:《人民日报》2020 年 2 月 15 日)

075 雷神山医院不知道他们的姓名

在沸腾的雷神山工地上是听不到大家喊姓名的,通行的称呼是某某"师傅"。细心的工人会在黄色安全帽的一侧写上姓氏,后脑勺位置写上"武汉加油"。高峰时,武汉为应对疫情而建的板房医院——火神山和雷神山医院工地,2.5 万名建设者昼夜劳作。新冠病毒感染人数急剧上升时,雷神山医院的规划总面积 6 天增加了 3 次,从 3 万平方米增加到 7.99 万平方米,床位从 1300 张变为 1500 张。紧急赶来将这张图纸落到现实的人群里,有人带着工具连夜开车,也有人骑了 2 小时自行车。谈起那段生活,一位工人说,自己累得"站着都能睡着"。另一位则说,像这样"带有光环"参与援建工程还是人生首次。"这是我有史以来打的工资最高的工。"开着面包车赶到武汉的周萍说。工地上热火朝天,到处都是人。工作越来越忙,几乎每天都有新人进来。31 岁的工人罗杰回忆,从 2 月 1 日起,工地进入全面施工,越来越需要人。他所在的班组人数在 2 月初达到峰值。他的弟弟罗冲,刚在武汉新洲区农村老家举办了婚礼,也喊了 5 名亲戚朋友赶来支援。为了赶工期,工人们连轴转。

(来源:《中国青年报》2020 年 4 月 1 日)

076 机器人出征,驰援各支援鄂医疗队

在抗击新冠疫情的关键时刻,贵州始终把援鄂作为一件大事,举全省之力千里援鄂,不仅集结了 9 批 1434 人的援鄂医疗队,而且搬出了"压箱

底"的医疗物资。黔鄂同心,风雨同舟,全力以赴,攻坚克难,坚决打胜疫情防控阻击战。当下,鄂州新冠肺炎疫情依然严峻,贵州和鄂州医务人员日夜奋战在抗疫一线,同时间赛跑,与疫情搏斗,成为最美的白衣逆行者。2020 年 2 月 16 日,碧桂园向武汉捐赠首台煲仔饭机器人,累计为湖北省国资学院隔离点生产近 1000 份煲仔饭。碧桂园第二台煲仔饭机器人,连同 10000 份煲仔饭原料食材和包装材料同样在第一时间驰援鄂州。该煲仔饭机器人可在数小时内不间断供应,每小时出品 100—120 份煲仔饭,无人化全自动出餐有效降低了传染风险,为一线抗击疫情的医护人员提供餐饮保障。为迎合贵州人和鄂州人的口味,碧桂园煲仔饭机器人出品的广东风味煲仔饭,还配备了辣酱。众志成城,共克时艰,碧桂园利用自身优势,加入到贵州对口支援鄂州的战"疫"中,为"贵州力量"增添爱心企业的科技力量。

(来源:乐居网 2020 年 3 月 3 日)

077 疫情大数据处理"军师"有何"神通"?

及时把握疫情数据,关系到各项防疫工作的开展和对疫情走势的精准研判。疫情期间,医疗救治、辅助筛查、卫生健康、交通管理等不同数据的交叉协同和准确汇总,已经成为抗击疫情的重要保障。大数据技术在这次抗击疫情中发挥了重要作用。其直接作用表现在:疫情防控中的远程会诊、在线问诊、无接触式快检等方面;间接作用表现在:提升医疗物资供应效率、物资供求信息精准对接、发展"非接触式"服务模式等方面。同时,对发热或疑似病人的行动轨迹及与其接触人员的信息,通过大数据进行精准的了解,能为疫情防控提供精准的信息。近日,腾讯的大数据人工智能 CT 设备,已经部署在湖北省一家最大规模的方舱医院。作为判定新冠肺炎病例的重要依据的胸部 CT 影像,该设备在数秒之内,就可以帮助前线医生识别患者的影像结果,为医生提供诊断参考,被一线医务人员称为处理疫情大数据的"军师"。

(来源:《人民政协报》2020 年 3 月 11 日)

078 疫情来袭，高科技成为助力疫情防控的一支特殊力量

疫情期间，各科技类社会组织和服务机构充分发挥技术优势，人工智能、远程监控齐上阵，为疫情防控注入了科技力量。形态各异、憨态可掬的机器人，成为一群特殊的"逆行者"。不用戴口罩、不用穿防护服的机器人，只需每天按时消毒，既节约口罩、防护服等用品，又能减少交叉感染。一台机器人可以身兼数职，有的搭载高精度热感仪、体温识别系统、消毒喷雾装置，就能具备异常体温识别、口罩佩戴识别、不规范穿戴警告、消毒液实时喷洒、疫情播报等功能。在巡逻时，当它发现有人未按规定佩戴口罩，就会立刻发出语音警告，并实时上传至后台。有的机器人能搭载120公斤储液罐，加一次药就可覆盖5万平方米区域。有的机器人一到饭点儿，就带着成排的餐食，稳稳地行进在隔离区的走廊里。在准确找到病房后，机器人就会自动转身、停下、喊门，一气呵成。还有的机器人充当隔离病区的"快递员"，运送药品、水，以及家属寄来的生活必需品等不成问题。据统计，疫情期间已有500多台送餐机器人在全国近百家医院使用。

（来源：综合多家媒体报道 2020 年 4 月 9 日）

6

··

奉献友爱

　　"哪里有疫情，哪里就是战场。"空港、海港、场站、社区、街道……处处都有志愿者们忙碌的身影在闪亮。他们乐此不疲地站在疫情防控最前线，用汗水浇灌志愿精神，用奉献传递友爱力量，用行动厚植文明土壤，政治觉悟、专业素养、志愿精神相得益彰，共同织就疫情防控网，一起筑牢防控疫情的屏障，用实际行动保障人民群众的生命安全、守护人民群众的权益健康。"奉献、友爱、互助、进步"的精神旗帜，在这场抗击疫情的战斗中再添熠熠星光。

001 总书记称赞广大志愿者为疫情防控作出重大贡献

2020年2月23日，习近平总书记在统筹推进新冠肺炎疫情防控和经济社会发展工作部署会议上的讲话中称赞："广大志愿者等真诚奉献、不辞辛劳，为疫情防控作出了重大贡献。"1月26日，中国青年志愿者协会发布《关于青年志愿者组织和志愿者开展疫情防控应急志愿服务的工作指引》；1月28日，中央文明办、中国志愿服务联合会联合发出《关于号召广大志愿者、志愿服务组织积极有序参与疫情防控的倡议书》；3月17日，民政部办公厅印发《志愿服务组织和志愿者参与疫情防控指引》的通知。与此同时，全国各级工会组织迅速发出职工倡议书，组织志愿服务群体下沉社区参与抗疫。全国妇联迅速发出倡议，号召巾帼志愿者行动起来，为打赢疫情防控阻击战贡献"半边天"力量。在抗疫人民战争中，志愿者的身影无处不在。哪里有需要，哪里就有他们。他们选择冲到战"疫"前线，用专业的热情志愿服务筑起防疫人民长城厚实的城墙。

（来源：综合多家媒体报道 2020 年 3 月 20 日）

002 坚持走中国特色志愿服务之路，让志愿服务蔚然成风

2020年4月7日，《人民日报》刊文指出：我们要坚持走中国特色志愿服务之路，大力弘扬"奉献、友爱、互助、进步"的志愿精神，推进志愿服务制度化，提高志愿服务能力，营造良好的志愿服务发展环境，充分发挥广大志愿者在统筹推进疫情防控和经济社会发展工作中的重要作用。应积极推进志愿服务制度化，建立灵活便捷、形式多样的志愿服务平台，完善志愿服务管理和绩效评估机制，推动志愿者组织规范化、专业化、多元化发展。健全志愿服务风险防范机制，解决志愿者在志愿服务过程中遇到的困难，维护志愿者合法权益。提高志愿服务能力，制定常态化志愿者专业知识和技能培训制度，实施应急志愿

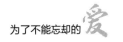

服务能力提升工程。创新志愿服务方式,立足群众需求探索疫情防控"互联网+志愿服务",创新开展"无接触服务""代办式志愿服务",使志愿服务供给与人民群众需求有效匹配。营造良好的志愿服务发展环境,挖掘宣传疫情防控志愿者先进事迹,把志愿服务融入文明城市、文明单位、文明村镇、文明家庭、文明校园创建过程,树立"我为人人、人人为我"的生活新风尚。

(来源:《人民日报》2020年4月7日)

003 我们是青年志愿者"哪里有需要,就去哪里"抗击疫情

2020年1月25日,中国共青团中央向全团青年发出立即投身疫情防控行动的动员令,将志愿服务作为团结带领广大青年在实践中服务党政工作大局、服务群众急迫需要的重要载体,动员广大青年响应号召、立即行动起来,在当地党委政府领导下,科学有序参与疫情防控工作。团吉林省委招募通告发出后,短短15分钟就有超过3000名青年进行在线报名,多个志愿者招募微信群瞬间爆满。据统计,截至3月5日,全国各省(区、市)团委共招募志愿者170.4万人,上岗志愿者137.1万人。其中,"90后"志愿者58.2万人。一批批青年志愿者选择冲到战"疫"前线,用专业热情的志愿服务筑起了防疫青春长城。青年志愿者这块火红的牌子,在千千万万青年志愿者抗击疫情的"擦拭"下,显得愈加明亮。

(来源:《中国青年报》2020年4月3日)

004 用爱换来的爱才会长久,以福反哺的福才会永恒

新冠疫情当前,有人身着战衣冲锋一线,不计报酬,不论生死;也有人怀抱友善援于后方,不惧危难,默默奉献。为支援疫情防控,一条特殊的口罩包装"招工"信息在朋友圈流行,短短几十分钟,两百多名志愿者名额就被"秒杀"。有人说此时的"前线",多一个人,就多一份危险;但也有人认为,多一双手,就多一份效率。"能帮多少是多少",志愿者这句简单的话语,如林间的幽风,能

拂醒人的善念;如山涧的清泉,能激荡出人的慈心。在爱与被爱的人世间,付出,永远是这个世界最和谐的韵脚;而给予,则是这个世界最美丽的底色。在这群抗疫背后的"红马甲"看来,爱出者,才能爱返;福往者,方能福来。爱出,就是要懂得付出;福往,就是要学会给予。常有人说,有爱的地方就有安稳,因为外在的浮华不会停留太久,一转身誓言可以散去,一转眼繁华可以不再,只有用爱换来的爱才会长久,只有以福反哺来的福才会永恒。

(来源:综合多家媒体报道 2020 年 3 月 9 日)

005 白岩松:等到疫情过后,让我们再次拥抱

在 2020 年 3 月 5 日这个特殊节日,著名主持人白岩松在《新闻 1+1》节目上向坚守在湖北、武汉防控一线的青年志愿者致敬。他说:"3 月 5 日是一个与爱和志愿服务紧密相关的日子,首先要对在武汉和湖北成千上万提供志愿服务的志愿者们说上一声:你们辛苦了! 在 2020 年春晚的舞台上,我们曾说过隔离病毒,但不能隔离爱。如果没有志愿者提供的服务,这句话是要大打折扣的。的确,有成千上万的志愿者,能记住名字的可能只有几个。由于戴着口罩,甚至穿着防护服装,连你们的样子都可能看不清楚,但是你们一直在做,而被帮助的人也充分感受得到,整个社会都会记住你们共同的名字叫志愿者。当然,不排除会有一些不理解、误解、责难甚至是委屈,但是被磨的石头才亮。疫情过后,这一段志愿服务会成为你们重大的收获,因为你们让很多被帮助的人在最无助的时刻、在昏暗处感觉到光。而你们的生命,也因为这段时间的历练而闪闪发亮。所以,非常谢谢你们,同时保重,等到疫情过后,让我们再次拥抱。"

(来源:"中国青年志愿者"微信公众号 2020 年 3 月 6 日)

006 湖北 60 多万名志愿者抗疫期间服务群众

在疫情防控人民战争中,湖北全省 60 多万名志愿者响应号召,就地就近

参与社区(村)疫情防控,志愿之光情暖荆楚。在武汉,"志愿服务关爱行动"招募通知发出仅 10 小时,报名人数就迅速突破 1 万;短短一周多时间,报名志愿者超过 7 万人。武汉市武昌区石洞街道白云社区 78 岁的熊美荣婆婆在第一时间跑来报名当志愿者,她在社区里进行巡逻劝导,成为社区年龄最大的志愿者。为帮助社区居民,熊婆婆还发动女儿、女婿、儿媳都来当社区志愿者。在恩施州,共组建疫情防控文明实践志愿服务队伍 2485 支,5 万余名志愿者参与疫情防控;在黄冈市,动员了全市志愿服务组织(团体)招募志愿者 36000 多名;在荆门市,30 多家志愿服务组织、近 4 万名志愿者闻令而动。在荆楚大地,志愿者活跃在社区、村庄,他们冲锋在前,开展卡点值守、物资保供等服务。在志愿者队伍中,一批"80 后""90 后""00 后"开始挑大梁。1 月 28 日,志愿者方文权和"90 后"儿子一起报名,参加黄冈外校搬运疫情防护救助物资的工作。为保障群众基本生活和医疗机构正常运转,志愿者既当信息员、采购员,又当分拣员、快递员。

(来源:《湖北日报》2020 年 4 月 12 日)

007 心理专家志愿者为疫情中的青少年擦拭心窗

青少年有了心理问题,很少有人会向家中长辈倾诉,但在 12355"青小聊"网络咨询服务平台,孙子辈的咨询者和退休后的咨询师却产生了良好"化学反应"。疫情来临,一群"爷爷奶奶"辈的心理专家们,不懈奋战在 12355 心理咨询第一线。他们有的掏出老花镜,有的自学打字,都是为了开展青少年心理疏导,为疫情中的青少年点亮一盏盏温暖的心灯。"我已是花甲之年,来咨询的青少年大多是我的孙子辈。"一个月前刚退休的上海市商业学校心理健康教育工作室主任颜苏勤,从事心理辅导工作已有多年。早在两年前,她就加入了"青小聊"志愿者团队,成为一名心理咨询志愿者。在疫情暴发后热线恢复的第一天,她的身影便出现在 12355 值班岗位上。无独有偶,上海压力管理中心专家顾问宋娅,每天会花 3 到 5 个小时在心理疏导工作上。由于咨询时间主要集中在晚上,她有时会工作到深夜,但却毫不在意:"不怎么累,我心态比较好,最主要是对人生有目标,对未来有憧憬。"

(来源:综合多家媒体报道 2020 年 2 月 28 日)

008 星火成炬,用凡人星火点亮人间大爱

广大志愿者在这场抗疫人民战争中用凡人星火点亮人间大爱。2020年1月20日以来,各地共开展疫情防控志愿服务项目17.7万个,参与疫情防控的注册志愿者达361万人,记录志愿服务时间1.16亿小时。70岁的于庆河和69岁的妻子黄玉芹是两名老党员,他们志愿投身到哈尔滨市上海新村社区值守一线。67岁的侯振康是江苏苏州的一位老裁缝,他戴上老花镜、踩起缝纫机,为大家赶制防护帽,被社区居民亲切地称为"帽子爷爷"。重庆"雷锋的士"出租车志愿服务队成了"网红",全市超过600名志愿者组成10余个小分队,"点对点"服务一线医护人员家属,为他们出行提供义务接送。在上海,荣华居民区外籍居住者较多,住户戴维·波特主动担任起"防控疫情告知书"的翻译工作;在北京,玻利维亚籍居民玛丽亚报名成为防疫志愿者。"他们的不懈努力正是中国志愿者的奉献、责任和主人翁精神的全面体现,是对志愿精神的完美诠释。"联合国志愿人员组织在公开声明中,对中国志愿服务工作给予高度评价。

(来源:《人民日报》2020 年 4 月 6 日)

009 致敬首批以博爱奉献血浆的抗疫血浆捐献志愿者

2020年2月14日,中国红十字基金会联合爱心捐赠人,为首批19名新冠肺炎康复血浆捐献志愿者颁发致敬状,并为每名捐献志愿者提供3000元人道救助金,褒扬他们"以坚韧战胜病魔,以博爱奉出血浆,为拯救更多新冠肺炎危重患者的生命作出无与伦比的贡献"。国家卫健委发布的《新型冠状病毒感染的肺炎

诊疗方案(试行第五版)》指出,对重型、危重型病例的治疗可采用恢复期血浆治疗,这样就可大幅降低危重患者病死率。2月13日,武汉金银潭医院院长张定宇表示,"医院正在开展康复病人恢复期血浆的输入,目前已显示出初步效果"。他还表示,"康复患者体内有大量的对抗病毒综合抗体,呼吁康复者积极捐献血浆,拯救还在与病魔作斗争的病人"。抗疫血浆是生命的火种,向血浆捐献志愿者们致敬!

(来源:中国日报网 2020 年 2 月 14 日)

010 心理热线守护抗疫医护人员的心灵

"用心抗疫"心理热线主要是为在中国抗击新冠病毒疫情第一线工作的、极度劳累压力过大的医护人员设立的一条热线。一位护士拨打了"用心抗疫"24 小时热线电话,说自己一直头疼;一位医生打来电话说,虽然他一直努力把病人从疫情中拯救出来,但仍觉得徒劳无功。"我们的原则是为他们提供情感方面的帮助。"疫情让医护人员遭受了极大考验。在中国,大学、地方政府和心理健康组织设立了数百条心理热线,帮助人们应对这一问题。目前"用心抗疫"心理热线已有包括心理医师和技术人员在内的百名志愿者。"每天大约有 15 到 20 个电话打进来",其中 40% 是医务人员。电话大多很简短,通常倾诉对疫情感到的惊慌、焦虑、压力、疲惫等感受。

(来源:《参考消息》转发《纽约时报》2020 年 4 月 8 日)

011 "00后"大学生用志愿服务刷新成长时速

湖北第二师范学院大一学生黄新元,在疫情暴发后,毅然投入志愿服务行列。他同自己的艺考老师共同组成了一个"跑腿"团队,一边在街头免费发放口罩,一边为他人送药。黄新元的微信上,新增的 100 多个好友是他的"志愿证明"。江南大学的学生潘子嚣,得知父母所在的医院缺人后,主动去做志愿者。她在医院机动车入口负责测量体温,头发全部包进帽子,护目镜压在口罩上,极其不舒适。第一天"上岗",潘子翯就遇到了高烧39.9度的婴儿。那天,她足足站了4个多小时,不再娇气,仿佛瞬间就长大了。"00后"们在线上也贡献了志愿力量。1月31日,一篇《可能会说谎的地图——重新审视全国疫情的地理格局》的文章在微信公众号上阅读量超过10万。这篇文章来自"nCoV疫情地图"项目组,这是一支自发形成的志愿者团队,由清华大学大二学生陈春宇发起。他们建立起即时更新的疫情数据库,开源提供给全球各大高校及研究团队,将疫情信息以时空大数据可视化的方式呈现。"我们主动自发集结起来,希望让这个世界更温暖一点。我们的距离很远,我们的距离也很近。"这是陈春宇写在微信公众号上的话。

(来源:《中国青年报》2020年3月16日)

012 大学生志愿者:抗疫队伍中的重要力量

在抗击新冠疫情中,有这样一群归乡大学生志愿者,他们在做好自我防护的前提下,以多种方式参与到防控工作中。北京化工大学化学学院2017级硕士研究生徐杰,家乡在湖北省黄冈市浠水县徐家坳村。1月24日,黄冈市疫情防控升级,徐杰就主动向村支书请缨加入村部防控工作。做好安全防护的他,每天跟着村支书去村里每家每户宣传防御病毒知识,短短几天时间就走遍了全村378户,每天工作12小时以上。王静雅,是首都经济贸易大学劳动经济学院2017级人力资源管理班本科生。对她而言,这个假期最有意义的事情莫过于加入到疫情防控志愿服务队伍中。从2月2日报名之日起,她每天值班9个小时。王静雅的老家在山西晋城陵川县。王静雅说:"维护秩序,登记出入社区车辆和人员信息、测量体温、劝阻不戴口罩的居民等,都是一些力所能及的事情。老家的冬天格外冷,手握不住笔、脚迈不出步的时候很多。想要放弃的时候看到大家仍然在坚守,这一幕给了我坚持的动力,也让我真切体会到了一线工作者在为我们负重前行。我也看到了公平公正、刚直不阿的品质

在大家身上闪闪发光。"

（来源：《光明日报》2020 年 2 月 19 日）

013 到当地口罩厂当志愿者献爱心的大学生

疫情袭来，口罩作为必备防疫用品缺口一直很大，一批放寒假在家的大学生纷纷志愿报名赶到当地人手紧缺的口罩厂，当起了临时工。这些"95后""00后"们，每天连续工作十多个小时，在流水线上辛苦工作的体验并不美好，但他们的内心却格外满足。上海立信会计金融学院大一学生余森乐，同其他三位年轻人一起，到位于松江区的美迪康工厂做临时工。每次排班时长12 个小时，工作车间里的噪音特别大。余森乐坦言，在工厂上夜班确实很辛苦，但自己的内心却是前所未有的满足。每天 12 个小时连续工作下来，余森乐可以完成 26000 多个合格口罩，装满 12 箱。这家工厂有来自各行各业的志愿者，大家每天排队上岗，春节期间的留守员工更是每天住在厂里，每个人都在流水线上分秒必争，同时间赛跑，心中想的是生产更多前线急需的口罩。余森乐深情地说道："虽然我做的只是小小的口罩，但有这么多人一起努力，我们对战胜疫情充满希望。"

（来源：综合多家媒体报道 2020 年 2 月 5 日）

014 兰州大学志愿服务队为甘肃山口村孩子上云课堂战"疫"课

1 个教师、13 个学生，他们是甘肃省平凉市崆峒区峡门乡山口村教学点的主人。学生来自山口村和邻近的白杨沟村，他们在一间大教室里耕耘着梦想和希望。2019 年冬天，兰州大学青年志愿者前往山口村教学点发放暖流计划物资，临走时与孩子们约定每周见一次面，于是志愿者们经过讨论，决定通过线上线下双互动的方式实现"山口村约定"。新冠疫情发生后，兰州大学青年志愿者一直牵挂着山口村孩子们的学习和生活，"山口村约定"也并未因疫情受阻中断。根据防疫实际情况,兰州大学团委推出了萃英云课堂"战'疫'版",以研究生支教团为依托组建兰州大学"约定山口"志愿服务队,并组织一批"95后"青年志愿者骨干,对延迟开学的孩子们进行线上授课,每天利用30分钟时间为孩子们上一堂有趣、有益的知识拓展课、心灵交流课。第一节开讲,主题是"了解病毒怪兽",授课老师是兰州大学硕士研究生吕孟凡。山口村的孩子们透过屏幕认真地听大姐姐讲打"怪兽"的故事,不时发言互动,纷纷表示:"以后一定讲卫生、勤洗手,把病毒怪兽打跑!"孩子们稚嫩的话让志愿者们露出了欣慰的笑容。

（来源:《中国青年报》2020年3月26日）

015 南开大学学子志愿服务在疫情中从不"断线"

在2020年这个特殊的寒假,南开大学第21届研究生支教团新疆团、甘肃团、西藏团的队员们,通过线上"云支教"方式让支教点的学生们没有落下一堂课。甘肃团和新疆团的8名支教队员,共组建了涵盖初中8门学科的8个兴趣学习小组,结对帮扶医务人员子女。一个月来,他们累计直播80余小时,560人次观看。西藏团的团员们,也在为服务地学校的疫情防控做力所能及的工作。从《学校疫情防控指南》的编辑到学校日常防控信息的采报,志愿者们虽然不在疫情防控第一线,但从未"离队"。自2月17日以来,任教高考科目的7名志愿者坚持每周给阿勒泰的孩子们上6天课,累计直播168小时,覆盖了服务地学校高一、高二两个年级的近一半班级。3月5日是学雷锋纪念日,由西藏拉萨的志愿者们对接联系的"网络思政课"正式在雪域高原"上线",为藏族小朋友们生动地讲述雷锋事迹,让雷锋精神厚植于心。眼下,支教队员们最高兴的事莫过于可以重返西部,重新走上挚爱的讲台,重新见到时时牵挂的学生们。告别"云支教",这群南开青年再次满怀憧憬地踏上梦想的征程。

（来源:《中国青年报》2020年4月16日）

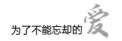

016 用"心"守护卫生热线的医学生志愿者袁婧怡

新冠疫情发生后,长春中医药大学中医学专业大三学生袁婧怡报名参加了吉林省 12320 卫生热线的志愿者。"我是学中医的,即使不能上前线,我也要出一份力。"她说。从那时起,她便用"心"守护起防疫热线,一干就是一个多月。12320 卫生热线每天有上千个群众电话打进来,有报告疑似患者的,有反映疫情防控问题的,也有询问防疫知识的。袁婧怡每天从早上 8 点多忙碌到下午 4 点,倾听、解答、记录、情绪抚慰。每次通话时间长的要半个小时,短的也得三五分钟。最忙的时候,袁婧怡一天要接 50 多个电话。为避免上洗手间耽误时间,她尽管说得口干舌燥却宁愿不喝水。"我从志愿服务中感受到的不是劳累,而是收获。"袁婧怡说,刚开始很多人对疫情感到恐慌,一位年轻女性在电话里哭诉"感觉摸了一下外面的东西就要得病了,回家后想用酒精泡衣服"。她为其耐心讲科普防疫知识,详细介绍科学防护方法,终于让对方平静下来。"每一通电话都是一份信任,我不仅是记录者和解答者,更希望通过我的用心守护,在特殊时期给人们带去温暖和信心。"她说。

(来源:新华网 2020 年 4 月 17 日)

017 清华博士在甘肃马寨村村头战"疫"

苏波波在甘肃省成县纸坊镇马寨村的战"疫"队伍里,成了一个新面孔。2017 年硕士毕业后,他考上了清华大学心理系 2018 级博士生。2019 年假期返乡,他主动隔离 14 天,待一切正常后便参加了村里的防疫工作。一张桌子,一把椅子,就是苏波波的工作阵地。向当地群众宣传防疫政策和措施,提醒村民出门戴口罩、不去人员密集场所,倡导疫情期间丧事简办、婚事推迟,不聚集不聚餐等。他尽职尽责,做起了马寨村的防疫"守门人"。"苏波波学历高,办事认真,无论本村外村人,他都耐心地解释,劝大家不要随便走动。"马寨村工作人员说。"苏波波家是建档立卡贫困户,父亲身体不好,不能外出打工赚钱,而他和弟弟一起求学需要很大的开销,家庭一度陷入窘境。"纸坊镇党委书记王海峰说,当地政府多方帮助苏波波渡过难关。如今,他用最朴实的工作态度,彰显着青年大学生的责任与担当。在成县抗疫一线,像苏波波这样的大学生志愿者,遍布在成县乡村、社区,发挥着生力军和突击队的作用。

(来源:《中国青年报》2020 年 3 月 26 日)

018 一对兄妹志愿者上午上网课,下午上"战场"

在凯里龙场煤矿宿舍的防控值守点,每天下午 3 点至晚上 8 点,陈银花和表哥杨建华都在这里志愿负责防控值守。陈银花是铜仁学院学生,杨建华是贵州民族大学学生。兄妹俩每天风雨无阻,认真开展值守工作,中午就吃方便面充饥,坚守到晚上 8 点才回家。妹妹陈银花说:"其实现在的条件并不算艰苦,以前也曾参加过支教、'三下乡'等各种志愿服务活动,志愿服务就是要艰苦奋斗,这点苦不算什么。"学校开始上网课时,兄妹俩又表示:"刚好网课基本都是在上午,我们服务时间是下午,正好上午上网课,下午上'战场',互不影响,只要工作需要,我们会坚持服务到学校开学。"说起参加防控志愿服务的感受,兄妹俩说:"能为家乡做一些力之所能及的事,我们就感到很自豪。"

(来源:贵州网 2020 年 3 月 5 日)

019 延安大学学生开展手拉手为一线医务人员子女专项志愿服务

陕西省第三批支援湖北医疗队队员郎华说:"有了大学生志愿者的网上辅导,让天天在家的孩子养成了固定学习习惯,学习兴趣一下子提高了。"她身在武汉光谷方舱医院战"疫"一线,最放心不下的就是女儿的功课。让郎华感到欣慰的是,延安大学组建起一支服务一线医务工作者子女的在线辅导志愿者团队,为奋战在防疫一线的人员解除了后顾之忧。学校团委在 800 多名报名的学生中,经过在线培训、考核,最终选定了513名同学作为首批志愿者。延安大学校团委书记李杨介绍,虽然无法返校且不在同一地,但大学生很快就进入了角色,他们结合不同年级、不同科目和不同孩子的需求,利用QQ群、微信群等开展"一对一""多对一"等形式的"私人定制"志愿服务。服务内容包括课程辅导、作业答疑、学习陪伴,以及心理疏导、疫情防控知识宣传等。2月6日至今,志愿者服务队已坚持对近400名一线医务工作者子女进行每日在线辅导,累计志愿服务约2.1万个小时。"即使疫情止,线也不会断",学校团委以这次帮扶活动为契机,建立与医务人员的"手拉手"长期帮扶机制。

(来源:东方网2020年3月11日)

020 复旦青年志愿者为战"疫"前线医务人员子女志愿服务10000小时

截至2020年4月12日,复旦大学首批战"疫"前线医务工作者子女线上辅导志愿者共开展服务4523.5小时,"鹅旦梦"计划共开展线上教学服务7055小时,累计服务时长达11578.5小时。自二月中旬以来,校团委牵头组建了"你的后方,我来守护"复旦战"疫"前线医务工作者子女线上辅导志愿队,492名学子报名,最终有301名志愿者参与,共同为上海地区抗疫一线的医务工作者家庭提供帮助。计划发布后,全校各团支部纷纷响应号召,1383名志愿者报名参与志愿活动,总共对接家庭748户,为近800名孩子进行服务。截至3月底,复旦大学战"疫"前线医务工作者子女线上辅导志愿服务项目,已持续为来自上海33所医院214户家庭的223个孩子提供课业辅导。在计划服务家庭中,全国医护及战"疫"一线工作人员家庭共164户,其余为在疫情中受影响较大的家庭子女。在这场抗"疫"人民战争中,复旦大学的青年志愿者们贡献了自己的青春力量。

(来源:"复旦大学"微信公众号2020年4月13日)

021 "00后"双胞胎姐弟志愿者一线抗疫

虽然已进入雨水时节,但吉林市气温依然寒冷。19岁的双胞胎姐弟志愿者崔馨月和崔众博在丰满区桦皮厂收费站卡点值守,配合当地交警排查进出城的车辆。驱赶寒冷只能依靠临时搭建的简易棚,每天取暖、吃饭都在简易棚里。崔馨月在上海师范大学读书,崔众博则在东北大学秦皇岛分校读书,姐弟俩都在读大学二年级。这次疫情来得猝不及防,姐弟俩通过共青团吉林市委帮助先后加入到当地志愿者队伍中。在桦皮厂收费站卡口,每当车辆停下,姐弟俩便持登记表上前询问。当地企业陆续复工后,车辆数量也逐渐增多,他们有一天工作了9个多小时,配合工作人员排查700多辆汽车,直至下一批志愿者来接替。与此同时,姐弟俩对部分小区楼道进行消杀。手持喷壶大约有2公斤重的消毒液,给崔馨月的手臂造成不小的压力。性格内敛的崔众博会替姐姐着想,他加快自己的作业进度后主动帮姐姐分担一部分。"口罩打湿,像一块有灰尘的布粘在脸上。"虽然工作又苦又累,姐弟二人每天都是高高兴兴出门,开开心心回家。

(来源:北青网 2020年2月19日)

022 疫情下一张安静的"书桌"

新冠疫情期间,湖南大学数学学院大三学生刘逸涵,作为一名大学生志愿者,本着为最美逆行者分担、减轻他们后顾之忧的考虑,发起了名为"壹桌计划"的大学生公益项目。项目通过招募大学生志愿者,为湖北抗疫一线医务人员家庭、患者家庭的孩子以及毕业班学生,提供免费的一对一网络学习辅导。刘逸涵团队克服了重重困难,带着对一线医务人员的崇高敬意,全身心投入工作,在组建教师团队、招募志愿者、开展家庭联系等环节上,克服重重困难,打通种种障碍,终于搭建起一座关爱的桥梁。"壹桌计划"项目发起至今,共有来自海内外 260 多所高校的 2000 余名志愿者报名参加。第一批活动为 205 名湖北中小学生提供辅导,其中有 70 余名来自抗疫一线医务人员家庭或患者家庭。第二批活动已于 3 月 16 日启动,有 500 余名在线辅导志愿者上岗。截至目前,志愿者们已累计提供各类公益辅导服务近 1 万小时。

(来源:《湖南日报》2020 年 3 月 27 日)

023 那个入境时泪崩的留学生曹元元也做志愿者了

2018 年前往英国留学的曹元元,原计划 2020 年年底毕业回国,随着海外疫情升级,她与家人多次商议后于 3 月 16 日提前返回上海。喜欢用 VLOG 记录生活的曹元元,用视频记录下了她一路的提心吊胆和现场工作人员的热心帮助。在这个 2 分零 8 秒的视频里,她因工作人员和志愿者的无私付出而感动,数次哽咽、抹泪:"太感动了,我是一个中国人,我很骄傲,以后我一定要好好报效祖国!"视频发出后,在多个平台上一跃而红,全网都在热传这个"英国留学生小姐姐"的自述式视频,"留学生辗转回国入境那一刻哭了"的话题,还上过微博热搜。从伦敦回到上海的第 30 天,25 岁的曹元元终于如愿以偿,正式上岗成为一名疫情防控志愿者。4 月 15 日一早,曹元元从家里出发,来到嘉定新城的一处集中隔离点报到,迎接她的将是为期 14 天的志愿者生涯。"之前在视频里说要'报效祖国',现在我找到了最快、最接地气的报效祖国的方式。"

(来源:《北京晚报》2020 年 4 月 18 日)

024 社区志愿者,抗疫生力军

重庆万州区毗邻湖北省,2020 年春节期间有大量人员从湖北返乡。拥有 7500 户居民的石峰社区承担着繁重的社区排查任务,活跃在这里的 50 多名志愿者自愿服从社区干部安排,成为社区抗疫一线的生力军。45 岁的周忠正上有年迈多病的父母，下有两个孩子，在妻子支持下，他大年初三就来到这里参加志愿服务。2月3日，他领取了排查184户居民的任务。没有专业耳麦，周忠正只能拿着自己的手机打电话，一天下来胳膊酸痛，有时还会耳鸣。"虽然很累，但不少居民在电话中祝福我新年快乐，身体健康，让我心里很温暖。"他说。满头白发的七旬退休工人张成龙，是石峰社区年龄最大的志愿者。与周忠正不同，他不打电话，而是天天穿着红色马甲，走街串巷劝导不戴口罩或聚集的居民。张成龙说，经过宣传，居民们大都自觉戴上了口罩，减少了外出频次。志愿者中还有企业经营者。程洪全是一家民企的老板，同时还是一名共产党员。从年初五开始，他有时开着自家车帮社区搞运输，有时拖着音箱，在社区内巡回宣传"戴口罩、少出门、少聚集"等防疫知识。

（来源：新华网 2020 年 2 月 4 日）

025 医用防护服告急，浦东青年志愿者到防护服厂当辅工

如果没有这场新冠疫情，在浦东陆家嘴金融城一家外资银行工作的青年白领顾祥舜，做梦也想不到，自己居然还会做"剪线头"的工作。"防护服厂缺辅工，具体工种包括产品整理、质检、包装，需要志愿者帮忙！"2020 年 2 月 9 日，顾祥舜在朋友圈看到这个招募志愿者的英雄帖后，第一时间就报了名。"我去年刚入了党，看到这么多医护人员奋战在抗疫第一线很感动，所以就想为他们做些什么，用实际行动向他们致敬。"当志愿者的第一天，顾祥舜担任的工作就是给防护服"剪线头"。这看似简单，但要把线头都剪干净，还不太容易。顾祥舜一天要剪 800—1000 件。长时间、高强度的流水线非常辛苦，但很多志愿者都舍不得轮换休息，从头到尾不停地工作。杨高虹和胡晨芳是一对"母女档"志愿者，女儿是"95 后"，妈妈是"75 后"。她们早上 8 点半就到岗了，戴口罩、量体温、登记、核查身份，全部通过后才能上岗。随着志愿活动影响扩大，还出现了许多"夫妻档""父子档""兄弟档""群友档""单位档"也结队报名。

（来源：《青年报》2020 年 2 月 18 日）

026 推动志愿服务，抗疫不失温度

一抹"志愿红"，闪耀台州湾。连日来，浙江省台州志愿者把爱与善、光与热传递给被疫情阴霾笼罩的每一个人。这个春节因他们的默默奉献而更加温暖，这次抗疫因他们的点滴行动而更有温度。在黄岩，新组建的一批防疫志愿者早早就守在高速路口开展体温检测、信息登记；在温岭，街道、村社等义工服务队创作"接地气"的防疫宣传语让百姓入脑入心；在临海，志愿服务队纷纷发动身边的人抗疫捐助；在天台，爱心人士为奋战在抗疫一线的医务人员送去口罩、防护服等急需品……病毒无情，人间有爱。抗疫战场上，台州处处涌动着温暖和感动，志愿者们用行动展现了这座文明崇德之城的温度，发扬了台州城市精神中无私奉献的品质内核。志愿者无疑是阻击疫情重要的助力者，他们手拉手汇流"爱心大海"，心连心筑起"防疫长城"，在考验中提升"志愿能力"，激活"志愿细胞"，夺取最后胜利！

（来源：《台州日报》2020 年 2 月 1 日）

027 广州300多名地铁建设志愿者齐心筑牢抗疫防线

2020 年 3 月 5 日一早，在广州番禺区小谷围街道穗石村的北约门岗处，一批前来增援的"红马甲"已经到岗。他们并不是穗石村村民，而是来自附近广州地铁十二号线的建设者。"广州市学雷锋标兵"罗洋，是广州地铁十二号线建管部工程师，他在完成自己的工作外，还坚持到十二号线的定点结对社区参加疫情防控志愿服务。他的同事陈树茂，自 2 月 16 日以来已经多次到社区志愿者服务点开展服务。中交隧道局十二号线三项目部、中铁北京局七号线二期三项目部、中铁建华南公司广州地铁十八号线四分部（中铁二十五局管段）的志愿者们，也分别前往越秀区狮带岗社区、黄埔区金逸雅居社区、南沙区大简村为居民讲解防疫科普知识，传授居家防疫技巧。面对大量施工工人返岗作业,中铁五局十三号线二期十三项目部组织了 10 多名青年志愿者来到施工工人的生活区,开展防疫知识宣讲,提升全体人员防疫意识。疫情发生以来,广州地铁已组建 30 多支各类"党员突击队""青年战'疫'突击队"。300 多名志愿者深入地铁施工一线、社区开展防疫志愿服务活动,助力构筑防疫防护防线。

(来源:南方报业传媒集团新闻客户端 2020 年 3 月 5 日)

028 战"疫":坚守在西部空港的那一抹志愿红

2020 年 1 月 28 日,西安咸阳国际机场 300 余名志愿测温员集结完毕,整装待发。面对来势汹汹的疫情,西部机场集团青年志愿者们以持续奉献的行动力,为支援湖北的白衣"逆行者"护航,在各个链条保障他们顺利出发、平安抵达。在日夜颠倒连轴转的志愿服务工作,有人因为旅客的不理解而流下委屈的泪水,有人在等待航班间隙靠着墙就睡着了,有人放下刚刚出生的孩子就回到了战斗岗位,他们都用实际行动回答,我能行,我不累! 截至目前,西部机场集团各成员机场已保障 2472 名医务人员、715 吨抗疫急需物资的成功运输,累计完成各类疫情防控物资保障 2388 架次、3433 批次,1445.51 吨。在这场疫情防控阻击战、总体战中,西部机场集团共成立 20 支疫情防控青年突击队,超过 1000 名青年志愿者坚守疫情防控一线岗位,5800 名青年员工参与疫情防控各项工作。他们以"我能行"的坚毅执着,彰显出"疫情不退,我们不退"的顽强意志。他们用实际行动践行"奉献、友爱、互助、进步"的志愿精神,谱写了一曲激昂向上的青春乐章。看远方,天已微微亮,志愿者的身影依然穿梭在路上。

(来源:中国民航网 2020 年 4 月 18 日)

029 国门下,我是光荣的志愿者

深夜 11 点,在巍峨的国门下,随着由远及近的火车汽笛声,二连浩特市志愿者王振军迎来了一天中的最后一班岗——上车为蒙古国籍司机检测体温，帮忙查看出入境信息。这样的工作，王振军已整整从事了 2 个月。从白天到黑夜，王振军同海关工作人员一起行走在铁道旁，平均每天查验 2400 多节车厢、40 万吨货物，行走路程 30 多公里。王振军说，疫情发生后，他自愿加入了党员志愿者服务队，协助社区、口岸一线开展体温监测、健康申明、入户调查等工作，他希望通过自己的志愿服务为二连浩特口岸严防疫情输入贡献一份力量。二连浩特市委宣传部副部长、新时代文明实践中心办公室主任王建华介绍说："二连浩特市针对流动人口多、外国人多的市情，立足服务群众这个核心，加强资源整合，建强志愿者队伍。同时，精心设计主题实践活动，常态化开展志愿服务，积极探索口岸城市文明实践新路径，对外充分展示中国口岸精神文明建设水平。"疫情防控工作开展以来，3000 多名志愿者深入到社区以及关口一线，积极参与到战"疫"情、守国门的行动中，累计志愿服务 1300 多小时。

（来源：《内蒙古日报》2020 年 4 月 18 日）

030 福田区退役军人"红星志愿服务队"成为战疫突击队

在这场疫情防控阻击战中，深圳市退役军人们勇于担当，为打赢疫情防控战贡献了福田红星力量。在福田区退役军人红星志愿服务队阶段工作总结暨再动员大会现场，为辖区各街道志愿服务队举行了授旗仪式，30 名表现突出的优秀志愿者获表彰。这些被表彰的"红星"志愿者，不仅是一批优秀的个人，更代表了一个优秀的群体。据了解，2 月 26 日，深圳市就组建了全市退役军人红星志愿服务队并召开了誓师大会，福田区退役军人踊跃参与，截至目前已有 1844 人报名参加，居全市之首。他们在各街道、社区与群众并肩战斗，协助社区开展疫情宣传，上门为居家隔离人员送米送菜送油，在小区、高速路收费站量体温、搞消杀、查健康码、义务理发，并积极协助企业复工复产。这一系列的活动和成绩，充分展示了福田退役军人在危难之时践行"若有战、召必回"

的承诺。随后,福田区红星志愿服务队正式揭牌成立。未来,福田区退役军人志愿者将继续发扬"退伍不褪色"的精神,积极参与疫情防控和助力复工复产。同时,他们还将始终保持冲锋姿态,发挥退役军人覆盖面广、纪律作风过硬的优势,全面参与城市建设的志愿工作,为深圳"城市文明典范"建设增添新内涵。

(来源:《广州日报》2020 年 4 月 17 日)

031 "朝阳群众"战疫情,奏响抗疫志愿服务最强音

面对新冠肺炎疫情,北京市"朝阳群众"作为人民群众参与公共安全治理的成功典范,奏响了首都志愿服务最强音。多年来,"朝阳群众"这支服务于朝阳区社区治理、社会治安、环境建设、民生服务等领域的社会志愿者,在关心国家安全、维护首都稳定、参与治安防范方面屡建奇功。在抗疫人民战争中,面对紧迫而又艰巨的防疫工作任务,朝阳区委在联防联控力量建设方面严格落实"四方"责任。除属地责任、部门责任、单位责任外,更加注重强化发挥个人责任在疫情群防群控中的作用。他们引导广大人民群众积极响应党和政府号召,充分认识疫情防控形势的复杂性、严峻性,鼓励大家树立人人都是"朝阳群众"、个个争当"朝阳群众"的参与意识,让每一位老百姓自觉支持防控工作,自愿奔走在疫情防控第一线,最大范围拓展各界群众对公共安全治理的参与力度,释放基层社会民主力量活力。

(来源:人民网 2020 年 4 月 17 日)

032 江苏省人防系统 600 多名干部职工勇当抗疫志愿者

新冠肺炎疫情发生以后,江苏省人防办专门下发通知,动员各级人防部门干部职工在做好自身防护基础上,积极参加各地的抗疫志愿服务活动。全省各地都活跃着人防志愿者的身影,参与人员超过 600 名。参加志愿服务的人防干部职工经受住了考验,锤炼了作风,受到社会各界的好评。2020 年 1 月

24 日，太仓市人防办的 6 名同志主动请缨，参加太仓新区收费站卡口过往人员车辆的排查工作，连续奋战一个月；常州市金坛区人防办派出 5 批共 130 名志愿者，参加当地"十户联防、邻里守望"入户走访工作，累计走访 2077 户，合计 6209 人；江阴市人防办 70 多名志愿者在支援防疫物资转运工作的同时，还积极助力企业复工复产；南通市人防办指挥通信与信息化处工作人员吴爱民，坚守在通州区先锋镇十六里墩村，与村民并肩抗疫；昆山市人防办房地产管理科科员谷纬平，连续 12 天坚守在小区卡口早出晚归风雨无阻。

（来源：《中国国防报》2020 年 3 月 27 日）

033 三位"90 后"志愿者在抗疫一线递交入党申请书

在济南零点高速西下口处，工作人员正在不停地忙碌着，临时搭建的板房外面，挂着"历城区城乡交通运输局第四临时党支部"的牌子，鲜艳的党旗迎风飘扬，工作人员胸前的党徽熠熠生辉。这里是许占珺、吴震、张佳琳三位"90后"志愿者的"领地"，从穿好隔离衣到戴好手套、量体温，再到提醒司机将窗户降下来，这个过程仅需不到 5 分钟时间，你能想象他们其实并不是专业人员，而是刚刚上岗还不到 4 天的志愿者吗？吴震说："危难面前，我们共产党人没有二话，一定要冲锋在前，保护好我们身后的群众！""我是一名'00 后'，是一直以来受祖国母亲庇护的青少年，现在，我志愿加入这支队伍，祖国如有难，我应作前锋。"许占珺说。共青团历城区委负责人说，会将许占珺、吴震和张佳琳的《入党申请书》交给他们居住地所在党组织，并将他们争当志愿者、积极投身抗击疫情一线的行动传达到位，履行好共青团"推优入党"的工作职能。

（来源：《中国青年报》2020 年 2 月 6 日）

034 防控关口，做好上海的"守门员"

2020 年大年初四这天，上海的新冠肺炎防控要求全面升级。上海音速青年志愿服务中心的全职教官赵文昊,在接到镇守一线的指示后,每天都在上海火车站这个入沪要道上,坚守着自己的职责和使命。疫情下的春运高峰,无疑是对上海的一次超级大考。早上8点到岗,直到翌日凌晨才能结束工作,赵文昊已经习惯了每天分批次指导志愿者上岗、培训、排班、指挥、现场调度。往年,2月14日情人节是赵文昊和妻子享受甜蜜时光的日子。而今年,新冠肺炎疫情打乱了他们俩欢度情人节的节奏。这一天,上海火车站确诊了第1例新冠肺炎患者。赵文昊的妻子在静安区团区委工作,负责这次志愿者的招募。这对伉俪,一个负责台前,一个负责幕后。这时,他们是夫妻,更是战友。也是这一天,夫妻俩在一线相遇,同志愿者一起经历简短的庆祝仪式,共度这个"隔离病毒,但不隔离爱"的温暖情人节。赵文昊说:"这个情,是'团情',是'抗击疫情'。"与妻子匆匆一别后,赵文昊便又投入到了繁忙的志愿服务工作之中。

(来源:《青年报》2020年2月23日)

035 重庆几江街道理发师张翼疫情期间为志愿者理发服务

2020年2月18日清晨,重庆市几江街道通泰门社区的志愿者工作群里的一则消息让大家眼前一亮。"哪个要剪头发?我们这里有个小伙子主动提出要免费为大家理发哟!"受疫情影响,江津区要求关闭所有公共文化场所,漂亮宝贝美发沙龙的造型师张翼也暂停了理发业务在家休息。这些天老是在心里想,理发店能关门,头发却不可能不长,一线工作者们每天都要出门工作,他们的头发长了怎么办呢?想到这里,张翼主动联系社区,希望能为奋战在一线的抗疫战士们理发。为了不影响大家工作,张翼委托社区收集好大家的理发需求后,上门为大家服务。他每天带齐装备,骑上摩托车,穿梭在大街小巷。"不用宣传我。"张翼一边理发一边说:"疫情无情人有情,我也不能为防控工作做啥子,就只有这个理发的手艺。"张翼动作娴熟,很快就梳理剪完了一个发型:"非常时期,头发太长懒得打理,修剪一下更有利于工作。"说完后,张翼满意地骑上车前往下一个地点。像张翼这样的爱心人士还有很多,他们的暖心行为是一线人员做好疫情防控工作的不竭动力。

（来源：江津网 2020 年 2 月 19 日）

036 "雷锋的士"驾驶员助力抗疫

重庆"雷锋的士"驾驶员、43 岁的刘华章，在新冠肺炎疫情发生后，从 2 月 2 日起，就开始免费接送刘大爷去医院做肾透析。一个多月来，刘大爷每次往返医院全靠"雷锋的士"接送。刘华章性格温和，为人处世谦逊有礼。工作中的刘华章更全心全意为乘客服务，曾经有一位中年妇女搭乘他的车时突发高血压，急需救治。刘华章不仅免费将乘客送往医院，而且一直等到女乘客家属到达医院后才离开。刘华章是最早一批加入"雷锋的士"的司机，现在"雷锋的士"志愿服务队已有车辆 1500 余辆。2020 年 2 月 10 日，在重庆市文明办的号召组织下，600 余名"雷锋的士"志愿者主动报名，组建成 11 个小分队，点对点服务 1000 余名抗疫一线医护人员家属，义务接送他们出门采购物资、看病就医。

（来源：《人民日报》2020 年 3 月 9 日）

037 人家城里有快递小哥，我们村里有"快递阿姨"

2020 年 2 月 11 日，山东聊城市高新区韩集乡石海子村的卢桂花一边分东西，一边在笔记本上画记号，随后还嘱咐了一句："李芹婶子，你把东西分好，这五斤芹菜是后街梅英家的，这几斤土豆是淑英家的，别忘了把那三样青菜免费给咱村的贫困户正元、士雪和连岭大爷送去！"卢桂花是石海子村的"红色挎包巾帼志愿者"，自新冠疫情发生以来，这些巾帼志愿者们主动请缨，要为疫情防控贡献一份力量。考虑到封村期间居民群众日常生活必需品购买不方便，村妇联主席刘秀粉和志愿者们商量后，都当起了全村群众的"快递阿姨"。为了让群众少出门，在家"宅"得放心、"待"得舒心，他们通过电话、微信等方式收集群众的物品需求,按照"订单"采购所需物品,在社区或村庄给有需要的群众送到家门口。尤其对隔离家庭、年老或行动不便的村民、贫困户家庭更加关爱。隔绝疫情隔不断真情,一抹抹志愿者红马甲为打赢疫情防控阻击战贡献着"半边天"力量。

(来源:《中国妇女报》2020 年 3 月 2 日)

038 当过兵的志愿者王辉牺牲在抗疫志愿服务岗位上

陕西省扶风县午井镇强家沟村党支部副书记强军虎,又一次来到村口的一条路边,一待就是半天。在几天前,退伍军人王辉驾驶的农用喷药车经过这里时,突发车祸不幸离世,生命永久定格在 27 岁! 2020 年 2 月 16 日下午,他帮王辉接满水、兑好药后,王辉就离开了。为了防止疫情蔓延,扶风县各村组都组织力量进行大面积防疫消杀。种粮大户王辉主动请战:"我们家有农业喷药车,一次能喷药 700 公斤,我们可负责 4 个村的消毒任务!""疫情这么严重,人家都是往家里躲,你却抢着出去跑?"怀有 4 个月身孕的妻子任亚玲有些担心王辉。"我当过兵,我不去谁去?再说了,连沟沟坎坎的麦地我都照样能去喷药,何况这平整的水泥路?"王辉笑着安慰妻子。随后,他就拿着家人特意准备的厚衣服和头盔出了门,如同一个奔赴战场的士兵。半个月里,王辉的车轮驶过了 4 个行政村,服务 44 个村民小组、3785 户村民、1.37 万人,他和父亲还购买了 2.4 万元的消毒液和生活用品无偿捐给镇政府。王辉牺牲后,陕西省委宣传部、省退役军人事务厅联合省军区政治工作局研究决定,追授王辉同志为陕西"最美退役军人"。

(来源:中国军网 2020 年 3 月 5 日)

039 "雨衣妹妹"刘仙连续 40 天为一线医护人员赠送盒饭

"这防护服是帮武汉各家医院一线医护人员筹集的,肉是用来给医护人员

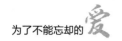

做盒饭的。"一位身穿雨衣的小妹不厌其烦地给对方解释。她叫刘仙,来自四川。大学毕业后,先后在成都及全国各地开了100多家团餐店。2月初,她带着她的团队和食材辗转十多个小时来到武汉。自2月4日为一线医护人员送去第一批盒饭以来,40多天里已送出免费盒饭达2万余份,募集发放近350万元的医疗物资和生活用品。她的盒饭坚持两荤一素,并驾车送到医务人员手上。因她常身穿一件雨衣,大家就称她为"雨衣妹妹"。"有的医生为保证患者治疗,天天吃方便面,我是共产党员,危难关头就要冲在前面,更何况让大家吃上热菜热饭是我的专长呢。"刘仙说。来自全国各地上万个爱心人士迅速聚集在她旗下,刘仙称他们"雨衣成员"。"哪里需要帮助,'雨衣成员'们一呼百应。"近日,刘仙返回成都进行医学隔离观察,在微信朋友圈里开启了"打广告带货"的新业务。"武汉有热干面、潜江有小龙虾,白衣天使为湖北拼过命,咱们也能为湖北'拼个单'。"

(来源:新华网 2020 年 3 月 31 日)

040 逆行而上的孝感巾帼志愿者抗疫不让须眉

孝感市巾帼志愿者协会副会长周浩,自疫情发生以来经多方联系,省、市内外爱心人士、组织和孝感各定点医疗机构之间架起了一座爱心桥梁。在她的努力下,2020年1月28日第一批20500只口罩运抵孝感;1月30日第二批62500只口罩运抵孝感;2月3日1385套防护服运抵孝感;2月6日,150桶医用消毒酒精运抵孝感;2月8日,11800只口罩、6000只手套、60个对讲机运抵孝感。就这样,一批批急用医疗物资分批送达孝感各地50多家医疗机构和乡镇、村(社区)防控一线。听说中医治疗辅助效果明显,她联合香道师朋友们捐赠非遗物质避瘟香15斤、艾灸条3500条。早在疫情暴发初期,周浩就开始帮助小区居民采购生活物资。寒假回来,周浩没有好好地和女儿在家待过一天。自2015年底定居孝感,周浩长期策划组织各类公益文化艺术和家庭教育讲座及各类公益活动。她说:"疫情当前,人人有责。我只是做了一个公民应做的小事,不足挂齿。"周浩如是说。真是孝感巾帼志愿者抗疫不让须眉。

(来源:《孝感日报》2020 年 3 月 7 日)

041 深圳志愿者李先生逆行武汉助力处理感染性医疗垃圾日产日清

50 多岁的李先生是深圳一家节能服务上市公司老总。新冠疫情发生后,他向有关单位提出自己有 2003 年参与过"非典"防治的相关经验,建议在雷神山医院就地建立物理消毒及感染性医疗废物焚烧设施。这个意见被相关部门采纳后,李先生又从深圳来到武汉,在雷神山当起了志愿者。"我以前做过相关课题研究,知道如果有条件,感染性医疗废物就地焚烧是最理想的方式,我有这个专业能力,能在这里帮上忙。得益于志愿者的鼎力协助,收治了 1000 多名重症病人的雷神山医院,每天产生的感染性医疗废物日产日清。"据李先生介绍,垃圾裂解焚烧炉每天要处理约 2000 包医疗废物,焚烧难度很大。因为防护服很难折叠压缩处理,塞进炉堂也比较困难。此外,焚烧防护服时会产生焦油,炉膛温度必须达到八九百度才能使防护服烧彻底。焚烧炉每天处于 24 小时工作状态。"希望熊熊火焰能把瘟疫带走,让人民健康,让百业兴旺。"李先生说。

(来源:《环球时报》2020 年 3 月 15 日)

042 "90 后"志愿者郑能量以"义"战"疫"

2020 年 1 月 23 日,湖北武汉作出了"封城"决定。就在许多人谈"鄂"色变时,1 月 24 日,湖南小伙郑能量"不愿做看客",选择"逆行"北上,他独自一人一车来到武汉做志愿者。他每天义务运送医疗物资、接送医护人员、协助处理逝者后事……郑能量不愿意休息,只想为疫区多做事。年轻的郑能量没有见过太多生离死别,有人问他:"你不怕吗?"他沉默片刻后回答:"我没有时间害怕,有的只是心痛。"郑能量出生在一个贫寒家庭,借助低保救助金和助学金以及爱心人士的帮助,最终顺利完成学业并参加工作。正是怀着"有恩必报"的朴素情怀,他读书时热心帮助同学,工作后又时刻把扶危济困作为做人的准绳。怀着到最需要的地方"回报社会"的初衷,他说服泪目的女友,毅然前行。郑能量这个1993年出生的小伙,用"义"行让我们感受到了一个"90后"满满的"正能量"。

(来源:《湖南日报》2020年1月25日)

043 一对父子志愿者到抗疫最需要的地方去志愿服务

在凯里床单厂防控值守点,每天下午最忙碌的时候,总会有一对父子出现在这里,父亲熟悉地指挥着车辆进出,儿子认真地为居民测量体温。父亲赵光义是一名水电工,疫情刚开始的时候,他迅速倡议集结了20多名水电工人准备前往武汉支援医院建设,并号召行业企业和个人累计捐款捐物14000余元,但由于政策限制未能赴武汉支援。后来凯里市招募防控志愿者,他又迅速号召同行的师傅们报了名,参加到防控一线服务工作中。儿子赵荣强是贵州大学在校大学生,在父亲的感染下,他也积极参与到志愿者工作中,同父亲"并肩战斗"。在了解到床单厂值守点人员最紧缺的情况后,父子俩主动申请调换到床单厂值守点,并且安排到每天16:00—22:00这个最繁忙的时间段,他们说:"哪里最需要我们,我们就去哪里!"

(来源:贵州网2020年3月5日)

044 误入疫区的大连志愿者小强志愿加入战"疫"

2020年4月15日,28岁的大连小伙小强本想去长沙同人洽谈合作事宜,在途经武汉的那列高铁上,误入了外地人士回武汉的专门车厢,最终在武汉站下了车。到了武汉,他差点露宿街头,为了有地方住,他主动选择到医院做志愿者,负责在武汉第一医院隔离病区打扫卫生,成了抗疫一线的一员,开启了一段特别的战"疫"历程。小强在医院工作初期,不仅要面对高感染风险,还不时看到生离死别,他内心充满恐惧。但抗疫主战场人与人之间的友爱给予小强莫大的精神支持,在医院同事的帮助下,小伙子用辛勤劳动迎来他个人遭遇的神逆转。大连医疗队给他送鞋,护士长送手套,江苏医疗队送零食,小伙子在这个特殊时期的环境里,感受到来自五湖四海的关爱。当记者问他现在想回家吗?脑回路清奇的小伙子说好不容易来一趟,要去武大看了樱花以后再走。这个生存能力强、率性活泼的小伙子让春天多了点可爱气息。

（来源:《成都商报》2020 年 4 月 16 日）

045 暖心志愿者楼威辰独自在武汉战斗了74天

浙江湖州安吉有个"95 后"小伙子叫楼威辰。2020 年大年初一,他开车带着 4000 个口罩要去武汉当志愿者。到武昌下高速进城的时候,他心中有些恐惧,就把手机解锁密码、支付宝密码和一句特意留下的墓志铭——"一生赤诚,未食烟火",都发给了朋友。楼威辰到达武汉后搬运过救灾物料,到地里干过活,在桥下过过夜;为了资助他人,他把银行卡刷完后,又贷款 2.7 万元,最后把家里的房子也抵押了。每次给受助者送东西,楼威辰都会留下一张亲笔书写的纸条,在上面写一些暖心话。"别害怕孤单,全世界都在爱你,等你出院后,和你一起去看武汉的樱花。"这是他写给一个名叫秀秀的女孩的。秀秀的父亲因患新冠肺炎去世,弟弟在一家酒店隔离,母亲确诊后和秀秀一起住进了医院,一句暖心的话,如同给秀秀黑暗的世界带来一束光。他给另一位失去了亲人、病倒在床的大叔送去几包白糖时,写了这样一句话:"您吃它是什么味道,生活就是什么味道。"大叔顿时含泪笑了,就这样一句简单的话,让他觉得生活充满阳光和希望。在这里生活了 74 天的楼威辰就要离开这座勇敢的城市了,前来送行的秀秀给了他一个大大的拥抱。

（来源:央广网 2020 年 4 月 9 日）

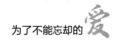

046 一位小学教师志愿者坚持"双线"抗疫的故事

广东省中山市东区雍景园小学党员教师宋晓玉，作为学校"防疫先锋"志愿者队伍中的一员，使出浑身解数，在线上线下两条战线抗击疫情。在线下，宋老师同社区工作人员一起，到教师新村和翡翠花园上门进行信息排查，为社区抗疫贡献自己的一份力量。在社区，宋老师挨家挨户敲门询问并做好记录，"您最近身体还好吗？您的家人呢？您近期是否去过湖北？或者接触过湖北来的亲朋好友？"上门走访期间，为了避免上厕所的麻烦，宋老师坚持着不喝水。即使是在不停地询问住户，已经口干舌燥的情况下，也坚持把工作做完。在线上，宋老师化身网课教师和技术达人，她在安置好两个娃的前提下，每天专心致志通过网络给学生上网课。在学校校长欧淑霞的带领下，宋老师与学校其他两位信息技术老师一起，还连夜把全校师生"搬家"到钉钉平台，建立了一所"虚拟学校"，千方百计确保"停课不停学，停课不停教"。

（来源：《南方都市报》2020年3月30日）

047 建始县农业志愿服务专家成为被村民们争抢的香饽饽

湖北恩施土家族苗族自治州建始县农业志愿服务队队员、马铃薯种植专家刘迪权，在奋战多日之后，终于可以松一口气了。自从2020年3月2日被家乡湖北官店镇主要领导"抢"回来后，他所在的恩施泰康农业公司既给农户发放种子，又在田间忙技术指导，抢时间种植1万亩商品马铃薯，仅382户贫困户种植商品马铃薯就高达2000亩，圆满完成了镇里下达的种植任务。"把疫情耽误的时间抢回来！"没发生一例疫情的花坪镇，有20%的"关口葡萄"尚未进行春管，若气温回升树枝发芽，那就再也不能剪枝了。种植户急，专家更急。于是，该镇向绪丰、周光彦、龚小刚等志愿服务专家一个个"钻"进葡萄园督促指导，用10天时间高标准完成春管。如今该镇25公里共1.5万亩葡萄长廊让人目不暇接。湖北建始县的农业志愿服务专家，就这样成了被各地"抢"来"抢"去的香饽饽。

（来源：中国日报网 2020 年 4 月 15 日）

048 "90后"志愿者们"聚是一团火、散是满天星"

疫情期间，武汉"90后"志愿者、在武钢大数据产业园工作的何爽用 11 篇朴实的日记，记录下了她当"分拣员"的辛劳和感动。2020 年 4 月 16 日，已经复工的何爽回到了自己原来的会计岗位上，她说："我们满怀信心，武汉一定会好起来。"29 岁的何爽来自荆门。疫情发生后，她选择留在武汉。"3 月 1 日 8 时 30 分，我准时到达武昌区余家头武商量贩门口，今天有 8 个志愿者。就是戴着口罩，也能感受到大家的热情和认真。穿上了'红马甲'，我的心都被志愿者正能量给填满了。"何爽的声音细细柔柔的，同她在工作中的"女汉子"形象大相径庭。结束志愿服务已有些日子了，复工后她仍念念不忘，把这段志愿者经历视为人生中的宝贵财富。就像她在 3 月 20 日最后一篇志愿者日记里写下的那样："眼看复工在即，大家就要各奔东西了。感谢在这个特殊时期有这样一段难忘的经历。经过这次疫情，我们真正理解了生命的意义，也懂得了舍小家为大家的深刻含义。我通过自己每一天的努力，真真切切地感受到武汉在变好，希望我们志愿者'聚是一团火，散是满天星'。"

（来源：《长江日报》2020 年 4 月 18 日）

049 为"天使"护航、为生命保驾的城市交通摆渡人

西安出租汽车"爱心车厢"志愿服务团决定组建抗疫支援队。短短 3 个小时里，9 支"爱心车厢"抗疫支援分队就成立了。"的哥"苏军选、杨国平住在西安市急救中心提供的宿舍，全天 24 小时待命提供服务；"的哥"张海为了给医护人员服务，又考虑到自己村子里管控严格不好出入，一个多月里每天都在自己车上休

息;为了不打扰家里人,"的哥"李林住进了宾馆,专心接送医护人员,团队中像他们这样的志愿者还有很多。不少乘坐过"爱心车厢"车子的医护人员都不约而同地表示,在"的哥""的姐"的守望相助下,他们每天回家的路变得很温暖。"虽然彼此戴着口罩和护目镜,但在医院门口却总能默契相认;虽然车厢里间隔着'安全舱',但隔不开人与人之间的情谊。"截至 3 月 6 日凌晨,志愿团累计出车 15742 次,免费接送医护人员 20444 人次。可以说,在疫情中有了这群风雨无阻的城市摆渡人为"天使"护航、为生命保驾,才让抗疫之路变得更加顺畅。

(来源:《陕西日报》2020 年 3 月 2 日)

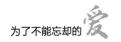

050 志愿服务有力度，城市有温度

在上海市浦东新区合庆镇勤昌村塘东街的设卡道口,因为一位老大娘不配合检查,工作人员正在耐心解释:"抱歉啊奶奶,没有出入证、身份证,是不能放行的!"疫情期间,勤昌村青年志愿者团队把守"道口"检查关,哪怕是亲戚朋友,但凡进村都要查证件、测体温。6 个做事认真的年轻人,被同村长辈们亲切地称为勤昌村新出道的"F6"。新冠疫情发生后,上海市一批批医疗队员奔赴武汉抗疫一线,出发前,理发成了医务人员的"刚需"。已坚持义务理发 30 余年的"全国最美志愿者"殷仁俊,带着"爱心剪"团队来到医院,为即将上前线的医疗队员理发。华东师范大学公费师范生志愿者团队发挥专业特长,为抗疫一线工作人员的子女提供一对一专门辅导,包括学科辅导、作业指导、课程学习、读书交流等,还开展丰富多彩的线上学习活动。截至 3 月 4 日 12 时,上海市各级志愿服务组织在"上海志愿者网"发布的 6936 个"疫情防控"志愿服务项目,覆盖道口监测、社区排查、心理援助等岗位。招募上岗志愿者超过 20 万人,累计服务超过 800 万小时,人均服务 40 小时以上,他们为这座超大型城市的疫情防控工作增添了力量。

(来源:《人民日报》2020 年 3 月 10 日)

051 疫情中来自云端的公益心理咨询陪伴

心理辅导行业工作者林紫撰文说：2020 年的开场令所有人都猝不及防，包括我们专业的心理工作者。虽然我们无法像一线医护人员那样冲上前线，保护和救治大家的身体，但我和林紫机构的伙伴们可以在云端心理援助和陪伴更多人，提升心理免疫力、安抚人们内心的焦虑和恐惧。大年初一，我们开通了医护人员公益心理关怀热线。几位因为顾不上孩子的一线护士来电咨询，如何安抚孩子的不安和处理自己的内疚感等。除了服务一线医护人员，我们也为社会大众开通了公益咨询热线，来咨询的有留学生、武汉等地确诊或失去亲人的朋友，也有担心企业前途而无眠的高管企业家们。我会同来电咨询的所有人分享一个观点：疫情是一面放大镜，它让我们看清楚疫情之前本我的样子。我们怎么度过疫情，就会怎么度过余生。趁着在家里"闷死"病毒的时候唤醒自己，学会跟自己相处，我们未来不确定的人生就有了一个确定的部分，即我们自己。疫情过后，我们仍愿意同你一起向着明亮共同成长。

（来源：《新民晚报》2020 年 4 月 14 日）

052 村民微信点单，党员志愿服务队代购

连日来，湖北省鹤峰县燕子镇新行村党员志愿服务队通过微信小程序，让村民直接下单，然后统一采购、送货上门。"非常时期，村民们都不出门，不串门，不聚集。但农村资源有限，也不是每个人都有医用口罩，出来买生活物资也不太方便。"新行村村支书覃长宪说，"我们村两委通过组建志愿服务队、研究微信小程序、设立蔬菜直送点等方式，千方百计保障生活物资供应，满足群众生活需求"。"十斤黄豆。""小孩子用的纸尿裤 L 号 2 包。""帮我在鹤峰顺丰把包裹取回来。"一大早，村民覃文刚从平台上接收到 23 个订单，订单内容涉及村民生活的方方面面。"现在是新冠疫情防控关键时期，我们作为共产

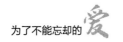

党员,就要当好为民服务的志愿者,有多少力就要出多少力。"向国华介绍。据了解,同向国华一起担任志愿服务的共有包括覃文刚在内的5人,他们都是燕子镇新行村村民,2人负责平台运转,3人负责物资采购和配送,每天对采购设备和人员进行严格消毒。疫情期间,他们让村民通过微信小程序点单购买所需物资。短短的一个星期,志愿服务队累计服务村民317次。

(来源:综合多家媒体报道 2020 年 2 月 9 日)

053 广西那隆中学一名抗疫志愿者善意的谎言

2020年2月7日,广西灵山县那隆中学团委副书记黄传旦看到团县委发出的青年应急防疫志愿者招募公告后,没有多想就报了名,成为灵山防疫物资保障组的一名志愿者。为了不让家人担心、同时减少家人感染的风险,他就搬到学校宿舍独居,还"欺骗"母亲说是去学校值日加班。2月8日,元宵佳节,母亲打来电话,问黄传旦是否回家一起吃饭,他用善意的"谎言"告诉母亲:"今年元宵节不在家过了,学校今晚还要值班,你们不用等我了,我在学校也有好吃的。"他每天的工作,就是接收、搬运、清点抗疫物资;为各镇(街道)、各机关事业单位清点、打包和分发口罩、防护手套、消毒液等。有人问他:"你每天跑上跑下,而且仓库来往人多且杂,你就不怕被感染吗?"黄传旦说:"我也怕,但是这些工作总要有人做,我们的社会才能正常运转,我们的安全才有保障。我作为青年团的干部应该为学生团员做出榜样。"

(来源:中国青年网 2020 年 2 月 17 日)

054 无偿献血,人人都是这场战"疫"的英雄

2020年2月21日,共青团上海市委发布了《赤诚青春为爱举手——致全市各级团组织、广大团干部和团员青年参与无偿献血倡议书》,令不少上海青年心潮澎湃。次日,他们就纷纷来到市血液中心和街头采血点,慷慨捋袖争当

战"疫"英雄。2008 年第一年工作时,翟欣第一次献血,如今,已是市级机关优秀共产党员、市农业农村委团委书记的翟欣再次捋袖。疫情当前,无数共产党员主动请战,奔赴疫情防控一线。作为抗疫一线同志们的后勤保障人员,每天阅读一线传来的战"疫"日志,翟欣热血沸腾,时刻准备着能做点什么。接到市级机关发出的紧急献血招募时,他第一时间向组织表达了报名意愿。此次参加无偿献血的党团员中,上海市优秀共产党员、上海市劳模、全国道德模范提名奖获得者、上海市"平安英雄"、上海市青年五四奖章获得者等各级各类先进典型占到近七成,他们在全市疫情防控工作的关键时刻,为了同一个目标、同一种信念献出爱心和热血。

(来源:《青年报》2020 年 2 月 25 日)

055 内蒙古青年志愿者给在前线抗疫医生的妈妈送上了一束鲜花

新冠疫情发生以来,共青团内蒙古自治区委员会号召广大志愿者投身抗击疫情战斗建功立业。"医生您好,您在一线辛苦了!我是内蒙古自治区团委工作人员,全区共青团正在开展'守护天使'关爱行动,我是专门负责对接您和您家属的志愿者……"这一则短信来自内蒙古师范大学西部计划的志愿者高岩,她主动参加"天使守护"行动,通过这样的方式关爱援鄂疫情防控一线医务人员家属,切实为他们解除后顾之忧。2020 年 2 月 20 日,高岩收到了一位来自"90 后"援鄂医护人员李阳医生的回复。李医生在短信里说,援鄂半个月来,一直很想念母亲,希望志愿者可以代他送一束鲜花。第二天一早,高岩便去花店买了李妈妈最喜欢的百合花来到她所在的小区,请她下楼签收这一份特殊的"爱"。李妈妈出来看到花后,瞬间就眼中泛出泪光,她明白这束花一定是儿子给她送来的。这位志愿者介绍说,目前全区共青团正在开展"守护天使"关爱行动。李妈妈笑了,她说这个志愿者感觉上跟她的儿子也差不多大,她感慨,现在年轻的新一代都开始担负起保护国家和人民的责任了。

(来源:综合多家媒体报道 2020 年 2 月 22 日)

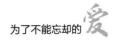

056 新冠肺炎患者杨信在方舱医院里满血"复活"

2020 年 28 岁的杨信,是阳光人寿武汉本部的一名业务员,他被确诊为轻症新冠肺炎后,收治在当地方舱医院。刚进院那阵,杨信情绪低落,一度想到自杀。当他看完放在医院书架上的那一本托尔斯泰的《复活》时,他就不停问自己,难道我就这样放弃吗? 不,我也要在这里"复活",我要当志愿者。2 月 16 日,杨信独自一人开始帮助护士,给病友们分发盒饭和水果,还帮助拖地,清理垃圾。为了让更多的病友参与进来,杨信找来一张白纸,在上面写下:"愿意和我一起发牛奶吗?"就在当天,在方舱医院诞生了"患者志愿者服务队",他们每天负责发放 A 舱 B 区 600 人的盒饭。杨信还用手机拍下新疆舞的领舞者,以及一位念高三的小妹复习功课的现场情景,发到网上以后鼓舞了很多人。2 月 23 日,杨信又把单位工会发给他的 1 万元慰问金,通过外面的朋友买了 178 箱方便面,送到方舱医院。2 月底,杨信康复出舱。

(来源:《财新周刊》2020 年第 8 期)

057 "疫"如既往,奋勇战"疫"

老党员、退伍军人王国伟是国家电网公司抚州市乐安县供电公司员工,还是蓝天救援队前往武汉第二批支援队的一名志愿者。早在 2008 年汶川地震时,王国伟就带队赴四川省阿坝州小金县开展过抗震抢险救灾工作,在 28 天内和队友克服高原缺氧反应等困难,出色地完成了两河乡电网重建任务。2020 年 2 月 26 日,在得知中国蓝天救援招募队员后,王国伟又主动请缨报名参战。2 月 27 日深夜十点,在武汉安顿下来的他在日记中这样写道:"武汉,我们来了。"他第一天夜晚睡在帐篷里,虽然铺了三层防潮垫、两层垫被,到夜里 2 点还是被冻醒了。第二天因感冒没有被分配到最前线,他感到很失落。经过多次申请,2 月 29 日,指挥部终于批准他去市里参与消杀。3 月 1 日,天气转晴,全员登车执行消杀任务,每个人都要背着近35公斤的喷雾器,由于长时间佩戴护目镜和防毒面具,汗水流进了嘴里,但他严格执行个人防护措施不敢擦拭。在完成第一个小区任务后,他转场到了下一个目的地,整个过程紧张忙碌。等到大伙返回营地,摘掉防毒面具后,他们的面部满是勒痕,防护服里的内衣也都全部湿透。尽管如此,大家都觉得非常值得。

(来源:《中国电力报》2020年3月3日)

058 31岁的乡村青年志愿者贾庆臣倒在战"疫"路上

"泰山东南有个角峪镇,角峪西南有个先锋村,先锋村口有个万马岭,万马岭出了个贾庆臣……"这几日,泰安市角峪镇先锋村有人编写了这首歌谣,歌谣里唱的贾庆臣,2020年才31岁。连村里的娃娃们都知道,这位叔叔是为全村人站岗牺牲的。十多天前,妻子刘辰辰听他说,如果有需要、有可能,要去武汉志愿服务。果不其然,村支书李继明在先锋村"父老乡亲"群发帖招募抗疫志愿者,贾庆臣第一个冒出来。他曾牵头创建"先锋车队",从免费为同行提供物流信息,到自掏腰包定制志愿者服装,亮明身份搞义务服务,带领整个车队既运输货物,又输送正能量。这次疫情防控,村里一共设两个岗,其他人都指定在一处,他却仗着年轻主动要求两头跑,而且承包了夜班。妻子说,贾庆臣总觉得自己常年在外跑运输,关键时候总比别人能扛。于是,他每天上午入户摸排,下午在防控点值班,晚上还主动值班守夜,整整9天9夜都是如此,测温、登记、消杀、劝返,一样不含糊。2020年2月8日清晨,通宵夜班后的贾庆臣感觉胸口疼痛,倒在了疫情防控一线。2月26日,贾庆臣被评为抗击疫情"山东好人"。

(来源:泰安新闻网2020年2月29日)

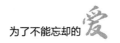
059 战"疫"英雄守护生命，高校志愿者守护"小天使"

为了帮助在前线战"疫"的医护工作者解除后顾之忧，全国各高校积极响应团中央《关于组织高校青年志愿者开展"与抗疫一线医务人员家庭手拉手专项志愿服务"的工作建议和指引》，广泛发动高校支教青年团志愿者、青年志愿者协会志愿者等开展手拉手服务。"为前线战士出一份力，这让我感到很满足、很有意义。2020年2月21日，习近平总书记对西藏大学医学院学生'扎根基层、服务人民'的勉励，同样是对我们的殷切希望。"福建师范大学教育学部研究生金钰珍这样说道。黑龙江大学第21届研究生支教团团长蔡可阳对接了一名医护工作者子女，为了让孩子更好地理解和接受知识，她尝试用轻松的方式代替传统课堂的严肃氛围，教小朋友用数字画画、玩数字游戏。有一次在要结束视频教学时，孩子害羞又苦苦地对她说："可阳老师，你再教我画幅画嘛！"这让蔡可阳觉得这种有温度、有心意、有爱心的课堂，才能更好地帮助孩子有所思、有所学、有所得。在战"疫"后方还有无数的青年志愿们，在用这种特殊的方式奉献自己的青春力量。

（来源：《中国青年报》2020年3月11日）

060 重庆2178名志愿者结对服务抗疫一线医护人员家庭

共青团重庆市委组织2178名志愿者下沉到社区，结对服务第一、二批1972名一线医护人员家庭，并启动"1+N"志愿服务，精准守护抗疫一线医护人员家庭。"1"即保证每个家庭至少有一名志愿者保底服务，及时出面协调解决具体困难；"N"即针对家庭个性化需求，提供精准服务。针对有照料老人、小孩需求的家庭，发动235名志愿者，定期电话问候、视频问询，了解需求、解决难题、安抚陪伴。针对有辅导学生学业需求的家庭，组织326名中小学教师、大学生志愿者，每天辅导家庭作业、预习新学期课程、指导阅读、锻炼身体。针对有生活物资需求的家庭,发动志愿者定期为每个家庭采买、配送米面粮油、蔬菜等生活物资。针对有交通出行需求的家庭,组织 670 名"雷锋的士"及私家车主志愿者,建立"随叫随到"联系机制,保障他们的必要出行,还根据需要接送一线医护人员上下班。2020 年正月初二,重庆大学附属肿瘤医院护士李文均奔赴武汉。她走后,丈夫刘冬和女儿留在家中。因女儿年纪还小,买菜的事让刘冬犯了难。"志愿者了解后就送物资上门,真是解决了我的大难题!"刘冬感慨地说。

(来源:《重庆日报》2020 年 2 月 13 日)

061 被社区居民称赞"气场"十足的抗疫志愿者

随着各中小企业、个体经营户陆续"复工""复产",过去街道上紧闭的商户大门前也慢慢有了"人气"。中国人民银行湖南永州市支行的"志愿者"们,主动配合社区工作人员,挨家挨户走访,帮助商家做好"重新开业"的准备工作。大家觉得志愿者有正气、有锐气还很接地气,就称他们是"气场"十足的抗疫志愿者。志愿者陈世清利用假期到社区,主动报名参与群防群治,帮助社区做好人员筛查。社区工作任务繁重,他担心有遗漏的地方,总会多"问一次"、多"看一遍",多"记一笔"。事情虽小,却是防疫工作中最重要的一环,在"细枝末节"上把好关就是"70 后"该有的沉稳。在社区走访时,部分商户老板不太理解防疫人员的工作,"为啥要准备防疫物品?""有就行了,干嘛要审核我的口罩啊?"面对这些疑问,"80 后"的团委书记黄莉,总是微笑着不厌其烦地一遍遍耐心解释,最终群众都能认真配合。志愿者李洛阳经常被身边的人称作"精神小伙",上班下班他都热情满满看不到"疲惫",同样的一句话每天需要重复无数次,但每一次他都能保持着饱满的精神状态。

(来源:中国金融新闻网 2020 年 3 月 12 日)

062 内心柔软之处被一个小镇青年击中

2020年1月26日共青团安徽省芜湖市委的志愿者招募群刚组建才3个小时,就有近500人报名进群。三山区峨桥镇中心卫生院的医生魏炳星,过年期间没有被院里安排值班,她就报名加入防疫志愿服务队。1月28日晚,她前往芜湖火车站"上岗",开展旅客体温检测等志愿服务。很多像魏炳星一样的青年积极报名参加防疫青年突击队,他们从各行各业集结而来,有放假的企业员工、高校教师、个体户、机关单位工作人员等,他们本都可以"宅"在家中,但是他们却选择了做志愿者。截至2月29日,芜湖火车站防疫青年突击队累计提供626班次志愿服务,服务时间长达5475小时。这段时间里,魏炳星同志愿者战友们结下了深厚友谊,大伙互相鼓励,也经常憧憬,疫情结束后能好好再聚一次。之前,26岁的魏炳星对"志愿者"这三个字很陌生,她以前没做过志愿者。但这一个多月"不平凡"的志愿抗疫经历,让她的想法彻底转变。这个爱笑的小姑娘表示,以后只要有机会,一定还会去做志愿者。

(来源:《中国青年报》2020年4月3日)

063 在火神山,她每天走4万步

性格活泼开朗的张奕靓,是长江现代物业公司的一位行政职工。2020年2月15日,她成为了火神山医院的一名志愿者,负责保洁和消杀工作,她同其他12名队员一道战斗了34天。张奕靓和她的战友们负责的工作区域面积加起来有5万平方米,他们每天都要背着40多斤的喷雾器,完成消毒工作。算下来,做消杀工作时每天的步数达到了4万多步。有的喷雾器背带太细,勒得肩膀生疼,战友们就想了个办法,用酒店的一次性拖鞋垫在中间,继续战斗,张奕靓说这个细节给了她无穷的力量。在消杀过程中,经常会有药水沾到她的皮肤和头发上,一个多月里,她的手都烧掉了几层皮。在这里工作的时候,张奕靓深刻体会到了"有一个强大的组织是多么重要",她在一线提交了入党申请书,希望有一天能够成为一名合格的共产党员。她说,这段志愿者经历,值得她一辈子铭记。

(来源:《经济日报》2020 年 4 月 22 日)

064 美团外卖小哥高治晓登上了美国《时代》周刊

美国《时代》周刊封面发布了一组中国抗疫群像,美团外卖骑手高治晓登上了封面。《时代》周刊称赞中国外卖骑手有"非凡的使命感",疫情暴发让中国外卖骑手在公众心中的地位不断提高,并得到了更多理解和尊重。自从新冠疫情暴发以来,这位外卖骑手每天早上都要做一次健康检查,花 20 分钟给电动车和制服消毒,预防在北京送餐途中被感染的风险。对中国 300 多万名外卖骑手来说,这是他们近期生活中发生的诸多变化之一。受疫情影响,数百万乃至上亿居民不得不居家隔离,而外卖骑手们则挺身而出,挑起了重担。疫情之下,外卖订单都通过"无接触"方式配送,骑手们只能到商业楼和住宅区外的专门取货和存放点取货和送货。虽然人与人的直接接触减少了,但这并没有削弱外卖骑手的人性关怀。高治晓说,他曾帮助过一位患有糖尿病的老人,给她送胰岛素——先是去了老太太家里拿处方,再到医院拿药,最后把救命药送到老人家中。老太太说她还没吃饭,所以我给她下了方便面,打了两个荷包蛋。离开时,还帮她把垃圾给倒了。

(来源:环球网 2020 年 3 月 17 日)

065 温瑞在长江二桥灯下的守望 点亮了武汉必胜的信念

傍晚 6 点 25 分,天色渐暗,头戴蓝色安全帽、身穿黄色反光背心的温瑞,从他的集装箱小屋向江边走去。五分钟后,武汉长江二桥的双塔双索面上,黄色的灯幕被渐次点亮,突显出四个红色大字——"武汉必胜"。"这是国旗的配色,庄严肃穆,又给人希望。"温瑞站在能看见整座桥灯光的地方,拍照记录并传到工作群里。今年 26 岁的温瑞是这些灯光的维修师。每晚从灯亮到灯灭,他都要不时到江边巡查。如有异常,就要立刻上桥检修。一个月来,为了在现场守护这些灯,老家在山西晋中的他独居于桥下一个约十平方米的集装箱内。他说,这是自己 20 多年来第一次没有回家过年。在温瑞眼中,灯光是一种精神象征。"武汉仍在有效运转,还有很多人在为武汉加油、努力。"虽然社区封闭,路上行人寥寥无几,"但长江二桥上的灯光江边的居民透过窗户可以看得见,路上来来回回的车也可以看得见,我的工作很有意义"。"这一个多月,看着桥上的灯从'武汉加油'变为'武汉必胜',看着确诊病例开始逐渐下降,我觉得防疫进入了大决战时期。"温瑞说:"希望武汉的疫情快点过去,病人们安全出院。"

(来源:新华网 2020 年 2 月 26 日)

066 浦东国际机场青年抗疫"近卫军"达百万人之多

中国最大的空中走廊——浦东国际机场,有数以万计的抗疫"青年近卫军"。2020 年 3 月初以来的境外疫情,让浦东国际机场这扇国门危情频出。停机坪上,转眼的工夫,就会降下数架从重点疫情国飞来的客机,近千名旅客已在机舱内等待出关前的检疫。"现在整个机场的检疫突击队已经超过 30 多支,基本上是清一色的年轻人。"上海海关关长高融昆说,"我们要对飞机上的每一个人前 14 天的行动轨迹作详细调查",这是第一道关。第二道关口是"出关":"乘客从何地来到何处去""中途是否转机"等调查询问之外,还要按人分流,引入上海防控的"闭环"通道。在浦东新区,从 3 月初之后的半个多月时间里,光接收入境的隔离者就达 8000 多人,如今已抽调青年突击队员达数千人,累计 400 多支队伍日夜奋战在援助机场的战斗中。还有一些志愿者,他们每天要把一箱箱医疗物资包装好,发送到世界上各个疫情严重的国家。春节以来,从这儿发往境外的抗疫援助医疗物资已经送达50多个国家。在今天的上海,各条战线上的青年"近卫军"相加,总共达百万人之多。

（来源:《中国青年报》2020 年 3 月 30 日）

7

人文挚爱

疫情防控是一场人民战争，在危急时刻，同数万名医护人员一道奋战在抗疫第一线的，有来自全国各地新闻界的445名勇士们。他们用摄像机、录音机和手中的笔，在第一线记录了无数感人的场景。还有很多作家、画家、诗人、音乐家，也在第一时间创作了鼓舞人心、激情澎湃的作品，为武汉加油，为湖北加油。

001 中央指导组与抗疫一线媒体记者座谈：讲好中国抗疫故事，强信心、暖人心、聚民心

2020 年 3 月 27 日，中共中央政治局委员、国务院副总理、中央指导组组长孙春兰同抗疫一线媒体记者座谈，她代表党中央、国务院，向战斗在抗疫一线的新闻工作者表示诚挚的慰问和衷心的感谢，希望他们进一步贯彻习近平总书记重要指示精神，再接再厉，深入报道落实中央应对疫情工作领导小组部署，讲好中国抗疫故事，强信心、暖人心、聚民心，汇聚共克时艰的磅礴力量。座谈中，8 位媒体记者代表讲述了他们用纸笔、话筒和镜头记录疫情防控的日日夜夜和难忘瞬间。据悉，自新冠肺炎疫情暴发以来，全国共有 445 名新闻工作者奔赴武汉，在第一时间多角度、全方位报道疫情救治防控情况，精心制作了 50 余万件新闻作品，持续收集报送民生诉求 2 万余条。孙春兰最后说：希望大家慎终如始，不麻痹、不厌战、不松劲，发挥主力军、主渠道、主阵地作用，深入报道党中央重大决策部署，统筹做好医疗救治、社区防控、复工复产、返岗返乡等宣传，总结推广中国抗疫经验和方法，提振信心、凝聚共识，为经济社会发展注入更多正能量。

（来源：新华网 2020 年 3 月 27 日）

002 黄坤明强调：为打赢疫情防控阻击战提供有力舆论支持

2020 年 1 月 31 日，中宣部在北京召开专题视频会议，研究部署抗击新冠疫情人民战争的宣传引导工作。中共中央政治局委员、中宣部部长黄坤明出席会议并讲话，强调要深入学习宣传贯彻习近平总书记重要指示精神，加大权威信息发布力度，加强政策措施宣传解读，持续振奋精神、凝聚力量，为打赢疫情防控人民战争、阻击战、总体战提供有力舆论支持。黄坤明指出，宣传战线要继续深入宣传习近平总书记重要指示精神，宣传党中央、国务院的决策部署和各地区各部门贯彻落实的有力行动，不断增强全国人民战胜疫情的决心与

信心。要深入报道各地防控疫情的举措和进展,报道各地支援湖北抗疫的实际行动,生动讲述医护人员、科研人员等的先进事迹和感人故事,营造万众一心、众志成城的舆论氛围。黄坤明强调,要继续加大信息发布力度,增强新闻发布的权威性针对性,及时回应社会关切和舆论关注,形成多层次持续释放权威信息的格局。要做好疫情防控知识普及,引导群众正确理性看待疫情,增强自我防范意识和防护能力。要加强对文化和旅游经营活动的管理,阻断疫情通过文化和旅游活动场所传播扩散。

(来源:《中国新闻出版广电报》2020 年 1 月 31 日)

003 外交部:抗疫展现中国人的家国情怀

2020 年 2 月 6 日,在外交部网上记者会上,有记者提问:据美国彭博社报道,武汉暂时关闭离汉通道等有关举措正在取得积极效果,新型冠状病毒在中国其他地区传播速度正在放缓。这体现出一种深深植根于中华文化的"舍小家为大家"的理念,中国领导人在困难时期呼吁继续发扬这种精神。你对此有何评论? 华春莹说,中国有一首脍炙人口的歌曲叫《国家》,"家是最小国,国是千万家"唱出了无数中国人的心声。舍小家为大家、先国家后个人,从来都是中华文化的核心基因和中华民族的精神标识,是把中华儿女团结在一起的强大精神力量。此次疫情发生后,中国共产党和中国政府始终把每一个公民的生命安全和身体健康放在第一位,尽最大努力确保每一位患者都能得到及时救治。同时,在当前这场疫情防控阻击战中,涌现出许许多多舍小为大、舍家为国的感人事迹,中国人的家国情怀在共同抗击疫情中得到了充分展现和诠释。她表示,正如习近平主席 2020 年 2 月 5 日在会见柬埔寨首相洪森时指出的,中华民族是从艰难困苦中走过来的,中国有信心、有能力、有把握打赢这场疫情防控阻击战。

(来源:《青年报》2020 年 2 月 6 日)

004 白岩松撰写、中央广播电视总台主持人集体朗诵《你的样子》

2020 年除夕夜,中央广播电视总台春晚舞台上唯一没有彩排过的诗朗诵节目《爱是桥梁》感动了无数人。2020 年元宵夜,白岩松又带来全新创作的诗朗诵《你的样子》。《爱是桥梁》传递的重点是,抗击新冠病毒的战役刚打响,要动员全民抗疫、要给大家加油。而元宵节的特别节目《你的样子》,则是在抗击新冠肺炎战役的关键时刻,要相信这一仗能打赢,靠什么相信? 靠一个又一个逆行的人,靠这些人所体现出来的样子,而他们的样子就是中国的样子。但不管是除夕夜的节目的还是元宵节的情景报道,新闻人去做,就一定要用平实的语言和严谨的新闻事实来表现。我们相信,我们应该是完成了这个任务。现在需要说的是,最好每一个人都应该变成我们喜欢的样子,因为你什么样、中国就会什么样! 在接受记者采访时,白岩松说,作为一个新闻人,我们目睹了太多感人的故事,他们负重前行的勇气给予我们力量和信心。这些人的故事和背后所体现出来的精神,就是中国人最好的样子。

(来源:《中国电视报》2020 年 2 月 9 日)

005 中央广播电视总台蒋晓平与白衣卫士并肩作战

曾在武汉学习工作了 11 年的中央广播电视总台记者蒋晓平,从 2020 年 1 月 14 日请缨奔赴武汉采访后,一直在金银潭医院病房采访。1 月 18 日,他还穿上防护服、手提套有塑料袋的便携 DV,与重症监护室主任吴文娟首次跨入潜在污染区的那道门。这次探班,既让他极为震撼也拍到了一手资料。两天之后摄像师苗毅萌赶到,他俩一起再次进入半污染区,补充拍摄到了更多细节,于是就有了素材被美国、英国、加拿大、法国、德国、意大利、日本等国家和地区的 477 家媒体广泛选用、播出 1719 次的新闻报道《独家! 总台央视记者探访武汉金银潭医院隔离病房》。腊月二十九晚上传来一个让蒋晓平震惊的消息:吴文娟和医院一位副院长因感染新冠肺炎被隔离住院,院党委书记也被送到一家医院紧急抢救。蒋晓平同这些人全都接触过!幸好,经 CT 检查,他和摄像师身体都无碍,两人继续坚守金银潭医院。

(来源:《中国电视报》2020 年 2 月 8 日)

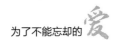006 在采访结束时中央广播电视总台记者王宇第一次有一种想哭的冲动

中央广播电视总台记者王宇在武汉协和医院隔离病房采访了一位叫张昌盛的医护人员兼新冠肺炎患者。张昌盛透过小窗口,笑着朝向我的镜头比出一个 OK 的手势,没有一丝可能面对死亡的恐惧。他的阳光和正能量,让王宇在采访完之后有一种想哭的冲动。他俩加了微信好友。张昌盛他们这一批有 15 个医护人员被感染,他是最后一个出院的。在微信上张昌盛说:王宇,你第一次采访我时,我跟你说没问题 OK 的。现在同事们一个个出院了我的核酸检测却一直没有转阴。不过没关系,我会积极配合治疗。他还每天坚持在病房里写日记,王宇问他为什么。他说,一是记录自己的心情,二是提供给医生作参考,有利于医生的诊断。他一直以医护人员和患者的双重身份在同病魔作斗争。2020 年 2 月 6 日,张昌盛终于痊愈出院,王宇去接他时又一次感受到这个小哥哥身上的阳光。张昌盛说,最重要的一点是心态,张昌盛要经常跟自己说我可以的。他希望王宇的报道能传递给更多患者,让大家都坚定信心。

(来源:《中国电视报》2020 年 2 月 15 日)

007 "我就是想在武汉看看更多的人和事"

仅仅一个月时间,中央广播电视总台记者董倩在武汉前线完成了 42 期新媒体《央视新闻面对面》人物专访、4 期新闻频道面对面人物专访、20 期战"疫"特别报道《武汉直播间》、7 期《武汉观察》专题片,以及向《新闻 1+1》《东方时空》等新闻频道各时段大量直播连线和评论。这是惊人的工作量和战斗力,

但董倩平时就是这个样子的。在武汉前线,她从早上起来直到回屋睡觉一直在采访。"没有什么累不累,我就是想看看更多的人和事。"她说。一天到晚出入医院"隔离点"和社区采访,口罩永远得戴着。全副武装的防护服上次去日本报道福岛核泄露时穿过,这次又穿上了。董倩说,我老是问人家穿上防护服是什么感觉,等自己穿上就知道快要憋死了。南方冬春交际的天气湿冷入骨,为什么一定要在户外采访?董倩说这是出于安全防护的考虑。随着到达武汉支援的医疗队越来越多,方舱医院和隔离点的不断建立,董倩又多次穿上防护服,到最危险的"红区"去深入采访报道。

(来源:《中国电视报》2020 年 3 月 4 日)

008 中央广播电视总台记者"狠心下刀"背后的"共情"与"懂得"

在不少观众眼里,董倩是一个对所提的每一个问题都问得特狠的记者。"我步步紧逼,其实我于心不忍。"这是董倩在随笔集《懂得》一书里写下的话。这次在实地采访武汉金银潭医院张定宇院长时,董倩心里很难过。"你想想:问他关于渐冻症这样的话题,就好像用手术刀去触及他最深的伤口。"访谈前,董倩试着问:张院长您看能不能聊聊这些年您是怎么同这个病打交道的?出乎意料的是,张定宇院长很豁达,一点也不隐讳。他说,他以前不想说,那是因为不想给他的同事和下属添麻烦;现在既然说出来了,就要勇于去面对。给董倩印象最深的是张定宇的笑。"那是一种哈哈哈的大笑,笑得那样真诚、坦荡、爽朗。""这么沉重的话题,您还能笑得出来?"董倩问。"我现在已经能够面对它。这不是多么可怕的事情,人生的终点都是要面对死亡的,只是我的终点不可能走得太远,那我就要把这个时间用足用好。"

(来源:《中国电视报》2020 年 3 月 8 日)

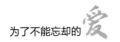

009 有一种爱情，叫作让我陪你上"战场"

2020年2月14日，武汉。哗哗的雨声伴随着隐隐的春雷声，似乎在告诉人们：风雨过后，定然是春回大地。一大早，中央广播电视总台的一对记者夫妻就起床准备出发了，他要赶往武汉协和医院，将进入红区，跟拍报道隔离区的救治情况；而她则要奔赴武汉市第三医院，一路跟随物流车，直播给医院送支援药品的场景。这注定又是一个忙忙碌碌、早出晚归的开始，一直要忙到每天夜晚，两个人才会回到驻地，各自隔离。在这个特殊的战地情人节的夜晚，既没有玫瑰花，也没有巧克力，没有神秘的惊喜，更不能给对方一个温存的拥抱和一个充满爱意的吻。他在视频里告诉她，等疫情结束回到北京后，我给你补上，请你吃火锅，她笑着点头，两人举起手中的酸奶隔着手机屏和爱人碰个杯。他叫张鹏军，她叫李憬慧，他们都是中央广播电视总台新闻媒体中心的记者，是一对并肩战斗在战"疫"报道一线的新闻夫妻兵。他们共同演绎了一种叫作让我陪你上"战场"的"战地"爱情。

（来源：《中国电视报》2020年2月5日）

010 "战地"记者朱彤：抗疫一线也是我的"战场"

2020年1月27日，大年初三凌晨三点，《黑龙江日报》记者朱彤在经哈尔滨去巴彦县调研的路上，接到马上奔赴武汉抗疫一线的指令，她没有半点迟疑，迅速整装出发。38天后，"逆行者"朱彤在武汉采写刊发通讯、日记、深度报道等各类新闻作品达200余篇，其中，"支援武汉抗疫日记"最为精彩。黑龙江省"90后"援鄂医护人员们的热情与活力，积极向上的生活和工作态度，成为朱彤"武汉记忆"中最明艳的一笔亮色。2月4日凌晨，来自哈医大四院的张晨、郑雪玉小夫妻，同时请缨并一起走进了医疗队援助医院——武汉协和医院西院住院大楼五楼重症病区；这里有来自哈医大一院重症医学科的六名"90

后"护士,负责最苦最累的第三工作区,这让朱彤看到了"90后"的担当和勇气。今天是星期几,朱彤已经完全没有概念。她的生活就是每天一睁开眼睛,就去记录、感受龙江医疗队的精神和力量,把疫情期间我省援鄂的真实情况记录下来并呈现给公众。武汉的三月,春意融融,接下来的每一天,朱彤依然会驻守在这里,因为这里已经是她的"战场"。

（来源：《黑龙江日报》2020年3月5日）

011 兰州广播电视台记者索㾜瑞在抗疫一线光荣入党

2020年春节前,突如其来的新冠疫情,打乱了兰州广播电视台电视新闻中心记者索㾜瑞的休假计划,此后,他就全身心地投入到了抗疫新闻报道第一线。他在采访的过程中,亲眼看到很多共产党员冲锋在前,尤其是白衣天使们,在关键时刻都亮出了党员身份冲在一线、顶在前面,这些感人的场景,让索㾜瑞深受触动。2月9日,索㾜瑞在抗击新冠疫情"火线"郑重向党组织递交了入党申请书。"作为一名新闻工作者,在此次疫情阻击战中,我真真切切地目睹了这些普通党员的感人事迹。每次看到医护队伍中的党员义无反顾走入隔离病房,我的眼睛都会湿润。"日前,经兰州广播电视台电视一支部召开支委会讨论,索㾜瑞被接收为中共预备党员,并在党旗下庄严地进行了宣誓。

（来源：《中国新闻出版广电报》2020年2月26日）

012 记者姜双双被誉为坚守疫情一线的"战地玫瑰"

2020年除夕之夜,正是万家团聚之时。晚上8点多,湖北省十堰市郧阳区融媒体中心采访部"90后"女记者姜双双,接到采访部主任的电话,要她随时待命上岗。没有寒暄,没有怨言,正月初一上午,姜双双就奔赴工作岗位,一干就是连续20多天。1月25日(正月初一)1时,十堰市新冠肺炎防控指挥部下达了境内高速与国道封闭、仅允许六类车辆抗疫通行的指令。姜双双接到采访任务后,立即赶到交通卡口去采访。此时,天上正降小雪,温度最高只有4℃。姜双双忍着寒冷,直到记录完郧阳区交警们恪守职责以及医护人员整个工作过程,才回到办公室。此时,已过中午12点,她匆匆吃了几口饭,又开始整理剪辑稿件,并上传到市台。从正月初一到正月二十四,姜双双完成了近30篇视频新闻,出色地完成了工作任务。这位"战地女记者"是女儿,也是妻子,还是妈妈,她有一个孩子。为安全起见,她把孩子送到了父母家里,一住就是一个多月。她坚守在疫情防控一线,吃苦耐劳,勇于担当和奉献的精神赢得了领导和同事们的一致好评,被大家誉为"战地玫瑰"。

(来源:秦楚网 2020 年 2 月 21 日)

013 紧急通知从起草到发布仅用 16 分钟

新冠疫情发生以来,河北省广大新闻工作者迅即进入战时状态。省直各主流媒体组成的宣传报道"专班",推出了一系列动态报道、评论言论、专家访谈、新媒体作品。截至2月25日,省直主要媒体共刊播报道6656篇,转发转载中央媒体各类稿件7499篇,发布新媒体产品7.77万余篇(条),总阅读量达48.32亿次。河北省启动重大突发公共卫生事件一级响应后,全省新媒体平台迅即发布。关于全省部分公务人员提前结束春节假期、返回工作岗位的紧急通知从起草到发布仅用16分钟。河北援鄂医疗队出征的每个现场,省内主要新闻媒体的记者从不缺席。河北省对口支援神农架林区,省委宣传部立即制定《对口支援神农架林区宣传工作机制》,并为做好对口支援宣传工作提供了有力制度保障。2月13日,河北省委宣传部、省新闻工作者协会发出通知,组织全省各新闻单位开展"夺取疫情防控和经济社会发展双胜利·记者走基层"活动,各级媒体通过多种形式发掘抗击疫情中涌现出的各行各业典型,推出专题报道。全省每天的疫情发布权威、及时,让真实的信息每一次都跑在了谣言前面。

(来源:中国记协网 2020 年 2 月 26 日)

014 浙江整合宣传平台，媒体融合汇聚战"疫"力量

浙江各地融媒体中心整合宣传平台，传播党和政府权威信息、纾解群众紧张情绪、助推经济社会有序发展，在疫情防控与经济社会发展"两手都要硬，两战都要赢"的实践中，彰显出媒体融合的"新闻力量"。武义县融媒体中心重构策划采编和刊发流程，发挥新媒体传播快速、群众接收便利的优势，把权威的声音在第一时间传递出去。安吉县依托本土新媒体平台"爱安吉"手机客户端及"安吉发布"微信公众号，自主研发口罩预购通道。2020 年 2 月 4 日系统投入使用以来，通过"线上预约＋线下领取"方式，已有 15 万余人次预购口罩 76 万多个。在宁波市鄞州区，"鄞响"客户端在复工之初便推出了"鄞企复工权威指南"，第一时间发布全区各行业复工政策和企业复工名单，推出企业复工防疫知识指南和复工复产"怎么办"系列问答，指导企业安全有序复工。各地县级融媒体中心也发挥融合优势，打造现代传播体系，建设离群众更近的重要新闻宣传和社会治理平台。随着企业复工复产，兰溪市融媒体中心通过网络、电视、新媒体等推出就业信息，实现"零接触""不见面"沟通，为数十家企业解决了上千名用工需求。

（来源：人民网 2020 年 3 月 10 日）

015 重庆报业集团 9 名青年记者"火线"入党

2020 年 2 月 28 日，重庆日报党委举行首次视频连线入党宣誓仪式。身在武汉一线的《重庆日报》记者谢智强高举右手，通过视频连线方式，面对党旗许下了庄严的入党誓言。连日来，重庆报业集团奋战在抗疫采访前沿阵地的 9 名青年记者"火线"集体入党，被党组织吸纳为中共预备党员，他们都用实际行动诠释了对党的忠诚信仰和责任担当。2 月 13 日，谢智强随重庆市第八批支援湖北医疗队抵达武汉，开始了他用相机镜头记录医疗队驰援武汉的工作情况。临行前父亲对他说："当年打老山战役时我上过战场，今天你也要上战

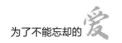

场,一门双战士,我们谢家自豪得很!"在反复学习穿脱防护服之后,他进入了隔离病房进行拍摄。随着疫情得到有效控制,重庆日报社全媒体推出大型策划《前线医护人员吐心声:疫情结束后,我最想……》,谢智强又一次扛起摄像机,记录下 160 名医护人员的心声。视频播出后打动了无数网友,该专题在抖音的播放总量超过 2000 万次。成为一名共产党员,是谢智强一直以来的奋斗目标,在向党旗宣誓的神圣时刻,他告诫自己:要对得起预备党员这个光荣的名字,把一腔热血奉献给新闻事业,就是对党的忠诚与责任担当。

(来源:《重庆日报》2020 年 3 月 19 日)

016 用镜头去感知城市的脉搏

抗击疫情人民战争打响以来,围绕武汉市等疫情严重地区的"防""供""治""安""暖"等方面工作,中央和湖北主要媒体统一开设了"一线抗疫群英谱"等四大栏目,集中展现全国各地支援湖北和武汉的情况,体现了全国人民团结一心、同舟共济的精神风貌。人民日报社记者李昌禹每天跑医院、进社区,采写的一线人物报道《我的兄弟在战斗,我要回去! ——一位武汉医生的千里逆行》等报道,生动、真实地反映了抗疫一线医护人员和社区工作人员冲锋在前的工作状态;中国青年报记者鲁冲先后五次深入武昌方舱医院,见证了生命的"方舟"点燃希望的灯火;中新社记者安源准确地抓拍到了李兰娟院士从医院重症病房出来后脱下防护服时,疲惫的她下意识地露出的微笑;长江日报"强强组合"从接到任务开始,每天 24 小时全天候跟随 120 急救车,多次见证入户转运重症患者;自 1 月 29 日起,光明日报先后派出四批共 15 名记者,奔赴武汉一线进行采访报道。各大新闻单位都创新方式方法,充分发挥新媒体平台传播作用,不断提升网上传播能力,将疫情防控最新消息、一线感人故事、疫情防控小贴士等,制作成图文、短视频、H5 等,被广泛传播。

(来源:新华网 2020 年 3 月 7 日)

017 这些女记者冲上抗疫新闻采访第一线都成了女汉子

　　湖南省冷水江市融媒体中心共有一线记者 11 人,其中 9 名是女同志。潘雁平是采访中心负责人,她从事记者这个行业已有 10 余年。这次面对来势汹汹的新冠肺炎疫情,她毅然决然地站在了抗击疫情第一线。疫情导致交通被迫中断,她每天开着自己的车出去采访,还把私车当作公车用,将其他记者及时送往采访一线。一线记者罗艳家中有年迈的父母,还有两个小孩,最小的还不到两岁。从定点医院采访结束后,罗艳直接回到娘家,暂时进行自我隔离。郑州人民广播电台新闻中心也有一批女记者冲向疫情防控报道第一线。记者李欣洁表示,作为一名从业 10 年的新闻工作者,在特殊时期,将最鲜活的新闻资讯传递给广大受众,既是责任,也是担当。记者张云帆说:“作为记者,我们只能举起话筒,把这些希望与坚守讲给群众听。这个春节,我见到了许多人,他们让我相信,春天,很快就会到来。”这些“女记者都是‘女汉子’”,“加班、熬夜、四处奔波”是她们的常态。“在责任面前,人人当先!”他们是宣传队伍里的“攻坚手”“娘子军”,以媒体人的使命和担当,全力以赴投入没有硝烟的战场。

（来源：人民网 2020 年 2 月 3 日）

018 廖君：向世界讲述武汉这座英雄城市的一切

　　2020 年 3 月 8 日下午,国务院新闻办公室在湖北武汉举行新闻发布会,请 6 名疫情防控一线的巾帼奋斗者同记者见面交流。新华社湖北分社记者廖君表示,从去年 12 月 30 日以来,她一直战斗在抗疫报道一线。这一段时间,同事们都喜欢管她叫“铁人”。“我觉得这几百位战斗在抗疫一线的新闻工作者都是铁人,我们必须用铁的意志、铁的行动,报道击溃疫魔的战斗。”廖君说,她和其他女同胞一样,也有多重身份,在家里是两位七旬老人的独生女,两个孩子的妈妈,一位军医的妻子,在岗位上,她是工作了 20 多年的记者,也是一名共产党员。"我在武汉上大学、工作和安家,熟悉这座城市的一街一巷,了解武汉人的喜怒哀乐,这也提醒着我,要向世界讲述武汉这座英雄城市经历的一切。"廖君说,这段时间,她同其他女记者一样,每天都顾不上家,也顾不上照镜子,但男同胞们说,她们戴着口罩的脸庞也很好看。"抗击疫情是没有硝烟的战场,我只是其中一名普通的新闻工作者。在这场没有硝烟的战争中,我们一直坚持着,我们要用手中的笔和镜头为武器,向世界大声讲述战役的中国故事、中国精神和中国力量,这是我们的初心,也是我们的使命。"廖君称。

(来源:澎湃新闻 2020 年 3 月 8 日)

019 属于这些记者的当代英雄主义故事

一、他们是平凡人,更是战"疫"英雄

人民日报海外版记者张远晴称:作为人民日报海外版赴武汉前线的一名全媒体记者,我既要给报纸写文字稿,又要给海外网和新媒体"侠客岛""学习小组"拍视频。我把文字和镜头都对准了在武汉的普通人。有一次,我去 24 小时封闭的社区采访,在一堆社区团购的米面油等物品中,发现有几份纸叠的生日帽,而背后显现的却是武汉人民对生活的信心。我去艳阳天酒店采访,因为抗击疫情的需要,酒店后厨被征用了,50 多名员工每天都要生产 5500 份盒饭,为方舱医院和周围隔离点提供饮食。这个酒店的保安大叔兼职干起了打包工,从上午 5 点一直忙到晚上 8 点。我问过很多采访对象一个问题:"你怕不怕?""90 后"的下沉干部告诉我,没时间怕;社区书记说,如果退缩了,数万社区居民怎么办;社区民警说,多大的灾难都挺过来了,现在也能撑过去;医护人员说,这就是我们的职业。我的采访对象都是普通人,他们不说豪言壮语,但每一句都是最真实的情感流露;他们干的不是惊天动地的大事,却无一不在每个平凡的岗位上、在极限中坚持。他们是平凡人,更是战"疫"英雄!

二、只能以特别的心意去表达生日祝福

中央广播电视总台记者叶央称：我从 2020 年 2 月 3 日来到武汉采访，至今已经一个多月了。很多朋友问我，难道你不担心被感染吗？我觉得，到疫情一线参与报道的愿望远远超过了对病毒的恐惧。到达武汉的那天下午，路上只有我们一辆媒体车，空荡荡的千万人口大城市，寂静得让人心疼。2 月 13 日，我在武汉大学人民医院东院区重症病房跟拍山东大学齐鲁医院援鄂医疗队，偶然发现在医生的办公桌上，一张 A4 纸上用黑色签字笔画了一个生日蛋糕。护士长告诉我，当天是一位护士的生日，因为没有时间去给她准备生日蛋糕，小伙伴就手绘了一个"纸"蛋糕送给她。在这样一个特殊时期，只能以这样一种特别的心意来表达生日祝福，这让人既温暖又心酸。无论疫情多么残酷，都阻隔不了人与人之间的温情。2 月 15 日，武汉大雪纷飞，路上没有行人，车辆也寥寥无几。在武汉长江大桥上，一位值班民警看到我们的媒体车，庄重地向我们敬礼致意，那一秒我差点儿哭了出来。那一刻，我特别想呐喊：武汉，别怕！有我们与你一起风雨同行，守望相助，共克时艰，战胜疫情！

三、因为珍重生命，才会冒着生命危险去救治生命

2020 年大年三十晚上，我接到了支援湖北的命令，第二天到达武汉。这里虽然没有硝烟弥漫，也没有枪林弹雨，却残酷壮烈。我不是医护人员，不能救治生命；但我是摄影记者，我可以见证，见证用生命捍卫生命的伟大。我进了 7 次病房，3 次进的是重症监护室。在那里，我看到并记录下了医护人员在战"疫"一线冲锋陷阵的场景。我像医护人员一样穿上防护服，体验到了刚穿上时热得出汗、内层衣服湿透了又会冷；明白了戴两层口罩呼吸困难、勒紧了会把鼻梁压得很疼；感受到了护目镜像"紧箍咒"一样勒得头痛恶心、起雾了看东西都很费劲；知道了戴 3 层手套干什么都不方便，手还会麻。医护人员每天都要进病房，带着这些感受与病毒"零距离"交锋，而他们真正承受的还有更多：因为怕家人担心，很多人一直瞒着父母；因为不能上厕所，不敢多喝水，或

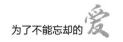

穿上成人纸尿裤；因为太累，坐着、靠着都能睡着，还有晕倒的。他们在同时间赛跑，在同死神搏斗。2020年的春天，中国武汉，无数生命为其他生命"逆行"。在这里，我看见了什么？记住了什么？答案就是"生命的分量"。

四、我一直在看他发给我的信息，但我再也见不到他了

湖北日报记者余瑾毅说：2020年2月18日一早，有一则消息在网络传播：武昌医院院长刘智明因感染新冠肺炎去世。我立即相继同武昌医院、武汉市卫健委和武汉市防疫指挥部联系采访，但都被婉拒。几分钟后，我又不甘心地打电话给武昌医院，直接说出自己的想法。对方大概被我的坦诚打动了，电话那头沉默了几秒后，把副院长黄国付的电话给我了。黄国付只告诉我，他正在赶往刘智明住院的同济医院中法新城院区。我火速出发，一路上，导航不断提醒着"您已超速"，可我慢不下来，早一分到达现场，信息量就会多一分。在现场，气氛非常凝重，几乎没人说话，我只能靠眼睛"采访"了。我通过谨慎地试探不会拒绝我的医护人员，粗线条地勾画出刘智明。直到送别时间即将到来，我才犹豫着走向刘智明的妻子。当我说完"您节哀，刘院长是位英雄"时，她没有拒绝我，而是滑动着手机告诉我："我一直在看他发给我的信息。我再也见不到他了。"当送别的人群散去，武昌医院有一位医护人员没离开，她抬头看着蓝天，红着眼睛跟我说："这样的天气，是他最喜欢的。"那次采访，我最希望的是：这是疫情中最后一次送别英雄。

五、能不能呼吁大家关注卡车司机

经济日报记者乔申颖称：2020年2月初，我在采访中意外地碰到从长沙给武汉药房送药的河南安阳卡车司机姚玉根，他给我留下了深刻印象，我写了现场特写《"走到哪里，都是满满的爱！"》。有了这次接触，姚玉根再来武汉时总会跟我在微信上聊几句。有一天他说："我昨天收到感谢信了！"还以为他会讲讲缘由，令我意外的是，他讲了一大段"收获"："湖南的企业总是说再装点、再快点，湖北的老百姓总是说要小心、注意安全，你仔细品一下。"我被他话里

质朴的感情和豁达的心境打动,发布了微博"长沙司机十进武汉送物资",后方编辑还主持开设了同名话题,阅读超过了 17 万人次。由此姚玉根火了!他说被多家媒体追到家里采访。我写这篇稿子的时候,他上了《河南日报》要闻版,买车的企业也提出可以延期还贷。当我说想要再写一篇关于他的文章时,他的反应又一次让我意外。他说:"能不能呼吁大家关注一下卡车司机?我是老兵了,但不能让后面来的新兵冒险。"姚玉根总是在感谢我,其实我更感谢他。如果没有这次经历,我大概也没有机会以如此生动、难忘的方式理解中国新闻教科书上"为普通人发声"的深刻含义。

六、每一分钟我都舍不得缺席

健康时报记者张赫称:2020 年 2 月 14 日,我来到武汉抗疫一线,希望能记录并传播武汉这座"英雄"城市的一个特殊时期,心中最大的感触除了遗憾没能早点来武汉外,就是觉得时间过得太快、自己做得太少。在武汉协和江北医院,我见到了以身殉职的"90 后"医生夏思思的妈妈。老人看到女儿生前办公桌上摆满的鲜花泣不成声的时候,我也跟着哭了起来。我想过在面对如此悲情的时候是否还要举起拍摄器材,但我想还是要缅怀,要致敬,也要传播,这是记者最基本的职业素养。我去过武昌方舱医院做直播,从前热闹的体育馆,此刻都是整齐的病床,患者穿着睡衣在聊天,在患者间匆忙穿梭的医生们个个汗流浃背。一位 39 岁的党员区长说,她出院第一件事就是去献血。当我问一位正在看书的 50 岁叔叔:这次疫情中最大的感受是什么,他毫不犹豫地说:我感受到我们的祖国太强大了。我妈妈通过微信对我说,我到武汉后,全家都度日如年,但又为我感到骄傲。虽然很累,但在这记录历史的时刻,每一分钟我都舍不得缺席。作为记者,我们要让世界看到一个真实的武汉,到处都是坚毅和勇敢。

（来源：人民网 2020 年 3 月 12 日）

020 为每一名驰援的"天使"拍摄肖像

在武汉采访的 40 多天里,中国摄影家协会主席、人民日报摄影记者李舸带领的 5 人小分队,协同湖北、河南两省摄影志愿者小分队、以及数十家媒体赴湖北抗击疫情一线的摄影记者,组成 60 多人的摄影团队,为每一名驰援的"天使"拍摄一张肖像,作为战"疫"记录,为国家存档。一张张带有勒痕的面孔,一双双坚毅的眼睛,一个个动人的瞬间,数万张不加修饰的"最美"肖像,成为举国上下携手战"疫"最真实的写照。刚到武汉时,拍摄点定在更换防护服的小房间,后来小分队又转战医疗队驻地拍摄。陈黎明增加了一个"自选动作",给每名医护人员录制一个小视频。李舸遇到过一位福建医生,是那种很刚硬的汉子,"他从病房出来,看到我们正给护士拍摄,觉得那是女孩子喜欢的,不屑一顾地直接去洗澡了。等他出来,看我们还在等,就说那我也录一下吧。结果他刚说道:'疫情结束之后,我要好好孝敬父母……'突然就失声痛哭,后来哭到不能自已。"当医护人员们真情流露时,摄影师们的手也在颤抖。不进行拍摄工作的时候,大家的眼睛经常是湿润的。如今,这些数以万计的"最美"肖像照,正在全国 5 万多个大屏幕上展示。

(来源:《中国青年报》2020 年 4 月 10 日)

021 记者余瑾毅在采访中看到了普通人的朴实和伟大

余瑾毅是《湖北日报》的记者,自新冠肺炎疫情发生以来,一直在一线采访。2020 年 1 月 24 日除夕日,她到达医院时,发现门口道路两侧都停满了车辆,一楼的发热大厅也挤满了患者。当时还不到上午 8 点,气氛一下子就紧张起来了。然而,一旦进入采访状态,余瑾毅很快就放松下来。第二天,《湖北日报》便刊发了文章《隔离病房气氛紧张忙而不乱》,讲述余瑾毅首次进入隔离病房采访的所见所闻。这些天的采访让她看到了普通人的朴实与伟大。比如,在武汉市红十字会医院，当该院妇产科、骨科的医生们，见到前来指导的协和医院感染科专家时，从椅子上跳起来，欢呼"病人们有救了"；在武汉市肺科医院，该院 ICU 主任胡明在接受采访时，突然接到电话，得知好兄弟、某院 ICU 医生因感染病危，顿时泣不成声；在武汉市急救中心，担架员出车抢救患者后，衣服都被汗水湿透了，但他们却说："不能洗澡，不然会耽误救人。""我是跑这个口的记者，做好报道是分内的事，守土有责。"余瑾毅说，无论是医生，还是记者，抑或是急救中心的担架员，每个人在自己的岗位上，都把属于自己该做的事做好，那么疫情得以控制的那一天，就会更早到来。

（来源：《中国新闻出版广电报》2020 年 2 月 10 日）

022 38 岁的记者王斌因劳累猝死在抗疫一线

2020 年 3 月 12 日下午 5 点，结束了一天的采访后，贵阳广播电视台法制频道记者王斌和同事许林敏又接到了第二天的采访任务，对接好采访对象后已是深夜，他们相约第二天上午 9 点一起去做采访。但 3 月 13 日清晨，却传来了噩耗：王斌因劳累过度而猝死，年仅 38 岁。在坚守岗位 25 天后，王斌挥别了贵阳这座他挚爱的城市，也挥别了自己的新闻理想。2020 年农历新年，王斌和妻子一起回到江西老家过年，隔离结束后，他马上投入采编报道抗击疫情工作中。3 月 2 日上午，到贵阳市公安交通管理局和西南商贸城采访；2 日下午，到将军山医院采访；3 日上午，到经开区海信工业园采访复工复产；3 日下午，到贵阳市工信局采访；4 日全天采访……翻开《贵阳战"疫"》节目工作记录本，王斌每天的采访任务都排得满满当当。直到王斌去世，邓和才从同事那里得知，就在去世的前一天，王斌终于忍不住说了一句："最近我好累。"说完又提着机器赶往下一个采访现场。直到他离去，还有两条采制好的抗击疫情稿件正在等待播出。

（来源：《中国新闻出版广电报》2020 年 3 月 20 日）

023 勠力打赢抗击疫情新闻报道阻击战、总体战

2020 年春节,新冠肺炎疫情让很多家庭未能团聚。众多"天使"的崇高精神得以传播到万里之外、千家万户,离不开另外一个逆行的群体——新闻记者。在阻击新冠疫情这场没有硝烟的战役中,逆行既意味着担当,也隐藏着危险。在这份危险面前,全国各媒体派出的大都是"精锐之师"。一线记者用报道诠释着新闻工作者的初心。春节前后,《人民日报》、新华社、中央广播电视总台、《中国青年报》、《中国新闻周刊》、《三联生活周刊》,以及澎湃新闻、界面等一批媒体记者奔赴武汉疫区。随后,来自武汉医院门诊的现场观察、医生以及患者的口述实录、医疗及防护设备需求等疫情防控一线信息,便通过电视、手机等大屏小屏传递到四面八方。信息的有效传播,使武汉不再孤单,大批来自武汉一线的报道量分分钟达到 10 万 +。记者是新闻传播者,也是舆论引导者。利用好新媒体融媒体全媒体加大权威信息传播力度,用群众喜闻乐见的形式加强政策措施宣传解读,持续振奋精神、凝聚力量,就是在为打赢疫情防控阻击战、总体战提供最有力的舆论支持。

(来源:《中国新闻出版广电报》2020 年 2 月 3 日)

024 记者纷纷深入到群众中去传递正能量、揭露新问题

新冠肺炎疫情防控阻击战,也是一场舆论战、信心战、信息战。在离汉通道关闭后,网络上一度盛传武汉市民生活陷入困境。人民日报社记者程远州和同事通过大量的采访,写出了《直击:离汉通道关闭第一天》,及时澄清了种种不实传言;农村地区疫情防控工作一度较为薄弱,新华社记者徐海波采写《疫情防控别把农村漏了》予以呼吁。从 2020 年 1 月 26 日起,中央广播电视总台《焦点访谈》持续聚焦抗击新冠肺炎疫情话题。2 月 11 日起,《新闻联播》推出了"一线抗疫群英谱"专栏。在中央指导组的统一部署下,中央在湖北媒

体和部分湖北省媒体深入调查武汉市未收治隔离的"四类人员"情况。人民日报建立了专门的网络平台,广泛征集新冠肺炎求助者信息。2月9日半夜,环球时报记者崔萌和同事跟踪采访,发现由于工作滞后、衔接无序、组织混乱等问题,数十名新冠肺炎患者无法得到妥善安置。现代快报记者熊平平和顾炜深入社区采访,结果发现仅这一个社区,就有许多"四类人群"尚未得到收治或隔离。媒体的报道不仅推动了问题的迅速解决,更体现出中央对于抗击疫情的决心和对不作为的零容忍态度。

(来源:《新华每日电讯》2020年3月7日)

025 湖北省内县级融媒体纷纷在离病毒最近的地方采访报道

疫情防控是湖北各地当下的头等大事,全省多地县级融媒体中心快速响应,积极发挥新型主流媒体作用,在第一时间将各级党委、政府的防控部署及相关防控知识传达给民众。向继华是竹山县融媒体中心记者部主任,自大年初一到岗后,一直没有撤下过一线。哪里离病毒最近,他就出现在哪里。1月28日,远安县医疗中心感染楼提前投入使用,里面收治了新冠肺炎患者,去那里采访是一个危险的任务。一直在办公室坐镇指挥的融媒体中心主任黄津璟立即决定,"临危时刻,我去"。在公安县融媒体中心,记者赵勇深入最危险的隔离区,挖掘出"最美压痕天使"等鲜活新闻稿件,点击率超过10万;杨俊在道路交通管制的情况下主动请缨,每天步行一个多小时往返于单位和采访地点,连续三天三夜深入乡镇卡口,采访坚守一线的交通警察。远安县融媒体中心8个融媒体平台同时开设《众志成城抗疫情》专栏,截至1月30日,共播发信息288条。竹山县融媒体中心也依托旗下媒体,多点开花,发布各类信息近400条,内容涵盖信息发布、疫情通报、工作动态、知识普及、情绪引导等。

(来源:《中国新闻出版广电报》2020年2月5日)

026 新闻战士是记录生死大营救的"最美逆行者"

面对来势汹汹的新冠肺炎疫情，有一群人和医护人员一样义无反顾地逆行而上，以笔为枪记录历史，这群人有个共同的名字：新闻工作者。面对疫情，这些"最美逆行者"闻令而动、迎难而上，不顾个人安危，不辞辛苦疲劳，从一线发回了一篇篇救死扶伤的感人事迹、一幅幅鲜活感人的影像画面，为我们记录下共克时艰的生死大营救，展示出中华儿女英勇无畏的英雄群像。正是这些报道，生动记录了一线医护人员等不同群体冲锋陷阵、勇往直前的慷慨壮歌，展示了一个历经灾难考验的国家万众一心、众志成城的友爱互助，同时也让全世界看到中华民族"投我以木桃，报之以琼瑶"的优秀品质，凝聚起全国人民勠力同心、守望相助的信心和力量。目前，疫情防控曙光在即，复工复产任务繁重。我国正处在统筹推进疫情防控与经济社会发展的新阶段。"戎马不解鞍，铠甲不离傍。"全国新闻工作者毫不松懈、奋战到底，切实肩负起强信心、暖人心、聚民心的使命任务，做好决胜全面小康、决战脱贫攻坚等重大宣传，多把镜头对准一线，多把笔端触及基层，继续为经济社会发展注入更多正能量。

（来源：《中国新闻出版广电报》2020 年 4 月 3 日）

027 实地感受一个从未失去过温度的城市

2020 年 3 月 31 日晚，《人民日报》有很多记者在朋友圈转发了一段名为《生死金银潭》的视频，这部半个小时的片子，记录下了武汉市金银潭医院的生与死。而为了这段视频，《人民日报》记者连续跟拍了 36 天。在同他们进一步的交流中，十分感念道每一个前方记者都有说不完的故事、更有讲不完的感受。出生于 1995 年 10 月的郑薛飞腾，是《人民日报》此次赴前方报道团队中年龄最小的一位。1 月 28 日，大年初四，还在家乡福建莆田过年的郑薛飞腾看到一条需要派记者赶赴武汉的通知，他在 24 小时内，辗转了 4 座城市，于 1

月 29 日傍晚抵达武汉。在武汉期间，他有幸参加了方舱医院收治首批患者及首批愈者出院、社区封闭式管理落实情况等 20 余场视频直播。程远州是《人民日报》湖北分社记者，从 2019 年 12 月底，他就开始持续跟进疫情报道，先后采写了百余篇稿件在人民日报全媒体平台刊发，多篇稿件阅读量过亿。"1 月 29 日，坐在去武汉的高铁上，我始终在猜想，我会看到一个怎样的武汉？"《人民日报》记者张武军说。在武汉采访的一个月，他拍摄过公安干警、快递员、外卖小哥等众多在风雪中坚守工作岗位的身影。采访中，《人民日报》很多记者说，这次疫情报道，是一次锤炼"四力"的过程。记者是"战士"，是"逆行者"，要深入一线，讲好战"疫"故事。

（来源：《中国新闻出版广电报》2020 年 4 月 3 日）

028 抗击疫情新闻战线书写媒体担当

2020 年春节，注定是不平凡的。同在医院抗击疫情的医务工作者一样，各路记者们也是这场抗疫人民战争中的最美"逆行者"。1 月 24 日（大年三十），湖南省启动重大突发公共卫生事件一级响应、湘潭市成立新冠肺炎疫情防控工作领导小组后，25 日，湘潭日报社、湘潭广播电视台全体采编人员就取消休假，进入战时状态。离病毒靠近一步，危险就增加一分，但湘潭日报社记者郑镱慧子和陈旭东仍选择了"逆行"。他俩来到湘潭市疾控中心的分子生物学实验室采访。为了检验疑似新冠病毒感染的肺炎患者样本，这里的 8 位工作人员一天都没有休息，而两位记者在这里面对新型冠状病毒，一样心生恐惧，手心里都捏出了汗，但当两人穿上防护服进入拍摄区后，专业范儿立马显现，一采访就是 3 个小时，回到单位后很快写出了《145 个小时，与病毒最接近的湘潭疾控人》的报道。郑镱慧子说："能够到离病毒最近的地方，采访这群最可爱的人，我感到满满的骄傲。在恐惧害怕时我没有哭，但听他们提起工作的风险和对家人的愧疚时，我哭了。"

（来源：《中国新闻出版广电报》2020 年 2 月 5 日）

029 奋战在抗疫一线的"拼命三郎"女记者

2020 年 1 月 22 日,湖北电视台女记者胡夏颖,在连续加班半个月做完节目后的返乡途中,接到采访报道一线抗击疫情的指令,她立刻返汉。"我是一名党员,一名新闻记者,我不应该窝在家里。"一回到武汉,胡夏颖立即投入到紧张而繁重的工作之中,直到大年三十,做完了《为武汉加油》的采访后,她才给家人报了平安。胡夏颖是湖北大冶人,2013 年大学毕业后留在武汉,2015 年在湖北电视台"美丽帮女郎"出镜记者大赛中脱颖而出。20 多年来,这是她第一次独自一人在外地过春节。在抗疫一线,胡夏颖工作起来风风火火,马不停蹄,连续采访报道了多条新闻消息,比如,《白萝卜 0.99 元一斤》《"一元菜"进入各大超市》《武汉白沙洲大市场多举措确保市场供应安全有序》《120 小时连轴转保障援助防疫物资》等,尤其是她报道的火神山医院建设新闻稿,在第一时间让全国亿万观众一起见证了"中国速度",受到了广泛好评。在抗击疫情一线,胡夏颖时刻处在被感染的风险之中,有人问她,恐惧不? 她说:恐惧过,但不怕。胡夏颖以她顽强的斗志坚持奋战在抗疫一线,被同事们尊称为"拼命三郎"。

(来源:搜狐新闻 2020 年 3 月 9 日)

030 今春,济南战"疫"的故事都浓缩在这里

《济南日报》推出的《战疫史记》特刊,用 88 个版面真实再现了这个令人难忘的春天里的济南战"疫"故事。《战疫史记》特刊分上下两个篇章,上编为《决胜》,下编为《成城》,各 44 版。特刊出版的背后折射出很多新闻人的辛劳和付出。王端鹏是《济南日报》时政新闻一部主任,他领衔承担了上编"卷首语"与特刊第一篇《济南答卷》的采写工作。为了使特刊视觉效果更好地呈现,《济南日报》美编李文晶在版式设计中敢于创新,跳出了"一篇大稿到底"的窠臼,开辟《战疫数据》《战疫故事》《战疫记事》等小栏目,多角度呈现战"疫"实景。

自疫情发生以来,济南日报报业集团已发布各类稿件、视频和新媒体产品近 3 万篇(件),全网点击量超过 2.76 亿,其中,"10 万＋"新闻报道超过 500 篇,"100 万＋" 15 篇,"1000 万＋" 6 篇。

（来源:《中国新闻出版广电报》2020 年 4 月 3 日）

031 一条阅读量超过两亿的抗疫新闻背后的故事

2020 年 2 月 6 日,中央广播电视总台播出的新闻特写《我把外公和妈妈都借给你》,讲述了一家三代人用不同方式抗击疫情的故事。16 岁的女孩陈琪方写下的公开信中的一句:"我把外公和妈妈都借给你。"让很多观众流下热泪。节目播出后,在社会上引起强烈反响和情感共鸣,仅在中央广播电视总台新闻微博话题中的阅读量就超过 2.2 亿。这条网红爆款新闻,是中央广播电视总台记者文永毅从《楚天都市报》中关于医护人员子女的报道中敏锐地抓取出来的。文永毅自 2 月 29 日到达武汉,至今已在抗疫一线工作了一个多月,其间报道了"你替我冲锋在前"的父子故事,也讲述过两代护士为大爱勇敢奔赴前线的故事,还有各行各业奋勇抗击疫情的故事。文永毅说,武汉是个英雄的城市,武汉人民中不乏默默无言的无名英雄。他们临危不惧、敢于担当、乐于付出的责任心打动了我;小女孩陈琪方笑中带泪、眼中有光,她的话语像穿透疫情阴霾的一束光,有感染力的表达也打动了我。他要记录历史、深耕故事,挖掘更多有磅礴力量的中国故事。

（来源:央视网 2020 年 2 月 6 日）

032 以生命的名义逆行

新冠疫情发生以来,首都主流媒体北京卫视率先打响了宣传报道防控疫情的战"役"。曾经连续两年荣获中国新闻奖一等奖的《生命缘》栏目,于 2020 年 1 月 23 日迅速组建起报道团队展开报道,成为北京地区第一支进驻医院污染区持续采访报道的新闻队伍。从 1 月 30 日开始,北京卫视在每晚 19:30 黄金时间持续推出《生命缘》疫情防控特别节目,其在北京的收视率一度超过了同时段播出的《焦点访谈》。全国最具影响力的健康品牌、北京卫视《养生堂》栏目,在疫情暴发后的第一时间就投入战斗,通过制作特别节目和科普宣传片,以最快的速度把权威、科学、易懂的防疫知识传递给公众。刚刚在 2019 年荣获中国新闻奖一等奖的《向前一步》节目,继续发挥在市民与公共领域之间沟通对话的桥梁作用,于 2 月 2 日晚间黄金时间,推出了疫情防控特别节目。为积极应对疫情对开学造成的影响,北京卫视推出了《老师请回答》系列特别节目。此外,北京卫视还组织动员众多社会公众人物和专业医务工作者,拍摄了大量以辟谣纠错、普及知识为目的的科普宣传片,展现了全社会多层次、多方面、多群体,共同加入防控疫情的行动。

(来源:光明网 2020 年 2 月 5 日)

033 医患共情战"疫"是一场最生动的医学人文课

上海中山医院两个院区及门诊大楼门前,同时挂起的三幅落日余晖海报上的景象,可以说是对理想医患关系的深情向往。"照片和海报上的医生代表了中山医院、更代表了整个医疗行业。驰援武汉医疗队的医护人员对病人的人文关怀、帮助病人积极乐观面对病魔的精神都令人感动。"中山医院党委书记汪昕说。"将这一巨幅海报挂在医院外墙,更像是全社会对理想医患关系的期待。"就在昨天,一系列来自武汉抗疫一线的临床实战公开课,已在中山医院启动录制制作。"第一课便是这张最美照片。我们课程的第一节讲的就是医学人文关怀,而落日余晖照就是最好的见证。"驰援武汉的医疗队临时党支部书记余情说。激发学生学习的热情,更要培养他们的人文关怀。课程负责人医疗队领队朱畴文说:"从一张照片和一系列实战课,我们希望能鼓励更多医科学生真心热爱医学,这是做好治病救人的职业生涯的思想准备。"

(来源:《解放日报》2020 年 3 月 13 日)

034 读懂钟南山说的"医生看的不是病而是病人"

钟南山说:医生看的不是病,而是病人。我们要经常想到的是,在医学里有什么问题解决不了,你怎么去解决? 像我 40 年前在英国,就开始跟导师研究慢性阻塞性肺疾病,当时的诊断很清楚,但治疗很落后,后来技术改进了很多,但对病人的治疗仍然没有带来实质性改变。钟南山在冬天会用手焐热听诊器,然后再给病人听诊。直到如今,钟南山给病人看病都是主动俯下身,一只手臂托着患者后颈和肩的部位,扶着患者慢慢躺下,等检查完之后,再慢慢将患者扶起来。重症监护室医生刘娟在日记中写到病人老孟时说,他喜欢听我讲重庆的夜景、火锅,以及我们医疗队。她送给老孟一张医疗组自制的卡片,写的都是对他的鼓励和祝福,老孟拿着它反复看,迟迟不肯放下。黑龙江首例确诊患者高先生经历了气管插管等手术,一度没法说话。医护人员将他儿子鼓励父亲的话,通过视频等方式传递给他,给了他很大的精神支持。一个刚进方舱医院时很烦躁的患者说,负责本病区的汪医生一直耐心地安慰和说服病人,声音很柔和,特别让人安心。这些事例都表明:患者是一个整体的人,而不只是那个病变的器官,一句洋溢着人文关怀的温暖话语,真的比特效药还重要。

(来源:《中国青年报》2020 年 4 月 10 日)

035 战"疫"一线医学人文之光熠熠生辉

这是来自上海援鄂医疗队员身边的三个真实故事。2020 年 2 月 15 日,武汉金银潭医院北三楼,一位危重症患者不幸去世,上海第一批援鄂医疗队的护士们护送这位逝者最后一程时,从病房到走廊楼梯口总共才 50 米路程,却足足走了 8 分钟。因为我们不能让任何东西触碰到逝者,要让他走得顺顺利利。缓缓行进中的每一个人,都依次轻声喊着"老先生一路走好"。3 月 4 日,一张来自武汉三院重症病区的照片也打动了很多人。都说男儿膝下有黄金,而上海第三批援鄂医疗队员医生余跃却在地上跪了整整 10 分钟,他从患者胸腔中缓慢抽出 500 毫升气体,让一位患者转危为安,呼吸也慢慢开始顺畅。3 月 5 日,复旦大学中山医院援鄂医疗队医生刘凯,在护送病人做 CT 途中停下脚步,让住院已一个月的 87 岁老先生欣赏了一次久违的日落照片迅速在网上刷屏。这三个真实的故事都是医学的人文之光,它们共同展示了医护人员的责任之心、仁爱之心。

(来源:《文汇报》2020 年 3 月 7 日)

036 战"疫",文艺界的一次精神洗礼

"文章合为时而著,歌诗合为事而作。"全国文艺界在抗疫人民战争的"第二战场"八仙过海、各显神通,在短时间内创作推出大量抗疫主题作品,在中国文艺史上留下了浓墨重彩的一笔。《楚行者》《武汉伢》《一起面对》《爱在你我之间》《等鲜花开满全城》《坚强》《让爱绽放天地》《中华脊梁》《生命之歌》《坚信爱会赢》等一大批音乐作品,从线下唱到线上,鼓舞了一线医护人员的士气,也坚定了全国人民战胜疫情的决心。从《这个春节,我们都是战士》《依然笑·逆风的天使》到《阳台里的武汉》,文艺界用笔墨、颜料、音符、影像,绘就了一曲中国抗疫人民战争的英雄谱,为英雄和祖国唱响了赞歌。电视媒体持续推出的战"疫"特别节目,中央广播电视总台 2020 年元宵节特别节目,由陈道明、濮存昕等著名表演艺术家倾情演绎的诗朗诵《相信》《中国阻击战》,深情讴歌了以钟南山院士为代表的奋战在抗疫前线的白衣战士;由主持人白岩松、水均益等演绎的诗朗诵《你的样子》以真挚的情感致敬抗疫英雄,这些节目既感动了亿万观众,也收获了超高口碑。

(来源:《光明日报》2020 年 3 月 25 日)

037 谭盾要带着《武汉十二锣》回家

疫情期间,大家都非常需要心灵的安慰。著名音乐家谭盾,很想通过创

作一部音乐作品,来为中国抗击疫情加油,用艺术创作,传递心灵深处的慈悲与仁爱。于是他就在飞往比利时的飞机上,不眠不休,一气呵成写下了《武汉十二锣》。谭盾说,"武汉生产了全世界最好的锣,世界顶尖的交响乐团无一例外都在使用武汉锣。《武汉十二锣》的旋律,也源自武汉博物馆珍藏的《楚颂》。"他说,"我想通过发掘武汉的这些音乐素材,来表达自己的情感,用这部作品告诉大家:武汉的声音同我们每个人紧紧相连。"这部首创作品在比利时首演时,谭盾所使用的全是当地各大交响乐团友情提供的武汉锣。"很多欧洲观众在观看演出时,都流下了眼泪。当时我就觉得,抗击疫情,不仅仅是武汉的事,也是全世界的事。所有人都在关心和牵挂。"谭盾说:"如今我最大的心愿,就是疫情能早日过去,我要带着《武汉十二锣》回家。"

(来源:《人民日报》2020年3月19日)

038 一首《少年》凝聚国人力量

近日,共青团中央、人民日报、新华社的官方短视频账号,均使用了酷狗音乐人梦然创作演唱的《少年》作为背景音乐,该作品在全网相关视频播放总量已破10亿。歌词这样唱道:我还是从前那个少年,没有一丝丝改变,时间只不过是考验,种在心中信念丝毫未减。歌曲所传达的思想感情与正能量视频内容相得益彰。这首歌的火爆,也源于近年来"少年感"一词的流行。这个词其实并非是少年专用,而是形容一个人在面对困难时,始终能保持积极阳光的心态,历经沧桑后依然能坚定信念、不忘初心。疫情期间,许多文艺工作者以他们特有的方式,参与到抗击疫情中来。武汉音乐人杨振宇创作了歌曲《光(献给武汉)》;武汉音乐学院教师刘思远通过云创作联合38位武汉大学音乐系师生,创作了《明天依然最美》。这些音乐人自觉自发的行为,也充满着"少年感",带动越来越多的志愿者,并促成了一场"用音乐的力量支援武汉"活动,这些优美励志的歌曲,不但为许多人输送精神良药,还集聚了国人抗击疫情的力量。

(来源:《中国新闻出版广电报》2020年4月3日)

039 被誉为上海版《朗读者》节目的《申声传情》

2020 年 2 月 26 日，新民晚报社与上影演员剧团联合推出的音频节目《申声传情》正式上线。上线第一天，艺术家梁波罗用声音致敬武汉快递小哥；第二天，一代上海人梦中女神龚雪，读出了抗疫家书里一个母亲的思念；第三天，琅琊榜里呆萌刚猛的蒙大将军陈龙，动情地念了一封前线医生给爱人的家书；第四天，《攀登者》里的美女赵医生何琳，讲述了一个医护家庭的最美约定；第五天，"萧淑妃"于慧，将自驾路过武汉时一个姐姐泪如雨下的情景娓娓道来；第六天，上影演员剧团副团长刘磊，朗读了一篇男护士的日记《上阵父子兵》，他们的声音和深情，让这些战"疫"佳作平添了温情与感动。接下来的这一周里，还将有达式常、吴海燕、张芝华、吴冕、崔杰等演员加入朗读队伍。他们说，在这些文章里，读到了感动，想把这份感动带给更多人。音频节目上线两小时后，当事人汪勇也听到了并在微信中写道：感谢梁老师，感动。梁波罗获悉后连忙说，应该感动和感谢的，恰恰是我这"80 后"老哥想对"80 后"小哥说的。

（来源：综合多家媒体报道 2020 年 2 月 28 日）

040 跨国歌声奏响了人类命运共同体的大合唱

"长江上边有座桥，大桥边上黄鹤楼，不管风雨有多少，脸上带着笑。"近日一首改编的《你笑起来真好看》在国内外深情传唱，演唱者是美国犹他州卡斯卡德小学四年级的孩子。许多国际友人都在用音乐诉说，为中国加油。由日本歌手希侬演唱的《你的悲伤改变了我的心》，"风雨满天你不是孤立无援，有我将你放在心间"让人心头一暖；来自西班牙、巴拉圭等 19 国音乐人唱响的《在路上》，"无论你我来自何方，我们团结一心一起走向明天"，从欧洲、美洲唱响到亚洲；由中国、菲律宾、马来西亚、新西兰等 6 国音乐人共唱的《命运与共》；守望相助春暖花开，唱响东亚南亚和大洋洲；40 位法国音乐人以《与你同在》的和音，表达了"阴霾终将过去，阳光终将到来的信念"。近日一曲特别版的《你并不孤单》，也受到广泛关注。在音乐视频的结尾，一名古巴女孩写道：我想让全世界的人知道，抗击疫情是全人类共同的事情，我们要向那些抗击疫情英雄表达敬意和感谢！

（来源：《人民日报》2020 年 2 月 24 日）

041 从最高级别的网课"读懂"人的价值

这是中国最高级别的一堂网课——从中央直通县团级单位的抗击疫情电视电话会议，在部署工作同时，还频频出现抗疫人民战争、阻击战、主体战中的一些身影。1. 有被特别铭记的人。冲锋在前、顽强拼搏的广大党员干部；义无反顾、日夜奋战的广大医务工作者；闻令而动、敢打胜仗的人民解放军指战员；众志成城、守望相助的广大人民；坚守岗位、日夜值守的广大公安民警、疾控工作人员、社区工作人员；不畏艰险、深入一线的广大新闻工作者；真诚奉献、不辞辛劳的广大志愿者。2. 有被特别致敬的人。向广大医务工作者、人民解放军指战员，各条战线同志们致以敬意；广泛宣传一线医务人员、人民解放军指战员、公安干警、基层干部、志愿者感人事迹。3. 有被特别牵挂的人。全社会要关心关爱确诊人员、隔离人员和病人家属；强化对困难群众兜底保障；对患者特别是有亲人罹难的家庭重点照顾；因疫情在家隔离的孤寡老人、困难儿童、重病重残人员要走访探视、给予照顾。

（来源：《解放日报》2020 年 2 月 25 日）

042 《余生一日》：最大限度记录疫情下的中国社会全貌

疫情肆虐，我们坚信几千人的镜头所到之处，全都是值得记录的生命片段。2020 年 2 月 5 日，著名导演秦晓宇发起了《余生一日》全民纪录计划。他邀请人们拿起手机、相机、摄像机等，记录自己在 2 月 9 日这普通一天的生命片段,筛选剪辑进一个从2月9日0时0分,到2月10日0时0分的时间结构里,以此构成一篇中国人的影像日记,记载疫情中吾国吾民的喜怒哀乐,悲欢离合。这一计划的微博话题收获了上千万人阅读。最终有近5000人参与拍摄,收到3000余份投稿作品。在观看素材时秦晓宇就连连感叹,我们这5000人已然创造了历史。种种素材的集结放在这次疫情背景之下,让这种方式超出了方式本身的社会意义。第一,没有一个团队有能力把中国在这次疫情的方方面面都记录和呈现出来;第二,这种创作方法最大限度实现了它的广度,最大限度回避掉任何一个团队的局限和主观,所以能最大限度地记录真相。

(来源:《北京青年报》2020年2月18日)

043 文艺的海浪汇成齐心抗疫的精神力量

万众一心,抗击疫情需要正能量。网络文学、音乐、漫画、诗歌、广播宣传片等,让人们看着听着读着想着,形成了一股众志成城、共克时艰的强大力量。微视频《武汉莫慌,我们等你》全网刷屏。"我的城市病了,但我依然爱它"——一首《武汉伢》句句歌词戳中心扉,听哭了无数人。"基建狂魔战病魔"——武汉火神山、雷神山两座医院建设现场的慢直播,成为真正的"春节档大片"。数千万云监工彰显的正是14亿中国人对疫情阻击战、总体战的关注,是对中国速度中国力量的信心。"百毒不侵,诸邪莫近"——这8字配文与火神雷神同钟南山院士的形象一起出现在海报上,令人印象深刻。设计师、插画师、漫画家纷纷拿起手中的笔,为白衣战士鼓劲,为民众科普防疫措施。上海20多位艺术家携手完成了一次云合唱……因为我们心中充满希望,没有什么能把春天阻挡,文艺的力量正汇成抗疫祈福的海洋。

(来源:《文汇报》2020年2月13日)

044 胡海泉创作抗疫公益歌曲《我们在一起》

在疫情面前,演艺界人士以自己的方式和力量献出爱心、鼓舞人心,胡海泉就是其中格外忙碌的一员。近日,沈阳市委宣传部出品了胡海泉和他的父亲胡世忠联合其他人士共同完成的《我们在一起》公益歌曲。"英雄的民族,承受着风雨。滚滚的长江,呼啸在夜里。同饮一江水,蓝天下共呼吸,我们拥有个名字叫姐妹兄弟。我们走进你,只为和你相遇。因为你不放弃,才有生命的奇迹……"在这动人的旋律中,网友们纷纷留言说:"歌曲很温暖,听完以后不禁流泪了。""我们在一起,同舟共济,一定能战胜疫情。"胡海泉在接受中国青年报记者采访时说:"在这样一个特别的'假期',我想我们这个行业,也都在经历反思和转型。我希望不要浪费掉这样一个时间,而是要充分利用起来,在日常生活之外,通过自媒体和新媒体等互联网平台,能够与观众保持互动,不间断音乐创作……大家齐心抗疫,这体现了咱们中国人的凝聚力。有了困难和难题,每个人都能够想想办法,更积极地去面对,做出自己的努力,总比什么都不做强。"

(来源:《中国青年报》2020 年 3 月 6 日)

045 作曲家伍嘉冀表达了此刻人民群众的心声:《我相信你中国》

2020 年 1 月 29 日,著名作曲家伍嘉冀接到北京音协副主席赵金波的电话,传给他诗人郝立轩《我相信你中国》歌词。他读着读着,内心猛然间涌出一阕副歌,有点激动的他连词带曲一起默唱出来:"我相信你中国!再大的风雨,我们经历过;再多的磨难,我们征服过。"几遍默唱并不停地在心里打腹稿之后,这位艺术家心潮汹涌,经过反复比对,他都觉得不如第一稿好,就把这个谓之"上帝之手"的第一稿确定为最后版本。由于特殊时期没有乐队录音,伍嘉冀只能借用自己的电脑音乐设备进行音乐制作。为了使音乐具有真人演奏的神韵,他反复听辨、权衡、修改,前后制作了八个方案,最终赋予伴奏音乐丰富的审美愉悦和强烈的艺术感染力。歌曲上线后,迅速得到广大歌友的点赞和专业人士的较高评价。中国音乐学院任方冰表示:曲作者没有被表层的生活现象和浮华于各种媒体的时尚音乐所纷扰,在音乐语言上承接源于中国"五四"时期新文化运动所产生的新音乐风格,写出了与新时代同频共振、与大众心理和谐共鸣的旋律。

(来源:《音乐周报》2020 年 3 月 25 日)

046 "无边大爱何须觅,尽在无言默默中"

"患难突来见至情,凡人怀抱暖寒城。双灯心拽千街亮,一饭魂牵万语浓。思念苦,路过匆,亲人隔望泪迷濛。无边大爱何须觅,尽在无言默默中。"这首由中国书法家协会顾问张飙所作的诗,讲述了武汉疫区发生的三则让人泪奔的凡人小事:第一个故事讲的是一线护士江世娥连续 25 天上班未能回家,一天中午,她利用转运病人的间隙,想在马路上远远看一眼 9 个月大的儿子,婆婆赶紧给她端来一碗饭,她蹲在马路边狼吞虎咽地吃着,两米开外的地方,她的丈夫就蹲在地上,怀里搂着孩子,远远地看着她;第二个故事讲的是一线抗疫医生王晓婷,为了不传染家人,独自住在宾馆,执意不坐丈夫的车而走路上班,凌晨 3 时的雨中,她走在武汉的路上,丈夫开车默默护送在后,用车灯为她照亮前行的路;在第三个故事里,一线护士刘海燕的女儿哭着把饺子放在前方的空地上,刘海燕在女儿退回原地后才小心翼翼地把打包好的饺子提走。张飙说,这些小事天天在疫区发生。岁月静好是因为有人替我们负重前行。为此,他作诗一首,向疫区医护人员和他们的家人致以深深的敬礼!

(来源:综合多家媒体报道 2020 年 3 月 3 日)

047 点燃亿万人一腔深情的抗疫歌曲《保重》

"只有两个字保重,相信你一定能懂,多少话显得无能,全都在这两个字中;说出这两字很轻,压在我心里很重;道一声有些微痛,生死中它意义不同……"《保重》这首抗疫歌曲的词作者是我国著名编剧、歌词作家任卫星。任卫星说，出自一位词作者的本能，当新冠肺炎疫情肆虐的时候，我就想着要为抗疫斗争写点什么。有一天我戴上口罩出门办点事，看到往日里熟悉的街道空空荡荡，那些平日里我虽不认识但同我擦肩而过的人都不知道去了那里，特别有感触。于是一边走一边打腹稿，等回到家的时候，这首歌词就完成得差不多了。稍加润色后，我发到朋友圈，没想到一下子收到很多曲作者的信息，询问我能否为这首词谱曲。同任卫星联系的中国广播艺术团团长刘学俊非常喜欢这首歌词，征得任卫星同意后，他马上找到团里杨青担任作曲工作。被平实动人、充满真情实感的歌词所打动的杨青，快速完成了谱曲工作。音视频同步展开的 MV 很快就推向全国。

（来源：《中国电视报》2020 年 2 月 13 日）

048 "落日余晖"老先生拉小提琴送医疗队

　　2020 年 3 月 5 日，在武汉大学人民医院东院，复旦大学附属中山医院援鄂医疗队队员刘凯在护送一位 87 岁老人做 CT 的途中停下，让老人得以欣赏了一次久违的日落。这张"落日余晖"照片瞬间刷屏，感动全网，让很多人大呼"人间值得"！令人欣慰的是，照片中的老先生目前病情已大为好转，正在进一步康复中。老先生曾是乐团的一位小提琴手，刚住院时，由于病情较重，老人心情低落。在医疗队细心诊疗照料下，老人逐渐开始康复，同医护人员的关系也越发融洽，还恢复了音乐家的劲头，每日唱歌抒发情怀。他说：出院那天，我要给医生护士们唱《何日君再来》。3 月 30 日，老先生得知中山医院援鄂医疗队要回上海，为感谢这些医者悉心的救治，专门让家人送来一把小提琴，拉了一曲《沉思》作为临别礼物。4 月 1 日中午，这支"陪你看日落医疗队"乘坐东航包机抵达上海。"136 人，一个都不少！"据悉，这张"落日余晖"巨幅照片已被悬挂在上海中山医院的大楼外，上面写着：人间值得，我们一起拼搏。

（来源：综合多家媒体报道 2020 年 4 月 2 日）

049 疫情下北京昌平区"一个书店"的新探索

2020 年 4 月 1 日，北京西二旗回龙观"一个书店"复工开业，并正式改为 24 小时营业。这是昌平区的首家 24 小时书店。据悉，"一个书店"成立于 2018 年 8 月 17 日，是一个由"前互联网人"运营的会员制社区书店。"无论多晚，会员朋友只要在门口刷一下脸，就能进入书店。"书店首席运营官王文海接受记者采访时说："自 4 月 1 日开始 24 小时运营以来，每天都有 2—3 个人整夜待在店里看书，直到早上五六点才离开。"王文海向记者介绍道。采访中，小会员任思宁来办图书借阅业务。"书店年卡是妈妈去年给我办的，我有时会在店里读，如果特别喜欢，就会借回家读。疫情期间，我读了不少书。"上小学四年级的任思宁对记者说道。疫情暴发以来，"一个书店"升级了产品与服务，设置了 100 个主题书单，线上线下均可借阅，每周有 3—5 场主题活动。同时，"一个书店"还推出了先看后买服务。在王文海看来，在这里"没有消费者，只有共建者"，用户走进"一个书店"的时候，并不是简单地借阅或购买一本书、参加一次活动、交一个朋友，而是开启一项事业，一项让自己的精神生活更加丰富、各项技能不断解锁的事业。

(来源：《中国新闻出版广电报》2020 年 4 月 7 日)

050 在家宅着也能跟随直播悠闲逛书店

这场新冠肺炎疫情，让仍希望营业的书店经历了什么？动辄 1000 多平方米的钟书阁店里没有一名顾客，却依然点亮了每一盏灯，擦净了每一块砖。主题推荐架上《白色病毒》《枪炮病菌与钢铁》一本本图书蓄势待发，一位位戴着口罩的店长举起手机将书店变身直播间，变着花样每天接力，带领大家参观自家书店推荐好书，让读者宅着也能逛书店。"直播卖多少书不是目的，主要还是陪伴大家一起度过这段隔离在家的日子。"在位于上海泰晤士小镇的首家钟书阁内，店长陶舒婷在直播中详细介绍了店内各大场馆的设计理念和图书分布。跟随主播漫步其中,如同漫步在书海之中,勾起网友阅读的美好回忆和体验。大家纷纷表示待疫情过后第一件事,就是要来钟书阁,享受书店和读书的美好。岂曰无衣,与子同袍。作为书店,在这特殊时期我们的战袍就是书,希望给大家带去精神层面的陪伴。钟书阁网络直播项目负责人金钟书说。

(来源:《新民晚报》2020 年 2 月 22 日)

051 "云中图书馆"为宅家读者供养料

自 1 月 24 日起,受疫情影响,北京市级、区级、街道级图书馆共 300 余家闭馆。一个多月来,以首都图书馆为代表的北京公共图书馆,通过网站、微信公众号、客户端甚至读者俱乐部微信群,开展丰富的阅读活动和资源推送,在京城打造"云中图书馆"。以多平台、多端口形成自媒体数字资源矩阵,是疫情期间图书馆线上服务的最大特色。首都图书馆的官方订阅号推荐资源,官方服务号强化数字资源阅览服务,各类图书资源一应俱全,满足不同读者的不同需求。来自首都图书馆的数据统计显示,2 月以来电子书线上借阅量达 34 万册次,数量远超以往。移动知网资源、龙源电子期刊阅览室等科研所需的资料也颇受欢迎。国家图书馆官网设立的"抗击新型冠状病毒肺炎疫情资源专题",为众多研究者提供了宝贵资料。在疫情防控期间,蒙曼、李建平等共计 20 位专家学者和文化名人借助音视频和文字,通过首图微博和微信公众号向读者发声。梁晓声致电首图工作人员,向读者推荐了上海译文出版社 2016 年第 5 次印刷的《悲伤与理智》,希望更多人在这个特殊时期可以获得高质量的精神滋养。

(来源:《北京日报》2020 年 3 月 6 日)

052 读灾难文学,用力记住不幸,努力寻找确幸

在这场猝不及防的疫情中,不少人重新捧起加缪的《鼠疫》、马尔克斯的《霍乱时期的爱情》、普雷斯顿的《血疫——埃博拉的故事》、毕淑敏的《花冠病

毒》等灾难文学作品。人类总是本能地渴望平安,但灾难却从未远离过人类社会。一场疫情侵害的不仅是人的身体,更有心灵上经年累月的伤痛。灾难是人类无奈的"悲怆奏鸣曲",也是闪现人性光辉的"命运交响曲"。在马尔克斯笔下,"哪里有恐惧哪里就有爱,疫情和爱情互相成就"。在加缪的眼中,"即使世界荒芜如瘟疫笼罩下的小城奥兰,只要有一丝温情尚在,绝望就不致吞噬人心。"悲凉之处总是维系着希望。我们不妨翻开轻盈的书页,阅读其中每一个隐喻;细数度过的往日,记住当中每一个隐喻,来一场心灵的洗礼,精神的涤荡,让我们不至于健忘,更不至于傲慢。过去的终将过去,用力记住不幸,更努力地寻找确幸。或许,这才是阅读灾难文学最该有的样子。

(来源:《人民日报》微信公众号 2020 年 3 月 21 日)

053 纪录片《中国医生》热播带你走近医护人员

据《人民日报》报道:最近,一部纪录片《中国医生》引发了众多人的关注与共鸣。该片摄制组深入全国 6 家大型三甲医院,进行了长达一年的纪实拍摄,呈现了 20 多位医护人员的工作日常,令观者为之动容。尤其是在同心协力应对新冠肺炎疫情的当下,观看这样一部纪录片,更让人心生感慨。医生职业有多辛苦? 同病魔抢夺生命的河南省人民医院国家高级卒中中心主任医师朱良付忙到夜里 12 点是常态;南京鼓楼医院心胸外科主任医师王东进,每天几台手术连轴转,每台手术一站就是五六个小时,他因此而患上严重的颈椎病和腿部静脉曲张。生或死、是与非、进和退,这些普通人不常面对的抉择,每时每刻都在医生面前交织。这些平时被白衣、口罩掩盖着的心绪与表情,这些"医术上的瓶颈"与"人心的瓶颈",是医生在成长执业道路上,需要用更多的挚诚、信念、坚守才能迈过去的坎,也是连接镜头内外、激发观众共鸣的更深沉的情感与力量。《中国医生》试图通过"了解"来增进"理解"。走近医生、患者、患者家属,从患者、家属经历的痛苦与煎熬中去理解他们的不易与期待。

(来源:《人民日报》2020 年 4 月 13 日)

054 上海筹拍时代报告剧《在一起》 编剧六六已深入武汉

　　2020年3月8日上午8点从上海出发，傍晚驶出高速公路，时代报告剧《在一起》编剧之一、剧作家六六已于当天抵达武汉。随着第一批主创人员就位，我国首部全面反映抗疫斗争的时代报告剧的编剧采访行动将正式启动。这是由上海牵头、汇聚了中国电视剧精锐创作力量的集体创作。时代报告剧是中国电视界从未有过的一种类型，它需要以真人真事为基础来进行艺术创作，总体是一种纪实风格的系列剧。该剧计划拍摄20集，每两集讲一个独立的故事，每个故事分别由一位编剧和一位导演主创。该剧将于今年4月完成剧本，5月开机，10月在东方卫视等一线卫视和互联网平台同步播出。消息传出，国内现实题材作品最能打动观众的编创力量纷纷赶来。截至3月8日，编剧六六、秦雯、高璇、任宝茹、冯骥、导演张黎、安建、沈严等均已加入创作团队。主创们希望塑造一群奋战在一线的平民英雄群像，让观众看到抗疫人民战争的感人画卷。

（来源：《文汇报》2020年3月9日）

055 你不会飞，但你是我心中的超级英雄

　　一张"如释重负"照片背后的故事，如释重负这四个字就是此刻中国湖北省江文洋医生的感受。在这张照片中，他身穿防护服、戴着口罩和护目镜，就这样和衣躺在了方舱医院的空病床上。这张照片在网络上热传，因为它真实地反映了世界各地成千上万名医护人员为医治和照料新冠肺炎患者所做的牺牲。2020年3月9日晚，这是武昌方舱医院休舱前的最后一晚，湖北省人民医院的江文洋医生结束了在这里的最后一个夜班，终于可以躺下来放松一下了。一位中国用户在江文洋照片下面的评论区这样写道："你不会飞，但你是我心中的超级英雄。"中国国家卫生健康委员会今天强调了这样一个事实，即

在湖北全省,在过去24小时内新增疑似病例为0例。新增病例数的下降趋势,促使中国卫生当局周四宣布:该国本轮疫情流行高峰已经过去。

(来源:《参考消息》2020年3月16日)

056 何建明亲历上海抗疫过程,书写沪上战"疫"报告

几天前,中国作家协会副主席、报告文学作家何建明在《光明日报》上发表了一篇报告文学《上海抗疫的第一时间》,人们才知道,这位63岁的著名作家在上海已经住了50多天。何建明住在上海浦东的一家酒店里,每天透过窗户,看到黄浦江两岸日益变化的景致,他知道这座城市抗击新冠疫情的战斗正在不断走向胜利,而他要做的就是把"上海经验"告诉全世界。2020年1月15日晚,何建明从苏州来到上海,路经同仁医院。也就在同一个晚上,上海的"一号病人"、一位武汉籍的新冠病毒携带者在同仁医院被确诊为上海第一例输入性病毒患者。写了几十年报告文学的何建明敏锐地意识到,上海抗击新冠肺炎疫情的战役已经打响。于是,这位作家就开启了他在上海的抗疫生活。在上海的这段时间,何建明每天都在观察、采访、奋笔疾书,他已经完成了20万字的《上海表情》书稿,即将由作家出版社推出。眼下,他正在创作长篇报告文学《第一时间——写在春天的上海报告》,让全世界的读者都能在第一时间读到一位中国作家在上海抗疫人民战争中的亲见和感受。

(来源:《中国青年报》2020年3月14日)

057 新冠疫情在肆虐,纪录片人在行动

面对突如其来的新冠肺炎疫情,中央、地方、军队的纪录片人,都在第一时间冲上战"疫"第一线,在短时间内同步拍摄了多部纪实作品。透过他们的镜头,让我们看到了在那些最危险的地方英勇奋战的新时代最可爱的人。比如,中央广播电视总台网等单位推出的《武汉:我的战"疫"日记》镜头聚焦武汉的

普通人，用影像记录下在这场没有硝烟的战斗中，大量温暖的坚守与默默的努力。位于战"疫"中心的湖北广播电视台组建的战"疫"纪录片摄制团队，从空中到地面把火神山医院从动工到建成的中国速度全程记录下来，为中央广播电视总台纪录片频道制作播出的纪录片《云监工下诞生的火神山医院》提供帮助。中央广播电视总台军事纪实栏目推出《人民军队战"疫"纪实》，观众随着被包裹得严严实实的镜头进入隔离区，得以一睹那里的氛围。中国教育电视台的《战"疫"24 小时》别开生面地面向普通人公开征集疫情防控中的珍贵瞬间……疫情之下在镜头里头和镜头背后的人都是英雄，记住他们，也是向英雄的一种致敬。

（来源：《新民晚报》2020 年 3 月 14 日）

058 上海抗疫纪录片用心用情记录抗疫人民战争

上海 SMG 纪录片中心的 8 个工作室，在纪录片《城市的温度》中，将镜头对准上海主要高速路口、交通枢纽等一线岗位的普通人；跟拍口罩、消毒水等医疗物资从分配额度、运输配送、门店分装到市民购买等各环节；还来到上海援鄂医疗队护士家中，采访其卧病在床的家人，挖掘一线医务工作者的感人故事。先期推出一部 1 分 30 秒的短片《安静，也是一种守护》显示：城市中的车辆少了，行人少了，聚会也少了，奔赴一线的逆行者却越来越多。夜幕降临时戴口罩的夜归人行色匆匆，送外卖的快递小哥还未休息，警察挺立的背影融入夜色。今年 3 月将上线的《人间世 2》，在瑞金医院、虹桥机场，跟拍上海援鄂医疗队培训出征的全过程，记下了临出发前一个女子抹着眼泪对医生男友说，你一定要好好地回来；也记下了一对夫妻在告别前红了眼眶紧紧相拥；还记下一位母亲医生俯下身子对孩子关切的嘱咐：在妈妈出差的日子里，你要听爸爸的话，寒假作业记得做完……

（来源：《新民晚报》2020 年 3 月 17 日）

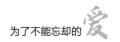

059 高校教师的30幅钢笔画再现武汉战"疫"难忘瞬间

中国地质大学(武汉)教师陈华文创作的30幅钢笔素描,生动再现了武汉战"疫"的30个感人的瞬间,给人们带来巨大的精神力量。在中国地质大学从事宣传和教学工作的陈华文已习画多年。在武汉战"疫"中,他参加了学校的疫情防控工作。身边同事和同学默默奉献的感人故事都令他感动不已。2月14日,陈华文利用业余时间,启动武汉战"疫"主题的钢笔素描创作。网上的相关图片和学校疫情防控报道中的图片,都是他创作的源泉。陈华文说:"武汉战'疫'期间,这座英雄的城市里,除了大批医护人员冲锋在一线,还有很多群体在各自的岗位上无私奉献,他们都是我要描绘的对象。"在钢笔素描创作过程中,陈华文激情满满,每一幅画都是一气呵成。"我画的是我热爱的城市,这座城市正在同病毒鏖战。"他说,"画中的人物都戴有口罩,这在我以前的习画经历中,是从未有过的,这也决定了这批钢笔素描具有特殊性和纪念性。"陈华文表示,他将继续创作武汉战"疫"钢笔素描,直到战胜疫情之时。他说:"我将来要把系列钢笔素描集结出版,献给这座英雄的城市和英雄的人民。"

(来源:人民网2020年4月9日)

060 32张"感恩海报"传递温暖的力量

日前,一组"感恩海报"在网上刷屏,这些海报都以武汉市的著名景点和地标性建筑为背景,配上了富有诗意的感激话语。"最美的不是樱花,是战斗在一线的你","三江同源,千里同心"。32张海报分别致敬来自29个省区市、新疆生产建设兵团、军队的医疗队,以及湖北本地的医务工作者。"热泪盈眶,武汉加油!""一方有难八方支援,我们一起扛过这一次,我们是一家人。感谢你们守护武汉、守护湖北!"网友们纷纷留言,为医疗队的逆行支援感动,也为武汉的"走心"感恩点赞。"我们团队连续熬了五天五夜。"武汉市文旅局市场推广处处长周栋告诉记者,一个多月之前,他们就决定创作这组海报。从 2020年 1 月 23 日开始,全国各地医疗队驰援武汉,由于武汉各大景区早已关闭,且救治工作十分辛苦,医疗队员无暇欣赏江城美景。负责医疗队住宿保障工作的武汉市文旅局注意到了这一情况。"我们就想把武汉的美景印在海报上,以此表达我们的感激之情,弥补他们没时间欣赏的遗憾。"送给江苏医疗队的海报上,是掩映在满目苍翠中的黄鹤楼,感谢词是"下个烟花三月,一同登楼望春风"。

(来源:《人民日报》2020 年 4 月 4 日)

061 张文宏等一批学者的抗疫心得结集出版,13 种外语版本同步发行

最近,沪上一系列防疫抗疫专业读物密集面世,并在第一时间向外推介翻译,构筑高效灵活的海外传播"快车道"。比如,上海科学技术出版社《张文宏教授支招防控新型冠状病毒》,上海科技教育出版社《新型冠状病毒感染的肺炎学生防护读本》《医学传播学》,上海教育出版社《小心! 病毒入侵》,等等,多部心得论著在第一时间推出总计近 20 种外语版本。其中,《张文宏教授支招防控新型冠状病毒》在国内累计加印超过 110 万册,电子版点击阅读达数百万次,短短 50 天向海外输出 13 个语种,输出到了伊朗、巴西、美国等;上海人民出版社《全球公共卫生治理中的国际机制分析》已达成英语版输出意向;上海科技教育出版社《医学传播学——从理论模型到实践探索》英语版已完成翻译,近期将由美国双世出版公司出版;针对青少年的《小心! 病毒入侵》英语版电子书,4 月初也由美国斯帕格出版公司以开放获取方式出版,免费供海外读者下载阅读;《新型冠状病毒感染的肺炎学生防护读本》英语版电子书,于 3月底由美国斯帕格出版公司以开放获取方式出版,免费供海外读者下载阅读。近期,该书意大利语版权也成功输出。

(来源:《文汇报》2020 年 4 月 7 日)

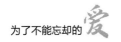

062 上海高中生的寒假作业：献给最爱的你

2020年2月13日，上海吴淞中学高一(8)班语文老师布置了一道特殊的寒假作业——纸短情长，三行情书献给你。当天傍晚，该班同学就纷纷将各自撰写的三行情书上传给了语文老师，字里行间皆是滚烫的心。1.献给医护人员：剃别青丝作别家人，你们踏上了战场，口罩勒出的伤痕，是你们荣誉的勋章，看见变身大白的你们，我们便不再害怕。2.写过无数句子，却怎么也写不出，你最美的样子。3.听闻前线告急、国家有令，你即刻动身跋涉千里，应该怎样感谢你，长大后我也想成为你。4.献给火神山雷神山医院建设者：迎贫瘠瘦土而上，碾碎一地荒芜与苍凉，拔地而起的是不远处的阳光。5.献给爱心人士：即使看过众多佳人的回眸一笑，但唯有你放下物资后那一双笑眼，使我真动了心。6.献给因为疫情而病苦的群众：请你保持希望和勇气，因为我们大家一起护着你，待到春暖花开时，再登黄鹤楼共赏好春景。

（来源：综合多家媒体报道2020年2月14日）

063 画家们用顶天立地的画面铭刻坚不可摧的抗疫精神

新冠肺炎疫情暴发后，上海画家汪家芳第一时间画了一系列"疫情下的民生英雄"。《巍巍中国情》宽5米、高3.2米，是他以蒙太奇手法跨越时空的写意山水，画面将武汉、上海乃至全国的标志性景观、战"疫"语境融合在一起，满溢着生机与希望。上海民间文艺家协会主席李守白新近创作了一幅特别的四联画《向心力·中国力量》，以武汉地标黄鹤楼所置身的从暗到亮的天色变化，象征性地表现了这样一个值得铭记的过程。整幅作品宽4米、高1.6米，采用布面油画结合剪纸雕版工艺制作而成。上海青年画家罗陵君创作的一幅近4米高的《逆行者》，顶天立地的画面里，只有一位身着白色防护服的抗疫"战士"，在幽黑深邃的背景中格外出挑，俨然有了些雕塑的韵味。据作者说，画中人物原型是他的一位医生朋友。为了画好这幅画,他请这位朋友穿上防护服给自己做模特。罗陵君说:随着境外输入病例的增加,海关、机场、街道等工作人员也都穿上了防护服,守卫着我们的城市安全。我想通过我的画笔把这座城市中最伟大的逆行者这个群体表现出来。

(来源:《文汇报》2020 年 3 月 30 日)

064 工艺美术大师孙燕明用笔墨丹青记录战"疫"进程

新冠疫情暴发后,中国工艺美术大师、江西陶瓷艺术家孙燕明,用实际行动全力支持战"疫",展现了一名当代艺术家的责任和担当。他说:"在这场没有硝烟的战争中,医护人员舍己救人奋战在一线,解放军奋勇向前紧急驰援。这一幕幕感人的场景,在我脑海中挥之不去。我决定以笔为'枪',用自己最擅长的国画彩墨艺术,以国画作品来记录这场战'疫'进程。"从 2020 年 1 月 28 日开始,孙燕明就拿起画笔,描绘群防群控、众志成城的感人场景,刻画举国同心、驰援武汉的军民形象,以笔墨丹青寄情言志。他整整用了一个多月时间,创作出 12 幅战"疫"系列国画作品。武汉告急,解放军紧急驰援时,他创作了《向前进》和《春绿汉口》;2 月 3 日,江铃集团紧急生产的负压救护车驰援武汉,他创作了《驰援》;企业复工复产有序推进时,他抓紧时间创作了《旋翼轰鸣》《首飞》《开工》三幅作品。他潜心创作的战"疫"系列国画彩墨作品,不仅为战"疫"凝聚了催人奋进的力量,也得到了业界的一致肯定和好评。

(来源:《中国日报》2020 年 3 月 2 日)

065 描绘军队医护人员赶赴火神山医院的油画《驰援》

油画《驰援》,是著名军旅画家高阳的又一力作,该画描绘了中国人民解放军医务战士赶赴火神山医院时的情景。画家高阳出身于军人家庭,对军人有着一种特殊的情怀,他把铁血军人敢于担当的真实情感用美术形式定格在历史的画卷上。浓浓的笔墨,清晰的人物线条,勾勒出人民子弟兵在新冠肺炎疫情面前大无畏的精神风貌,景物衬托出驰援的主题思想。红底黄色的"武汉火神山医院"几个大字,在强烈的灯光照射下,璀璨夺目。在画面里,夜幕下的人民子弟兵医务工作者背着行囊,口罩覆盖着脸庞,下飞机后第一时间来到火神山医院现场,风尘仆仆的战士刚从大巴车上下来,正在集结,个个精神抖擞,等待命令的下达;还有一些战友正在从大卡车上往下搬运医疗器材,他们将在接下来的战斗中,以顽强的工作作风和精湛的医术,挽救重病患者。他们是逆行者,是我们民族的脊梁。他们不畏惧死神威胁,救死扶伤,争分夺秒与死神赛跑,在死亡线上挽救了无数人的生命,创造了人间奇迹。

(来源:《解放军报》2020 年 2 月 21 日)

066 网红"读书哥"出舱了,他承诺会在隔离点照顾好小病友

前不久,在武汉国际会展中心的"方舱医院"里,一位年轻人躺在病床上专心看书的照片走红,网友称他为"读书哥"。"读书哥"经过 20 多天治疗已经痊愈,3 月 28 日出舱转入隔离点,继续观察 14 天。他还承诺会照顾一同出院的一位 15 岁的小病友。今年 39 岁的付姓"读书哥",老家在孝感市汉川,后随父母在武汉生活。他从武汉大学博士毕业后去美国深造并攻读博士后,目前在佛罗里达州立大学教书。他没想到,自己的一张照片也掀起全民读书热潮。他当时阅读的《政治秩序的起源:从前人类时代到法国大革命》,也在网上成为畅销书。随后,这本书的作者、美国著名政治思想家之一弗朗西斯·福山,也通过网络知道了这件事,并在推特上转发了这条新闻,"读书哥"的事情,就这样漂洋过海地传开了。"读书哥"出舱时,承诺在隔离点照顾 15 岁的小病友,他安慰小病友的家长:"出院后隔离,我每天会控制你儿子看手机的时间,我会让他将更多的注意力放在学习上。"这让小病友一家十分感动。

(来源:《楚天都市报》2020 年 3 月 1 日)

067 多用心多用情多用力

"人民才是真正的英雄。只要紧紧依靠人民，我们就一定能够战胜一切艰难险阻，实现中华民族伟大复兴。"这是从14亿中国人民抗击新冠肺炎疫情的伟大斗争中得出的结论。各级党委和政府要全面贯彻党中央各项决策部署，坚持以人民为中心的发展思想，发挥各方面积极性、主动性、创造性，做好统筹推进新冠肺炎疫情防控和经济社会发展工作，努力完成今年经济社会发展目标任务，确保实现决胜全面建成小康社会、决战脱贫攻坚目标任务。各级党组织特别是基层党组织要牢记人民利益高于一切，团结带领广大人民群众把党中央各项决策部署抓实抓细抓落地。要在联系服务群众上多用情，以百姓心为心，增强仁爱之心，当好人民群众贴心人，急群众所急、忧群众所忧，把民生实事办好，把群众烦心事解决好。要在宣传教育群众上多用心，开展耐心细致的思想工作，及时回应群众关切，有效纾解群众情绪，着力增强群众信心，引导广大群众看长远、顾大局，心往一处想、劲往一处使。要在组织凝聚群众上多用力，紧紧依靠人民群众，充分发动人民群众，率先垂范，带领群众共克时艰，风雨无阻向前进。

（来源：《人民日报》2020年4月6日）

寰球博爱

　　面对新冠疫情这个全人类共同的敌人，团结是最好的良药，合作是唯一的出路。世界纷纷向中国伸来援手，而中国不仅以强有力的举措保护了本国人民生命安全，更以跨越国界的爱心与行动，回馈着"山川异域，风月同天"的深情厚谊，表达着"和衷共济，四海一家"的天下情怀。中国人民的宽广胸怀，让构建人类命运共同体的理念更加熠熠生辉。

001 疫情没有国界，世界各国是休戚与共的命运共同体

面对疫情这个人类共同的敌人，团结是最好的良药，合作是唯一的出路。自疫情发生以来，习近平主席与多方加强密切沟通、深入交流。2020 年 3 月 12 日晚，习近平主席在同联合国秘书长古特雷斯通电话时强调指出："疫情在多国多点发生，形势令人担忧。国际社会应当加紧行动起来，有效开展联防联控国际合作，凝聚起战胜疫情的强大合力。"患难见真情，急人之急，雪中送炭，在中方最困难的时候，世界纷纷向中国伸来援手，中华民族是懂得感恩、投桃报李的民族。如今，中国不仅以强有力的举措保护好本国人民生命安全，更以跨越国界的爱心与行动，回馈着"山川异域，风月同天"的深情厚谊，表达着"和衷共济，四海一家"的天下情怀，让世界感受着中国温度，向世界传递了负责任、有担当的大国形象，也有力彰显了中国人民的宽广胸怀，生动诠释了构建人类命运共同体的光辉理念。

（来源：人民网 2020 年 3 月 12 日）

002 海外看战"疫"：疫情扩散并不区分国界

"中国政府应对新冠肺炎疫情的措施是强有力的，值得肯定。"美国白宫前应对埃博拉协调官罗恩·克莱因近日在华盛顿接受中新社记者采访时表示，应对这类公共卫生挑战需要国际社会共同参与。在谈及抗新冠病毒疫苗的研制进度时，美国公共卫生专家安东尼·福西表示，在中国同行公布新冠病毒的基因序列之后，美方医学界立即展开了疫苗的研制工作，但由于需要经历临床试验、审批上市和大规模生产等阶段，疫苗面市至少需要 1 年到 1 年半时间。克莱因补充说，即使新冠疫苗成功研发并获得快速生产，其在他国获准上市仍需要国家间的合作和政策支持。对于近期在美出现的因新冠疫情而引发的种族歧视个案，南希表达了震惊和不安。她说，公众对于疫情

的警惕应集中在临床症状,而非人们是否去过华盛顿的中国餐厅。"病毒感染的是人类,疫情的扩散并不区分国界。"美国国家卫生研究院院长弗朗西斯·柯林斯日前也通过媒体表示,面对这场公共卫生危机,世卫组织以及世界其他国家都应采取一切行动来共同应对,"让我们共同努力,这是我们现在最需要的"。

(来源:中国新闻网 2020 年 2 月 14 日)

003 "我不是病毒!"中国姑娘在意大利举牌反歧视获拥抱

新冠肺炎在多个国家出现确诊病例后,外媒的争相报道引发了各国人民的恐慌,甚至出现了对华人的歧视。在海外抗疫前线,中国青年的毅然坚守,向世界证明病毒与中伤都阻挡不了真正的爱与希望。意大利米兰市中心大教堂广场游人熙熙攘攘,一位中国姑娘举起标语牌:"我是中国人,我不是病毒,请拥抱我。"她环顾四周,略显羞怯,安静又坚决期待着人们的靠近。从行人的驻足、围观到第一对外国游客上前拥抱、交谈,她收获了越来越多的亲吻、善意,不分男女老幼,不分种族地域。她哭了,脸上却洋溢着笑容。中国海外青年用真心证明:"We are human"(我们是人类)。"We are earth"(我们是地球)。"We are one"(我们是一体)。抑制黑暗的,是那些细微的善意与爱,支撑着这个世界命运共同体的,是普通人直接的爱。

(来源:《中国青年》2020 年 2 月 17 日)

004 日本建筑地标东京塔点亮了中国红

2020 年 2 月 18 日,日本建筑地标东京塔点亮了中国红,以此声援武汉、支持中日两国人民共同抗击新冠肺炎疫情。"希望这种祈愿能通过东京塔的红光传递到中国,传递到武汉。希望日中携起手来,共同战胜疫情,早日回归健康生活。"东京塔公司社长前田伸说。武汉加油! 中国加油! 人类加油! 全世界医疗界英雄们加油！一首首激情澎湃的诗歌朗诵，一段段优美动人的芭蕾舞蹈，松山芭蕾舞团在东京塔现场观景台的表演令观众动容。几天前，该团为声援中国录制的《义勇军进行曲》视频，感动了无数中国网友。"相信日中两国携手一定能战胜这次疫情！"松山芭蕾舞团总代表清水哲太郎由衷表示。日本著名小提琴演奏家大谷康子，用小提琴与中国传统乐器编钟，合奏了一首祈福乐曲，舞台背景在东京塔外的夜景和武汉历史建筑之间变换。为了让更多日本民众看到中国在抗击疫情上作出的努力，东京塔观景台内的大屏幕，将循环播放中国抗击疫情视频直至疫情结束。

（来源：人民网 2020 年 2 月 20 日）

005 疫情当前，怎么忽然火了一句唐诗

这两天，有一句唐诗在网上火了。2020 年 2 月 9 日，日本舞鹤市医疗支援队支援物资的包装箱上，印着"青山一道同云雨，明月何曾是两乡"，唐代诗人王昌龄的这两句诗迅速传播。疫情紧张的当下火了一句唐诗，如同此前火过的"山川异域，风月同天""岂曰无衣，与子同裳"一样。这些典雅的表达，并不是说一定就比"武汉加油"高级，后者的简洁明快、易记好懂，可以在瞬间起到凝聚人心的效果。而此句唐诗也让不少人在铺天盖地的所谓硬核标语中，看到了一种文明表达的惬意感。诗终究是诗，标语也终究是标语，只是背后的文明感，都是对法治的信仰，是与同胞的共情，是对个人权利的一种尊重。文明是精致的，不宜在防疫旗号下，对复杂的社会活动用一刀切的办法粗糙应对。文明就在于它的体面。"青山一道同云雨，明月何曾是两乡"这句唐诗，日本人爱用，中国人理解，此种人类共通的情感表达，恰好印证了人类确确实实是"环球同此凉热"的命运共同体。

（来源：光明网 2020 年 2 月 10 日）

006 听！这些来自世界的温暖声音

在以色列中国商会董事会上，有一位年轻人提出："我们有一个希望帮助中国朋友的计划"时，在场的外国董事们立即表示愿意提供帮助，这个年轻人就是北京大学以色列籍留学生校友高佑思；有一位年轻人，在新冠肺炎疫情肆虐，武汉防控措施逐步升级的情况下，放弃回国机会，毅然选择留下来，报名成为一名防疫志愿者，这个年轻人就是湖北大学法国籍留学生克莱蒙；有一位年轻人，为中国日报（英文版）自发撰稿，向世界介绍中国抗击疫情的情况以及他的亲身感受，这位年轻人就是几内亚籍留学生 Keita……新冠肺炎疫情，牵动着每一个中国人的心，同舟共济，众志成城，成为每个人心中共同的信念。疫情同样也牵动着在中国和曾经在中国学习、工作和生活的留学生群体，他们虽不是中国国籍，但同样热爱着这片土地，在疫情面前，他们选择与这个国家共克时艰，为武汉祝福，他们选择大声说出"我和你在一起"，因为他们相信：中国一定能战胜疫情！

（来源：综合多家媒体报道 2020 年 2 月 5 日）

007 团结一致，不只是一句口号，而是你我创造的成绩

新冠疫情暴发后，不仅武汉人被歧视，中国人在国外也开始受到歧视。从一开始美国的过激反应，到澳大利亚禁止中国人入境，再到丹麦辱华漫画且拒不道歉，越南餐馆张贴不为中国人服务的通告，还有那管制中国人入境国家的很长的名单……这些大大小小的事件折射出的"排华情绪"昭然若揭。但也有些国家，却给我们带来温暖和感动。我们看到数次捐赠物资的俄罗斯，看到历经蝗灾仍然慷慨解囊的巴基斯坦，看到在一箱箱救援物资上写上诗词的日本，听到新加坡总理那句"排华情绪愚昧且不合逻辑，中国已尽力"……雪中送炭，何其珍贵！鲁迅先生说："敌人是不足惧怕的，最可怕

的是自己营堡里的蛀虫。"比尔·盖茨曾在 TED 演讲里提到,人类的敌人,或许不是核武器,而是病毒。在病毒面前,我们感受到许多国家的友好。

(来源:综合多家媒体报道 2020 年 2 月 10 日)

008 新冠肺炎暴发,欧洲人究竟如何看中国

新冠肺炎疫情受到欧洲媒体的广泛关注,它们每天进行实时报道。这些报道大多比较客观。一些德国媒体同行还打电话给中国记者,询问华人在德国是否受到种族歧视。德国明镜周刊关于"新冠病毒,中国制造"的报道在国际上掀起较大波澜,德新社法兰克福报等德国主流媒体都同明镜周刊的报道划清界限,使明镜周刊在这之后的新冠肺炎疫情报道客观了不少。记者走访柏林多家中餐馆和亚洲超市,员工都表示,生意并没有受到新冠肺炎很明显的影响。一家中餐馆的陈老板对记者说,这次欧洲媒体相关科普报道做得比较及时,这在一定程度上帮了他们的忙。在社交媒体上,德国人纷纷转发有关疫情的帖子,为中国鼓劲。环球时报记者的一个感受是,新冠肺炎疫情正拉近欧洲人与中国人间的距离。有柏林中国问题专家说,中国近年来快速崛起的事实,让欧洲国家民众看到其强大和开放、透明的一面。在抗疫斗争中,欧洲人能看到中国人温暖的一面。

(来源:《环球时报》2020 年 2 月 19 日)

009 中蒙联合抗疫中真诚的同舟共济与守望相助

蒙古国总统巴特图勒嘎,在蒙古国传统佳节白月节假期后第一天即到访北京,向中方赠送 3 万只羊;2020 年 2 月 6 日,为了表达对"铁杆朋友"中国政府和人民的慰问和支持,在韩国访问的柬埔寨首相洪森临时决定,增加行程,来华访问;韩国新任驻武汉总领事姜承锡,在疫情严峻时期乘货机抵汉履新,带来韩国地方政府企业与民间的捐赠物资;美国人安东尼·奎不顾疫情,如期

到中国兰州大学履约任教,他随身携带的5个大箱子中,有3个装满了捐赠给当地医院的专业护具;原本回国休假的法国驻武汉总领事贵永华,在疫情暴发后回到武汉,与自愿留下的法籍同事和远程办公的中方人员一起,继续保持领馆运行;常驻北京的巴基斯坦记者阿斯加尔,每天关注外交部例行记者会,并在第一时间把中国的抗疫进展报道回国内;部分在华非洲留学生主动请战,前往救治一线或火车站等地担任志愿者……

（来源：新华网 2020 年 2 月 28 日）

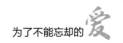 韩国首尔市长用中文为武汉加油：要报北京五年前之恩

2020 年 2 月 13 日,韩国首尔市长朴元淳录制视频为武汉加油。朴元淳表示,五年前首尔因中东呼吸综合征疫情遭遇灾难时,北京市给予了很大帮助,现在该是首尔报恩的时候了。作为最好的朋友,首尔愿助一臂之力。最后他用中文说道:武汉加油! 中国加油! 首尔支持中国! 患难见真情,五年前,北京市政府在首尔面对中东呼吸综合征疫情时,向首尔市政府伸出了援助之手;五年以来,首尔市政府一直将当时雪中送炭般的帮助铭记于心;五年后,当北京市面对新冠肺炎疫情时,首尔市市长心怀感恩,不遗余力地向北京市提供力所能及的帮助。一来二往,不仅体现了兄弟之间的深厚情谊,也体现出了患难之中人性的温暖。

（来源：综合多家媒体报道 2020 年 2 月 14 日）

011 携手抗疫,中国与东盟共同谱写守望相助历史新篇

"武汉加油! 中国加油!"2020 年 2 月 20 日,在老挝首都万象举行的中国—东盟关于新冠肺炎问题特别外长会上,国务委员兼外交部长王毅同与会的东盟各国外长肩并肩手拉手,共同为抗击新冠肺炎疫情鼓劲加油。在这一刻,东盟外长们表达的是东盟各国人民的共同祝愿,也展现了东盟国家与中国

携手应对疫情的承诺。中国和东盟国家山水相邻、唇齿相依、命运与共,相互间的深厚情谊基于互利合作,根植于面对困难时同舟共济的传统。从亚洲金融危机、"非典"疫情、印度洋海啸到当下的新冠肺炎疫情,中国和东盟国家共克时艰的场景一幕幕展现。新冠肺炎疫情发生以来,中方采取了最全面、最严格、最彻底的防控措施,打造了有效封堵疫情的防控体系,为全球疫情防控赢得了时间,展现了负责任大国的担当,得到了包括东盟国家在内的国际社会的高度评价。东盟各国外长一致认为,中方的联防联控体系在人类历史上前所未有,决心之大,令人敬佩。菲律宾外长洛钦表示,东盟在应对疫情方面取得的任何进展,都得益于中方迅速、有力和果断的应对措施。疫情没有国界,类似的公共卫生事件需要世界各国的参与,才能遏制疫情在全球蔓延。

(来源:新华网 2020 年 2 月 21 日)

012 听多方解读"日本全力援华抗疫"

在令人感动的日本援华抗疫故事背后,体现了日本的公共外交,也体现了日中经济和人文交流日益深入。1. 日本社会对改善日中关系有共识。"相知无远近,万里尚为邻。"中国驻日大使孔铉佑将题写了这句古诗的《中国世界遗产影像志》送给了 14 岁的最美日本女孩,感谢她和伙伴捐赠为武汉抗击新冠肺炎疫情筹集的善款。这名日本女孩日前身穿旗袍,在池袋西口公园野外剧场,怀抱捐款箱从早到晚向路人 90 度鞠躬,为武汉筹集资金的视频让人泪目。她只是向中国伸出援手的众多日本人之一。先后在中国工作生活了 25 年的日本外交官濑野清水告诉记者,在日中关系转圜的大背景下,日本举国上下对改善日中关系有共识,都希望帮助中国抗击疫情,以使两国尽快恢复正常往来。2. 日本多灾多难,始终认为帮中国抗疫就是帮自己。除夕夜东京塔点亮中国红以及为武汉祈愿发起人之一刘莉说,日本人认为中国给多次日本地震灾害捐款,他们帮中国就是在帮助自己。

(来源:综合多家媒体报道 2020 年 2 月 17 日)

013 澳大利亚向中国留学生重开大门

澳大利亚政府将允许一部分因新冠肺炎疫情限制措施被禁止入境的中国高中留学生返回澳大利亚,从而向一个对澳大利亚经济至关重要的市场重新打开大门。澳大利亚官员说:有针对性地放宽禁令,将使大约760名中国高中留学生——不包括来自疫情中心武汉市——能够返回澳大利亚。澳大利亚教育部部长说,政府下周将考虑是否允许高等教育留学生返回澳大利亚。官方数据显示,2018年中国留学生占澳国际高等教育人口总数近40%,这一人口总数在过去3年里每年增长10%以上,对澳经济贡献超过300亿澳元。另据澳大利亚广播公司网站报道,澳大利亚大学大多将在下周开学。但在澳大利亚注册入学的中国留学生中,目前仍有近10万人仍滞留在中国或第三国。

(来源:参考消息网转发路透社消息2020年2月24日)

014 意大利民间以行动消除对"中国的偏见"

据埃菲社报道,意大利童星拉洛·伊尔·卡瓦洛想在狂欢节戴上白色医用口罩,他并且担心与中国孩子一起玩不安全。针对这种歧视现象,意大利广播电视台告诉孩子们:我们大家要过一个没有新冠肺炎病毒种族歧视主义的狂欢节。颇受欢迎的少儿节目主持人卡罗琳娜安慰拉洛说,疾病不会区分意大利人还是中国人,她还邀请拉洛去一家中餐馆就餐。现在很多意大利中餐馆因为人们担心传染新冠病毒而无人光顾。面对恐慌和偏见,意大利广播电视台在儿童上学前播放特别录制的早间节目,在节目中卡罗琳娜告诉拉洛和电视观众,如果他们有中国朋友,他们此时应该安慰中国朋友,让他们不要为在中国的亲戚朋友担心。卡罗琳娜还决定在狂欢节中将自己装扮成国王,戴上王冠而不是口罩。此外,意民间组织也在各城市中餐馆发起了"团结晚餐"活动。

(来源:参考消息网2020年2月20日)

015 长崎市和该市驻上海贸易代表同中国的友城之爱

上海友好城市日本长崎县贸易协会上海代表处首席代表黑川先生,在本次疫情暴发时正在日本,他了解到情况的严重性后,就向长崎县政府提出向中国上海援助抗疫物资的建议。2020 年 1 月中旬,日本 N95 口罩几乎买不到了,他就与政府医疗机构商议动用长崎县紧急储备来救急,并通过私人关系帮助筹措灾区急需的医疗物资。最终长崎县和长崎市共调拨 7 万只口罩、数万套防护服,支援作为友好交流省县的湖北;并向友城上海捐赠 1 万只口罩;加上对中国其他地区的援助,长崎县共筹集援华物资 27 万件。上级询问他是否需要撤回日本,黑川认为暂时没有必要。黑川在返沪自我隔离过程中,在互联网上感受到中日关系特别是民间感情急速升温;还看到写着"山川异域,风月同天"的日本援华物资感动了无数中国人。黑川先生说:"在日本有一个传统,绝对不能看着邻居遭难而无动于衷,一定会全力相助。"

(来源:《新民晚报》2020 年 2 月 13 日)

016 海内外侨胞的赤子之心与无言大爱

这些天,海内外同胞的无私奉献和倾力支持,让我们收获了太多感动。为将国内紧缺的急需物资尽快运回,意大利侨胞傅勇克不顾回意国航班可能停飞的风险,带着浙江文成籍侨胞筹集的口罩与防护服毅然飞回国内,一张长长的托运单传为佳话;柬埔寨侨胞赵普洲在当地采购口罩寄回国内后,又当即收购了一家当地口罩工厂的硬核操作令人叹服;肯尼亚侨胞筹集的第四批医疗物资在内罗毕机场装机时,因飞机货舱容量不足,南航当面给经济舱乘客免费升舱,腾出了部分客舱区域用于装抗疫物资。2020 年 1 月 26 日,中国侨联向海内外侨胞发出"为打赢疫情防控阻击战捐赠款物"倡议后,侨界同胞积极响应、迅速行动。金光集团在第一时间捐款 1 亿人民币和价值 35 万人民币的消毒湿巾；正大集团把下属企业现有的库存消毒剂等物资全部捐赠给了湖北省，又捐赠现金物资 5000 万元。截至 2 月 5 日，全国侨联系统共为抗疫筹集资金逾 6 亿元人民币，筹集物资价值超过 2 亿元人民币。

（来源：《人民日报》2020 年 2 月 6 日）

017 千万海外人向国内传递的温暖

在这次抗疫应急捐赠中，国内高校校友会的海外校友的行动格外引人注目。然而，通过校友会平台捐赠的人很多并不是校友。据记者观察，应急捐赠的"学霸级作业本"，首推武汉大学北京校友会的战"疫"募捐公告。在这份逐日更新的公告中，有收支总数据和每日支出明细，有受托协助捐赠，有物资流动动态，有临时调拨救援物资原委说明，还有捐赠记录查询系统，细节详尽到有一种春日阳光般的清澈感，令浏览者油然而生信赖和温暖。这是推动继续吸纳涉外捐赠的最好广告。朋友圈里有人评论：这样的组织让人愿意把钱捐给它，不是武大校友的也捐了。积极参与捐赠的远不止华侨华人，一些慈善机构、大企业和富有同情心的美国人，都向中国伸出了援助之手。在科罗拉多州丹佛地区，许多收养中国残疾儿童的家庭，都参与了为湖北各县儿童福利院捐赠防疫物资活动。一名两岁时被领养的女孩，跟着洋妈妈送来自己一个月的零花钱时说："请叔叔帮我给弟弟妹妹们买些口罩吧！"

（来源：《参考消息》2020 年 2 月 24 日）

018 从来真情最动人：科摩罗捐华的"100 欧元"

在中国合力抗击新冠肺炎疫情之际，非洲岛国科摩罗的"科中友好协会"捐出的由两张 50 欧元合成的"100 欧元"，引发网友关注和讨论。要知道，科摩罗是联合国公认的世界最不发达国家之一，虽然 100 欧元不是什么大数目，但这已相当于当地普通人一至两个月的全部收入。网友表示，"损赠不在乎数目,全在乎心意。""科摩罗朋友的情谊我们领了。""千里送鹅毛,礼轻情意重。"其实,科中友好协会最初打算向中方赠送一箱口罩,但他们跑遍了当地的超市和药店也没有买到,所以协会决定捐出"100 欧元",以这一象征性的金额,向中国人民抗疫斗争表示支持。1975 年 7 月,科摩罗独立。同年 11 月,中科两国建立外交关系。40 年多来,两国人民的深厚友谊从未改变。在荒诞不羁的西方新冠病毒阴谋论衬托下,这份真情更显可贵动人。

(来源:环球网 2020 年 2 月 12 日)

019 爱心从未分过国界,在华国际友人的倾力支援

抗疫阻击战、总体战打响后,在华非洲留学生主动"请战"前往救治一线或赴火车站等地担任志愿者。来自叙利亚的"洋女婿"沙拉驻守村庄,在村口筑起了一道坚强"堡垒"。华中农业大学全职教授、日本籍学者津田贤一表示愿与中国人一同拿起冲锋枪:"我已经婉拒了日本政府的撤离通知,我将同大家站在一起,共克时艰……我不会离开历经磨难的大家。武汉加油!"作为中国的一分子,抗疫以来,我被数不清的国际援助深深感动了,尤其是留华的外国友人。他们放弃了"回家"的机会,留在这个没有硝烟的战场上,不惧生死、加强团结、拒绝纠纷。他们加入"逆行者"的队伍,成为驰援路上的一支强大"主力军",将中国视作人生的第二个家乡,信任着、爱护着。他们给了我们一份安全感:中国并不是在单打独斗! 他们的榜样力量,激发着国人的防疫斗志。患难见真情,驰援还在继续,爱心没有终点,也从未分过国界。泱泱大国,巍巍华夏,必知恩图报,我们也定会守护你们的安全,不辜负你们的信任!

(来源:人民网 2020 年 2 月 5 日)

020 法国志愿者多梅克为医院送餐奔波了 1500 公里

2020 年 3 月 3 日,多梅克所在的豹变志愿者车队准备为武汉市中心医院

后湖院区的医护人员改善伙食,他负责去超市采购食材,还要去医院给医护人员送餐。8 年前随爱人来到武汉的多梅克,曾是武汉理工大学的一名法语老师。"我的妻女和妈妈都在武汉,我没有理由回法国。"1 月 26 日,曾当过军人的多梅克爽快地答应成为豹变志愿车队的一员。黄色防护服、蓝色橡胶手套、黑框护目镜与两层医用口罩,就是多梅克在工作时的常用装束。由于语言不通,多梅克时刻将手机拿在手中,与人沟通时,就打开翻译软件,输入法语转换为中文。截至 3 月底,多梅克开着自己的车给医院送去消毒水、橡胶手套、防护服、饭菜、零食等,还帮社区运输蔬菜、日常生活用品等,已跑了近 1500 公里。车队队员万斌说,多梅克做事非常踏实、极其认真,他给我们的影响很大。"武汉有很多志愿服务团队,我们的车队就有 7 组人,此外还有很多市民志愿者积极行动去支援需要帮助的人群。"多梅克说,"大家都在为医护人员运送防护用品、医疗物资和食物,医护人员不是独自在奋战,他们背后是所有的中国人,武汉的士气很高昂。"

(来源:参考消息网 2020 年 4 月 8 日)

021 美国华侨华人应急援助实地观察见闻

新冠肺炎疫情发生以来,从美国中西部犹他州盐湖城,到与武汉结为友好城市的宾夕法尼亚州匹兹堡,从西海岸加利福尼亚州,到东海岸波士顿、纽约等地,不断传出华侨华人和留学生募集疫情防控救护物资的信息。美国佛罗里达州华商总会会长告诉记者,疫情升级后,他和当地侨领立即推迟筹备大半的春节活动,全力筹集医护物资,还把自己公司库存的医护物资也全部发往国内。洛杉矶地区一个留学生互助捐赠群的志愿者说,情人节这天,他们向国内捐赠的第三批物资 7 箱 N95 口罩,搭机飞向了上海并转运武汉和咸宁的医院,这是我们捐赠的最美情人节礼物。在他们拍摄的视频中,捐赠物资的包装箱上用繁体字写着这样的诗句:相知在急难,独好亦何益,四海皆兄弟,谁为行路人。海外华侨华人的应急捐赠同全国各地志愿者的行动交相辉映,是连绵接力的温暖；每个环节志愿者的努力和付出，每一个平凡人的努力，铸就了一个民族的伟大。

（来源：《参考消息》2020年3月4日）

022 贝尔格莱德和塞尔维亚人民牵挂着中国

在中国努力遏制新冠肺炎疫情之际，不少民众今天聚集在塞尔维亚首都贝尔格莱德，他们挥舞中国国旗，表示对中国的支持。塞尔维亚官员和中国大使出席了在贝尔格莱德市中心一处公园举行的音乐会并发表讲话。贝尔格莱德副市长戈兰·韦希奇说，贝尔格莱德牵挂着中国。我们将同你们站在一起。你们能够克服这些困难，当中国好起来的时候，塞尔维亚也会好起来。中国驻塞大使陈波对来自这个巴尔干半岛国家的支持表示感谢。她说，中国人民不会被打倒，战胜疫情后的中国将更强大。

（来源：参考消息网转发美联社消息2020年2月22日）

023 苏丹学者加法尔盛赞中国战疫中呈现的人性之光

让苏丹学者加法尔·卡拉尔·艾哈迈德没有想到的是，在一夜之间，他竟成了中国的"网络红人"。不久前，他在埃及《金字塔报》上发表的文章《中国战"疫"中的人性之光》，得到国内众多网站、社交媒体平台的转载。文章讲述了他在中国的亲身经历和所见所闻，并对中国青年在此次抗疫中所展现出的"果敢、牺牲、无畏、奉献"，给予了高度评价。此次疫情，让加法尔看到了中国青年的强大力量。他相识的朋友在第一时间驰援武汉；媒体报道中的年轻丈夫，凌晨3点跟在妻子后面守护，用车灯给妻子指路，如此种种，都让加法尔深受感动，也让他感叹"我们对这一代人知之甚少"。加法尔说，"其实这并不是突然改变的，因为他们是中国人，先辈的英雄历史根植在他们的灵魂深处，他们始终站立着、守卫着，如屹立在中国的万里长城。只是我们在平时没有发现这些品质。""现在我对中国的未来充满信心,这一代年轻人,将继续进行始于 20 世纪 30 年代的长征,站在保卫中国、保卫世界的舞台上,为中国和世界的稳定作出贡献,并会将这种'中国精神'永远传承下去。"加法尔说。

(来源:《中国青年报》2020 年 3 月 30 日)

024 中国展现打好疫情防控全球阻击战的道义与担当

凶猛的新冠病毒向人类发起了日甚一日的攻势。中国积极行动,向亚洲、欧洲、拉丁美洲多国派出抗疫医疗专家组,并组织专家同全球多个国家和地区分享抗疫经验。同时,中国政府还向 120 个国家和 4 个国际组织提供物资援助,并通过国际友好城市等渠道向 50 多个国家捐赠医疗物资。此外,中国企业已向 100 多个国家和国际组织捐赠医疗物资。中方组织专家同全球各个地区的国家分享经验。新加坡国立大学东亚研究所教授郑永年对此给予高度评价,中国在打好国内疫情防控阻击战的同时,也为其他国家提供力所能及的帮助,世界各国看到了中国的道义与担当。全球战"疫",迫切需要国际合作与担当。中国取得疫情防控阶段性重要成果,所蹚出的路、所积累的经验弥足珍贵,为各国抗疫行动注入了信心。世界需要团结再团结,合作再合作,行动再行动,坚决打好新冠肺炎疫情防控全球阻击战。

(来源:《人民日报》2020 年 4 月 2 日)

025 中国开始回报世界对中国抗疫的支持

截至 2020 年 2 月 28 日,在中国以外已有 49 个国家出现新冠肺炎病例,约占全球新增感染病例的 3/4,中国立即以实际行动回报此前许多国家对中国抗疫的支持。2 月 28 日,中国向伊朗派出由 4 名疾控专家组成的专家小组,支持伊朗抗疫。伊朗驻华大使馆称,中国向伊朗捐赠的包括核酸检测试剂、制氧机、消毒粉、电子体温计等防疫物资,已于当天运抵德黑兰,伊朗驻华大使馆向中国人民表示感谢。中国外交部发言人赵立坚表示,新冠肺炎疫情发生后,伊朗政府为中国抗击疫情提供的真诚友善支持,中方对此铭记在心、深表感谢。28 日一名中国女孩在东京街头为日本人分发口罩的视频,在中日社交媒体上受到关注。女孩手捧用日语写的"来自武汉的报恩"纸箱,不断掏出口罩分发给路人,一些行人用双手接过口罩表示感谢。此前中国已向日本捐出12500 份检测试剂盒,27 日中国驻韩大使馆也为韩国大邱市运送 2.5 万余个医用口罩。

(来源:《环球时报》2020 年 2 月 29 日)

026 中国为境外国家抗疫伸出援手

中国正由世界疫情中心转变为全球防疫专家。法新社说,北京目前向海外提供了检测试剂盒、派遣了专家,还向海外提供技术咨询,并通过视频会议同欧盟和其他国家分享中国经验,伊朗已把中国提供控制病毒传播建议的诊疗方案翻译成波斯文并可免费下载。在竭力应对医疗设备的巨大短缺后,中国防护服生产供应已超出湖北省的需求,国家工信部鼓励中国防护服生产企业积极对接国外需求。澳大利亚国立大学研究人员姜云(音)说,中国政府用抗击这场新冠疫情流行病表明,其治理体系优于西方自由民主制度的治理体系。香港南华早报说,随着中国每天新增病例数量的减少,北京已把重点放在了公共卫生外交上,主动向伊朗、意大利、智利等国提供医疗援助和支持——这些国家也是"一带一路"倡议的合作伙伴。德国海德堡大学对外援助专家说,中国政府向中国以外受疫情影响最严重,并且自疫情开始以来曾声援过中国的国家提供了有力支持。

(来源:参考消息网综合外媒报道 2020 年 3 月 5 日)

027 中国外交部：投我以木桃，报之以琼瑶

中国驻日本使馆 2020 年 2 月 20 日发布消息称，日本国内新型冠状病毒肺炎疫情持续蔓延。得知日方新冠病毒核酸检测试剂不足后，中方通过中国深圳华大基因科技有限公司和深圳市猛犸公益基金会，紧急向日本国立传染病研究所捐赠了一批新冠病毒核酸检测试剂盒。2 月 25 日，中国驻伊朗大使常华代表中国使馆和在伊有关中资企业，紧急向伊卫生部捐赠 25 万只口罩，助力伊朗抗击新冠肺炎疫情。在 2 月 26 日的外交部例行记者会上，针对日韩疫情的扩散，外交部发言人赵立坚指出：当前中日韩三国都处在全力抗击疫情的关键时期。中方对韩国、日本国内疫情感同身受，对韩国和日本人民表示诚挚慰问。疫情发生以来，韩日两国政府和社会各界曾给予中方大力支持和援助，我们对此深表感谢。中方愿投桃报李，在抗击本国疫情的同时，同包括韩日在内的国际社会分享信息和经验，加强合作，共克时艰。我们也愿向韩日两国提供力所能及的帮助。我们相信中日韩携手抗击疫情的努力，必将转化为深化友谊与合作的巨大动力。

（来源：《北京日报》2020 年 2 月 27 日）

028 中国在全球疫情防控最前线以最大牺牲为人类作贡献

2020 年 3 月 5 日在国新办新闻发布会上，外交部副部长马朝旭介绍了中国积极开展抗击疫情国际合作情况。他说：疫情发生以来，习近平主席亲自同各国和联合国沟通协调，应邀同 10 多个国家领导人通话，同专程来华的柬埔寨首相、蒙古国总统、世卫组织总干事会见会谈。中国坚守在疫情防控最前线，正如联合国秘书长古特雷斯所说：中国以最大的牺牲为全人类作出了贡献。中国用实实在在的行动赢得了世界的普遍认同与赞赏，体现了负责任的大国担当，生动践行了人类命运共同体理念。在抗疫斗争中，170 多个国家和

地区、40 多个国际组织负责人向中方表示慰问和支持。截至 3 月 2 日,共有 62 个国家和 7 个国际组织向中国捐赠了口罩、防护服等中国急需的防疫物资。患难见真情,我们将铭记在心。马朝旭表示,当前,一些国家疫情在加剧,我们正在推进向韩国、伊拉克、柬埔寨、缅甸、斯里兰卡等国提供必要援助,也考虑向世卫组织捐款,我们将适时公布。

(来源:《人民日报》2020 年 3 月 5 日)

029 国际协作战"疫":可以产生"1+1>2"的效果

当前,新冠疫情在日本、韩国、欧洲以及中东多国迅速传播。世卫组织不断提醒各国,及早准备应对一场"潜在的疾病大流行"。中国一个多月全民抗疫的经验教训,给世界各国带来最靠谱的"中国版解题思路"。装载着 4000 多人且其中十余人发热的歌诗达赛琳娜号邮轮在停靠天津港后,中国仅用 24 小时就完成了从登轮检疫到游客转运和疏散的全部工作。世界各国惊诧于中国速度、中国态度、中国力量。世卫组织赴中国考察专家组负责人艾尔沃德直接建议各国学习中国的快速响应机制。当病毒在武汉肆虐时,国际物资援助汇成了善意的暖流。中华民族自古就有"滴水之恩,当涌泉相报"的传统。在得知日本新冠病毒核酸检测试剂不足后,中国紧急向日本国立传染病研究所捐赠一批新冠病毒核酸检测试剂盒;中国驻伊朗大使馆也代表中国政府和当地中资企业,向伊朗卫生和医疗教育部捐赠 25 万只口罩……世间冷暖,一时尽现。在这场没有硝烟的抗疫战争中,没有谁是独踞海上的孤岛,更没有人能够独善其身,只有形成合力才能产生"1+1 > 2"的效果,赢得这场国际战"疫"的最终胜利。

(来源:光明网 2020 年 3 月 16 日)

030 同疫情赛跑,为世界担当

2020 年是不平凡的一年。抗击新冠肺炎疫情,不仅在中国历史上写下了悲壮的一笔,也为人类命运共同体加上了鲜明的注脚。病毒肆虐武汉城,"封城令"下达。这一果断出手,使中国在最大限度上对病毒的传播做到了"源头防控";同时,中国还在第一时间向世界分享了病毒全基因组序列,为其他国家防疫赢得宝贵时间。火神山、雷神山医院和方舱医院快速建成,3万张储备床位保障"应收尽收、应治尽治"。1100万武汉人民舍小为大;330多支医疗队、41600多名医护人员向荆楚大地逆行驰援;400万名基层社区工作人员奋战在65万个城乡社区一线,将群防群控落实到每一户、每个人。面对病毒的全球蔓延,中国网民发起对外支援的号召,期望与世界分享抗疫经验和成果,让其他国家少走弯路,让更多人民少受病痛。同时,中国担当为世界供应链稳定增强信心。中央企业按时保质保量完成订单,中欧班列迅速恢复开行,共建"一带一路"没有停步。同时,疫情也在反向激发中国的产业创新能力。数字经济将成为推动中国经济的新引擎,也将为世界经济发展注入新动力。

(来源:《光明日报》2020年2月28日)

031 在疫情面前,我们同担当共命运

最近,*We Are All Fighters*(我们都是战士)的这段短视频在网上火了,这段视频的录制者是来自深圳的美女学霸刘洁,她希望通过自己的努力,为所有正在经历着这场疫情的同胞传递信心和希望,也让世界听到中国不屈的斗志和必胜的决心。视频告诉人们,这是一场没有硝烟的战争,而我们每一个人都是战士……我们不知道这场战争会持续多久,又或者我们将付出什么代价,但有一件事情我们100%的肯定,那就是:我们终将赢得这场抗疫人民战争的胜利。短短的视频,有力的话语,蕴含着无穷的力量。我们相信,不仅仅是刘洁,每一个中国人都在向世界发出在这场疫情中的中国之声:在疫情面前,我们同担当、共命运。我们与世界上正在经历这场战役的人们携起手来,勇敢面对!我们永远不会被打败!胜利终将属于我们!

(来源:《环球时报》2020年2月29日)

032 上海向日本松山芭蕾舞团回赠礼物

不久前,著名的日本松山芭蕾舞团演员们面对镜头高唱《义勇军进行曲》,并喊出"我们爱中国!中国加油!武汉加油!人类加油!"的声声祝福。这份珍贵的视频作为礼物送到上海时,让无数中国人湿润了眼睛。2月24日,上海市友协与上海歌舞团以一段视频和一封感谢信作为"回礼"。在视频中,上海市歌舞团首席演员朱洁静与王俊佳,深情表达了对日本人民和松山芭蕾舞团的祝福,并鼓励日本与中国携手共同战胜疫情。今年1月下旬以来,20余家日本友好团体和机构人士,以多种形式发来慰问与祝福,为中国加油,为上海鼓劲,更有的积极为上海捐资捐物。96岁高龄的日本前首相村山富市,还亲笔书写"中国加油!武汉加油!上海加油!"福冈的社会教育团体碧波会的儿童志愿者们,用暖心的童画和哆啦A梦的歌声,与上海的孩子并肩抗疫。唐招提寺长老手持绣有"山川异域,风月同天"的袈裟送给中国人民的祝福,让人动容。

(来源:《新民晚报》2020年2月24日)

033 中国"王炸"医院专家赴意大利,网友4字留言刷屏

当地时间2020年3月10日18时,意大利累计确诊新冠肺炎患者破万。10日晚,意大利同我国通电话,希望中方提供帮助。该出手时就出手,3月11日,四川大学华西医院呼吸与危重症医学科主任梁宗安和护士长唐梦琳两名专家从成都出发,与中国红十字会总会派遣的志愿专家团队集合,一行7人赶赴意大利,并随行携带了核酸检测试剂盒等医疗用品和设备、中成药等救援物资。据介绍,专家团队中的梁宗安教授参与过SARS、甲流的救治工作,也是此次新冠肺炎医疗救治组四川专家组常务副组长,有着非常丰富的治疗经验。此前,中国疫情暴发时,"南湘雅、北协和、东齐鲁、西华西"等多批医疗队在第

一时间赶赴武汉。网友刷屏：中国医疗界最顶尖的"王炸"带上各省"天团"会师武汉，中国一定能赢！而现在，随着中国疫情逐渐好转，看到王炸医院——"西华西"的专家再赴意大利抗疫，网友刷屏四个字：平安归来！

（来源：《中国青年报》2020 年 3 月 12 日）

034 美媒：欧盟放弃意大利，中国填补空缺

当新冠肺炎在意大利迅速传播时，该国通过欧盟应急响应协调中心寻求帮助。意大利驻欧盟大使马萨里说，我们请求医疗物资援助，欧盟委员会将请求转给了成员国，到目前为止，没有一个欧盟成员国向意提供物资援助，这是一个悲剧。当然各国都要确保本国医院患者、医务人员有足够物资，但没有哪个欧洲国家疫情像意大利那样严重。与此同时，2020 年 3 月 12 日午夜，一架中国飞机降落罗马，飞机上载有 9 名医疗专家和 31 吨医疗用品，包括重症监护室设备、医疗防护设备和抗病毒药物。同时，一辆中国卡车又带来至少 230 箱医疗设备。

（来源：参考消息网转发美国《外交月刊》2020 年 3 月 16 日）

035 意大利女孩作画感谢中国援助抗疫

2008 年汶川大地震时，意大利是首批援助四川的国家之一，在第一时间派了 14 名急救专家驻扎重灾区，让 900 多名伤员转危为安。如今，意大利是中国之外确诊新冠肺炎人数最多的国家。北京时间 3 月 13 日清晨，一支中国政府派出的医疗专家团队抵达意大利，几位四川专家主动请缨，逆行支援。为感谢中国援助意大利，意大利那不勒斯女孩奥罗拉(Aurora)画了一幅画并在画作上写道："这幅画献给医生护士以及那些从中国来帮助我们的人，希望战斗在第一线的他们能够看到。"网友们看后纷纷在网上评论："哭了""这幅图让人深刻感受到，病毒是全人类的敌人，必须一起战胜它，谁都不能独善其身，

所以谁都不要说谁的风凉话""同一个世界,意大利加油啊,希望能去支援的医护人员能平安回国""这幅画真的好有创意,暖心""意大利加油!""中国棒棒哒""我和你,心连心,同住地球村。"一幅画胜过千言万语,让我们"意"心一"义",共同为战"疫"加油!

(来源:央视网 2020 年 3 月 14 日)

036 中国紧急支援意大利政府和人民抗疫

新冠疫情在欧洲蔓延后,欧盟各国曾紧急会商对策。意大利卫生部长在会上呼吁,希望加强欧盟内部合作,获得更多来自欧洲国家的帮助。在没有国家伸出援手、数个欧洲国家还发布口罩等医疗物资出口禁令的情况下,意大利外长迪马约在同中国外长王毅通电话时表示,意大利疫情形势十分严峻,意政府正密切关注和学习中方抗疫成功经验,采取有力举措防止疫情扩散。但意面临医疗物资和设备短缺问题,望中方帮助解决燃眉之急。王毅表示,我们不会忘记在中国抗疫最困难时刻意大利给予的宝贵支持,现在我们也愿同意大利人民站在一起,中国同意大利的友好城市和一些企业也将向意方提供支持和帮助。2020 年 3 月 12 日,由中国红十字会一名副会长带队,中国疾控中心一名专家、四川省五名专家参加的中国红十字会赴意抗疫专家组,携带了 31 吨医疗物资(包括 ICU 病房设备、医疗防护用品、抗病毒药剂等)从上海启程,前往意大利支援抗疫。

(来源:《生命时报》2020 年 3 月 13 日)

037 伊朗疫情持续肆虐,驻华使馆感谢中国网友"爱心接力"

新冠肺炎疫情在伊朗持续肆虐,伊朗抗疫形势严峻。伊朗总统鲁哈尼承认,新冠病毒几乎已蔓延至伊朗所有省份。但他同时表示,伊朗将以"最小"死亡人数度过这次疫情。伊朗传染病专家、国家流感委员会委员马尔达尼表示,德黑兰在未来一段时间内或有四成人口面临被感染的风险。面对疫情日益严重、医疗物资短缺的难题，伊朗驻华大使馆发布微博求援。连日来中国友人的爱心接力让伊朗表示"很暖心"。据伊朗驻华使馆消息，该馆目前已收到中国朋友捐赠的 400 万元人民币。"自公布捐款渠道以来，中国网友之间的爱心接力远超我们预期。"伊朗驻华使馆 3 月 5 日在微博发文称："中国朋友的慷慨和善意，让我们深受感动，我们将把笔善款用于购买防疫物资，并会及时公布物资明细及流向。"微博上还写道："我们相信，只要众志成城，就一定能战胜疫情。就像任何困难都打不倒中华民族一样，也不会有任何困难能打倒伊朗人民。"

（来源：中国新闻网 2020 年 3 月 6 日）

038 在伊朗疫情迅速攀升时，中国援军来了

当地时间 2020 年 2 月 29 日凌晨，中国红十字会志愿专家团队一行 5 人已抵达伊朗首都德黑兰，他们同时携带了部分中方援助的医疗物资。中国专家表示，将抓紧时间了解伊朗疫情，并与伊方同行们交流抗疫经验，促进双方在医疗卫生领域的合作。包括 5 万个新冠病毒检测盒在内的中国第二批支援伊朗物资，也将抵达德黑兰。此前，2 月 26 日，中国驻伊朗大使馆代表中国政府和当地中资企业向伊朗卫生和医疗教育部捐赠了 25 万只口罩和 5000 个检测盒。外交部部长王毅说，疫情没有国界，近来伊方疫情加剧，中方对此感同身受，愿向病亡者表示哀悼，向患者家属致以慰问，祝愿所有受感染者早日康复。我们相信，在伊朗政府领导下，伊朗全国人民团结一致，一定能战胜疫情。此时此刻，中国人民愿同伊朗人民肩并肩共克时艰，中方已向伊方紧急捐赠了一批核酸检测试剂盒及医疗设备，将根据伊方需要，继续向伊提供力所能及的帮助，包括开展疫情防控、医疗救治等方面的合作。"志合者，不以山海为远。"有人落井下石，就有人仗义相助。战胜疫情，恰恰需要更多国家携手努力！

（来源：环球网 2020 年 2 月 29 日）

039 感谢中国专家组带来最前沿、第一手的抗疫经验

3月12日当天,中国政府派出的抗疫医疗专家组携医疗物资抵达罗马后,立即投入紧张的工作中。从红十字会到罗马传染病医院、罗马大学附属医院,专家组的行程异常密集。据悉,他们还将奔赴伦巴第、威尼托等疫情严重地区,与当地医护人员和科研人员分享经验,深入交流。"感谢中国,你们是第一批抵达意大利的国际援助者。"意大利红十字会主席罗卡13日在新闻发布会上表示,"中国专家组表现出的慷慨令人感动。""从预防诊断到救治,每一个环节的分享都非常宝贵有效。"意大利国家传染病研究所的医生们在交流后表示,"中国医生带来了最前沿、第一手的抗疫经验。"该所附属医院诊疗研究室主任尼古拉彼得罗希洛说,我们非常需要中方的经验,并已向中方提出了进一步开展科研合作的计划。这些天,中国民间援助也陆续抵达意大利。在阿里巴巴捐赠的物资包装上,将"消失吧,黑夜,黎明时我们将获胜"作为寄语,温暖人心。

(来源:《人民日报》2020年3月12日)

040 中国将分别向菲律宾和西班牙派出医疗专家助力抗疫

2020年3月15日,国务委员兼外长王毅应约同菲律宾外长洛钦、西班牙外长冈萨雷斯通电话。两国外长都对中国抗击新冠肺炎疫情取得重要成效表示祝贺。菲律宾外长说,菲当前处在抗击疫情艰难时刻,正面临医疗物资和设施短缺困难,希望中方伸出援手,并积极考虑向菲律宾派遣医疗专家。西班牙外长说,西政府正全力防止疫情扩散,但面临医疗物资短缺等困难。希望中国能向西提供医疗物资支持,愿同中方举行医疗专家视频会议学习中方抗疫经验。王毅对菲外长表示,作为隔海相望的友好邻邦,中方已决定向菲方提供试剂盒以及防护服等急需医疗物资,并积极协调派出医疗专家事宜。王毅对西

外长表示,中方不会忘记西对中国抗击疫情的宝贵理解和支持。中方已决定根据西班牙的需要,紧急提供一批医疗物资援助,并开放商业通道提供西进口急需的个人防护用品和医疗设备。中方将协调安排两国专家举行医疗视频会,并考虑适时派出医疗专家组。

(来源:《人民日报》2020 年 3 月 15 日)

041 法国医生克莱因说我留在武汉更能发挥作用

6 年前来到华中科技大学附属协和医院国际门诊部的全科医生菲利普·克莱因,在 2020 年 1 月 26 日收到法国政府宣布将从武汉撤离法国侨民的消息后,在短短一刻钟内便作出决定:让妻子和孩子离开,自己留下。"因为治病救人是我的职责所在,留在武汉更能发挥我的作用。"疫情发生后,为减少病人聚集、降低病毒传播风险,克莱因开始逐户上门为病人看诊。每次出诊前,他都会在车里准备充足的防护服、口罩、护目镜、手套等防护用品。2 月 11 日,为进一步控制传染源扩散,武汉开始实行社区封闭管理,作为医生的克莱因拿到了出行资格。他在手机上发布消息说:"如果有身体突发不适的、慢性疾病的或需心理疏导的外国人,可以用微信或电话联系我,如有必要,我可以上门看诊、开药。"行驶在路上,看着以往熙熙攘攘的城市停滞了,克莱因内心沉重。"武汉是座美丽的城市,我看见道路上少了生机,也看见了所有武汉人民正团结一致抗击疫情,以及他们作出的巨大牺牲。我对留下来这个决定从来没后悔过。"克莱因说,中国医护人员也让他印象深刻。"我对在武汉战斗的中国医生同行和护士们感到非常自豪,他们展现了无畏的气概。"

(来源:《参考消息》2020 年 4 月 8 日)

042 罗马上空响起中国国歌,意大利民众感谢中国帮了大忙

意大利罗马,2020 年 3 月 15 日晚上 18 时许,A 线地铁站 Redi Roma

附近的小区,突然响起了中国国歌《义勇军进行曲》。有人大声高喊"Grazie Cina！"(感谢中国),周围居民纷纷鼓掌致意,感人肺腑。欧洲疫情集体暴发,美国在第一时间宣布对欧洲实施旅行禁令。其中,意大利是疫情最严重的国家之一,确诊和死亡人数相当高。意大利政府只能向世界求援,遗憾的是欧盟成员国已经是自顾不暇了。最无助的时候,中国站出来了。中国派出的四川大学华西医院"王炸"医疗队,带着 31 吨医疗物资驰援意大利,将中国抗疫经验带去欧洲。消息一出,让疫情笼罩下的意大利人十分感激。当地著名媒体《意大利共和国报》,将主页封面换成了中国医生的照片,并配文感慨中国医生的辛苦伟大。意大利民众纷纷说:"欧洲让我们失望,中国帮了我们大忙,谢谢。""让我们不要忘记,当这一切结束时,是谁帮助了我们。"

(来源:人民网 2020 年 3 月 15 日)

043 日本导演拍纪录片倡议向中国学习抗疫经验

一部《南京抗疫现场》纪录片,日前登上了日本雅虎首页,引起日本民众很大关注。拍摄该片的日本导演竹内亮,以南京为例,从多个角度展现了中国成功抗疫的经验:外来人员返回南京须进行为期 14 天的隔离;快餐店零接触,手机点单支持自取;地铁检票口工作人员用无接触温度计测量乘客体温,乘客进入车厢扫描二维码登记身份和乘车信息,以方便追踪感染路径;老师录制线上网课,督促学生完成课业;企业复工条件严格,需要配备口罩手套、酒精消毒液、护目镜等物资……这部 10 分钟短片,浓缩了中国民众抗疫生活方方面面的场景。很多日本网民在社交媒体上转发,称"一定要看"！日本导演竹内亮 3 月 4 日在接受记者采访时表示,希望这部短纪录片能帮助日本人民了解中国的抗疫政策、并从中获得启示。谈及拍摄初衷,竹内亮说,日本国内新冠肺炎疫情益发严峻,感染者日益增多,而日本政府的应对措施不到位,大多数日本人毫无危机感,这让他非常着急。

(来源:《环球时报》2020 年 3 月 6 日)

044 中国有哪些抗疫经验适合供全世界共享

中国《环球时报》2020年3月5日载文称：在抗击新冠病毒这场战"疫"中，不同国家需要相互借鉴彼此的有益经验。中国的下列经验可供分享。首先，科学家及一线医生对新冠病毒的认知需尽快在世界范围共享。我们付出巨大代价才获得对病毒的认知，更需要让这种认知的价值最大化。其次，从疫情发展看，早期预警、及时防控、有效隔离，都非常重要，中国和新加坡等国的系统做法已取得明显成效。新加坡抗疫做法一点也不佛系，政府向医疗机构和医生发出警报、要求雇主对从中国来的员工实施强制休假、收紧入关政策、实施居家隔离等，都值得其他国家重视，此外，还有几个重要环节值得国际同行重视。比如，做到核酸检测应检尽检。在浙江防疫初期，李兰娟院士强调，不怕发现得多，就怕漏掉，有了及时透明的核酸检测，早发现早隔离早治疗才能早围歼。又如，对确诊病例数量骤增超出医疗资源负荷的国家，武汉建立的方舱医院不失为最廉价的借鉴方案，方舱医院对轻症患者是最适用的。

（来源：《环球时报》2020年3月5日）

045 世卫国际通报会分享的"上海方案"

2020年3月12日，上海市卫健委主任邬惊雷作为地方代表之一，在国际通报会上介绍了上海防治方案。上海统计数据显示，截至3月11日24时，全市累计确诊病例344例，治愈320例，治愈率达93%，医务人员零感染。疫情防治工作的上海方案的精髓要义是：1.三个强化，即强化属地责任，强化社区管控，强化社会动员。2.三个覆盖，即入沪人员信息登记全覆盖，重点地区人员医学观察全覆盖，管理服务全覆盖。3.四个集中，即集中患者、集中专家、集中资源、集中救治。所有确诊患者，均由负压救护车转运至定点医院负压病房收治，集中全市最顶级专家力量、最先进设施设备，根据病情实际实行分类救治和中西医综合施治。对轻症病例,加强早期预警和干预,通过对炎症指标和免疫功能的监测,加强肺部影像学跟踪检测,减少轻症向重症转化。对重症病例,及时成立救治小组,实行以院包组,实施一人一方案,提高治愈率、降低病亡率。

(来源:《解放日报》2020 年 3 月 12 日)

046 美国纽约时报列举中国抗疫的六条有益经验

纽约时报记者在采访世卫组织考察小组负责人鲁斯·艾尔沃德时,他描述了对中国遏制病毒的努力所获得的认识。1. 严格措施奏效。在武汉最初的混乱之后,政府实施了限制交通、严格检疫、强制检测和隔离等措施,防止了无数人感染这种病毒。2. 把医疗服务放到网上。为不让患者和健康者混杂在门诊和急诊室里,医生在线问诊开处方成为常态。3. 搬到网上的还有其他服务。学校停课的学生可以上在线课程;药物和食物被打包快递到整整一个月待在家里的数百万人手中。4. 迅速隔离感染者。在指定的发热门诊,身穿防护服的医务人员给就诊者测量体温、迅速进行肺部 CT 扫描,并进行几小时内就能得到结果的咽拭子测试。5. 政府对新冠病毒的检测都是免费的。艾尔沃德说,如果美国人担心医疗账单而推迟检测,可能会产生严重后果。6. 公民精神发挥作用,志愿者们让自己置身于保护中国和世界的战斗前线。

(来源:《参考消息》转发《纽约时报》2020 年 3 月 8 日)

047 中国筑起的两座抗疫长城

中国驻美大使崔天凯 2020 年 3 月 28 日在《今日美国报》发表的文章中指出,面对新冠肺炎病毒,中国从中央到基层、从医护人员到百姓,都在同时间赛跑、与病魔较量,构建起用生命守护生命的长城。同时,中国也在为世界筑起一道坚决挡住病毒向国外扩散的抗疫长城。中方及时向国内外发布疫情信息,在第一时间向世界卫生组织通报疫情,同世卫组织及其他国家分享病毒基因组序列。崔天凯说,中国抗疫不是孤军奋战,很多国家和人民自发捐助物资,送上祝福,这其中也包括美国企业、团体和人民,中国和中国人民对此感念在心。中方也愿向出现疫情扩散的其他国家和地区提供力所能及的援助,体现负责任大国担当。崔天凯指出,在中国抗击自然界的有形病毒时,还不得不面对人为制造的无形病毒的干扰。有人拼命散布政治病毒,也有人制造信息病毒,这完全违背伦理和人道精神。疫情无国界,抗疫靠合作,中美两国需要合作应对挑战,共同谴责政治病毒传播。

（来源:《文汇报》2020 年 3 月 2 日）

048 中国为抗疫国际合作注入了信心和力量

德国席勒研究所创始人黑尔佳·策普·拉鲁什,在接受本报驻德国记者采访时表示,中国采取的坚决果断举措,有效控制住疫情,被世界卫生组织总干事谭德塞誉为"疫情应对的新标杆"。一些西方国家现在也开始采取同中国相似的措施,并对违反相关规定的行为"零容忍"。中国政府实施的一系列防控举措,得到了中国人民的大力支持。4 万多名医护人员驰援湖北,得益于中国上下一心的团结精神,以及人民对政府的充分信任。如果没有中国在抗疫过程中取得的成功,难以估计现在全球疫情形势将会如何。疫情当前,中国政府已经或正在向 127 个国家和 4 个国际组织提供物资援助,累计向 11 国派出13 批医疗专家组。中国展现出的众志成城精神成为全球抗疫合作的标杆,值得其他国家借鉴。此外,中国还支持世界卫生组织发挥应有作用,携手各国完善全球公共卫生治理,有力有序推动复工复产,确保全球产业链供应链开放、稳定、安全。中国知行合一,同有关各方一道打造"健康丝绸之路",构建人类卫生健康共同体,这必将为抗击疫情国际合作注入强大信心和力量。

（来源:《人民日报》2020 年 4 月 13 日）

049 同济医院专家同意大利专家共享新冠肺炎救治经验

近日,意大利医院专家们向身处疫情前沿的华中科技大学同济医院专家发来紧急咨询邮件。2020年3月4日晚6点,在同济医院光谷院区,同济心内科主任汪道文教授、心内科周宁副教授、感染科韩梅芳教授通过远程视频,在第一时间向意大利米兰的尼瓜尔达医院麻醉与重症医学科专家 Enrico Ammirati 等,传递了中国武汉救治新冠肺炎患者的经验。"你们的经验很有用,这对我们来说太重要了!"意大利专家详细询问了新冠肺炎疫情防控的经验、医护人员的防护措施以及患者的同济救治方案。"针对传染病的专门的负压病房不够怎么办?""如何处理炎症风暴?""如何控制好传染源?""医护人员如何避免感染?""抗疫的重点到底在哪里?"意大利专家们一边交流,一边在线讨论、发问。"这是我们全人类需要共同面对的问题,目前很多国家对新冠肺炎重症病例的了解和治疗还是空白,我们有过抗击 SARS 的经验,再加上这次新冠肺炎在武汉的数据这么大,经验一定要共享,拿出经验跟国际同行交流,是我们义不容辞的责任。"汪道文教授说。

（来源：人民网 2020 年 3 月 5 日）

050 上海专家连线侨胞时说"这病确实可以治"

2020年3月16日下午4时02分,上海专家组组长张文宏与复旦大学上海医学院副院长吴凡等专家在"支援海外华侨华人参与新冠肺炎疫情防控防治爱心视频连线"时先后发言。他们发言的时间虽然不长,但句句都是干货。下午4时40分,意、法、马、澳四国专家和华人华侨竞相提问,中心话题是:对新冠肺炎疫情,华人应该怎么防护? 善解人意的张文宏首先给大家吃上一颗定心丸,他说这病真的可以防。瑞金医院感染科主任谢青用12个字把华人最关心的"如何防护"问题回答得清清楚楚:常通风,勤洗手,戴口罩,少出门。中山医院心内科主任葛均波说,要做到这几条也不容易,比如今天四个海外分会场的与会人员都没有戴口罩。张文宏回答了海外华人关于孩子要不要回来的问题。他的答案是:不管孩子回不回来,只要戴口罩,勤洗手,保持社交距离,你想得这个病也不是那么容易的。

(来源:《新民晚报》2020 年 3 月 18 日)

051 中国已向多个国家提供检测试剂盒

2020 年 3 月 6 日,国务院联防联控机制就科技研发攻关最新进展情况举行发布会。科技部社会发展科技司司长吴远彬表示,新冠疫情既是国际社会共同关心的问题,也是人类面临的共同挑战,需要国际社会携共同应对。早在今年 1 月 12 日,中国科研团队就向世界卫生组织共享了病毒全基因序列,为国际社会和各国科学家开展新冠病毒研究、诊断试剂研制、药物研发和疫苗研发提供了条件。在疫情防控过程中,我们多次组织中国专家同国外专家就疫情防控,包括诊疗治疗方面进行多次视频或者面对面的交流和讨论,同时也梳理合作意愿和项目建议,已有不少项目正在对接之中。吴远彬表示,我们注意到新冠疫情正在多个国家出现,部分国家的疫情还在加剧。国际社会加强对新冠疫情的科技合作就显得更为重要、也更为紧迫。我们已经向巴基斯坦、日本、非盟等提供了检测试剂,也向国际社会分享了我们在诊疗方面的方案。我们非常愿意加强同世界卫生组织的合作,同有关国家来分享经验,开展在药物、疫苗、检测试剂等方面的科研合作,为在全世界范围内战胜疫情贡献中国的智慧和方案。

(来源:光明网 2020 年 3 月 6 日)

052 中国新冠病毒检测试剂盒走出国门,已向11国供货

教育部科技司司长雷朝滋介绍,在保障我国检测需要的基础上,我国的病毒检测试剂已经走出国门,多所高校研发的 14 种新冠病毒检测试剂盒进入欧

盟市场,分别向意大利、英国、荷兰等 11 个国家供货。在国务院联防联控机制召开的新闻发布会上,中国医学科学院实验动物研究所研究员秦川介绍,新冠疫情暴发以来,科技攻关组积极推动了动物模型的研发和应用,并将其作为五个攻关方向之一,在第一时间建立了动物模型,为科学家认识疾病、病原体、传播途径、药物筛选、疫苗研发等发挥了重要作用。形象地说,动物模型就是在实验室里研制的新冠"病人"。疫苗和药物都要先通过对这种特殊"病人"的检验,才能用到真正的病人身上。目前动物模型在三方面发挥了作用:一是明确病毒传播途径,定性研究了气溶胶、粪口传播等多种途径的可能性;二是用于药物的筛选;三是验证疫苗的有效性。目前已有 8 种疫苗正在中国医学科学院进行有效性评价,部分疫苗的有效性评价工作已经完成。疫苗是用于健康人的特殊产品,安全有效是第一位的,我们将继续严谨地按照科学程序来完成这项工作。

(来源:《人民日报》2020 年 3 月 17 日)

053 中国开始出口医用口罩和防护服以支持多国的抗疫斗争

不久前,全世界口罩供应量中的很大一部分都被中国买下了。在 2020 年 1 月武汉市实施"封城"后的一周里,中国共进口各类口罩 5600 万只。整个 2 月,许多企业家和援助团体跑去西方发达国家和新兴市场国家的药店,大量采购口罩后紧急送往中国。此后,中国进行了战时动员,以增加一次性医用口罩的产能和产量。从 2 月初到当月底,全国口罩日产量从大约 1000 万只猛增到 1.16 亿只。这表明,中国对外出口口罩应该是可能的。现在,从米兰到西雅图,世界各地新增病例数持续飙升,中国政府已开始向其他国家提供包括多批口罩在内的"一揽子"抗疫医用物资。中国上个月向伊朗捐赠了 25 万只口罩。中国政府本周表示,将向韩国出口 500 万只口罩、向意大利出口 1000 台呼吸机和 200 万只医用口罩。中国官员表示"中国将在口罩"医疗防护服等方面,给予有关国家力所能及的帮助,支持各国抗疫斗争。

(来源:参考消息网 2020 年 3 月 14 日)

054 法国用警用摩托车和中型警车护送来自中国的850万个口罩

继 3 月 29 日第一架中国飞机运载的 550 万个口罩抵达巴黎后,法国随后向中国订购的 10 亿个口罩中的 850 万个由俄罗斯伏尔加—第聂伯航空公司大型运输机于 30 日运抵法国。3 月 30 日法国蓝广播电台报道称,一架极其珍贵的货运飞机当天下午抵达巴黎。为保证口罩安全,法国在停机坪上部署大量配备随身武器及反无人机炮的警察和宪兵。报道称,当日此架运输机卸货花了两个小时。马恩河谷省省长加汗表示,由于疫情之下口罩"像金条一样抢手",现场安保力量必须跟得上。在将口罩运送至各地卫生物资仓库的第一辆卡车驶出机场时,前后有两辆警用摩托车和一辆中型警车护送。据法国RTL 电台 3 月 30 日报道,瓦特里机场首席执行官巴胡瓦介绍说,法国从中国订购的 10 亿个口罩,都将从上海运至瓦特里机场。预计分 56 次完成交运工作,每周 4 次,大约 14 周运完。这也就是马克龙总统所说的"中法空中桥梁"。

(来源:《环球时报》2020 年 4 月 1 日)

055 国际社会称中国抗疫为全球公共卫生事业作出重要贡献

连日来,国际社会对中国为抗击疫情采取的各项有力措施,给予高度评价,表示中国体现出负责任的大国风范和构建人类命运共同体的担当,必将在全球卫生安全体系方面发挥更多作用。世界卫生组织卫生紧急项目技术负责人玛丽亚,不久前到中国进行了实地考察。在她看来,中国防控疫情的经验和采取的应对措施,都值得世界其他国家学习。特立尼达和多巴哥总理基思·罗利说,中国有着坚定的决心和优秀的治理能力,每日报告的新增病例在稳步下降,这显示中国的防控举措取得了积极成效,这为其他国家提供了经验。伊朗外交部发言人穆萨维表示,中国不仅给我们捐赠了医疗物资,还派专家来与我们分享科研成果。如果大家都像我们这样带着良好的意愿合作,我们拥有的将是一个更加美好的世界。面对新冠肺炎疫情对全球公共卫生安全的重大挑战,身处防疫第一线的中国始终本着公开、透明、负责任的态度,及时同世卫组织和国际社会分享信息,加强国际合作,防止疫情在世界扩散蔓延,为全球公共卫生事业作出了重要贡献。

(来源:央视网 2020 年 3 月 3 日)

056 在来华留学生把中国的抗疫故事带回自己国家

"中国加油!武汉加油!我们一起努力!"最近,一段讲述中国抗击疫情故事的乌尔都语视频,在巴基斯坦备受关注。视频的制作者是来自巴基斯坦的中华女子学院国际硕士研究生爱莎·伊克巴尔。"中国人民团结一心、同舟共济的精神风貌令我感动。我想把中国抗击疫情的感人故事带到我的国家。"不只是视频,伊克巴尔还写了一篇近两千字的文章,讲述了中国抗击疫情的故事。伊克巴尔在文章中写道:"面对疫情,中国政府采取了切实有效的防控措施。这充分说明,中国政府始终把人民群众的生命安全和身体健康放在首位。像伊克巴尔一样,中华女子学院的 30 多名外国留学生都非常关注中国抗击疫情的行动,并以各种方式向世界讲述了中国的抗击疫情的故事。我相信中国有能力战胜疫情。"来自阿富汗的留学生拉齐亚·萨拉马德说:"大家一起努力,为同一个目标而奋斗。""我向奋战在一线的医护人员表示深深的敬意。他们一直坚守岗位,努力帮助患者重获健康。"看到许多有关中国医务工作者的新闻报道后,来自毛里求斯的留学生扬蒂·纳雷多非常激动地表示:"中国必将向世界证明,疫情过后中国会更加强大。"

(来源:《人民日报》2020 年 2 月 28 日)

057 澳媒认为:疫情后中国在全球影响力势将扩大

国立澳大利亚大学克劳福德公共政策学院教授拉梅什·塔库尔,近日发表文章认为,新冠肺炎大流行的最终结果可能是扩大中国在全球的影响力。文章称,新冠肺炎大流行是一个"黑天鹅"时刻:一个罕见的、不可预测的、可能产生重大的、全系统的和不可预见后果的事件。中国迅速、高效和有效的动员值得称赞。在许多西方国家犹豫不决的时候,中国以"可怕"的效率成功地控制住了这场疫情。欧盟在回应意大利和塞尔维亚的请求时未能经受住考验:欧盟鼓励塞尔维亚进口欧洲产品而不是中国产品,但塞尔维亚却得不到用以应对新冠病毒的医疗用品,因为这些用品也是欧盟医疗系统所需的;意大利发出了购买呼吸机和口罩的紧急请求,但欧盟伙伴都没有为之提供。在这两件事上,中国都填补了空缺。除了向意大利和塞尔维亚伸出援手外,中国政府、马云公益基金会和阿里巴巴公益基金会,还向亚洲、中东和非洲国家运送物资。在受西方主要经济体长期封锁有可能遭到重创的背景下,中国的资本市场依然强劲。新冠肺炎大流行的最终结果可能是扩大中国在全球的影响力。

(来源:参考消息网 2020 年 4 月 2 日)

058 世卫官员称赞中国科学家对新冠病毒研究作出的贡献

2020 年 2 月 24 日,英国医学期刊《柳叶刀》刊登世卫组织总干事谭德塞与世卫组织首席科学家苏米娅·斯瓦米纳坦共同署名的文章,介绍了科学界应对新冠病毒的努力,特别称赞了中国科学家共享新冠病毒基因组测序信息等贡献。文章说,中国医生们在流感季迅速识别出新冠病毒,并通过全球科研网络同国际同行共享新冠病毒基因组测序信息等,这为后续科研工作奠定了基础,有助于加速开发针对新冠病毒的疫苗和药物。文章还说,中国有关部门在应对和防控本国新冠肺炎疫情过程中所做的不懈努力,不但为其他国家在防控疫情上争取了宝贵时间,还为国际科学界共同应对这一疫情"铺平了道路"。文章介绍,全球科学家正抓紧研究更好的检测、治疗、防控手段。此前世卫组织召集众多科学家出席的论坛已形成一份科研路线图,它将在今年 2 月底发布,其中会阐述相关规划,以帮助防控疫情、降低病亡率,并将疫情对经济和社会的损害减少到最低程度等。文章说,通过与各国政府、私营机构以及科学界中的伙伴开展合作,"我们会继续召集国际社会成员,寻找应对共同面临问题的共同解决方案"。

(来源:《人民日报》2020 年 2 月 25 日)

059 全球抗击疫情的战斗中我们的称呼都叫"人类"

当下国外被确诊的新冠肺炎感染者已超过 1 万人,其中,韩国患者超过 5000 人,意大利、伊朗、日本患者均已破千。一个多月前,无数中国人被箱子上贴着"山川异域,风月同天""岂曰无衣,与子同裳"等标语的防疫物资所感动。从世界各地寄往湖北的医疗防护物资,代表着各国朋友同中国人一道抗击疫情的决心。如今面对正在全球蔓延的疫情,中国开始了感恩报恩的行动。从有华人在日本街头派发免费口罩,到中国疾控中心专家进入伊朗帮助防疫,再到马云公益基金和阿里巴巴公益基金会分别向日本、韩国、意大利等国捐赠医疗防护物资,这些援助都带着"道不远人,人无异国""青山一道,同担风雨"等温暖的话语漂洋过海,表达着中国人对"人类"这个词的认知。病毒没有国界之分,在抗击疫情的战斗中,我们的称呼都是人类。人类是个命运共同体,在这场特殊的赛跑中,无论谁率先跑赢了新冠病毒,都将让全人类共同受益。

(来源:中国青年网 2020 年 3 月 6 日)

060 人类在抗疫中也是一个命运共同体

美国爱荷华州前议员、历史学家格雷·库萨克,近日致信《上海日报》。库萨克先生在信中写道:近期,我读到《上海日报》评论员王勇撰写的《让我们一起战胜病毒》的时评,内心澎湃不已。我非常赞成文章中写到的,中国积极援助邻国特别是韩国和日本。这些国家在过去一个月中,也向中国提供了抗疫援助。尽管我们来自不同的国家、不同的民族,但人类是一个命运共同体。我希望在这次疫情过去以后,这份紧密可以延续到不同的领域。让我们通过共同的努力,而不是徒劳的争吵,来达到最大的收获。《纽约时报》曾多次报道美国医学专家对中国的信心。中国积极应对疫情,为我们乃至整个世界赢得了宝贵的时间,帮助我们做好应对挑战的准备。我们非常感谢中国人民,特别是武汉人民,感谢他们的坚强和勇气。我非常担忧美国的疫情状况。在过去的几年中,美国许多机构的专业人员都被政客所取代,科学预算也大大缩减,存在很大的漏洞。

(来源:《文汇报》2020 年 3 月 5 日)

061 这是一曲人类命运共同体的大合唱

抗击一种未知病毒对人类的汹涌侵袭,这是一次同突如其来的危机艰苦卓绝的战斗,也是一幅风雨同舟的历史画卷。在抗击病毒的全球战"疫"中,中国同国际社会守望相助、携手并肩,合奏出一曲人类命运共同体的壮阔乐章。在没有国界的疫情危机面前,中国举全国之力,构建起防止疾病国际传播的强有力的第一道防线。中国所采取的举措不仅是在保护中国人民,也是在保护世界人民。中国全力围歼病魔,世界倾力给予支持。170 多个国家领导人、40 多个国际组织,许多友好国家、国际和地区组织,以及无数普通外国人,或慰问支持,或伸出援手,或勇敢逆行、前来访问,或留守中国,以各种形式同中国人民并肩作战;还有很多人从世界各地为中国送上支持与祝福,汇聚成"岂曰无衣,与子同裳"的滚滚暖流。命运与共,大道不孤。在人类面临的又一场大考中,无数人结成抗击疫情的命运共同体。胜利属于中国,属于世界,属于人类!

(来源:新华网 2020 年 3 月 4 日)

062 "威士特丹号"游轮逾千名旅客获准在柬埔寨下船

"威士特丹号"船上的旅客,度过了 13 天漫长煎熬的海上生活。那里有一望无际的大海,有白色的海鸥,但旅客们却连甲板都不能踏足。幸运的是,柬埔寨首相洪森批准"威士特丹号"在柬埔寨停靠。2020 年 2 月 14 日这一天,柬埔寨西哈努克港人头攒动,一束束鲜花对轮船上 1455 位客人表示欢迎。对于这艘轮船,有人避之,只有洪森"勇往直前",并前往码头看望游轮乘客。有人评论,洪森是一位了不起的政治家,在人类命运共同体中,柬埔寨在履行道德职责,践行着人道主义精神。小国有大爱,柬埔寨这一次干得漂亮。无论立场如何,信仰如何,在灾难面前,在是非面前,始终要把人的生命健康放在第一位。1455 名旅客会始终铭记柬埔寨首相洪森和柬埔寨人民的援手。

(来源:《南方都市报》2020 年 2 月 15 日)

063 病毒无国界,以巴联手抗疫

随着新冠疫情越来越严重,中东地区的以色列和巴勒斯坦这一对半个世纪的"老冤家",也开始携手共同应对疫情。截至 2020 年 3 月 6 日,以色列有 21 名确诊患者,另有约 8 万人正在接受医学观察或居家隔离。巴勒斯坦迄今有 16 人确诊、上百人隔离。两周之前,以巴双方就开始了密切联系,他们每天互通电话,互报疫情动态,互商应对措施。巴勒斯坦 3 月 5 日出现首批疑似病例之后,双方随即开始共同行动。巴勒斯坦疫情首先在伯利恒暴发,巴方将 7 名疑似患者的病毒取样送往以色列检测,最终确诊为阳性。巴勒斯坦随即宣布封闭伯利恒,以色列也宣布关闭通往伯利恒的检查站。目前,以方已向巴方转交 250 个试剂盒,双方还展开了联合培训医务人员的行动。

(来源:《新民晚报》2020 年 3 月 8 日)

064 中国抗疫专家组抵达塞尔维亚

中国援助塞尔维亚抗疫医疗专家组一行6人乘专机,于2020年3月21日当晚抵达塞尔维亚首都贝尔格莱德,由中国政府捐赠的一批医疗物资同机抵达。塞尔维亚总统武契奇亲自到机场迎接,并同中国专家组成员"碰肘"致意。中国驻塞尔维亚大使陈波以及塞卫生部长隆查尔、国防部长武林等官员参加了迎接仪式。武契奇总统在致辞中对中国的帮助给予高度评价,并对中国领导人、中国共产党以及中国人民表示感谢。他表示,对塞尔维亚而言,中国专家组和医疗物资"极为重要",可以"挽救生命"。在塞尔维亚最困难的时刻,中国表现出了友谊。陈波大使在接受新华社记者采访时说,在中国抗击疫情的时候,塞尔维亚政府在财政并不宽裕的情况下给予中国紧急医疗物资援助,并组织音乐会声援中国。中塞两国是患难与共的兄弟,有着钢铁般的友谊。如今,塞尔维亚面临重大疫情冲击,中国政府决定向塞方派遣专家组并提供医疗物资援助。据悉,专家组由中国国家卫生健康委员会组建、广东省卫健委选派。中方共向塞方捐赠16吨、120立方米医疗物资,在当天抵达的首批物资上用中文和塞尔维亚文书写着"铁杆朋友,风雨同行"的字样。

(来源:新华网2020年3月21日)

065 中国国家卫健委积极持续向世卫组织通报疫情信息

2020年1月5日,武汉市卫生健康委在官方网站发布《关于不明原因的病毒性肺炎情况通报》,共发现59例不明原因的病毒性肺炎病例。中国立即向世界卫生组织通报上述疫情信息。世界卫生组织首次就中国武汉出现的不明原因肺炎病例进行通报。1月9日,国家卫生健康委专家评估组对外发布武汉市不明原因的病毒性肺炎病原信息,病原体初步判断为新型冠状病毒。中国向世界卫生组织通报疫情信息,并将病原学鉴定取得的初步进展分享给世界卫生组织。世卫组织网站发布的《关于中国武汉聚集性肺炎病例的声明》表示,在短时间内初步鉴定出新型冠状病毒是一项显著成就。1月10日,中国疾控中心、中国科学院武汉病毒研究所等专业机构初步研发出检测试剂盒,武汉市立即组织对在院收治的所有相关病例进行排查。国家卫生健康委、中国疾控中心负责人分别与世界卫生组织负责人就疫情应对处置进行工作通话,交流有关信息。从1月11日起,中国每日向世界卫生组织等通报疫情信息。1月12日,武汉市卫生健康委在情况通报中首次将"不明原因的病毒性肺炎"更名为"新型冠状病毒感染的肺炎"。中国疾控中心、中国医学科学院、中国科学院武汉病毒研究所作为国家卫生健康委指定机构,向世界卫生组织提交新型冠状病毒基因组序列信息,在全球流感共享数据库(GISAID)发布,供全球共享。

(来源:综合多家媒体报道 2020 年 1 月 13 日)

066 中国积极向国际社会提供抗疫人道主义援助

面对紧张的国际抗疫形势,中国在自身疫情防控仍然面临巨大压力的情况下迅速展开行动,向国际社会提供力所能及的人道主义援助。目前,已向世界卫生组织提供两批共 5000 万美元现汇援助,积极协助世界卫生组织在华采购个人防护用品和建立物资储备库,积极协助世界卫生组织"团结应对基金"在中国筹资,参与世界卫生组织发起的"全球合作加速开发、生产、公平获取新冠肺炎防控新工具"倡议。积极开展对外医疗援助,截至 2020 年 5 月 31 日,中国共向 27 个国家派出 29 支医疗专家组,已经或正在向 150 个国家和 4 个国际组织提供抗疫援助;指导长期派驻在 56 个国家的援外医疗队协助驻在国开展疫情防控工作,向驻在国民众和华侨华人提供技术咨询和健康教育,已举办线上线下培训 400 余场;地方政府、企业和民间机构、个人通过各种渠道,向150 多个国家、地区和国际组织捐赠抗疫物资。与此同时,中国政府始终关心在华外国人士的生命安全和身体健康,对于感染新冠肺炎的外国人士一视同

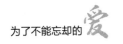

仁,及时进行救治。

(来源:综合多家媒体报道 2020 年 6 月 2 日)

067 中国政府有力有序开展防疫物资出口

新冠肺炎疫情暴发后,中国在满足国内疫情防控需要的基础上,想方设法为各国采购防疫物资提供力所能及的支持和便利,积极打通需求对接、货源组织、物流运输、出口通关等方面堵点,畅通出口环节,有序开展防疫物资出口。采取有力措施严控质量、规范秩序,发布防疫用品国外市场准入信息指南,加强防疫物资市场和出口质量监管,保质保量向国际社会提供抗击疫情急需的防疫物资。2020 年 3 月 1 日至 5 月 31 日,中国已向 200 个国家和地区出口防疫物资,其中,口罩 706 亿只,防护服 3.4 亿套,护目镜 1.15 亿个,呼吸机 9.67 万台,检测试剂盒 2.25 亿人份,红外线测温仪 4029 万台,出口规模呈明显增长态势,有力支持了相关国家疫情防控工作。1 月至 4 月,中欧班列开行数量和发送货物量同比分别增长 24% 和 27%,累计运送抗疫物资 66 万件,为维持国际产业链和供应链畅通、保障抗疫物资运输发挥了重要作用。

(来源:综合多家媒体报道 2020 年 6 月 2 日)

068 中国大使馆的"爱心健康包"向在哈中国留学生传递祖国母亲的温暖

"这是我在哈萨克斯坦最幸福的一天,我是全哈最幸福的小马。"哈萨克斯坦卡拉干达国立大学大三学生马婧妍 2020 年 4 月 1 日在朋友圈发了一条特殊的信息。4 月 1 日下午,来自新疆石河子大学俄语系的她,同其他 12 名在卡拉干达的中国留学生都收到了一份惊喜的大礼包,每人 100 只医用外科口罩、1 升装的消毒水、一本海外防疫指南、5 公斤装的东北大米、糖蒜罐头、竹笋罐头、水煮鱼调料和火锅底料。这是中国驻哈萨克斯坦大使馆工作人员当天穿越五道关卡,驱车 200 公里,特意为学生们送来的"爱心健康包"。"使馆一个月前就同我们联系,提供防疫指导。现在疫情严峻,各地封锁,大使馆派人专程来看我们,同学们都非常非常激动。"马婧妍说,"已经很难在卡拉干达买到口罩了,前些天当地超市大米开始逐渐断货,使馆送来的物资非常及时。"卡拉干达国立技术大学孔子学院老师鲁素琴也收到了"爱心健康包"。她告诉记者,哈萨克斯坦疫情暴发前,她已储备了一些口罩,加上使馆送来的100只口罩,防疫物资已经足够。"我们心里暖暖的。其实不光是这些吃的用的,更重要的是我们感到身在海外也有亲人,而不是孤零零的一个人。"

(来源:新华网 2020 年 4 月 2 日)

069 我驻外使馆向留法学子发放首批 1.2 万个 "爱心健康包"

中国驻法国大使馆 4 月 2 日在巴黎举行"万里送真情,祖国在身边"留法学子"健康包"发放仪式,向疫情期间在法留学人员送去祖国的温暖。中国驻法国大使卢沙野向留学生代表发放了"健康爱心包"。"健康爱心包"里有防疫物品、药品和防疫指南。卢沙野说,中国政府给留法学子的第一批防疫物资本周寄到巴黎,使馆工作人员迅速分拣打包,在第一时间将本批 1.2 万个"健康包"送到了留学人员手中。目前在法中国留学生中仅有一人被确诊感染,患者在使馆教育处指导下,通过学联组织已得到很好的照顾,正在逐渐康复。他希望同学们继续加强团结互助,遵守法国防疫规定,减少外出,做好个人防护。使馆将尽全力给予帮助和支持。疫情暴发后,使馆启动应急预案,对在法中国公民情况进行了认真摸底,有针对性地做好领事保护工作。使馆此前已通过协调各方资源先后为留法学子筹集了约 3 万个口罩,发放至全法学联、各地地方学联以及抗疫互助组等 63 个学生组织。使馆还多次发布安全提醒,组织视频讲座介绍防疫知识和经验,并与法国政府部门以及法方院校保持密切联系,全面做好留法学子抗击疫情工作。

(来源:《文汇报》2020 年 4 月 4 日)

9

....

尾　声

　　"润物无声如细雨，悠悠回味在心田。""莫道春光难揽取，浮云过后艳阳天。"长江两岸，"武汉必胜"格外醒目，这是江城武汉的英雄气质；东湖之畔，千树繁花悄然绽放，这是不可阻挡的春天脚步！一个个这样爱的瞬间，蕴藏着荆楚大地穿越风雪砥砺前行的奥秘，孕育着中华民族久经磨难自强不息的力量。

001 中国多地从2月下旬开始下调疫情应急响应级别

中国国家卫生健康委宣传司副司长米峰在中国国务院联防联控机制于2020年2月24日15时召开的新闻发布会上说,自新冠肺炎疫情暴发以来,中国内地31个省份先后启动突发公共卫生事件一级响应。目前疫情防控工作取得阶段性成效,甘肃、辽宁、贵州、云南4省已先后将突发公共卫生事件应急响应级别由一级调整为三级;山西、广东由一级调整为二级。随着全国疫情形势出现积极向好趋势,有关省份可根据各地实际情况适当调整应急响应级别,做到分区分级、精准防控,有序恢复生产生活秩序。现在一些省份放宽了对交通和人员流动的限制,一些大型国企被要求率先复工。同时,决策部门纷纷出台措施,支持陷入困境的中小微企业。但已经连续两天新增确诊病例为零的北京市并未放松警惕,市政府日前称,在公共场所不戴口罩的人会受到警告,办公楼必须核定每日上班人数上限。

(来源:综合外媒消息 2020 年 2 月 25 日)

002 全国4万多援鄂医务人员已将沉睡的武汉慢慢唤醒

2020 年 3 月 8 日,上海瑞金医院援鄂医疗队队长、瑞金医院副院长胡伟国的朋友圈被很多网友截屏转发,获赞无数,甚至还有人直言"看哭了"——胡伟国在朋友圈中这样写道:一个月前的那天深夜,我们瑞金医院的 136 名医护工作者连夜驰援武汉,街上漆黑一片,空无一人,万籁俱寂。我们看不见高耸的黄鹤楼,也听不见长江的急流水,看到的只有数不清的危重病人,听到的只有我们自己的脚步声。这座城市仿佛睡着了,并且睡得那么深沉!而一个月后的今天,太阳早已冉冉升起,街上开始有了稀疏的车辆,康复出院的病人流露出了重生的幸福。我们的早餐也开始有了热干面。是的,我们已经同全国 4 万多名援鄂医疗队员一道,将沉睡的武汉慢慢唤醒！

（来源：《文汇报》2020 年 3 月 9 日）

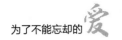 **武汉方舱医院2020年3月10日全部休舱**

　　武昌方舱医院休舱！武汉市所有方舱医院休舱！2020 年 3 月 10 日，这个看似普通的日子，将被永远铭记！当天下午 5 时许，14 支援鄂医疗队的医务人员齐声呐喊，声震云霄。简短的武汉市方舱医院休舱仪式后，医疗队员们自发开启了"拉歌"模式，各支医疗队的旗帜热情挥舞。35 个日日夜夜的坚守，终于换来这激动人心的时刻！勇敢的白衣战士们，终于卸下坚硬的铠甲，孩子般恣意地欢笑着。"湘鄂一家亲""平安回家"……中南大学湘雅二医院国家医疗队队员的防护服被患者写得满满的。"有一位小患者对我说，将来长大后，也要成为像我们一样的医生！"50 多岁的张先生马上就要出舱了，还在与一名护士下围棋。"那天输了，出舱前要扳回一局。"护士说完，张先生哈哈大笑。下午 2 点半至 4 点，最后 49 名患者陆续出舱。离开前，他们纷纷和自己病区的医护人员合影留念。截至 10 日下午，武昌方舱医院累计收治患者 1124 人，累计治愈出院 833 人。来自 9 省份的 869 名医护人员曾在这里并肩战斗。

（来源：《人民日报》2020 年 3 月 11 日）

004 北京的三里屯又热闹起来了

　　经过两个多月的宅家蛰伏之后，中国消费者开始走出家门消费。三里屯又热闹起来了，一些人骑着单车而来，另一些人开着兰博基尼而来，更多人则是乘坐日益繁忙的地铁而来。消费复苏是新冠肺炎在中国传播速度降低后出现的，而此时正值疫情开始在世界范围肆虐。这种逆转，令世界其他地方的消费习惯受到重挫。当中国消费者走出家门乘坐地铁、抵达购物中心、进入任何商店时,都要先测量体温。中国的隔离措施被世卫组织称赞为非凡。新增病例持续下降令很多中国人感到安心。"你应该对这些防控措施充满信心,对中国政府充满信心。"戴着口罩的消费者孙奥(音)对记者说。他和女友现在的消费方式同疫情暴发前差不多。女友一边品着星巴克咖啡,一边享受着蓝天。在购物中心边上,年轻的男男女女们正与春天盛开的第一批花朵合影,到处都能遇到数月没有见过面的朋友。

（来源:《参考消息》转发澳大利亚《人报》2020 年 3 月 17 日）

005 各地欢迎援鄂白衣"战士"凯旋的动人场景

2020 年 3 月 18 日,类似本文记录的以下场景,在全国好多城市被重复了一遍又一遍:上海的高速路道口,复旦大学附属华山医院的第一批支援湖北医疗队的英雄们率先返沪,受到上海人民夹道欢迎;济南机场特殊的过水门寓意接风洗尘,这是他们受到的最高礼遇;天津城里援鄂医疗队员们乘坐的大巴驶入闹市的时候,周围的私家车纷纷自发鸣笛致敬……东航机长的一段寄语催动了更多人的热泪——我们深知,这份安全是你们用血肉之躯铸就的,这份幸运是你们用仁心厚德换来的,这份希望是你们用无畏信念种下的。如今,最艰难的日子我们已经扛过去了,经此一"疫"有些事是刻骨铭心的:用生命践行使命,以使命守护生命;挽疫情狂澜于既倒,扶生命大厦于将倾。多少句感谢或赞美,都诉不尽他们为国为民托起的生命之舟。唯永远铭记、永远善待,才是对拼过命的他们真正的敬和谢! 为人民拼过命的英雄——谢谢了,永不忘!

（来源:《新民晚报》2020 年 3 月 18 日）

006 各地为湖北务工人员返岗复工创造条件

响应党中央号召,帮湖北籍员工畅通返岗复工渠道,为他们破除返岗就业"隐性壁垒",这不仅是"在湖北最艰难的时期搭把手、拉一把"的重要内容,也是推动当地经济社会秩序加快恢复的题中应有之义。杭州出台政策,与湖北实现健康码互认;深圳明确规定,对持有湖北健康绿码且符合条件的人员,不再实施 14 天居家或集中隔离;苏州成立了"湖北省低风险地区'点对点'返岗复工工作专班",采取"点对点、一站式"服务,帮助湖北籍务工人员安全返岗……近段时间以来,随着全国疫情防控形势持续向好,各地纷纷优化调整防控措施,为湖北籍员工返岗复工畅通渠道。这些温暖举措,既是守望相助的具体实践,也为当地企业复工复产提供了有益助力。中华民族是历经磨难、百折不挠的民族,也是守望相助、团结一心的民族。我们有一千条理由照顾好湖北务工人员,没有一条理由让他们的返岗复工之路遭遇障碍。各地要用实际行动暖心地道一句,"我的湖北朋友,欢迎回来"。

（来源:《人民日报》2020 年 4 月 1 日）

007 武汉在疫情中产下的第 20 个新生命迎来全城重启的大喜日子

"当当当……"长江之畔,江汉关大楼静静地矗立。整点响起的钟声,仿佛是这座城市的心跳。江汉关见证了武汉历经沧桑,也见证了武汉一次次从逆境中的崛起。谈及武汉,钟南山院士曾哽咽落泪,"这个劲头上来了,很多东西都能解决……武汉本来就是一个很英雄的城市"。英雄的武汉人和他们英雄的城市一起,定能闯关夺隘,走出阴霾。经过艰苦卓绝的努力,武汉作为全国疫情的重中之重和决胜之地,接连传来好消息:2020 年 3 月 18 日以来,武汉市除 23 日新增一例确诊病例外,其余 12 天均无新增确诊病例、疑似病例;重症、危重症患者数都降到三位数。与此同时,地铁开了!——企业运转了!——热干面回来了!3 月 25 日凌晨,"哇"的一声啼哭,在新冠肺炎孕产妇定点医院武汉大学人民医院东院产科内,一个新生命降临了。这是疫情期间,在这里顺利产下的第 20 个新生儿。按照诊疗标准,在隔离病房观察 14 天后的 4 月 8 日,这个新生命将第一次与亲人团聚。而那一天,正好迎来武汉解除"封城"。

（来源：新华网 2020 年 3 月 30 日）

008 武汉"解封"后的早高峰再现百米"拥堵红"

2020 年 4 月 8 日早高峰(即 7 时—9 时),武汉市的公共交通在停滞了近 76 天之后,释放出了复苏的积极信号——拥堵延时指数相较解封前一天上升了 7.87%,部分路段出现了小范围拥堵,京汉大道、黄浦大街、高新大道、古驿道、武汉大道(二环线北侧)等路段,都成为武汉早高峰拥堵较为明显的 TOP5 道路。其中京汉大道拥堵延时指数达 2.08,再现百米"拥堵红"。"解封"后的武汉意味着这座城市正式按下了"重启键",各类店铺重新开门营业,市民生活、离汉复工等出行需求逐渐释放,路上的车流、人流也多了起来,各行各业终于迎来了积极稳妥的复工复产进程。

（来源：中国青年报客户端 2020 年 4 月 9 日）

009 外媒:"武汉唱响的生命之歌透射出人类战胜疫情的必胜信念"

2020 年 4 月 8 日,武汉正式解除离汉通道管控措施受到国际舆论高度关注。这座英雄的城市按下了暂停键 76 天之后,其英雄的人民走进了人类抗击疫情的历史记忆。近日《科学》杂志在线发表美国、英国和中国科研人员共同完成的研究报告显示,武汉在 76 天前下达的出行禁令,将其他城市的疫情暴发时间平均推迟了 2.91 天,让新冠肺炎在中国感染总病例数减少了 96%,同时还减少了近 80% 的国际传播。很多发生疫情的国家现在正积极借鉴中国经验、效仿"武汉模式",实行交通管控、建设方舱医院等。国际医学界权威期刊《柳叶刀》发表社论指出:"有证据表明,中国政府的巨大公共卫生投入已成功挽救了成千上万人的生命。各国政要可以从中国的经验中学习。"法国国家公共卫生委员会主席伯特兰认为,中国的隔离措施取得了非常好的效果,也为法国提供了重要参考。从寒雪纷飞的严冬，到樱花缤纷的暖春，武汉唱响的生命之歌，透射着坚定不移的人类必胜信念。

（来源：《人民日报》2020年4月9日）

010 西班牙媒体：疗伤中的武汉准备好了重生

西班牙《国家报》2020年4月1日发表的《武汉逐步重生》报道称，武汉"解封"在即，在武汉街头，已能够体会到复苏的迹象。报道称，记者2020年1月21日首次探访武汉这座人口比纽约还要多的城市，当时，很多人在得知该病毒能够人际传播后开始足不出户。彼时距离30亿人次大迁徙的中国春节假期仅剩几天时间。武汉将于4月8日起"解封"。现在，如果拥有相应的绿色健康码，就可以进入这座城市。武汉的地铁和公交线路已逐步恢复运行，很多商店已经重新开门营业，还有一些购物中心也再次打开大门迎接顾客。大多数居民已经恢复了在工厂和公司的工作。武汉可能还需要一段时间才能完全恢复正常，但记者走在武汉街头已经能够体会到复苏的迹象。很多商店重新开门营业、地铁服务也已经恢复。此外，武汉铁路客运到达业务已经恢复，出发业务将于4月8日起恢复。记者在武汉的大街上看到，尽管交通流量仍远低于以往，但街头不再空无一人。

（来源：《参考消息》2020年4月3日）

011 2020年4月8日武汉迎来了封城后的"解封"首日

从2020年4月8日零时起，武汉市政府宣布：解除离汉离鄂通道管控，武汉"解封"！自1月23日10时以来，在新冠肺炎疫情中按下"暂停键"的城市，终于熬过凛冬，重新归来，复苏重启！人们不会忘记，英雄的武汉人民，用坚忍不拔的毅力挺过了艰难时刻。"隔离一座城，守护一国人"，武汉人民为全国的疫情防控争取了时间，作出了贡献，使全国人民走出了疫情的至暗时刻，迎来了生机勃勃的明媚春光。城虽封,爱仍在。我们永远感谢最美"逆行者""白衣天使",他们告别至亲,白衣执甲、逆行出征;同时,千万名党员干部、志愿者不畏艰险、坚守一线;建筑工人、生产工人、物流工人日夜不息、全力拼搏。没有人生而英勇,只是他们选择了无畏。岂曰独赴险,身后众兄弟。我们见证了全国驰援、同舟共济,在这场没有硝烟的战斗中,中华民族相濡以沫、守望相助的强大凝聚力成为共克时艰的最大底气。76 天前,武汉让世界长久注视;76天后,武汉让世界长久欢呼。这一刻,来之不易,英雄的武汉做到了,英勇的中国人民又打赢了一场胜仗。

(来源:历史的今天官网 2020 年 4 月 8 日)

012 武汉的"热度"又回来了!

2020 年 10 月 1 日,黄鹤楼自 1985 年重建以来首次开放"夜游",让这座城市地标成为今年国庆假期的旅游热点。25 公里长的江滩"巨屏"展现着武汉凤凰涅槃、重现生机的景象;曾作为方舱医院的武汉体育中心恢复开放,"微型马拉松"、2020 姚基金慈善赛人气爆满……疫情常态化防控下的首个黄金周,从四面八方到来的宾客聚集于此。有一群特殊的游客格外引人关注——援鄂医疗队队员。在这个假期里,他们重返武汉,只为好好看一看这座曾经战斗过的城市。据"夜上黄鹤楼"项目运营负责人康海钧透露,在"知音号""夜上黄鹤楼"等项目的基础上,武汉市还计划运用更多"旅游+文化+科技+艺术"融合产品来赋能夜游市场,构建大旅游生态圈。湖北省文化和旅游厅的统计数据显示,2020 年国庆假期,湖北共接待游客 5228.59万人次,实现旅游综合收入 348.29 亿元,分别恢复到去年同期的 82.74%和72.26%。

(来源:新华社 2020 年 10 月 9 日)

013 中国交出的抗疫成绩单广受国际社会赞誉

中国对新冠肺炎疫情的有力有序有效应对,受到国际社会的赞赏。多国政要表态称,中国交出了一份出色的抗疫成绩单,相信中国将在经历疫情考验后变得更加强大。瑞士联邦主席索马鲁加日前对中国政府采取的防控措施表示赞赏,对病亡者家属表示同情和慰问,表示瑞士愿支持中国共同抗击疫情。亚美尼亚总统阿尔缅·萨尔基相表示,亚方高度赞赏中方采取有力措施应对疫情并取得明显成效,愿与中方继续合作共同抗击疫情。土耳其总统府发言人易卜拉欣·卡伦近日表示,中国应对新冠肺炎疫情的各项防控举措认真而透明,土耳其将继续支持中国的防控工作。吉尔吉斯共和国前总理卓奥玛尔特·奥托尔巴耶夫 2020 年 2 月 22 日发表文章,对中国人民表示崇高的敬意与钦佩、亲切的问候与坚定的支持;加纳总统阿库福—阿多说,现在中国正与新冠肺炎疫情作斗争,在此危急时刻,我们与中国人民感同身受。突尼斯总理沙赫德表示,中方采取的有力措施不仅使疫情得到有效控制,更为阻止疫情向世界蔓延作出巨大贡献。

(来源:《中国日报》2020 年 2 月 25 日)

014 西湖人对东湖人胜利在望的祝福

微博上有网友留言,等新冠肺炎疫情结束,待到珞珈山上樱花盛开,一定要去大武汉,登一次黄鹤楼,游一次东湖……网友提到的这两处景点,同我们杭州颇有同源。岳飞归葬在杭州西子湖畔,而岳飞死后却受封鄂王,因为岳飞生前曾驻屯鄂州(今之武汉),在此立下过赫赫战功。岳飞也曾登临黄鹤楼,满怀悲壮地写下《满江红·登黄鹤楼有感》:"何日请缨提锐旅,一鞭直渡清河洛!却归来、再叙汉阳游,骑黄鹤。"今日白衣执甲的战士,不也正是一支支请缨锐旅吗?湖北省文化和旅游厅宣布,湖北省所有 A 级景点,在 5 年内对所有援鄂医疗队员免门票,这正是对白衣执甲战士发出的"再续汉阳游,骑黄鹤"之邀。杭州人游黄鹤楼同武汉人游杭州六和塔一样,都会有似曾相识之感:各自守护着一座著名的跨江大桥;只是武汉长江大桥比钱塘江大桥略大;而作为武汉的城中湖,东湖也比西湖大六倍。衷心祝福武汉早日抗疫成功,早日接待游客,一切都会好起来!

(来源:《新民周刊》2020 年 3 月 18 日)

015 中国人的生活正在逐步回归常态

2020 年 1 月底,中国当局果断宣布了公共卫生紧急状态以应对疫情,有的城市被封锁。中国人被下了暂时"禁足令",人们被要求待在家里。两个月后,隧道尽头出现了亮光。国家有关部门说,全国已连续两天未出现新增本土确诊病例,政府要求有序恢复日常生活。官方媒体称:愈加璀璨的光亮背后,是每天数十万家商铺纷纷恢复营业。在北京,交通拥堵回来了,交通高峰期一度冷清的道路上挤满了车辆,通勤者非但没有抱怨,反而庆祝拥堵现象回归。餐馆重新营业了,尽管食客间还保持着一定距离。一些省份和地区的学校已收到在未来两周内开学的详细计划。在上海,所有影院都做好了重新开放的准备。在中国西南部的城市重庆,一位副市长到一家餐馆点了满满一桌食物,以鼓励市民外出就餐。他说:"味道非常好,我已经有两个多月没有吃火锅了,今天真的非常解馋!"

(来源:光明网转发英国《泰晤士报》2020 年 3 月 23 日)

016 全国近70%的旅游景区已有序开放,"五一"假期景区实行分时段预约游览

在 2020 年 4 月 30 日举行的国新办新闻发布会上,文化和旅游部部长雒树刚介绍,目前全国近 70% 的旅游景区已有序开放,故宫和国家博物馆也将于 5 月 1 日起恢复开放。今年"五一"假期是 12 年来第一个长达 5 天的长假,

也是我国进入常态化疫情防控阶段后的第一个旅游长假。节日期间，很多地方出台了各种优惠措施，免费或发放消费券，给大家提供旅游的优惠政策。中国工程院副院长、中国医学科学院院长、北京协和医学院校长王辰院士说，现在，从旅馆到各个景区都可以看到体温监测装置，大部分新冠肺炎病人会在体温上有所表现。除了发烧的症状，还有呼吸道症状，比如嗓子疼、咳嗽、咳痰等，要注意及时就诊。一旦有这些症状，首先自己戴好口罩，注意和别人保持距离，以免传给家人、朋友和接触过的人。

（来源：新华社 2020 年 5 月 9 日）

017 武汉深情致敬每一位为她拼过命的人

2020 年 3 月 17 日，就要挥别"心中有爱，眼里有光"的新时代最可爱的人了，武汉人民用 30 多张城市名片绘成的海报，致谢每一位在这里为他们拼过命的人：此中有感激"山水迢迢请你前来"；有敬意"是你们为生命架起了桥"；有亲昵"虽隔千里一江连心"；有表白"最美不是樱花，是战斗在一起的你"；有约定"下个烟花三月同登楼望春风"；还有"每一次钟声响起，都记得你的肝胆相照"……湖北人民还用自己的方式，为援鄂医疗队员们送行：医疗队员整装待发时，驻地周边的武汉居民趴在窗边阳台上，隔着马路声声高喊"谢谢你们"；专车驶过，襄阳街头的路人不约而同原地驻足，冲着车上的医疗队员比心、鞠躬；武汉数千交警为回家的医务人员一路护航，每个执勤道口立正敬礼的他们，向生命守护者表达至高的敬意；天河国际机场准备了五万张纪念登机牌，"VVIP""功勋舱"，就是空中航队向所有同武汉人一起扛过至暗时刻的白衣战友的至深感激。

（来源：《文汇报》2020 年 3 月 18 日）

018 疫情下的清明节：这是一场为了"永不告别"的春祭

2020 年 4 月 4 日是中国传统的清明节,仍在延续的新冠肺炎疫情,给这一延续了两千多年的春祭大节增添了更多的沉重与伤痛。4 月 4 日,北京天安门广场降下了半旗,表达对在抗击新冠肺炎疫情斗争中牺牲烈士和逝世同胞的深切哀悼。中南海怀仁堂前,习近平等党和国家领导人佩戴白花,神情凝重,肃立默哀,同 14 亿中国人民一道,深切悼念新冠肺炎疫情中牺牲烈士和逝世同胞。截至 4 月 3 日 24 时,中国 31 个省份和新疆生产建设兵团共有 3326 人因患新冠肺炎去世。他们中有战斗在最前线的医护人员,有超负荷运转的公安干警,有同百姓生活密切相关的社区工作者,有甘于奉献的志愿者……在这场抗疫人民战争中,这些凡人英雄厥功至伟。4 月 4 日上午 10 时,汽笛声声,警报长鸣。中国各地和驻外使领馆均下半旗志哀,中华人民共和国的旗帜在这一刻,都为这些在抗疫一线牺牲的烈士和逝世同胞低垂。这是新中国成立以来的第四次全国性哀悼活动,也是首次因重大突发公共卫生事件而启动的全国性哀悼。有不少网友认为,对英烈们真正的致敬,不仅是歌颂,还应是精神和事业的传承;对逝者最好的祭奠,也不只有缅怀,还应有痛定思痛后的反思。但愿这个疫情下的清明节,是一场为了"永不告别"的春祭。

(来源:中国青年网 2020 年 4 月 5 日)

019 41 位战"疫"代表共植"希望林"

2020 年 4 月 5 日上午,41 位"逆行英雄"代表在武汉龟山南麓的洗马长街义务植树点,共同种下一片"希望林"。他们中有 26 位湖南、四川两省援鄂疾控队队员,以及 15 位来自战"疫"一线的武汉医护人员,公安民警,雷神山、火神山医院建设者,社区干部,环卫工人,志愿者代表。他们每人选择一棵树,并在树上悬挂的"义务植树尽责牌"上写上自己的名字。武汉市第三医院光谷院区急诊科主任医师付守芝选了一棵樟树。战"疫"期间,她带领急诊科和门诊科接诊了数千人次,抢救重症患者和危重症患者数百人次。她深情地说:"希望生命像樟树一样常青。"警官许奎栽下了一棵樱花树,他是江岸区公安分局刑侦大队教导员,在江岸方舱医院执行安保任务时,同几位援汉医护人员结下了深厚友谊。"我们约定,明年春天邀请他们重游武汉,到时我会带他们来这里,看一看这棵为他们盛开的樱花树。"铲土、回填、浇水……大家齐心协力共种下了 105 棵"希望树"。随后,他们在尽责牌心愿栏写上自己的希望和祝福。关旭静是四川省援鄂第三批疾控队领队,她郑重写下了"愿人间太平,天下皆安"。

(来源:《长江日报》2020 年 4 月 6 日)

020 疫情正在加快塑造中国新的四大消费趋势

疫情过后,中国将加快塑造的四大消费趋势是:1. 中国将迎来更多网上购物。疫情期间,网购平台都将大量农产品直接送到居民小区门口,以减少消费者受感染风险,其结果是发展了全渠道购买和配送方式,并促进营销方式创新。2. 中国将加速人工智能和机器人技术的使用。政府对疫情的控制主要是限制人员流动,但由于电子商务供应商传统的人工送货方式很难实现零接触,作为回应,一些技术公司加快了对自动交货服务的使用。比如,阿里巴巴在武汉火神山医院开设了一家没有员工的超市,第一天就接待顾客 200 多名。在线零售商京东也在湖北省使用快递机器人配送防疫物资。百度还在疫情中心部署了各种用途的无人驾驶汽车。3. 社区商务将更受重视。社区超市便利店和在线商品提货点将发挥越来越大作用。4. 居民的健康意识普遍增强,将更多利用区块链、大数据,从某种程度上促使能对食品生产以及健康行业进行更有力监督的企业大量涌现。

(来源:香港《南华早报》2020 年 3 月 4 日)

021 被疫情防控所改变的还有"信用习惯"

突如其来的新冠肺炎疫情,将人们以往的很多习惯改变了:雾霾天里戴口罩、餐桌上用公筷、分餐制都比过去多了。不只是口罩和公筷,被疫情强制性改变的还有"信用习惯"。2020 年 2 月 7 日,上海市人大常委会在一项关于疫情防控工作的紧急立法中,把"四类情形"写进了社会信用信息黑名单——个人有隐瞒病史、隐瞒重点地区旅行史、隐瞒与患者接触史、逃离隔离医学观察的。属于这四类情形者,除被依法追究相应的法律责任外,当事人失信信息将向公共信用信息平台归集,并依法采取惩戒措施。2020 年 2 月 25 日,上海全市共梳理出涉疫行政处罚案件 96 起、涉案失信人员 104 人。其中符合四类情形的案件 9 起、涉案 9 人。2 月 26 日上海市公安局将首批符合四类情形的 9 起案件处罚信息,推送至上海市公共信息平台;该平台还将推动长三角区域信息共享。这就意味着:信用本身不再仅仅是个人操守,还将成为社会治理中日益习惯的制度应用。

(来源:《新民晚报》2020 年 3 月 8 日)

022 疫后尝试小改变就能收获愉悦与康健

戴口罩、勤洗手、使用公筷和公勺……新冠肺炎疫情让我们对日常生活中的卫生和健康习惯有了更多关注。很多以前反复提及却容易被忽视的生活细节如能认真坚持,就可以使我们的身心健康获益良多。其实,还有更多日常生活中的细节,包括呼吸、坐姿、放松、吃饭、散步等,只要学会把握科学门道,作出一些小小的改变,就能让生活变得更加愉悦康健。改变之一:学会正确呼吸,坚持用鼻而不是用嘴来呼吸。用鼻子呼吸会比用嘴呼吸增加 50%的空气阻力,使心肺得到更好锻炼,吸入的氧气也比用嘴呼吸多 20%。改变之二:避免久坐不动的传统坐姿。专家研究表明,久坐不动的危害是:椅子的高支撑性特别是让人的背部下部完全平靠在椅子上,会给背部带来更大压力。人们可采用一些可活动的坐姿来避免长时间静止不动;或设计一种能不时在桌下做踩踏自行车或步行动作的办公桌。改变之三:试试沉思冥想,用微放松释放压力。沉思冥想是一种微放松习惯,只要专注于所看所听所闻所感知的周围细节环境,可让人进入平静无波的放松状态。改变之四:乐观步态行走,每天坚持快走。实验表明,以乐观步态行走可记住列表中更多积极词汇;以悲伤步态行走的人则会记住更多消极词汇。

(来源:《文汇报》2020 年 3 月 23 日)

023 方舱医院的大规模使用在中国医学救援史上具有标志性意义

新冠肺炎疫情的传播速度快、感染范围广、防控难度大,面对这次重大突发公共卫生事件,外界都在看:中国会怎么办? 在这场抗疫人民战争中,方舱医院给出了答案。国家卫生健康委员会主任、党组书记马晓伟曾评价道,方舱医院的大规模使用在中国医学救援史上,具有标志性意义。他认为,建设方舱医院是一项非常关键、意义重大的举措,在防与治这两个方面都发挥了重要的、不可替代的作用,也为今后应对突发公共卫生事件、应对重大灾情疫情,迅速组织扩充医疗资源创造了一种新的模式。中国工程院院士、呼吸病学与危重症医学专家王辰说,像这种能够迅速提供大容量收治,短时间、低成本建设起来的方舱医院,在将来设计国家应急体系乃至世界应急体系时,都有一定借鉴意义。随着世界范围的新冠肺炎疫情形势日趋严峻,多个国家已决定向中国取经。据报道,俄罗斯、意大利、韩国等均已开始建设满足其需求的临时性医院;伊朗也模仿中国方舱模式,征用了展览中心、停工厂房搭建收治隔离点,目前已有部分投入使用。

(来源:中国新闻网 2020 年 2 月 28 日)

024 "大中医"理念和方法将助力中国传统医学新发展

董竞成教授在《中国传统医学比较研究》一书中,创新性地提出了"大中医"理念和方法,为中医药传承创新发展提供了学术支撑。作者揭示,所谓"大中医"理念,即中医学是包括汉医、藏医、蒙医、维医、傣医、壮医、苗医、回医等中国各民族传统医药在内的中国传统医学,这是对我国各民族传统医药的统称。在这次新冠肺炎疫情防治过程中,中医药介入治疗发挥了积极作用,这种切切实实的疗效体现出中医药在"技术层面"的价值。而"技术层面"的价值被认可和进一步发展运用,反过来又将促进中医文化的深入普及。正如人们所提倡的,我们应该争取尽快实现中国各民族传统医学在技术层面的融会贯通,并在文化层面形成合力,共同为建设"健康中国 2030"贡献力量。

(来源:《人民日报》2020 年 3 月 31 日)

025 高校密集布局公共卫生学院,公卫人才培养驶上快车道

新冠肺炎疫情的"突袭",暴露了全球公共卫生领域的短板和专业人才的紧缺。全国多所高校最近陆续发布组建或筹备布局公共卫生学院的消息。将独立于清华医学院的清华大学万科公共卫生与健康学院,充分利用学校的综合学科优势,开设了预防医学、大健康、健康大数据、公共健康政策与管理、应急管理等面向未来的学科方向。南方科技大学则将传染病学、公共卫生防控以及临床救治等三方资源打通,并在国内首创"产、学、研、防、用"五位一体的人才培养新模式。北京中医药大学将注重培养具备中西医结合素养的公共卫生与预防医学的专门人才。上海交大医学院公共卫生学院从 2017 年起已试点对卓越公共卫生人才实行双导师培养制度,并对研究生进行分类培养,确保应用型人才和科研型人才培养的质量。复旦大学、北京大学等公卫学院的具体专业还涉及人文医学、社会学、公共管理等领域。复旦大学医学院公共卫生

学院院长何纳认为，大数据、信息化与临床更紧密融合，在学科交叉下产生的新技术将越来越多地运用于公共卫生领域，这是未来的发展方向。

（来源：《文汇报》2020 年 4 月 6 日）

026 上海对疫后公共卫生应急管理体系进行"整体性重塑"

到 2025 年，上海将成为全球公共卫生体系最健全的城市之一。上海为此出台了《关于完善重大疫情防控体制机制健全公共卫生应急管理体系的若干意见》，旨在全面提升上海应对重大疫情和公共卫生安全事件的能力，并将构建精密完整"五大体系"：即公共卫生应急指挥体系、公共卫生监测预警体系、现代疾病预防控制体系、应急医疗救治体系、公共卫生社会治理体系。着力完善"五大机制"：即平战结合机制、快速响应机制、联防联控机制、群防群控机制、精准防控机制。加快建设"五大能力"：即硬件设施、学科人才队伍、科技攻关、公卫应急信息化、舆情应对和引导。强化"五大保障"：即组织保障、法治保障、物质保障、投入保障、应急医疗保障。通过上述几个方面的强优势、补短板、增能力，构筑起保障人民生命安全和身体健康、守护上海城市安全的坚固防线。这份"意见"，鲜明地标示出一座城市面向未来追求卓越的发展取向，对接着人民群众对高品质生活的美好梦想。上海对公共卫生应急管理体系进行的上述"整体性重塑"，将走出一条超大城市公共卫生安全治理之路，真正体现"城市，让生活更美好"。

（来源：《文汇报》2020 年 4 月 8 日）

027 信息技术智慧医疗进入防疫"工具箱"

在抗击新冠肺炎疫情人民战争中，新一代信息技术以远程、高效、智能、便捷的独特优势，助力疫情分析研判，以线上咨询服务等方式发挥了重要作用。国家卫健委高级别专家组成员、中国疾病预防控制中心流行病学前首席科学家曾光指出,数字化设备成为防疫"工具箱"里的重要工具之一。"过去我们只是报告发病和死亡病例数据,现在,数字化手段能帮助我们发现诸如人员聚集情况、人员移动轨迹,以及到过高危地区的人员和疾病的密切接触者等危险因素。"在中国取得的抗疫斗争战略成果中,智慧抗疫功不可没。"利用互联网,利用智慧医疗,可以把医生们都动员起来。在后疫情时代,继续延伸智慧医疗,能够有效解决其他的公共卫生问题。"张文宏说。在常态化的公共卫生领域,智慧医疗需要克服哪些关键节点?张文宏认为,找到病人很关键。"但找到病人还不行,还需要考虑如何管理病人,如何对病人进行全程的追踪和治疗。"他表示,对新冠肺炎疫情中国应对得非常好,但艾滋病、丙肝等,也都需要用智慧医疗对病人进行跟踪、进行全流程管理。

（来源：中研网 2020 年 11 月 20 日）

028 "送您上岗"免费专列为务工人员保驾护航

2020 年 2 月 18 日 14 时 55 分,安徽阜阳至浙江宁波的 G9383 次动车组于阜阳西站正点发车,近 600 名阜阳籍外出务工人员乘坐"送您上岗"免费专列,被"点对点"地送到了宁波数十家企业返岗复工。务工人员们戴着口罩,保持一米的间隔排队测温,在专人引导下依次上车。他们的脸上没有对疫情的恐惧,只有迎来复工的喜悦。阜阳是全国闻名的劳务输出大市,常年在外省务工人员达 260 万余人,且主要集中在长三角、珠三角、京津冀地区。因此,在疫情期间,该市外出务工人员返岗需求量大。输送务工人员不输送病毒,为把每一个复工人员安全送到岗位上,阜阳人社局会同交通、卫生防疫等部门,按照"防运并举、简化程序、安全高效、便利通行"的原则,全面做好专列组织工作:列车出库前进行全面预防性消毒;乘车期间,列车乘务人员会引导复工旅客全程佩戴口罩,减少在车厢内走动流动频次,并随车配备防疫医护人员;列车在到达宁波站后,复工人员都由各自企业派专车接回。

（来源：中国新闻网 2020 年 2 月 19 日）

029 "世界工厂"的机器声又响起来了!

从世界工厂珠三角到东北老工业基地,从先行示范区深圳到千年大计雄安新区,从民生企业到互联网科技公司,中国各地在加强疫情防控工作的同时,正有序推进复工复产。广东佛山复工以来,美的集团上万名员工已经习惯新的"入厂方式":测量体温,洗手消毒,逐个进场。员工返工情况良好,今年不会因为疫情而裁员降薪。美的集团董事长方洪波说,仅顺德就有家电生产和配套企业3000多家,现在珠三角的机器重新开动了,整个世界的产业链都稳定了。随着一个个企业火力重开,人们熟悉的中国制造的红火场景逐渐回归视野。电力监测情况显示:复工第一周,制造业大省广东已有288家企业复工。珠三角用电量2月16日比2月9日增长27.3%,其中东莞增幅达65.3%。据初步统计,国资委监管的中央企业所属的2万余户生产型子企业,目前开工率已经超过80%。

(来源:新华网 2020 年 2 月 21 日)

030 中国通过划分三级风险区推动精准渐次复工

中国国家发改委社会司司长欧晓理,在 2020 年 2 月 25 日国务院联防联控机制新闻发布会上表示,目前中国各地疫情发展态势不尽相同,需要分类指导精准施策、做到分区分级精准复工复产。对湖北省、北京市以外地方,依据疫情严重程度,以县级为单位,划分为低风险、中风险、高风险三级地区。他表示,低风险地区,应实施外防输入的策略,全面恢复生产生活秩序,并取消道路通行限制,帮助企业解决用工原材料资金设备等方面困扰和问题,不得对企业复工复产设置条件。中风险地区则应实施外防输入、内防扩散策略,尽快有序恢复正常的生产生活秩序,组织员工有序返岗,用工企业需要严格执行消毒通风测温等要求,并降低人员密度、减少人员聚集、加强人员防护,消除风险隐患。而对高风险地区则应继续实行内防扩散、外防输入、严格管控策略。要继续集中精力做好疫情防控工作。在疫情得到有效控制后再有效扩大复工复产范围。

（来源：参考消息网 2020 年 2 月 26 日）

031　中国各地紧急出手，严防疫情倒灌

为防止前期遏制新冠病毒的努力因境外输入病例而前功尽弃，近来，中国政府和中国各地采取了一系列措施。中国政府指出，目前来自境外的新冠肺炎病例增多，各地要严防输入型感染。法新社说，中国已有 13 例境外输入确诊病例，这些人都是从境外回国的中国人。据当地政府说，在意大利伦巴第地区同一家餐馆工作的 8 名中国人，在浙江检测结果均呈阳性。他们是上周从意大利回到中国的。还有 4 名确诊病例是从伊朗回到中国的，其他 2 例在北京，2 例在宁夏，南部城市深圳也报告了 1 例。路透社报道，北京市政府副秘书长陈蓓说，北京要求从韩国、意大利、伊朗、日本等疫情严重国家入境人员隔离观察 14 天。同样援引路透社还报道，同朝鲜接壤的中国北方城市丹东说，2 月 28 日以后境外进入丹东人员都在定点宾馆隔离并进行检测。浙江省青田县政府说，我们隔离的是病毒，不是隔断海外华侨与家乡亲人的血肉亲情。

（来源：综合多家外媒消息 2020 年 3 月 4 日）

032　抗疫斗争展现的中国精神中国力量中国担当

在全国抗击新冠肺炎疫情表彰大会上，习近平总书记在发表重要讲话时指出：中国的抗疫斗争，充分展现了中国精神、中国力量、中国担当。面对突如其来的严重疫情，党中央统揽全局、果断决策，坚持把人民生命安全和身体健康放在第一位，领导全国迅速形成统一指挥、全面部署、立体防控的战略布局。中国人民风雨同舟、众志成城，构筑起疫情防控的坚固防线，实施规模空前的

生命大救援,武汉人民、湖北人民识大体、顾大局,为阻断疫情蔓延、为全国抗疫争取战略主动,作出了巨大牺牲和重大贡献。广大医务人员白衣为甲、逆行出征,舍生忘死挽救生命,是最美的天使,是新时代最可爱的人。我们统筹兼顾、协调推进,经济发展稳定转好,生产生活秩序稳步恢复。中国同世界各国携手合作、共克时艰,为全球抗疫贡献了智慧和力量,以实际行动彰显了中国推动构建人类命运共同体的真诚愿望。

(来源:中央广播电视总台《新闻联播》2020 年 9 月 8 日)

033 中国人民抗疫斗争铸就的伟大抗疫精神

习近平总书记在全国抗击新冠肺炎疫情表彰大会上的重要讲话中强调:在这场同严重疫情的殊死较量中,中国人民和中华民族以敢于斗争、敢于胜利的大无畏气概,铸就了生命至上、举国同心、舍生忘死、尊重科学、命运与共的伟大抗疫精神。生命至上,集中体现了中国人民深厚的仁爱传统和中国共产党人以人民为中心的价值追求。举国同心,集中体现了中国人民万众一心、同甘共苦的团结伟力。舍生忘死,集中体现了中国人民敢于压倒一切困难而不被任何困难所压倒的顽强意志。尊重科学,集中体现了中国人民求真务实、开拓创新的实践品格。命运与共,集中体现了中国人民和衷共济、爱好和平的道义担当。伟大抗疫精神,同中华民族长期形成的特质禀赋和文化基因一脉相承,我们要在全社会大力弘扬伟大抗疫精神,使之转化为全面建设社会主义现代化国家、实现中华民族伟大复兴的强大力量。

(来源:中央广播电视总台《新闻联播》2020 年 9 月 8 日)

034 中国抗疫斗争的重要经验和深刻启示

习近平总书记在全国抗击新冠肺炎疫情表彰大会上的重要讲话中强调:"物有甘苦,尝之者识;道有夷险,履之者知。"在这场波澜壮阔的抗疫斗争中,我们积累了重要经验，收获了深刻启示。抗疫斗争伟大实践再次证明，中国共产党所具有的无比坚强的领导力，是风雨来袭时中国人民最可靠的主心骨；中国人民所具有的不屈不挠的意志力，是战胜前进道路上一切艰难险阻的力量源泉；中国特色社会主义制度所具有的显著优势，是抵御风险挑战、提高国家治理效能的根本保证；新中国成立以来所积累的坚实国力，是从容应对惊涛骇浪的深厚底气；社会主义核心价值观、中华优秀传统文化所具有的强大精神动力，是凝聚人心、汇聚民力的强大力量；构建人类命运共同体所具有的广泛感召力，是应对人类共同挑战、建设更加繁荣美好世界的人间正道。

（来源：中央广播电视总台《新闻联播》2020 年 9 月 8 日）

035 中国今天以最高规格致敬抗疫英雄

2020 年 9 月 8 日，中国国家主席习近平在为抗疫工作者举行的洋溢着胜利气氛的表彰大会上表示，中国进行了一场惊心动魄的抗疫大战，经受了"一场惊心动魄的历史大考"。他称赞举国上下抗击疫情的英勇壮举，并说中国"成为疫情发生以来第一个恢复增长的主要经济体，在疫情防控和经济恢复上都走在世界前列"。在北京人民大会堂举行的表彰大会开始时，与会人员首先为新冠肺炎疫情牺牲烈士和逝世同胞默哀一分钟。获得表彰的人士包括 83 岁的钟南山，习近平亲手将共和国勋章挂在他的脖子上，另外三位获颁"人民英雄"国家荣誉称号的人士是生化专家陈薇、武汉金银潭医院的院长张定宇和 72 岁的中医专家张伯礼。表彰大会上的一系列发言，让一些与会代表热泪盈眶。在颁授勋章奖章之前，官方电视台播放了一段展现武汉疫情最严重时期的视频，所配的背景音乐激动人心。视频中有中国医务人员身穿防护服和医院里人满为患的场景。

（来源：《参考消息》转发法新社消息 2020 年 9 月 8 日）

036 白衣天使舍命抗疫，英雄城市致敬英雄

警车开道、红毯铺地、礼兵伫立、军乐高奏……2020年9月22日，武汉以隆重礼仪致敬抗疫英雄，在同日举行的武汉市抗击新冠肺炎疫情表彰大会上，受到表彰的866名"武汉市抗击新冠肺炎疫情先进个人"中，有一半来自医疗卫生系统，这无疑是对武汉市同病毒短兵相接、舍命相搏的2.4万名医务工作者最诚挚的敬意。庚子鼠年，岁末年初，新冠肺炎疫情悄然来袭。1月23日，武汉"封城"，按下了城市暂停键。白衣天使们承受着常人难以想象的极限压力，用血肉之躯筑起阻击疫情的长城。而武汉市抗击新冠肺炎疫情先进个人、武汉市肺科医院结核一病区主任朱琦却说，"这是使命更是天职"。人民至上，生命至上。从刚出生30个小时的婴儿到100多岁的老人，武汉绝不放弃每一个病人，对生命报以深深的敬畏。与此同时，武汉"热干面"也收到了来自全国人民的加油与鼓舞。逆行十几个小时赶赴武汉的四川"雨衣妹妹"刘仙，免费为白衣天使做饭送餐30天。这便是一种大善大爱。大战大考淬炼英雄城市。斗罢艰险又出发，如今，疫后重振，武汉又在加速前行。

（来源：《楚天都市报天目新闻》2020年9月23日）

037 白衣为甲，极寒出征望奎县

2021年伊始，黑龙江省绥化市望奎县出现新冠肺炎无症状感染者。突如其来的局部疫情，打破了这个东北小城的宁静。望奎县位于黑龙江省中部，此前名不见经传，因为疫情而被全国关注。绥化市立即决定提级，启动一级响应。伴随紧张气氛而来的，是全面、提级、加速的防疫部署。"你好，请扫健康码。"在望奎县烟叶小区门口，县退役军人事务局党员干部站岗执勤，居民必须经过扫码、测温、登记才能进入。"大家不要急，请有序排好队，这样会更快些。"1月11日一早，望奎县双龙社区党总支副书记钱秀丽便和社区工作人

员一起,组织辖区居民逐一进行核酸检测。为确保不落一户,大家伙儿前一夜就开始准备,一人身兼数职。继望奎县后,1月12日,黑龙江省哈尔滨市、齐齐哈尔市、伊春市也出现新冠肺炎确诊病例、无症状感染者,多地严阵以待。在此前后,吉林、山东等地也出现望奎县关联疫情。白衣为甲,极寒出征。白衣天使们再次奔赴"疫"线,筑起了抗疫坚固长城。

(来源:《新华社》2021年1月16日)

038 紧绷2021年冬季疫情防控这根弦

2021年冬季来临时节,河北石家庄疫情出现反弹,成为全国人民牵挂的地方。北京朝阳医院副院长、国家卫健委新冠肺炎医疗救治组专家童朝晖于2021年1月5日抵达石家庄,全身心投入救治患者工作中。晨班交接、查房、商量治疗措施……从早到晚,忙不停歇。他说:"一名医务工作者为国家出力,为人民防控是应该的。"经过一年来的临床研究和探究,我们积累了不少治疗新冠肺炎行之有效的成熟经验和多方认可的措施。作为河北省新冠肺炎省级定点收治医院,按照国家卫健委要求,河北省胸科医院实行"双主任"制、"双护士长"制,省级专家和本院专家共同担任主任,省级医院护士长和本院护士长共同负责,国家级专家每天重点关注重症监护病房的患者,同时兼顾普通病房的患者。

(来源:《人民日报》2021年1月18日)

039 扎实做好"十四五"开局起步时的疫情防控工作

2021年2月7日,中共中央政治局委员、国务院副总理孙春兰到国家卫生健康委召开座谈会时强调,要深入贯彻习近平总书记关于疫情防控的一系列重要指示精神,落实党中央、国务院决策部署,落实落细各项防控措施,压实各方责任,加强值班值守,确保人民群众过一个平安祥和的新春佳节。孙春兰指出,面对百年不遇的新冠肺炎疫情,全国卫生健康系统在以习近平同志为核心的党中央坚强领导下,充分发挥专业优势,在多条战线抗击疫情,经受住了湖北、武汉保卫战和多起局部聚集性疫情歼灭战的重大考验。当前,疫情仍在全球蔓延,病毒出现新的变异,我们外防输入、内防反弹的压力持续存在。广大医疗卫生工作者已经在抗疫一线连续奋战了一年多时间,要坚决克服松懈、倦怠思想,慎终如始抓好常态化疫情防控,落实"四早"要求,科学精准防控,不断完善策略举措和应急预案,加强重点区域、关键环节防控,补齐农村地区防控短板,及时处置散发病例和聚集性疫情,确保疫情不出现规模性输入和反弹。

(来源:人民网 2021 年 2 月 8 日)

040 中国5支新冠疫苗,捷报频传领跑全球

外交部发言人赵立坚在 2020 年 11 月 18 日的新闻发布会上表示,中国新冠疫苗研发进展可以用两个"5"来概括。第一个"5":新冠肺炎疫情发生以来,中国政府在第一时间布局了灭活疫苗、重组蛋白疫苗、腺病毒载体疫苗、减毒流感病毒载体疫苗和核酸疫苗这 5 条技术路线,规范有序地开展研发合作。第二个"5":中国已有 5 支疫苗正在阿联酋、巴西、巴基斯坦、秘鲁等多国开展三期临床试验。我国新冠疫苗的研发进展速度为何这么快?中国工程院院士王军志指出,疫苗安全性是第一位的。我国在应急审批过程中,始终坚持尊重科学、遵循规律,以安全有效为根本的方针,坚持特事特办,在这个过程中很多研发步骤由串联改为并联,研审联动,滚动提交研发材料,随交随审随评。在标准不降低的前提下,通过无缝衔接,大大提高了研发效率和审评效率。2020年初新冠肺炎疫情发生后,国务院联防联控机制科研攻关组迅速成立,2020年 2 月 15 日,科研攻关组下设的疫苗研发专班成立,为一线科研攻关提供全链条、点对点式服务,排出各项目重要节点时间表,挂图作战。具体到每支疫苗上,研发速度更是十分紧凑高效。赵立坚的上述发布,揭示了中国疫苗领跑

全球的奥秘。

（来源：《中国妇女报》2020 年 11 月 25 日）

041 全民免费！我国首个新冠病毒疫苗附条件上市

2020 年最后一天，中国迎来了一个极好的消息——首个新冠病毒灭活疫苗获批上市的消息，在国务院联防联控机制新闻发布会上重磅发布。2020 年 12 月 30 日，国家药品监督管理局依法附条件批准了国药集团中国生物北京公司新冠病毒灭活疫苗的注册申请，即附条件上市。发布会上，国家卫健委副主任、国务院联防联控机制科研攻关组疫苗研发专班负责人曾益新表示，在疫苗研发生产过程中，中国始终把疫苗的安全性、有效性放在第一位。到 2020 年 11 月底，中国已累计接种疫苗超过 150 万剂次，其中约 6 万人前往境外高风险地区工作，没有出现严重感染的病例报告，疫苗的安全性得到了充分证明，有效性也得到了一定的验证。随着疫苗附条件上市的获批，中国已经准备好的规模化生产有序展开；已经制定的免疫规划，高风险人群、重点人群、高危人群及全人群的接种工作也逐步推开。值得强调的是，疫苗的基本属性是公共产品，为全民免费提供。

（来源：《光明日报》2021 年 1 月 1 日）

042 中国疫苗备受青睐，超 5 亿剂订单已惠及 16 国

2021 年 2 月 1 日，中国外交部发言人汪文斌透露，中方正在向巴基斯坦、文莱、尼泊尔、菲律宾等 14 个发展中国家提供疫苗援助，下一步将向其他 38 个有需要的发展中国家援助疫苗。据不完全统计，迄今已有 40 多个国家提出了进口中国疫苗的需求。从订单数量来看，中国疫苗至少已拿到 16 个国家及地区超 5 亿剂疫苗的合同。在疫苗研发生产过程中，我国始终把疫苗的安全性、有效性放在第一位，相关指标均超过世卫组织规定的上市标准，可以在大

范围人群中形成有效保护。中国疫苗可保存和储藏在 2 至 8 摄氏度,而且运输也非常方便,容易储藏和方便运输这两大优势,意味着中国新冠疫苗可以在发展中国家得到方便应用。越来越多的国际组织正在达成共识,疫苗不应该被任何国家垄断,也不应为大国、富国专享,世界需要促进形成各国公平获得疫苗的机制,构建人类卫生健康共同体。疫苗无疑是终结疫情的有效"武器"。这才是疫苗的使命,本不应承载太多。

(来源:中央纪委国家监委网站 2021 年 2 月 6 日)

043 人民满意、世界瞩目、可以载入史册的答卷

2020 年中央经济工作会议于 12 月 16 日至 18 日在北京举行。习近平总书记在会上发表重要讲话。会议认为,今年是新中国历史上极不平凡的一年。面对严峻复杂的国际形势、艰巨繁重的国内改革发展稳定任务特别是新冠肺炎疫情的严重冲击,我们保持战略定力,准确判断形势,精心谋划部署,果断采取行动,付出艰苦努力,交出了一份人民满意、世界瞩目、可以载入史册的答卷。我国成为全球唯一实现经济正增长的主要经济体,三大攻坚战取得决定性成就,科技创新取得重大进展,改革开放实现重要突破,民生得到有力保障。这些成绩来之不易,历经艰难险阻,是以习近平同志为核心的党中央坚强领导的结果,是全党全军全国各族人民团结奋战的结果。会议指出,今年是"十三五"规划收官之年。经过 5 年持续奋斗,我国经济社会发展取得新的历史性成就,"十三五"规划主要目标任务即将完成。我国经济实力、科技实力、综合国力和人民生活水平又跃上新的大台阶,全面建成小康社会胜利在望,中华民族伟大复兴向前迈出了新的一大步。

(来源:新华社 2020 年 12 月 18 日)

044 人间大爱让每个中国人都了不起

2020 年 12 月 31 日,国家主席习近平在 2021 年新年贺词中指出:2020 年是极不平凡的一年。面对突如其来的新冠肺炎疫情,我们以人民至上、生命至上诠释了人间大爱,用众志成城、坚忍不拔书写了抗疫史诗。在共克时艰的日子里,有逆行出征的豪迈,有顽强不屈的坚守,有患难与共的担当,有英勇无畏的牺牲,有守望相助的感动。从白衣天使到人民子弟兵,从科研人员到社区工作者,从志愿者到工程建设者,从古稀老人到"90 后""00 后"青年一代,无数人以生命赴使命、用挚爱护苍生,将涓滴之力汇聚成磅礴伟力,构筑起守护生命的铜墙铁壁。一个个义无反顾的身影,一次次心手相连的接力,一幕幕感人至深的场景,生动展示了伟大抗疫精神。平凡铸就伟大,英雄来自人民。每个人都了不起! 向所有不幸感染的病患者表示慰问! 向所有平凡的英雄致敬! 我为伟大的祖国和人民而骄傲,为自强不息的民族精神而自豪! 艰难方显勇毅,磨砺始得玉成。我们克服疫情影响,统筹疫情防控和经济社会发展取得重大成果。"十三五"圆满收官,"十四五"全面擘画。我国在世界主要经济体中率先实现正增长。"天问一号""嫦娥五号""奋斗者"号等科学探测实现重大突破。我到 13 个省区市考察时欣喜看到,大家认真细致落实防疫措施,争分夺秒复工复产,全力以赴创新创造,神州大地自信自强、充满韧劲,一派只争朝夕、生机勃勃的景象。

(来源:新华社 2020 年 12 月 31 日)

045 党的坚强领导、党中央的权威是最坚实的靠山

2021 年 1 月 22 日上午,中共中央总书记、国家主席、中央军委主席习近平在中国共产党第十九届中央纪律检查委员会第五次全体会议上发表重要讲话。习近平指出,2020 年是新中国历史上极不平凡的一年。面对错综复杂的

国际形势、艰巨繁重的改革发展稳定任务特别是突如其来的新冠肺炎疫情,党中央统筹中华民族伟大复兴战略全局和世界百年未有之大变局,坚持以党的自我革命引领伟大社会革命,坚定不移全面从严治党,坚定不移推进党风廉政建设和反腐败斗争,坚定不移把党建设得更加坚强有力。党旗在防控疫情斗争、决胜全面建成小康社会、决战脱贫攻坚中高高飘扬,广大人民群众深切感受到,风雨袭来时,党的坚强领导、党中央的权威是最坚实的靠山。

(来源:新华社 2021 年 1 月 22 日)

046 让多边主义的火炬照亮人类前行之路

2021 年 1 月 25 日,国家主席习近平在北京以视频方式出席世界经济论坛"达沃斯议程"对话会,并发表题为《让多边主义的火炬照亮人类前行之路》的特别致辞。习近平指出,过去一年,突如其来的新冠肺炎疫情肆虐全球,全球公共卫生面临严重威胁,世界经济陷入深度衰退,人类经历了史上罕见的多重危机。现在,疫情还远未结束,抗疫仍在继续,但我们坚信,寒冬阻挡不了春天的脚步,黑夜遮蔽不住黎明的曙光。人类一定能够战胜疫情,在同灾难的斗争中成长进步、浴火重生。习近平强调,解决好这个时代面临的课题,出路是维护和践行多边主义,推动构建人类命运共同体。21 世纪的多边主义要守正出新、面向未来,既要坚持多边主义的核心价值和基本原则,也要立足世界格局变化,着眼应对全球性挑战需要。要坚持开放包容,坚持以国际法则为基础,坚持协商合作,坚持与时俱进。中国将继续积极参与国际抗疫合作、实施互利共赢的开放战略、促进可持续发展、推进科技创新、推动构建新型国际关系,向着构建人类命运共同体不断迈进!

(来源:新华社 2021 年 1 月 25 日)

047　在抗击疫情的非常时刻同舟共济、肝胆相照

2021 年 2 月 1 日下午,中共中央总书记、国家主席、中央军委主席习近平在人民大会堂同各民主党派中央、全国工商联负责人和无党派人士代表欢聚一堂,共迎佳节。习近平强调,2020 年是新中国历史上极不平凡的一年。面对严峻复杂的形势任务、前所未有的风险挑战,中共中央团结带领全党全国各族人民齐心协力、迎难而上,统筹疫情防控和经济社会发展,统筹深化改革开放和应对外部压力,统筹抓好"六稳"工作和落实"六保"任务,决胜全面建成小康社会、决战脱贫攻坚。经过艰苦努力,疫情防控取得重大战略成果,经济增长率先实现由负转正,脱贫攻坚任务如期完成,"十三五"圆满收官,"十四五"全面擘画,全面建成小康社会取得伟大历史性成就。这是中国共产党坚强领导的结果,也是包括各民主党派、工商联和无党派人士在内的全国各族人民万众一心、顽强拼搏的结果。在抗击疫情的非常时刻,各民主党派、工商联和无党派人士坚定不移同中国共产党想在一起、站在一起、干在一起,同舟共济、肝胆相照,为打赢疫情防控阻击战出主意、想办法,为中共中央科学决策、民主决策提供了重要参考。习近平代表中共中央,向大家表示衷心的感谢。

(来源:新华社 2021 年 2 月 1 日)

048　中办、国办通知各地做好就地过年的各项服务保障工作

中办、国办近日印发了《关于做好人民群众就地过年服务保障工作的通知》,要求各地区各部门抓紧做好以下七个方面的工作。一是合理有序引导。高风险地区群众均应就地过年,中风险地区群众原则上就地过年,低风险地区倡导群众就地过年。二是加强生活保障。切实加强生活物资保障和能源保供,确保生活必需品不断档、不脱销。三是做好管理服务。加强对就地过年的员工、农民工、留校师生等群体的服务保障和安全管理,对特殊人群和困难群

体提供必要补助和帮扶关爱。四是加强运输保障。确保就地过年群众公共交通出行方便有序,并保障老年人等特殊群体出行服务。加强应急和生产生活物资运输保障,保障邮政快递等货运物流畅通。五是维护合法权益。鼓励和引导企业以适当方式稳岗留工,保障就地过年农民工基本生活和工资休假权益。六是营造良好氛围。广泛宣传节日期间保障生活物资供应、方便群众出行、关心关爱群众就地过年等各种各样措施,密切关注群众就地过年遇到的热点问题,及时回应人民群众关切。七是落实保障措施。各地区各部门要时刻把人民群众的安危冷暖放在心上,从讲政治高度统筹做好春节假期疫情防控和服务保障工作,确保广大人民群众能够安心安全过好年。

(来源:中国政府网 2021 年 1 月 28 日)

049 国家出实招让核酸检测省时间、群众少跑腿

国家卫健委医政医管局监察专员郭燕红,2021 年 2 月 4 日在国务院联防联控机制新闻发布会上表示,将全面推行核酸检测分时段、预约采样,充分利用信息化手段进行费用支付、信息反馈,让检测省时间、群众少跑腿。郭燕红强调,核酸检测机构要设置专门窗口和区域,为"愿检尽检"、返乡人员等单纯进行核酸检测的群众提供采样服务,无需挂号且免收门诊诊查费。各地要向社会公开核酸检测机构名单、工作时间、工作地点等信息,便于群众查询使用。时值春运,群众核酸检测需求不断提升。郭燕红表示,一方面要加大核酸检测供给能力,另一方面要在价格上可负担。目前,通过集中采购,有的地方核酸检测单次费用已降至80元或90元,有的地方核酸检测已免收挂号费、诊查费。针对扩大农村地区核酸检测服务供给,郭燕红表示,将按照"乡采样、县检测"的要求在乡镇卫生院提供检测服务,同时鼓励有条件的基层医疗卫生机构建设核酸检测实验室,或配备移动检测车,开展下乡巡回检测。

(来源:新华社 2021 年 2 月 4 日)

050 从"健康包"到"春节包",祖国母亲的关怀永在身边

由于疫情原因,漂泊于世界多地的侨胞和留学生们响应"非必要、非紧急、不旅行"倡议,选择留在国外过年。纵隔千山万水,海外侨胞和留学生与祖国血脉相连。中国驻外使领馆为他们发放含有口罩、消毒液、中成药品等防疫物资以及中国结、贺卡、茶叶、慰问信等暖心礼品的"春节包"。与之前大规模派发"健康包"一样,来自祖国的温暖和关爱再一次让海外儿女感动——风雨中,只管安心,祖国的关怀永远在线!在去年国内抗疫吃紧的关键时刻,海外儿女们克服重重困难,以实际行动支持祖国打好疫情防控阻击战,展现了浓浓的桑梓之情,中国人民的凝聚力和安全感前所未有。远离祖国和亲人,海外侨胞和留学生本就千般不易,突如其来的新冠疫情更是让不少人陷入困境。党和政府一直牵挂着海外同胞,从"健康包"到"春节包",祖国对海外儿女的关心关爱体现在每一个细节。

(来源:《人民日报·海外版》2021 年 2 月 4 日)

051 "有健康才有更多团圆""心在一起,就是团圆"

一组数据直观反映了 2021 年春节之特别。据交通运输部相关负责人介绍,2021 年全国春运期间预计发送旅客 17 亿人次左右,日均 4000 万人次,比 2019 年下降四成多。在境外新冠肺炎疫情持续蔓延,我国外防输入、内防反弹任务仍然艰巨的背景下,许多人都作出了共同的选择——与远方的亲人道一声保重,退掉早已订好的车票机票,就地过年。一名选择留在工作地过年的工人说:"回家'年味'肯定更足,但路上还是有风险。毕竟有健康,才有更多团圆。""回家过年"是中国人的独特情愫,是烙在每个人心头的浓郁乡愁,也是岁末年初不变的亲情守望。但为了早日取得疫情防控胜利,有着家国情怀的中华儿女作出了无私之举,值得致以敬意。有人说得好,"心在一起,就是团

圆。"寒冬阻挡不了春天的脚步,黑夜遮蔽不住黎明的曙光,我们终将战胜疫情,相聚不会太晚。

(来源:《人民日报》2021 年 2 月 8 日)

052 "云拜年"让2021年春节更特别

今年,刘冠隆(化名)和爱人依旧选择了"云拜年"。庚子年,受新冠肺炎疫情影响,每年都要回湖南老家过春节的刘冠隆选择在北京过年,往年同父母在一起的吃团圆饭,变成了 2021 年在微信视频里的问候和牵挂,热闹的同学聚会也变成了电话里的长谈与倾诉。"去年,像看春晚、吃年夜饭这些特别的时间点,我们都和老人视频了,互相问问吃了什么、干了什么,评论评论菜品,聊一聊电视节目,挺热闹的。有次我们和朋友在午饭时视频,大家还隔着屏幕举杯祝福,别有一番滋味,心里头挺感慨的。这也是一段难忘的人生经历。"显然,在刘冠隆心里,"云拜年"不仅能满足春节期间"走亲访友"的需求,更没有给新冠病毒可乘之机。眼下,又一新春来临,我国多地出现了零星散发和局部聚集性疫情。许多人和刘冠隆一样,为保护疫情防控成果、保障家人安全,积极响应"就地过年"的号召,"云拜年"便成了他们春节期间的共识。中国青年报社一项调查显示,2013 名受访者中今年选择"云拜年"的占到 93.0%,86.0%的受访者表示"云拜年"会让这个春节过得更特别。

(来源:《中国青年报》2021 年 2 月 4 日)

本书特稿：中国新"四大名山"

曾松亭

疫魔作祟，扰了大家一大喜庆。还好生活物资有储备，春节假期宅在家里，也就没事了。正好有两个小孩同住我家，一个是侄儿，一个是因为父母亲都身在抗疫一线，就把孩子托管过来了。我正愁寂寞呢！这下好了，说话的来了。

姐姐念初中二年级，弟弟上小学五年级，正是求知欲旺盛期。我放他们的羊，不拿作业压孩子，可以看电视、打游戏、看自己喜欢的书，也可以疯玩。俩孩子都很高兴，不停地向我提问题，当然只是历史、地理、文学还有农作物方面的问题。这正好是我的看家戏。于是，虽说是宅在家里，天天神聊，一点也不寂寞。

聊啥？聊孩子感兴趣的话题。孙悟空早已不是他们的选项了。有兴趣的，就是外面的世界，山水、城市、奇离古怪的事。这不正中我的下怀吗？

就说山吧！山是人类的老窝呵。中国人崇拜山、热爱山、歌颂山、赞美山，世世代代，永无休止。三山五岳，几乎就是中国的代名词。昆仑山、祁连山、太行山、峨眉山，还有家乡的韶山、衡山、九嶷山……那都是伟大、崇高、权威、沉稳的象征。所以，就有"仁者乐山"的说法。历代的统治者，都把自己放在高高的山峰之上。所以,佛教有四大名山,道教也有四大名山。

"你们有听说过四大名山吗?"我问道。

"当然!"姐弟俩齐声答道。

"那你们知道现在的新四大名山吗?"

姐姐顿时蒙了,"没听说过,你说说看。"

"就是,就是。"小的跟着起哄:"说说看。"

我慢条斯理地说道:"小汤山算不算?"

"这是在玩脑筋急转弯吗? 怎么算?"姐姐反问。

我却不慌不忙:"你们有听说过,山不在高,有仙则名吗?"

"那你说说,小汤山仙在何处?"

我说:"2003 年抗击非典时,小汤山发挥了关键性的作用。"

"这我好像听说过。"姐姐说道。

这句话出乎了我的意料,毕竟抗击非典时,世界上还没有她呢。

"你听谁说的?"

"电视里说的。"

不是不让小孩看电视吗? 看样子也不能一刀切。

"还有呢?"姐姐迫切地问道。

"火神山,雷神山!"

"就是个把星期,平地建起的两座现代化医院。一座 1000 个床位,另一个 1500。这不是人间奇迹吗? 还不能算名山?"

她好像找到了什么理由来反驳我似的,慢悠悠地说:"那地方本不叫什么山的,是建医院后取的名字,不算不算。"我思索了一下,平静地说:"你说,哪座山的名字不是人给取的呢? 造山运动之前,都是冰川。第四纪冰川让一些板块拱起来了,后来有了人,他们过了好多万年,才发现那里面有树木,有岩洞,有猛兽,有飞鸟,有野果……可以住,可以吃,就把那里叫作山,是不是?"

听到这，小的大声尖叫。一来是附和我的观点，二来是了解到了更多的知识。

这仿佛激起姐姐很大的兴趣："那为什么不叫别的什么名？就要叫火神、雷神呢？"

这时小的好像顿悟了，带着明显的卖弄："就要就要，姐姐你不知道吗？火神最厉害，他能烧死病毒！雷神更强，能把病毒哗啦一下劈死！"

我也跟着哄笑。好家伙！全知道呵！再来一下。姐姐说："名字只是一个符号。比如，你叫鹊鹊，但不一定说明你真正是能飞上天空的喜鹊。你呢？名叫石头，能说你就是一块坚硬的石头吗？还有……"她故意停了停说："叫火神，那火神就能真正把病毒烧死？雷神就能把病毒镇住？这不是迷信吗？"

她把话打住，故意用挑战的眼光看着我们。"当年，八国联军打进来的时候，慈禧太后为了对付洋鬼子，把禁卫军改名叫虎神营。就是叫老虎吃羊，神仙打鬼的意思。结果怎么样？你们知道不？"

我愣了会，许久才开口说道："你说的不对！这不是一回事。慈禧那是愚昧。咱们这个命名，是科学的，正确的，是有足够的实力作后盾的。"我停了停继续说："你瞧呵！七天建成这么大的工程，全世界谁做得到？建完了，交给解放军援鄂医疗队。这说明什么？这是力量的表现，你说是不？"

姐姐笑了，却不放手。"就算你说的对。可还只有三个。你说的是新四大名山。还有一个呢？"

"钟南山。钟老爷爷就是为我们遮风挡雨的一座山。当年抗击非典，他立了大功。这次又是他出面，道出了新冠肺炎病毒会'人传人'。他真的是一座山。你们说是不？"

姐弟俩哪里知道，这个"新四大名山"的提法，是刚从一位哲人口中新鲜出炉的，我现炒现卖给了他们。哲人高度概括，既形象又巧妙地总结出新概念，我当向俩孩子传播。

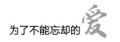

　　瘟疫捣乱,搅了我们一个喜庆节日。但不承想几天之间,竟让两个孩子也包括我们自己在内了解到了这么多的知识,长进得如此神速!虽然姐姐的理解略显稚嫩,但我仍然觉得我应该竖起大拇指,给孩子,也给那些给我们温暖和爱的人们一个点赞。中国有这样一群人,还有什么大风大浪渡不过去?还有什么天大的困难克服不了呢?姐弟俩眼睛看着电视屏幕,同时回了我一个点赞,咯咯地笑着。

2020 年 2 月 26 日午夜

跋：欣见晨曦体　细数记事珠

曾镇南 *

　　《为了不能忘却的爱》一书，在以"庚子抗疫"为题材，以"生命至上、举国同心、舍生忘死、尊重科学、命运与共的伟大抗疫精神"为主题的众多图书中，算是比较特别、比较引人注目的一部。它在内容和形式上，都显示了比较鲜明的特色。它集纳了暗夜里突然爆出无数微光的星雨，虽是瞬间闪亮，却在历史的云汉间，留下了璀璨的星图一角，汇入人类文明宝库的珍密记忆。它又像黎明时分渐亮的天色中渐现渐红的晨曦，牵出踏着晨光的早行的遍地英雄，向着新生、向着光明前进。记录历史、涵育文化、助力新发展、新时代的展开和提升，这就是《为了不能忘却的爱》的编撰者——一群业余而志愿、平凡而切实的"时代书记员"的远志和初心吧。

　　先说这书的性质。这书的取材，是分散在四面八方的志愿者被抗疫进程中不断涌现的那些惊心动魄、惊天动地的信息所感动，利用随时从百余个广播电视、报纸杂志、网络新媒体上采集汇编起来的原始原生新闻素材，加工而来的实事汇编。虽然是史林散页、丛脞小语，记人、记事、记言，汇总起来倒也事核言文，蔚为大观。大至历史风物、民族文化、国家功令、被抗疫时间线串缀起来的重大举措，小至在突然鲜明耀眼起来的"天使白""橄

---

　　* 作者系著名文艺评论家，中国社会科学院文学研究所研究员，《文艺评论》原副主编。

榄绿""守护蓝""志愿红"的色块下汇聚起来的从平凡中奋起的英雄群体中的普通一员的风采和行止，乃至于他们的情感世界、心灵空间的心旌一动、幽光一闪，都被敏捷而富情思的采撷者收入筐中、藏入锦囊，储宝以备用。这些材料，大抵以纪实记事为主体，少数写心语、书情愫的记言务虚的片段，也都是感时因事而发，没有什么缕虚空、蹈河汉的夸饰之言。要之，这些材料，出于新闻，积为史迹，敷史事，有史骨，是构建历史学建筑物的一砖一石、一梁一柱、条檩片瓦，其足以征信的程度，是很高的。它们即使经过选择、归类、打磨以后，仍然不失史事的朴素切实，生活的活色生香，葆有录以存照的求真取信功能。何以能做到这最可珍贵的一点？我想，这主要归功于主持编政者的出于时代感和历史意识的"顶层设计"。这确实是蓄志而发，高屋建瓴的。

原来，主编于疫情甚炽，困宅家里之时，颇思以笔助力抗疫，报效国家，他便想效法现代出版史上有名的《萧伯纳在上海》一书，集纳报刊文献，对重大历史关头的重大事件，作"立此存照"式的反映，以作后来的镜鉴。《萧伯纳在上海》由鲁迅作序，瞿秋白翻译并编校，笔名乐雯。这本书真实地记录了英国作家萧伯纳一九三三年因周游世界来到上海后，在二月十七日这一天的活动情况和各方面的反映。其时正当"九一八"事变后日本帝国主义正加紧侵略中国的步伐，貌似公正的《李顿调查团报告书》刚刚发表的紧要关头。鲁迅策划，瞿秋白从中外报刊的报道、访谈材料中，翻译并编校了这本"重要的文献"。诚如鲁迅在序言中说的，这是一本"未曾有过先例的书籍"。它像一面镜子，从中"可以看看真正的萧伯纳和各种人物自己的原型"。与此相类似，《为了不能忘却的爱》一书，乃是在我国遭遇百年来全球发生的最严重的传染病大流行而处于一时的艰难逆境之际，应时势而起意开始编写的。当是时也，外有反对势力的种种攻讦、抹黑、甩锅，内有某些别有用心者或不明真相者、惊疑交作者掀起的舆情声浪，江城上空，大有黑云压城城欲摧之势。而本书的编著者们，身处党中央迅速集结、组织起来的抗疫大军的行列之中，心怀国家之殷忧，盱衡寰球之凉热，奋袂振笔，为中国人民艰苦卓绝的抗疫斗争存真相、录战声、绘群英、书历史，几经沉淀、打磨，终于勒成此书。中国历来就有良史志士于困厄之中发奋著书的史学传统；在某种意义上，《为了不能忘却的爱》一书也属于这一优秀史学传统影响之下"发奋所为作也"的著作。溯其编书的初志，我觉得才能认识它将会保持较为长久的史料性、文献性的特质和昭示未来的借鉴作用。

与《萧伯纳在上海》一书不同的是，《为了不能忘却的爱》一书，对所采撷集纳的媒体信息，以平实朴素为标准酌量取舍，保持其新闻素材(也即事后可追溯征信的史料)原初风貌，但也做了一些梳理、缩写、打磨、润色的工作，使之打上了某种编写者主观情理结构的投影。也就是说，使这一裒集史料、集腋成裘之书，带上了较为鲜明的主题导向，披上了一件以"爱"编织起来的悬垂着珠串璎珞的颇具伦理光辉的衣裳。如果说，此书录存的一个个以记事写实为主的素材片段，像一颗颗古人津津乐道的"记事珠"那样，那么，把这一大盘"记事珠"串起来的，便是一条"爱"的红线。有了这条红线，群珠的点点爱的微光，才能有所归趋、有所奔赴，汇聚成整本书广博的内涵和丰饶的意绪，成为主旨挺立的、有精神的、有灵魂的书。"记事珠"典出唐开元中宰相张说，据说他日理万机而不忘事，是有人惠赠"记事珠"一颗，"或有阙忘之事，则以手持弄此珠，便觉心神开悟，事无巨细，焕然明瞭，一无所忘"。庚子抗疫，举国同赴，亿兆共命，其事之大者或可枚举，其小者直如恒河沙数，据此引线穿珠而成串，其规模、体制，自非只收纳一日之新闻纪事的《萧伯纳在上海》一书可比，这里所下的选择、排比、组合的功夫，所费的编写者主体之心力，当然是繁剧难计的。无怪乎此书发愿采编最早，而磨砺玉成之日一再拖后了。

对于此书以爱为纲，分若干子目编排七百余个新闻小片段的结构方式，在与闻其事之初，我也觉得有些勉强。"爱"作为人类在漫长的文明进化途中积淀在共同人性底色中的一种质素，它作为一种推动生命进化、觉

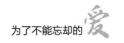
醒、向善、向美、向上的能量,以之统摄在空前伟大、空前艰巨、空前规模的庚子战"疫"中尽锐出战的中国人的杂沓多样的形迹和足印,当然是未尝不可的。但把"爱"这一现代文明阶段的人类生命力的浑括的底色,作区划分类,会不会有些强为归类、削足适履呢? 我的存疑心理,到认真学习了习近平总书记《在全国抗击新冠肺炎疫情表彰大会上的讲话》之后,才渐渐消释了。这篇讲话,用"生命至上、举国同心、舍生忘死、尊重科学、命运与共"这五个短语,来概括中国人民在庚子抗疫的斗争实践中创造的伟大抗疫精神,并对这一精神的五个方面的内涵作了深刻而全面的概述。这个概述的要点,实际上是把中国人民在与空前严重的疫情的"殊死较量"中表现出的仁爱大心转化为不同形式、不同特点的求生存、求发展、护群生、保家园的战斗实践。毛主席曾经指出:"爱是观念的东西,是客观实践的产物。"以爱来串起庚子抗疫中统一而又多样的战斗实践的记录,串起一个个"记事珠",这并不是说爱是战斗实践的精神性动因,而是说这种大爱仁心是在一种坚强的意志力和切实的组织力下凝聚起来的战斗实践的产物。这是一种在生活实践中表现出来的物质力量。"爱"是"战"的产物,能战才能生,能生才能爱。在这里,有一个螺旋上升的精神变物质、物质变精神的过程。以此观之,则把仁心大爱进行区划分类,实际上就是把由爱贯穿起来的多样性、丰富性、生动性尽显的实践"七色板"和盘托出而已。

且看"生命至上"的精神,是在践行中国人民的仁爱传统和中国共产党人以人民为中心的价值追求的实践中,在"每一个生命都得到全力护佑,人的生命、人的价值、人的尊严得到悉心呵护"的行动中体现出来的。"这是中国共产党执政为民理念的最好诠释! 这是中华文明人命关天的道德观念最好的体现! 这也是中国人民敬仰生命的人文精神的最好印证!"

"举国同心"的精神,是在面对生死考验中国人民凝心聚力的共同战"疫"的实践中凸显出来的。"全国人民心往一处想,劲往一处使,把个人冷暖、集体荣辱、国家安危融为一体""14亿中国人民同呼吸、共命运、肩并肩、心连心，绘就了团结就是力量的时代画卷"的伟大实践中灼热闪亮的大爱仁心，转化为"中国人民万众一心，同甘共苦的团结伟力"。精神力量转化为物质的伟力，大爱仁心转化为血肉长城，狡猾而凶残的疫情也只能为之辟易、消弭了。

"舍生忘死"，是生死关头、危难时刻实现的人民英雄豁得出、冲得上，"以生命赴使命，用大爱护众生""明知山有虎，偏向虎山行"的壮举的表现，是"中国人民敢于压倒一切困难而不被任何困难所压倒的顽强意志"的概括。"在大灾大难前有千千万万个普通人挺身而出、慷慨前行"的伟大实践，秉承了中华民族文化传统中舍生取义、以身许国的族脉、民魂。

"尊重科学"，是在面对前所未知的新型传染疾病，遵循流行病学的客观规律，实施精准防治举措的全过程中积累、提升的宝贵经验。疫情无情人有情，依靠科学急智生。人学中的仁心大爱，在科学的实践探索中不断转化为拯救生命、护佑众生的科技成果的结晶。尊崇和弘扬科学精神，在实践中不断转化为可以征验的物质形态的科技支撑。在庚子抗疫中作出突出贡献的医学科学家、医生被授予"共和国勋章""人民英雄"荣誉称号，他们是勇于担当，能够担当护民报国使命的国士，是鲁迅所说的中国自古以来就有的埋头苦干的人、拼命硬干的人、为民请命的人、舍身求法的人，正是他们组成了中国的脊梁。最韧长、最冷静的爱，是对科学、对真理的爱，这是情理交融的爱，是知行合一的爱，这就是汇入抗疫精神的科学精神。献身人民和献身科学的一致性，这就是我们那些仁勇慈毅的国士最本质的特征。

"命运与共"，是庚子抗疫的韧长的战斗中，中国人民发扬新中国成立以来援助时间最集中、涉及范围最广的紧急人道主义行动，参与全球抗疫的实践的产物。大道不孤，大爱无疆，天下一家，世界大同，整个地球村的人类，都是命运与共的。推动构建人类命运共同体，是我们爱而不驰、赴而不辞的大国担当。

最后，习近平总书记指出："伟大抗疫精神，同中华民族长期形成的特质禀赋和文化基因一脉相承，是爱国主义、集体主义、社会主义精神的传承和发展，是中国精神的生动诠释，丰富了民族精神和时代精神的内涵。"仁心大爱，应当说就是构成我们民族的"特质禀赋和文化基因"，也即民族漫长的进化史中不断积淀而成的，它将在现在乃至无穷远的将来的进化长途中继续推行、化育、积淀下去。作为人类文明密码、文化基因之一的爱之源有浅深，爱之力有强弱，爱之积有厚薄，爱之所及有广狭，统而观照之，分而考察之，爱在各民族、各时代的人类生活中，总是气象万千，一本万殊的。就现实生活而言，现在当然没有统一的人类之爱，爱有等差，有群己分际，甚至有正相对峙的，分析起来也是议论蜂起，很难齐一的。所以爱在伦理学中也还称不上是固定的范畴，在道德论中也未曾列为一个明确的德目，它常常被视为构成人性、灵魂乃至民族性中的底色的一个质素。但是，就人类的理想永不熄灭的前景观之，既然世界大同遥遥可期，共产主义遥遥可期，那么，随着未来赋有高度文化、浸润高度文明、生活在"自由人联合体"中的新人类在进化链的高端渐渐形成，统一的人类大爱也是遥遥可期的。也因此，我对《为了不能忘却的爱》一书以观念形态的爱来统摄庚子抗疫的杂多的小镜头、小故事、小史迹，也就能够理解其实质了。细数这一长串"记事珠"，闪烁在一颗颗珠子上的点点微光，聚拢起来，不就汇成习近平总书记所概括的伟大抗疫精神的星河里的光波光流了吗？我于是掩卷遐思，随着这星河的流淌，似乎在爱的氤氲、爱的暖色中，依稀看到了人类栖居、进化的漫漫长途极远处的"诗和远方"；这也是基于我们民族和国家现在的"四个自信"吧——尽管眼下往外一瞥，新冠肺炎疫情还在不少地方摧残着、肆虐着，黑暗尽头的光也刚刚透出，升起。

苏格拉底说："我们活一辈子，应该尽力修养道德，寻找智慧，因为将来的收获是美的，希望是大的。"

中国哲学家张载说："民吾同胞，物吾与也。"他提出"为天地立心，为生民立命，为往圣继绝学，为万世开太平。"

他们都提出了基于人性完善、爱心广延、增强人类的进化之途与光明前景。

这些可以开张胸次、洞明前路、提振信心的话，不正是在《为了不能忘却的爱》一书里荟萃起来的簇簇生命微光的背景天幕上隐隐约约显示的底蕴吗？

学向东西，思接千载，微斯二子之言，吾谁与归？

初稿写成于 2021 年 3 月 6 日凌晨两点

修改于 3 月 9 日上午

附一　参照媒体

(一)广播电视

中国人民广播电台、武汉广播电视台、北京卫视。

(二)报纸杂志

人民日报、解放军报、中国青年报、中国新闻出版广电报、新华每日电讯、光明日报、中国日报、参考消息、解放日报、文汇报、新民晚报、上海文汇报、上海青年报、文摘报、新京报、健康报、健康时报、南方都市报、南华早报、青年时报、讽刺与幽默、环球时报、21世纪经济报、音乐周报、国际金融报、国资报告、检察日报、南方法治报、经济日报、经济参考报、人民公安报、生命时报、证券时报、中国电视报、中国妇女报、中国国防报、中国科学报、中华读书报、中华文化报、北京青年报、北京日报、楚天都市报、广州日报、海南日报、河南日报、黑龙江日报、湖北日报、湖南日报、金华日报、辽宁日报、辽沈晚报、内蒙古日报、钱江晚报、陕西日报、沈阳日报、四川日报、潇湘晨报、重庆日报、长江日报、浙江日报、甘肃工人报、成都商报、春城晚报、湖州日报、柳州晚报、深圳晚报、台州日报、西安日报、现代快报、孝感日报、银川日报、新民周刊、中国新闻周刊、中国青年杂志、财新周刊、三联生活周刊、环球人物。

(三)网络新媒体

人民网、新华网、光明网、环球网、海外网、央广网、中国新闻网、中国日报网、中国青年网、中国军网、中国警察网、中国经济网、中国金融新闻网、中国财经网、中国能源网、中国民航网、中国新闻出版广电网、中国记协网、中国红十字会网、中国甘肃网、中国山东网、中国江苏网、中国长安网、健康中国网、人民政协网、人民政府网、人民交通网、人民健康网、共产党员网、党员生活网、上海热线网、科学网、红网、半月谈网、证券时报网、第一财经网、财新网、北京青年网、长江网、云南网、秦楚网、四川新闻网、南方网、江津网、河北新闻网、株洲网、大洋网、北晚新视觉网、深圳新闻网、张家口新闻网、十堰文明网、金羊网、台州新闻、新浪新闻、腾讯新闻、搜狐新闻、澎湃新闻、新蓝网、未来网、万家热线、乐居网、警事网、"学习强国"学习平台、"上海复旦大学附属中山医院"官方微博、"医师报"微信公众号、"重庆共青团"微信公众号、"中央广电总台中国之声"微信公众号、"中国青年志愿者"微信公众号、"央视新闻"微信公众号、"央视军事"微博、"央广新闻"微信公众号、"水木然学社"微信公众号、"视觉志"微信公众号、"全天候科技"微信公众号、"青春武汉"微信公众号、"佳桐频道"微信公众号、"湖北之声"微信公众号、"复旦大学"微信公众号、"地球青年图鉴"微信平台、"地道风物"微信公众号、"畅游荆楚"微信公众号。

附二　致谢人员名单

丁　逸	马菁蕽	王　斌	王子玥	王军力	王梦瑜	王景怡
王　乐	井雨勃	平光明	史晓梅	龙江波	叶亚男	田文生
冯子予	冯烁洲	成思行	朱东阳	刘　强	刘子璇	刘宇薇
许　晶	许逸民	孙良林	孙英男	孙雨萌	孙萌萌	苏亚妮
李志辕	李雅馨	李展生	杨　柳	杨嘉康	何　晴	张　娇
张昆峰	张海峰	张祯燕	张瑞崧	陈　莹	陈志超	陈婧洁
邵晨旭	周静颖	周　伟	周　潇	周建元	赵　蒂	胡国辉
高天依	姬妤人	陶佳惠	曹婉婷	曹默瑶	董　博	曾文颜
曾林波	曾宣凯	谢莉丽	谢友建	樊　华		

后　记

2020 年春节期间，一位曾在中共湖北省委政策研究室工作过的退休文友，给我发来一首他撰写的感时诗："烟雨苍茫黄鹤楼，江城宅家念亲友。共赴时艰御疫敌，大爱长江天际流。"这引发了我的沉思：春节宅家休假，如何为抗疫人民战争贡献一份力量？抗疫斗争主战场已然是"大爱长江天际流"，我们又该如何去感受大爱、捕捉大爱、状写大爱、讴歌大爱？我们虽然不能像逆行湖北武汉的援鄂医护人员那样，直接奔赴抗疫前线，但如果能把此次抗疫斗争中，产生于抗疫主战场和全国各地、各条战线、网上网下的好故事、好文章、好诗词广泛搜集起来，按照我自创的"晨曦体"正能量段子的体例，通过摘写、缩写、拆写、改写，使之变成一条条正能量段子，以这样的"微言大义"来记录这场伟大的抗疫人民战争，并且让子孙后代了解和铭记这些"不能忘却的爱"，不也是一件很有意义的事情吗？

我随即用短信把这个想法告诉了我的文友、当时正在湖南老家陪父亲过年的曾松亭博士。他在积极呼应的同时，用很短时间联系了一批他熟悉的青年志愿者，组成了由我俩牵头的一支编写工作团队。在连续八个多月的时间里，我们这支团队把从武汉封城到举国抗疫、从联防联控到复工复产、从国际支援到对外援助过程中，那些感天动地的、触动心灵的、引起思考的人物和故事，都用"晨曦体"段子状写出来。全书既有对个人的描摹，也有对集体的颂扬；既有总结与回顾，也有反思与展望，意在用晓畅易读的文体,呈现有画面感、有冲击力的现场,讲述满怀激情、打动人心的故事。我们既注重编写那些有共情点、有烟火气的场景,又积极思考有高度、有广度、有温度的话题,为人间的大爱、挚爱、过命之爱发声,力求做到动之以情、晓之以理、感之以义。

我们首先确定了编写指南,尔后通过边搜集、边编写、边审核、边修改的方式,确保每个段子的内容主题正、逻辑清、文字美、意义大。我们既注重编写奠定全书理论高度和思想深度的段子,也注重每个段子都兼具情感温度和社会能见度。为了保证书稿质量,我们尽最大努力做到及时定向追踪、补缺查漏、修改润色,努力把抗疫斗争中的重大事件、重点人物都覆盖到,力求让篇幅虽小的每个段子,都能让读者"小中见大",成为能承担得起大爱的格言、经得起时间考验的史实。

为了唤起读者阅读的兴趣、引发读者的思考、打动读者的心灵,我们还用心用情用力提高全书不同章节间的逻辑契合度、避免内容的重复性;还多次将收入书中的所有段子全盘洗牌打乱,逐一进行章节"装筐";在进行章节分类时,既尽量避免简单按"条"分类易出现的结构空心化,又克服简单按"块"分类易导致的视野局限性,并通过"条块结合"的分类方式,保证"条"上的内在逻辑性和"块"上的情节延展性有机统一,力求增强内容的可读性、感染力。

我至今犹记得,在一个寒风凛冽的周末,我请来徐庆群、赫永峰、黄帅、郑凤宜这几位年轻的志愿者同志,在曾松亭文友的家中讨论全书结构的优化整合问题。当时围坐在一起的我们,都戴着口罩、畅所欲言。那天,在中纪委国家监委工作的黄帅同志,敏锐地发现习近平总书记在赴武汉考察疫情防控工作的重要讲话中,全面描绘出抗疫人民战争中的各条战线、各个群体,这为我们优化整合全书框架结构提供了依据、指明了方向。大家都赞同她的见解。我们那天的讨论从下午开始一直持续到深夜,最后决定用"江城至爱、医者仁爱、社区大爱、铁甲厚爱、社会关爱、奉献友爱、人文挚爱、寰球博爱"这八个"不能忘却的爱"来贯穿全书,并直击抗疫人民战争中的"世道人心"和"世态万象"。

本书第二稿成型后，我感到书稿在逻辑结构上还有一些需要继续下功夫修改和继续打磨的瑕疵，于是，我和曾松亭、郑凤宜三人又在西单的一个小院子里，花了整整一周时间，每天从早上8点开始工作，到晚上11点才结束，我们对全书所有段子逐条逐句逐字进行修改润色，有的段子我们连续修改了五六次才确定下来。每改定一个段子，我们就高声朗读，读到感人之处，每每情不自禁地哽咽落泪。

本书的顺利出版，首先要感谢我所在的单位中共中央政策研究室，曾松亭所在的中国水稻研究所，黄帅所在的中央纪委国家监委，徐庆群所在的科技部国外人才研究中心，郑凤宜所在的中国粮食研究培训中心，苏明所在的广西师范大学，白加栋所在的延安大学，刘大路所在的南京晓庄学院，雷鹏飞所在的西南民族大学，张晓静所在的安徽省灵璧团县委。感谢这些部门和单位对我们编写工作的支持。同时感谢广东海洋大学教授何觉民、全国政协委员陈宗、中央广播电视总台制片人俞胜利、中国政法大学教授姚泽金、对外经贸大学教授廉思、浙江省新冠肺炎疫情防控工作领导小组办公室常务副主任陈广胜、中国文化产业协会副会长张宇、文化学者汪德春、浙江大学副校长黄先海、浙江省援鄂重症肺炎诊疗国家队领队陈作兵、山西财经大学教授赫永达、中国商业史学会副会长徐蕴峰等同志，对我们编写工作的支持。

还要感谢著名文学评论家曾镇南同志，他在阅读了我编写的《晨曦里共沐阳光》的书稿后，赞赏我和我们团队用我自创的"晨曦体"来完成《为了不能忘却的爱》这本书，并在繁忙的事务中，拨冗为本书撰写了画龙点睛的跋。

在这里，还要特别感谢天大药业、天大集团和天大研究院慷慨出资、人民出版社和湖北省卫健委鼎力支持，使我们实现了为4.26万名援鄂医务人员、900多名援鄂公共卫生人员、人民解放军派出的4000多名援鄂医务人员，每人赠送一本《为了不能忘却的爱》的心愿。我们共同以这种特殊的方式，由衷感谢逆行抗疫主战场的白衣天使们的辛勤付出，并以这种方

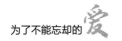

式继续传颂和传承我们党和国家以人民至上、生命至上的理念,让世世代代、子子孙孙们永远铭记这些援鄂医疗队员们救死扶伤、以命佑命的大爱情怀。

在我们启动编写本书时,曾松亭博士正处于从团中央到中国水稻研究所的工作调动期,为了能以更充裕的时间和精力编写这本书,在中国农业科学院、中国水稻研究所领导和人事部门大力支持下,他得以推迟到新单位报到上班的时间。其间,我提出一个创意,请他以钟南山、小汤山、雷神山、火神山是新时代中国的新"四大名山"为题,为本书撰写一篇余音绕梁的特稿。现在这篇文稿也收录在本书中。

最后我代表本书编写组,再次向为本书编写和出版提供帮助的各主流新闻媒体机构、网络媒体,以及我们所采撷的每一个故事的原作者,向参与编写工作的志愿者们,一并致以衷心的感谢。

2021 年 1 月 27 日